【上】风暖碧落

重庆出版集团 重庆出版社

寂月皎皎 著

图书在版编目（CIP）数据

风暖碧落 / 寂月皎皎著 . – 重庆：重庆出版社,2015.10

ISBN 978–7–229–09632–8

Ⅰ.①风… Ⅱ.①寂… Ⅲ.①长篇小说－中国－当代 Ⅳ.① I247.5

中国版本图书馆 CIP 数据核字 (2015) 第 054973 号

风暖碧落

FENGNUAN BILUO

寂月皎皎　著

出 版 人：罗小卫

责任编辑：罗玉平

责任校对：刘小燕

重庆出版集团
重庆出版社　出版

重庆市南岸区南滨路 162 号 1 幢　邮政编码：400061　http://www.cqph.com

重庆市国丰印务有限责任公司印刷

重庆出版集团图书发行有限公司发行

E-MAIL:fxchu@cqph.com　邮购电话：023-61520646

重庆出版社天猫旗舰店
cqcbs.tmall.com

全国新华书店经销

开本：700mm×1000mm　1/16　印张：34　字数：645 千

2015 年 10 月第 1 版　2015 年 10 月第 1 版第 1 次印刷

ISBN 978-7-229-09632-8

定价：56.80 元

如有印装质量问题，请向本集团图书发行有限公司调换：023-61520678

CONTENTS 目录

引　子

公元 359 年正月，慕容冲出生。他是当时北方最强大的燕国帝王慕容暐的幼弟，小名凤凰，极得宠爱，甫一出世，便被封为中山王。和他一同被封王的，还有他的四哥慕容泓，封济北王。

公元 368 年，燕国国势渐衰，燕帝慕容暐为巩固皇权，封年仅十岁的幼弟慕容冲为大司马。

公元 369 年 11 月，有将相之才的皇叔慕容垂受奸臣排挤，投奔秦国，受到秦王苻坚重用，秦国更加强大。

公元 370 年 11 月，秦国丞相王猛率兵攻入燕国国都邺城，燕帝慕容暐率鲜卑族王公以及文武百官出降秦国。慕容皇室及百官子民四万余户，被迁往秦国的关中居住。

同年，前燕帝十四岁的妹妹清河公主、十二岁的胞弟慕容冲，因容貌绝美，被一并充入苻坚后宫，宠冠一时，宫人莫近。民间传出歌谣："一雌复一雄，双飞入紫宫。"

秦相王猛、阳平公苻融担忧秦国鲜卑族势力会因慕容姐弟而更加强大，力谏秦王苻坚将慕容冲放出。

公元 373 年，慕容冲在宫中以娈童身份屈辱地生活了近三年，终于得以离开。秦王苻坚因传说中的凤凰非梧桐不栖，非竹实不食，植桐竹数十万株于长安城外的阿房城，让慕容冲暂住。

不久，慕容冲被封为平阳太守，在那个三晋名城韬光养晦。他一边示人以弱，一边暗中招兵买马，发誓有生之年，必雪亡国受辱之耻。

公元382年，秦国在先后灭了燕、仇池、凉、代等国后，统一了北方，国力越发强盛，秦王将目光投向了唯一不曾臣服的江东晋国。

朝中大臣因民心未稳，军心思定，极力谏阻；

而被迫投效在秦王麾下的鲜卑族慕容氏、西羌族姚氏，则盼着两国大战，希冀在天下大乱之际，寻找到自己报仇复国的契机。

其中，包括了蛰伏于平阳九年之久的平阳太守慕容冲……

第一章　点绛唇　章台深处夜流彩

秋月流素，章台路远。几处深闺望月倚栏，鸾孤凤单，形影相吊；多少才子把酒谈笑，脱帽醉青楼。

一条香艳红尘街，红妆珠翠，玉蝉金雀，脆而靡的歌声从宝髻花簇间摇曳而出，铮钹乐声，诉不尽的太平盛世，风光旖旎。

雍州最大的青楼，是飘香院；飘香院最美的楼阁，是点绛阁；点绛阁之所以出名，是因为点绛阁的绛珠姑娘。

传说，一年前东海公符阳奉王命出巡雍州，偶然听到绛珠姑娘的琴声，遂微服前来飘香院，住了十日，待京中再三催促，方才不舍离去，却留下了"一点绛唇如珠，摇落春光无数"的赞誉，从此声名鹊起，成为雍州第一名妓。

点绛阁中，有美人面薄腰纤，对镜理妆。

色若梨花的面庞，敷一点淡淡胭脂，螺子黛细细描摹，勾勒出眉如远山，越发衬出睫下眸如深潭，幽黑如夜。明明是恬静得近乎清冷的容颜，却贴上了金黄色的百合花钿，于眉间竟绽妍媚而妖异的光华。

"碧落姐姐，还只差了唇脂未点。"形容俏丽雅致的红衣女子，将丝绵胭脂呈上。

美人如夜黑眸一转，却是莞尔一笑："妹妹记住，今天晚上，点绛楼没有云碧落，只有石绛珠！"

红衣女子低头应是。

碧落纤长的青葱五指，接过丝绵胭脂，稳住指尖轻微的颤意，将之卷成细细的一卷，缓缓托起，轻点绛唇。

清婉的妆容，暮然大亮，似仅唇间一点檀朱，点亮了夜空最明媚耀眼的烟火，璀璨无双。

一点绛唇如珠，摇落春光无数。

红衣女子愕然望着那突然由清妍变得妖艳的女子，明眸闪亮，朱唇颤动，竟也是极美好的形状，却说不出话来。

迤逦一条淡紫柔丝鸳鸯锦百褶长裙，披一袭绛红金丝团蝶碎花锦衣，深绛色烟雾轻纱披帛轻缓垂下，回眸处，佳人竟如夜雾里裹着的初绽睡莲，朦胧之中，芳华幽妍。

合欢纹的雕花门外，有人略带不耐地催促："绛珠姑娘，梳妆得怎样了？林大人可等不及了！"

红衣女子望了碧落一眼，娇慵地回答："我收拾得差不多啦！请林大人进来吧！"

屋外立刻传来急促的低语："快去请林大人！"

碧落黑眸中有尖锐如冰凌的光彩闪过，她将手摸了摸暗藏于锦衣下的宝剑，压低了声音道："妹妹去吧！"

红衣女子点头，绽唇一笑："姐姐小心！听说这姓林的出身将门，一身武功好得很！"

启唇之际，同样的绛唇如珠。

只因，她才是真正的飘香楼名妓——石绛珠。

碧落没有回答，从铜镜中看石绛珠隐入屏风后，才深深呼吸了一下，立起身来，垂手侍立在一侧，努力放松着因紧张而略显僵硬的躯体。

不一会儿，水晶珠帘缭乱晃动，明灭光影里徐徐走来一名富富态态的中年人，锦缎衣裳一团簇新，映得胖乎乎的圆脸更是神采飞扬，贵气不凡。

碧落松开一直紧攥的拳头，唇边挑起一抹娇俏轻笑，摇曳上前，款款福了一福："绛珠拜见林大人！"

林大人的骄傲尊贵，在小而精亮的眼睛凝到碧落面庞时，已经烟消云散，庸俗的垂涎之色，瞬间坏了他好容易在美人前树立的威仪和官相。

"绛珠，绛珠，今夜，怎生为我摇落春光无限？"林大人抱住碧落，已迫不及待地将她往榻边推去。

这就是朝中的高官，这就是据传清廉如水两袖清风的林大人？

碧落如夜幽深的眼眸中露出讥嘲笑意，再无半丝不安，声色却是越发地温柔若水："林大人，绛珠为您宽衣。"

粉红色描了团蝶双双的帐帷一层层垂下，隔出芙蓉帐内春意无限，再不觉屋外的秋

夜沉沉，秋风正寒。

蓦地，一声闷哼里，有锐物捅破皮囊的嗤声传出。

粉色的帏幔，忽然泛出了殷红，一层层洇染开来，如美人不小心，将染红指甲的凤仙花汁打翻，倾于帏幔之上。

双双团蝶，已成血色，绛红的一团，犹在张着翅膀，似在做着垂死的挣扎。

帐幔再撩开时，那本该在风流旖旎中的女子迅速退出，一边将繁重的绛红锦衣抛开，一边用一块丝帕擦着自己的脸庞，甚至连新涂的唇脂也抹去了。

色若梨花的碧落，不再绛唇如珠。她蹙了眉，厌恶地盯着帐幔上的殷红，将手中宝剑上的鲜血拭去，呼吸有些急促。

石绛珠从屏风后闪出，兴奋地叫道："碧落姐姐，你除掉他了么？我可以回去了么？我可以离开这里，和你回去见公子了么？"

碧落点一点头，低笑道："绛珠，你去瞧瞧，那个姓林的有没有断气？我也……怕得很。"

石绛珠应一声，走入帐帏，将手伸向那半裸的横陈尸体，探向鼻尖。

"死了！他死了！姐姐，你太厉害了！"石绛珠雀跃着，欢喜得满脸通红，正要回头望向碧落时，背心忽然一冷，一直冷到胸前，如同一团雪水，从血肉中贯穿而过，刹那浸透心肺。

然后，她觉出似有些疼痛。

低了头，一截剑尖，从左胸闪着寒光透出，一滴两滴的鲜血缓缓渗出，落于明蓝的锦衾，似一滴两滴的泪珠。

她张一张嘴，想再叫一声姐姐，想问一声，为什么。

但她终于什么也没能做，随着碧落决绝拔出宝剑，颓然地扑倒在地上。

"没有为什么，绛珠。"碧落蹲下身去，望着倒在林大人身上的石绛珠，脸上再无半丝笑意，眸中也渐蒙上了一层泪光。

她抖动着的手指，轻轻合上石绛珠半睁着的眼睛，吸着鼻子无奈地低叹："冲哥他也为难，他不敢留你，不能留你呵！"

儿臂粗的红烛高照，耀亮着整间屋子，包括死去的人，和飘拂的帐帏。

却耀不亮那女子一身的黑衣。

而她那双如夜的黑眸，正在那跳跃的烛火下，烁着星子样的辉芒，愁意深深。

符秦建元十八年八月，吏部侍郎林景德遇刺。

负责保护林景德的侍卫，是一等一的剑道高手。他见到了蒙面的凶手离去，却因回身查看林景德情形，错过了追击凶手的最好时机。

他们只记得，那个杀害林景德的凶手，身姿娇小，形若女子，有一双夜一样漆黑的眼睛。

但他们一直不相信，杀害林景德的，会是一名女子。

林景德的身手，在朝中武将中也已排在前列，连宰相王猛在世时，都曾对他的身手大加赞赏……

凉风，冷月。

晚云初收，淡天琉璃。

虽是深秋，园中亦有诸芳竞艳。月色淡淡，绫灯沉沉里，荽荷摇落，紫薇只剩零星碎瓣，倨傲清霜的木芙蓉和菊花却正当时节，粉红紫白，灼灼摇曳于月下。

一个月白衣衫的年轻人，正在满园清芬里悠然抚琴。

素月分辉，在他身上投了一层虚茫的清光，轮廓圆润俊美的面庞，噙一抹若有若无的笑意，浮于花影月光之中，飘然若仙。

花淡雅，人高洁，连琴声都飘着芬芳秋意。

沿了浑圆卵石铺就的小径，碧落曳着天青色的丝缎长裙，飞快跑来。远远望见那年轻人，她那双如夜黑眸顿时散去淡淡的愁意，顷刻亮如明珠；如梨花柔白的面庞，更泛出了温软的笑意。

年轻人的琴声停了，支颐而笑："碧落，事情办成了么？"

他那矜持中带了温和亲昵的笑意，看来美好而无害。一双明如秋水的眼眸，宁谧而清澈，却也似蕴了月光般的清冷深邃，却在抿唇一笑时，散淡如云烟，仿若那种清冷到忧伤的眼神，只是不经意间的错觉。

大秦平阳太守慕容冲，本就是以容貌秀雅气度高华著称。可惜他平素闲适恬淡，不近女色，枉费了平阳诸家名门闺秀魂牵梦萦，相思无益。

有知道慕容冲根底的好事者，为此也编派了不少颇是难听的闲话出来，慕容冲听了，不过一笑置之，不理会。他身畔的女子，除了侍女，便只有一个云碧落，从长安到阿房，再到平阳，十年相随，不离不弃。

有人说，云碧落是他的妹妹；也有人说，云碧落是他的姬妾；而平阳太守府的下人，

只知尊敬地唤她一声：碧落姑娘。

碧落也不知自己算是慕容冲的什么人，但她知道，慕容冲是她最亲近的人，正如她是慕容冲最亲近的人一般。

提着裙裾，碧落跪坐到慕容冲身畔，将他额前垂下的黑发理到肩后，俏生生地一笑："一切按冲哥要求办妥。"

"绛珠呢？"慕容冲依旧雍容而慵懒地笑着。

"绛珠……也已除掉。"

那无辜死去女子不解而痛楚的眼神，似在眼前晃动，让碧落面颊上刚浮起的一抹红晕，迅捷褪去，刹那间脸色苍白如月光般，缥缈而无力。

"碧落办事，我向来都很放心。"慕容冲俊秀的容颜上笑意更浓，素白的袍袖缓缓拢过琴轸，目光极是柔和。

碧落听到慕容冲称赞，方才将石绛珠之事丢下，红了脸，偏了头，胡乱撩着七弦琴的丝弦，听着那零乱的嗡嗡琴声，在园中飘来荡去，如洒了一园的缭乱心事。

她依到慕容冲身畔，笑意略有惘然："冲哥，杀了林景德，真的能帮到你么？"

慕容冲也在笑，眸光映了淡淡月辉，耀出潋滟清亮的光泽："能。我相信林景德的死，能让符氏皇族再起风波。我们慢慢等吧！"

"等什么？"

"等天下大乱……"

慕容冲叹息，轻笑，优雅地将手下的琴弦一划，一阵破碎凌乱的嗡声，犹如……

犹如当日燕都邺城被秦军攻破时，那秋风夹着悲泣的呜咽……

等天下大乱……

任何有着这样想法的男子，都该很可怕吧？

但眼前的年轻男子，神情优雅宁谧，举止高贵从容，分明在告诉世人，一切的灾难和血泪，都将与他无关。

仿佛他永远只是十三年前那个，在母后皇兄跟前受尽娇宠的尊贵小皇子，大燕帝国的中山王。

碧落眸中隐隐地晶莹着，唇边却掠过笑意，梨涡深深若醉。她握了慕容冲的手，说道："我陪你，陪你等那……天下大乱！"

就如十年前，慕容冲将她从污泥中抱起，温柔地陪她一般。

那一年，云碧落八岁，不知是第十一次，还是第十二次从主人那里逃脱，流落街头。

乳娘说过，她不该为奴，不该为婢。

她也不甘为奴，不甘为婢。

所以，一次又一次，她逃离着主人，却终于受不了那饿疯了的感觉，从乞丐手中抢夺着风干的馒头，被打得一头栽到路边沟渠中，滚了一身的污泥，却依旧滴着血冲那打她的人瞪着眼，一双乌溜溜的眼睛，似蒙尘的珍珠，努力耀着属于她碧落的那种倔强不屈的光芒。

就在那时，碧落看到了慕容冲。

当时还是十五岁少年的慕容冲，穿着衣缘滚了一圈雪白皮毛的素色狐裘，眸如明珠，静静凝立时，宛若美玉雕琢，俊逸得不像真人。

"跟我走吧，我们一起离开……这个污秽的地方。"一身素白袭衣的慕容冲，微含笑意，向满身污泥的碧落伸出了手。

而碧落几乎毫不犹豫，将手交到慕容冲手中，跳上了他的马，脏兮兮的小手，无措地在慕容冲的白衣上留上几只黑黑的手印，又将泪水沾满了他的衣襟。

慕容冲所指的污秽的地方，是指长安，大秦的国都长安。

在人人为战无不胜攻无不克的秦王欢呼时，为这日复一日强大的大秦国骄傲时，这个颀长单薄雍容高贵的少年，却在指斥长安是最污秽的地方。

而他那个八岁的追随者，在长安吃够了苦头碰够了壁的碧落，也毫不犹豫地同意并认定，大秦长安，是天下最污秽的地方。

后来，碧落终于知道，慕容冲原是燕国的中山王，燕帝慕容㬂的同胞弟弟。

符秦建元六年，秦王符坚派重臣王猛灭了鲜卑族慕容氏统治的燕国，燕帝口衔白璧，向秦王归降称臣。大燕皇室以及文武百官等，共四万余户鲜卑子民，俱被从关东迁入关中，和他们的国主一起臣服秦王的脚下。

曾经纵横草原傲视天下的慕容铁骑，如折翅之鹰，不得不听任命运的摆布，甚至不得不献出最尊贵的清河公主和皇弟慕容冲，送入宫中交给秦王符坚，以换得符氏的信任，保全归降后的身份地位。

"一雌复一雄，双飞入紫宫。"

昔日大燕皇帝最宠爱的幼弟，襁褓之中受封中山王，十一岁即受封大司马的慕容冲，贴身侍奉着秦王符坚，引得京中流言四起，更让那些担心鲜卑人因此势力坐大的群臣坐立不安。

碧落从没有听慕容冲提及过，那将近三年的岁月，他是怎样苦苦地煎熬过来。

但她已不止一次在半夜听到，睡梦中的慕容冲，发出了小兽濒死般的绝望惨叫，可怕得连她远远听着，都觉得心悸到手脚虚软。

当她从相邻的外间冲进去抱住他时，看到的是另一个完全不同的慕容冲。

灰白的面孔，散乱的眼神，无助伸出的双手……

再没有一丝平素的优雅尊贵，从容不迫。

没有人忍心，去追问他更多。

碧落唯一能做的，敢做的，只是将那男子温柔地紧紧拥住，用自己的体温，自己的笑容，去温暖那个潮湿阴冷如从地狱中爬出的身体。

而慕容冲总要颤抖好久之后，才能感觉出碧落的温暖，渐渐平静下来，慢慢恢复他惯常的宁谧安详，柔和微笑着向碧落说着："哦，吵着你了么？我没事了，快睡去吧！"

平静得像什么也没发生过。

唯一的一次，在碧落将安静下来的慕容冲扶了躺下，然后掩门离去时，她听到慕容冲沙哑着嗓子低低说："碧落，知道么？能在梦里惊醒，并叫出声来，也是一种幸福。"

碧落装作没有听见，自顾离去，却在关上门的一刹那，泪珠断了线般掉落。

她实在不敢去看慕容冲退去笑容后那种一击便破的脆弱。

伴君如伴虎。

即便慕容冲姐弟号称专宠，那种步步为营，如履薄冰的艰辛和痛苦，绝非常人所能想象。

而以皇子之尊，如妇人般被充入苻氏宫闱，对于尊贵骄傲的慕容冲又是怎样濒临崩溃的打击！

并且，求死不得！

慕容氏光在长安的宗室亲人，便有数千人，更别提那些随皇室迁移至京畿附近的数以十万计的故燕子民了。

用最优雅最宁和的含笑面容，面对害自己国破家亡尊严扫地的仇人，绝对不露出一丝不悦，甚至，睡梦之中，也不敢高声喊出自己的痛苦……

相信，他在苻坚面前一定掩饰得够好，以致苻坚后来将他放出宫后，安排他做了颇有实权的平阳太守，例行的赏赐，也远比平级的官员更加丰厚。

而慕容冲，似乎也很知足。

朝中人人都在笑话，秦王宠爱的平阳太守，无心政务，只知品酒弹琴，然后穿着最华贵的衣服，向人展示着最美好无害的优雅笑容，别无所长。

但碧落早就明白，有一种仇恨，隐忍在慕容冲的优雅温和笑容之后，随时准备如炸雷般劈下，毁天灭地。

慕容冲遇到碧落的那一天，正是秦王苻坚在宰相王猛切谏下，将慕容冲从宫中放出之日。

王猛是秦王苻坚最倚重的股肱重臣，也是数十年来最能干的宰辅之才，苻坚待他，比当年刘玄德待诸葛孔明还要敬重几分。他也不负重托，大秦的今日辉煌，大半是他当年苦心经营之功。

好在王猛在慕容冲赴任平阳太守两年后便去世了，苻坚祷遍神灵，大赦天下，也没能挽回他的性命。

慕容氏一直为之庆幸。

王猛极力反对秦王重用鲜卑慕容和西羌姚氏，他一死，慕容氏的日子就好过多了。

因顾忌着秦王苻坚的风评，也担心慕容氏因慕容冲而更受重用，王猛一力谏请苻坚放出了慕容冲。否则，慕容冲的秦宫生涯也不知会拖到哪年哪月。

那一日，慕容冲头也不回地离开了他待了近三年的王宫，如同离开一团肮脏的泥沼，并救出了在另一团泥沼之中挣扎的碧落。

他是弱者，但他总算有能力救下更弱小的碧落。

从那一日起，他们彼此相依，不管是暂居长满梧桐翠竹的阿房城，还是奉王命前来平阳任太守。

"大燕铁骑，终有一日，会席卷三辅，血洗长安，涤我一族之耻，涤我慕容冲之耻。"

在黑暗之中，慕容冲曾指剑而誓，一遍遍地告诉碧落，他要报仇。

属于草原雄鹰的骄傲和不屈，在鲜卑氏的皇族血统中，从不曾陨落。

有一种耻辱，将注定会用鲜血去清洗。

不管是多少人的鲜血！

"对，大燕铁骑，会回复昔日的风采，席卷三辅，血洗长安，为大燕和冲哥雪耻！"同样地，一次又一次，碧落握着慕容冲的手，这样回答着他："碧落会与冲哥一起，将秦宫踩于脚下！"

她的笑容明媚如春花，晶莹透彻，连漆黑的眸，也亮如明珠，只盼慕容冲能为此略

感安慰，不再纠缠在曾经的噩梦之中。

　　果然，每一次，慕容冲都会温和轻笑，只是目光却一次比一次遥远冷淡，让人辨不清，那笑容里，有多少的嘲讽，又有多少的自嘲！

　　面对越来越强大的秦国，亡了国的慕容氏，凭什么去将秦宫踩于脚下？

　　碧落不知道，而慕容冲，他知道么？

第二章　接贤宾　十年心事十年灯

这一年，正是东晋太元七年，苻秦建元十八年。

四十七岁的秦王苻坚先后灭了燕国、凉国、代国，击匈奴，定西域，除了偏安江南的东晋，北方领土，已尽属大秦。

八月，秦王得密报，雍州刺史王皮私铸兵器，似有异心，遂派吏部侍郎林景德，借察访雍州政务之时暗访。数日后，林景德于飘香楼名妓石绛珠的香闺之中遇刺，顿时引起朝野震动。

秦王苻坚遣第三子平原公苻晖，即刻前往雍州彻查此事。未至雍州，便遭到他的堂兄、东海公苻阳联合了王皮起兵围截；苻晖早有准备，在雍州城外与苻阳军激战，将为首的苻阳、王皮等人一举成擒，押往廷尉治罪。

一场苻氏内部的谋反，就此以失败告终。

消息传到平阳太守府时，碧落正半倚在竹榻上，与慕容冲下着围棋，闻着此事，她的手有些抖，一粒白子从指缝间掉落，滴溜溜在地上转着。

慕容冲自然希望闹得越大越好，可如今，苻晖几乎是轻而易举地将苻阳活捉，根本没让他构成任何威胁，更难造成理想中秦国大乱的局面了。

可慕容冲依旧很安详。他不慌不忙地在棋盘上下了一子，淡淡说道："知道了。"

仿若听着一件与己无关的闲事，他连眼睛都不曾眨一下，依旧优雅宁和。碧落捕捉了很久，才依稀感觉，慕容冲的眸底深处，似暗了一暗，有着一瞬间的空茫和悲哀。那一瞬间，他的眼眸，如同他手中那僵冷的精磨黑色棋子，光洁明亮，却没有神采。

或者，失望，已经太多次，再多一次，也不会增加多少的伤感。

只是，一次又一次的失望，会不会让一个人的心，变得越来越麻木，甚至麻木到感觉不出痛苦和欢乐来？

"符晖安顿好雍州事宜后，听说已经赶往这边，估计一两天内就到平阳城了。"慕容永在继续禀报。

他虽是慕容冲的远房叔父，但比慕容冲大不了几岁，容貌俊瘦，对出身大燕皇室的慕容冲极为尊敬，方才从京城长安，一路追随他来到平阳，转眼已近十年。

慕容冲深居简出，不太理会政事，平阳的地方政务大半交给了慕容永等人打理。

"符晖？"慕容冲秋潭般的深眸幽暗下去，"他来做什么？"

慕容永小心翼翼地问："我们要不要将暗中准备的兵器分散藏到可靠的鲜卑氏人坞堡中去？"

"不用了！"慕容冲的手指拈着一粒棋子转动着，说道："他若真有了疑心，该带了他的大军一起前来才对。"

他的眼神变得遥远，嘴角挑过一抹讥嘲的笑："只怕，他从不曾将我看作对手吧？"

一时慕容永离去，慕容冲拈了黑子，却许久不曾落下。

金灿灿的秋日阳光，自雕花窗棂舒缓落下，落在这年轻男子的额上，蒙了层淡淡的光晕，仿若乍晴还阴的夜空，朦月周围的月晕；而眸中的隐痛，终于在那苍白的月晕中越来越鲜明。

碧落很少看到慕容冲这样失态。即便他有再多的痛苦往事，再深沉压抑的心事，他也只是淡淡而嘲讽地轻笑，在轻笑时掩饰住自己所有的悲哀和恨怒。

"冲哥！"碧落忍不住皱了眉，问道，"那个符晖，你认识？很厉害么？"

"符坚的儿子，我又怎会不认识？"慕容冲终于落下一子，淡然道，"我在秦宫里待了三年……三年……"

他的神色虽已宁谧，可碧落却一眼瞥到，他的指甲已深深抠入掌心。碧落便似一颗心也被抠住了般，半日透不过气来。

半晌，她握住慕容冲的手："冲哥……你若很讨厌这个人，我设法混在他身边去……杀了他！"

她跟秦王符坚没有仇，跟这个什么符晖更是素未谋面，但慕容冲的仇人，一定就是她的仇人，慕容冲的愿望，也一定就是她的愿望。

"不用了！符晖没那么容易对付……何况，我们要对付的，并不只是他。"慕容冲似也有了几分疲乏，他将碧落拉到胸前轻轻拥住，"秦宫三年，皇姐一直告诉我，我们会报仇，一定会……而这十年，有你伴着，也这样劝我。幸亏……还有你们……"

慕容冲的黑发很软，丝缎般离披垂下时，凉凉地拂了碧落的满手。她的心便也不由随之后越发地柔软。

"冲哥，我会一直陪着你。"

碧落低低说着。

她乌亮的青丝已与慕容冲的黑发纠缠于一处，同样的如丝如缎。

她一直很努力，学文，习武，甚至去研究那些本该与女子无关的兵法，只为着能陪伴慕容冲，帮他达到他的愿望。

哪怕那个愿望，在秦王苻坚越来越强大的统治下，日复一日地苍白而无力着。

慕容冲却似已十分安慰。他微微地笑着，凝视她的眸子已如孩子般澄明清澈。

于是，那金灿灿的阳光更觉温暖怡人。

"禀公子，有客人求见！"

忽然，有侍卫前来通禀，打断了阳光下的宁和平静。

碧落忽然紧张起来。

莫不是苻晖来了？

"是京城来的么？"碧落听到慕容冲这么温和平静地问着，却将她的手握得紧紧的。

"不是，那人称是北地长史派来的，姓高。"

北地长史？

碧落松了口气，微笑道："冲哥，我让人沏茶去。"

北地长史慕容泓，正是慕容冲的四哥，明里暗里，二人一直有着联系，但雍州方才出事，慕容泓本该略略避嫌才对，此时派了人来，必定有要事商议了。

碧落一边思忖着，一边命了丫环前去侍候，自己想着慕容冲一直这么郁郁寡欢，不由得暗暗发愁。

走到太守府前院，但见满园都已是秋色肃杀，红枫如血，秋菊肃冽，银桂纷然而落，碧落心下更是惆怅，遂走到偏僻处练剑，盼能将愁意略散一散，待会儿再见慕容冲时便能欢欢喜喜的，他瞧见只怕便会开怀些。

何况，慕容冲的未来，必定与战争和厮杀相关，牺牲或流血在所难免，比如石绛珠，甚至是她自己，都应该为慕容冲去铺平道路，哪怕是用自己的性命。

撇开让人心悸的未来，碧落剑影闪动，舞落银桂如雪，嫣然飘舞。水银般的剑光泼天洒地间，她那天青色的短襦下裳轻盈流转，映着身后的如血红枫，似晨间曦光摇落着生命本原的芳妍，流光溢彩。比起男子的剑术，她的剑法更多了一分柔韧和从容。

一套剑术舞毕，红枫叶，银桂花，如蝶似雪，尚在悠然而落；而漫天的红白翻飞中，娇小的天青色人影，稳如磐石而立。额前青丝飞扬处，那漆黑如夜的眸闪过一抹自信和骄傲，那不施粉黛略嫌苍白的面颊便显出阳光般的明媚来。

能伴随慕容冲身畔，日后冲锋陷阵生死相依的人，就当如她这般吧？

她轻轻地笑，唇角不自觉泛出一抹如水的温柔来。

"好！好剑法！"

"啪！啪！啪！"

清脆的击掌声，伴了几声爽朗的赞叹，忽然传入耳中。

碧落一惊，剑锋微微一转，反射出的明亮流光，转过她自己的面庞，映到对面那闲闲而立的年轻男子面庞上。

那男子年纪甚轻，看来年方弱冠，一身杏子黄的长衣，宽袍大袖，颇有点像江东晋朝的装束；他的眉目俊朗，唇角笑意懒散而清爽，正抱了肩，倚了一株刺槐，带了几分好奇细细打量着碧落。忽觉出碧落警惕的剑光，他唇边的笑纹更是高高向上扬起。

那明亮而通透的笑容，竟在刹那间将碧落的剑光逼得失了颜色。

碧落微一失神，忙高声喝问："你是什么人？"

那年轻男子微笑着一欠身："在下仇池杨定。"

仇池？

陇西的仇池国，在燕国被灭的第二年，也被大秦所灭，仇池国成了大秦治下的仇池郡，仇池贵族和部众，也被秦王迁入关中居住。

而仇池当日的君王，正是姓杨。

细论起来，仇池杨氏虽然和当今大秦苻氏同是氐族的高贵姓氏，但如今却该和鲜卑慕容同仇敌忾才对。

想想到此，碧落面色舒缓下来，将剑锋光芒慢慢从杨定面庞移开，道："你是我们公子的客人？"

杨定扬着眉，微笑："算是吧！我的义父高盖，奉了长史大人之命，正和慕容公子叙话呢！"

原来是北地长史慕容泓所遣使者高盖的义子。

碧落松一口气，还剑入鞘，躬身见了一礼，微笑道："我带杨公子去客房休息吧！"

杨定摇头道："我才不闷在屋子里呢！这么好的天气！这么好的剑法！"

他的眼睛笑得微眯起来，如同弯弯的月牙："还有那么好看的姑娘！你是慕容太守的妹妹吗？"

"不是！"碧落沉了脸，有些生硬地回答，但觉这人妄加猜度，不但冒失无礼，也让她心头暮然如扎了根刺般锐痛起来。

的确，她根本不算是慕容冲的什么人，也很少去仔细考虑这个问题。如何帮慕容冲复仇雪恨，或者说，如何让慕容冲真正开心起来，才是她想得最多的事。

模糊间，她还是能明白，只有慕容冲从那种仇恨和耻辱中解脱出来，她才有未来，或者说，慕容冲才有未来。

从十年前慕容冲将她从泥泞中抱起，他们的未来，便已注定扭结于一处。

杨定也不知自己哪句话得罪了这位宛若画中人的女子，他拈过一朵恰从他眼睑处飘过的桂花，嗅了一嗅，又笑道："姑娘手中的剑，是魏文帝曹丕命人所铸的流彩宝剑？"

碧落微有诧异，问道："你怎么认识？"

这把流彩剑和慕容冲的飞景剑，本是故燕宫中之物，燕灭后为秦王所有。因慕容冲素来习武，秦王便将这两把剑赐给了慕容冲，慕容冲又将其中一把送给了碧落。

流彩与飞景，俱是三国魏文帝令人所造的绝世好剑，外形极相似，以美玉和犀角装饰，只不过慕容冲的飞景剑饰的是一块碧玉，而碧落的流彩剑则镶了块光洁无瑕的羊脂白玉。因两把剑一看便是一对儿，碧落极是喜爱，素常绝不离身。

只是，这两把剑，先在邺城的燕宫，随后密藏于长安的秦宫，以杨定的年纪经历，又怎会认得？

"我怎会不知道？"杨定笑得更开心了，"姑娘一双眼睛会说话，把我想知道的都告诉我了！"

碧落也不知他到底是信口恭维，还是天生轻浮，瞪了他一眼，只觉他一双明亮如宝珠的眸子，狡黠和得意如水晶般透明地浮现，却瞧不出恶意来，心下虽是奇怪，却也不想给慕容冲惹事，随口敷衍道："哦，杨公子说笑了，我还有事，公子请自便吧！"

她竟不再理会他，转身就要离去。

这杨定生性豁达爽朗，见这少女身手不俗，容色清丽，对他却是懒懒的，故而出言相戏，见她离去，顿时无趣，又高声笑道："姑娘，你练剑倒是用功，不过似乎练得并不得法，破绽很多呢！"

碧落不由得站住。

她虽是女子，力气不如男子，但自来练功刻苦，便是慕容冲身畔的护卫也大多敌不过她，加之自来给慕容冲疼惜照顾着，本就有着几分骄傲，除了慕容冲，再不曾将旁人看上眼过；剑道方面，自然也颇是自负。

杨定见她站定，嘻嘻笑道："不信么？我们来比划试试！"

他说着，已将腰中佩剑取出，向碧落晃了一晃。

犀牛皮的剑鞘，镶金错玉；水荧荧的剑锋，清光四射……

竟是和碧落手中一模一样的宝剑！

碧落猛地跳了起来，一挑那宛若远山的秀眉，蓦地拔出剑来，喝道："小贼，你偷我冲哥的宝剑！"

能和流彩剑一模一样的宝剑，自然只有慕容冲那柄飞景剑了。却不知慕容冲如此心思缜密细致的人，怎会让随身宝剑给人偷了？

眼见碧落反转身子，如一枚天青色的蝴蝶，翩然飞起，扬过一道如水般的剑光，迅捷刺向自己，杨定显然有些出乎意料，一面凌乱地抵挡着，一面手舞足蹈地乱叫："喂，喂，姑娘，我只是开玩笑，开玩笑而已……"

"扔下宝剑！"碧落恼火地叫道。

在平阳太守府，在自己的眼皮子底下，让这人把慕容冲的宝剑给盗去了，那才是丢人丢到家。

更让她恼火的是，她发现这个"小贼"功夫着实不赖，眼见他抵挡的招式乱七八糟，随时随地都岌岌可危，偏又能在最后关头化险为夷，还保持了他的嬉皮笑脸。

"喂，姑娘，你别发火啊！呵，你笑起来比发火好看多了！"杨定抽空还击两下，口中嬉笑，却也觉这女子剑术真的不凡，若是不用上几分力道，根本脱不了身。

碧落连出许多招，犹不能取胜，心下不耐烦，高声叫唤附近的侍卫道："来人！快来人！"

杨定不由得叫苦："姑娘，是英雄就该单打独斗啊！"

碧落恼道："我不是英雄，我是女子！"

杨定笑道："怪不得古人说呢，唯女子与小人难养也！"

碧落一直与优雅沉着的慕容冲为伴，身份特殊，武功又高，素来为部众敬重，再想不出天下怎会有这等嬉笑不羁之人，只因猜度不出这人的来意，眼见他可能是个深藏不露的高手，一意只要唤来众人相帮，先将慕容冲的宝剑抢下来再说。

杨定眼见四处果然奔来十数名侍卫，向碧落身后张望着，高声叫道："慕容公子，这便是你的待客之道吗？"

碧落忙回头看时，哪里有慕容冲的踪影。

她这才想到是计。忙转过身准备应付偷袭时，只听"嗡"的一声，杨定手中的宝剑已经飞出，晃悠悠插在自己跟前的草地上。

"唉，不就是要我的剑嘛？拱手宝剑以博美人一笑，也是不妨啊！"杨定负了手，宽宽的袖子直垂下来，清俊的面庞笑意蓬勃，暖暖若春。

碧落见他真的弃了剑，倒也诧异，当下依旧握了流彩剑，逼住杨定，然后上前拔出那把宝剑。

剑才到手，她的脸色已有些古怪。

而杨定却依旧站到刺槐下，抱着肩，温和望着碧落，笑得有些意味深长。

碧落与慕容冲朝夕相处，一起练功，对飞景宝剑的外观手感都是十分熟悉；但这把宝剑，乍看的确和飞景剑一模一样，可细细瞧去，那色泽纹理分明有着细微的差别。

其中最明显的，飞景剑的剑柄饰以碧玉，而这柄剑上镶的是玛瑙。

"这……不是飞景剑？"碧落咻咻说着，满怀疑感。

杨定笑颜大展："我什么时候说过这是飞景剑？这是我的华铤宝剑啊！"

华铤？

"怎么可能！"碧落叫了起来，"这是古剑，不该只有一对么？"

"不是一对，是三柄！"杨定乐呵呵道，"魏文帝的《典论》上记载得清楚，当时文帝共铸了三柄宝剑，一曰飞景，二曰流彩，三曰华铤。我这把，就是华铤剑。"

"华铤……"碧落念叨着这个陌生的剑名，心里忽然有些失落。

飞景和流彩居然不是一对。

却不知慕容冲听没听说，竟从未听他提过。

或者，是懒得提，认为没必要？

"华铤剑，原来也是燕宫的？"碧落惘然问道。

杨定坦然道："可不是嘛！天王陛下将飞景、流彩赐给了你家慕容公子，后来又将华铤赐给了我们北史大人。可咱们那位大人不喜欢华铤剑，却喜欢上了天王赐我的赤霄剑，跟我交换了一下。"

杨定口中的天王，自然指的是秦王苻坚。

若论起苻坚雄据北方，早比之前称帝的那些成汉、后赵、前燕等国的版图不知扩大

了多少，但他的国主之位是在长兄苻法的帮助下，杀了不得人心的堂兄夺来的，因此去了帝号，自称"大秦天王"，大秦国中的皇亲高官也从不封王，只封公侯。

秦王将华铤赐给北地长史慕容泓，多半是因为已将另两把魏文帝所铸的宝剑赐给了慕容冲，有心将这三把原本属于故燕之宝剑，通过另一种方式还给慕容氏，以示君上恩典。

却不知，慕容泓为什么不要和弟弟一样的宝剑，却去要那什么赤宵剑？

碧落本来觉得自己认错了宝剑，把好人当了贼拿，颇有几分内疚，可听杨定口中对苻坚颇是敬重，心下又不由得鄙夷。

这人对亡了自己国家的秦王如此奴颜婢膝，未免失了热血男子的英雄气概；何况他似乎也没有贵族后裔应有的高贵优雅，于是更小看了几分。

当下命了围上来的侍从退下，自己将华铤宝剑托起，送到杨定跟前，也不道歉，只淡淡说道："得罪了！"

杨定也不以为意，笑着接了剑，依旧佩了，说道："真没想到，在下居然有幸佩到和姑娘一样的宝剑，实在幸甚，幸甚！"

碧落哼了一声，也不理他的胡说八道，却终于想起了史书上提过的逸事："赤宵剑？是不是汉高祖刘邦斩蛇起首的那把剑？"

魏文帝的《典论》她不感兴趣，但慕容冲志在天下，她跟在身后，自然对这些开国皇帝的逸事多有了解。

杨定依然抱着肩，倚着树，不屑般笑道："刘邦起事到现在，已经隔了五六百年了，谁知是真剑假剑？我瞧着那剑也寻常，远不及这把用着顺手呢！"

这人被碧落几番冷落误会，却是笑容不改，衬着他杏子黄的衣衫，连落叶轻舞，都似多了几分婀娜之姿。

碧落却懒得多看他一眼，心中只暗想着，只要慕容冲的剑和她的像一对儿就成，旁的剑在谁手里，应该也没什么重要。

算算他和高盖谈的时间已经够长了，差不多该结束了，心中牵挂，遂略欠了欠身，说道："杨公子请自便吧！小女子还有事，不奉陪了！"

杨定站在刺槐树下，眼看她扬长而去，忙高声问道："姑娘，你叫什么名字？"

碧落明明听见，只想着他也有柄和自己一模一样的剑，心下便老大不舒服，再也懒得回答一句了。

杨定想着这场莫名其妙的打架，自己摇头笑了一笑，眼见此处甚是空阔，遂也拿了华铤剑，屏声静气，扬剑而舞。

剑握在手，他那略显轻浮的笑容顿时收了，眉宇间便现出种草原奔马般的洒脱不羁来。

仇池杨氏的后裔，本当是天下最纵肆豪爽的英武男儿。

第三章　桂枝秋　西风红叶汾江冷

碧落去探慕容冲时，见他还和高盖在书房中密谈，只得闷闷离去，转而到慕容冲房中为他整理房间。

十年相处，慕容冲从没有把她当下人看待，甚至专门遣了一名侍女服侍她，可慕容冲的饮食起居，点点滴滴还是由她亲自过问打点。

慕容冲似也早就习惯了她的照顾，偶尔令她出去办事，回来后她总听得侍女悄悄告诉她，公子依旧如她在身畔一般，一天好多次地叫着，碧落，倒茶；碧落，磨墨，碧落，我们去练剑……

总要等发现是别的侍女上前侍奉，方才能记起，碧落已被他遣出门办事去了。

府中下人，早将她视作女主人。

虽然慕容冲从未有过表白，也从不曾说过娶妻纳妾的话来，碧落也相信，自己在慕容冲心中，必定是特别的。

背负了太多的家国之耻，慕容冲素常温雅的笑容背后，隐藏了太多的心事，常让碧落看不清，看不透，即便近在咫尺，也有种抓不住的忐忑。

当有一天，他为自己报了仇，涤尽家国之辱，必定可以露出干净无忧的温暖微笑，向碧落舒展他的双臂吧？

干净无忧的温暖微笑……

碧落不由自主地想起杨定的笑容。

那个年轻男子，真是个爱笑的人，即便给碧落误会了，还能从头到尾保持着那样明亮如暖阳的笑容，实在不像亡国之君的子孙。

碧落边想着，边将几枝新采的芙蓉供到几上的刻虫鱼花纹的陶罐中，嗅了嗅那迅速蔓延开的清香，无意瞥一眼身旁的铜镜，已见着自己的面庞。

虽是色若梨花，却浮了一层清浅温柔笑意，如同一枝白莲，媚而不妖，连夜一样黑的眸子，也闪出了星星点点璀璨的光芒。

那种光芒，叫希望。

前途虽是曲折，甚至渺茫，但至少，他们有彼此可依。

于是，碧落的笑意，愈来愈深，一对梨涡深深陷下，纵然不施粉黛，依旧风华倾世。

慕容冲和高盖谈至夜幕降临，方才出了书房，神情虽还沉稳，黑眸中却隐忍了几许的黯淡和疲乏。

因知道符晖一两日要来，高盖连夜便离开了平阳。

碧落陪着慕容冲送到二门外，杨定嘬口为啸，向慕容冲挥了手，又友好地向碧落挥了挥手，方才含了笑，步履轻快地随了高盖而去。

"那人似乎认得你？"慕容冲微微皱眉。

"方才在院里见过了，说是高盖的义子，仇池杨定。"碧落自然不想他为那些闲事操心，笑着回答了，方才小心问道，"冲哥，出什么事了么？"

"没什么。"慕容冲挥挥手，转身回到卧房，却叫人送了一壶酒来，坐在榻上，一樽接着一樽，缓慢却不间断地喝着。

碧落侍立一旁，看着这男子的眼眸越来越幽黑，眼圈却越来越红，不由得手足无措："冲哥……到底，发生了什么事？"

慕容冲从来都不肯轻易流露出半丝的脆弱，优雅宁和的得体笑容成功地掩埋着所有的心事，几乎让所有人都觉得，他只是个平常得不能再平常的落难皇族，早已习惯了随遇而安，徒长了一副俊美出众的样貌罢了。

慕容冲再倒酒，酒壶已空。

卧房之中，清淡的芙蓉花香已被浓重沉郁的酒味掩去。

他叹口气，伏到了几上撑住了头，低声道："碧落，知道么？我们很难有机会，很难有机会……如今的大秦，如今的大秦天王符坚……"

碧落只觉慕容冲的手比先前更清瘦，握于掌中硌着她生疼，不由得鼻中一酸，柔声回答："只要等，总会有机会。"

"可四哥说他不愿意等，他想创造机会。"慕容冲失神地盯着地上青砖，白玉般的

面庞泛着微微的青色："我也不愿意等。十年了，还不够么？还不够么？"

遥远到无望的等待，的确，太可怕了……

碧落忙倒来浓茶送到慕容冲跟前，窥着他脸色，低声道："四公子……想着好法子了？"

慕容冲"嗤"的一声冷笑："他们的好法子……和十三年前一般无二。……想我设法去长安任职，好接近苻坚呢……又想牺牲我，打量我还是那个由他们摆布的十二岁孩童么？把我踩到脚底，去成就他们的复国梦想，他们做梦！做梦！"

慕容冲猛地将几上杯盏推到地上，那样俊雅地一笑，虽是男子，却是倾国倾城，明艳无双；可眼底，是如黑夜一样的绝望，和悲哀，在沉醉以后，那样明晰地凸现出来。

他容貌俊秀，便该他牺牲么？

一次，又一次。

慕容冲对着眼前虚幻的兄长叔父们嗤之以鼻，然后头一歪，已在榻上睡着了。

好久，碧落才敢去扶起他，默默将他抱在怀里，轻轻地问："冲哥，冲哥，我该怎样，才能帮到你？"

她还想笑，笑着去抚慰她相依相伴的心上人，可她温柔望向慕容冲时，眸中却不由得蒙了层水雾，慢慢凝结，滴落。

滴落在慕容冲那俊美到无瑕的如玉面庞上。

窗外，依然有芙蓉菊英，欺霜傲雪，香飘庭院。

可冬日来临时，它们照样抵不住冰刀雪剑，萎黄枯干，无法挽留片刻的旖旎风采。

慕容冲醒来时，已经是第二日的清晨了。

按着宿醉未醒依然疼痛着的头部，他撑起身体坐起来。

从小，他的酒量并不小，但从十二岁起，他已经很少喝酒。

他已记不得，他有多久不敢喝醉了，生怕梦中说出一句两句不该说的话，招来自己或宗亲们的杀身大祸。

侧过脸，已看到了碧落。

她坐在茵席上，伏于榻边，紧靠着自己的枕畔，如缎的青丝，一直铺展到自己手边，却是睡着了。她睡得并不踏实，浓密的睫毛覆盖的肌肤上，依约可见淡青的眼圈。

空气中，尚有残存的酒味和酸腐气息；低头看自己的小衣，已换了一套整洁的，尚有龙涎香芬郁的清香。

如果碧落没有遇到他，如今过得会不会快乐很多？

纵横草原的大燕铁骑，鲜卑慕容的刻骨屈辱，和她其实并没什么关系；自幼和奶娘在外流浪，然后被人拐卖，她甚至连自己是哪族人都不清楚。

"碧落……"

慕容冲低低呼唤了一声，却绝不打算将她吵醒。

他披衣起身，将一件雪裘轻轻披到碧落身上。

可碧落身体一颤，立刻抬起了头，本来迷蒙的眼神瞬间恢复了清亮："冲哥，你醒了？我给你倒茶去。"

"不用了。"慕容冲也坐到那块茵席上，握了碧落的手，微笑着柔声道，"昨晚，又让你辛苦了！"

碧落微笑摇头："没有，昨天冲哥睡得很沉。我只是怕你半夜里醒了口渴，所以守了一会儿，竟睡着了，真是没用。"

慕容冲清浅一笑，也不揭开她那善意的谎言，只是将目光投向窗外透入的微微晨曦，出了片刻神，才轻声道："秦国越来越强大，想对付苻坚，也就越来越困难了。"

倚着卧榻，他的神情带了几分空茫，轻叹道："北方已是苻氏的天下，不论是鲜卑慕容，羌人姚氏，还是凉州张氏，仇池杨氏，纵是万分不服，也不敢与苻坚为敌。这天下，能动摇前秦地位的，也许，只有苻坚自己了。"

"苻坚自己？"碧落茫然。

天下大势，本不是她所感兴趣的。只为慕容冲每时每刻都关注着各方势力的动态，她才也跟着了解了很多本不该是女子所该了解的百变政局。

"是，他自己，他自己的野心。"慕容冲嘴角弯过一抹浅浅的弧度，很柔润的弧度，但面庞的轮廓，却越发的分明。"苻坚向来很自信，如今百战百胜，更该骄矜异常。他这一生最崇拜的人，是汉武帝。因为汉武帝掌握着最强大的帝国，连匈奴西域，或都被他赶得远远的，或向他俯首称臣。如今，他同样也派了人去征伐西域诸国，设置西域都护，正是希望走上汉武帝的道路。可惜，他还有个偏安江东的南朝晋国莫之奈何……"

秦皇汉武又如何？

当年的铁桶江山，几百年的轮回过去，已不知换了多少次的帝王。这近百年来，北方更是频频动乱，各族首领纷纷割据称王，你方唱罢我登场，一派支离破碎的景象，直到近年苻坚一统北方，才算安定了些。

可苻坚纵是能成就秦皇汉武那样的功绩，终究又能逃得过那抔黄土么？

百年之后，谁又说得准，他的子孙，是否还能守住他的江山？

碧落不想去推究那位大秦天王的心思，顺了慕容冲的思路说道："冲哥的意思，晋国是秦国的对手，如果晋国向秦国用兵，北方就会大乱？"

慕容冲嘲讽一笑："晋国？这群逃到江南的士族高门子弟，终日里研究老庄，崇尚清谈，敢向大秦用兵的，大约只有那个已经死去的大将军桓温了。"

碧落总算悟了过来："晋国无大将，所以秦王应该有心向晋国用兵？"

慕容冲微眯着眼，轻叹："可惜，朝中群臣，莫不安于现状，除了慕容氏和姚氏，无不反对苻坚用兵。现在这时候，只要有人再坚定一下他用兵的信念，他一定会动手。"

一统河山，正名天下，在青史上留下最辉煌的一笔，哪个霸主没有这样的野心？对于从小学习汉家文化的苻坚来说，氐人越是曾被视作胡蛮，他越想通过文治武功来显示自己的无上地位。

而这种站在至制高点的帝王战略，对于秦国朝臣来说却没有太大吸引力。

碧落猛地想起昨日所说兄长想牺牲他的话来，失声道："四公子不会想让你去劝苻坚用兵罢？"

慕容冲冷笑："为何不会？他听京中我那皇姐传来的消息，说那苻坚甚是思念我，只是惧于流言，不愿下旨召见而已；转眼十月二十八是他的生辰，若我亲自前去道贺，他必定很是欢喜，趁机请求留在京城，然后找机会劝他一统天下成就其名，说不准他真会听进我的话。"

他口中这样说着，抓握碧落的十指却越攥越紧，浑然天成的优雅气度虽是不改，可眸中的恨意和怨毒，已是无可掩抑。

他从十年前离宫，就再也不曾去过长安。巍峨皇宫，红砖金瓦，盘龙戏凤，对旁人来说是富贵和权势的象征，对他来说却是最残忍最屈辱的噩梦。

紫宸宫里的一砖一瓦，一枝一叶，都曾见证当年那个小小少年，在光鲜优雅的表象下，经受了多少个欲哭无泪的黑夜。

"你不用去啊！"碧落由着慕容冲几乎将自己的手抓出血痕来，有心想将他那些混账宗亲大骂一顿，一眼看到慕容冲眼底的伤恨，到底不忍，只是柔声劝道："慕容家还有你叔父和三哥在京城，还有你的姐姐清河公主，他们会劝苻坚用兵的。"

"他们劝了，但苻坚未置可否；而清河，自我出宫后就渐渐失宠了。有时两三个月才能见着苻坚一面，大约也不敢去提这些军国大事，以免自招嫌疑。"

碧落蹙了眉，不作声了。

这些事，慕容冲极少和她如此细谈，原也轮不到她来置喙。她所能做到的，不过是照顾好慕容冲的饮食起居，听他命令办些力所能及的事而已。

比如，刺杀林景德。

披了衣，她扶起容色憔悴的慕容冲，叫人备洗漱之物，并准备早饭送来。

当日苻晖的到来，已是意料之中。

但他居然没有进平阳太守府，而是直接召慕容冲到他泊在汾河边的大船上去说话。

慕容冲闻报，只得整了衣，令人驾了马车前去相见。

碧落见他虽是不改素日的优雅从容，但眼底却是异常的幽黑，忆及前日提到苻晖时他异样的表情，自是不放心，遂着了男装，佩了流彩剑，只扮作侍从紧随在他身后。

慕容冲没有阻止，由着她上了车，在自己身侧坐了，眼神缥缈地往窗外远望了许久，忽然自语似的低声道："苻坚很喜欢黑眼睛的女子。"

碧落心头似给什么抽了一下，忙大声笑道："咦，这话奇了，谁的眼珠不是黑色的？"

慕容冲依然看向窗外，平静地说道："北方有些异族人，眼珠会是绿色或蓝色的；秦国境内的人，乍一看的确都是黑眼睛，但细细看去，大多是深褐色或浅褐色，很少有人会是纯粹的黑眼珠，像黑夜一样的颜色。"

碧落只作没听到他的话，捏绞着自己衣带，默默将脸别开去，盯着车厢顶部细细绘着的青青兰草，似在欣赏着工匠精美的手艺，却再忍不住心头的怦怦乱跳。

慕容冲的话，是什么意思？

她的眸子，的确幽黑如夜，是很罕见的接近纯粹的黑。

慕容冲终于没说更多，甚至在下车时，他还轻轻拍了拍碧落紧绷着的身子，温和地微微一笑。

那一笑，如贵重的黑宝石迸绽着晶莹明澈的辉芒，刹那间便将碧落心头堆积的阴霾驱除得干干净净。

她一定多心了。

慕容冲，与她相依相伴十年的慕容冲，即便从不曾亲口说过一句喜欢，她也敢断定，他的心里是有她的。

他只是太专心于他自己的仇恨与家国大计，而不能俯下身去，仔细看一眼始终守在自己身畔的那个红颜知己。

于是，她还了慕容冲一个笑容，灿若春花，明媚无双。

那日天气并不好，苍山碧水，都灰蒙蒙地浮了层虚白。

汾河边，红蓼花繁，黄芦叶乱，一艘甚是豪华的高大楼船停泊在岸边，翘檐如飞，朱木蕴光，雕了绵连游鱼花纹；数串画着水墨山水图案的绫纱红灯笼，正在江风中飘摇翻舞。

叶落纷飞中，有铿锵的击节声，伴了男子沉郁而激昂的歌声随风传送：

"秋风起兮白云飞，草木黄落兮雁南归。

兰有秀兮菊有芳，怀佳人兮不能忘。

泛楼船兮济汾河，横中流兮扬素波，萧鼓鸣兮发棹歌。

欢乐极兮哀情多，少壮几时兮奈老何！"

正是当年汉武帝到汾阳祭祀后土，在汾河闻南征大捷时所作的《秋风辞》，虽是清丽流远，却不乏盛至顶点而乐极哀来的感慨；可即便那种感慨，也不过是帝王才拥有的志得意满后的调剂。

眼前那男子的歌声之中，更是觉不出流年易逝人生虚无的悲哀来。

只因这男子才不过二十出头，容貌俊伟，鲜衣华服，举止骄矜，行动之间自然流露着出身高门的贵气，——正是苻坚的爱子，平原公苻晖。

"平阳太守慕容冲，拜见殿下！"慕容冲从容上前，如仪叩拜。

碧落紧随其后跪拜下去。

苻晖却正扬声向身畔击节之人说道："杨定，本以为你这些年流落在外，定然俗了，不想倒也懂些音律。不过咱们氐人性情豪阔，重的是上马杀敌，所向披靡，大是犯不着去学什么琴笙鼓箫，弄得扭扭捏捏跟个娘们儿似的，还让人以为是以色事人的娼妓呢！"

这样明显别有所指的话语，就差点没指着慕容冲鼻子大声讥嘲，讥嘲他不过是天王身边最下贱的侍奉者而已……

碧落不知苻晖当年与慕容冲有怎样的过节，以致这样当面羞辱，不由担忧地望着慕容冲跪于前方的身影。但慕容冲并不见有任何异样，只是肩背弯曲，似有些僵硬。

这时只闻一个熟悉的声音笑着回答："天王富有天下，崇尚汉学，既爱咱们氐人的大韶乐，也爱江东的白纻舞，杨定禀承天王训示，一面苦学武艺，不敢忘本，一面也对韵律一道多有涉猎。——殿下一曲《秋风辞》，字正腔圆，深得三昧，想来殿下也曾用心钻研过汉人诗乐，才能如此文武全才，天下罕见吧？"

碧落抬头看时，正是当日随高盖一起来过平阳的杨定，却不知怎地又跟随到了苻晖身边，此时正一边妙语解围，一边含笑望着慕容冲和自己，洒脱之中，隐隐可见一抹怜悯和担忧。

他虽同样家国尽丧，可到底也算是氐人，苻晖待他显然要温和许多。当下闻言，他已和颜悦色道："嗯，不愧仇池杨氏后人，果然有见地。怪不得父皇特地召你进京，想委以重任呢！"

杨定微笑，取了击棍，有一声没一声地散乱敲着，看苻晖只是端了茶坐在一旁缓缓喝着，对久跪的慕容冲及从人视若无睹，只得提醒道："殿下，平阳太守已迎候多时了！"

苻晖仿若刚刚才看到慕容冲，站起身来，失笑道："可不是么？这可是当年大燕的中山王啊！更是我父王在怀里抱了三年的凤凰儿，怎可久跪？"

他转头喝令身畔从人："还不去扶起我们的凤凰儿呢！若是跪坏了他，父王可饶不了你们！"

第四章　江如练　寒枝拣尽无处栖

慕容冲小名凤凰，素来只有亲密至亲方才如此唤他。他独处平阳，已不知多少时日未与宗亲相见，更没人敢用小名相呼，如今由苻晖唤出，言辞之中极尽羞辱，饶是他性情隐忍，涵养非常，此时也忍不住微微变色。

碧落心中恨怒，只觉再也无法忍耐，正要站起说话时，忽觉衣襟被慕容冲一拉，抬头看时，只见慕容冲已顺势立起身来，唇角弯一抹优雅得体的笑纹，恭敬道："谢殿下！"

千般不悦，万样屈辱，都似在他恬淡宁谧的一声道谢中如流云四散，半点不露声色。

苻晖见慕容冲这般低声下气，倒也无可奈何，遂令人赐了座，闲问了几句平阳近况，忽话题一转，似笑非笑望向慕容冲："凤凰，雍州与平阳相处颇近，王皮谋反之事，你事先不曾发现过什么迹象吗？"

慕容冲敛袖垂首，从容而答："下官才识有限，身为平阳太守已甚觉吃力，以致不能顾及周边城郡，这是下官之过。下官回府后，一定上表向天王领罪！"

"少给我假惺惺的！"苻晖立起身来，"啪"的一声，将青瓷茶盏掷碎在甲板上，琥珀色的眼睛已不掩怒意："谁不知道，父王素来英明，独被你们这些外族人的巧言令色迷了心智，才对你们大加宠用！你上表领什么罪？大约又是想告我一状，让我领受一顿鞭子吧？"

慕容冲神色微变，努力维持着一丝笑意，又在一旁跪下，将头深深磕了下去，低声道："下官不敢。"

苻晖扬起一脚，已端在慕容冲胸前，冷笑道："白虏贱奴！这天下，还有你不敢的事么？只怕连翻天你都敢！"

因鲜卑人大多皮肤白皙，故而对鲜卑慕容不满的秦国臣民常呼之为"白虏"，但敢当面如此羞辱昔日大燕皇子的，倒也极罕见。

慕容冲给踹了一脚，闷哼了一声，便已扑倒地上，眼睑深深垂下，强掩着极凌厉跳跃着的光芒，却忍不住喉中上涌的腥味，"哇"地吐出了一口鲜血，落于秋日里萎黄的青草上。

碧落大惊，再也顾不得，径扑上前，扶住慕容冲，叫了声"冲哥"，已按住宝剑，狠狠瞪住苻晖。

苻晖定睛将碧落一看，已呵呵笑了起来："到底不愧是倾国倾城的凤凰儿，连身边的侍从也漂亮得跟女人一样！难道你当娈童当上瘾，开始带徒儿了不成？"

碧落气怒之急，正要拔剑而起时，慕容冲的右手忽然斜刺里伸出，迅速将她拔剑的手按住，有力地将宝剑生生给按了回去，同时飞快瞟了她一眼。

苍白却绝美的面庞，一抹苦涩，一抹担忧，一抹警告，还有一抹欲语还休的犹豫。

碧落忽而心软，无力垂下手，而心口中，已似给人千针万针轮番扎刺般疼痛着。

她一向知道慕容冲曾在秦宫中受尽委屈，可亲眼看到这样的委屈，又是两回事。

连她都不可忍，想要仗剑反抗，那么，分明有着一身极高武功的慕容冲，他又在用什么样的意志在忍耐着？

忍耐了一天又一天，一年又一年！

慕容冲依旧垂着睑，正待说话时，苻晖身畔一名随从忽然俯下身来，凑到苻晖耳边低语了几句，一双眼睛，却望着碧落，颇似有猜忌之色。

苻晖立时收去了戏谑凌辱之色，立起身来，走到碧落跟前，琥珀色的眸子如钉子般尖锐，牢牢钉在碧落身上，然后缓缓吐字："你，前段时间去了雍州？"

碧落手心立刻沁出汗来。

她忽然想起了，她似乎见过那名随从。

那随从，正是吏部侍郎林景德的侍卫之一。

当日她虽是蒙面行事，又利用了早年受过慕容氏大恩的石绛珠为掩护，但离去时身形还是让那些侍卫见过，此时再次相见，想必看来眼熟，又疑心着慕容冲，便有些疑惑了。

慕容冲面不改色，迅速代碧落回答："她自幼随在我身边，八年来不曾离开过平阳半步。"

苻晖轻笑："凤凰儿，我有问你么？你很紧张？"

慕容冲从容微笑："她生性淘气，不解世事，下官怕她一时冲动，出言不逊，让殿

下难堪。"

符晖伸出手来，就去抚摸碧落的脸庞："是么？我倒想看看，她怎么个出言不逊法！或者，她怎么个武艺绝世，竟能林景德也能杀害！"

他的手在碧落脸庞划过，碧落只觉似有道毛毛虫在脸上爬动一般，再也忍耐不住，猛地退后，拿了剑就挥向符晖的手掌，口中已喝道："滚！"

符晖虽是王子，但出身于动乱年代，十几岁便是统领大军四处征伐，一身武功自是不可小觑，此时眼见剑风扫过，立刻缩手避去，心下已然大怒，正要令人将她拿下时，身畔一道黄影飘过，伴着一道剑光，飞快划向碧落。

碧落看那剑光来得快，忙去抵挡时，身畔慕容冲喝道："碧落，不得无礼！"

碧落心下一彷徨，剑势去得就慢了，立时不敌，只闻那人轻笑一声，剑锋上挑，已将她的武冠击落，高声道："快向平原公认罪，否则我可就要径取你首级了！"

武冠飘落，一头乌亮青丝，顿时如水流散下来。

碧落大睁着双眼，惊慌无措地站立当场，对着一群目瞪口呆的男子，再不知该不该继续扬剑了。

而方才将她的武冠打落的男子，正是杨定。

他正若无其事地站在符晖身旁，笑得双眼弯弯，如同月牙一般："三殿下，是个小美人啊！武功也稀松平常得很。"

符晖乍见了这女子散下发来，只觉如在夜间突然见着一枚光华明耀的宝珠一般，一时炫目得直要眯起眼来，直到杨定有意无意地碰了碰他的手臂，这才回过神来，转向慕容冲，厉声道："怎么回事？"

碧落也正盯向慕容冲，心下忐忑不已，再不知自己是不是又给他惹了麻烦。

慕容冲并没有看碧落，他望着步步紧迫而来的符晖，维持着安然的笑意，"禀殿下，这位碧落姑娘，是下官的义妹。因练过几日武功，常随在下官身畔，又景仰天家风采，故而今日改妆陪了下官前来拜见殿下。"

"碧落？"符晖喃喃念着这个名字，琥珀色的眸子不住地在碧落面庞上徜徉流连，惊艳之色始终不曾褪尽。

碧落只觉那目光似带了火星一般，又烫又辣，再想不透这人打了什么主意，不由得畏惧起来，忽瞥到抱肩站在一旁的杨定，正微笑着望着她，唇形微动。

纵是碧落反应迟钝，也能辨识得出，他也正吐着两个字的口形：碧落。

他那微带得意的神情分明在说："呵，这不是知道你名字了？"

碧落更是恼怒，只不敢发作，悄悄地挪一挪身子，去牵慕容冲的衣襟。

慕容冲回过头来，已一眼见到了碧落眼底的惶然和惊惧，幽黑的眸子暗了一暗，似本就不明的星子，又被一层阴影掩住，几乎看不清其中的光芒。

——哪怕原本是如北极紫薇那般明亮耀眼的星辰！

那层忧伤到绝望的阴影，忽然之间就将碧落的心给揪住，紧张得脊背上一层冷意直冲上脑门，连手脚都紧绷到无法动弹。

但见慕容冲拉过她，再度向苻晖跪了，从容解释："禀殿下，冬月二十六，便是天王陛下生辰。因下官想着，陛下后宫之中，张夫人身怀六甲，蔡夫人身体素弱，天王身畔，如能多个知疼着热的女子侍奉，只怕会省心许多，因此有意将碧落奉献给天王，以贺天王生辰，也表下官的一片忠心。"

碧落一时似呼吸都止住了，惊骇地盯向慕容冲。不知不觉间，她的十指已深深扎入青草地中。

而苻晖已攥了拳，似随时准备一拳击到慕容冲脸上，嗓门更是高亢凌厉："你说什么？你自己没伺候够，你姐姐又色衰失宠，所以准备再弄个妹妹入宫去？你们鲜卑慕容……为了保住自己的荣华富贵，当真是无所不用其极！太不要脸！"

慕容冲笔直跪着，对着苻晖的破口大骂，竟是眼观鼻，鼻观心，仿若完全没听到他的痛斥侮辱。

苻晖骂了一阵，到底没敢当了众人将拳头砸到慕容冲脸上，转身回到自己座位上，扶案坐了，冷笑问道："那么，假如我要这个女子呢，你是否打算将他送给我，也好拉拢一下我呢？"

他挑衅地盯着慕容冲，尖锐如刀的眼神，几乎要将慕容冲俊秀的面庞挖下一块肉来。

慕容冲淡淡一笑，微一低头，道："碧落如蒙殿下抬爱，自然是她的福气。只是前日下官已上表和天王陛下言明此事，殿下若是看得上她，只怕得去跟天王说一声。天王素来疼惜殿下，想来一定是肯的。"

苻晖哂笑一声："自然……会答应的！你慕容冲的妹子么，我可感兴趣得很！话说这慕容一族，还真出美人儿，男男女女，都是花儿般的人物，不容错过呢！"

望着面色惨白的碧落，他又笑了起来："既然早晚你要将她送入京去，不如就由我顺路带回去吧！也免了太守大人派使者一路奔波，又得经过雍州境内，万一不小心给那些不长眼的官兵当贼拿了，可不大大糟糕？"

碧落用力地吸一口气，高声道："我不去！我不跟你去！"

她盯住慕容冲笔直得僵硬的背脊，用力地咬住唇，却觉脸上一热，拿袖子一擦，却是泪水已滴落下来。

慕容冲没有回头看她一眼，却在符晖眯眼欲要发怒的瞬间迅捷回答："碧落的意思，是希望回去收拾一下行装，和亲友们一一告别了，再随殿下前去长安。"

符晖用手指叩着榉木的条案，半笑半嘲："你在平阳还能有什么至亲好友？算了吧，你瞧这么个娇滴滴的美人儿，再随了你奔来奔去，岂不是累得慌？我明天早上就起程回长安了，也没空等你慢慢收拾告别去。你这就回去为你妹子收拾了，即刻让人将行装送来吧！你这妹子么……就留在这里，本公自然会好好照顾着，安然送到父王身边。"

慕容冲好长一段时间没有说话，一贯优雅从容的面庞僵如铁石，连瞳孔深处，也是如墨汁般的黑暗无边。

符晖饶有兴趣地望着他，已微有得意之色浮出。

慕容冲行事谨慎，却肯将这女子带出，足证她在他心中的地位绝对不低；而这女子的神情更是清楚明白地告诉在场的每一个人，她根本没将这个容貌倾国的"义兄"当作兄长。

慕容冲的魅力连符坚那样的男子都抵抗不了，何况与他朝夕相处的女子！

想到这女子竟为慕容冲动心时，符晖便更觉恼怒。

如此金玉其表败絮其中的无用鼠辈，哪配得到这女子的喜爱，又哪里配得到他父亲符坚那样的宠纵，甚至至今还对他念念不忘？

想当年，符坚宠爱慕容冲，居然连他这个爱子都弃之脑后，无暇顾及。他一怒之下寻衅向慕容冲动了手，却结结实实领了符坚一顿鞭子。

为了一个白虏贱奴，让他这个嫡亲的爱子领受鞭刑！

简直是毕生之耻！

天色越发阴了，大片大片铅色的乌云笼住苍山与汾河，连碧清的河水都渐渐泛起黯沉的死气。萎黄的芦叶苇花在风中瑟瑟抖着，忽而飘落几片，在水面上随风浮沉，再不知会飘向何方。

几滴雨重重地滴落，啪啪地斜打在楼船上，又打到众人的脸庞。

河中渐渐布起无数的雨窝，越来越密集。

符晖立起身来，纵声长笑："慕容冲，天不留客啊！趁着雨还没大，赶快回去收拾吧！"

他斜睨一眼那仿若禁不起风雨，半伏于地上的碧落，笑道："来人，把碧落姑娘迎进舱里去，可别淋坏了，日后不好见父王！"

"是，下官……告退！"慕容冲缓缓回答，满是雨水的脸色白中泛青，连唇边都似失去了血色，但进退之间，依旧有礼有节，不改风华。

眼见有人过来相扶，又见慕容冲低了头，竟转身欲走，碧落再也忍不住，失声高喊："冲哥！冲哥！"

他竟要丢开她吗？他竟要丢开她吗？

碧落胡乱用袖子擦着脸，再也分辨不出，这爬了满脸的到底是雨水，还是泪水。

慕容冲终于抬起头来，与碧落对视。

而碧落本有千言万语，却在望到慕容冲的眼睛后，只是颤着发白的嘴唇，一个字也说不出来。

那是什么样的眼睛！

纵然是漆黑如夜，那夜空中至少还该有些星子的微芒；可慕容冲的眸中，除了黑暗，还是黑暗，那种沉郁的黑暗，如无底洞一般，几乎要将任何一个看向他的人吸入其中，永世不得超生。

"我会去长安……见你！"他一字一顿，如钢珠般向外跳弹着字句，然后，骤然将双眼闭起，快速与碧落擦肩而过。

擦肩而过。

雨更大了，淋透了碧落黑发和衣衫，也淋透了慕容冲的黑发和衣衫。

他那被大雨浇透的身影，再也无法如以前那般素衣翩然，轻逸如画中之人。

"我会去长安见你！"

寥寥几个字，继续在碧落心里弹跳着，如冰雹般此起彼落地砸着，阵阵地疼痛着。

去见她，又能如何？

他已将她送给他不共戴天的仇人苻坚。

或者，她可能再被转手赏给这个充满煞气的苻晖……

何况，长安是他最深恶痛绝的地方。自从十年前离开，他再也没有去过一次。

他会为了她，破例去长安找她？

她很想站起身来，追上慕容冲，抓紧他的手，用自己体温去温暖着他，然后向他明媚一笑，为他如漆的眼，带来一抹温暖和光亮。

可她的脚似乎瘫了一般，刚立起，又已匍匐在地，跌在那肮脏泥泞的雨水之中。

两名从人过来扶她，她用力挣开他们的手，向着雨幕中渐行渐远的人影嘶哑着嗓子

高声呼喊：

"冲哥！"

"冲哥！"

"冲哥……"

抹一把脸上乱爬的水迹，她勉力要站起，追向那模糊的身影，臂膀忽然一紧，再也动弹不了。

一扭头，杨定正站在自己身侧，努力要将她扶起，宝石般光华明耀的眸子，第一次收敛了笑意。

"没用的，快回船上去，真要淋坏了！"杨定的声音，颇是温和。

碧落恼怒瞪了他一眼，恨不得要拔出流彩宝剑来，将他制住自己臂腕的手砍下来，以期获得想要的自由。

"你想害了慕容冲吗？"声音再次响起，很低，夹杂在雨水的哗哗声中，几乎无法让第三个人听到，以致碧落以为自己听错了，猛地回过头，却看到杨定微微开合的唇。

她想害了慕容冲吗？

神志似乎清了一清，她仰头向天。

天是惨然的灰白色，看不到半点属于晴天的明朗蔚蓝。

秋雨如倾，带了生冷的寒意打到脸上，肌肤生生地痛着，却怎么也淋不湿那颗灼烧的心。

她的心，在冰冷的暴雨中烈烈如焚。

"啊……"

她终于发出一声凄然如垂死鸟儿般的悲鸣，软软瘫倒下来，由着杨定紧张地半抱半拽，将她拉进船舱，一路拉进一个小小的房间。

似有侍女前来，拿了热水和干净衣服，供她清洗更换。

而碧落仿若没有听到看到，只是趴在小小的弦窗上，瞪大眼看着雨幕，奢望着雨幕中能缓缓走来一个熟悉的身影，向她从容一笑，伸手握紧她，再不放开。

可她到底明白，那只是奢望。

慕容冲并不只是慕容冲，他还是故燕的亡国皇子。他背负着让他沉痛了十三年的屈辱，他还有着数以十万计的宗亲和鲜卑子弟要考虑。

牵一发而动全身。

所以，他一定会忍，继续忍。

日复一日，年复一年，让人看到一个只会品茶鉴酒笑面迎人的庸碌青年。

空长了一副绝佳的容貌，白辜负一身绝好的气质。

碧落惨淡地笑，泪流满面。

而蒙昧不清的天，也似在惨笑，泪流。

越流越多的泪水，浇遍山河，浇遍道路，也浇遍路上的行人。

从汾河边通往平阳城的大道上，一辆马车戛然而止，长身玉立的年轻男子，跟跄从车中跳下，一头栽入倾肆的雨水中，跌跌撞撞地向前冲着，跑着。

马车跟在这个迅速淋透了的年轻男子身后，缓缓走着，却伴了侍卫一路急促的呼叫：“公子，请上车！请保重！公子，请上车！请保重身体要紧啊！”

可他该为谁保重？

慕容冲张开他的双臂，迎着满怀的雨水，向着苍天，嘶哑地大笑出声。

嘲讽而凌厉地仰头大笑，再顾不得什么气度礼仪，大家风范。

俊美的面孔，已被那种沉痛的嘲讽牵扯得变了形，变得阴怖异常，如被闪电扯裂的天空。

路两旁的高大刺槐在雨中兀立着，树叶被打得纷纷而落，就像被鞭打着的蝴蝶，血肉淋漓地卷曲翻飞，零落泥泞污水中。

说什么平阳古韵，说什么青山如洗，说什么汾河澄碧，在这样暗昧不明的天地里，哪有一丝的绮丽可寻。

他很想冲了那苍天大叫，大喊，大骂，骂这苍天无眼，一次又一次地从他的怀中夺去最珍爱的事物。

国土，尊严，骄傲，自信，亲人，然后是碧落。

可他一张开嘴，却是痛彻心肺的惨呼：“碧落！碧落！碧落！碧落……”

一遍遍地呼喊，再没有第二种字眼。

手指苍天，他披头散发，冷冽地笑，大笑。

或者，从一开始他就错了，不该等着苍天去赐予机会，让他存上一缕几近虚无缥缈的梦想，去等待奇迹或神迹的出现。

根本没有苍天！

若有苍天，苍天也没有眼睛！

苍天从不给予他一丝的温暖和温柔，却夺走了唯一能给予他温暖和温柔的碧落。

“碧落，碧落……”

那个且行且笑的年轻男子，在雨里踉跄行着，大声叫着，绝美的五官黯如白纸，涂抹不上任何的表情。

　　汾水流，汾雨愁，失群的孤燕从年轻男子的头顶掠过，旋在空阔的旷野之中，凄厉地一声声鸣叫着，再找不到一处避雨的小窝。

第五章　雨霖铃　冷夜空庭奏广陵

汾水的高大楼船中，杨定紧盯着那个蜷缩在窗前的女子。

她已完全失去了在平阳太守府时的那种骄傲神采，黑眸深寂如水，仓皇地望着窗外似永不止歇的雨水，如等待最后宣判的囚犯。

明明知道，那种宣判可能永远都等不来，明明知道，她唯一可能等到的，只是失望甚至绝望，她还是不死心地等着，守着孤寂慢慢在煎熬里等着。

干净的衣裳，整洁的饭菜，换了几次的热水，也在那种孤寂中被视若无睹。

"如果慕容冲知道你这么伤心一定也会非常难过。"杨定嘴角微微上扬，温和劝慰。

碧落哂笑，依旧望着窗外。

他当然会难过。

他们已相依相伴十年。

可她在他心中，真有她所想象的那么重要？

他甚至说，早打算好了将她送给符坚。

他还暗示她，符坚喜欢黑眼睛的女子，如她这般，眸黑如夜的女子。

碧落的眼眶中脸庞上还是湿漉漉的，一定是雨水没有擦干。

一定，只是雨水而已。

"如果天王陛下或平原公知道你这般不愿入宫，必定会对慕容冲很不满。"杨定窥探着碧落神情，又说。

对他不满又如何？

她也恨他。

就这样将她拱手送人，如同送一块没有感情的木头一般，她就该恨他。

她恨他，那么符坚对他不满，她应该乐见其成。

可为什么，她心头扎痛的感觉，越来越强烈？她的胸口，为什么越来越痛得无法忍受？她终于转过头来，向杨定轻声道："哦？他把我卖了，我还得为他祈祷，能卖个好价钱？"

杨定笑了："估计，慕容冲是亏本了。这笔生意，一定不是他愿意做的。"

"你也认为，他并不愿意将我送长安去？"碧落眼睛顿时闪动起异样的光泽。

话一说完，她忽然意识到，自己用了个"也"字，显然潜意识里早已认定，慕容冲并不愿意放弃她，或者说，并不愿意放弃两人之间的感情，甚至可能是最美好的姻缘。

杨定再笑，凑到她跟前，眉眼弯弯道："想知道？回去找他问明白就是啦！"

碧落脱口说道："怎么回去？符晖肯放我回去吗？"

杨定嘿嘿道："他不肯放你回去，你没长脚？你自己不会回去吗？"

碧落忙摇头道："不行，我突然逃走了，冲哥必然会受连累。"

符晖正愁找不到慕容冲的把柄，若是碧落逃走，必会安他个欺君的罪名，就地处决都说不准。便是秦王念着旧情，也不至于为了慕容冲便拿自己的儿子怎样。

杨定揉着挺而直的鼻子，笑道："我没让你逃走，我是建议你回去见一见慕容冲，把心里的疑惑问个明白。"

碧落恍然大悟。

只要不是逃走，即便事后符晖发现，也只能算她手足情深，执意回家辞行，够不上什么大罪。

她的眸光转处，又瞪向杨定，疑惑道："可这艘楼船上，守卫不少，我能逃得出去么？"

杨定向碧落一竖大拇指，嘻嘻笑道："用流彩剑的，自然是武艺高强的女侠，再加上用华铤剑的大侠客相助，应该不难吧？"

"你……帮我？"碧落舌头有些转不动。

杨定也是亡国之君的后裔，符晖纵是不讨厌他，也不至于对他全无防备。若从自保出发，他绝对不该伸手管这样的闲事。

可他为什么帮自己呢？

碧落还没想清楚，杨定已指着饭菜和衣物说道："快换了衣服，吃点东西休息一会儿吧，不然半夜来回奔波的，只怕没等你见到你的冲哥，便已累倒在路上了。"

他做了个鬼脸，笑道："若是见不到你冲哥，碧落姑娘会不会相思而死？"

碧落见他说得轻浮，瞪了眼正要发作时，杨定已迅速退到门边，笑道："我去准备啊！"

"准备什么？"门口忽然听到另一个声音接茬问道，声音颇有些阴冷，正是平原公符晖。

杨定忙屈身行礼，微笑道："碧落姑娘乍离兄长，看来心情不太好，正嫌那饭菜凉，说不想吃呢。我想这就去让人为她准备些热饭热菜来。"

符晖点一点头，忽盯住碧落眯起了眼："哦，你湿衣裳还没换下来？"

"我……这就换……"碧落吞下所有的话语，低了头，顺从地回答。

前路虽是一片茫然，可她至少还能断定，现在，这个二十出头的平原公，已经掌握了她的生死，甚至，慕容冲的生死。

想起慕容冲，她的心一味地乱跳着，再也看不到其他人的神情，听不到其他人的话语。

这时候，慕容冲在做什么？

在想她么？

或者，忘记了她已不在身边，照旧那样温文地吩咐着：

"碧落，磨墨！"

"碧落，拿我的琴来！"

"碧落，你瞧，枫叶又红了……"

当发现上前服侍的并不是碧落，他会不会难受？

如她这般，捂着胸口，感觉着心脏的抽痛，难受得喘不过气来……

"慕容碧落！"忽然有人走到她跟前，几乎和她脸对着脸，高声地吼叫。

碧落吃了一惊，才发现符晖站在眼前，已是满脸怒意。

他刚和她说话了吗？

"殿下有什么事？"她漠然地问。

低垂的头看来很是谦卑，可话语中却是掩藏不住的疏离敷衍，甚至是漫不经心。

符晖克制着自己，不要和这个慕容氏不懂规矩的小丫头计较，冷冷地说道："我叫你向你哥哥多学学，学学怎么夹着尾巴做人，不，不对，夹着尾巴做狗，一条只懂怎么曲意媚上的狗！这样，你一定也可以和他一样，活得好好的，并且，富贵双全！"

给他骂成了一条狗，还说他活得好好的，富贵双全？

碧落恨不得将一大堆梗在心头的激忿话语冲口说出。

可一抬眼，她看到苻晖身后，杨定竟迟迟未走，正微蹙了眉瞧着她，有着分明的担忧和警告。

晚上……

他们还要去平阳太守府……

冲哥……

硬是将所有的怒火咽下，碧落淡淡地笑了一笑，低婉着声音说道："回禀殿下，碧落只是慕容冲的义妹，不姓慕容，而姓云。云碧落。"

苻晖眯着眼，问道："那又如何？"

碧落轻笑："他姓慕容，我姓云，如今既已将我送给了天王，慕容氏富贵双全与我何干？至于我能不能活得好好的，还不是看天王和殿下的意思？"

她说得甚是从容，苻晖凝视她半晌，也琢磨不出她到底是真心还是嘲讽，只觉她颊间的梨涡浅浅，不见初见时的锋芒，恍如敷了层轻纱般婉约动人着，一时竟有些挪不开眼。

碧落虽是容貌清秀，但平时很少离开平阳太守府，从不曾有人这般盯着她看，见苻晖那神情倒有几分像那个被她一剑暗杀的林景德那般猥琐，顿觉厌恶，提高了声调说道："殿下，天色不早，我送殿下回前舱吧！"

苻晖回过神来，只见碧落口中说着，却取了干净衣裳在手中，显然是准备换衣裳，只得道："不用了，你淋了雨，早点歇着。"

他边说着边走出去时，声音已不觉柔和了几分。

苻晖命人备来的衣衫甚是华丽，左衽云纹锦缎紧身宽袖上襦，精绣百合宽幅留仙裙，裙摆曳地，配饰繁富，正是原在南朝晋国所风靡的衫裙，近年已在北方秦国富家女子中盛行开来。碧落换上，果然行走时甚是雅致翩然，风姿出尘，但若在雨夜行走，怕早就拖了大片的泥泞，很不方便。

正皱眉思忖之际，只听杨定懒懒地在外说道："碧落姑娘就在里内，你们送过去罢。还有这些东西，可别忘了。"

有侍女低声应是，不一时果然进来，送来几样精致小菜和一碗清粥，又将一个小小的包袱放到卧榻上。

碧落纳闷地向外看时，杨定正冲她很是诡秘地笑了笑，挥一挥手，方才逍遥离去。

草草吃毕晚饭，碧落见侍女收拾完离开，忙打开包裹看时，却是一套裤褶和一套翠绿色蓑衣。

裤褶是寻常北方百姓所穿的衣裤，上为广袖褶衣，下为大口裤，用长长的锦带缚住裤腿，因此又叫缚裤，适于游牧部族骑射之用，雨夜行走自然也轻便许多。

不想这杨定看来大咧油滑，倒也能留心到这些细节，不由得让碧落微感诧异。

换上裤褶，碧落早早熄了灯，只在卧榻上假寐，却听得窗外雨声哗啦啦打入江中，带了风动树叶的呼呼声，汇作嘈杂的一片，那雨竟是越下越大了。

她与杨定只有一面之缘，甚至还是以打斗相识，彼此并无深交，便暗自担心那杨定到底会不会出手相助。

转而想到，便是杨定不相帮，她也该回去一次才是。此地距离平阳城并不远，有两三个时辰，也够来回一次了。

不管如何，她总要再回去见一见慕容冲，问一问他，是不是，在当日醉酒后说十年已经等够时，便已决定要让她代替他到苻坚跟前去，完成大燕的复仇雪耻计划。

她有一双漆黑如夜的眼睛，便是注定要承受黑暗吗？

可如果她不承受，难道叫慕容冲再次去承受？

那个他一去十年，再不想回头多看一眼的地方！

碧落一下又一下地啃啮着细棉布纹的被子，怔怔地望着窗外无边的夜，无边的雨，竟是一片迷惘。

这时，她听到了手指叩动窗棂的"笃笃"声，在那片混乱不堪的嘈杂风雨声中依然清晰有力。

她一下子跳起来，打开小小的窗扇，果然见到杨定那张放大的笑脸，正躲藏于刺猬般张开的蓑衣中。

"走吧！趁现在大家都睡着了，应该很容易避开耳目。"杨定低声说着，拍了拍她的肩，亲昵而自然，仿若二人是相交多年的知交好友。

不知怎的，碧落心里顿时安慰了好些，立刻点头，披上蓑衣跳出窗去。

或者，应该谢谢那样的大雨，船头几乎没有守卫，只有船尾处还亮了盏灯，估料着该是值守的侍卫。

杨定的武功，碧落早先已见过，但见他轻轻一跃，便从船舷处跃下，落在岸边，然后笑着向她招手。

碧落目测了一下距离，虽是有些忐忑，到底不愿露出，努力运起功来往前一跃，虽是到了岸边，却因距离太远把一只脚踩到了近水的芦苇中，发出响亮的"叭嗒"一声，连皮靴子内都渗进了水。

杨定忙将碧落一拉，藏到一丛芦苇后。

几乎与此同时，船尾的光线一亮，却是有守卫提了灯笼出来照了一照，好一会儿，大约没能发现动静，方才又回了舱，隐隐还听见那人在嘀咕："嗯，如果不下雨，怕可以钓上几尾大鱼了……"

毕竟是在河里，又是这样的大雨中，这样偶尔的声响还引不起他们的重视，竟被当成了鱼儿在水中跳跃了。

碧落松了口气，才发现自己的手正被杨定握住。在这样的凄凄冷雨中，他手指上的温热显得格外分明。

正觉尴尬之际，杨定已拉了她站起，低笑道："还好，遇到两个馋鬼守卫，不然我可给你害死啦！"

碧落气往上冲，哼了一声，低低道："你怕了？那你留在船上侍奉你的王子殿下去，我不需要你陪着！"

她说着，一甩手，径直冲入滂沱大雨中。

身后，杨定无奈地苦笑："果然，果然，唯小人与女子难养也！"

碧落走了一阵，不见身后有人追来，只当杨定给气着了，果然没跟上来，心中又有些懊恼。

这样黑漆漆的雨夜，独自一人赶上二三十里的路，实在不太好玩。何况这人对自己颇是维护，若是惹了他不快，日后在符晖跟前，越发没人为她说话了。

正郁闷时，忽听得身后马蹄声，夹杂在哗啦啦的雨声中，似已到了跟前；忙回头看时，只见杨定骑了匹马，手中还牵了一匹，冲她笑道："快上马来！这么着走一夜，明天得累得一天起不了床了！"

碧落又惊又喜，忙踩了马蹬跃上马去，方才轻轻说了句什么，飞快拍马上前。

那句话飘到雨中，杨定揉了半天耳朵，才猜着她可能道了句谢，摇头笑了一笑，拍马直追。

马蹄飞扬，泥水高高溅起，甩到两人蓑衣上，又迅速被大雨冲去。

豆大的雨点，那样嗒嗒地打到脸上，密集如箭，顺了脸颊滑落到蓑衣下的肌肤上，很冷。

但碧落心头依旧一片炽热，仿佛前方有团烈火在燃烧着，凭它霜刀剑雨，也扑不灭，浇不熄。

苍穹黑暗无边，但终将看到光亮，或如闪电，在片刻间撕开天幕；或如晨煦，在幽光里倔强铺展。

所有的疼痛，身体上的，和心灵上的，都似已麻木。

唯一的念想，就是前方。

前方的平阳城，前方的太守府，前方的慕容冲。

太守府熟悉的屋宇在望时，碧落心中的热泪终于滚出，沿着眼眶，涌得极快，却被冰冷的雨水冲去得更快。

她一跃从马上下来，却觉脚都软了般，差点扑倒在泥泞中。

杨定在雨中高叫："喂，慢点儿！"

她定一定神，转身冲到侧门，啪啪啪地双掌用力拍门。

隔了门缝，府中隐约的轮廓极是熟悉，不过半日不见，便觉那些清冷的景物暗影，如波涛浮沉着，阵阵冲击在胸口，竟将眼中的泪水越逼越多。

"小钟，老蔡，开门！快开门！"

因为是从嗓口的大块气团中逼出的声线，她的嗓音高亢得有些尖厉，拍门声又急又快，那抓了马鞭拍着门的手纤细而苍白，带了雨中秋叶般的颤意，却用力地捏紧，在黑夜里无声地掩饰着虚弱的抖索。

门终于被拉开，守卫惊讶大叫："碧落姑娘！"

碧落定一定神，弃了马鞭，推开守卫，直冲了进去。

沿了石径，一路是熟悉的院落，熟悉的山石，熟悉的花木，在夜雨中耀着冷而微亮的光泽。

转眼，便到了那住了十年的卧房。

十年，都是她伴了一名侍女睡在外间，与里间的慕容冲卧室，仅有一墙之隔。

屋前如以往一般，高高地挂了一盏红灯笼，幽黄的灯光在冷雨中飘摇着。

屋门是虚掩的，轻轻推开，内外俱是一片漆黑。

慕容冲睡着了吗？

现在也快有三更天了吧？

白日里的一场折辱，也该让他恨痛直逼骨髓了。他本是那样骄傲而尊贵的贵胄子弟，这日复一日，夜复一夜，让他怎样地苦苦忍受！

他的睡眠中，是不是又开始那从他十二岁起就不断绵延的噩梦？

"冲哥！"碧落脱了蓑衣扔到一边，颤着手点燃蜡烛，持了那鹤嘴烛台，一边往里

走，一边小心地低唤。

外间原碧落睡的卧榻上，被子叠得整整齐齐，依然是碧落晨间离去时的模样。那绵软的锦被，那绣了并蒂莲花的棉枕，那空荡荡的天青色帷幔，都让碧落忆起往日睡于其中的安心和温暖，不由得伸出手来，将那绸缎的被面摸了一摸，才又往内行去。

慕容冲卧房中的窗户居然是开着的，淡蓝如意花纹的丝幔，正随风乱舞，连碧落手中的烛火亦给吹得明灭不定，堪堪欲熄。

碧落忙放下烛台，先去将窗户关了，方才匆匆走回榻前，撩起帐幔，欲要唤起慕容冲时，才发现慕容冲的卧榻，居然也是空的。

流水般晃动着的淡蓝帐幔，掩着的是一片全然的空茫……

这样深沉的雨夜，慕容冲到哪里去了？

他暗地里虽然一直在苦苦筹划着培养自己的心腹势力，但苻晖近在汾阳，他又岂敢在这紧要关头有所动作？

正迟疑间，忽听外面传来一声隐隐的女子惊叫，碧落听出，分明是慕容冲一个叫绮月的贴身侍女的声音。

忙出去看时，只见守在外面的杨定正满脸笑容向绮月解释："姑娘，我不是坏人，陪了碧落姑娘回来有点事而已！"

杨定眸光明亮，笑意温暖如煦阳，倒让那绮月镇定不少，她望着屋中隐约的烛光，讶然道："可公子不在房中啊！"

"他去哪儿了？"碧落冲出来，急急询问。

"碧落姑娘！"绮月惊喜叫道，"原来你回来啦！快去看公子吧！他从回来后就一口东西也没吃，也不让一个人去吵他。"

"他在哪里？"

"在后园。"

绮月话犹未了，碧落已冲入雨中。

杨定一边追着，一边大叫："喂，喂，丫头，披上蓑衣啊！"

碧落充耳不闻，越跑越快，溅起的水花一直扬到衣襟和袍袖上。

她的心跳得比脚步声更急，仿佛去晚了一刻，便再也见不到她的冲哥一般。

那个将她从泥泞中抱起的男子……

那个用笑容掩饰忧伤的男子……

那个意图将她推入别人的怀抱，终究伤害她又伤害了他自己的男子！

未至后园，已听得慷慨激烈的琴声传来。

割破天，割破地，割破呼啸风声，甚至割裂那无休无止噼里啪啦落下的暴雨，那样恣肆汪洋地传出。

犹如一叶扁舟，驶于惊涛急浪之中，随了波峰波谷，激荡得随时欲要倾覆，却被舵手高超地驾驭着，始终坚韧地站立在风口浪尖，成了暴风雨中最鲜明的一抹亮色，迸射出强悍而鼓动人心的无形力量。

"嵇中散的《广陵散》！"杨定神驰魄动，惊异叫道，"好凌厉的杀机！好可怕的霸气！这是……这是慕容公子在弹琴么？"

百余年前，"性烈而才俊"的嵇康，根据汉时琴曲以及原创所依据的聂政刺韩相之事，重谱《广陵散》，以乐声重叙聂政刺侠累，以及聂政之姐以死为其弟正名的经过。嵇康以古言今，抒其心中愤懑不平之意，曲调激昂，声调绝伦，甚至被后人诟病有"臣凌君之象"。这位才智超绝的名士，终究因为太过执着于自己的梦想，被司马昭以"乱政"之罪斩于东市，以致他所谱的《广陵散》，一时竟成绝响。

后人据古曲和嵇康所谱的音调，依旧按取韩、亡身、含志、烈妇、沉名、投剑的故事，重新谱出《广陵散》，虽是激昂人心，到底失了原先的气势。

或者，是谱曲人纵有嵇康的才华，也已没有了他那种"上不臣天子，下不事王侯"的不羁？

如今慕容冲所奏的，自然是后人所创的曲谱。

他没有嵇康的旷放纵达，但他的琴声，怫郁慷慨处，一样雷霆万钧，戈矛纵横，甚至带了沸反盈天的戾气和杀机，比严冬冰霜更要冷澈决绝！

那个传说中庸懦无能的凤凰儿！

第六章　长亭怨　天为垂泪鹃声苦

杨定暗自惊心之际，只听碧落几乎是凄厉地高声唤道："冲哥！"

风声，雨声，甚至琴声，一时都似止住了。

周围安谧得只剩下了慕容冲和碧落二人，连杨定都觉得自己是个多余的人。

偌大的园子，竟似没有了他杨定可以站立的方寸之地。

曾经竞艳吐芳的芙蓉菊英，经了几度秋霜，几度风雨，已是馨香零落，碎瓣凋萎，只余了满园的清冽苦涩，游移在风雨之中，幽幽如泣。

慕容冲僵直着脊背坐于茵席之上，丝缎的月白衣裳、柔软的墨黑长发俱尸淋得通透，紧紧黏附于肌肤上，再不知已在雨中坐了多久，弹了多久。

碧落冲过去，他止了琴，却没有回头。

只怕一回头，并没有见到伊人，扑了满怀的空，又多了一分梦境被打破的绝望。

但碧落并不犹豫，立时扑上前，紧紧抱住他的肩，失声痛哭。

隔了衣衫，碧落的手很凉。

但慕容冲淋得久了，身体应该更凉。

他居然觉得，碧落的手是暖和的。

一丝丝的暖意，隔了风，隔了雨，隔了湿透的衣襟，正缓缓透入。

十年！

他十年来唯一的温暖！

猛地转过身，他将碧落抱于怀中，紧紧地，紧紧地抱住那个柔软而纤巧的身体，哽咽着想叫出她的名字，却堵在喉嗓口，一个字也发不出。

他抬起头，仰望苍天。

黑幕如笼，只有冷而又冰的雨，那样绝不容情地当头打下，连绵不绝，又狠又快。

怀中的女子在哭，那样惨无人色地嘶声哭泣，那样剧烈而绝望地浑身颤抖，娇巧身躯隐隐传递的温暖，竟也可以让人那么痛，那么痛，痛到胸前背后，都像用刀剑穿透了一般，凛冽而冰冷，失了心般凄痛悲惶。

不想分开，不能分开，他们应该在一起！

他突然便发出了一声凄厉的惨叫，在碧落还没来得及惊慌看向他时，便一低头，吻住了碧落的唇。

终于，似乎安心了一些。

彼此的唇舌，温热而湿润，带了对方的气息，在有些生涩的厮磨中互相缠绕，浸润，而身体，也越来越贴近，越来越温软，恨不得将对方融入自己的躯体。

碧落终于不再颤抖，她双臂紧紧缠绕着眼前的男子，闭着眼。

胸怀突然间也不再空旷，满满都是对方每一寸肌肤、每一个触抚所带来的充实和愉悦。

天再黑，雨再大，也没什么大不了。

只要，时间能够停留在这一刻，这一刻的互相拥有，这一刻的倾心相待，这一刻的痴醉幸福。

这时，她忽然感到脸上的雨水，似乎是温热的。

深秋的冷雨，顺着慕容冲脸颊滑落，再滴到她的面庞，居然是温热的。

她忙睁开眼，慌乱地抬起双手，去摸慕容冲苍白的面庞。

她感觉到了他的眼窝处很温热，长长的睫上挂满了水珠。

他流泪了？

这么多年，她从没见过慕容冲流泪。

再多的苦难，再多的挫辱，他不但自己从不流泪，也从来不许碧落动辄掉泪。

鲜卑慕容，俱是大好男儿，宁流血，不流泪。

慕容家的女孩儿，同样该节气高尚，即便沉沦没落，也不能失了尊严和骄傲。

别人可以践踏你，但你自己，绝对不能践踏自己。

所以，碧落一向便认为，自己拥有和慕容氏一样的骄傲。

身，可以屈；心，决不能屈。

所以，碧落很少流泪，她怕被慕容冲看轻。

而现在，慕容冲也落泪了？

碧落用力擦着慕容冲脸上的雨水，那越来越倾肆，怎么也擦不干的雨水。

慕容冲的眉蹙得更厉害，似深锁着如山的心事。

他徐徐放开了碧落，握住碧落慌乱的手，深深望她一眼，唇角轻轻抿开一抹笑纹："碧落，不要哭，不许哭。"

只是在一瞬间，他似已从那种摧肝裂胆的悲伤中解脱出来，恢复了惯常的优雅从容。

除了，那抹笑纹，好生僵硬，僵硬得仿若传递的不是平和愉悦，而是历历忧伤。

碧落止住了哭泣，也勉强地扯出笑容，向慕容冲凝望。

或许，方才从慕容冲脸上滑下的，真的只是雨水而已。一瞬间的温热，只是她的错觉，错觉而已。

"冲哥，冲哥……"碧落唤着他的名字，苍白的手指，一遍遍去拂慕容冲的面庞，用指腹去感觉，感觉慕容冲面庞上的水滴，到底是冷的，还是热的。

"哭得这样，很丑。"慕容冲别过脸，低低说道，"快回房先去将湿衣换了罢！"

碧落应一声，与慕容冲携手立起，方才发现，园中还有一人。

杨定披着茶色蓑衣，立在园口一盏乱晃的灯笼下，明明灭灭的光影，隔了晶晶亮亮的雨帘，投在他的脸上，一时看不真切神情，只有那双总是散着春日阳光般懒散笑意的眼睛，正深深凝望着二人，寂然无波，再看不出在想着些什么。

"杨兄！"慕容冲不过略略一怔，立即展颜而笑，"是杨兄将碧落送回的吗？一路辛苦了！"

碧落却是大窘，她本是未出阁的女孩儿，即便与慕容冲情投意合，也从不曾如此亲热过，不想今日一时忘情拥吻，却全落到这男子眼中。

他的性情佻侻，日后怕会以此嘲笑于她了吧？

想及此，碧落再也没有好声气，抿紧唇道："杨定，你不找地儿避雨，跑这里来做什么？"

这一回，杨定算是再次领教了什么叫"唯女子与小人难养"了。他一路跟了碧落过来，碧落不会没发现吧？这会儿又这般说他！

以他的性情，本是有心嘲讽两句，再一打量，只见她依在慕容冲身旁，眼圈红红的，眸子里兀自有水光在夜间莹耀，顿时把滚到唇边的嘲损话语尽数吞下，干干一笑，"我只是看看……看看这园里的花儿，长得可真好呢！"

这些被暴雨打得七零八落的花儿，很好看吗？

何况在这样黑森森的雨夜！

碧落还未及答话，杨定已伸了个懒腰，明亮眸光一转，笑道："你们换了衣裳慢慢聊吧！我在侧门的值房里等着！"

他说着，又笑了一笑，果然迈出脚步去，看似不快，却转眼消失在黑暗之中，再也不见。

慕容冲盯着他消失的方向，微皱眉低问碧落："这个人，听说是被苻坚征召入京的，又怎会帮你逃出来？"

碧落摇头道："不知道，他怪怪的，不过……不像坏人。"

自然不能算是坏人。白天在江畔，若非他故意地挑开碧落的武冠，露出秀美女儿身来，分散了众人的注意力，以苻晖对慕容冲的疑忌和成见，不论真假，只怕都会将他扯入苻阳王皮谋反案中去。

二人回了卧房，未及换衣，碧落便先叫了绮月去预备姜汤来，好给慕容冲驱寒。

天知道，他到底在那大雨中淋了多久！

日后她不能再守在他身边，再有这样的事，谁来照顾他？谁来安慰他？谁将他从风雨中带出，给他一个温暖的怀抱，为他递一碗滚烫的姜汤？

碧落给慕容冲找出替换的衣裳来，方才在慕容冲催促下，依旧回自己的房中，匆匆拿了便于雨夜行走的衣裳换了，又去慕容冲房中，好看一看他苍白的脸色，是不是已经略有恢复。

慕容冲已换了件居家的轻软袍子，素白若月光般的衣袍，只在衣缘勾勒了几株淡紫的兰草。慕容冲正将那衣缘提起，轻抚着那淡紫的兰草，眸光有种如醉的温软。

碧落记得，那是她亲手绣的。

她从不在女红上上心，却很喜欢看慕容冲穿着自己亲手做的衣裳，因此颇是和裁衣的绣娘学过几日，单只为慕容冲做过几件，反而是自己的衣衫从不曾动手做过。

她低了头上前，轻声道："冲哥，我以后……再也不能帮你裁衣衫了！"

慕容冲抬起头，深深望着她，然后默默扯过一旁大块的干布盖到碧落头上，一点一点，轻揉着她头上的水分，专注得仿佛再没有任何人、任何事，能分散他的注意力。

心心念念，只在这个女子，这个即将离开他的女子身上。

碧落忽然之间又忍不住，胸口一团团的温热，让她只想哭，抱住眼前的男子，狠狠地哭。

于是，她真的伸出手去，抱住慕容冲，紧紧抱住。

她从不是任性的人，正如慕容冲从不是任性的人一般。

可她如今，只想任性一回，任性地抱他，任性地将泪水滴在慕容冲的前襟。

领缘的淡紫兰草湿润了，便更加地鲜艳生动起来，如沾了露珠般鲜活，悲伤地与人对视。

洇湿了的干布，无力地掉落到了地上。慕容冲拥着与自己相依十年的女子，竟是半晌无语。

许久，他放开她，将一碗姜汤递到她唇边。

绮月已在不知什么时候进来，放下两碗姜汤，又悄悄地去了。

碧落一眨眼，两滴泪水滚落，滴在姜汤中。她赶忙仰脖喝了，逼回自己的泪意，方才坐到慕容冲身畔。

慕容冲喝姜汤时，也像是在喝茶，一小口，一小口，优雅而缓慢地啜着，停一停，他侧头看向碧落："待会儿……你还是会回去？"

碧落很想说："如果我不回去，你会留下我吗？你敢冒着被苻晖斩杀的危险，留下我吗？"

但她终于什么也没说，只是低下如夜的眸，轻轻地点一点头。

不论慕容冲说什么，她都会回去。如果命中注定，两个人必须牺牲一个，那么那个人，必定是她。

即便不是慕容冲的选择，也会是她的选择。

慕容冲沉默半晌，才又道："恨我吗？怨我吗？"

怎能不恨？怎能不怨？可又怎忍说恨？怎忍说怨？

碧落趴在案几上，低了头，问道："你……你当真早就上了表，要将我送给苻坚？"

"没有。"慕容冲深深看她，低沉答道，"我回来后才让永叔立刻备了表书，让人加急送上京去，务必在你们到达长安之前送到苻坚手中。"

"可是……冲哥，你早就打算让我去了，对不对？"

所以，慕容冲会犹豫，会喝酒，会在酒醒后告诉她慕容氏的计划，告诉她他不想再受屈辱。还有，他未必没有预料到碧落见到苻晖后可能的后果，可他没有拦她，却说，苻坚喜欢黑眼珠的女子……

碧落将自己的袖子绞着，松开，再绞，再松开，眼睛却没有从慕容冲脸上移开过。

慕容冲没有回答，却平生第一次，不敢与碧落对视。

良久，良久，他发出了一声压在喉嗓间的呻吟，将碧落紧拥到了自己怀中，那样迅猛的力道，几乎把碧落的骨骼捏得碎裂。

突然之间，碧落便什么也不想问了。

有的人，可以高贵地活着，无忧无愁；有的人，本该高贵地活着，却一再被践踏至脚下，卑微如斯。

当一个人的尊严被与家国宗族的存亡相系时，再怎样的高贵无俦，也可以忽略不计了。

公主可以牺牲，皇子也可以牺牲，更何况，区区一个云碧落？

只不知，当初鲜卑慕容牺牲慕容冲和清河公主时，有没有人为他们哭泣伤心，便如此刻慕容冲牺牲碧落那般绝望无奈？

爱情，如果他们之间有所谓的爱情的话，是不是只是让那种牺牲，更加地悲惨和痛苦？

她慢慢推开慕容冲，抚平他胸前衣襟的褶皱，哽咽着笑道："冲哥，你生不逢时。我也是……生不逢时。"

生不逢时的乱世。

乱世出英豪，而乱世更多离人，多白骨，多死不瞑目的无辜冤魂。

碧落其实应该庆幸，庆幸她在十年前遇到了慕容冲，没有成为乱世冤魂中的一缕。

她走到外间，披上湿淋淋的蓑衣。

原来浑身半湿着，穿着蓑衣，颇能感觉出蓑衣挡风遮雨的效果；但换上件干的衣裳，再穿上冰冷的蓑衣，居然会冻得直打哆嗦。

譬如这世间，若一直在苦难中，并不以为那是苦难；而若是习惯了炊金馔玉，再去吞糠咽菜，就会觉得苦不堪言。

原来人最畏惧的，不是苦难，而是幸福与苦难间的落差。

万人之上的一国皇子，与供人狎玩的俘虏之间，落差到底有多大？

云碧落不知道。

她只知道，如果连她都觉得做苻坚的女人很痛苦的话，那么，慕容冲的遭遇只能用四个字来形容。

生不如死。

对于碧落，爱情已是一种奢侈；对于慕容冲，爱情是什么？一种绝望的妄想？

怎能，又怎忍去怪他，放弃了这种基于无数的家仇国恨之上的绝望妄想！

踏离卧房时，碧落听到慕容冲在里间慢慢地说："碧落，相信我，我会去找你。"

碧落回过头，透过未合上的门向内张望时，慕容冲还坐在原来的地方，脸色苍白平静，垂着眸，盯着几上空空的碗，仿佛从未动弹过一下，更未曾说过一句话。

碧落轻轻地笑了一笑，一头冲入了雨中。

很冷的雨，打在滚烫的面颊上，沁凉沁凉，居然带起一种奇异的快感，让她望着苍暝的夜空，忍不住，又笑了一笑。

侧门的值房，笑声沸反盈天。杨定正和几个守卫掷着骰子，见碧落来寻，居然嘀咕了一声，似责怪她出来得早了，让他无法玩得尽兴。

而碧落已经懒得再和他争辩什么了。

她甚至懒得再说一句话，并且在一路之上，真的再也不曾说一句话。杨定几次拨马上前和她说话，她都没回答，甚至……根本没听到他在说什么。

眼前只有无边无际的黑暗，无边无际的空茫，和似乎永远下不完的雨。

回到船边时，河水涨得更高了，以碧落的体力和轻功，再也无法不惊动人跃上去了。

杨定自己飞跃上船，拿自己缚裤的布条结起，丢给碧落，让她蹚着河水，至稍近时飞快将她拉了上来，依然从窗户将她送进她的小小房间。

碧落早已乏到极点，脱下皮靴正要胡乱睡下时，杨定将她湿透的蓑衣和皮靴都拿了出去，又轻笑道："把你的湿衣裳换下藏起来再睡，小心给发现了，连累到你的冲哥哥哦！"

碧落闻言，只得起身换衣，杨定方才笑一声，无声退出房去。

明知一切已成定局，碧落再无别念，待收拾完衣裳，倒也能横下一条心来倒头睡去，居然睡得很是沉实。到晨间有侍女叫起身时，碧落只推头晕，也不起身。

但听得甲板上隐隐有杨定在高笑："呵，那么个夜叉般的丫头，难道也晕船了？倒也有趣儿！"

于是，又听到了符晖和身畔一众从人的大笑，再无人催她起身了。

碧落虽知这杨定多半在找借口让自己好好休息调整，但听他说自己是夜叉，心中还是有气。再怎么像夜叉，还不是他们的俎上鱼肉？

但此刻，能被人当作晕船显然也是好事，她将计就计自此只在房中静卧，也免得去和符晖等人打交道了。

她记得符晖看她的异常眼神，简直和那个林景德一模一样；而慕容冲想让她亲近的人不是符晖，而是他父亲符坚，是当今的大秦天王！只有在他跟前伺机行动，才能影响到秦国的大局，直至江山动荡，天下大乱……

眼见得天气渐渐放晴，符晖带了从人，有时站在船头欣赏两岸风光，有时观察地形水势，甚至有几次弃舟上岸，察访水利兴修灌溉情况，极是尽心。

碧落原以为这符晖身为王子，地位尊贵，多半是个仗了父亲宠爱为所欲为的纨绔子弟，但见他每到一处，必召来当地官员上船询问民情，或褒扬，或申斥，处事极是老练圆熟，才知此人并不简单，不由得也开始为慕容冲犯愁。

符氏处事公正，赏罚分明，政治清明，深受关中百姓拥护，想在这样的情况下扳倒他们，只怕难如登天，符坚敢对亡国诸慕容委以重任，并不单单为示仁于天下，更该有着绝对的自信。

即便北方大乱，人心所向之下，慕容氏又有多大的机会可以取胜，或者，达到他们复国的愿望？

一路走走停停，沿了汾水，经临汾、汾阴，至河水，再越过雍州、蒲坂，到了华阴，方才弃了船，改乘车马前往秦都长安。

这时，碧落自然无法再装晕船，也懒得窝在车中，遂也要了匹骏马骑乘。

符晖似对她颇是不满，几度将马与她并排行着，向她半讽半嘲："前儿病得那样，怎么还逞强骑马？如果再病了，车上可没法让你养着！"

碧落垂了眸，凭他说什么，只是沉默，却坚持着不愿乘车。

符晖心中恼怒，只是骂道："果然是慕容家教出来的人儿呢！只知这般犟头犟脑，早晚看我怎么收拾你！"

碧落暗想，能怎么收拾她呢？大不了贱命一条，给他便是，省得日后担心受气，给人凌辱糟践……

不知何时，她已这般地灰心丧气，倒似那学了佛的老僧一般，把生死都看得淡了。

碧落原是苦练过武功的，倒也不曾再生过病，符晖唠叨两天便不再说了，倒也没见他怎么"收拾"碧落。

倒是那可恶的杨定，不时行到她跟前，没完没了地问些闲言碎语，令碧落不胜其烦，只因记着他相助之情，只得勉强敷衍答上几句。

又问及他怎会跟在符晖身畔时，才知他本就是奉了王命入京，只因雍州一带并不太平，所以护了高盖自平阳离去后，便打算径入长安见驾了。谁知到了雍州时，正好遇到了符晖。

杨定童年时随父亲杨佛奴在长安待过一段时间，与苻晖也算是总角之交，颇有些情谊，直到后来杨佛奴去世，他年纪尚幼，义父高盖将他领走，遂再也没见过苻晖；待到雍州再见面时，苻晖便让他随在自己身边，到时由自己再次保荐，封官晋爵，自是更轻松了。

算来杨定虽是仇池后人，却是在仇池被灭之前便因内乱被带出了故国，从小便在前秦长大，因此言语之间对秦王苻坚颇是尊敬，让碧落很是不悦，便再也懒得理会他了。

可惜，杨定似乎根本不懂什么是看人脸色，一有机会，还是跟她扯淡聊天，从天气寒暖，到沿途风光，再到风土人情，即便大部分时候只是自言自语，也不放在心上。

苻晖看不过去，有时也会骂杨定："怎么跟个娘们似的，到哪里都只听见你叽叽喳喳说话！"

杨定嘿然而笑，总算闭上了嘴。

第七章　女冠子　乾坤清绝若有时

这日到了一处小镇，计算行程，不过大半日便可到长安了，遂在近午时找了家客栈落脚，预备吃点东西充饥后，今日便赶往京城去。

小二远远见了一行二三十人，俱是鲜衣怒马，意气风发，便不敢怠慢，殷勤引到楼上坐了，只选那精致的菜肴，流水价送了过来。

苻晖坐在窗口，一边品尝菜肴，一边从楼上向下面的街道张望，只见两旁商肆林立，人来人往，大多衣冠整齐，神色也是平和欢喜，颇是热闹，心中得意，遂笑向杨定等人道："自西晋以下，百余年来，咱们大秦是第一个一统北方的大国吧？"

杨定站起身来，也望向窗外，笑道："不错，天王英明勇武，纳谏如流，才有今日百姓的丰衣足食，路不拾遗。千载以下，青史必有天王的辉煌一笔！"

碧落幼年时在长安便颇吃了些苦头，后来随在慕容冲身畔，心心念念只以慕容冲的喜乐为念，从不曾关注过百姓生计，闻言向外看时，果见人群熙熙攘攘，民风淳朴温厚，一派丰衣足食的景象，不觉心下惶惑。

慕容冲盼着天下大乱，盼着恢复故燕，盼着推倒秦王报仇雪恨，可若真有那么一日，大燕铁骑踏遍长安，席卷三辅，百姓还能有这样安居乐业的宁静日子吗？

正思忖际，忽见前方大街一片大乱，叱喝连连，喧闹异常。

忙定睛看时，只见小小一片炫目的红云，自街头飞快卷来，一路推搡着人群，引来阵阵尖叫。

紧跟着，又有十数道人影，穿过人群，追了上来，这次引来的，却是惊慌大叫了。

眼见更近前些，方才看出那片红云，居然是个穿了红嫁衣的十五六岁少女，披头散发，赤脚踩在铺着细碎沙砾的大道上飞奔，浑然不知疼痛。

后面追击的人，手中却取了弓箭，甚至有人箭已在弦，随时准备射击了。

箭头后部，包裹着正在燃烧的油脂麻布，竟是火箭！

碧落又惊又怒，不觉冷笑道："好一个太平盛世！"

苻晖更是大怒，正要遣人下去查探阻止时，只听"嗖"的一声，那火箭已飞射而出。

那赤足少女身手还算灵敏，慌忙闪避时，却从肩旁擦衣飞过，顿时衣上着了一大片，飞快燃烧开来，不觉失声大叫。

杨定骇然道："那嫁衣中……莫非渗了硫黄硝石？"

两晋时期，服药炼丹最是时尚，而方士们早便已发现，硫黄硝石极容易燃烧，颇有术士借此装神弄鬼。杨定随高盖去的地方不少，倒也多有见闻，立时做此猜测。

这时苻晖侍卫虽是奔下去相护，杨定、苻晖俱是着急，径从窗户中跃下，想去帮忙时，只见一道深色阴影闪过，将那少女身上的火影兜头盖住，飞快一拉，顿时将那大半截的宽袖扯下，只有边缘处依旧冒着浓烟，发出呛人的气味。

那赤足少女反应也不慢，飞快解开本就已散乱不堪的嫁衣，扔到路边。

风吹过，那阴阴的浓烟飘荡了一阵，又吐出火苗来，锦缎布料、金丝绣花，转眼被噬入熊熊火焰。

救她的人，居然也是名女子，用她自己的海青色布袍扑灭了火。

赤足少女不但丢了外衣，内衬的中衣也被烧去半只袖子，露出被火燎伤的一段藕臂，颇是狼狈。

救她的女子身材颀长高挑，容貌甚是寻常，只是肌肤晶莹，一双眼眸更是亮如明镜，静静辉映着世间万象，如墨长发则自然散落，连花儿都不曾簪一朵。

但见她从容将那袭海青色的布袍覆于赤足少女身上，自己一身陈旧的灰布中衣暴于大庭广众之下，却不见一丝窘态，扶了那赤足少女与追杀之人凝神对视时，竟另有一种鹤立鸡群的超凡脱俗，仿佛她穿的不是贴身旧衣，而是最洁净的霓裳羽衣，即便面对冷冽刀锋，亦是不慌不忙，自有凛然出尘之气。

那十几个追杀之人已赶近前来，对着两个女子，不过略一迟疑，已拿刀剑直逼过去。

苻晖虽是大声喝止，又和杨定抢上前去相救，却相距颇远，鞭长莫及，正徒叹奈何时，那女子身后忽然跃出一人，迅速出刀拦截，身手颇是高明。

苻晖已赶到近前，蓦地认出此人，已惊喜唤道："五弟！"

原来此人竟是秦王苻坚的第五子，钜鹿公苻睿，他将那些人略挡一挡，转眼间，苻晖和他的侍卫已赶上前来，因全是训练有素的高手，那群人虽各自持了兵器，哪里抵敌得过。再看符晖等人，分明是官家之人，不由得惶恐，转瞬间便撤得干干净净。

符晖方才给碧落嘲讽了一句，自然也不肯罢休，一面令人去追击并查探那些人底细，一面招呼符睿："五弟，你怎么来了？"

符睿身材甚是高大，圆脸大眼睛，看着很是清秀，只是尚有些未曾脱却的稚气。算来他比符晖只小了一岁，因并非一母所出，容貌性情相差颇大，此时听符晖问他，顿时红了脸，只窥着那灰衣女子的神情，好一会儿才道："我陪释姑娘出来走走。"

那灰衣女子望着符晖，不卑不亢行了一礼："民女释雪涧见过三殿下！"

符晖顿时眸光发亮："姑娘便是道安大师的那位女弟子么？"

灰衣女子从容点头，见有侍女取来自己的随身衣物递给原来那赤足女子更换，方才接了自己的海青色布袍披了，柔声向那女子道："快去换衣裳，顺便把灼伤的地方上些药！只怕三殿下还有话要问你呢！"

那女子低头应了："谢谢姐姐，青黛换了衣裳，便来回两位殿下和姐姐的话。"

释雪涧微微一笑，看那叫青黛的女子去了，方才缓缓系了衣带，随了众人鱼贯上楼。

若是换了旁的女子，这等在大街之上脱衣披衣，必定显得轻浮，至少也是极不雅观，但释雪涧做来，却是意态沉静安闲，似丝毫不觉自己举动有甚不妥；而他人瞧在眼内，竟也不觉唐突，反更觉其睿智超脱，高蹈群侪。明明一身粗衣旧袍，可这女子却似裹在粗衣旧袍中的明亮宝珠，又似青森危崖上怒绽的雪莲，生生将众人满身的绫罗绸缎压得光彩全无，自惭形秽。

自离开平阳，碧落性情再懒散冷淡不过，此时见这女子并无十分容貌，却风华夺目，极得众人尊崇，倒也禁不住自己的好奇诧异。

释雪涧刚上楼，便见到了一位眸黑如夜的绝色少女向自己凝望，倒也怔了一怔，待得再将她打量一番，已缓缓走到她身畔，牵了她的手，轻轻叹息道："万般皆是命，半点不由人。妹妹，凡事需三思，三思哦！"

她这话说得突兀，众人都是莫名其妙，碧落更是心中一跳。难道这女子会窥心术，一眼便能看出自己前来长安是别有用心？

可这释雪涧素不相识，又是从何处看出自己来历？

符晖已在一旁笑道："碧落，这位雪涧姑娘，是高僧释道安的女弟子，精于卜卦术算，最会趋吉化凶，若得她指点，你这一生可算是受用不尽了！"

他说毕，才沉吟一下，问道："雪涧姑娘，你方才说，让碧落姑娘凡事三思谨慎而

行，莫非看出她最近有难么？”

释雪涧未曾答话，一对明眸如明镜闪亮无瑕，但从碧落面颊滑过时，碧落忽然真真切切有了种被人用刀锋从脸上划过的疼痛感。

那种深埋的心思被一眼洞穿的感觉，极不好受。

这个看似温和雅静的超脱女子，到底蕴了多少常人所不理解的才识和能耐？

一旁，杨定蹙眉想了片刻，向释雪涧笑道：“啊，我想起来了！‘四海习凿齿，弥天释道安’！尊师莫非就是那位道安大师？怪不得姓释！”

听杨定这么一说，碧落顿时也记起了这几年盛传的关于释道安的佛教逸事。

传说，这释道安本姓卫，精于佛法，道法精深，在襄阳檀溪寺弘扬佛教十五年，西至凉州，北至长安，东达建康，他的弟子信徒无处不在。襄阳名士习凿齿拜访他时，曾以“四海习凿齿”自报家门，而释道安回以“弥天释道安”，顿以佛家威势将其压下一头，遂成当世名对，天下闻名。

东晋皇帝慕其佛学精深，特授其享受王公待遇；待五年前大秦攻下襄阳，释道安也被请至长安，秦王苻坚当即感叹，道是襄阳出兵十万，只得了一个半贤者，一人为释道安，半人为习凿齿。

自此，继续受着大秦国主尊崇的释道安，也就在长安五重寺大弘佛法，随其学习佛法的僧人足有数千之多；而其亲授的弟子中，就有一位女弟子以灵慧著称于世，那便是释雪涧了。

释雪涧本来也不姓释，只因为释道安认为入佛门者，都当以佛祖释迦为尊，所有佛门之人都应该姓释，故而他的徒子徒孙，均以释为姓。

苻睿在释雪涧身旁落座，听着杨定惊叹，不以为然地笑道：“道安大师之名，天下无人不知。雪涧姑娘精擅卜算之道，几可未卜先知，长安更是无人不知，你竟不知道吗？”

苻晖记起未曾为杨定引见，遂笑道：“五弟，这位是仇池杨佛奴之子杨定，小时候咱们都见过的，这会儿怕已认不出了吧？他才从北地过来，固而不知长安之事。”

“北地！”苻睿仿若惊叹般叫了一声，瞟一眼释雪涧，忽然住嘴，端了茶来慢慢啜着。

释雪涧却似无甚顾忌，点头道：“杨公子从北地过来吗？我一年前也曾去北地听一位西域来的大师讲传佛法，在那里盘桓过数月。北地长史慕容泓慕容大人多有照拂，我临行匆匆，还不曾面谢哩！”

“慕容泓……”杨定若有所思又盯了一眼释雪涧，但见她神色淡然，举止自若，方才笑道：“哦，我义父虽在北地任职，我却素来懒散惯了，那几个月大约正跑在秦州一带玩耍，因此并未见过姑娘。"

苻晖点头道："秦州原是你们仇池杨家的故地，你本该多去走走，也好树立威望，日后建功立业，依旧奏请父王派你去仇池做个刺史长史什么的，定比你那些现在统领仇池氏人的堂叔堂兄强多了。"

杨定提起酒碗，仰脖喝了一大口，方才笑道："三殿下，您素来也知道的，杨定从小懒散悠闲惯了，最怕那些官场应酬，但要天天有酒喝，日后再娶几房如花美眷夜夜在怀，便是平生乐事了！两位殿下存心相助的话，入宫后帮我美言几句，让我任个不须操心的闲散武官，杨定便感激不尽了！"

苻晖不觉大笑："我便知道，你这小子，还和小时候那般头大无脑，胸无大志！"

碧落听苻晖口吻，分明对目前在仇池故国一带的杨氏首领并不放心，相反却对杨定颇为欣赏，莫非就为了他的胸无大志？

她从小见惯了慕容冲的壮志凌云，从来便认为大好男儿该在乱世建功立业，闯出一片天地，此时不由得又对杨定看轻几分。

这个人便是再聪明，也只能算是个酒囊饭袋，便是纸醉金迷活上一世，也只能算是白活了！

正说着时，那位叫青黛的女子已被随从领来，叩谢诸人相救之恩。

苻晖定睛瞧了一瞧，但见她眉目如画，口似含珠，虽着了一身侍女服色，依旧显出腰若流素，不过盈盈一握，惹人怜爱，不由得笑道："嗬，是个美人儿呢！怎么给人那么着苦苦追杀？"

青黛跪于地上，垂头回禀："公子，民女本是好人家的女儿，只因家贫，前日叔父将我典与了段家幼子为妻，今日成亲，青黛方才得知，原来这段氏子重病，已于三日前去世了，段氏重金典下我，竟是……竟是让我和段氏子牌位成亲，然后一并下葬……"

话犹未了，诸人都变了神色。

苻睿惊讶道："长安城边，天子脚下，居然还能有这种事？"

苻晖冷笑道："你这丫头，小小年纪，不会信口雌黄吧？这段氏是什么来历，居然敢如此狂妄！"

青黛叩头道："民女不敢乱说！这段氏的坞堡，是方圆百里最大的坞堡，堡主又是尚书仆射权翼的亲家，若要取我小小一个汉女的性命，又何足为奇？便是官府，也不好为这些小事出面的。民女虽是贱命一条，可……可到底不甘束手就死，所以才拼命逃了出来。"

符晖拍案而起，怒道："汉人，汉人便不是人？咱们大秦已故的王猛宰相，百年来难得一遇的良相，不就是汉人？权翼也糊涂了，咱们要当心的，不是汉人，而是那些居心叵测的鲜卑人和西羌人啊！也只有父王才有那样的仁心大度，将他们像佛爷似的供着！依我说，只要依了王相的遗嘱，将鲜卑慕容、西羌姚氏统统赶到乡下种田去，别留这些中看不中用的，就天下太平了！"

涉及朝廷大事，众人顿时缄默。

碧落听他侵及慕容氏，自是不满，冷了脸只作没听见，心中却更加恼恨；而释雪涧只是垂眸望着青黛，轻轻叹息一声，掩不住的悲悯。

佛家讲求众生平等，当然不分种族，只是她纵受尊崇，也不过一介平民，此时再无她置喙余地。

杨定则依旧在喝酒，啧然有声，仿佛根本不曾注意到符晖在说什么。

符睿咳了一声，笑道："三哥，这也不算什么大事，不必生气。"

他扭头吩咐符晖的侍从："即刻派人去权仆射家告知此事，请他多多约束自己的部众吧！至于那段氏坞堡，我们也不必理会，估计权仆射定会妥善处理此事。"

一时侍从去了，符晖方才面色略和，却又沉吟道："这些坞堡，在贼寇横行的乱世，的确可保家卫国。但如今大秦安定，田畴修辟，仓廪充实，天下太平，若总留着，怕早晚要酿成以势压人甚至对抗官府的一方祸害。再安定几年，还是请父王将这些坞堡撤除的好。"

自西晋末年八王之乱起，天下动荡不安，群雄逐鹿，兵戈不断，地方百姓为求自保，往往一族或几族聚众而居，在周围建起高墙坚垒，称作坞堡。大的坞堡甚至有数千民众之多，遇敌来袭时，则举堡出动，共卫家园，颇有实力。但自前秦壮大以来，关中附近的确少有战事。为长治久安计，符晖起了裁撤坞堡的念头，倒也在情理之中。

只是他再也不曾想到，这些他曾想裁撤的坞堡，日后为保大秦江山，多少子民为之流尽了最后一滴鲜血……

符睿听符晖一直论着家国大事，令席上空气大是僵滞，苦笑道："三哥，这些事以后再说吧！只这女子怎么办？是不是遣她回家去？"

青黛闻言，一双顾盼生辉的明眸顿时滴下泪来。她伏地哭道："民女因父母俱亡，方才依在堂叔家过活。这一回去，指不定又将我卖给别的什么人家了！"

符晖也觉出自己谈论的话题太过沉重了，遂笑道："自古以来英雄救美，美人报答，大多是以身相许。五弟，我瞧你也没几房姬妾，不如就收了她在房里吧！"

符睿慌忙摇手道："三哥，你还是自己留着吧。我……我……"

他觑眼望着释雪涧，已是满脸通红，明明是寒意甚重的深秋，额上却已冒出了汗珠。

符晖暗暗好笑，料着自己这个性情率真的弟弟必对那释雪涧动了真情，也不忍再为难他，笑道："罢了，我有了更好的，倒也不要她。"

他恶意地盯了碧落一眼，说道："便把她给了你做丫头吧！横竖都会在我身边。"

说完哧哧地笑着，将碧落浑身的汗毛都笑得竖了起来。

慕容冲，慕容冲，他可知道，他已将她推到了何等尴尬的境地？

假如符晖执意要她，一心从中作梗，只怕她连秦王符坚的面都见不到，又谈什么相助慕容氏恢复河山报仇雪恨？

事实证明，碧落的担忧并不多余。

符晖与符睿等人分手后，径带了她和青黛回平原公府，安排了房间，又遣人送来许多的衣物和珠玉首饰过来，瞧模样根本就打算将她长留府中了。

第二日符晖赶早儿带了杨定入宫见驾，根本没理会碧落，仿佛笃定了她根本逃不出自己掌心。

碧落心知不妙，一早便起了床，由着青黛姑娘长姑娘短地唤着，为她收拾卧榻，整理衣裙，只呆呆坐在窗口，对着满园秋色发怔。

符晖的品味爱好，自然与慕容冲全然不同。园子里根本没有欺霜傲雪的木芙蓉或名贵菊花，连枫树都没有。大棵大棵经冬不落叶的青松翠柏，密密挨挨栽了满园，快要连阳光也透不进来；倒是远处的一带围墙爬了些开着紫花的藤蔓，郁郁葱葱，颇具生机。

不过，时近初冬，平阳的木芙蓉也该谢得差不多了吧？

她陪着慕容冲看了十年的花开花落，终于只剩独自一人了。

"碧落姑娘！姑娘！"

碧落忽然听到有人惊慌地叫，连身体都在被剧烈地晃动着。

她忙着回过头时，眼前有个模糊的人影。

她眨一眨眼，滚热的液体迅速从面颊滑落，而眼前终于明晰起来。

青黛站在她跟前，正担忧焦急地望着她，推着她，一遍遍地问着："姑娘，你怎么了？怎么了？"

她怎么了？

她……她只是满脸的湿冷而已。

那样冷的风，迅速地将滚热的泪水吹到冰冷。

青黛递给她一块帕子，小心地问道："姑娘，你……你在想着什么人吗？"

"没有。"碧落忙擦净泪水，强笑道，"嗯，离家久了，想家了。"

青黛仰起尖巧的下巴，眸亮如珠："姑娘的家……在哪里？"

家在哪里？

碧落给她一问，居然一时答不上来。

第八章　惜分飞　秋霜肃夜数寒星

　　她早记不得，自己原来的家在哪里，父母又是什么样子。

　　她只记得，很幼小的时候，她住的地方很荒凉，但奶娘待她很好。哪怕自己吃草根，也一定给她递一碗清粥，哪怕那粥稀薄得可以照得出人影，数得清米粒。

　　后来奶娘似乎攒到了不少干粮，然后带了她，走很远很远的路，远到后来她回忆起来，只记得那长长而坎坷的路，仿佛通到天涯海角那样走不完。

　　碧落问奶娘，她们这是去哪儿？

　　奶娘说，去长安。

　　碧落问，去长安做什么？

　　奶娘说，长安，有她的亲人。

　　碧落不明白。

　　她的记忆里，她唯一的亲人，这世间唯一待她好的人，就是奶娘。

　　几度，她们干粮耗尽了，奶娘总将她安置在破庙里，自己去打短工，或卖些一路攒下的绣品，换些吃的用的。

　　碧落也想去帮忙，可奶娘总不许。

　　她说，碧落不该为奴，不该为婢。

　　她随身带着一卷画轴，总是用油布仔细包着。偶尔打开看时，她会告诉碧落，画中那个拈花而笑的盛装美人，是她的母亲，她半点也记不起来的母亲。

　　可不该为奴，不该为婢的碧落，终究还是成了奴，成了婢，甚至成了被人打倒在沟渠中的小乞丐。

某一天，一队乱军冲过，碧落和奶娘失散了。

六七岁的小碧落，四处拉人询问，问长安在哪里，她要去长安，她要去找奶娘。

终于，有人带她去长安了，可惜，却将她转卖给富贵人家为婢，那样一个清灵俊秀的小婢女，在日渐繁荣的长安还是值几个钱的。

碧落记得奶娘的话，她不肯为奴，不肯为婢，一次次地逃离，一次次地寻觅，一次次地失望，直到遇到了慕容冲。

她这一生记得的亲人，竟都和她毫无血缘关系。

"青黛。"碧落低声道，"我的家，在平阳。"

有慕容冲的地方，就是她云碧落的家。从她八岁起，她便已无可选择。

青黛便握着她的手，轻轻地拍着，眼睛扑闪扑闪，睫毛如羽扇轻轻而忧伤地扇动着。

青黛年纪明明比她小，此时却如姐姐般温和待她。碧落不由得又是尴尬，又是惭愧，低叹了一声，勉强驱赶了自己的烦乱心思，换了衣衫，提了流彩剑，走到松柏下练剑。

青石条铺就的小径虽是干净整洁，但松树脚下却堆积了累累的陈年松针，踩上去松松软软。说什么青松不凋，可年复一年，不是一样在风吹雨打下褪下了层层绿衣！

流彩剑舞，清光动影，顿为松林添了几分光泽，便如黑夜的天空，被洒下了无数的明星，呈现的，是黑暗中的美丽。

只可惜，再无菊英飘香，再无枫叶飞舞，再无那人唇角含笑，弹一曲《高山流水》。

纵是摔琴绝弦，这一生，也是知己难求，落拓相伴……

慕容冲，慕容冲……

"剑法还不错，以后我打仗，可以把她也带在身边了。"一旁的石径上，忽然有人放声而笑。

碧落一惊，剑一歪，狠狠扎在松树干上，却扎得颇深，半天拔不出来。

抬眼，正见苻晖已走到跟前。

他头戴碧玉宝冠，身着绣了熊罴山川的朱红官袍，随意地负手立着，愈显气宇轩昂，眉眼高扬，笑容中不胜得意。

他的身旁，杨定也抱肩立着，依旧一贯的懒散笑容，似在附和着苻晖的得意。只是那笑容，似不若平时的明朗通透，明亮的眼睛也略显幽黑。

看着碧落在用力拔剑，苻晖摇了摇头："女孩子到底是女孩子。罢了，即便去战场，也有我护着，不会让你受委屈！"

他说着，已走到碧落近前，想去握住她的手，去帮她拔剑。

手指堪堪要碰到碧落手背时，碧落急急抽手，侧头瞪着他。那神情，仿佛才给逼着吞下了一条毛毛虫。

苻晖的好心情瞬间被打击得无影无踪。

他抽出流彩剑，掷到地上，冷笑："咦？你还敢给我脸子瞧？你以为你那个倾国倾城的冲哥哥还能护着你？别做梦了！他算是什么东西，还真当自己是金凤凰呢！在我父王面前，他只是个长得好看些的卑微贱奴；在我面前，他连条狗都算不上！"

他的手指几乎已戳到碧落的鼻子上，"没错，他上了表，说把你送给父王，可那又怎样？我和父王说一声，父王眉都不皱就把你给我了！嘿嘿，从今日起，你不过是我数十房姬妾中的一个而已！"

看着长长的剑穗在秋风里乱摆，碧落低声说了一句什么，转头就走，居然连剑也不要了。

仿佛给苻晖握过的流彩剑已经脏了，再去握一下都是对她自己的玷污一般。

苻晖一时愕然，望着她的背影，摸了摸头，转过脸问向杨定："她刚才说什么？"

杨定有些笑不出，但还是回答："她说，她不是玩物，不是东西，不会由人送来送去。"

苻晖诧异道："她是这样说的吗？为什么我没听到，你却听到了？"

杨定走过去抓起碧落留下的流彩剑，凝视片刻，叹道："三殿下，她想说的，不都写在脸上了？"

苻晖一想，点头道："也是，这死丫头，心里只怕还在想着慕容冲那个妖孽！哼，想着又怎样，她终究还只能是我的人！"

杨定嘿然一笑："三殿下，你只要她的人吗？"

苻晖一皱眉，道："你什么意思？"

杨定弹着剑脊，听着嗡嗡的剑吟声，淡淡笑道："嗯，也没什么。殿下得了她的人，慕容冲得了她的心，也算公平！"

苻晖蓦地大怒："杨定！你居然把我和那个妖孽相提并论！"

杨定变了脸色，慌忙跪倒在地，俯首急道："是，杨定知错！杨定再也不敢了！"

苻晖哼了一声，拂袖而去。

杨定握紧流彩剑，依然跪在地上，目送苻晖离去，眸光沉沉如暮霭，低低地叹了口气。

无可奈何地叹了口气。

霜冷鸳瓦，落木飘零，再有几日，怕是严冬就要到了。

碧落坐于窗台上，呆呆地望着打开的窗扇。

镂的是并蒂兰，雕的是合欢花，榉木的纹理在那样精致的花纹中，也显得温柔起来。

到底只是雕的花而已。

在死了的木头上，雕刻而成没有生命的花。

可这样萧索的季节，连偶然绽开的野花都成了稀罕物，没有生命的花草，也能算是一种安慰吧？

伸出手掌，秋风从近乎苍白的手指间无声地漏过，冷冷地，带了看透世事的凉薄无情。

"姑娘，夜深了，天冷，别待在窗口啦！"

青黛取了披风，够着娇小的身子，努力往她身上披去。

是的，天冷。

可冻坏了又如何？

留一具无瑕的躯体，给那个苻晖糟蹋么？

碧落抱着肩，由着绛色的薄绸锦缎披风挂在肩上，又沿了天青色的丝绸衣裳缓缓落下，跌在窗棂间，无力挂着，流淌着秋枫般奔放而绝望的色泽。

"姑娘，姑娘……"青黛嗫嚅着，眼睛睁得如狸猫眼珠股滚圆，惶急地望着她，不知该不该再去劝她。

又一阵薄凉的风吹过，似有什么物事，茸茸地触着了碧落的腮，温柔地轻挠着。

碧落微惊，忙回过头时，已见到了杨定慵懒的笑脸。

他斜伸向前的手里持了一把宝剑，剑锋流光四溢，剑柄处的羊脂美玉柔润如水，天碧色丝线的流苏随风飘舞，一缕两缕，正拂上碧落冰凉的面庞。

这正是被碧落丢下的流彩剑。

"快收起来吧！"杨定的笑，依旧如阳光般清爽明耀，"这可是慕容公子赠你的御赐宝剑，还真不要了？"

碧落的眼眸转动了一下，已波澜迭起。恍惚，又记起少年时不知多少次，与慕容冲双剑并舞，衣袂翩飞时，如一对展翅翱翔的仙鹤，四目交融时，连冰寒的雪地，都能绽出春花的璀璨妩媚来。

难道只为给苻晖碰过，她便把那许多温柔美好的回忆一笔抹杀？

她接过流彩剑，小心地在剑锋上触抚着，却已轻柔无比，仿佛怕略一用力，便弹破了那比纸更薄的幻梦一般。

　　"小心！"耳边，忽听得杨定惊叫。

　　她的心颤了一下，才觉出手指已触着剑锋，立时被这传世宝剑割破了肌肤，迅速溢出了晶莹的血珠，缓缓扩大，蜿蜒流下。

　　杨定笑意已敛，上前一步，似欲抓了她手来看，却又在她跟前生生地顿住，颇有些气急败坏地咒骂："哎，你这笨丫头，早知道我把这剑自己收着算了，还可和我的华铤剑配作一对呢！"

　　碧落淡若远山的秀眉轻轻一挑，如夜眸子冷冷一转，握紧了流彩剑，一字一字道："杨公子，流彩剑和飞景剑才是一对。"

　　由慕容冲交给她的流彩剑，自然只和慕容冲的飞景剑才是一对，杨定的剑虽然和他们的相像，可到底也只是相像而已。

　　杨定见她眉目间颇有挑衅之意，哼了一声，摇头道："好吧好吧，你们的是一对，我的不算。可碧落姑娘，你是不是该把手指包扎一下？"

　　青黛已慌忙将银质荷叶烛台移来，急急去找布条和药物。

　　碧落轻蔑一撇嘴，还剑入鞘，将手指吮了一吮，随手抽了条帕子缠了，便跳下窗来，回到房中，淡淡道："我没那么娇气，这不就行了？"

　　她背向窗户，转向青黛道："关窗。"

　　这个杨定，当日看他还好，可如今显然和那符晖越走越近，只怕已将前途寄在这位平原公身上了。以他的武功才识去相助一心与慕容冲作对的符晖，不知日后会对慕容冲产生多大的威胁？

　　只这般想着，碧落便不想和这人多说话了。

　　青黛却不讨厌这个曾经相助过她的杨定，此时听碧落发话，只得歉意地望了杨定一眼，正要关窗时，杨定忽然伸出手掌，挡住了正要合上的窗户。

　　"碧落姑娘，你当真……不想跟着年少有为的平原公，却要入宫去陪伴天王陛下？"

　　杨定问着，大半边脸被蒙上了窗纱迷离的暗影，看不清晰神情。

　　碧落想笑，终究也笑不出。

　　她想入宫陪伴苻坚？

　　那不是她的愿望，而是慕容冲的愿望。给迫到逼不得已时，她也成了亡燕祭台上的牺牲品。

可如果委身苻晖，她的牺牲，也只是毫无意义的牺牲了。

"杨定！"碧落静静地回答，"你抬头向上看看，现在你能看到什么？"

杨定抬起头来，在屋中黯淡的灯光映射下抬起头来，已看到了松柏与翘檐之间的一方天穹。

黑黑的，深深的，无边无垠的天穹，在冷涩的夜风里，更多了几分凄惶无望。

"我看到了。"杨定仰面笑了起来，"我看到了星子，很亮的星子。"

碧落怔了一怔，不由得走到窗口，向上空凝望。

果然，有着一两枚星子，在树梢檐角幽幽闪亮，如一颗两颗的泪珠，又如谁的深深瞳仁，看似清冷，却暗蕴温柔。

翌日。

燕晴宫。

杨定持了一根柳枝，陪着两位华装少女练剑。

他左支右绌，看来险险欲败，却每每在最紧要的关头化险为夷，两名少女身手虽是不错，到底气力不够，缠斗了半个时辰，早已里衣尽湿，发髻零乱。

忽地，其中一名少女，退了几步，甩了宝剑，叫道："不练啦，不练啦！你这人真缺德，明明比不过我们，只仗了男人家力气大取胜，真没意思！"

另一名少女比先前那少女还要小上一两岁，只剩一人对敌，自然更不是对手，只得也退了下来，笑道："姐姐，这才来的侍卫还有些趣儿，不像那些人，不过三两招，便给打得抱头鼠窜，一看就是有意让着咱们呢！"

那大些的少女气鼓鼓的，正要答话时，一旁已有人笑了起来："你们两个丫头，连仇池杨氏这样的名门之后也敢欺负，打量着人家真打不过你们？也不瞧瞧，人家还没出剑呢！"

一旁的白玉石阶上，一名中年男子缓缓走下。他只穿着袭米黄色家常便服，面容清癯，气度雍容儒雅，一双琥珀色的瞳仁此时溢满了笑意。

两名少女已嘻嘻笑着过去拉他的袖子，唤着父亲。

杨定微笑着行礼："微臣杨定，拜见天王陛下！"

中年男子已走上前去，亲自扶了他起身，笑道："你这孩子，怪不得征召这许多次才肯来，大约就是怕朕这些不解事的孩子们欺负你吧？晖儿性情最烈，若是待你失礼了，你只管告诉朕，朕来责罚他。"

杨定笑道："回陛下，平原公幼时便与微臣交好，从不曾为难微臣。微臣怠于为官，实在是因为生性懒散，游手好闲惯了！"

这中年男子正是当今的大秦天王苻坚，因杨定是仇池族首领的嫡系子孙，久有笼络之心，待前日苻晖带来相见了，亲自考校了武学才识，确然敏慧过人，有意放入军中任职。可杨定固辞不就，结果只领了个郎中之职，协助统领宫中侍卫。此时长安承平已久，宫中也是安泰，一切规矩制度早由当年的宰相王猛定得妥妥当当，故而郎中一职，算是个太平闲职了。

那两名少女，正是苻坚的女儿，南阳公主苻宝儿和始平公主苻锦儿，分别为苻坚宠妃张夫人、蔡夫人所出。

因苻氏也是马上得的天下，苻坚虽是崇尚汉学，却从不教女儿刺绣女红之事，由着两位小公主舞枪弄棒，反而将武艺练得有模有样。每每找宫中侍卫陪练时，人家碍于她们是公主之尊，大多让着，让二人甚感无趣。

这日见新来的杨定年纪甚轻，也只当成了普通侍卫，随口便叫来练招，却未能讨着便宜。

此时见苻坚对杨定大为夸赞，苻宝儿大是不悦，叫道："名门之后又怎样？你瞧南朝那些降来的所谓高门子弟，肩不能挑手不能提的都有，连我们氐人的女儿家都比不上！"

杨定笑道："可不是！女孩儿家身手高强的也多的是。两位公主的功夫自是不在话下，便是慕容家的那个女孩儿身手也不错呢。单以剑法而论，比起微臣来，也不差什么。"

苻坚微一怔忡，问道："哪个慕容家的女孩儿？是慕容昉还是慕容垂的女儿？"

杨定答道："微臣初到长安，没见过这两家的女儿。不过平阳太守慕容冲的妹妹一路同行，倒是认得。不仅国色无双，一手剑法，实在是女子中的翘楚。"

"慕容冲的妹妹……凤凰……"苻坚恍惚又记起了十年前那个容貌清雅瞳眸深远的小小少年，不觉微微失神，许久才道："嗯，便是昨天晖儿向我要去的那个姑娘？凤凰上表说，那是他的义妹，甚是贤德聪慧……那孩子，这十年来献上的礼物并不少，不过倒是第一次送个女子来。"

料着慕容冲特地送来的女子，必有过人之处，心下便有些懊恼，不该随口应承苻晖，连那女子都不曾见上一面。若是慕容冲知道，多半会觉得他太不将他放在心上。

杨定留意着苻坚神色，笑道："宫中侍从大多是男子，力气总是大些，且不方便，若是有会武的女子过来陪两位公主练武，那便再好不过了！"

符宝儿、符锦儿听杨定对那女子如此推崇，顿时心下向往，忙向符坚道："父王，既然有这样的女子，何不召进宫来伴着我们？"

符坚沉吟道："嗯，朕已经将那女子赐给你们三哥了。"

符宝儿噘起唇来，叫道："三哥最是霸道！他的夫人姬妾，没有上百，也有几十了吧？还和咱们抢人！不然，我用我宫里最漂亮的宫女去将那个会使剑的姑娘换过来？"

符坚笑骂道："胡闹！"

却扭头令人传旨："来人，即刻去平原公府宣那位……那位……"

杨定在一旁禀道："陛下，那女子叫碧落，云碧落。"

符坚点头道："嗯，把那位碧落姑娘宣进宫来觐见！"

待人去了，他的眸光忽有一丝缥缈，扭头问杨定："那姑娘，姓云么？"

杨定笑道："对，碧落姑娘本姓云，只是在慕容家养大，被慕容大人认作了义妹。"

符坚微微笑了一笑，拍着杨定肩膀，慰勉一番，方才带了女儿们说笑着离去。

杨定垂手立于一旁，目随符坚远去了，面庞上一直挂着的浅淡而明澈的笑意渐而逝去，仰起头，他望着云淡天青，似自问，又似问天："我做对了吗？又或者……错得离谱？"

依稀，便是那个女子抬起头，问他，你的头顶是什么？

他说，是星子。

可再明亮的星子背后，还是黑暗。

那一点星子的微光，能将她引到何方去？又能将他引到何方去？

静静想了片刻，他自嘲地摇了摇头，潇洒地甩了甩袖，转向自己的值房而去。

潇洒地走，飞扬地笑，自在地看着人来人往，各自过着各自的幸福生活，便也该是他的幸福了。

他是杨定，胸无大志的杨定。

第九章　朝天子　似曾相识伊人来

碧落始终不是很明白，杨定那晚所说头顶是星子的话，有着多少的弦外之音，但她的心头的确略略安定了些。

因前日苻晖很得意地告诉她，秦王已将她赐给了他，听他当时那气势凌人迫不及待的口吻，碧落很担心他当晚便不肯放过她，却不料，苻晖不但晚上不曾来，第二日来了，也是斯斯文文，并带来大批礼物，突然像变了个人般待她极好起来。

正当她对着苻晖送来的大堆衣饰手足无措时，苻晖还在一旁大献殷勤："碧落，我知道你在这里未必住得惯，慕容冲那小子最会弄些玄虚，花啊草啊琴啊棋啊，这类汉人才喜欢的东西，他都爱摆弄。这么着，你说，你喜欢些啥玩意儿，都告诉我，不然开出个清单来，我立刻叫人去准备。"

碧落茫然道："哦？可我没什么特别喜欢的东西啊！"

她没有什么特别喜欢的东西，却有着唯一喜欢的人。那个人，却是苻晖无论如何也不会弄来给她的。

从离开平阳的那一天起，从八岁起就有的那种朦胧念想就已破灭了，如同天空的霓彩，幻过片时的美丽，迅速归于虚空。

金镶玉串的璎璎珞珞，花鸟虫鱼的翠玉宝钗，纹龙印凤的绫罗绸缎，五彩缤纷地堆了满案满榻。苻晖犹自拉了碧落的袖子，一一指点着，问她喜欢哪种颜色，哪种样式，可以帮她做成衣裳，再配上何种首饰最为美观大方。

碧落估摸不透这男子究竟在打什么主意，只是静静地站在一旁敷衍着，由着他指点评论。

忽而见到大盘的首饰中有一块佛手玉佩看来好生眼熟，拿起来看时，立刻记起慕容冲也有一枚一模一样的玉佩，俱是黄玉雕就，莹润皎洁，忙取了来挂在腰间。

因了杨定昨日的话，苻晖心下不忿，却是一意想将碧落连人带心降伏住，故而刻意讨好，欲以柔情感之。可碧落虽然没有显露嫌恶之色，却一直冷冷淡淡，他不由沮丧，正觉不耐烦时，忽见她将佛手玉佩挂在身上，不由得大喜，笑道："原来你喜欢这类腰间挂饰，我待会儿再叫人到库房里找去，都搬了来给你瞧，只要你喜欢的，从此便都是你的。"

碧落正觉有些惶恐之际，忽听得门外有人回禀："三殿下，宫中有人传陛下旨意来了。"

苻晖漫不经心道："请进来罢。"

一时一名老内侍过来，先向他请了安，才笑道："三殿下，陛下口谕，宣碧落姑娘入宫觐见。"

苻晖手中一串璎珞不觉掉落，怔了片刻，才道："陛下怎会突然想起要见碧落？"

老内侍赔笑答道："这个老奴可不清楚。只听说有位才来的郎中，向南阳、始平二位公主盛赞碧落姑娘身手高强，因而二位公主执意要见这位姑娘吧？"

苻晖皱眉，挥了挥手，道："来人，先领公公去休息吧，待我令人为碧落姑娘梳妆打扮了，再好好送入宫去。"

老内侍领命去了，苻晖一拳砸在案上，一大盘的珠饰给震得摔落，丁丁当当散乱了一地，铺陈在黯淡的素纹青砖地面，愈显得璀璨晶莹，光彩夺目。

"这个杨定，他搞什么鬼？"苻晖恨恨说了一句，再回头看向碧落时，只见她虽也一脸诧异，但眉宇间已忍不住溢出一丝欣悦来，不由得大怒。

他站起身，展颜笑道："碧落，父王向来守诺，既然说了把你赐我，便决不会食言。我且送你入宫去，稍后依然会将你接回府来，你放心……等你回来了，咱们继续挑你喜欢的首饰。"

碧落黑眸深深，还以轻轻一笑："碧落承三殿下厚爱，感激得很！待会儿入了宫，自然……一切听天王殿下吩咐。"

回答的话语，也是不软不硬，却让苻晖琥珀色的眼眸微一收缩，忽然发觉，自己可能小看了眼前这少言寡语的少女了。

即便她是一枚棋子，这枚棋子也有着自己的筹码，让他感到不安的筹码。

再一思忖，他到底忍不住警告道："我不知慕容冲那小子派你来是不是别有居心，但你既是我的人，有件事我必须提醒你：这天下，已是大秦的天下，慕容家想要咸鱼翻身，只能是下辈子了。前面的路怎么走，碧落你可得好好给我看清楚了！"

碧落屈身行礼，盈盈而拜："碧落承教了！"

她扭头吩咐青黛："青黛，为我准备入宫的衣饰吧！"

她既要更衣，符晖便再也不好在屋里磨蹭下去，只能拂袖走了出去，脸色却已很不好看了。

沿着大块的青石条板细致铺就的宽阔路面，碧落在两名内侍的引导下，由承天门进入宫城，远远便见到雄踞月台之上的大殿，重檐庑殿顶，三层白玉石阶基座，陈设了日晷、嘉量、铜龟、铜鹤、铜鼎等物，显然是秦宫临朝的主殿太极殿了。当年符坚便是在此处为众臣拥戴登位。

太极殿以及其后方的两仪殿、甘露殿、延嘉殿等大殿，俱是秦王与朝臣议政或宴请之处，碧落自然不能近前观看，只觉后方大殿的规模形制虽不如太极殿，却也甚有威势。

原来符坚一贯提倡简朴，宫殿装饰并不华丽，但此时大秦正当鼎盛之际，高墙金扉，危檐耸峙，连松柏草木都显得格外高大葱茏，自有一派王者威霸之气。

从东面的甬道穿过一处宫门，再经过一道长长的穿廊，前方已听得潺潺的水声，伴了秋日树木花草清冽的气息扑面迎来，却是来到了秦宫的内苑了。

秦宫内的风光又非别处能比，颇是壮丽整洁，但碧落无心观瞻，只是默然地想着，当年慕容冲在秦宫时，也曾这样无奈而忧伤地踏过青砖，看那一年年的桃花春谢，碧水东流吗？

再走一段，前方已有一带翠瓦掩在高大的松柏之中，鲜亮的鎏金宝顶在屋檐上方明耀闪光。

碧落正猜度这是何人所居宫殿时，只听清脆笑声隔了烟柳飘来，又有一五彩绚烂的小小物事破开柳叶，迅捷飞来，带起来大片将落未落的黄叶，缤纷而下。

恰恰飞到碧落跟前时，碧落辨出是一只用野雉羽毛做成的毽子。

她初到慕容冲身边时，也才不过八九岁的小丫头，尚未体会到慕容冲那种已经刻入骨髓的伤痛和仇恨，只觉有了亲人在身畔怜惜守护，一度很是开心，甚至也曾和小婢女们嬉笑玩耍，打闹得不亦乐乎。

阿房城中，梧桐树下，多少次，有个素衣少年，倚竹而立，默然地望着她的欢喜，唇角含笑，目光悠远而缥缈。

随着碧落日渐懂事，她才意识到那种悠远和缥缈之后的隐恨。

慕容冲十二岁离开燕都邺城之前，应该也曾拥有过这样简单的欢喜吧？

他虽是燕帝慕容暐最幼的弟弟，却是燕太后可足浑氏嫡出，甫才出世便被封为中山王，比他大了数岁的四哥慕容泓，也是到此时才被封了济北王。

他不仅小名是凤凰，也是从小被父母兄长当作凤凰般呵护爱惜长大的天之骄子。

他在小时候，想必也曾无数次与要好的兄弟姐妹那般开心地嬉笑玩耍过。

于是，碧落练剑读书的时候越来越多，玩乐戏耍的时候越来越少。

可她当年，确实也曾这样欢悦地踢着毽子。

眼见那毽子不知从哪里飞来，碧落几乎是本能地眼睛亮了一亮，然后抬起脚来，将毽子接住，飞快地踢回来处。

一抹绯色明霞蓦然在黯黄的柳叶中翩然而至，迅速将那毽子接住，然后盈盈立定，却是一名十分俊秀的十四五岁少女，着一件绯红色莲瓣锦缎上衣，质地甚是寻常，脖子上却挂了串雪色明珠，颗颗饱满，一看便知价值不菲；此时这少女黑发散落，小巧的鼻翼上满是细密的汗珠，正通红着小脸，边喘气边好奇地向碧落凝望。

碧落料着不会是普通宫人，正迟疑不知如何称呼时，两名内侍已在一旁行礼："公主！"

又忙着告诉碧落："这是南阳公主。"

碧落才知这少女是符坚的女儿符宝儿，忙上前跪拜："民女云碧落，叩见公主！"

"啊！"符宝儿唇角立刻挑起上扬的笑纹，"原来你就是云碧落！我就想着呢，咱们宫里什么时候又多了这么个美人儿呢！"

她嘻嘻笑着用她纤白的手指，触了触碧落的脸："长得这么斯文秀气，杨定居然大赞你的剑法好，不会是在骗我吧？"

杨定？

碧落一时摸不着头脑，只得低了头道："禀公主，民女只是练过几天剑而已，实在……算不得高强。"

符宝儿点头道："不管啦，我瞧着你身手轻捷得很，别嫁我三哥了，陪我们姐妹在宫里玩吧！"

她拉着碧落便往前跑，边跑边叫道："锦儿，锦儿，咱们多了个伴啦！"

碧落跟着她穿过纷纷飘拂下的柳叶，已见着几个宫女簇拥下，另一位橘黄色衣衫的少女走来，身量形貌更要小一些，这时也正抓了只毽子在手中，一双极大的眼睛扑闪扑闪的，看来极是可爱，正是始平公主符锦儿。

符锦儿将碧落一打量，笑道："啊，果然好看得紧！还有你的剑，看起来也是宝剑。"

符宝儿这才注意到碧落的流彩剑，盯住看了一看，讶异道："这剑和杨定的一样！"

碧落忙道："我这把是流彩剑，杨公子的是华铤剑，我义兄慕容冲的，则是飞景剑，据说这三把都是当年魏文帝留下来的，所以样式全都一样。"

符宝儿点一点头，笑道："原来你的和他的不是一对儿。"

这时随在碧落身后的公公赔笑道："两位公主，是不是先让碧落姑娘去见了天王陛下再来叙话？陛下还在等着呢！"

符宝儿点点头，拉了拉碧落袖子，笑道："你就和我父王说，不愿意和我三哥一处，让他留你在宫里。"

碧落张了张嘴，却只抿出一丝苦笑。

符锦儿虽是小一些，倒也看出了碧落的为难，掩着唇哧哧地笑："你先去罢，我们待会儿过去要人，才不便宜三哥呢！"

碧落再不知这两位小公主为何一心想把她留在宫里，估料着杨定必是在她们跟前说过什么话，当下也无法细问，只是低了头，含了丝笑意应了，纳闷地随了内侍转过一道月亮门，便已见到了一所周围带廊的悬山顶宫殿，却书写着燕晴宫三个金光闪闪的大字。

碧落曾听说过，当今秦王最宠爱的妃嫔张夫人，闺名为燕，便猜这燕晴宫多半就是张夫人所居宫室。

内侍引她在廊下站定了，一人陪着，另一人笑道："姑娘请稍候，咱家这就去通禀。"

碧落应了，立于廊下静静候着，却觉手心一阵阵的湿热，竟是紧张地渗着汗水。

她太清楚慕容冲牺牲自己的用意。

他要的，是自己能如褒姒、妲己那般，祸乱大秦，为大燕的复国和他自己的复仇找到一线契机。

否则，慕容冲是白白牺牲了，而碧落自己，自然更是白白牺牲。

她并不认为自己可以那样无所顾忌地告诉符坚，她不想被赐给符晖，而只想待在符坚的身边。

毕竟，她方二九韶华，而符坚已经四十六岁了，世人眼中，显然是符晖与她更为合适。

她完全不知道，她即将面对的符坚会是个什么样的人物。

慕容冲从没向她提过秦宫中的一人一物，甚至连他的姐姐，原来的清河公主，现在的慕容夫人，都极少提及。碧落只是根据传言和慕容冲偶尔的言行中，日渐归纳出符坚的形象。

一个乱世枭雄，有才有识，骄傲自负，嗜杀好色，甚至无耻到将一个十二岁的男童纳入自己的宫闱。

他是一个噩梦，碧落发誓要打破的噩梦。

正胡思乱想时，忽听得殿中隐约有淳厚的男声传出："算了……不用再追究。"

碧落怔了一怔，这声音并不像太监嗓音的尖细，而能在张夫人宫中出现的男子并不多，难道这人是……苻坚？

这时，只闻一女子说道："可苻阳和王皮俱是谋反大罪，若是放过了，日后陛下如何能服众？"

"燕儿！"苻坚叹息道，"你不知道，苻阳是大哥爱子，他本性敦厚，如今替父报仇，本就情有可原；倒是那王皮委实不肖，可叹王景略英雄一世，怎就生出这么个东西来？"

苻坚称那女子为燕儿，那跟他对话的无疑便是张夫人了。

但听得张夫人叹道："可不是么，王相遗言，让儿子回家务农为生，不许为官作宰，看来也算是有先见之明。犯下这等大罪，王相当要死不瞑目！"

苻坚沉默片刻，说道："大哥冤死，王景略亦有大功于秦，他们的后人……是万万杀不得……当日一时不容情，苻双、苻幼他们几个死于非命，每每忆及，总觉懊悔。罢了，朕将他们迁到朔方以北去，那里人疏地荒，于大秦再无威胁，也算全了旧日的故人情意了。"

这些秦国旧事，碧落也听说过。

东海公苻阳，原是苻坚庶长兄苻法之子。当年秦帝苻生暴戾凶残，嗜杀成性，又在酒后向侍婢透露欲要除掉对自己有威胁的苻法、苻坚等人，苻法、苻坚听闻，带着人马发动宫变，囚杀苻生。

苻坚因苻法为长，欲推兄长为帝；而苻法深知自己为庶出，不能令宗族众人心服，执意与群臣共推弟弟为秦主。苻坚后来只称天王不称帝，便为这帝位来路不正的缘故。

因苻法颇有威望，朝臣来往，门庭若市，苻坚之母苟太后恐其威胁儿子地位，遂将其赐死。苻坚继位未久，眼见与自己交好的兄长在东堂被赐喝鸩酒，到底有几分是无力相救，又有几分是顺水推舟，便只有他自己知道了。

人们所能看到的是，苻坚在兄长死后悲伤了很久，让苻法的儿子袭了爵，封赏极厚。但苻阳认为父仇不共戴天，隔了二十余年还是念念不忘，才会与王皮联合谋反。

王皮是秦相王猛之子，王猛字景略，死后谥号武侯，正与诸葛亮的谥号一样，向天下人表明了苻坚待王猛之心。

苻双则是苻坚的同胞弟弟，建元三年，他联合了其他四名族兄弟在蒲坂、陕城等地起兵谋反，兵败被诛，听苻坚此时口吻，已颇有悔意。

碧落原认定此人诛兄杀弟，必定性情凶残，听他此时话意，连谋反的苻阳、王皮都打算放过了，不由得诧异。

这时听闻内侍回报：“陛下，平原公府上的碧落姑娘到了。”

苻坚沉吟着似仍沉浸在往事的回忆之中，只“唔”了一声，未置可否。

一旁已有张夫人说道：“晖儿看中的姑娘，必定不凡。快传进来吧！”

碧落忙随了内侍踏过包银门槛，沿了深色团花毡毯上前，如仪叩拜：“民女云碧落，拜见天王陛下，拜见夫人！”

依旧是张夫人温和地说道：“免了，起身吧！”

碧落领命站起身来留意察看，前面一男子身着米黄色常服，正背对着门负手站着，不知在想着些什么，一时竟未回头，自然便是苻坚了。

苻坚旁边立着一名年纪三十许的丽人，正轻轻地拍着苻坚的手，笑道：“哎呀，陛下，快瞧瞧，果然是个绝色的！”

这丽人一身很浅的烟霞色深衣，阔袖大领，衣缘是淡紫深黄的金盏，朵朵绽放，明媚而旖旎。凤眸闪亮，墨黑中带一抹的银灰，淡淡的眉斜斜地挑入鬓角发际，微抿的唇角弯着浅浅笑意，蓬松绾起的发髻正中插两枚镶着鸽血红宝石的珠饰，两侧簪着云纹宝钗，侧头说话时耳边一对红宝石轻盈摆动，熠熠生辉，应该就是南阳公主苻宝儿的生母张夫人了。

苻坚终于自往事的回想中醒过神来，这才转过身，一双极有神的眼睛，缓缓从碧落身上一转，已微有愕然：“你……你便是凤凰送来的女子？”

碧落见其言行尊贵端雅，神情却温和，心中略略放松，低头恭顺应道：“是。”

苻坚的声音却依旧有些恍惚：“你姓云？”

碧落点头道：“是，民女姓云。”

苻坚琥珀色的眼睛依旧盯在碧落面庞，问道：“你是扶风郡的么？云氏是那里的大族。”

碧落垂着头：“禀陛下，民女自幼失怙，流落在外，后来为义兄收养，才算安定下来，并不记得哪里人，也不知道父母姓名。”

苻坚闻言，低低叹了一声，说道：“哦……那也罢了，云家也没落好多年了……朝

中姓云的大臣都没几个。"

碧落不知这苻坚为何对自己的云姓大生感慨，只答道："民女在平阳住着，也很少遇到同姓之人。"

苻坚紧拧的浓眉展了一展，坐回主座，接过宫女递来的一盏茶，微笑道："凤凰还好吧？"

碧落闻他问起慕容冲，忙道："陛下厚爱，平阳物阜民丰，冲哥很少为政事烦心，过得很好。"

苻坚笑了一笑，啜了口茶，说道："凤凰性情恬淡温和，也很是聪明，不过那些聪明，似乎全用在诗词歌赋和花花草草上面了。"

张夫人坐于一侧茵席上，笑道："可不是！紫宸宫里的芙蓉和菊花，至今还是宫里开得最好的呢！我记得以前好多次看到凤凰亲自执了剪刀修花枝。"

如果慕容冲能将所有心思都用在花花草草上……

也许可以是一种解脱。

第十章　梧桐影　凤鸣高岗恨幽独

碧落黯然想着，却一丝也不敢表露，微笑禀道："是，冲哥现在还是喜欢侍弄花草。冲哥最喜欢一个人静静地在后园里弹琴吟诗，品茶赏花。"

苻坚含笑道："不错，这凤凰，一直是个让人省心的孩子。不过既是一郡太守，该他担的责任，也要担起来。"

碧落答道："冲哥常说，王武侯早有法令下来，一切循制而行，自可无为而治。故而冲哥虽是闲散，平阳境内，倒也安宁富足。"

苻坚大笑道："好个无为而治！"

他指着碧落向张夫人笑道："若大秦境内俱能做到无为而治，这天下可就太平了！"

张夫人点头称是，正要说话时，又有内侍通禀："陛下，夫人，慕容夫人和南阳、始平二位公主来了。"

算来他们俱是一家人，不过循礼通禀了一声，外面已听得苻宝儿、苻锦儿咯咯的笑声传入。

张夫人目注苻坚笑道："不知咱们的宝儿、锦儿，什么时候能如碧落姑娘这般娴静。"

苻坚微笑："娴静的确是好，只是把什么事都存在心里，就未必好了。"

听苻坚言语，似别有一番深意，碧落一怔，忙要去细察其神情时，只见苻坚已含笑望向门口，柔声说道："我便知你听说凤凰那里派了人来，定会过来相见。"

只见殿中光影明灭，渐渐投在徐徐踱进的一女子身上，连殿堂之中都似亮了一亮。

碧落定一定神，才看清两名宫女扶持下的那位绝丽女子。

那女子绾着高髻，耳边一枚精致的白兰碧草华胜，正中则绾着一支金光灿烂的大凤钗，衔一串熠熠生光的珍珠，暗枣红的罩衣用金线绣了大朵的牡丹，华贵而内敛，配了她柔和秀美的细眉清眸，如樱朱唇，却是出奇的和谐，反生一种我见犹怜的出尘风姿。

碧落知道必是慕容冲的姐姐，当日的清河公主、如今的慕容夫人了，待她向苻坚行了礼，忙也向前见礼，却觉她肌肤白皙如雪，晶莹剔透，轮廓之间，果然与慕容冲有两分相似，顿时鼻中一酸，差点掉下泪来。

慕容夫人立时伸手扶起，微笑道："自家人，不必客气。"

口中这般说着，眸中已是莹然，却不多说，只将拉着碧落的手紧了一紧。

她的手柔滑而沁凉，倒让碧落想起慕容冲的手掌来，纤长有力甚至略带粗糙茧意，却也一般的沁凉，心中大为亲近，唇边已嚼出一抹笑意。

这时苻宝儿和苻锦儿也携手走上前来，笑道："父王，是不是把这个云碧落留下来，陪着咱们练剑？"

苻坚脸色一沉，说道："嗯，她既已许给了晖儿，你们不许胡闹。"

苻宝儿顿时叫了起来："父王，你叫她入宫来，不就是陪着咱们的么？这会儿又反悔了？"

苻坚微微一怔，他想起十年未见的慕容冲，故而特地将碧落唤进宫来，一则问问慕容冲的近况，再则便是看一眼他特地送来的女子到底是何等样貌品性，才会让苻晖这样迫不及待要求纳入府中，倒忘了两个女儿正心心念念想着找她入宫来相陪练剑了。

苻宝儿见苻坚踌躇，忙走到张夫人跟前，只是拉着她的衣袖："母亲，母亲，你看父王，说话不算话呢！"

张夫人扶了腰，苦笑道："哎，别闹，我快给你们折腾死了！"

她小腹隆起，分明有着五六个月身孕了，给苻宝儿闹得心烦，便笑道："陛下，慕容妹妹也难得看到娘家的亲人，何不留碧落姑娘在宫中住上一段时间？既全了慕容妹妹的思亲之情，又可让碧落姑娘伴着宝儿和锦儿，岂不两全其美？横竖碧落姑娘年纪还轻呢！"

苻坚叩着案几，沉吟着望向碧落，却见她也望向自己，一双眸子漆黑如夜，偏又闪着黑珍珠一般的明亮辉芒，似要直直射入自己心底。他心弦最深处不知怎地忽然被撩动，有久远的记忆如星子般隐约闪烁起来。

"呵，碧落……那你就随清河回紫宸宫住吧！"苻坚说着，回头吩咐道，"宋牙，去和晖儿说，慕容夫人留下碧落姑娘住一阵，日后会备上一分丰厚妆奁，将她送还给他。"

旁边一位瘦高个的中年内侍恭声应了，忙派人出去知会。

这里慕容夫人与张夫人叙了几句寒温，见张夫人似有倦乏之色，忙告辞出来，挽了碧落回宫，符宝儿、符锦儿笑嘻嘻望着她们离去，颇有顽皮之色，显然很为从哥哥手中抢来碧落而欢喜。

欢喜得如同抢到了一样心爱的玩具。

只是她们再也不会想到，这个玩具，有一日也会如刀锋一般，耀出足以致命的凛冽寒光。

同样目送她们踏离宫门的还有符坚。

这个凤凰儿送来的少女，果然不寻常，尤其，那双漆黑如夜的眸，分明地似曾相识……

他端着茶盏，缓缓地啜着，啜着，忽听到张夫人在喝骂："怎么回事，居然不给陛下添茶？"

他低头看时，不知什么时候，茶盏已经空了。

这女子入宫来……

也好，也好……

碧落亦步亦趋地跟在慕容夫人身后，穿过两道回廊，方才听慕容夫人指了左侧一道宫门，微笑道："这里是甘棠宫，蔡夫人所居。不过她素来病弱，并不喜人打扰，你无事不须去见她。"

沿着夹廊过去，便见着高大的梧桐枝叶从一道粉墙内露出，翻飞的落叶飘荡，一直吹到远方的甬道上，隐隐有着熟悉的秋日花香夹杂在萧瑟秋风中扑面而来。

碧落眸光亮了一亮，便知到了紫宸宫了，当年慕容冲住了近三年的紫宸宫。

慕容夫人却没有立刻进去，只站在宫门前，悠悠地望向与紫宸宫相邻的另一处宫室。

"碧落，那里，是关雎宫。记住，不论何时，不要踏入一步，也不要向宫中任何人打听关雎宫的事。"她缓缓地说着，目光带了几分迷惘，几分伤感，几分不由自主的无奈。

碧落的心神原本都给紫宸宫内的竹菊花草吸引过去，听慕容夫人如此说，不由得好奇望向那座关雎宫。

朱门紧闭，铜钉已褪去颜色，兽鼻的门环倒还光亮。透过高高的宫墙，几根树枝挂着残叶斜欹而出，却是极高大的桃树，也看不出有甚奇异之处。

"这宫里……住的是哪位夫人？"碧落迟疑着问道。

"关雎宫中没有哪位娘娘住着。"慕容夫人盯着那虚掩的门，淡淡道，"但天王陛

下爱那里的桃花，一个月总会进去住几日。"

"桃花？"碧落望着那光秃秃的枝丫，迟疑着问，"可现在这季节，哪有桃花？"

"可春天总会来，桃花总会开。"慕容夫人嘲讽般轻笑，转眸看向碧落，柔声道，"你只须记着，即便关雎宫的门开着，你也不可以进去，免得……惹祸上身。"

关关雎鸠，在河之洲。窈窕淑女，君子好逑。

这样名字都带着鸳鸯交颈比翼双飞般美好愿望的宫殿，居然没有女主人，只有一个至尊无上的帝王，常在桃树下徘徊，从夏天到冬天，一日日等着桃花的盛开？

碧落迷茫不解。

但这似乎并不重要。

重要的是，她暂时不用担心成为苻晖的媵妾，也不必担心成了苻坚的妃子。——尽管后者的身份，可能更有利于她的行事；而公主的陪侍，则极少有机会向秦王进言，更别说置喙国家大事了。

既然已经到了宫中，她完全可以走一步看一步。

碧落轻舒一口气，按了一按腰间的流彩剑，随慕容夫人踏入了紫宸宫。

紫宸宫的清冷似在意料之中。

几株高大的梧桐，眼看叶子已落尽了，疏疏朗朗立于庭中，串串棕色的豌豆形桐实在那疏叶中便格外显眼；环着宫室，则种了几丛翠竹，虽是秋日，亦泛着清新的碧绿，自成一派清寂幽独；向阳处则植了许多花木，此时阶下菊花开得姹紫嫣红，更胜春光。瞧那菊花经霜也不见半点萎靡，料着夜间必有人收回一旁的花房养护。

"凤凰鸣矣，于彼高岗。梧桐生矣，于彼朝阳。"慕容夫人目注庭右那棵梧桐，慢慢走到梧桐树下的石案旁，轻轻叹道："凤凰在时，常喜欢坐在这里弹琴看书，很安静，安静得有时我都感觉不到他的存在。"

慕容冲又怎会是个没有存在感的男子？

纵然只是一袭素衣坐于花间，他的清浅微笑，也足以夺尽周遭光华。

那是一个天生耀眼的人物，恰如择木而栖的金凤凰，尾羽绚烂，五彩斑斓，令人不由自主地驻足欣赏，击节惊叹。

让人感觉不到他的存在，只怕比让他锋芒毕露还要困难得多。

嗅着宫里那带了几分熟稔的清冽芬芳气息，抚着绿色的梧桐树干，碧落有些失神地想，从此之后，她便将生活在这里，一遍又一遍，感觉慕容冲曾经的存在吗？

慕容夫人只是默然立到梧桐树下，细细的眉下，黑眸若蒙清雾，幽幽远远，不知飘向何方，更不知在想着些什么。

但碧落已然猜到，慕容夫人的生活，大约也和这紫宸宫一般地清冷。

自此，碧落便在紫宸宫住下，闻得两位公主传召，则去相伴着练剑或玩乐；若无传召，便只待在紫宸宫中看看诗书，修修花草，或对了那几丛幽竹出神。

甫才入宫，自然一切收敛为妙，越不引人注意越好。

而慕容夫人也是个安静人，并不问她为何而来，仿佛她就是一件礼物而已，一只送给苻坚别无他意的美丽花瓶。

苻坚的王后苟氏早已去世。如今的苻坚后宫，由育有儿女并深得苻坚宠爱的张夫人打理。碧落入宫的第二日，她便派了两名宫女前来伺候；又隔了一日，平原公府也将青黛送入宫来服侍。

碧落略觉不安，悄问青黛："是三殿下让你来的？他……有没有生气？"

她分明记得，苻晖曾经说过，会派人将她接出宫去；后来苻坚要留，他自然违拗不得。但以他烈火般的暴躁性子，必定憋了一肚子的恶气。

青黛低低笑道："可不是生气了？晚上吃饭时，连砸了三四次碗碟，两天都闷闷不乐。今天估计心情好些了，才会将我送入宫来。"

她又想了想，皱眉道："恐怕昨天将那杨公子抽了一顿，心里也要舒服些了吧？"

碧落心里一跳，忙问道："他抽杨定？为什么？"

青黛摇头道："不知道呢。昨天上午三殿下令人传杨公子到府中，可杨公子去拜见他时，他又不理会，由他在书房外跪着，跪了两三个时辰，后来就有人看到三殿下用鞭子抽他了，打得后背全是血，一直在求饶，这才放过了他。"

她回想着，苦笑道："我本以为那杨定也算是条汉子，必定有些骨气的，谁知也是个没气性的，给打成那样，事后还向三殿下小心翼翼笑脸相迎，仿佛自己活该被打一样。"

青黛敢从守卫森严的坞堡中逃出，颇有几分胆识，眼见杨定明明也是贵公子出身，偏偏低声下气毫无气性的模样，自然看不惯。

碧落蹙了眉，心跳已不由自主地加快。

杨定其人，有时虽然轻浮了些，到底是个玲珑人，故而苻晖那样性烈如火的性子，对慕容冲不留情面百般折辱，却对杨定颇为照拂，很是亲近。以杨定为人，不可能轻易去招惹苻晖。除非……

除非是因为云碧落！

符坚之所以想到召她入宫来，无非是因为杨定提起了她。

而她总不能认为，杨定提起她，完全是因为无意；就如当日他肯相助她回平阳城见慕容冲最后一面那样，这个看似孟浪不羁的男子，或明或暗，分明一直在帮她。

因为帮她而招来了符晖的怒火，遭了一顿毒打？

窗外幽篁黯沉，竹叶萧萧，几只翠鸟蹦跳其间，啁啾而鸣，忽而有宫人经过，顿时扑棱起翅膀，向着苍白的天空，越飞越高，越飞越远……

这日，碧落陪着符宝儿、符锦儿练剑完毕，从侍女手中取来茶盏，一一奉上，看二人兴致不错，遂问道："公主，怎不见那位郎中杨定大人来了？我似听得宫女说，原来公主很喜欢让他陪着练剑呢！"

符宝儿拿着手帕子擦了擦额上细密汗珠，侧头便去问一旁的内侍："对啊，杨定呢？似乎有好几天没看到了。"

内侍赔笑回道："说是病了，告了几日假。"

符宝儿眼睛睁得和杏仁一般："他？病了？什么病？"

内侍摇头道："这个不知。"

符宝儿略显失望之色，忽而将手帕子随手甩到一边，笑道："这人挺壮实的，应该不会有什么大病。瞧他贼眉鼠眼的模样，莫不是做什么偷鸡摸狗的事，给人抓住打了一顿？等改日见到了，非好好笑话笑话他不可，让他在我们跟前逞能！"

碧落很想附和着笑一两声，却发现自己实在是笑不出来。

而符锦儿开口，已经将话头转到符坚身上了："姐姐，父王最近老是闷闷不乐，是不是有什么不顺心的事？"

符宝儿一撇嘴，道："还能有什么事，大约又想伐晋吧？知道最近给融叔叔封了个什么官儿么？"

阳平公符融，是符坚亲弟弟，符家的族长，也是最受符坚重用的大臣，文才武略，颇有才干。

符锦儿奇道："封了什么官？"

符宝儿大笑道："征南大将军！谁都知道融叔叔说时候未到，一直就反对父王伐晋，可父王偏偏封他这么个官儿！"

符锦儿纳闷道："我母亲说，咱们大秦，是百年来最强盛的国家，河山统一，不过指日而待，为什么融叔叔不同意呢？"

符宝儿不耐烦道："谁知道？前儿我母亲和父王提此事，也说了一堆反对的理由，什么内患未靖啊，什么民心思定啊，什么东晋天命未绝啊，说着说着，父王恼了起来，拔脚就走，反和我母亲生起气来。"

始平公主符锦儿的母亲，是甘棠宫的蔡夫人，而南阳公主符宝儿的母亲，则是燕晴宫的张夫人。瞧来符坚的这两位爱妃，政见并不一样。

符锦儿摇了摇头，道："真搞不懂，这仗到底是打好还是不打好？"

符宝儿将宝剑刷地一挥，明辉闪过，映着头顶那轮朝阳，更是蓬勃闪亮。

"打！打！打！"符宝儿得意地连喝三声，高声道，"我还盼着父王出征时把我也带上呢，到时我穿上男装，跨马执戟，一样为我大秦杀敌立功，才见得咱们女儿家，半分不逊须眉呢！"

她侧头偏向碧落，琥珀色的瞳仁在阳光下泛着刚出炉黄金才有的夺目色泽："碧落，到时我们一起去，行不？"

这是碧落入宫后第一次听人提起这些政事，心头正怦怦乱跳，忽听符宝儿问起，忙微笑道："啊……公主去哪里，碧落便跟去哪里。只不过，公主杀敌立威，先得劝服陛下用兵呢！"

符宝儿一吐舌头，道："那也得等母亲不在时才好和父王说。母亲和弟弟都说不能用兵，若知道我反过来劝父王用兵，看不骂死我呢！"

碧落自是不好再劝，只在心底愈发郁闷起来：秦王并不是不想伐晋，不过是因为反对之人甚众，犹豫不定而已。

——便是她真能如慕容冲所愿，得到符坚宠信，也未必能在此事上帮到什么忙。连蔡夫人说话都没用，何况区区一个云碧落？

过了数日，杨定果然回到宫中来，常见他带宫中侍卫在各处巡视，已是行走自若，嬉笑如常了。

碧落有心想问候一声，谢他相助之恩，谁知他每次见到碧落，都是视若未睹，仿佛与她素不相识；倒是符宝儿姐妹有时拉他过来说话，他会笑容满面迎过去，即便给符宝儿取笑两声也是笑嘻嘻的，结果刁钻骄纵如符宝儿，也是说这杨定性情爽朗和气，武功也好，只是太过胆小了些。

——符宝儿几次要逼着他拔出剑来和她们姐妹过招，杨定怕误伤二人，怎么也不敢，

符宝儿用父王压他时，竟把他吓得差点跪地求饶……

碧落伺着机会，悄悄上前，低低道了谢。

这一回杨定倒没有视若无睹，只是见了鬼般瞪她一眼，飞快地跑开了。

那避之唯恐不及的神情，和以往那个大说大笑的杨定，竟有天壤之别，让碧落一瞬有了错觉。

觉得眼前这个杨定，并不是在平阳明里暗里帮她的那个杨定，而根本就是个懦夫。

可为什么对着符氏两姐妹，他能带着那等温暖的笑容。

碧落想了一想，也便想通了：这人本性懦弱，偶尔帮了她一两次，吃了符晖大亏，不敢怨符晖，便将她看作洪水猛兽了。

虽说符晖是秦王爱子，人在矮檐下，不得不低头，但一个男人混到他这等庸懦的地步，也算是白活了。

自此心下也瞧不起杨定，便也对杨定视若无睹了。

好在众人均不知她和杨定有过交集，她又清冷寡言，见二人从来不交一辞，也无人觉得惊诧。

符坚勤于政事，眼见两个爱女有人伴着练剑，再不怕拿侍卫试剑闯祸，也很少理会她们，只有好多次朝晚之际，碧落瞧见符坚在燕晴宫来去匆匆。

世传张夫人宠冠后宫，此事果然不假。

论起年轻秀美，慕容夫人显然远胜张夫人；可碧落入宫这么多日，符坚居然没有踏足过紫宸宫半步。

但紫宸宫的各项待遇却还优渥，并未因符坚的冷落而有所损减；即便慕容夫人偶尔外出，旁的宫妃见了也是客客气气，并不敢流露分毫轻视。

十月二十八符坚生辰，因他力倡节俭，宫中并未大设宴席。宫中诸妃前去明光殿请了安，便各自回去。

碧落随在慕容夫人身后，只觉符坚待慕容夫人极是和蔼，甚至和蔼到客套；旁的夫人请安后即便离去，她却被留下说了好一会儿话，才带了一大盘符坚赐下的金珠首饰离去。

旁的人或多或少会送些寿礼过去，厚薄不论；独慕容夫人双手空空而去，反带回大堆赏赐回来，实在叫碧落怎么也想不通了。有心想问时，慕容夫人只是宁静地回到自己卧房，一如既往地安静看书或念佛，反让碧落问不出口来。

第十一章　迷神引　踟蹰关雎海之隅

这日碧落去伴两位公主练剑，发现二人都是蔫蔫的，不由得奇怪："你们怎么啦？"

符宝儿、符锦儿二人与她厮混得久了，因她行事温默妥帖，倒也不将她当下人看。

当下符宝儿哭丧着脸道："父王骂了我母亲和弟弟。"

"骂……骂他们做什么？"

张夫人和张夫人所出的幼子符铣，素得符坚宠爱，朝中上下，无人不知。

符宝儿挠头回答："还不是为伐晋之事？母亲和弟弟谏阻了几句，一个被说成头发长见识短，还有一个被骂成黄口小儿。"

碧落转头问符锦儿："蔡夫人也劝陛下不要伐晋了？"

符锦儿满脸郁闷："没有。我母亲觉得伐晋好，昨晚还撺掇了几句呢！结果张夫人被父王骂了，就到甘棠宫怪我母亲，说我母亲乱政。"

碧落望着二人，一时苦笑无语，连劝也不知该怎么劝了。

"这事是我母亲不对。"符宝儿性情虽是刁蛮了些，却还算豁达，"我们不要理会大人的事，只管玩我们的！"

符锦儿应了，却仍是愁眉苦脸："咦，伐晋到底好不好呢？为什么那么多人不同意？"

伐晋到底好不好？

碧落也在问自己。

若是符坚失败，鲜卑慕容便有机会趁着乱世东山再起；可以大秦目前的国势，碧落总觉得，只怕成功的可能更大。

那么，慕容冲的仇恨……

碧落打了个寒噤，忽然觉得，这事如果能拖下去，也是不错。至少，目前的慕容冲，总还有希望。

尽管那希望如同月夜的星子，隐在深深的苍穹之外，若有若无，遥不可及。

晚上回去后，趁房中无人时，碧落忍不住悄悄问慕容夫人："夫人，大秦伐晋，到底对不对？"

慕容夫人正在卸妆，闻言清眸微凝，含一抹淡淡的笑，柔柔望住她："你说呢？"

碧落茫然："我不知道。"

慕容夫人将一根飞凤衔珠的金步摇缓缓取下，放在乌檀木的妆台上，泠泠地一阵脆响，散散落落。

"凭你的心走吧！"她说着，拿着帕子，擦净唇边的口脂。

或者是因为出身皇家，慕容夫人素来注重衣着打扮，即便苻坚从不踏足紫宸宫，她也是日日盛妆，一言一行，不改端庄优雅。

碧落闻言，默默站了良久，轻声道："我只是想……一定要帮冲哥。冲哥想怎么着，便怎么着吧！"

她转身离去，只听得慕容夫人在身后一声幽幽长长的叹息。

是无奈，还是幽怨，碧落听不出。她冀盼着慕容夫人能帮她出出主意，可慕容夫人态度极不明朗，反让她更加忐忑。

或者，连慕容夫人完全也不知道伐晋该不该，对不对。

毕竟，她只是苻坚最不受宠的夫人之一。

这夜碧落睡得自然很不踏实，辗转到半夜，方才勉强有些睡意。

正是朦胧时候，她忽然听到了箫声。

悠悠扬扬，缠缠绵绵，越过清冷的鸳瓦，带了梧桐落尽的萧索，徘徊在残落的菊梗间，再轻飘飘地掠起，如一抹来自遥远天际的轻云，幽幽袅绕于清冷的月色里。

那样的深夜，那样悱恻入骨的箫声，似把深砭骨血中的悲伤和失落，一丝一丝地化成有形无质的物事，缓缓萦绕出来。

夜已央，何人吹箫，何人不寐，何人敢在恢宏庄严的秦王宫中，散开这蚀人心魄的忧伤曲调？

符氏入主关内已久，虽然不如汉室贵族那般诸多避讳，但某些方面还是颇为计较的。

比如，因住在王宫中，出了紫宸宫，碧落便不敢穿自己最爱的素青或月白衣衫，生怕太素净了，引起哪位娘娘的不满。

再比如，宫中之人，便是娘老子死了，也不许在宫里哭泣。

更别说半夜三更吹这催人泪下的曲子了。

碧落思想着，只觉那声声含恨，萦愁带悲，竟与慕容冲的琴曲有异曲同工之妙，只觉心醉如痴，不由得随手披了件素青色绣白梅花的宽袖长衣，提了流彩剑，打开门循声寻去。

冷冷月，静洒枯木；萧萧风，冷度竹林。

踩了一路的清霜，碧落已走到了宫后小竹林的尽头，委婉的箫声，更清晰地在风中萦绕纠缠，似蝶恋轻花，似梅雪相沁，在静默中倾吐呢喃，温柔却哀伤。

碧落更是好奇。

这人的箫声快可以和慕容冲的琴声相媲美了，只是凄伤柔软处，似更胜慕容冲。

不过，墙的另一边，分明就是慕容夫人再三叮嘱着，让她不要踏足的关雎宫。

她从小跟随慕容冲，明里暗里帮他办的事并不少，也算是艺高人胆大。此时好奇心既起，便也不肯放开。料那关雎宫向来无人，便是有守卫也不会多，全身而退应该是不难。

她心中想着，人已经跃上围墙，轻盈地落入另一侧的关雎宫内的草地上。

秋尽冬来，树叶早已零落殆尽，踏在脚下有窸窣地的轻响，加上皓月明洁，想隐藏身形并不太容易。

好在箫声抑扬中，此时又伴了男子不由自主般的入神吟唱，可将她弄出的动静掩盖不少。

那男子的声音清朗端正，却沉郁纠结，那样缓缓地吟唱着一曲《秋胡行》：

朝与佳人期，日夕殊不来。
佳肴不尝，旨酒停杯。
寄言飞鸟，告余不能。
俯折兰英，仰结桂枝。

沿了宫墙，借了山石的掩护，碧落离那声音越来越近，却越来越心旌摇荡，只随那箫声和清吟心绪飞扬。

与伊人相约于晨，可从朝至夕，眼看日色明而复暗，直至月上中天，伊人依旧芳踪渺然。只有那人，一袭青衣萧萧，停箸辍杯，长吁短叹，折兰英，结桂枝，寂寞徘徊于原地，苦苦守候，守候着那越来越渺茫的希望……

悄悄再往前行着，已是一处湖石堆成的石山，遍种桃李，可惜这样万物萧索的季节，只余了大片的枯枝败叶在寒风里瑟瑟飘摇。倒是桃李脚下种了大片的常青藤萝，冷而苍翠，此刻如帘垂下。藤萝上居然开着青白的小花，此时浸在银白月色里，对着凛凛风霜，愈觉细弱可怜，却依旧坚韧地盛开着，一小朵一小朵，汇成一小簇一小簇，在不起眼的山石间独放自己的一份妖娆风华。

碧落望一眼石山上的依稀人影，沿了蹬道边缘的石壁，低伏着身子，借那藤萝掩护，轻巧往上爬去。

佳人不在，结之何为？从尔何所之？

乃在大海隅。灵若道言，贻尔明珠。

企予望之，步立踟蹰。

佳人不来，何得斯须……

失落的吟咏渐渐低缓下来，宛转成无限怅惘的一声长叹。

富贵功名皆可抛，只要伊人伴我天涯海角，一世已足。

可张开双臂，天下在怀，唯独不见伊人。即便取到沧海明珠，又能赠与谁人？

月上柳梢，独立中庭，相思成灾，片刻难耐，却不得不日复一日，夜复一夜，徘徊，踟蹰，悲伤，无奈……

碧落倾听着，人已爬到了石山顶部，伏于清冷的藤萝间向上张望。

山顶小亭内，一月白衣衫的女子散着长发，正坐于亭中茵席上，持一支碧玉箫，一厢吹着，一厢只望向一旁的男子。她那微凹的黑眸，跟箫声一般，幽幽如诉。

那男子一身淡青锦衣，将那诗词吟罢，正负了手，默然望着那清冷明月，良久不语，不知在想着什么。

碧落看那人青衣萧萧，背影有几分眼熟，愈加好奇，见周围无人，便半立起身来，欲看清此人到底是谁。

那吹箫女子久不见男子动静，便住了吹箫，低了头，轻抚着碧玉箫金丝线的流苏。

男子回过头来，低叹："累了么？"

月光澹澹，水光样倾泻在那男子脸上，轮廓已然分明，顿时惊得碧落差点跳了起来。

那人竟是秦王苻坚！

细论起来，碧落身处内宫，久与苻宝儿、苻锦儿相处，也好多次见过苻坚了。

但以往每次见他，他都是锦衣华服，头戴宝冠，言语顿挫有力，纵是唇角含笑，也自有属于帝王的慑人威仪，令人不敢正视。何曾想也有这般缠绵婉约、落拓无奈的时刻？

碧落慌忙之际，忙要缩回头时，脚下山石一动，小小的石子顺了山石藤蔓，骨碌碌直滚下去了，顿时引来苻坚视线。

"不言！"苻坚似比她还要惊慌，又在惊慌之中夹杂了说不出的喜悦："不言，是你么？"

眼看苻坚冲来，碧落慌不择路，运起轻功来，急急跃入蹬道，飞一般往来路冲去。

身后传来紧随的脚步声，和那吹箫女子急急的呼唤："陛下！陛下！"

苻坚竟一步也不舍，紧紧追了过来！

一时避入林中，还只听得隐约的脚步声，碧落忽想起，这么折腾半天，居然不曾有侍卫出现，莫非这关雎宫中，竟只苻坚和那女子二人么？

她这样想着，心中已怦怦地乱跳起来。

苻坚虽然会武，但养尊处优，身手未必便比她高吧？何况他现在的举止，似乎十分失常。如果碧落出手，有没有把握，将他一击致命？

如果正在壮年的苻坚死了……

朝中定会大乱，即便不乱，慕容氏也必定会制造混乱……

不论那混乱的结果是什么，苻坚死了，慕容冲的仇恨，必定也解了。

从此，再不必，用恬淡平和的微笑，却掩饰决绝入骨的仇恨和忧郁。

只是……

如果一击不中呢？

如果后来查出是慕容冲送入宫的人下手呢？

很冷的天，碧落掌心攥着的汗意越来越多，脚步却放缓了下来，正在犹豫不决时，肩上一紧，竟给人牢牢抓住。

碧落大惊，正要拔剑时，只听熟悉的声音低低道："碧落！是我！"

竟是一身宫中侍卫服色的杨定！

他瞪着她，颇有几分恼意，忽向她身后望一眼，急急道："到那边树上避一避！"

碧落抬头，侧面是一株极高大的老松，枝繁叶茂，夜间若藏了一人，并不容易让人瞧见。方才杨定突然出现，多半也是藏匿在松树间警戒了。

幸亏刚才没有动手！

碧落一身冷汗，却望着那株松树犯难。

她的轻功不弱，可那株老松，也委实太高了些。

杨定似看出她想什么，咬牙切齿般挤出几个字："我送你一把！"

一股大力瞬间推来，碧落趁势运起功来，迅速飞上树去，勾紧枝丫，犹未及藏好身形，便见符坚冲了过来。

"陛下！"杨定敛出惯常的明亮笑意，上前施礼。

符坚琥珀色的瞳仁在月下熠熠发光，飞快扫了几眼前方，才含怒问道："你怎么在这里？"

杨定忙收了笑脸，惶恐跪下身去："阳平公有令，若陛下……若陛下孤身前来关雎宫，可暗中……暗中保护。"

杨定话未了，但听脚步凌乱，果然又有两名侍卫冲了过来，俱是行色匆匆，显然是听到了异动，慌乱赶来。

符坚一甩袖，怒道："这个符融！"

身兼大将军一职的阳平公符融，是他一母同胞的弟弟，有才有识，对符坚敬护有加，符坚闻得是他安排人暗中保护，虽是恼怒，倒也不好对杨定等人发作。

再扫一眼前方寂寂林木，他放缓了声调："可曾见过一名女子从这里经过？"

那两名才来的侍卫固然茫然，杨定也是两眼一片迷惑："女子？陛下，蔡夫人应该还在亭子里吧？"

符坚瞪他一眼，又将四下里打量一番，才怅然一叹，一拂袖，匆匆离去。

碧落这才知，那个弹琴的女子，原来是甘棠宫那位一直抱恙在身极少露面的蔡夫人。

而符坚身畔，符融早就安排了侍卫保护，应该是怕符坚发觉，才只在较远处的地方把守，扼住宫中几处要道，却不曾想到一墙之隔的紫宸宫会有人前来，方才让碧落插了个空，跑到了符坚近前。

碧落暗叫一声侥幸。

如果不是杨定及时相助，今日必定闯出大祸来了。

只是万分奇怪，杨定不是怕事，对她避之唯恐不及？怎么这次又肯帮她了？

眼见符坚带了侍卫离去，她再不敢多待，迅速越过宫墙，悄悄潜回紫宸宫。

幸好紫宸宫中素来安静，慕容夫人待人也宽厚，连内侍都早早睡了，再无人知晓碧落曾悄悄出去过。

第二日，碧落去找符宝儿等人时，并未见到杨定，料他昨晚值守一夜，白天多半休息去了，只得等待时机再去谢他。留心符锦儿有无提及昨晚蔡夫人前去关雎宫之事时，却是一无所获。

大约蔡夫人陪着符坚去关雎宫时，符锦儿早就睡着了吧？

一时二人练剑练得倦了，到一旁的配殿中用点心，碧落也陪在一旁，见那送来的糕点，却是糯米桂花糕、芙蓉糕、玉米酥、翠玉豆糕、酒酿元宵等物。

符宝儿拿了只糕点在手中停了一停，忽然想起了什么，侧头吩咐身畔的宫女："去瞧瞧还有没有芙蓉糕了，拿些给杨定去。上次他过来，似乎挺喜欢吃的。"

她转过头来，又向符锦儿等人纳闷："我们每日练剑时都能看到杨定带人走过，今天怎么没见？"

每日杨定都会从她们身畔走过么？

碧落迷茫。她怎么没有注意到？

符锦儿正吃得香甜："他哦，呵呵，父王看来挺喜欢他的。可总觉得这人太油滑了。"

"油滑？"符宝儿嗤笑，"左不过胆小怕得罪咱们，不敢发火罢了！"

她的眸中晶晶亮着，忽然丢开糕点，笑嘻嘻和碧落等人商议："不然，咱们想个主意，耍耍这个杨定？"

碧落吓了一跳，正要托辞劝她打消这个念头时，身后忽然传来薄怒的嗔怪："宝儿，你就不能安分些么？"

忙回头时，竟是秦王符坚，不知什么时候走了进来，负手立在门前，望着符宝儿，神情颇似不悦。

碧落忙上前拜见，而符宝儿却笑道："不过说了玩玩罢了，谁真要作弄他？我闲了时，不如去逗园子里的那几只猴子，不是更好玩？"

符坚却没有理符宝儿的撒娇，垂着眸，只是上下打量着云碧落，眼神锐利如刀。

碧落正纳闷符坚怎么不叫她起身，悄悄抬眸看时，正与符坚目光相接，顿觉那深沉凛冽的眸光，一直扎到自己心脑深处，连隐藏的那点见不得光的心事，也给晾出，暴晒于阳光之下，阵阵地惊痛。

莫非，他认出了自己是昨天闯入关雎宫的女子？

那么，他还猜出了别的么？比如，她的来意？

"云碧落，随我来！"苻坚忽然吩咐，声音却很平静。

碧落攥着手心的汗水，低低应了，紧随在苻坚身后，心中已是乱成一团麻线。

如果他识破了自己，会不会一声令下，便取了她的性命？

如果他要杀自己，自己是不是要反击？会不会连累慕容冲？

心中像走马灯般乱转了片刻，忽摸到腰间的流彩剑，便又想起，苻坚并未下令自己解下佩剑，才略略安定些，只听苻锦儿在身后嘀咕："哎，是三哥来向父王要人了？"

"他敢！"苻宝儿愤愤的声音渐渐远了，"看我把他那些姬妾一一召进宫里来，陪着我们……"

后面说什么已听不见。碧落随着苻坚，已来到了燕晴宫的后殿，看他坐了，静静垂手侍立一边。

"昨天，为何到关雎宫里去？"苻坚轻叩着案几，目注碧落，开口发问。

碧落很想矢口否认。但苻坚并未问她有没有去，却直接问她为何去，莫非早有了她去过的证据？

难道，是杨定出卖了她？可如果他要出卖她，昨晚何必帮她，岂不是连他都有了过错？

那么，苻坚是从何得知是她前去了关雎宫？

心念电转，碧落俯首承认："禀陛下，碧落昨晚听到箫声……听到那箫声很凄凉，实在是好奇，就悄悄去查探，不想……不想就惊了驾……"

她急急地叩下头去："碧落万死！请陛下处罚！"

"果然是你！"苻坚轻叹，语调渐转温和，"怎生一见朕叫唤，逃得那么快？"

碧落垂了头，低低道："陛下似乎……将我认作别人了。碧落实在是惶恐，又见惊了驾，所以……顾不得多想，便跑回紫宸宫去了……"

苻坚的瞳仁泛出淡而柔的色泽来，却棱芒细细。他叹息着问："你该知道，朕把你错认作谁了吧？"

碧落听苻坚唤过这个名字，苻坚几乎一路追，一路焦急地唤着这个名字："陛下似乎……将我认作了一个叫不言的夫人。"

"不言……"苻坚收回了那让碧落惊惧的眸光，呢喃般轻轻道，"那是桃李夫人的闺名哦……"

桃李夫人？

碧落一脸茫然。

符坚神色愈和："凤凰和清河没告诉你，桃李夫人是谁么？"

碧落摇头，斟字酌句道："冲哥和夫人，都是喜静不喜动的，每日只与碧落品茶论酒，赏花看景，很少提及不相干的事。"

符坚笑了起来："好个不相干的事！看来你的性子，比他们还安静，所以他们才懒得和你提这些事。"

碧落惶恐道："嗯……碧落的确太过闭塞……日后一定多多出去走动，多学些东西……"

"不用了。"话犹未完，符坚已含笑打断，"这样便很好。以后……你不要穿这些花花绿绿的衣裳，还穿那素青或其他淡色的衣裳吧！"

碧落低声应了，忽听符坚加了一句："朕喜欢看你穿那样的衣裳。"

这一次，碧落着红了脸，却不敢再应了。

好在符坚再没说别的，挥手让她出去。瞧他模样，心情应已很好，绝不会再追究她昨日犯驾闯宫之罪了。

碧落松一口气，急忙退出时，只觉背脊的汗水已将小衣浸得湿透了。冷风吹来，她竟不由得打了个哆嗦。

紧一紧袖子，她正要赶回紫宸宫换衣裳时，忽见张夫人的贴身宫女赶来："啊，碧落姑娘，果然还在这里！"

碧落忙笑迎过去："姐姐有事？"

那宫女笑道："夫人请你过去呢！"

碧落抬头，很明朗的天空，湛蓝如海，半丝浮云俱无，看来着实是个好天气。

可从凌晨到现在，她似乎还没能安生，感觉自己莫名其妙闯到了一个她根本不了解的世界中，身周一片大雾茫茫，不知是步步危机，还是步步希望。

或者，她唯一能做的，只能是步步为营。

第十二章　风入松　谁使二桃杀三士

把心捏着手掌里，准备为昨天的闯宫再次磕头认罪，碧落才发现根本不是那么回事。

"慕容妹妹近日身体好点没？"张夫人含笑所问的第一句话便是这个。

慕容夫人身体虽是弱了些，但也没什么病。只是她生性好静，甚少出紫宸宫，更不喜与其他宫妃来往，时常托病不出，反倒给人体弱多病的印象，似与那常年缠绵病榻的蔡夫人差不多了。

所以，碧落只得敷衍道："还是那样子，只要静静养着，气色便好多了。"

张夫人微笑："哦，那便好好养着吧，宫人们有想不到的地方，或紫宸宫里缺了什么，只管来告诉我，我自会安排。"

碧落恭谨道："是，碧落必将夫人的话带到。"

张夫人一扬袖，一旁的宫女捧来一只大匣子，送到碧落跟前。

张夫人笑道："这是益州才送上来的当年桂花，都是晒制干净的，也是个散寒破结的好东西，带回去给慕容妹妹泡茶或做糕点罢！"

碧落谢过告退，抱着桂花匣子出了燕晴宫，已禁不住地叹气。

苻坚和张夫人，今天似乎在轮流惊吓她；不然，就是她自己心怀鬼胎，才疑神疑鬼，草木皆兵？

回到紫宸宫时，慕容夫人正立于廊下，从宫女手中的陶碗里拈出粟米，慢慢丢给笼中的鹦鹉，逗弄着鹦鹉说话，唇角微有一抹笑意。

碧落将桂花呈上，将张夫人的话转述了一遍。

慕容夫人轻轻一笑："张姐姐一向记得待我好。"

她一边叫人收下，一边又问碧落："陛下去找过你么？"

碧落料也瞒不过，心下也正为此事彷徨，遂红了脸，将昨晚和今天之事一一说了，只隐了杨定相助之事，然后问道："夫人，我……我是不是闯祸了？"

慕容夫人细细的眉很轻地蹙了一下："我不是和你说过，不要理会关雎宫的事吗？"

碧落嗫嚅道："碧落听那箫声凄哀，牵动了心事，忍不住便去探一探，只说就在隔壁，便是被发现，逃得也快……不知陛下怎地就认出了我。"

慕容夫人轻叹："他当时心思芜乱，一时没想起来；事后只要回忆起你奔走的方向，便不难料到你是紫宸宫的了。紫宸宫中会武功的女子，只有你一个。"

她回眸瞥一眼碧落，云淡风轻道："算是破例了，陛下四个月没有踏足紫宸宫，今天却一早就亲身过来，询问你的去向呢！"

碧落一沉吟，道："必是疑心了，早上从甘棠宫出来，顺路来问一问吧？好在……陛下并没有怪罪我。"

慕容夫人不语，盯着笼中跳跃的绿鹦鹉，出了好一会神，才低声叹息："塞翁失马，焉知非福？"

碧落不解。

慕容夫人悠悠问道："你知道桃李夫人是谁吗？"

碧落并不笨："应该是……关雎宫的主人吧？天王陛下很喜欢她？"

"是，很喜欢。"慕容夫人淡淡地答，波澜不惊的语调，仿若在说着旁人的事，完全与她清河公主的夫婿无关。

"那桃李夫人……走了？"

"走了。"慕容夫人叩着鸟笼，平和说道，"我没见过这位夫人，但有一次，符坚曾说，我和桃李夫人的眼神很像。"

她停了一停，又道："后来凤凰到宫里来探望我，符坚说……他的眼神更像，像到极致。他本来并不好男色，却……把凤凰在宫里关了两年多。"

碧落喉咙干涸，连吞咽口水都似乎很困难："我……难道我长得，也像那位桃李夫人？"

慕容夫人沉默，清眸如水般在碧落脸庞滑过。

碧落恍惚觉出，方才慕容夫人那句"塞翁失马，焉知非福"，另有一层让她心惊胆战的含义，不由得急叫："既然他喜欢的是那位桃李夫人，为什么不将她找回来？何苦……这样害了一个又一个！"

还不分男女，甚至不顾人伦！

"找她回来？"慕容夫人平淡的语调，终于带出轻而薄的嘲弄，"大约……找不回来了吧？纵然富有天下，他依然……得不到他最想要的。"

碧落不解，还要再问时，慕容夫人一推鸟笼，已迅速沿了回廊，匆匆步向她的卧房。

她本来一直显得清冷淡然，静如止水，只最后向着鸟笼的一推，似某种压抑不住的情绪找到了突破口，骤然地爆发出来。鸟笼被推得狠狠甩向半空，几乎颠倒翻转过来。笼中的鹦鹉扇着翅膀，唧唧乱叫着，扑棱棱地凌空乱飞，却飞不出所给予它的方寸之地。

零散的鸟食和飞落的翠羽伴着轻尘飞扬撒下，把碧落的眼睛都迷住了。

等她放下揉眼睛的手，慕容夫人纤长的身影已经消失不见。

秋日的阳光还是那样地灿金刺眼，晃得人眼晕，让碧落也一刻不想再在这阳光下行走。她只想快快回到自己房中，关上门，关上窗，最好关上一切通往外界的通道，自此与世隔绝，再不用理会那些令她仓皇的纷纷扰扰。

跳上卧榻，碧落将厚实的帐幔重重垂下，尽可能地掩去外面透入的光亮，抱着膝，已忍不住地微微颤抖。

慕容冲，慕容冲，他可知道，她有多么讨厌行走在这陌生而可怕的刀刃之上？

而她，算不算是自找的麻烦？明明慕容夫人一早就关照，不要去理会关雎宫的事，可她偏偏没能克制住自己的好奇心！

秦王一时兴起，会不会也将她变成第二个慕容夫人，让她从此永远见不到慕容冲，老死在这寂寂深宫？

或者，抱了万一的希望，希望秦国大乱，慕容冲能趁势而起，如天神般杀入秦宫，将她揽于怀中，温柔地呢喃一声："碧落……"

那种万一，便是她前来京城的理由，或者说，慕容冲遣她入秦宫相伴秦王的理由。

以为有苻晖这面盾牌，她可以逃得过那种噩运，可终究，逃不过了吗？

便因为，有一双漆黑如夜的眼眸，或者，有与那位桃李夫人相似的身影？

碧落恍恍惚惚地坐在榻边，也不知坐了多久，听到屋外敲门声时，才发觉前襟已打湿了一大片。

"什么事？"碧落向着门外发问，喉咙沙哑，带着久经磨挫的悲哀。

青黛在外笑道："夫人在做芝麻桂花酥呢，看来兴致很高，叫你一起去呢！"

芝麻桂花酥？

碧落记起，这似乎是慕容冲很爱吃的一种甜品，制作方法是随了鲜卑氏的内迁从关东传来的。

莫非这道甜点曾是慕容氏的皇家糕点，才让这姐弟俩都这般爱吃？

青黛久久听不到回答，奇道："姑娘，你怎么了？"

碧落忙应一声，道："哦……就来，就来……"

她匆匆换了衣裳，擦了把脸，走出门时已是傍晚时分。

夕阳隐于铅色的云朵中，将白日里恢宏的秦宫裁成了一层又一层繁复富丽的黑色剪纸。梧风萧萧中，几处零乱暝鸦正戛然远去，惊破朦然的天空。

"姑娘今日怎么想着睡午觉了？"青黛本正笑嘻嘻地询问，忽望见碧落的面容，立时讶然，悄声问道："姑娘，怎么了？"

碧落料着自己必定将眼睛给哭肿了，忙强笑道："没……没什么，下午给沙子吹到眼睛里，半天出不来，便把眼睛给揉红了。"

青黛再将她打量一眼，不再多问，可神色之间分明并不相信，只自语般道："秦王今日忽然到紫宸宫里来，到底是福是祸呢？"

是福是祸，只有天知道。

碧落空茫地想着，待走到紫宸宫自设的小厨房跟前居然趔趄了一下，差点被门槛绊倒。幸亏青黛眼疾手快，抢上前扶了一把，总算没摔倒。

好在屋中难得的欢声笑语，正忙乱一片，这才无人注意她的失态。

待她走上近前，慕容夫人抬眸见到，已然恬和微笑："碧落，快来！这芝麻桂花酥，你应该会做的吧？"

碧落望着堆了一桌子的面粉、桂花、猪油、芝麻等物，摇了摇头："我不会做。"

慕容夫人似怔了一怔："咦，怎么不会做？凤凰最爱吃这个啊！"

碧落苦笑，实在没法子告诉慕容夫人，慕容冲于饮食一道从不上心，所谓的爱吃，也不过是不经意间会多夹两筷罢了。

当一个人的胸臆间有太多的仇恨不断腐烂发酵时，绝不可能再拥有敏锐的味觉，更别说有那个闲情逸致，令人去烹制什么家乡美食了。

慕容冲不上心的东西，碧落又怎会上心。

慕容夫人有些失望，转而笑道："罢了，不会的话，过来学一学。女孩儿家多学些这烹饪之术，日后只有好处。"

她玉手纤纤，滑入干松的桂花之中抓出一把，微笑道："今年的桂花似乎格外香。果然是益州贡来的好东西！"

碧落也辨不出桂花的好坏来，凑过去看时，这花晒制干后依旧维持着一朵朵完好的花形，且芳香扑鼻，光闻着便已沁人肺腑。

回头再看诸宫女时，正将煮化的猪油与面粉相和，加入清水，揉成大块的水油面团；又有将糖、芝麻、猪油和面粉、桂花调在一起，做成桂花馅。所难者，需将揉熟的面团擀成厚薄均匀大小合适的皮坯，再包入馅心，做出形状好看的饼形来。

碧落自忖没那份烹饪天赋，调味一定是不会的，所以只去帮揉面擀面。

谁知那揉面擀面的技巧，看来平常，但以碧落练过武功的耐力去帮忙时，才觉并无想象中那么轻易，不一时便汗水涔涔。

慕容夫人微笑道："不会弄……便算了罢。大约凤凰也没让你学过这些。"

碧落微觉尴尬，苦笑了一声。

不是她不学这些，而是慕容冲并不需要她学这些。从八岁起，她所学的所有东西，几乎都是慕容冲希望她学的。

至于烹饪女红，对慕容冲根本没什么用处，碧落也从没觉得自己有必要去学。

慕容夫人见她面色微红，便似已心知肚明，只轻叹一声，默默望着他们和面做糕点，再不追问。

等金灿灿的芝麻桂花酥烘烤好时，慕容夫人已带碧落回到大殿中坐着。见宫女呈上，碧落忙上前，先将一盘桂花酥端到慕容夫人跟前。

慕容夫人轻轻一笑，转头问身畔的贴身宫女："是不是说，蔡夫人那里没分到益州桂花？"

宫女回答："可不是么，有名分的宫妃们都有了，其中送给夫人您的是双份的，蔡夫人那里却连桂花的影子都没看到。莫非……近日蔡夫人得罪张夫人了？"

苻王后死得早，目前宫中主事的，是最得宠的张夫人。如非得罪张夫人，蔡夫人怎会连例行的赏赐都给取消了？

碧落想起了蔡夫人劝苻坚用兵，结果被张夫人痛骂之事，不由得心惊。张夫人行事爽利，二人的女儿也走得近，难道就为政见不同，便寻机起衅？

慕容夫人尖尖的蔻丹五指轻轻叩了下食案，沉吟道："不要胡说，大约是张姐姐一时忘了吧，说不准隔天便送去了……"

她说着，将那盘芝麻桂花酥推到碧落跟前，清明的眸子蕴了月光般温柔的笑意，道：

"这桂花酥，想来蔡姐姐也是爱吃的，这桂花又能镇痰止咳，散寒破结，正对蔡姐姐的病症……碧落你亲自走一趟，送一盘给蔡夫人吧！"

她若叹若怜地轻轻噫叹一声，金步摇上的水晶坠子，柔柔地垂下，明灭的光彩被高烧的红烛折映着，投在额前鬓角，如水光浮漾，渐渐连眸中的光华都看不见了，只听她低低道："日后要相处的日子久呢，提前去见一见……好多着呢，正好也将昨日之事解释一下。"

昨日蔡夫人吹箫时多半也受了惊吓，碧落去打声招呼原是应当；只是慕容夫人后面的话，她听来着实好刺耳，甚至刺心。

莫不是慕容夫人已认定，经了今日之事，她也已命中注定，一定会成为这深宫女人中的一个？纵有一时芳华，终也会落得个曲终人散，在静默中让生命如流水般逝去，便如……慕容夫人自己一般？

深深吸了口气，碧落站起身，取过桂花酥，置入宫女们递来的红漆食盒中。走到门槛边，她忽然不急不缓地自语般说道："花开一时，人活一世，总该做点什么吧？"

碧落笔直修长的身形被烛光映在地上，模糊的一团黑影。

慕容夫人唇角向上弯起，若有一抹轻笑。

不知是笑人，还是笑己。

虽然时辰尚早，甘棠宫早已宫门紧闭。

碧落敲开门时，总算内侍认得这个公主跟前的红人，即刻回去通禀，不一时，便听里面有女子懒洋洋地让人请她进去。

甘棠宫内，入门便是两株高大的棠梨，此时叶子早已落尽，连果子也不剩半个，萧瑟瑟地立于黑暗之中，仰伸的枝干如触手般竭力向天空生长着。

除了这两株甘棠，此时竟再无一株花木。再不知春暖花开时，甘棠宫是否也这等萧索清冷，形同荒僻冷宫。

直到被引入屋中，碧落才有了点身处深宫内院的感觉。

紫檀木嵌翠玉出水芙蓉屏风后，两边垂了湖绿色的锦幔，织金的折枝广玉兰花纹在绵联的锦幔间轻轻晃动，拥出那卧于绣榻上的女子，更是娇弱无力，如三月烟柳，又如芙蓉向晚，风韵婆娑，令人望之生怜。

一看那烟笼雾罩般微凹的眼，碧落立时认出，这人的确是昨夜在关雎宫吹箫的那女子，也便是符锦儿的母亲，蔡夫人。

碧落忙上前行礼："碧落见过蔡夫人！"

蔡夫人眉眼轻扬，略支了支身体，一旁的宫女立刻上前，为她在身后垫上好几个棉枕。

"不妨事。"蔡夫人莞尔一笑，将碧落略一打量，说道，"原来你便是碧落。已经好多次听我家那小麻雀提起你了。幸亏今日又不知和宝公主到哪疯去了，不然见了你来，又不知要闹腾到什么时候才肯睡。"

碧落听这蔡夫人说话和气，不觉微笑道："始平公主善良无邪，性情好得很。"

她俯下身，将食盒里的桂花酥呈上："这是我们夫人做的桂花酥，据说是慕容家关东老家的点心，让送些给蔡夫人品尝。"

"桂花……"

蔡夫人显然已知就甘棠宫一处没有分到桂花，不屑地轻喷一声，才又笑道："难为慕容妹妹有心了。论起这桂花的味道，我却不喜欢，那样浓郁招摇，仿若天下只它一种花一般，未免太过轻狂。不过慕容妹妹的手艺，我定要尝尝，想来总会与众不同些。"

叙谈之际，蔡夫人对碧落温雅有礼，仿若不知昨天她闯宫之事；碧落自觉无从提起，也便避而不谈，再闲聊几句方才告退，却已对这说道百病缠身的蔡夫人刮目相看。

人皆道张夫人容貌美丽，才华过人，巾帼不让须眉，方才大得秦王赏识，虽未封后，却掌管后宫之事，甚至敢参与政事，对秦王犯颜直谏；但据碧落看来，这蔡夫人虽深居简出，不问世事，却同样对时事了如指掌，更对张夫人的压制和猜忌心如明镜，若有机会，必会反击。

回到紫宸宫时，慕容夫人让她坐下一起吃晚饭时，她自有一番百结心事，便是看着黄澄澄甚是诱人的桂花酥也没什么胃口了。慕容夫人再三劝说，她才吃了半块糕点，喝了一碗清粥，依旧回房睡觉，却拧了块湿帕子盖在眼睛上，只怕夜间忍不住又掉泪，明日眼睛必会肿得像桃子，那就怎么也掩饰不住了。

眼见闲窗烛暗，孤帏夜永，欹枕难成寐，老天爷也似凑趣儿，至半夜时竟淅淅沥沥下起雨来，滴在檐头和石阶，冷冷清清，把冬日透骨的寒意，点点滴滴，直渗到人的心头，似连带着上腹部都给吹得抽搐疼痛起来。

许是着了寒气罢？

碧落想着，依旧抱着枕衾，只想迫着自己尽快睡着。

便是明天天塌下来，她也须得养好精神，才能去寻那补天之策，——不论那计策，有没有希望，能不能成功。

忽而"噗"的一声，一处窗扇被吹开，嗖嗖的冷风伴了细雨，立刻斜斜打了进来，窸窣地响着，浅碧的帐幔立刻被吹得高高鼓起，一线寒灯顿时给吹得灭了。森森寒意，顿时透衾而入。

碧落忙起身去关窗，却觉行动之际，本来隐隐作痛的腹部，忽然被捅了一刀般锐痛起来，痛得她胃部一阵抽搐，酸液直往外翻涌，几乎要呕吐起来。

吃坏了肚子了？

碧落恍惚地想，正要关窗时，她听到了外面一阵阵的喧哗吵闹。

似乎在宫内，又似乎在宫外，呻吟声，惨叫声，伴着近乎凄厉的呼救声，如同冰雹一样打了过来，让她连打了几个寒噤。

双手紧扣着窗棂，犹未及听清到底是哪里传出的声音，房门忽然被急促地拍响："姑娘，姑娘，快起来，不好了！"

猛地将窗扇带上，碧落冲向门口，拉开房门，已见到青黛满脸惶急地在门口跺脚，眼睛里亮晶晶的，不知是泪水，还是雨水，满得快溢出来。

"怎么回事？"忍住腹部的抽痛，碧落慌忙问道。

"不知道……就是不知道啊！"青黛一把拉住她，便往外拖着，一路走一路急急说着，"夫人的两名贴身宫女，忽然便肚子痛得在榻上打滚，我们闻声过去看了，正要禀报夫人时，才发现……才发现夫人也不对！"

"夫人……怎么了？"碧落失声问道。

"也说……肚子疼……"青黛急急道，"也不知是不是吃坏了肚子，夫人不像两个宫女叫得那么惨烈，只是……似乎把晚饭全给吐出来了。"

她的话还没说完，碧落忽然转到一边，猛地伏下身子，"哇"的一声，竟也吐了起来。

青黛瞪着碧落，一时呆住。

碧落吐了好一会儿，才觉胸腹间松快了些，用帕子擦着秽物时，已看到了自己的指甲。

幽幽的绫纱灯下，那本该粉白如玉的指甲，青中泛灰，如蒙了一层令人心悸的黑气。

"青黛！"碧落蓦地叫起来，"有没有去请太医？"

青黛急急答道："已经去请了。不过……这，这都是怎么了？"

碧落眸光尖锐地凝聚起来，抬头望向廊外的天空，声音冷寒如冰凌交击："有人下毒！"

"啊？会是谁？"

会是谁？

碧落也想知道。

这寒冷雨夜的天空，被院墙檐角分割为不成形状的一大片，黝黑不见底，如巨兽的大口，随时仰首俯视，一口吞下眼前的所有人，所有事。

第十二章　风入松　谁使二桃杀三士

第十三章　忆旧游　伤心铜雀锁秋风

与外间两名嘶叫的宫女相比，慕容夫人很安静。

她伏在榻边，紧按住腹部，随着腹部的收缩，身体也在一下一下地抽搐着，呕吐着，却没有发出更多的声音。细眉清眸，不改端庄，只是冷汗涔涔，早将她的衣衫浸得透了，连柔软的发丝也失去了明亮的色泽。

"碧落……"

她远远看到了碧落，向她伸出了手，眸子里涌出岚霭般的悲伤和无奈。

"夫人……"碧落惊叫，冲上前去，紧握住她的手。

那手冰凉得如同在雪水中泡过，连颜色也是冰雪那样的白皙，执在手中，已感觉不出属于活人的生命力，让碧落的心都在瞬间沉入雪水之中，凉得阵阵心悸，连自己的不适也感觉不出了。

慕容夫人恍恍惚惚地轻笑着，揉弄着碧落纤长的手指，低低地问："碧落，花开一时，人活一世，怎样才算做了点什么？"

碧落记起了傍晚时自己一时感慨随口所说的话。

她只是不甘心那样受着上位者的摆布，不甘心这样无声无息地活着，然后死去。

贸然听慕容夫人如此发问，碧落也迷茫了："我想……便是让人能记住吧？记住……一时的美好，一时的璀璨，或者……一时的幸福……"

"噢……"慕容夫人唇角的弧度柔和美好，看来像是笑，那清澈宁谧如深深秋潭的眸子，却涨起了潮，那样渐渐地溢满，渗出，顺着眼角晶莹滑下。她低低叹道："一时的美好，一时的璀璨，一时的幸福……碧落，你有过吗？"

有过吗？

与慕容冲十年的相处，算是美好幸福的生活吗？

那样温柔地看着他，为他忧伤，为他悲哀，为他失望。却到底能，温柔地看着他，伴着他，陪着他。

如果那是一种幸福，幸福也是哀伤的。

碧落忍住号啕大哭的冲动，低哑着嗓子道："或者……有过吧！"

慕容夫人满是泪光的眼睛里，慢慢积攒起了然的笑意，声音如蚊蚋般低不可闻："或者……我也有过。不过……怕是没人能将我记住吧？"

"不，不会的！"碧落想劝，但忽然间发现自己无从劝起。她该说，让她放心，即便她死了，也会有人能将她记住？

她那同样泛着青紫的嘴唇哆嗦了几下，忽然冲到门口，嘶声大叫："人呢！人呢？都死哪里去了？为什么太医还没来？为什么……啊……"

她叫不出声了，积蓄在胸口的气团，终于在拖长的高叫声中破碎，裂成泣不成声的痛哭。

"太医们全都去了甘棠宫了……说是蔡夫人病情加剧，全去诊治去了。"有宫女匆匆走来，单薄小衣罩着的外衫淋湿了大片，显然刚从太医院回来。

"那快去甘棠宫请啊！"碧落一时顾不得想蔡夫人为何恰在这时候生病，急急催逼。

"向公公去请了！"宫女匆匆地回答着，忽然望向夜雨之中。

一个内侍提了盏灯笼，也没打伞，湿淋淋地从雨中钻了过来，满脸的惶急，正是紫宸宫的主事太监向公公。

青黛飞快地迎过去，叫道："向公公，太医呢？"

向公公满脸是水，也顾不得擦一擦，叫道："没来，没来啊！甘棠宫那些人……那些人狗眼看人低，一听是紫宸宫的来请太医，立刻便将我赶出来，连门都没让进！"

"啊！"青黛和几名宫女一齐望向碧落。

论起身份，也就她一人是慕容家的人，不算是下人，这时候，自然得她拿主意。

碧落一呆，她晚上才去过甘棠宫，当时蔡夫人虽然精神不太好，可绝对没有重病的迹象，而且待她也温和友善，言语之间，绝无轻藐紫宸宫之意，她的宫人，又怎会突然对紫宸宫主事太监恶言相向。

腹中暮然一抽，又是一阵剧痛袭来，让她几乎站立不住，身体晃了一下。

青黛大惊，忙扶住了她，急急叫道："姑娘，你……你也不舒服么？"

"桂花酥！"碧落望一眼卧于灯下已近昏迷的慕容夫人，无意识地念叨了一声，忽然跳了起来，冲向宫外。

"姑娘，伞，带伞啊……"

青黛的急呼被抛在了脑后。

冰冷的夜雨倾下，迅速打湿衣衫和鬓发，将寒意浸入她的每一寸肌肤，终于让她一直昏昏沉沉的头脑抓到了根源。

就是那个芝麻桂花酥出了问题！

今日揉的面虽是不少，可慕容夫人并没有分给宫内下人吃，说是打算明天一早都做好了，再分给宫中其他几位娘娘吃。

故而，吃到桂花酥的人，只有慕容夫人和从小跟着她情同姐妹的两名贴身宫女；然后便是蔡夫人；碧落心情不好，只吃了半块。

如今，慕容夫人已经昏迷，两名贴身宫女的呼号声越来越低，碧落腹中正在疼痛；可以想象，甘棠宫的蔡夫人，此时必定也在痛苦中挣扎！

甘棠宫中人不放紫宸宫的人进去，显然是认为紫宸宫的人下了毒！

跟跄冲过去，碧落狠狠地拍着甘棠宫的朱漆大门，声音冷厉地穿破风雨，穿破那深宫里隐约的哭号悲泣，终于有人过来，将门拉开。

"是你！"开门的内侍满脸泪水，吼道，"你还来做什么？"

"太医……我们夫人要太医！"碧落想着那奄奄一息的慕容夫人，再也顾不得解释，直向宫内闯去。

内侍大怒，忙上前拦时，碧落一掌劈开，见还有人围过来，心一横，手脚并用，施展武艺，片刻已将他们尽数放倒在阶下的泥水之中，不顾眼前一阵阵地昏黑发晕，略略稳了稳身形，便直冲入殿中。

"怎么回事？"又有人在急问。

碧落还未及绕过紫檀木的出水芙蓉屏风，便有人疾步走出举臂相拦，竟是杨定和两名宫廷侍卫。

杨定俊朗的面庞正满是阴霾，心事重重，不见素常嬉笑之意。此时蓦然见到碧落，眼底也晃过一抹惊讶，随即是一抹恚怒："你来做什么？"

碧落懒得想杨定怎会在这里，又为何这等冷淡，只是冷冷地问："太医是不是全在这里？"

杨定不耐烦推她："快回宫去，你……你们的目的达到便罢了，何必多此一举？"

目的？

她们有什么目的？

这时，碧落听到了符锦儿撕心裂肺的哭泣声："娘……"

碧落大惊，疾步冲了过去。

杨定似也被那声大哭惊住，待碧落从身畔走过，才飞快赶上去时，碧落已经来到了榻前，惊怔地站在那里。

那榻前除了满地的太医，跪着痛哭流涕的符锦儿，还有一个碧落意想不到的人。

竟是秦王符坚。

他怀中紧紧抱着蔡夫人，面沉如铁，忽然转过眼，盯碧落一眼，阴戾的杀机迸溅，竟是从不曾见过的暴怒。

蔡夫人本就很安静，此时更安静，一动不动地躺在符坚臂弯，只有如云的发丝直挂下来，逶迤在符坚的膝上，随风轻拂。

她的脸色青白，泛着淡淡的灰黑，唇边更是青紫一片，溢出的黑血还未及干涸。

"你！"符坚森冷地断喝，"是你送来的桂花酥？"

符锦儿已扑过来，一巴掌便打在碧落面颊："为什么？为什么？我母亲与你无冤无仇，为什么要毒害她？"

碧落有些麻木，仿佛那一耳光被打在了别人身上；她只是直直地望着死去的蔡夫人，然后僵硬地跪下，由着符锦儿胡乱地扳着她的肩摇晃揪打，一字一字说道："慕容夫人中毒，危在旦夕，请陛下速遣太医救治！"

符坚琥珀色的瞳仁蓦地加深，也变作了夜晚的深黯："你，你说什么？"

碧落只看到符坚的嘴在一张一翕，却已听不太清他在说什么，明灭的寒灯时远时近在跳跃着，光晕一圈圈地扩散，再收缩，渐渐连符坚的面容也看不清，只是本能地继续一字字地说："慕容夫人……快死了……"

符锦儿忘了再摇晃她，不知不觉松开了扳着碧落的手。

碧落本也中了毒，又一阵急奔，和众内侍大打一场，全凭了想救慕容夫人的意志力勉强撑着，此时该说的话说完，失了符锦儿的撑依，再也支持不住，身体一软，已倒在地上，紧按腹部，脸色苍白，只是一阵阵地干呕。

符锦儿也想不到碧落忽然倒地，不由退了几步，仓皇叫道："我没用力打啊！我没打伤她啊！"

这夜杨定原值守在苻坚身边，因甘棠宫紧急来报，说蔡夫人病危，方才伴了苻坚急急赶来，恰恰见到了蔡夫人最后一面，并问明太医，乃是吃了含有鹤顶红的桂花酥所致。

因桂花酥是紫宸宫的云碧落送来的，苻坚、杨定等人不由疑窦重重，恰见紫宸宫再三来召太医，更误以为是慕容夫人有意唤走太医，阻挠蔡夫人治疗，更是恼怒。因而见到碧落，别说苻坚，便是一向对碧落颇是照拂的杨定，也已极是不满。

此时见碧落倒下，二人才诧异起来，苻坚小心将蔡夫人平卧到榻上，正要让太医查看时，杨定已脸色发白，抢上前将碧落抱在怀中，留心一打量，已失声叫道："陛下，碧落姑娘也中了毒！"

苻坚清隽的眉眼蓦地一跳，赶上前看时，只见碧落脸色虚白如纸，本就淡淡的唇边血色褪尽，浮了一层灰色，黯然无光。抓过蜷得死紧的手瞧时，十个指甲，均已泛青。

轻轻放下时，碧落已晕了过去，天青的素绢长袖，无力地垂落，如流水般倾泻在缠枝山茶花纹的青砖上。

似乎有一瞬间，苻坚看到另外一个久远的影子，一袭青衣，抱着那个同样素青衣衫的男子，痛哭流涕……

而那男子，那样明朗年轻的面庞，竟是如此地无奈，如此地悲哀，却还在笑，那样温温和和，轻轻柔柔地微笑……

"不言……"他那样叹息着，想用青袖拂过女子的面庞，却在举到半空时，无力地跌落，永远地跌落。指甲内充斥的中毒后的青灰，和他唇边的黑血一样，触目惊心……

宽宽的袖，如流水般泻下，倾在青条石的地面，如一大滴无法匀开的泪水……

"太医！太医！"苻坚忽然失控地高叫，把杨定等人都惊得抬起了头。

太医不待苻坚说话便向前诊治，不过略一翻眼皮，便回禀道："陛下，碧落姑娘中的毒和蔡夫人一模一样，不过中毒较浅，好好调理，应是……能救下……"

苻坚松了口气，却似听到有人在相同的时间，也呼出一口长气。

他抬头，看到了杨定略显悲哀的面庞。

"陛下！"杨定低声道，"刚才碧落姑娘说，慕容夫人……"

话未说完，苻坚已冲了出去，甚至不待人跟着，就兜头冲向了紫宸宫的方向。

那样深沉的夜间，那样冰冷的雨里，他忽然便记起了许多过往，许多他快要忘记的过往。

苻秦建元六年，他们攻入了邺城的燕皇宫。

当慕容氏的男子大多被羁系，他志得意满地随了重臣王猛，一起登上了三国时曹操所建的铜雀台，在昔日的歌舞繁华之地，指点着关东河山。东南是平原，肥沃丰腴，西北是太行，如屏如画，更有一带漳水，浩浩流过，欢跃得恰似他当时的心情。

曾经有北方第一帝国之称的燕国终于被秦国吞并，放眼天下，除了偏安江东的晋朝，再无可与苻氏匹敌之军。

谁又能料想，曾经局促于关外，以放马牧羊为生的氐族人，有朝一日，也能称雄关内，甚至一统北方河山！

正踌躇满志和王猛谈论下一步的雄伟志向时，他们听到了女孩子清脆嘀呖的话语："我不去！我才不去！三皇兄宠信奸臣，才有今日亡国之祸！我宁愿做燕国的殉国公主，也不要做秦国的微贱奴婢！"

二人惊讶望去，已见到了那个才十三四岁的小姑娘，细眉清眸，却满脸出身皇家的倔强和骄傲，怒斥着她的乳母："我才不要和他们一起降秦！我不降秦！"

那唇角弯起的倔强弧度……

那眸间的委屈和不甘……

那自尊自强绝不屈居人下的骄傲……

忽然便唤起了苻坚的记忆，那时的他认为自己可以忘却的记忆，可以忘却的人。

"那是……燕主慕容暐的胞妹，清河公主。"王猛准确地推断，含着意味深长的微笑。

他并不认为，苻坚后宫里多这么个性情倔强的女子，会是什么坏事，而后来慕容冲的进宫，则在他的意料之外。

那一年，苻坚三十三岁，清河公主十四岁。

他是最年轻有为的帝王，可以有足够的勇气，和足够的任性，将自己喜欢的女人纳入后宫，不管她是不是愿意。

被母兄送入宫中的第一晚，清河公主哭了一夜，苻坚虽是怜惜，却没有放过她。看着她带泪的委屈不甘甚至隐着仇恨的眼神，那种快意和快乐，竟不能用言语来表述。

仿佛，当年不敢在另一个女子身上做的事，终于从这个女孩身上得到了弥补。

是什么时候起，她不再用那样的眼神看他，却变得如此安静？安静得连日子都沉闷而压抑起来。

是慕容冲来了之后么？

那个小小年纪，便举止舒徐清雅的少年，有着那样清澈的眼神，仿若天山最深处的泉水，不染半点尘埃。

可明明那样清澈的眼神，却并不通透，便如他绝俗的有礼微笑背后，总隐了拒人于千里之外的冷漠。他可以在一个时辰之内让你把他的性情看得清清楚楚，但相处一年甚至多年之后，你所能了解的，还只是相见一个时辰后所了解的那个慕容冲。

那种看不透的感觉，最令人发疯，便如……便如当年那个不告而去的女子一般……

苻坚继续着他的任性，继续将慕容冲留在了宫里。

对着他清澈眼神时，他只看到了那个一袭青衣的女子，用那样秋水潋滟的眼神与他对视，那种潋滟在秋水下的看不透的眼神，对他有着几乎致命的诱惑。

他忘了慕容冲是个男儿身，也忘了慕容冲才不过十一二岁，只是一日比一日更沉溺，沉溺在慕容冲一日比一日更不通透的眼神里，沉溺在他清雅而淡然的轻笑里。

亡国灭家，或者备受恩宠，在慕容冲眼里，都似轻如鸿毛。他的世界，始终云淡风轻，只要有茶有琴，日日眠花伴月，便已知足。

于是，微笑而冷淡的慕容冲，更令苻坚痴迷。

凤凰，凤凰，凤凰，那些日子，他的眼里只有一个凤凰。只要凤凰开心，便是天上的星辰，也可以亲手摘下，放到他的跟前。

一时，慕容冲成了秦宫最炙手可热的人物。别说张夫人、蔡夫人等先前得宠的妃嫔，便是清河公主也成了紫宸宫里一个美丽的陈设，为的是让凤凰有个理所当然的栖身之所。

有姐姐的掩护，慕容冲可以少惹些朝臣非议。

"一雌复一雄，双飞入紫宫。"

人人都说，慕容氏姐弟专宠，宫人莫进，却不知，专宠的只慕容冲一人而已；而更无人知，苻坚所痴迷的，只是慕容冲那双令人看不明晰，却只想深深探索的眼眸而已。

直到秦相王猛再三晓以利害，为不让氏人与鲜卑人矛盾愈加激化，苻坚才将慕容冲送出宫去，安置在阿房城，那个秦始皇所建阿房宫的故址。

他知慕容冲性情雅洁安静，只恐他住不惯，以凤凰非梧桐不栖，非竹实不食，特地在阿房遍植桐竹数十万株，以供他赏玩游乐。

隔了半年，待平阳太守一职空缺，他才将十五岁的慕容冲安排过去，出任太守之位。

细论起来，慕容冲虽也练武强身，可素来宁和恬淡，倒与晋朝那些清谈名士相类，何况年纪又轻，并不够格当一郡太守。但苻坚满心只疼惜着这个温雅的少年，特地挑了平阳这座三晋名城给他。据传那地方为尧、舜、禹三代都邑所在，民风淳朴，易于管理，便是慕容冲才识欠缺些，也是不妨了。

而慕容冲一走，他才又将目光重新投回那些曾与心中那名女子共同生活过的张夫人、蔡夫人身上，而清河公主……

他再也找不到最初的感觉，已经很少再去探望她了。

没有了慕容冲的紫宸宫中，只有成为慕容夫人的清河公主，眼神一年比一年沉静，沉静得让符坚后悔，后悔当日让这女子入宫，误了她的一生。

如果她在宫外，过得应该比现在快乐很多吧？应该还和原来那样，颐指气使，任性地敢对天下之主大声说不……

只为歉疚见到那样沉静的眼神，符坚已经不记得，他有多少岁月不曾踏足过紫宸宫了。

慕容夫人熟悉的卧房近在咫尺。

低垂的银白帏幔，光彩流离的珍珠隔帘，随灯摇曳的翠竹屏风，一切陈设，宛如十年前。

踏入房中，依稀便记起，当日这屋中，也曾传出来银铃般的笑语，美好如天籁。那时，这屋中住的，是十四岁的清河公主，而不是二十四岁的慕容夫人。

周围很安静，没有惨叫声，没有呻吟声，也没有哭泣声，一如慕容冲走后，那安静的十年岁月。

风过帏幔，拂开一角轻纱，便见着那榻上静卧的女子，面如白纸，清眸紧闭。

几个宫女围住她，掩着嘴，欲哭，却不敢，似怕扰了这女子的清梦。

"清河……"

禁不住地，符坚轻柔地呼唤，奔到卧榻边，小心掬起那苍白纤弱的面庞。

"陛下！"几名宫女齐齐跪下磕头，"请陛下救救夫人！救救夫人！"

符坚摸着了慕容夫人的手。如十四岁那般细弱而无力，几乎感觉不出脉搏来。

"太医！太医！"

符坚压低了嗓子呼喝，也似怕惊醒了这沉睡了般的女子。

两名浑身湿透的太医上前，小心把了脉，又将眼睑翻开查看了，便一齐跪下："请陛下节哀顺变！"

符坚大怒，指着慕容夫人微微起伏的胸口，压着嗓子吼道："她还有气息，你们没看到么？"

太医额上不知是汗还是雨，只是不断磕头，不敢言语。

这时，慕容夫人的手指轻轻动了一动。

只那一动，符坚立时惊觉，忙揽住她，小心将她依在怀里，柔声道："清河，清河！"

慕容夫人的眼睫霎动了几下，终于，吃力地张开，露出一双雾气冉冉的眸子，不再清如水，却如初生的婴儿般，转动半天，都似找不到焦点。

　　她轻轻地叹息："好黑啊，为什么不点灯呢？"

第十四章　倦寻芳　桃李春风多少年

符坚抬头，儿臂粗的蜡烛高烧，却被门缝的风，吹得扑闪不定，连银白的帏幔，也宛若拂拂欲动的暗影，挥之不去地飘荡着。

"快，快，多掌几盏灯来！"符坚说着，将慕容夫人拥得更紧些，说道，"别怕，是……是没点灯。"

慕容夫人便笑了。

很轻柔的笑，在灯光下迷离如梦。而她也似在梦呓："是你吗？你来了吗？"

她指的，是他？他已十年不曾留宿在她的紫宸宫。

这十年，紫宸宫对慕容夫人来说，不过是个华丽的牢笼。她又怎会在梦呓时还问起他来？

符坚迟疑一下，到底低低地回答："嗯，我来了。"

慕容夫人舒缓地叹息："知道么？我刚才又做梦了。"

符坚问："什么梦？"

"梦见……铜雀台啊！你和我说……你不需降秦，你只需降我符坚一人……"慕容夫人笑得无邪而灿烂，一如十四岁时那个无畏无惧的天真少女，连声音也娇侬起来："知道吗？那时，我好恨你……"

恍惚，时移世易，又是铜雀台，冷风瑟瑟间，那个胸怀天地的男人，对着那个少女畅朗而笑。

少女说："我不降秦，决不降秦！"

符坚回答："清河公主，你不需降秦，你只需降我符坚一人！"

年少的清河公主扬着细细的眉，高声挑衅："你可以降天下人，却降不了我！"

看着清河公主高傲地迤逦一条明霞般绯红的长裙从身畔走过，尚是飞扬跋扈年华的符坚大笑："我们可以赌一赌，我能不能降得了你！"

亡燕曾经的君主和太后，在使臣传递符坚旨意后，几乎毫不犹豫，将他们的公主双手奉上，如同奉上一份虔诚的祭品。

符坚始终没有问，这场赌局是谁胜谁负。

或者，对他来说，这场赌局，和清河公主本人一样，都是无足轻重，不值一哂。

他所能看到的，是清河公主慢慢敛去了她的骄傲，有时会对着他盈盈地笑，有时会偷偷地望着他和慕容冲发愁。

微笑和忧愁背后的含义，他从不曾去探索，也不曾觉得有探索的必要。

直到如今……

符坚低了头，柔声道："清河，是我不好，这么多年，冷落你了！"

慕容夫人又微微地笑，依然如呓语般轻轻呢喃："花开一时，人活一世，不知可有人，在花谢人亡后，记得那些曾经的璀璨？"

她顿了顿，自嘲地笑："或者，从不曾璀璨过？所有的一切，都只是我一个人的幻想，是不是？"

符坚无法回答，只是将慕容夫人更紧地贴在自己胸怀间，恍惚觉出，自己似乎错过了什么；又恍惚觉出，自己的错过，分明只是有意地错过，便如这些年的冷落，只是有意地冷落。他不敢说，从不敢说，这女子渐变的眼神，让他不由得从最初的欣赏，变作最后的逃避。

他欣赏的，并不是她；但他逃避的，却的确是她。

慕容夫人缓缓地伸出手来，抚在符坚的面颊，接着是眉间。她的手指光滑如玉，却沁凉如冰，反反复复，只摩挲在那紧皱的眉心。

"符坚……"十多年来，慕容夫人第一次直呼符坚的姓名，"不要伐晋，顺其自然吧！你会更快乐，更快乐……"

"不要伐晋，我会更快乐？"符坚忽然迷茫。

攻伐晋朝，一统天下，那是符坚多少年来的志向！

可不伐晋，他会更快乐？

耳边，似又传来少女清泠泠的笑声："法哥哥，坚哥哥，谁能一统乱世，还天下人一个朗朗乾坤，谁就是我云不言的英雄！"

有青衣男子云淡风轻地温文一笑，又有贵介少年意气风发的骄傲一笑。

所有的爱恨情仇，在那一笑间深深种下……

"我希望……你能快乐……"慕容夫人努力感觉着指间的暖意，苍白的笑容，忽然便如琉璃般破碎开来，"符坚，我输了……一败涂地……"

"夫人！"有人嘶哑地叫着，门被霍地推开，摇曳的烛火猛地一晃，骤然熄灭。

慕容夫人的手，几乎同时，无力地垂落。

符坚脸庞，还残留着那冷玉一样的触觉，而伊人的身躯，也渐渐地冷了。

碧落披头散发，满脸憔悴，趔趄冲了进来，怔怔望着卧榻上美丽剪纸般的黑影，脚一晃，猛地扑倒下来，惨烈地放声大哭。

慕容冲，慕容冲，你知道么，你姐姐死了！

就死在我的面前！

明明，还在做桂花酥给大家吃，明明，还在问我，花开一时，人活一世，为了什么？

为了有人记住，还是为了这触手可及的死亡？

杨定慢慢蹀进来，望着死去的慕容夫人，痛哭的云碧落，还有如在梦中的符坚，居然好久，才能压了喉中悲伤的气团，俯身行礼："陛下，请节哀！"

符坚一点一点触着那渐渐僵硬却依旧美丽的面庞，许久，忽然从喉中迸出低吼："谁做的？到底是谁做的？"

杨定迟疑，然后答道："刚有人医检查过，紫宸宫中做点心的桂花，被人渗入了大量的鹤顶红。吃过桂花酥的慕容夫人和她的两个贴身宫女，都已经……蔡夫人那里，是慕容夫人遣碧落姑娘送去的，据说是因为桂花对蔡夫人的身体颇有助益。"

符坚冷冷看着杨定，声音抬高了不少："我只问你，是谁下的毒？"

杨定侧过脸，望向碧落："这便要问碧落姑娘，这桂花，是从哪里来的了。"

碧落才被灌了药，恢复一点神志便赶了过来，谁知连慕容夫人最后一面都不曾见上，正是伤痛得摧肝裂胆的时候，杨定问了两遍，都不曾回答，直到符坚抓住她的手腕将她拖起，她才抬起了头，却还是一脸的迷离伤痛，不知因为慕容夫人的死，还是因为她自己身上的剧毒。

"这桂花是哪里来的？"符坚厉声问。

"张夫人……"碧落哑着嗓子，模模糊糊地回答，"益州贡来的桂花……张夫人让我带回紫宸宫。夫人很喜欢。她说冲哥喜欢吃芝麻桂花酥，让我学着做……冲哥……"

"你这意思，是我给你的桂花里放了毒？"门口蓦然多了一人，深红长衣，容貌美丽，小腹高隆，眸光却凌厉异常，正是苻坚宠妃张夫人，大约终于被连死两名宫妃之事惊动了。

对碧落而言，谁放的毒并不重要，重要的是，慕容夫人死了，慕容冲一度相依为命的姐姐死了，死在碧落跟前。

她竟什么也不能做！什么也做不了！

"冲哥……冲哥……"碧落喃喃地念着，本已虚软的身体，愈来愈沉地坠了下去。

重新点燃的烛火里，居然跳跃着无数的星子，每一颗星子，渐渐幻起那个人一双深深眼眸，明如秋水，深如寒潭……

"碧落！"杨定叫着，正要上前去搀扶时，但见人影一闪，苻坚的长袖一挥，迅速将碧落身体托起，稳稳抱住。

张夫人走到卧榻前，看一眼慕容夫人，简洁地说道："我给云碧落的桂花不可能有毒，其他各宫也都收到了。就是下毒，也是交在云碧落手中后被人动了手脚。"

"你闭嘴！别耽误这里救人！"苻坚厌烦地呼喝，抱紧今晚第三个倒在他怀中的女子："朕不想今天再死一个！"

他长长地吐口气，闭上眼，眉间的伤痛蹙愁如峰。

张夫人斜飞入鬓的眉挑了一挑，欲待说什么，又看了一眼苻坚，眼圈顿时红了。曳着长长的披帛，她挺直着脊背，跨出了卧房，连映在墙上的影子，也比旁人格外地挺拔高傲些。

"陛下……"杨定领了太医前来，小心说道，"把碧落姑娘带别的屋中诊治吧？"

好久，苻坚才似醒悟过来，垂头看着碧落。

寻常也见过这女子好多次，只觉她长得清妍冷淡，又从不施妆，步履之间，倒有几分男儿的英气，倒也没放在心上过；但前日在关雎宫中惊鸿一瞥，已发现那素青的背影，像煞了自己心中的那个人，已然存了一份心思。

如今再看这晕睡中的少女，卸下了清冷，多了几分忧伤，长睫浓郁如刷，鼻翼挺直却纤巧，连面部轮廓都那般相似……

他忽然有些透不过气来。

"快，快救她！"苻坚将碧落交给一旁的宫女，自己立起身来，踉跄冲到窗前，推开窗户。

夜雨夹着冷风扑面过来，打得脸上簌簌地疼，却打不去那种如在梦中的错觉，连心口都开始被雨水拍打得抽疼起来。

仿佛，又回到了二十多年前，他在东堂把那晕倒的少女抱起，对着死去的兄长，痛哭失声……

耳边那清冷冷的笑声，到底是谁传出？

铜雀台上的清河公主，还是东海王府的不言姑娘？

秦建元十八年冬，秦王苻坚两位夫人慕容氏、蔡氏病逝。秦王为之辍朝三日，以妃礼安葬。

同月，张夫人因治理后宫无方获罪，裁撤其统领后宫之权，并扣脂粉银一年，以示薄惩。

始平公主苻锦儿，因母亲猝亡受惊，自此一直在甘棠宫中养病，极少外出。

南阳公主苻宝儿，被张夫人约束在燕晴宫中，等闲不许外出，闷得无聊时，想把杨定抓去陪着练剑消遣，却发现杨定已成了父亲的贴身随从，几乎寸步不离秦王。

而碧落，有意无意间，一直病卧在紫宸宫，也不出现了。

对于二夫人的暴毙，素来平静如水的秦宫之中，也由不得地暗流激涌。其直接后果是人人自危，横竖后宫无主，自此便各闭宫门，连相好的宫妃之间也极少走动了，只有宫女内侍，在口耳交接之际，传出各式各样隐隐约约的猜疑猜测来。

"这再不用多说，一定是张夫人下的毒！可恨她巧言能辩，秦王竟然相信了她！"青黛如是讲，将一碗人参炖鸡汤送到碧落跟前。

碧落长发如缎，乌压压铺展在枕上，好久才懒懒地坐起身来，那黑缎立时如明晃晃的流水，垂落在背颈部。她拍了拍病中苍白的素颜，才接了鸡汤，低声道："不过，张夫人推断得也有几分道理。她的确没有……害死我们夫人的理由。"

据传，二夫人逝后，秦王苻坚闯入燕晴宫，面斥张夫人无容人之量，暗害慕容夫人。

张夫人矢口否认，据理力争，反称是紫宸宫中有人要害慕容夫人，以嫁祸给她。

她指的人，自然是云碧落。

她听说了秦王苻坚夜遇碧落，推断碧落因为即将得宠，才寻机嫁祸给她，并认为鲜卑慕容将碧落送来，可能也是别有居心。慕容夫人已经失宠，没有了利用价值，因此碧落在慕容氏的主使之下，牺牲了看似尊贵的慕容夫人，以打击一向厌恶鲜卑族的张夫人。碧落虽然中毒，却不致命，也可以认作是故意洗脱嫌疑的苦肉计。

苻坚虽然疑窦重重，到底与张夫人相处了二十多年，设身处地为张夫人想一想，也觉得张夫人实在没什么必要，去下毒害一个失宠十年的宫妃。

他终究只是办了张夫人治宫不严之罪，暗中令人继续查着两位夫人的死亡真相，而对外则宣布病逝，先将此事压下来。

自然，张夫人说云碧落害了慕容夫人，苻坚也是绝对不信。

碧落那样拼死犯驾去请太医，以及慕容夫人逝去后的痛楚，哪里是能装出来的。

何况苻坚才不过有一点意思流露，说得宠不得宠，显然为时过早，就算碧落有异心，现在就杀了在宫中颇受敬重的慕容夫人，怎么也说不过去。

因此，慕容夫人和蔡夫人安葬后，碧落依旧在紫宸宫中养病，苻坚三两天内必来探望一次，甚至吩咐内侍总管，紫宸宫日常分例，仍按慕容夫人在世时那般一样不许缺地供给。

也就是说，碧落虽是无名无分，却成了事实上的紫宸宫新主人。

这一份恩典，碧落不是不怕，因而不能不病。

至少，秦王还算是君子，她病着，便不会对她怎样。

当日慕容冲让她前来，原是为了让她侍奉秦王，并伺机劝秦王侵伐晋朝，以乱大秦朝政。但现在，已经没有必要。

二夫人甫才去世，苻坚便下令筹备军粮器械，准备伐晋。

在苻坚下令之前，碧落便找到了慕容氏留在宫中的眼线，一个姓宋的内侍，第一时间将这个消息传递了出去。

再没有人能动摇大秦天王的意志。

张夫人等已不敢相劝，其弟阳平公苻融再拿国内民心不稳，鲜卑西羌各有意图的话来劝时，苻坚拂袖道："若是慕容氏有异心，慕容夫人临死，又怎会劝朕不要伐晋？"

直至她死去，苻坚才算能领会到她的好，黯然叹息："她……她完全为朕着想，才会让朕不要伐晋；便如蔡夫人临终时会劝朕伐晋一般。"

同时死去的两位夫人，留下了两个截然不同的遗言。

慕容夫人说，希望秦王不要伐晋，因为她希望他快乐。

蔡夫人说，她死不瞑目，因为不能亲眼看到秦军挥师南下，踌躇满志地把晋都建康踩到脚下。

"去准备吧！"以勇于纳谏闻名的大秦天王，从窗口望向南方那浩渺的天空，一挥手掌，第一次乾坤独断："半年后，我们举师百万，攻下江东六郡！"

那么，千载以后，青史浓妆重彩地记下一笔，曾经有一个氐族人建立的大秦，再创下始皇帝一统天下的神话。

那个氐族人的君主，叫苻坚。

他将用自己的能耐，向天下人，也向死去的兄长，和……不知身在何方的桃李夫人证明，氐人苻坚，是一代明君，一代豪雄！

苻融默然。

他依稀知道苻坚曾向一位求之不得的佳人，有过那么一个誓言，气壮山河的誓言。

既然兄长已经决断，他再无选择。

他只能帮他的兄长，完成他的宏愿：一统天下！

"青黛，那位桃李夫人，究竟是怎样的人？宫中有没有什么掌故留下？"将鸡汤喝完，碧落依旧坐在卧榻上，一边让青黛为自己梳理长发，一边擦拭着流彩剑，问着青黛。

她不喜欢管闲事，但这位不知离开了秦宫多久的桃李夫人，的确正在改变了她未来的道路；她甚至早就改变了慕容冲和慕容夫人的生活方向。

如今，轮到碧落了么？

慕容冲对碧落和桃李夫人的相像，又了解多少？还是仅仅知道苻坚喜欢黑眼睛的女子？

敞开的窗户，透过素白的帐帏，投下一束明亮的光影，房内那些平时看不出的细细灰尘，在那束阳光下显然格外清晰，随着微风的拂动，也正舒缓地舞蹈着，看来颇是扎眼。

"桃李夫人……"青黛手中的圆月芙蓉银梳顿了一顿，明亮眸子也闪出困惑来："我寻常也向那些老宫女打听过，知道的人不多，不过传言倒有不少。"

"什么传言？"

"说……这位桃李夫人本是当今天王的表妹，最初喜欢的人不是天王，而是天王的庶兄，东海公苻法，就是今年在雍州造反的那个东海公苻阳的父亲。据说也是个才华横溢的将相之才，因为功高震主，被苟太后赐了一杯鸩酒，死得很冤。苻法死后，桃李夫人曾经为他披麻戴孝守了三年后才入宫，被封作桃李夫人。"

碧落点头："秦王能容她为兄长守孝三年，可见十分喜欢，入宫后必定备受宠爱。"

"可不是！"青黛侧过脸来，瞧了瞧碧落的脸庞，遂将她长长的发从中间分开，拢成一把，再向上绾起，再柔柔地旋了几旋，用梅花玉簪固定住，绾了个半耷下来的堕马髻，正与碧落略带病容的气色相配，才继续说道："宫中的张夫人、蔡夫人都是那时候进宫的，据说和桃李夫人很好，桃李夫人善抚琴，蔡夫人工吹箫，而张夫人舞姿无双，常一起在关雎宫玩乐。但天王最宠爱的始终只有桃李夫人，那几年，连正宫苟王后的昭阳宫，天王也是成年累月不踏足一步。"

"正宫……"碧落叹道，"盛宠之下，必定暗伏隐患，危机重重。莫非这桃李夫人给苟后害死了？"

连于社稷有大功的王兄符法都能被苟太后一句话赐死，更别说小小一名宫妃。同样姓苟，这苟王后必定是苟太后的族人，想来心狠手辣也该是一脉相承。

"没有！"青黛很快回答，疑惑道，"奇怪的就在这里。苟后一系，本是大秦手掌重权的外戚，桃李夫人却没什么背景，谁知她得宠那么多年，苟后都没能将她怎样，反而是后来有一天……"

青黛顿住了话头，呵了呵有些冰凉的手。

碧落眸转流光，苦笑道："死丫头，待说不说的，还吊人胃口？"

"没有啊！"青黛啧一声，苦着脸道，"不是我不说，实在是，没人知道那天发生了什么。"

碧落抚一抚她那未经描画依旧横若远山的眉，讶然道："桃李夫人那天死了？"

"不知道。"青黛端详着碧落绾好的发髻，叹道："反正第二天，桃李夫人不见了，苟后死了，苟太后疯了，不久也死了。宫中什么流言都有。有人说，符法没死，回宫带着桃李夫人逃了；又有人说，听见桃李夫人在关雎宫哭了半夜；还有人说，苟太后是遇到了冤魂索命了，她年轻时，手段狠厉，害过很多人……"

碧落沉吟着，忽然打了个哆嗦，只觉月白的锦衾上，大朵绯色的蔷薇，正将红光一点点渲染开来，如血色般蔓延开。她抬起头，望向青黛："是不是，就像慕容夫人和蔡夫人死的那晚一样？"

即便到现在，碧落还是没弄清，那晚究竟发生了什么。

符坚派的官员暗中查得紧，结果连保管桂花的宫女都自杀了，也不知是因为受刑不过，还是畏罪自杀。符坚密令从此后加强防备，不必再查。

所有的人，都只看到了结果。

慕容夫人死了，蔡夫人死了，两名宫女死了，碧落中毒病了，符锦儿受惊病了，张夫人被贬斥了……

当事人都不知道，何况是外人？

许多年后的史书上，顶多只会记载，某年某月，两位夫人病逝，更可能，连这两位夫人都没法留下任何记载，就那样湮灭在那晚的冷雨中，所有的冤屈和悲伤，被冲刷得干干净净……

第十五章 相思令 长夜孤梦意难平

"可能……也差不多吧！"青黛脸庞上漂亮的胭脂红褪了开去，忽然觉得天气更冷了，冷得她忍不住跳起来，奔去将敞开的窗户关上。

"秦王呢？"碧落问，"当时秦王……没去寻那个桃李夫人？"

"不知道。"青黛跺了跺脚，跑到暖炉旁，加了几块炭进去，说道，"只听说，关雎宫从此一直空着，天王不许任何人进去，只有他自己有时会带了蔡夫人和张夫人进去，吹箫跳舞。"

碧落突然便有些为苻坚伤感："哦，可再没有人为他弹琴了……"

怪不得，那个凄冷的月夜，苻坚看来那样的孤独，甚至只看到一抹青衫，便将她和那位失踪了的桃李夫人联系起来。

"嘿嘿，可惜张夫人年纪大了，再也没法像年轻时那般跳舞了，怕是为自己勾不住天王的心吧，才这般害我们夫人！"青黛并不释怀，依旧对张夫人咬牙切齿。

即便不是张夫人下的毒，总是她指责碧落害死慕容夫人。

光这一点，便足以让青黛厌恶她了。

碧落无奈摇头，也懒得解释，正想着一直窝在房中烦闷，要不要出去走走时，忽然听到了屋外宫女们迎候秦王苻坚的声音，顿时头疼，向青黛打了个眼色。

青黛会意，立刻抬高了声音："姑娘，你梳了髻，感觉倒是精神些了，再多吃些饭菜，只怕好得便更快。"

碧落恹恹道："嗯，还只是头晕，懒得动。"

话未了，便听屋外苻坚铿锵有力的醇厚声音传来："若是没恢复便不要乱动，好好休养着吧！"

抬头间，苻坚身着朝服踏入，显然刚刚下朝，未及换衣便匆匆赶了过来。

他的身后，杨定抖落一身明灿灿的阳光，依旧一脸的懒散，抱着华铤剑似笑非笑地踱进来，便住了脚，倚在门边远远地望着碧落，悠闲得近乎惫懒，再也不知为何竟得了苻坚的激赏，成了他贴身侍卫。

苻坚走到近前，将碧落脸色细细一端详，笑道："果然气色好了许多，再养几日，不用到年关，只怕就好了。"

碧落因卧于榻上，只穿了素白小袄，散淡披着一件品红色粉白牡丹纹的长衣，颇是艳丽，绝非苻坚曾让她穿的素青或淡色衣衫，闻言微微低了头，应道："陛下厚爱，太医每日数次前来请脉，自然……好得快了！"

苻坚点头，望一眼她放在枕边的流彩剑，微笑道："你跟在凤凰身边，倒没给养成个闺阁弱女，病好后朕再帮你找两个师父过来好好教教，以后挥师江东，朕的身边指不定可以多个能干的女将军！"

碧落闻言愕然，抬眼看苻坚时，只觉他笑容甚是温煦明朗，隐见慈和，并无半点猥亵之意，不觉问道："陛下愿碧落为您南伐之事效力？"

苻坚大笑："若是咱们大秦的女孩儿个个有你和宝儿这等身手襟怀，征战之时也颇有助益。"

碧落展颜道："如能随陛下在战场一逞身手，也是碧落之幸！"

苻坚大悦，重重一拍碧落的肩，道："好！好！不愧是咱们氐人家的女孩儿！"

碧落怔了一怔，不由道："陛下，我是鲜卑人。"

苻坚轻笑："鲜卑人？朕瞧着可不像！你虽是慕容家收养的，可肤色并不像鲜卑人的肤色；何况鲜卑一支，也没有姓云的。"

他想了一想，又道："倒是和扶风郡云家的人长得有几分相似，多半是云家流落在外的女儿。"

碧落心里一动，几乎不假思索便问出了口："那位桃李夫人，便是姓云？"

苻坚笑意顿敛，连从窗纱透入的阳光，一时已僵硬。

碧落一横心，咬着唇说道："我虽也姓云，不过和这个桃李夫人，一点关系也没有。我也不想……做第二个慕容夫人。"

青黛似乎将霜炭加得多了，房中热得出奇，苏合香气息萦萦绕绕，烟气和香气一样地浓烈，散在各人的眼前，一时连室内的人与物都看得不甚真切。

青黛立在卧榻边，一块洁白的丝帕，被她绞得洇染了一层汗渍；杨定神情依旧慵懒散淡，只是不知不觉间已放下了抱着剑的手，凝神观察着苻坚的神情。

苻坚琥珀色的瞳仁在那烟气中收缩又收缩，忽而轻轻一笑，一室凛然迫人的气势，顷刻如烟云消散："好伶俐的丫头，可不像平时看来这么傻乎乎呢！"

她平时看来傻乎乎？

碧落正茫然间，殿外忽然有人通禀道："平原公、钜鹿公求见天王陛下！"

苻坚微一皱眉，缓缓坐到屏风后的黄花梨卷草纹条案旁，命道："传。"

这里青黛已放下榻前水碧色丝质帷幔，碧落从榻边看去，只能见影影绰绰的人影，走到苻坚跟前叩拜："儿臣见过父王！"

那声音很是耳熟，一个是平原公苻晖，另一个则是在长安城外小镇上见过的钜鹿公苻睿。他们是苻坚爱子，寻常也常在后宫行走。苻睿的性情甚是温善，和碧落并不甚熟，每次见面不过客客气气打声招呼，倒也罢了；那苻晖却是碧落避之唯恐不及的，远远一见他人影，便找机会跑个无影无踪。

好在苻晖虽是想找她岔儿，他那两个妹妹却也不是善主儿，唯恐他将她们的玩伴给抢了，见面便没好声气，必找机会将他撵得远远的，倒让碧落安生了许多。入宫这么久，可怜苻晖连话都不曾有机会和她说一句。

正忐忑想着二人来意时，只听苻坚已温和问道："你们两个这么匆匆过来，有事？"

苻晖、苻睿两人相视望了一眼，沉默片刻，苻晖先一推苻睿，苻睿方才红了脸，说道："孩儿有件事，想请父王做主。"

苻睿母亲早亡，素又聪明温厚，苻坚向来怜惜，闻言笑道："什么事？"

苻睿嗫嚅良久，见苻晖不耐烦地瞪他，才讷讷道："父王，我想请父王做主，将雪涧姑娘许配给我……"

"雪涧……"苻坚正想着是哪家的千金小姐时，苻晖提醒道："便是……那年我们去五重寺祈福时，那位为父王上茶的姑娘。父王当时还夸她品格出尘，有凌云之风。"

苻坚猛地想起，顿时皱眉："你是说，道安大师的弟子释雪涧？她是出家人，你怎可动这个念头？"

苻睿本来含了几分羞怯之意的眸子已绽出宝石一样的华彩，辩道："父王，雪涧虽拜了道安大师为师，却只带发修行，并没有真正出家。她这雪涧的名字，本就是俗家的名儿，不过自己冠了个释姓而已！"

苻坚侧脸看着自己这个至今不曾娶亲的儿子，苦笑道："你既知她冠了释姓，便该知晓她有心向佛，怕无意嫁娶吧！"

符睿微有沮丧之色，却还是低声道："所以……我才求父王做主。但要父王旨意下去，他们安敢抗旨？"

符坚沉吟道："若论起来，这个雪涧也是贵家女子，才识过人，通晓佛理术数，配你也堪是配得过了……只是她若一心向佛，却也不好强求。"

符睿大急，正要再求时，符坚轻轻笑了一下，道："罢了，朕明日让人将她请入宫来，让人探探她口风。若是她愿意，你便是将她带了去雍州也不妨。"

符睿这才松一口气，道了谢，眼光却直往窗外瞟着，显然有几分神思不属。

符坚暗暗摇头，却也不忍苛责，转头又问符晖："晖儿，你呢？莫非府里几十房姬妾还嫌不够热闹，又看上谁家的姑娘了？"

符晖嘻嘻一笑，道："上次父王说我荒唐，我可再也没有纳姬妾，还把几个别别扭扭的小妾给放了出去。"

符坚点点头，将手中的青瓷茶盏端起，啜了一口，说道："这才好，以后镇守豫、洛这等兵家重地，也要小心了，千万不能好色误事。"

符晖应了，却又指向碧落的方向，笑道："不过，碧落可是父王早就说好给我的，这回我去洛阳，也不知几时才能回来，不如让我带了她去吧！"

碧落远远听见，不觉捏紧拳来，唇边褪去了血色。

当真是前门有狼，后门有虎。一个符坚已让她提心吊胆，再多一个软硬不吃的符晖，叫她如何招架？

不过话又说回来，既然被逼到了长安来，再见慕容冲的可能少之又少，便是这样一直拖延着，又能拖延到几时？

正惊惧之时，只听符坚缓缓地说道："不错，朕已将碧落许给了你。不过……不过这丫头和朕挺投缘的，又是慕容夫人的小妹子……嗯，再过个一年半载的，如果你性子收敛些，朕就给她备一份厚厚的妆奁，将她送洛阳去。"

"啊！"符晖顿时叫了起来，"还等个一年半载？"

符坚微有不耐烦："何况她现在病得不轻，难道你还准备让她长途跋涉，病上加病？你平时在府中，也就这么对待你的娇妻爱妾？"

符晖听符坚话中颇有责备意思，顿时闭嘴，颇是不甘地瞪了帐幔中的碧落一眼，方才和符睿相携离去。

符坚独自坐在案边，安静地喝了好一会茶，才立起身来，走到帏幔前，隔着丝幔，望着帐中的碧落，许久，才问："你喜欢晖儿吗？"

碧落掌中攥出汗水来，却不知如何作答。她若说喜欢符晖，符坚很可能会成全符晖的心愿；可她若说不喜欢，符坚会不会就此让她永远留在自己身边？

符坚等了许久，听不到她回答，又蹙了眉问道："莫非你喜欢凤凰？……前儿你昏睡时，一直唤着凤凰的名字。"

"没有，没有……"碧落忽然便惊慌起来，急急否认。

半透明的丝幔并不足以隔开她的惊慌，不安和惶乱已隐隐透出。符坚望着这失去了冷静的女子，心中格地一沉，忽然之间便懒得再问下去，只是淡淡道："等明年挥师江东，天下大定后，朕再安排你和晖儿的事吧……若现在便把你给了他，他轻松便将你娶到，必定不知珍惜，白白糟踏了你。"

他站起身来，一边向外行着，一边轻轻叹息："你放心，朕不会误了你。一个慕容夫人，也便够了；便是凤凰，也不必……"

碧落模模糊糊应了一声，待符坚起身离去了，还在回味着符坚的话。

慕容冲是她心头一根不敢触碰的刺，那累积了十年的痛苦，早已同样被她分担，让她只知为他痛，为他恨，却不敢说一句喜欢，更不敢向他人承认喜欢。

她的突然失态，符坚会怎么想？

可他说，他不会误了她……

他又说，一个慕容夫人便够了……

他还说了半句，凤凰不必……

他是不是想说，凤凰不必至今不娶？可他并没有说出这话来，更没有追问她和慕容冲的关系，便可见得，他分明乐意见到，那个紫宸宫内曾经只为他一人所拥有的凤凰，依旧只是那个孤孤单单的凤凰。

慕容冲一直未娶，有多少是因为放不下的仇恨，无心于此，又有多少是刻意为之，让至高无上的秦王对他保持一份牵之不断的柔婉情思呢？

碧落想不出，只将双手插进了发鬓间，用五指揪拽着自己的长发。

正惶惑时，眼前亮了一亮。

抬头时，杨定撩开了帐幔，垂了头盯住她，一贯明亮闪光的眸子，深邃而幽远。

青黛见他这般无礼，忙上前要拉时，杨定忽而别了脸，冲青黛一笑："青黛，我只和她说两句话而已！"

青黛怔了一怔，虽是退开两步，却忍不住地出言相讥："离我们姑娘远点，不怕再领一顿毒鞭？"

杨定唇角上扬，可那一霎的笑容看来居然有些苦涩："我不怕。我只怕，我做错了。我更怕，我一错再错。"

他垂着眸，抓着丝幔低声问道："碧落姑娘，你能告诉我，我做对了吗？"

碧落慢慢放下了揪住头发的手，头皮的疼痛，似将她的思维从迷离中拉回现实。

"谢谢你。"她的声音有些哑，却很清晰，"你帮了我好多次，我却……连谢也不曾说过。"

杨定的眸子冷下来："我不要你谢我。只要你收起你的剑，我就感激不尽！"

碧落愕然，抬头。

杨定唇角的笑纹还在，眸中却是从不曾有过的严肃："我不希望……我一直在帮一个刽子手。"

碧落猛地悟过来："我没有！我也很想知道，是谁害了慕容夫人！是谁害了蔡夫人！"

杨定微微一怔："不是你？"

碧落忽然便觉得委屈，连泪水都快要滚落下来。她早知张夫人等人一直在疑心自己，也不曾觉得怎么难过，但杨定……又不比别人，自己所有的伤痛，所有的爱恨，似乎都无法瞒过这个从平阳陪着自己一路来到长安的男子。

"我怎会去害冲哥的姐姐！"碧落也不顾青黛便在跟前，怔怔地便掉下泪来，"我也一直都想不通，想不通……"

"想不通就别想了！"杨定忽然便松了口气般，眸中又闪过阳光那样明亮温暖的辉芒，挑了挑他好看的眉，笑道，"一定是我多心了，我只看到了……"

他也只说了一半的话，便松开了紧抓帏幔的手，迅速转过身去，向外走去。

走到门口时，他到底没忍住自己的某种情绪，伸出手掌来，在门框狠狠击了一下，才飞快跑了出去。

丝幔被他抓过的地方，有一团清晰的凌乱手印。

他只看到了什么？

碧落茫然地想，他应该看到了，慕容夫人死了，蔡夫人死了，张夫人不再如先前受宠，而碧落的地位却平地千尺，还有，苻坚决定南伐江东，并且是力排众议，一意孤行……

南伐江东……

这不正是慕容氏一直想看到的？这不正是碧落最希望出现的局面？

碧落悚然坐直身体，本已摇摇欲坠的梅花簪从发间跌落，无声无息落在锦衾那血色的蔷薇花上，像谁洁白如玉纤长有力的手指。

长长的回廊间，杨定赶上了苻坚。

苻坚心情甚好，笑问："你小子刚跑哪里去了？"

杨定嘿嘿笑道："紫宸宫那个青黛，以前咱们认识，刚看她嘟着嘴儿好玩，就逗了她两句。"

苻坚笑道："你倒也老实！不然朕把她指给你？"

杨定忙摇手道："算了，这丫头看来脾气不小，若是娶了她，成亲后我一定会被她欺负！"

苻坚大笑，指着杨定道："你啊！这性情还真不像仇池杨氏的后人！难不成以后你连自己的妻子也治不住？"

杨定抬起头，对着那碧蓝如琉璃宝玉的天穹，轻淡而笑："我不想治人，我只想……快快乐乐活着，简简单单活着，——做我自己。"

"胸无大志！胸无大志！"苻坚嘲笑着，却慢慢顿下脚步，"快快乐乐简简单单活着……"

快快乐乐，简简单单，嗯，其实，该是红尘世间大多数凡夫俗子们的追求吧？

如果这个愿望成真，这天下，大概……就是太平盛世了吧？

隐有一声唳鸣，二人抬头时，天空有孤鹰飞过，飞得很高，很远。

可极高极远处，未免太过寒冷孤寂。

紫宸宫中，碧落终于遣青黛打听明白，苻晖等人这般奔忙紧张的原因。

秦王苻坚决定伐晋，为保证南伐时大秦境内安定，他将境内的几处重镇分给了苻氏以及氐人的心腹镇守打理，以最大程度地保障苻氏江山的稳定。

其中，任命长子长乐公苻丕都督关东诸军事、征东大将军、冀州牧，镇守故燕都城邺城；任命三子平原公苻晖都督豫、洛、荆、南兖、东豫、阳六州诸军事，镇东大将军，豫州牧，镇守洛阳；任命五子钜鹿公苻睿为雍州刺史，镇守蒲坂；另将与苻氏有亲的氐人石越、梁谠、毛兴、王腾等分别派往平州、幽州、秦州、并州等地镇守，限日赴任。

苻晖、苻睿因重责在身，也不敢耽搁，却希望能将自己心爱的女子一齐带到任上，方才急急来找苻坚。

如今苻坚一力维持，眼看苻晖已不可能再将碧落带走，碧落本该松口气。可不知为什么，她还是忐忑不安。

杨定说得对，不管那毒是谁下的，不管下毒者最初的目的是什么，苻坚的确因此而坚定了伐晋的决心。

碧落恍惚觉出，似有双无形的手，不紧不慢地操纵了这一切。

慕容夫人临死时，忽然请求苻坚不要伐晋，到底是利用了苻坚的感情，反其道而行之，还是猜出了是谁对自己不利，想为自己报仇，真心希望苻坚不要受人利用？

"青黛，把窗户开一开，这屋里，闷热得很！"碧落吩咐着。

正将一只暖炉抱于怀中取暖的青黛怔了一怔，忙凑上前打量时，只见碧落双颊泛红，额上真的有一层细密汗珠渗出。

或者，真的她把炭加得太多了。

可为什么热的只有碧落一人？

两日后，备受苻坚宠信的释道安带了几名弟子来到秦宫暂住，一为超度两位亡逝的夫人，二为禳祷祈福。

他那位裹于敝衣之中依然如宝珠流光的女弟子释雪涧，自然也在其中，可惜苻睿终究未能如愿。

苻坚遣人试探释雪涧心意时，那女子只回答了四字："已许佛门。"

再问道安大师时，大师双手合十，请天王陛下去问西天释迦之意。

那钉子可谓碰得不软不硬，结果苻睿在他们所住的宫殿门口站了一夜，由着冷霜在衣襟上结了一层白花，第二天一早便率部离去，奔赴雍州就任。

后来有宫人传说，这位出身皇家贵胄的天王之子，那一夜似乎流了泪，离去时眼睛肿得和桃子一般。

人笑钜鹿公苻睿性情温懦如女子，碧落却觉此人情真意切，爽直可爱更远胜其兄，算是苻家最出挑的人物了。

因道安本居襄阳，江东晋帝同样信奉佛教，待之以王公之礼，故而苻坚知他素来反对伐晋，也不问他国事，只问他宫中之事。

道安答道："碧霞满清空，高处不胜寒。凡事三思，日后方不致追悔莫及。"

苻坚等人正茫然不解时，释雪涧从其师身后闪出，海青布袍，眸若明镜，朗脆道：

"近日宫中另有小难，微见血光，怕是无法禳辟。"

道安叹道："痴儿，痴儿，你仗着自己几分本领，妄泄天机，怕前路可虑。"

释雪涧清明而笑："师父，前路已定，避无可避。若得早归我佛，未必不是幸事。"

道安长叹不语，只眸中已有悲悯之色。

苻坚本待问个详细，但见释雪涧如镜的瞳仁中，反射出的光芒居然是一种纯然的净白，仿若雪山之巅最洁净的冰雪，乍被携至人世，虽是通透明澈，却有种随时消融而去的苍茫，顿时住了口，只令释雪涧不必拘礼，可自由在宫中行走，与诸宫妃公主相见，传授佛家真义。

第十六章　腊梅香　轻剖愁意恨难裁

碧落既知苻坚无意将她收纳宫内，自此放心不少，身体立时好得快了，不几日便出了房，在紫宸宫中潇洒自若地舞剑练功，只是偶尔望向关雎宫方向时会不由得怔忡。

一定是紫宸宫里太安静了。她常常会有一种幻觉，觉得常会听到关雎宫的方向传来很轻灵很清脆的笑声，如重重密林间的一线阳光，明媚地耀过，无声无息，却在顷刻间吸引了所有人的视线。

释雪涧来找碧落的那天没有阳光，天色沉沉的，似要倒扣下来，却没有一丝风，干冷干冷的。

碧落刚收了剑，正望着关雎宫方向出神，远远见宫人引来一位头顶风帽身着深青布衣的女子，一时居然没想起她是谁。

直到她取下风帽，露出莹明肌肤和如镜双眸，碧落才认了出来。

她对这个似一眼便能看穿人心的女子并无恶感，却也总亲近不起来，那种所有秘密被揭曝于烈日之下的不安，让她对这女子有种如芒刺在背的惊惧。

"碧落姑娘！"释雪涧并不介意碧落的冷淡，坦然笑着，缓缓走来见礼。

碧落只得抿出一抹微笑，请她入内奉茶。

殿内空间虽大，但紫宸宫近日极得瞩目，各样分例一律从优，送来的霜炭比慕容夫人在世时还要好。碧落自然没打算为苻坚节省，宫内几乎四处关着门窗，燃着熊熊的火盆，把个紫宸宫熏得温暖如春。碧落素来衣着单薄，倒还罢了，释雪涧甫一入门便解了外袍，笑道："这和外面，可着实是一个天上，一个地下。"

碧落眼见宫女奉了茶，才道："这是大秦的王宫，自然与别处不同。"

释雪涧眸含清雪，明晃晃在碧落脸上漾过，才暖暖笑道："不错，这是大秦，所以才与别的时候不同。"

碧落微怔，自己的话语，从释雪涧口中说出，似变了一种意思。

她默不作声，只提起青瓷茶盏品茶，静候她说话。

果然，释雪涧继而道："旁的不说，只说长安。自西晋八王之乱起，这近百年来，你争我夺，战乱频仍，闹哄哄你唱罢我登场，说是乱世的英雄，在那些平民眼里，不过是杀人的屠夫罢了。你瞧今日长安富裕热闹，人流如织，可曾想过，它也曾火光冲天，血流漂杵，户户空房，渺无人烟？"

碧落算明白了她的意思，微笑道："不错，当今天王陛下素来重视农桑，从即位之初即推行区田法，同时兴修水利，凿山起堤，设置亭驿，只用了寥寥一二十年的光景，便让秦国大治，仓廪充实，路不拾遗，实乃这百年来罕见的明君。"

释雪涧眸中的雪光似在融化，笑意盈然："不错，天王是能令天下大治的明君，并且，是极少见的仁君，碧落姑娘，你说是不是？"

仁君？

碧落似乎没想过这个问题。

她在平阳时很少理会平民生计之事，只在一路随苻晖来长安时，眼见苻晖虽是狠厉，但于农桑水利处处留心，方才渐知苻坚并非蒙昧之君。

但仁君？

一个将十二岁男孩变作自己娈童的男人，能算作仁君么？

释雪涧似看透了碧落的想法，轻叹道："天王于故燕皇子，私德有亏。但他对燕室王公、仇池王公、西羌王公，都算得仁至义尽。"

碧落微怔。

细思下来，那些被苻秦征伐下来的诸国王公，如鲜卑慕容、仇池杨氏、西羌姚氏、凉地张氏，苻坚从不曾亏待过，稍具才能者，无不身居高位，甚至惹来氐族豪强不满，屡屡上书谏阻。但苻坚从小学的便是汉人的儒学，志在天下，一心以仁信待人，说来……还真算得上仁君。

只是，他夺了别人万顷良田，再送人一间小小宅院，又岂能要人感激于他？

从这方面看来，苻坚的仁信，只怕近乎迂腐。

碧落心念电转，因不知释雪涧用意，自不好露出一丝口风来，只是轻笑道："可不是！所以瞧我们慕容家上下，无不尽心尽力在为天王陛下效力。"

释雪涧眸光又凝，盯着碧落的眼睛，半天才道："那才是天下幸事，百姓幸事呢！战乱一起，首当其冲的，只怕又是百姓了。到那时……"

她忽然打了个寒噤，雪芒般的目光居然泛出一丝惊惧来，同时抓起搭在一旁的外袍，披到身上。

碧落一蹙眉："你冷吗？要不要再加些炭来？"

释雪涧含笑摇头，正要说话时，忽然屋外的宫女传来一阵喧哗惊讶之声。

碧落推开门时，青黛正匆匆走来，压低声音道："燕晴宫张夫人生了位小王子。"

碧落点头道："好事啊！"

青黛拍着胸道："哪里是好事？说是难产，小王子出世时就没了气，张夫人在产褥期，哭得晕了过去，太医们正忙乱呢。"

她迟疑一下，又道："听说，是因为张夫人平时操劳过度，近期又心情抑郁才引发了早产，这下，陛下又该心疼她了。"

碧落愠道："陛下该不该心疼她，是你该说的话么？"

正说着时，释雪涧从她身畔走过，拉紧了衣襟，望着燕晴宫的方向叹息一声。

碧落蓦然想起一事："雪涧姑娘，你曾说，秦宫近期有小难，微见血光，莫非指的就是此事？"

释雪涧唇角轻笑若冰雪："我能预知灾难，可惜却不能禳避灾难，算来……也是件极可悲的事。"

她能……预知灾难？

碧落惶惑地看着她，盼能从她冰润玉洁的面容上看出更多的蛛丝马迹来。

但释雪涧并未再说，只是缓缓戴上风帽。

粗劣的棉质布料，衬得她那如雪肌肤晶莹剔透。明明不甚出挑的容貌，顾盼之际亦显流光溢彩，清华四射。

她微笑道："我在北地听讲佛理时，曾与慕容泓大人见过多次，和慕容氏也不算外人了。碧落姑娘如有空时，不妨到五重寺坐坐。"

碧落随口应了，正要送她出去时，释雪涧又回过头来，轻轻一笑："正月二十二，有凤来仪，是个好日子，不如到寺中为慕容夫人祷祀吧！"

碧落猛地顿住身子，眼看着释雪涧款款而去，泪水几乎滴落下来，忙仰起头，只往天空望着，生生将渐凉的泪意给迫回去。

青黛奇道："姑娘，你在看什么？"

碧落哑了嗓子回答："没……没什么，下雪了！"

青黛抬眼看时，果然几片小小的雪花如柳絮般盈盈地旋转落下，然后越来越密，越来越大，终于酿成纷纷扬扬的一场鹅毛大雪。

这般大的雪，只怕一夜之间，便能将这缤纷绚烂的长安，覆成冰封雪雕的琉璃世界了。

但再大的雪花，碧落也看不到。

她心里只有释雪涧临走的一句话。

正月二十二，有凤来仪。

释道安在秦宫里又为夭折的小王子超度了三日，方才带了众弟子离去，此时已接近年关了。

苻坚虽对张夫人心存疑窦，但已近知天命之年，暗自揣度着，这个孩儿可能是自己最幼小的儿女，因此颇为上心，如今小王子新丧，也是气沮，连二十四的小年夜也不曾好好过，公事完毕后便陪在张夫人身畔，只怕她性气高，月子里再落下什么病根来。

尽管将心思投到了张夫人身上，苻坚还是没忘了碧落，发现碧落身体平复后，居然让碧落随侍身侧。

"朕正嫌随身宫女太柔弱了些，以后进出宫禁，你便随侍一旁吧！"那日在御书房中，苻坚这样吩咐，然后看着碧落绿孔雀般招展的衣衫皱眉，"朕不是让你少穿这些花花绿绿的衣裳么？"

碧落自是没法直说，她担忧苻坚再用看那位桃李夫人的眼光看着她，故意找了些俗艳的衣裳穿着。见苻坚问，她只得答道："随在陛下身边的宫女，自然不能穿得太素了，否则有失仪之罪。"

苻坚奇道："朕什么时候说你是宫女了？"

碧落道："跟随在陛下身侧的，除了内侍和宫廷侍卫，便只有宫女了。"

苻坚瞥一眼正看好戏的杨定，微笑道："哪个宫女像你这样执刀带煞，冷若冰霜？而且宫女也不能到前廷去……罢了，你会武功，做事又比男子仔细，就做朕的女侍卫吧！"

碧落只得应了，回身看杨定时却不见了；等出了书房时，却见杨定正按着肚子，望着她那身衣裳，咕咕咕地大笑，不由恼道："你笑什么？"

杨定笑道："没什么，云侍卫！"

一旁的内侍也在笑："碧落姑娘，这可是从没有过的事，陛下居然让一名女子做侍卫！"

碧落恼火，正要拔脚离去时，只听杨定压低了嗓子，柔声道："可这不是最好的结果吗？"

碧落怔了怔，回头看时，杨定抱着肩，颇是放松地斜倚在宫墙之上，唇边笑意灿烂温和。明媚阳光下，他眼底的颜色看不太清晰，只觉熠熠蕴光，煦和如春。

不知怎地，碧落脸上忽然热了一下，心中没来由便放开了许多。是为杨定说了句，这是最好的结果，还是忆起了释雪涧临走时丢下的那句，正月二十二，有凤来仪？

第二日，碧落果然换了件莲青的衣衫随侍在一旁，符坚盯了她整整半天，愣是没说什么；杨定却笑道："陛下，咱们大秦第一美男子出现了！"

碧落的确穿着青衣，却是男子的衣衫，连头发都绾作了男子的式样，带小冠，用碧玉簪子固定住，将整张脸都显了出来，越发显得面如美玉，俊秀异常。

符坚终于将眼睛投回手中的折子，只淡淡道："嗯……你喜欢这样，那就这样装扮吧，是挺好看的。若真有这么漂亮的男孩儿……朕把宝儿锦儿嫁过去。"

这显然只是开玩笑了。

可碧落仔细打量他的神情，偏没看到他的笑意来。

她也是个不喜多话的，于是便谨守本分地为他研墨倒茶。

她跟在出身皇家的慕容冲身畔十年之久，这些贴身的事做惯了，加上符坚素日生活俭朴，御下宽容，倒也无可挑剔。

唯一让碧落不自在的，是杨定的神情。

杨定几乎整天似笑非笑嘴角抽搐地望着碧落，引她着恼时，一眼瞪过去，恨不得将他的肉给剜出一块来。可杨定并不在意，仿佛笑得更欢了。

他本就是个嬉笑不羁的年轻人，即便在符坚面前，也是谈笑晏晏，言行无忌，极少拘束，符坚也从不在意，也不知是不是就因为此人跳脱潇洒，不像一般媚俗之人。

可这人当真不媚俗？当日却分明对符晖那般唯唯诺诺，颇有奉承之意。

但说他媚俗吧，他暗地里冒险帮碧落已经不是一次两次了，让碧落实在不知该感激他，还是该讨厌他。

下午符坚与几名重臣在太极殿后的两仪殿进行内朝。所谓内朝，便是帝王与小范围的亲信臣僚先行商定部分重大国事，然后再在太极殿的早朝时正式提出，由群臣讨论决议。这种内朝只有少数股肱大臣才有资格参加，仪式很是简单随便。但内朝定下的事再在早朝议起，很少会被否决。故而内朝之事也属机密，即便如杨定、碧落这样矜坚的随身侍从也不能进入殿中，只能在一旁的廊下静候。

旁的侍卫大多规规矩矩谨立守卫，只杨定是个不安稳的，这等朝政重地，他依旧是闲散慵懒的神色，不知何时已跑到汉白玉的石阶下，去赏宫墙边数株开得极好的腊梅了。

碧落也不耐烦，走来看时，只见团团簇簇的金黄花瓣如轻软丝绡剪就，历过风霜附于遒劲枝干上，更显剔透晶莹，纤若春蝶欲飞。那样的铁骨冰心，在寒冬腊岁中幽香暗度，居然更显妖娆。

忽便忆起了以往每年的冬春之际，慕容冲总让她折上几枝梅养在屋内的情形，顿时魄动神驰，拔了流彩剑，挑了最茂盛的几枝腊梅，小心翼翼用剑划断。

杨定愕然道："你做什么呢？"

碧落垂了头，嗅了嗅花香，答道："带回去找个大瓿插上，香得很。"

杨定点头笑道："用宝剑折梅，也只你云碧落想得出。"

碧落与他朝夕相对，虽然性子清冷，交谈不多，到底亲近不少，故而微笑道："紫宸宫内没有梅花，带几枝回去插在屋里，被火盆熏出的香气会格外好闻。"

杨定笑道："以往在平阳，你也曾这般折梅插梅吧？"

碧落眸光一黯，旋即淡淡道："哪个女孩儿不喜欢花儿草儿的？你也忒多心了！"

指一指碧落广袖褶衣的男子装束，杨定顿时又笑得嘴角抽搐："瞧瞧你自己的打扮，你还知道自己是个女孩儿啊？"

碧落哼了一声，继续寻找着枝形秀顾的腊梅，并不理他。

"其实……"杨定的声音转柔，"天王既然说了不会误你，你大可不必多心，反显得自己小气。"

碧落气往上冲，也不寻梅了，漆黑如夜的眸子睁得圆圆的，在阳光下耀出明亮如珠的光彩，瞪着他道："我怎么小气了？"

杨定并没像以往那样，见她发怒便急急闪躲退避。

"碧落，今上是个贤明之君，你应该能看得出来。"他侧过脸，飞耸的翘檐恰在他明朗的额前投一抹淡色的阴影，眸光便显得比平时深邃了许多。但听他从容说道："我想，他该明白，折下来的花枝，远不如自然生长的花儿那样美丽和持久。"

"是么？"碧落眸子又黑了下来，讥嘲冷冷。

杨定咳了一声，道："天王已经见过一次折下的花凋谢了，应该不会再误折花枝。"

他将手指小心地抚过碎锦般的轻瓣，低声道："我也不希望，花枝上的刺会伤到天王。一个心怀仁德的帝王，乃是天下之福。"

碧落越听越觉刺心，冷笑道："杨定，你几时看到梅花上有刺了？怕只有任人砍伐的命运吧？"

她说着，流彩剑一挥，又一枝梅花落到她腕中。埋头嗅了一嗅，碧落抱了几枝梅花，逃一般飞奔向紫宸宫的方向。

杨定目送她远去，清明的眸子渐渐泛出烦恼之色。

他伸手抚一抚那灰褐斜欹的枝干，的确没有刺，却冰冷刺骨，带了兵刃般森寒的危险气息。

花香幽静清远，袭人欲醉，或者便是最危险的诱惑。

诱惑了谁？

苻坚？抑或他杨定？

"我一定疯了！怎会缠上这些闲事？"杨定喃喃地叹一声，伸出掌上，在枝干上狠狠一击。

鲛绡飘落，缤纷如舞，一地无可奈何的落英，慢慢归于尘土。

年关自然是忙的，家宴、国宴、祭祀、祝祷，一桩接一桩，一桩比一桩礼节繁复。

碧落随着苻坚奔来忙去，不觉常常失神。

杨定因那日提了花上带刺的话，碧落总不太理睬他，心中不安，遂瞅她发怔之际，赔笑问道："是不是这几日累了？累了便回宫去休息着，天王知道你辛苦，必定不会怪责。"

碧落看着一宫的喜庆，悠悠一叹，道："在平阳时，我也曾看过百姓们祭灶、画鸡、悬苇，悬桃符，可冲哥对这些从不感兴趣。不想宫里……居然热闹若斯。"

"慕容大人对这些不感兴趣……"杨定似又见到了那个在夜雨中奏着《广陵曲》的男子，那样激昂地不屈和霸气，攥了攥拳，微笑道："天下百姓都是些凡俗子民，都盼着来年平平安安，过那丰衣足食的好日子，那些仪式，其实只是表达他们对未来平安喜乐日子的冀盼。慕容大人志趣高雅，故而不愿附从俗礼？"

志趣高雅？

碧落低低嘲笑一声，懒懒道："也许吧！"

可惜，她看到的慕容冲，和寻常人所见到的高雅之士截然不同。

"杨定，碧落，又在嘀咕什么呢？"苻坚身着上玄下朱的宽大冕服，刚从高台上走下，透过十二旒珠见到两人凑在一起说得入迷，连他下来也未发觉，微感不悦。

碧落忙走上前来，微笑道："我正和杨大人说着，眼看过了元宵，我想去五重寺祭祷慕容夫人，上次雪涧姑娘来，也约我去走走。"

符坚难得见她这般笑意盈盈，一时又想起死去的慕容夫人来，心下又是欢喜，又是伤感，遂笑道："难得你和雪涧姑娘谈得来，多去走走也是不妨。"

他低头想了一想，说道："过几天再去吧，到时朕这边的事情也便处理得差不多了。"

碧落正松一口气时，忽听他如此说，讶然道："陛……陛下也去？"

符坚眸中幻过奇异神采，素来雍容的笑容，带着凌厉的锋芒："朕也想见见道安大师了。"

碧落手心浸了一层的汗，随了符坚走了一段，悄悄落后了，低声问杨定："知道陛下见道安大师什么事？"

杨定本正负了手走着，闪亮的眸子跳跃着阳光般的笑意，忽听她如此一问，眸光立转深沉，唇角却依旧上扬，"那还用说，自然……因伐晋之事，天王心中还有所犹豫，所以去道安大师那里祈福问卜。"

碧落悄悄吐一口气，低声又问："伐晋之事不是早就定局了？"

"是定局了。我相信天王伐晋，也一定会马到成功。"杨定难得地收敛笑容，向着符坚的背影，神色肃然，"天下大乱百年，生灵涂炭，也许，该是分久必合的时候了！"

碧落心中一阵乱跳，总觉得杨定话里话外，都在提醒着她什么一样，强笑道："杨定，真看不出，你还有这样的胸襟气度！"

"是啊，不关我事！我一向只图我自己开开心心就够了！"杨定忽然笑了起来，眼睛弯作了好看的月牙形状，"不过看着天下人人都开心，我会更开心。所谓独乐乐不如众乐乐嘛！"

碧落傻了傻眼，只看到了一个在阳光下笑容灿烂的浮夸男子。

这个人，明明说话做事全不正经，为何有时候偏偏觉得，他才是最聪明最清醒的那个人？

第十七章　凤仙引　共捻青梅说夜长

太史令那边回过来的话，正月二十二、二十九都是个宜出行祝祷的好日子。

符坚本想到月底再去，可碧落说五重寺外的梅花到月底只怕快谢光了，符坚便将出行五重寺之日定在了正月二十二。

因张夫人、符锦儿等自二夫人和小皇子逝去后一直心情郁郁，符坚便让张夫人带了宝儿、锦儿一起去，一则祈福，二则散心。既有意散心，他便不想兴师动众，算是微服出游，只带了十余名侍卫乔装而去。

正月二十二，果然是个"好日子"。

晨间符坚带了张夫人、符宝儿、符锦儿登车时，不过枝叶飘摇，冷风嗖然，待到半路时，风已止了，却下起纷纷大雪来。

张夫人在车驾中很不耐烦，嗔道："陛下，这么大的雪，只怕傍晚回来时，一路已无法行车了。"

符宝儿在车上拍手大笑："那有什么，我和碧落一起骑马啊！"

她探头往车前一瞧，已笑道："咦，碧落今天没穿男装？"

符坚原没在意，听她一说，抬头看时，只见众侍卫都只穿了常服，暗佩刀剑；杨定着一件玄青色大氅，碧落则披了件雪白的狐裘，用素银簪子绾着简洁却极雅致的灵蛇髻，银簪素华无纹，却镶了颗光润明洁的雪亮珍珠，把碧落那双黑眸都映得如明珠般灿亮起来。

她看来心情很不错，一边和杨定在大雪中并辔行着，一边侧着头低声说着话儿，梨花白的面颊，泛着微微的红晕，酒涡深深如醉，隐见一抹很清淡的笑意，呼之欲出。

是多少年前，他也曾这么看着，看着那么个女子，眸含秋水，面蕴霞光，与那青衣男子并马而行，谈笑晏晏？

符坚的心忽然便又疼了起来，握着厚厚的织锦车帘，由着大雪扑啦啦地打在脸上，一时如痴如醉。

"陛下，您不冷么？"张夫人盯了符坚片刻，脸上也泛了红，高声地含笑发问。

符坚恍然大悟，忙缩回头来，坐回到白虎皮的茵垫上，惆怅叹道："年轻真好。"

张夫人纤手执银壶，为他倒了一盏烫过的美酒，微笑道："若是倒退十年，陛下应该会将这云碧落收在后宫中了！"

符坚捧过银盏缓缓啜着，微醺般半闭着眼，似在品着舌尖的酒香，却叹息般道："倒退十年，那又如何？若是能倒退二十年……"

他的唇角，泛出温柔而轻软的微笑，带一抹少年时的偶傥，顿时将他为君二十余年的威霸之气冲淡了不少。

张夫人想笑，却笑不出了。

符宝儿却不理，只拉着符锦儿，一遍遍念叨着："锦儿，咱们傍晚回来，也骑马可好？我们的马术不比他们差呢！"

符锦儿原也性情活泼，可母亲死得不明不白，自己又病了许久，却比以往安静敏感了许多，凭符宝儿怎么说，也只蔫蔫的，并不理会。

行了一个多时辰，已到了五重寺所在的神禾原。

释道安带了众弟子，正立于坡下迎候，虽立于风雪凛冽间，这老僧依旧不改宁和安详气度，见秦王车驾到了近前方才举步相迎，抖落一头一脸的积雪。

符坚待他极是敬重，下车亲身去扶了，携手向坡上行去。众人纷纷弃了车马，徒步上坡。

道安诸弟子，独释雪涧是女子，依旧着一身海青大袍，兜着风帽，缓缓行于雪地间，气度从容优雅。见碧落正望向她，她微微地一笑，如在青崖冷雪间绽开一朵清澈雪莲，说不出地安定人心。

碧落一直强自压抑的兴奋与紧张，只在这一笑间，便似轻轻地放开了，脚步也随之舒徐起来。

这五重寺是符坚特地为道安所建，以表诚心礼佛之心，整饰得气势嵯峨，雄阔大气，堪称长安之首。

抬眼望时，但见一带白墙青瓦间，殿宇森森，又拥着一座高塔，两层铜质伞盖，顶部悬着鎏金宝珠塔刹，下部则是折角式的须弥塔座，后倚危崖，前方沿了山坡走势遍植林木，此时雪笼烟萦，依旧不掩常绿树木的葱茏之意。塔侧坡上一带树林，隔了雪霰散着淡淡如流霞般的红光来，应该便是开得正好的梅花了。

一时众人入了大殿，殿中金身释迦佛像高耸，低垂慈目，俯视苍生，更显肃穆庄严，不怒而威。

既是苻坚带领，碧落也只得随在他和张夫人、二公主身后如仪礼拜，默默祝祷着心里那只敛翼待展的金凤，能够得时应命，一飞冲天，洗雪前耻。

直待用了素斋，道安单引了苻坚前去用茶时，碧落抬眼望向释雪涧。

释雪涧似感觉到她的目光，立时抬起晶亮明眸，噙一抹宁和轻笑，微一点头，缓缓走向一边侧门。

碧落正待跟过去，袖子一紧，忙回头时，却是被杨定执住。

"到哪里去？"他问着，笑意懒散温煦，连雪色的清冷都给冲淡了不少。

碧落支吾道："雪涧姑娘说……有些私房好茶，要请我喝哩！"

杨定立刻带了顽皮之色："那还不带我一起去？"

碧落一惊，忙笑道："难道女孩子的私房话，你也想听么？"

杨定嘻嘻笑着，还待纠缠，忽听身后脆生生地响起苻宝儿的嗓音来："杨定，你日日和碧落在一处，难得今日空闲了，也不陪陪我们？"

杨定回头，苻宝儿正携了苻锦儿站在自己身后，眉梢眼角，尽是不悦郁闷之色，顿时头疼起来，赔笑道："两位公主要去哪里？杨定陪着便是！"

苻宝儿立时笑起来，一拽杨定袖子，道："咱们看梅花去！"

苻锦儿却道："这么大雪天，梅花有什么好看？宫里的青梅红梅朱砂梅，不是多得很么？"

苻宝儿拉紧了妹妹的手，笑道："这宫里是宫里，哪抵得上这山野之中气韵天然，景致别具一格？杨定，你说是不是？"

杨定一边应和着，一边觑眼看时，碧落一袭雪白狐裘，已施施然步入侧门，转瞬不见影踪。正觉有些无奈，要和苻宝儿等离去时，忽见两名侍卫相视一眼，一声不吭也踏入侧门时，背上立刻泛出一层冷汗来。

凭直觉，他已发觉今日的碧落很不对劲，以前的她从没有那么话多，从没有那样脸红，也从没有那样微笑，色若梨花，晕若明霞……

五重寺，云碧落，释雪涧，北地，慕容氏，许多线索芜乱如麻，顿时在脑中纠作一团。

"还磨蹭什么，快走啊！"杨定正发呆时，已听得符宝儿不耐烦地怒喝，忙应一声，急急跟上二人。

一侧的小小禅房里，释雪涧果然泡了好茶，不紧不慢地递给碧落，自己也不紧不慢地品啜着，望着窗外的雪花徐徐道："是上次下雪时，我在梅花上收集的雪水冲泡的，还算清香吧？"

碧落喝得很快，再也品不出是茶香还是梅香。

释雪涧可以不紧不慢，碧落却做不到。顾不得舌尖是不是给茶水烫得麻木，碧落急急问道："他呢？"

"他？"释雪涧雪亮的眸子终于有了一缕属于尘世的玩味之色。

碧落吸一口气，嗓音微哑："二月二十二，有凤来仪。二月二十二，本是……他的生日。"

玩味之色渐收，释雪涧的眸子渐觉深沉："碧落姑娘，你还记得，那天我和你说过的话么？"

"说的什么？"碧落冲口问出，然后又顿住。

她其实并没有忘记。

释雪涧说，秦王是仁德之君。

她还说，若起战乱，天下百姓首当其冲。

同样的话，杨定也曾再三暗示提醒，生怕她对秦王不利。

可他们怎不想想，秦王雄兵百万，翻手为云，覆手为雨，她小小一个云碧落，生死俱在秦王掌握之中，又凭什么去对秦王不利？

就凭，慕容冲那执着不息的报仇信念么？

释雪涧雪亮的眸光，灼出刀光般的凌厉冷光，盯得碧落一阵地不自在，正要强辩时，只听释雪涧带了几分散淡，漫声说道："从塔后的高崖边绕过，尽西处有几株青梅，那里冷清，去的人少。"

碧落还待细问，释雪涧已别过身去，端着茶盏，对着窗外雪帘出神。漫天白雪映入她的眼底，连瞳仁都是荒凉的净白，孤漠得仿若从不曾说过话，更不曾提点过碧落，青梅之下，有凤来仪。

手中的茶盏似在不自禁地颤抖，搁到案上时，也在格格地响着。

猛地，碧落扔下茶盏，也不顾那盏好茶被倾翻在黑漆条案上，便冲了出去，冲进那无休无止般打下的雪霰之中。

茶叶茶水，沿了案边淋淋漓漓，然后滴答而下，似谁一串串的泪珠。

释雪涧回过头，慢慢扶起倾翻的茶盏，却没有理会那泪珠般滴落的茶水，反将自己的茶盏也放了下来，缓缓走到正中的那个禅字跟前，跪倒在蒲团之下，合十低语："知其不可为而为之，弟子又错了。弟子有私心，愿受果报！"

眸光渐黯，灵气渐敛，若有若无的叹息间，这个有灵异之称的佛门女弟子眉峰深锁，蹙愁如山。

旁人见到的是漫天晶莹的雪光，为何她见到的，却是血光如火？

禅寺的西侧，果然人迹罕至，雪已渐渐堆起，没去了未及萌芽的青草，周围的雪白，正如碧落一身洁白的狐裘。

在那光洁如白缣的雪地，踩上一行浅浅的脚印，碧落已见到那处陡峭的斜坡上，几株青梅花开如豆，淡淡的粉碧花朵，在雪中潜度暗香，比起红梅腊梅的旖旎风流，别有一种静默幽娴的气韵。

在最大的一株青梅下立定，碧落望向周围的雪地，连半个旁人的脚印也瞧不见，更别提人影了，不觉惶惑，难不成释雪涧骗她？

可慕容冲已不是当年那大燕皇子，这天底下，有几人还记得他是正月二十二的生辰？

"冲哥！冲哥！"到底忍不住，她低低地叫唤起来，已带了压抑不住的哽咽之声。

唤了两遍，到底不曾有人应答。

碧落不觉低下头，嘲笑自己的迂傻，这样的雪地里，若是有人先至，怎会不留下脚印？

难道自己来得早了，慕容冲还没有来？

脚下忽然便多了几个小小的雪坑，连脸上也似热了一热，等碧落想起，是自己在流泪时，一块丝帕，悄无声息地递到跟前。

碧落蓦然抬头，满是泪水的眼猝不及防地与眼前男子的深眸对上，顿时连站也站不住："冲哥！"

那男子举止之间，不改素常的优雅从容，着一身足可与周围大雪融作一体的纯白鹤氅，越发衬得面容清俊白皙，只是此刻眸深如水，雾气迷蒙，不见原先的清远深邃，正是慕容冲。

有凤来仪，有凤来仪，在碧落的心中，天底下的凤凰，唯有慕容冲一个！

"碧落！"慕容冲迅速扶住她的身形，用结实的臂腕将她几乎瘫软下来的身躯牢牢托住，同样低哽着的嗓音，也在一遍遍地呼唤："碧落！碧落！"

很温热的气息，破开雪粒，扑在碧落冷得刺痛的额上。

她抬一抬头，慕容冲柔软温暖的薄唇，正从她的额前拂过，憋闷到疼痛的心口，忽然便被另一种悸动的疼痛代替，而泪水却涌动得更加厉害了，扑簌簌直落下来，润湿着慕容冲的衣襟，又透过衣襟，渗入慕容冲的肌肤，连心口都烫了起来。

"碧落……"慕容冲低低呢喃着她的名字，唇擦过她的颊，与她的唇相触。

碧落低吟一声，伸出双臂，环住慕容冲的腰，颤抖的嘴唇笨拙生涩地回应着慕容冲的亲吻，七上八下无处安置的心，终于有了着落般，安稳地落了下来，落在心上人的怀抱中，臂弯间。

"是我不好。"慕容冲坐到梅树下，将碧落紧揽在自己怀中，轻轻吻着她冰凉的面颊，苦涩道："我一定疯了，才会想着……把你送给符坚。碧落，我好悔！"

碧落伏在他的怀间，摇着头，隔着袍子去抚着他的肩背，哽咽了半天，终于吐出字来："冲哥，你……瘦了。"

慕容冲似给人在心头猛地扎了一刀般，痛得身体都震颤了一下，许久才答道："我宁可你痛骂我一顿。"

碧落摇头道："我明白……我明白的，你只是着急，着急而已，并不是真心想将我送走……"

她不怨他，从没怨过他。他等得太久，太苦，也太屈辱，做什么都是可以原谅的。何况，最后送出碧落，实在是逼不得已的选择。

慕容冲怆然而笑，脸色几乎和雪花一般凄白："我连自己的女人都护不住，是我无能。"

他将手覆上碧落的面庞，如捧着珍宝般小心翼翼捧着，低垂着眼，神情间再没有了一贯的矜持宁谧和清幽淡远，也没有了那看来温雅有礼实则虚无缥缈的微笑，只有愧疚和痛楚，还有倾诉不出的隐恨无限。

这是真实的慕容冲。

只在碧落跟前才偶尔流露本性的真实的慕容冲。

"冲哥……"碧落窝在他怀中，闻着那淡淡的青梅暗香，低低道，"冲哥怎会无能？冲哥说来长安看我，果然来了……我……我开心得很。"

碧落说着，果然微微抬头，冲着慕容冲暖暖地笑。她的手本来已给冻得麻木，此刻握在他的鹤氅中，已经渐渐回暖，便如那僵冷了许多日子的心脏，这一刻又回复了有力的跳动。

慕容冲轻轻吻一吻她的眼睫，说道："我听说苻坚已决意伐晋，所以悄悄入京，和三哥他们商议下一步的打算。既然来了，无论如何也要见你一面。我……我真的很想你，很想你。"

眼前的雪花在轻旋着，似绽着一朵又一朵无瑕的小花，而碧落的心底，更如被盛开的花儿涨满了春光。

慕容冲说，他想她。慕容冲说，她是他的女人。

她怎会不开心？

只她知道，要慕容冲说出这样直白的话来，到底有多么难！

爱与情，思恋和怀念，对于这个一心只沉浸在仇恨和耻辱中的男子，向来太过遥远，远得甚至碧落从不敢去想象，有一天，慕容冲也会这般清楚地表白自己的情感。

"我们还会在一起吗？"碧落犹豫着，终究问出了口。

慕容冲望着她眼神里小心掩饰住的隐约希冀，许久方才吐字："会，一定会。"

他的眼中，终于泛出了莫测的波澜深深："我不能让姐姐白死。"

碧落怔了怔，道："你知道……慕容夫人是谁害死的？"

慕容冲揽住她的臂膀忽然之间便紧了许多，揽得她几乎透不过气。

她睁大眼，盯着慕容冲，等待他的回答。

"是她自己！"慕容冲咬牙道，"是她自己下的毒。"

"为什么？"碧落失声问，再也难掩自己的惊讶。

这一两个月来，几乎所有的人都在暗自猜度，到底是谁向两位夫人下了毒手。可算来算去，似乎并没有一个人有足够的理由，去将这两位夫人一起毒死。

慕容冲居然说，是慕容夫人自己下的毒！

碧落很想否认，否认这个看来荒诞的说法，可她想起了苻坚伐晋态度的突然坚决，想起受宠的蔡夫人的死，想起张夫人因此所受的打击……

她一句话也说不出来了。

连那个脱口而出的反问，也显得如此多余。

慕容冲呼吸渐次浓重，声音喑哑着，终于答道："她恨苻坚，是他毁了她，毁了她的幸福。并且，她可能也想为自己的家与国做些什么。"

"是吗？"碧落喃喃说着，想起侍女们提起慕容夫人临终时的情景。

据说，她很动情，秦王也很动情，二人的生离死别，如寻常恩爱夫妻的生离死别那般悲恸。

难道说，慕容夫人到死的那一刻，所说的话也全是谎言？

这时慕容冲继续道："姐姐喜欢苻坚。当……我还在宫里时，我便知道她喜欢苻坚了。"

慕容冲仰起头，对着惨淡的灰白天空，黯然苦笑："如果苻坚对她好一些，我想，她背叛的，可能是她的家族。可终究……"

终究苻坚不曾喜欢她，万般冷落她，还在半夜携手其他女子在隔壁的宫殿吹箫奏乐，甚至看上了她身边的云碧落。

她不想再承受这样毫无冀望的生活，终于决定选择死亡。

甚至，她打算把秦王喜欢的女子一起毒死。

包括蔡夫人，也包括碧落。

如果碧落也死了，张夫人显然更受疑忌，更可能失宠，她便算为自己报了仇了。

碧落翻来覆去地想着慕容夫人生前的一言一行，不由骇然。

慕容夫人为人淡泊优雅，素来得人称许，连张夫人也对她颇是敬重，明知她是亡燕公主却从不曾疑心她；而碧落，因为她是慕容冲的姐姐，更是极尊敬她。

可一切的淡泊恬和，只是个万不得已的表象；就如平阳的慕容冲，与世无争的微笑背后，是彻骨切齿的仇恨！

雪花打到碧落一霎不霎的眼睫上，渐渐融化开，冷冷地滑落眼底，碧落便觉那眼睛更涩了。她喃喃苦笑："只不知……她死时盼秦王不要伐晋，到底是真情，还是假意。"

慕容冲没有回答。

也许，这个问题，除了慕容夫人自己，根本没人能答得出来。

"不管如何，苻坚终于要伐晋了。这便是姐姐的功劳，她还是我们慕容家的好女儿。"

慕容冲近乎执拗般低低地说着，似在坚定着自己的信念，是苻坚害死了慕容夫人，他要为姐姐讨回公道，不让她白白死去……

"那么，我们便等着吧，等着机会……"碧落不想再去深思，乍着胆子去亲一亲慕容冲的唇。

慕容冲想要什么，想做什么，她全力帮着便是，对与错，是与非，原没什么重要的。

中原大地已经混乱了近百年，真到了分久必合的时候，又岂是人力所能阻拦得住的？

慕容冲眸光渐渐如春水缱绻温柔。

他埋头嗅着碧落发丝中的清香，无限眷恋地亲啄着她的面颊，连温热的鼻息都带了缠绵和不舍，依稀便是昔年在平阳一起赏花品茗的时光。

碧落抚着他紧实优美的腰背曲线，努力蜷着身子，更紧地偎依到他的身畔，感受着他微微的温暖，忽然便想着，这一刻她便是死去，也是幸福的了。

第十八章　意不尽　梅瘦影孤谁羞负

这时，慕容冲的肩背忽然一僵。

同时碧落听到了低微的嘎吱声。那是人的靴子踩到雪地里的声音，一步一步地渐渐明晰。

碧落从慕容冲茸茸的衣缘处向后望去，已见到了杨定。

他站在一株青梅下，脸色有些发白，不见寻常的淡淡笑意，眼眸中更是不可测的深沉。

那凛然而立的气势，与寻常那嬉笑不羁的那个轻浮男子，竟是判若两人。

慕容冲依旧将碧落紧紧护在怀里，眉目不动，唇边甚至还多出了一抹清淡温和的微笑，右臂却在宽大的衣襟蓦然坚硬如铁，显然已经握住了暗藏衣底的飞景剑。

碧落忙将慕容冲的右手一按，只盯着杨定，一时彷徨无措。

她与杨定相处日久，深知此人虽是放浪不羁，却数次相助，应该无恶意，本能地阻止慕容冲与他正面冲突，却猜不透他为什么跟踪自己，还这样显山露水地站到自己面前，浑然不顾她与慕容冲目前亲昵的姿态，根本不宜为外人所观。

杨定望着窝在慕容冲怀中的碧落，见了旁的男子前来也无抽身之意，再说不出心底是怎样的感受。

她大约不会明白，她那小鹿般警惕着自己的目光，有多么伤人。

而他自己横次里打断眼前这对情侣的鸳鸯美梦，又是何苦来哉。

但他被慕容冲那看似温和却暗蕴杀气的眸光逼住，不得不开口："慕容大人，你身为封疆大吏，无诏入京，不会就是为了和碧落姑娘一叙相思之苦吧？"

慕容冲轻笑，面庞在雪光里清逸出尘："杨公子，你说呢？"

杨定再看一眼拦着慕容冲，自己却将手也搭上了剑柄的碧落，忽地一笑，瞬间将眸中的惊涛骇浪逼作了轻烟尘雾："我希望……仅是如此。"

五重寺，释道安的禅房中。

苻坚的脸正慢慢地沉下来。

"大师，伐晋之事，已成定局。盼大师莫负孤望，多为大秦祈福，则是大秦生民之幸！"苻坚话语虽是舒缓，却如钉锥落地，毫无回旋余地。

原来释道安心念故国，见苻坚前来祈福问卜，又出言相劝，苻坚不欲再听，断然回绝。

见苻坚心意已决，释道安暗自叹息，稽首应了，含笑道："道安深受陛下重恩，必日夜勤谨，为社稷祷祀祈福于天。"

苻坚这才面色略和，正欲扯开话题时，只见张夫人执了一枝艳夺春光的红梅，叩扉而笑："陛下，这会子雪小些了，何不出去走走？这山间红梅盛绽，也是一年里难得一见的景致。"

苻坚应了，趁机让释道安相陪，算是难得浮生一回闲了。

一时入了梅林，果见红梅白雪，相得益彰，更显形制孤瘦，朵朵如靥生酒晕，冷香暗袭处，直沁肌肤，令人神清气爽。

苻坚叹道："美则美矣，但春雪伤衣，盼早些止了为妙。"

张夫人笑道："陛下贤明，偶尔出游片刻，也是心系万民，上天自会垂怜赐福，不用担心。"

苻坚忆及张夫人初失爱子，也是难得露出笑容，遂不提烦难之事，只笑问："孩子们呢？"

张夫人道："都在梅林里吧？难得出来一次，竟像脱笼的鸟儿一般。"

苻坚点头际，只闻张夫人又道："倒是那位碧落姑娘奇了，刚有人说她独自跑到西边什么地方去，还和个男子在一起。"

苻坚一怔，问道："什么男子？"

道安笑道："不会在和咱们寺中僧侣谈禅论道吧？"

张夫人凤眼微微眯起，修眉挑动："哦？这可奇了！这位碧落姑娘性子清冷出了名的，居然能和才认得的僧侣谈禅论道？妾身倒想见见，是什么样的僧侣让碧落姑娘如此大感兴趣！"

道安踌躇不语。

符坚将二人略一打量，背过手去，徐徐道：“那么，朕也去瞧瞧吧！”

道安不好阻拦，带了二人出了梅林，绕过高塔，一径往西行去，渐渐脚印稀疏，最终唯有两行靴印一路迤逦而去，眼见得一大一小，分明是一男一女的脚印，俱是上等皮靴所留，绝非僧人所穿。

符坚忆及碧落明里暗里的拒绝，不由得大怒，已加快了脚步。

张夫人紧随身后，忽然回过头，向道安闲闲一笑：“大师，走得很热？怎的出汗了？”

道安摇头道：“让夫人见笑了！老僧已六十有余，步履之间，哪里还比得上陛下和夫人身手矫健？”

说话间，他们绕过高塔。

符坚忽然便放缓了脚步，只向前方凝望着。一直恼怒紧绷的身躯已放松下来，宽袖缓缓垂落。

张夫人一抬头，却也怔住。

那处斜坡之上，果然有一男一女，正各执一根梅枝，在几株青梅间纵逐追打。

雪尘漫卷，轻花飞舞，暗香无数，交糅着男子得意的轻笑，女子愤怒的叱喝。

那女子一身白裘衣，奔逐于雪中时，几与白雪同色，只有一头黑发如墨，一双眼睛如夜，绽着清素而奇异的芳华。

那男子却是玄青大氅，本不起眼的色调，此时跑在雪地里，到哪里都一片耀眼，甚至……灼着人的眼球。

此时，符坚的眼睛就有点灼痛。

杨定，碧落。

年轻真好。

可以如此张扬，在冬天的雪地里招展蝶翼般的春光。

他无声叹息间，张夫人已冲上前去，叫道：“你们住手！”

那两人愕然，然后慌忙停了逐斗，齐齐上前拜见：“参见陛下，夫人！”

张夫人瞪住碧落：“慕容冲呢？你刚不是和他在这里见面吗？”

碧落抬起头来，黑眸闪动着的，不知是惊喜，还是慌乱：“冲哥？冲哥……什么时候来京城了？”

张夫人转责杨定：“杨定，你也帮着这丫头说谎？”

杨定茫然地摸了摸头：“说什么谎？刚我见碧落在这里摘梅花，有心和她玩笑，抢了她两枝，便……便……”

他俯身向苻坚叩下头去："微臣驾前失仪！微臣知罪！"

苻坚瞳仁深深，向他和碧落凝注片刻，然后抬起脚来，将四周缓缓走过，细细打量一番，才回到原地，说道："你们又不知朕也过来，又怎会失仪？起来吧！"

杨定暗暗吐了口气，与碧落对视一眼，方才起身，垂手侍立。

张夫人急急道："此事不妥！这丫头没事到这角落里做什么？其中必有隐情！"

话未了，只闻身后有人朗朗说道："夫人，方才碧落姑娘在我房中问及何处有好梅，雪涧冒昧，猜度碧落姑娘的个性，必不喜红梅，所以引她到此处来赏青梅。"

回头看时，释雪涧携了苻宝儿、苻锦儿等人一路过来，依旧一身海青色的袍子，稳稳踏走于雪地中，宁谧安然，更显得两位穿着艳丽的小公主面若桃杏，娇俏可爱。

"杨定！"苻宝儿一眼见到杨定，也不顾父母在跟前，便跑到他跟前推搡他："你不是说去如厕么？怎么跑这里来了？还和碧落……嗯，打架了？"

杨定赔笑道："公主，我出了梅林，正好看到碧落这丫头走过去，以为她找到了什么好景致呢，谁知就是这么几株破梅花，一点都不好看。我打算抢了她的这破梅花，引她一起去那边的红梅林里去呢！谁知……"

杨定瞅瞅自己手中光秃秃的梅枝，递给碧落道："喏，不抢你的了，还你……"

苻宝儿见那梅枝上半个花骨朵儿都没，不由得捧腹大笑。

碧落却似给激得气不打一处来，再忍不住，抢了梅枝，噼里啪啦便往杨定身上打去，杨定哎哟叫着，却直往苻宝儿身边闪躲，却将苻宝儿也拽入了嬉笑之中，边躲边踢着雪，笑闹不已。

苻坚一笑，也不责怪他们无礼，负了手便走。

张夫人急急赶上前几步，低声道："陛下，妾身得到的消息，碧落刚刚的确是在和慕容冲相会，而且……看着行止亲昵。"

苻坚脚步都不顿下，淡淡道："朕知道你有派人监视。在二十丈外的密林里，有武士的脚印留下。"

张夫人点头："是，妾身的确信不过这个碧落。"

苻坚哼了一声，道："可二十丈之内，除了他们打斗的方圆两三丈处脚印狼藉，其他地方根本没有第三个人的脚印。如果慕容冲曾经过来，莫非他是从天而降，从地而遁？"

张夫人一呆，细细一想，果然如此，一路过来，包括到了青梅不远处，都只那一大一小两人的脚印。

她回过头，留心打量众人留下的凌乱脚印时，与那两双脚印相符的，果然只有杨定和碧落。

正纳闷时，只闻苻坚叹道："伐晋在即，宫中之事我不想烦心，你自己身体也弱，凡事看开些才好。朕虽然对这碧落另眼相待，可既已许了苻晖，便不会将她收纳宫中，你大可不必多心。"

言谈之间，已回到了大殿之中。张夫人品度苻坚之意，却是怪责她无事乱吃飞醋，不觉红涨了脸，待要解释时，苻坚已令人备了车驾起程回宫，再不理会她。

回到宫中时辰已经不早，苻坚见众人劳乏，命各自回去休息，自己却又去了甘露殿，据说是两名重臣已等候多时，有要事商议。

若是以往，碧落自然早早回宫；但今日，她却做不到。

眼看着杨定含笑别了苻宝儿等人，沿了拼石的甬道走着，她捏了捏衣袖，悄无声息地跟了上去。

转过一道回廊，杨定顿下脚步，没有转过身，只是微侧了头，低沉道："你有事？"

那处山石藤萝掩映，高悬的八角宫灯笼也极晦暗，碧落一眼看去，居然觉得杨定的神情有几分萧索，忙赶上前几步时，杨定却将头转向前方，看也不看她。

"谢谢你。"

碧落艰难地道谢。

杨定轻笑："是为你自己，还是为慕容冲？"

碧落一怔。

杨定帮过她多次，但她似乎一直没机会道谢，或者说，她从没有这样刻意地道谢。

难道，她今日特地道谢，果然是谢他帮了慕容冲，而不是因为他帮了自己？

正犹豫间，只闻杨定黯然一声低叹，沉沉地落到谁的心里，压得人一时几乎喘不过气。

来不及思索他的这声低叹，到底包含多少不愿明说的自嘲、自责和懊恼，杨定又已举步，迅速消失在前面的回廊之中。

碧落垂了袖，站了许久，才转过身，无精打采走回紫宸宫。

杨定一定不愿意管亡燕和慕容冲的闲事。他这人，最是安于现状。他认定了目前的大秦安定承平，不应再兴战事；又听过慕容冲那等慷慨激昂的《广陵散》，深知慕容氏野心，绝对不会帮着慕容冲。

白天在斜坡上，当碧落蜷在慕容冲怀中，握着宝剑与他对峙时，她很清晰地察觉到杨定的敌意。

虽然那敌意并不强烈，虽然他随即便告诉他们，碧落被监视，慕容冲行踪已暴露，虽然他故意和碧落嬉闹，掩饰慕容冲曾经出现过的线索。

可他到底极是不悦，才在人前戏散，只剩他和她时，留给她一个幽暗的背影，没有跳脱的笑容，没有轻浮的话语。

她真是因为杨定帮了慕容冲才谢他，不然，他帮了自己这么多次，为何只有这一次，让她感受到了所欠下的那份沉甸甸的情？

如果慕容冲出事……

碧落不敢想象，若是慕容冲出事，自己会疯成怎样。

也亏得慕容冲机警，上午发现下雪后，立刻就预先躲在那处陡坡下的一个小小的山洞中，以防雪中的足迹暴露自己。后来再躲入其中时，杨定和碧落早将隐约的足迹除去，又在争斗间踢落许多雪块下去，遂将那行迹掩饰得干干净净了。

慕容冲的未雨绸缪，反令那看不出第三人足迹的雪地成了洗刷自己嫌疑的最好证明。若是平时，心思缜密的苻坚听了张夫人的密报后，必定还是会有些疑心。

这一夜，碧落只是心思怔忡，不知辗转了多久方才睡着。睡梦之中，却觉异常温暖，仿若鼻尖都是慕容冲清爽的气息，和青梅沁人心脾的幽香暗度。

早间醒来时，却听到外面宫女叽叽喳喳的笑语，待得唤一声时，青黛飞跑进来，笑道："姑娘，你可醒了！"

碧落并未正式掌管紫宸宫，性子虽冷淡，待下却不严厉，故而睡眠之时，宫女也敢嬉闹不已，只有青黛极是尽心，一衣一食，无不照料得妥妥帖帖。

碧落一边披着衣，一边问道："外面出了什么事？"

青黛被她扣着衣带，笑道："天王还真是有心呢，说姑娘喜欢五重寺的那几株青梅，叫人连夜挖了，种在我们紫宸宫了！"

"啊！"

碧落一惊，忙冲出去看时，果然院中新植了四五株青梅。

经了昨日她和杨定的摧残，以及沿路的运送颠簸，大多花瓣已经脱落，只有寥寥几个花骨朵儿还倔强地趴在枝上。若是这梅树能成活，想来隔日也会开出几朵小花来。

轻轻嗅一嗅，枝上尚有残香，一如与慕容冲相拥相吻时的芬芳。

她不觉轻笑，却掉下泪来。

一旁便有好事的宫女指点着口耳相传：

"看，看，碧落姑娘感动得流泪了！"

"啊，不对，看，碧落姑娘在笑，在笑呢！她笑起来比慕容夫人还好看呢，怪不得陛下……"

这一次，碧落很感激苻坚。

不为他送来了青梅，而为他送来了一点念想，关于慕容冲的念想。

所以，这日下午，碧落看苻坚政事处理完毕，特地向他行礼谢恩。

苻坚一边让她起身，一边微笑道："你喜欢便成……朕原想着，你应该喜欢桃花杏花那等艳丽的花呢！"

桃花杏花？

莫非是当年桃李夫人喜欢的花儿？

所以碧落立刻撇清："我不喜欢那些招摇的花儿。"

苻坚心情颇好，笑道："可那些芙蓉啊，菊花啊，也招摇得很。艳黄的，绯红的，比寻常春日里的花还好看。"

碧落摇头道："我也不太喜欢秋日里的花。不过冲哥很喜欢。"

"凤凰喜欢……"苻坚敛了笑容，目光有些缥缈，忽自语般喃喃道，"我就奇怪，她那样的人，怎会喜欢青衣……呵，原来，可以这样……"

碧落诧然抬头，却见杨定正瞪着她，显然怪她太不知趣儿，尽挑些让苻坚不悦的话来说。

可她素来口笨嘴拙，怎抵得过他杨定那般辨慧能言，聪明识机，走到哪里都能如鱼得水，大受欢迎？

不过，她很快发现，杨定似乎也没她想象的那般成功。

苻坚出了会神，忽然将目光投向了杨定："杨定，你还没定亲吧？"

杨定愕然，忙笑道："陛下，微臣年纪尚轻，不想早早为家室所累。"

他够狡黠，预先便用话堵住了，只盼苻坚不过随口一提，可以推搪过去。

苻坚点点头，道："不想早成亲？也成。宝儿还小，朕也想多留她两年。只是到时她若性子刁蛮起来，你比她年长七八岁呢，可不许与她计较。"

宝儿？南阳公主苻宝儿？

别说杨定，便是碧落都惊愕得捏出了一手的汗。

只当素日苻宝儿贪玩，才喜欢来缠杨定，谁知苻坚也有这意思！

杨定鼻翼冒出细密汗珠来，忙上前一步跪倒："陛下，微臣粗鄙庸碌，只怕……只怕配不起天家贵公主！"

苻坚轻笑，眸中却眨出淡金的凌厉辉芒："仇池杨氏，是我们氐族最高贵的门第之一，你身为杨氏嫡系后人，怎会配不起宝儿？"

杨定低了头，垂眸道："仇池杨氏人才辈出，都知杨定最是胸无大志，无才无德，怎能高攀公主？"

苻坚还在笑，只是声音已有些冷意："朕瞧着，你只是大智若愚！你父亲、叔父在世时，都曾任过大秦的将军，朕冷眼看着，你一身文韬武略，比他们有过之而无不及。你想说你父亲、叔父也是无才无德之辈？"

杨定脸色发白，伏于地上不敢做声。

苻坚见状，才将语调放和缓下来："朕且问你，你既不愿娶宝儿，是不是有了意中之人？"

"没……没有……"杨定急急否认，眼睛余光微微一瞟，在碧落身上顿了一顿，立刻又转了过去，看来颇有几分狼狈和无奈。

碧落瞧他那模样，不由得纳闷。

她素日见过他与苻宝儿一起，分明处得很好，苻宝儿虽然骄纵了些，但对他还算体贴，加上他脾气甚好，凭人怎样说骂，不过嘻嘻一笑。若是二人成亲，该是人人称羡的一对。

何况，张夫人甚得宠爱，若成她的爱婿，杨定前途不可限量，为何他却这等一反常态，苦苦相拒？

苻坚也瞥了一眼碧落，唇边渐漾开笑意："既然你没有意中人，这事便这样定了吧！等伐晋归来朕再正式下诏，让朝中多桩喜事，如何？"

杨定再也不敢再推，硬了头皮磕下头去："微臣领旨！谢陛下恩德！"

一时苻坚返回后宫休息，杨定送他入了燕晴宫，反身离去。

因苻坚知张夫人不喜碧落，故而碧落近期从不去燕晴宫，本该径回紫宸宫，可瞧着杨定缓缓离去的身影，不知怎的，便觉出他似乎极不开心，忐忑半天，到底追了过去。

"喂！"碧落拦住他，仔细打量他的神情，果然不见了平时的潇洒自若，连唇边惯常的笑意，都掺了几分愁意。

杨定见她拦自己，眸子亮了一亮，微笑道："碧落，什么事？"

那一瞬，笑意又清爽而温暖，让碧落疑心着，方才见到的愁意和不悦，是不是自己的错觉？故而她犹豫半天，勉强笑道："嗯，即将成为驸马，我……恭喜你！"

杨定的笑意立时僵硬，温暖的眸光瞬间清冷，如幽幽远远的一枚星子，说不出的孤独寂寥。他冷冷地看着碧落，嘲讽道："你被平原公看中，我是不是也该恭喜你，可以成为平原公的挚爱？"

他从不曾这样阴损嘲讽地和人说话，一时竟叫碧落呆住。

而他已侧过身，与碧落擦肩而过，留给她一个从未见过的萧索背影。

清冷的晚风中，苦涩难当的几个字低沉吐出，冷冷地弹跳在碧落耳边："云碧落，你……全无心肝！"

一石激起千层浪。

波涛怒卷，波澜翻滚，涌动的都只是这一句话：云碧落，你全无心肝。

碧落总算明白，杨定并非没有意中人，只是他的意中人，绝对意中无他。

可她，居然这么跑过去，傻傻地恭喜他另结高亲……

碧落蓦地脸色绯红，终于明白，杨定那样嬉笑不羁的个性，与她非亲非故，怎会一次又一次地冒险救她，甚至，救慕容冲。

苻坚不早不晚，在昨日见了她和杨定嬉闹后，为杨定和苻宝儿指婚，难道也是看出了什么？莫非，平时杨定的眉梢眼底，早已显出了几分意思，连苻坚都注意到了，只是在昨天才得到了确认？

她的确全无心肝，只因她一直龟缩在自己的小小天地里，从不曾正视过他人的情与心。

世间最愚笨的人，竟然是她自己。

第十九章　殿前欢　莫道郎心真铁石

这夜碧落思来想去，虽觉尴尬，还是打算和杨定道下歉。

毕竟，杨定绝对是个君子。

如果不是这次给碧落气得发晕，大约那句半爱半怨的话永远不会说出口来。

但第二日，碧落发觉自己已经没有了机会。

本来和她一起随侍秦王身侧的杨定，被任为翊卫中郎将，协领羽林军，即日起出宫任职。

羽林军是秦王的亲卫兵马，驻扎于宫城北侧，负责巡卫宫城外围及皇城的安全。杨定虽是升了官，但从此进入宫禁就没那么方便了，更别提如原先那边和碧落时时相处，日日相对。

杨定心中会难过吗？

碧落不知道。

她只知道，自己从没把这个看来很没骨气的家伙放在心上，如今也会常常对着他站过的地方发呆，甚至有些失落。

再没有人和她一起跟在符坚身后，有事没事对她嘻嘻笑着，一时逗她，一时气她。

而最不开心的是符宝儿。

碧落隐隐听说，符宝儿求了符坚好几次，想让他把杨定调回宫中来，都被符坚拒绝了，也不知她清不清楚符坚已将自己许给了杨定。

而符坚也益加忙碌起来，大战在即，粮草马匹、军械铠甲等都要添置齐备；且攘外必先安内，大秦内部诸胡林立，各有势力，符坚也有些疑虑。

阳平公苻融屡谏秦王，让兄长提防诸鲜卑、西羌人将。其中鲜卑族以慕容垂为首，西羌以姚苌为首，俱是能征善战的当世人杰，在各自的部众中享有盛誉，振臂一呼，应者云集，不可不防。

为安苻融之心，苻坚索性将冠军将军慕容垂、扬武将军姚苌编归苻融节制，日后作为南征的先锋兵马，处于征战第一线，便不怕他们在国内有所图谋了。

碧落静侍在秦王身侧，对这些国事从不置喙半句，却悄无声息地将这类消息迅速通过慕容氏的眼线传了出去。

预先得到这些讯息，对慕容氏自然有百利而无一害，但对苻坚呢？

在苻坚身边愈久，碧落越感迷惑。

苻坚勤于政事，雅量容人，才德卓著，对大臣也颇是爱重，除了伐晋一事，向来从谏如流，绝对不是昏君。

而释雪涧更说，秦王乃是明君，天下大治，是百姓之福。

他兼并北方诸国，血流成河，伤人无数；可当此乱世，弱肉强食，不并他国，必被他国所并，不能说他暴虐。大战之后，他对诸国王公乃至百姓，并不以外族相欺，优容有加，甚至因此承受氐族重臣多方压力，也算是难得一见的开明之君。

他对慕容冲私德有亏不假，甚至他也对不住被他冷落宫中十年的慕容夫人，但他在慕容夫人死后，似乎也开始在这方面反省。

碧落日日随侍，与他相处的时间甚至超出了任何一位宫妃，苻坚颇是爱宠，多有赏赐，却并不急于乱，颇有君子之风，也不知是因为国事繁忙，还是因为不想再出现一位孤独而死的慕容夫人。

日子久了，碧落渐卸了防范之心，与他略略亲近起来。见风大了，会去给他找衣裳来披；奉了茶和点心去，也会用手试试温度；甚至看他倦了，偶尔会去为他捶捶肩背。

这日傍晚苻坚乏了，步出披阅奏折的甘露殿，碧落急取了件披风，随了他走下丹墀，为他轻轻披上，并不多说一句。

苻坚久知碧落性情静默，从不以宫中礼节苛责于她，当下也不在意，自行扣了衣带，才微笑道："这春天都快过了，并不冷。"

碧落垂了头道："晚间风大。"

话未了，果然一阵大风吹过，掠过柳梢花枝，却将庭前一树杏花，吹得缤纷而落，纷扬如雪。

有两瓣在空中打着旋儿，飘飘摇摇，径落到碧落鬓间。

因后来渐不避忌，她倒也换回了女装，常是一袭青衣萧萧，绾着极简洁的发髻，只插一两根朴素无华的簪饰便算完事。此时粉色花瓣飘下，歇于蓬松云鬓上，一时也不掉落，看来倒多了几分明媚。

　　苻坚抬起手，将那花瓣拈下，微笑道："其实女孩儿家，还是穿艳些的衣裳好看。"

　　碧落愕然。

　　当日本是苻坚让她换青衣的，此时怎的又说艳些的衣裳好看了？

　　到底是君心难测，还是君心无定？

　　苻坚倒未觉出自己话语前后不一，只对了那凋零而下的杏花出了片刻神，才出言问道："碧落，你喜欢朕那晖儿么？"

　　碧落不知苻坚为何有此一问，迟疑半晌，方才答道："平原公允文允武，才识不凡，不过性子烈了些。"

　　"性子烈了些……"苻坚沉吟着，忽而拍了拍碧落的肩，"你放心，等南征事了，朕将晖儿召回长安，好好训示了，再将你赐给他，绝对不让他委屈着你。"

　　碧落才知苻坚居然在国事劳碌之余，记挂起了她的终身大事。

　　可惜，这桩婚事，根本不是她想要的。因此她只垂了头，低低谢了恩，继续沉默不语。

　　苻坚凝视着她，见她苍白着唇，一双黑眸在梨花般的面庞下更显幽深如夜，不由叹道："还不开心？总不见你笑一笑。"

　　"没……没有……"碧落慌忙抬头。

　　苻坚负了手，眸光甚是温暖，柔声道："朕给你自由出入宫禁的令牌，若是宫里待得烦了，可以去慕容家的亲戚里走一走，不然……去看看杨定也成。"

　　碧落心头乱跳，急急辩白："我……我在宫里好得很。"

　　苻坚点点头："是好得很，除了紫宸宫和朕这里，从不见你到别处半步……你不觉得闷么吗"

　　闷？

　　碧落没觉得闷。

　　以前在平阳，她只守在慕容冲身边，若非慕容冲遣她出去办事，她寸步也不愿离开，只想离他更近一些，守他的时候更多一些……

　　大秦王宫的壮丽华美，自然是平阳太守府没法比拟的。可这里没有慕容冲，没有那个比明月星辰更夺人眼目的慕容冲，一切便索然无味。倒是紫宸宫那些不会说话的梧竹青梅，能让她有些缅怀过去的念想。

符坚怅然望着她："除了那日在五重寺和杨定逐闹，朕还没见过你……像个普通女孩子那般闹过，气过，激动过……那日朕才知道，你的眼睛里除了黑色，原来还是有其他颜色的。"

碧落怔怔听着，符坚已徐徐伸了个懒腰，缓缓往殿内步去，声音越发低沉，渐不可闻："本该成全你，可你已许了晖儿，宝儿又……"

暮色越发沉了。

无数的落花如雨，在黑暗里明暗交替地翻飞着，如漫空飞舞的缭乱心事。

青衣萧萧的女子独立花中，沉寂如痴。

符宝儿听说碧落得了自由出入宫禁的令牌，偷偷让宫女把碧落请了过去。

"哎，碧落姐姐！"破天荒第一次，符宝儿居然涎着脸叫碧落姐姐，"帮我个忙。"

符宝儿向来与碧落亲近，即便曾见过杨定和碧落嬉闹，也大大咧咧地不曾多心，只是张夫人自慕容夫人死后对碧落百般提防，绝对禁止符宝儿与碧落交往，这才生疏了些。

如今符宝儿背着母亲偷偷见她，自是不好不理。

"公主，什么事？"碧落疑惑着。

符宝儿抱了她的肩，凑到她耳边微笑道："把你的令牌借我用一天吧！"

碧落吓了一跳："公主你准备去哪里？回禀天王或夫人一声，叫人护着出去吧！"

符宝儿居然红了脸，忸怩了半天，才道："我想去见杨定。他们大约是不准我去的吧？"

"你一个人偷偷去见杨定？"碧落头疼，"这不太好吧？而且……不安全。"

符宝儿不以为意："母亲早偷偷告诉我，父王已经把我许给他了，有什么不妥的？"

"擅自出宫……"碧落苦笑道，"万一出了事，碧落有一百个脑袋也不够砍的！"

"哪会出事啊？出了北面玄武门便是羽林军营，还怕有人绑架我？"符宝儿才不理会碧落的抱怨，自己动手，已在碧落腰间抓摸起来。

碧落推搡间，已听符宝儿欢呼一声，却是已将那乌木金丝令牌抓在了手中。

碧落想去抢夺时，符宝儿已飞跑了出去，待走到门前，才回头一笑："晚上你在这里等着，我悄悄给你送回来！"

碧落暗暗叫苦，又不好去抢，只盼着这小祖宗快去快回，早早把令牌还给她，别惹出麻烦来才好。

事实证明，想惹麻烦的不是符宝儿，而是碧落无论如何没想到的另一个人。

暮雾迷蒙时，碧落和几名内侍送了符坚离开议事的甘露殿，往后宫方向走去时，刚转过一道回廊，忽听到符宝儿清脆的叫声："啊呀，杨定，你怎么带我从这条路走？父王每日回后宫，可巧都经过这条路呢！"

符坚、碧落都是愕然，顿下脚望去时，杨定正慢悠悠陪着符宝儿向前走着，闲闲地笑着："哪里有这么巧，便给瞧见了？"

符宝儿微有慌色，正要拉杨定尽快离去时，杨定忽然笑道："宝儿，你瞧，芍药开了。"

符宝儿不由得顺了杨定手指的方向瞧去，果然廊下一丛芍药，深红如霞，裹在薄暮之中，犹自不掩艳媚，摇曳处优雅婀娜，芳华流丽。

杨定一仰身，双脚钩住朱红阑干，呈倒挂金钩之势，潇洒反转身子，右手一探，迅速将最艳的一枝芍药采在手中，利落地翻回廊中。

符宝儿顿时忘了担忧，拍手叫好。

杨定笑意煦和，将芍药递了过去，柔声道："送你！"

符宝儿接过芍药，已是满脸绯红，娇羞欢喜之色比花儿更要俊美几分，只是脉脉望向杨定，小女儿家的纯真情意流露无疑。

杨定抱了肩，倚了一旁的柱子，侧面被暮色剪出的轮廓俊朗明晰，淡淡笑着望向含羞嗅花香的符宝儿，眸光却极深，看不出丝毫的笑意来。

只有符宝儿，兀自在情人的花香和笑容中沉醉，再顾不得看杨定的眼睛里，掩着多少复杂的情绪。

符坚轻咳一声，带了云碧落等走向前来。

符宝儿猛地醒悟过来，慌忙笑着奔向符坚："父王……父王才……才回后宫么……"

与南阳公主的慌张相比，杨定镇静得多。

他见符坚快到近前，才大礼参拜下去："臣杨定拜见陛下！"

符坚负了手，并不叫他起身，却问道："你怎么在这里？"

符宝儿忙要设托辞时，杨定又清晰答道："臣不放心公主一个人回来，所以将她送回宫来。"

符坚微眯了眼："朕不记得什么时候让宝儿出宫了。"

杨定讶然望向符宝儿："公主没告诉陛下？"

符宝儿通红了脸，压着声音道："笨蛋，若告诉了还用找碧落……"

她歉然望一眼碧落，期期艾艾道："我……我找碧落借了令牌……"

"令牌呢？"符坚淡然问。

符宝儿到底不敢违拗，将令牌取出，怯怯地交给符坚。

符坚不过略瞥一眼，便随手扔向碧落的方向，说道："来人，送南阳公主回燕晴宫。"

符宝儿见符坚不追究，倒是大喜过望，忙在符坚的随身内侍护送下急匆匆离开，却没忘记再偷偷看一眼杨定，手中那枝芍药，捏得更紧了。

碧落接过令牌，正在忐忑符坚为何如此宽容时，忽觉一阵肃杀之气扑面而来，不觉动容，忙抬头时，只听符坚冷冷道："杨定，抬起头来！"

他一向赏识杨定，极少这般疾言厉色，杨定肩头微动，依旧跪于地间，缓缓抬起头，却不敢与符坚对视。

符坚扬手，"啪"的一声重重耳光打下，几乎将杨定整个身子打得偏向一边。

杨定咬牙，捂住脸竟没哼出一声，唇角却溢出鲜血来。

只听符坚沉声道："杨定，你记住，作为主上，朕不会为难你；但作为父亲，朕不能饶恕你的别有用心！这一耳光，是提醒你，记住你刚才对宝儿的逗引！日后你若敢负她，朕会取你项上人头！"

杨定眸中似有两簇火焰跳动，激忿地耀了片刻，渐渐归于沉寂。他俯下身去，嗓子已是一片沙哑："杨定记住了，杨定再也……不敢……"

符坚叹道："朕一开始也以为你是不敢，可仇池杨氏的后人，不敢的事着实不多，不愿的事却着实不少。定儿，把你的聪明才智，用到刀刃上吧！天下尚未清平，并不是你淡泊名利嬉笑人间的时候，更不是为些儿女情长争一时之气的时候。"

他拍了拍杨定的肩，声音柔和下来："你该知道，朕不是那等妒贤嫉能的人，朕只盼，你能为大秦，为这尚未稳定的江山和子民，多尽一份力。你年纪轻轻，便是不把建功立业放心上，难道一点不曾考虑过自己的生前死后名么？"

杨定没有回答，低垂的眸底再看不出一丝的情绪，良久，他伏地叩了个头："杨定告退。"

符坚并没有让他退下，可他却自行说要告退，且不称微臣，只自称姓名，显然算是以家礼告退。

符坚叹了口气，挥了挥手。

杨定立起身，垂了头，迅速奔离，黑发在暮色里飘起，平添了几分冷清和孤寞，突然便让人有一种感觉。

感觉此时的杨定，才是除却散淡嬉笑面具后，那个真实的杨定。

回廊之中，只剩了苻坚和碧落，在轻薄的花香里静静立着。

苻坚缓缓将眼神投向碧落。

碧落不待苻坚开口，便已跪倒在地："碧落知罪，请陛下严惩。"

苻坚轻轻一笑："这孩子给你刺激得不轻。我从没想过他居然会被这样的事逼出真性情来。你应该看出来了吧？"

碧落虽然迟钝，却也看出来了。

那日一句"全无心肝"，杨定已经很明晰地表达了自己的情意，并说明了自己于公主无意，可她居然将令牌给了苻宝儿去纠缠于他，心中必定又气又恨，因而特地带了苻宝儿在苻坚必经之路等着，当面揭穿碧落玩忽职守，将她一军，以此报复。

可惜，他没想到，苻坚不仅是一位君主，也是一位父亲；眼见他为报复别的女子，而逗引自己情窦初开的女儿，苻坚第一想惩罚的，已成了他了。

又或者，他想到了，只是一时激忿，宁可激怒苻坚，也要向碧落传递自己的羞恼之意，让碧落为此受罚。

方才他在回廊中那么长的时间，连眼睛余光都不曾瞟过碧落一下，便可见得心中怒意之甚。

碧落自是不敢说出以往与杨定的诸多纠缠，只是低头认罪："是碧落的错，求陛下惩罚碧落，别计较杨大人的过失。"

苻坚叹息："此时才为他着想，那将令牌给宝儿时又在想着什么了？朕本以为你也喜欢那杨定了，现在瞧来，竟是朕看错了。若有一分为他打算，都不该这般伤他。"

她伤杨定了？甚至让苻坚都抛开了为女儿打算的心思，同情起杨定？

苻坚瞧着碧落面色赤红，却看不出这女子到底在想着什么，不觉摇头，也懒得再猜度，负手离去。

横竖他要的只是结果。

结果就是碧落已经赐予苻晖，宝儿已经许给杨定，不容违抗。

至于这两对是不是能幸福，苻坚觉得，他应该是能够干预的。

苻晖必会善待碧落，便如杨定不敢对宝儿无礼。

碧落连着数日神魂不定，这日见苻坚微服前往苻融的阳平公府中议事，一时应该回不来，便换了男装，前去探望杨定。

她的性情颇是坚毅，既觉自己对不住他，便决意与他说开去，若他肯见谅，自此还是贴心的朋友，自是不错；若他不肯谅解，顶多让他骂上一顿，也好过让他憋在心中。

谁知去羽林军营中问时，杨定已经告病不出数日了；要细问时，却问不出到底什么病来，只得问明住址，亲自去探。

仇池杨氏族人有不少在京城为官，当年杨定之父叔也久为大秦高官，早在长安置有私宅。但杨定从小好游，极少住回家中，宅地都交由族人打理；这次回京先住平原公府，后住宫中，直到被遣入羽林军，才在宫城附近赁了一处民居暂住，为的是来往方便，又不必应酬同族兄弟亲友，更加闲适自在。

碧落寻到那处民宅，便见那门居然虚掩着，隐约有女子笑声传出，不觉大是疑惑，莫不是找错地方了？

她推开门，一径入内，却见里间衣红鬓绿，果然两名俊俏女子嘻嘻笑着，正抓着酒壶，往一人口中灌酒。

碧落定睛一瞧，那人眉眼俊朗，轮廓分明，正是杨定，却已两眼迷离，双颊通红，一手居然还揽着其中一名女子的腰，显然已经大醉特醉。

眼见那两名女子打扮妖娆艳丽，不似好人家的女儿，且这样放荡笑着，浑不顾杨定醉成那样，还往他唇边喂酒，碧落不由大怒，喝道："你们在干什么？"

那两名女子一惊，放开杨定，望向碧落，反问道："你什么人？咦，是个女的，莫非也是哪位大人派来服侍的？"

碧落算听出点苗头来了："你们是谁派来的？"

那两名女子叉了腰，高声道："你还没回答我们的话呢！凭什么问我们？"

碧落更看出两人是青楼女子，在不知她们已纠缠了杨定多久，心下顿时恼怒起来，冷然道："你们没资格问，给我滚！"

那两女子正要撒泼时，碧落却不耐烦，拔出宝剑来，顺手便砍去。虽只是作势，但她久习武艺，翻剑处杀机凛冽，抖手时青丝散落，惊得二人尖叫连连，抱了头跄踉逃出了屋子，再也不敢出现了。

第二十章　醉花阴　扁舟系人不系天

碧落关了门，返身再看杨定时，正趴在案上，用手抓住了酒壶，迷迷糊糊又要喝。

"杨定！"碧落急急叫着，一把抢过酒壶，折身找到茶壶，倒了盏茶，送到杨定唇边，道："快喝点水，怎么醉成这样？"

杨定醉蒙蒙地扶了碧落的肩，就着她手中的茶喝了，凝神盯着碧落半天，似是神志略复，疑惑着问道："碧落？是碧落？"

碧落本为道歉而来，此时见他醉成这样，哪里还说得出话来？只是默默扶起他，将他扶去卧榻。

杨定皱着眉，一边弯腰走着，一边只顾往碧落脸上瞧，待到卧榻边，碧落帮他脱了靴，正要扶了他躺下，杨定忽而握了她的手，低笑道："真是你吗，碧落？"

碧落应了，无奈道："你别喝了，先睡，我改天再来找你。"

待要抽出手时，却觉杨定握得极紧，一双眼睛，亦比平时明亮许多。但听他笑了笑，喃喃说道："大约又在做梦吧！老是梦着你，可真是不争气。明知……明知你心里只有一个冲哥……"

他另一只手也搭上了碧落的胳膊，头部靠上了碧落的肩，低低叹息道："对不起，真对不起！你恋着他，又不能在一起，本就够烦恼了，我还去招惹你，与你为难……碧落，我不该怪你全无心肝，更不该怪你让宝儿见我……"

"我不是有意的，我真不是有意的，碧落……"杨定的温热鼻息带了酒气扑在碧落面颊，话语断断续续，"我听宝儿说令牌是你给的，仿若……有人刺了我一刀……我只想刺回去，竟忘了……我对你，只是外人，甚至连朋友都算不上……这两日，我想了许多，心下好悔……好悔……"

碧落听他有一声没一声地说着，不由得痴了。

她本觉自己辜负了杨定一片心意，颇是愧疚，谁知杨定竟不再怪她，却已在反思自己的过失。

他喜欢碧落，给碧落伤了心，想小小报复碧落一下，算是过失？

碧落只觉眼眶阵阵地温热，反手扶住杨定，也不管他能不能听见，哽咽道："杨定，我们是朋友，不是外人……"

杨定微笑，虽是醉意蒙然，不改煦暖如阳："我对你来说是外人，但我把你当朋友，嗯……不只朋友，还是很亲近的人……很想守在你身边……护着你，看你笑……"

碧落泪珠子掉落到杨定手背上，也微笑道："你也是我……最亲近的人。"

是的，这世上待碧落最好的人，除了慕容冲，便只有杨定了。

那么多次或明或暗地维护相助，不求回报，无怨无悔……

杨定似听到了碧落说的话，微微一笑，伸手抱住碧落，将头靠在碧落肩上，竟睡着了。

而碧落，发现自己居然不想推开。

这样温暖而无邪念的怀抱，是如此珍贵……

碧落在杨定住处待到傍晚，计算着苻坚也该回宫了，为杨定盖好锦被，才悄悄离去，心中已轻松了一大截。

杨定到底没有将她当成敌人，甚至已经不再怪她，依然将她当作了亲近的朋友。

朋友……

有朋友的感觉，真的很好。

或者，这十八年来，她的确太孤独了，以至离开了慕容冲，便如孤魂游魄般无处可栖，心如死水。

回宫后才发现苻坚早就回来了，好在他甚是忙碌，并没注意到碧落消失了半天。

而碧落直到晚上更衣，才发现流彩剑上的穗子不见了，再不记得是在哪里丢失的，只得赶着叫青黛再帮打一个，可惜了穗子上编入的那只佛手玉佩，还是特地从苻晖那里带出的，和慕容冲的那只一模一样……

第二日下了朝，苻坚正批阅奏折时，外面内侍前来回报，杨定求见。

苻坚看着奏折，头都没抬，便道："传。"

杨定从容步入殿内。

他居然没穿官服，只着了一身淡黄联珠纹长衣。抬眼间与碧落四目相对，他微有赧色，向她略一点头，即上前参见苻坚。

苻坚令他平身，方才抬眼打量他一眼，微一蹙眉，搁了朱笔问道："有什么事？"

杨定托起奏表，坦然道："微臣性情放诞不羁，不惯军中约束，因此……想辞去翊卫中郎将一职，回仇池老家修身养性。"

碧落愕然，只盼从杨定眼中找出一丝半点他辞官的因由，但杨定眼眸极澄明，唇角也是惯常的笑意，并无任何异样。

苻坚接过内侍转呈的辞表，草草看了，冷笑道："什么不系之舟，难当大任？怎么？老庄之道学得多了，居然以不系之舟自居？这庄子的话，朕也听说过，巧者劳而智者忧，无能者无所求，饱食而遨游，反若不系之舟。你若真是无能之辈，不用你说，朕自然让你做你无能的不系之舟去。可你有才有智，也敢动这归隐之念？何况你和宝儿之事，朕已经说了话了，你还打算便这么算了？"

杨定低了头，唇角含笑，却执意地辩驳："微臣懒散惯了，不过生于乱世，有些防身功夫而已，若论才德，却是万万不敢自矜！南阳公主之事，微臣听凭陛下安排，若是两年后陛下依旧觉得微臣合适，微臣愿侍于公主身畔！"

苻坚哂道："朕说你有才智，你便说自己没才德，敢情是认定朕没有识人之明？敢情你以为朕老糊涂了，要把自己的女儿嫁给一个无能之辈？"

杨定忙道："微臣不敢！"

苻坚掷下辞表，喝道："不敢就把辞表收回去！朕这里出兵江东，正是用人之际，你敢现在辞官而去，朕把你杨氏一族全给禁足了，看你如何做你的不系之舟！"

杨定顿时闭嘴。

苻坚这话，显然不打算和他讲道理了，而他正是这天底下最有资格不讲道理的人。

苻坚再盯他一眼，才道："下去，好好当你的将军去！"

"是。"杨定应声而退，面色倒还沉静，看不出大悲大喜来。

碧落正在猜度杨定意图辞官的居心时，只听苻坚又道："碧落，你们多日不见，去送送他，顺便叙叙旧吧！"

"啊！"

碧落一时惊疑不定。

苻坚看了她一眼，意味深长地又加了一句："你们两个，自然都是懂事的孩子，不用朕多说罢？"

碧落应了，料苻坚之意，必把杨定辞官之事，归咎于情场失意，让她出面安抚了。

若是以前，碧落断断不乐意接这桩差事，但昨日听杨定一番醉后真言，再也无法将杨定视同路人了。

杨定刚刚走下丹墀，合体的浅色长衣随风飘摆，更显得他的身姿玉立，还多出了几分碧落原先不曾留意到的沉静和宁谧。

"杨定！"碧落唤了声，追了上去。

杨定立在杏树下，转过身来，尴尬地一笑，抬了脸看那一树的葱茏叶子和小小如珠的青杏，面上微见潮红。

待碧落走到跟前，那抹潮红已经褪去。他不待碧落开口，便道："碧落，前几天的事，真的对不起。是我……糊涂了，才故意拆穿你给了宝儿令牌。"

碧落垂了袖，低头道："南阳公主很想出去看你……那令牌，是她抢过去的。但的确是我没追回来，让你为难了……"

"不是你主动给她的？"杨定不觉一笑，连眸中都多了几分激滟神采，又迅速敛了回去，吸了口气，有些艰难般开口道，"昨天……我是不是在你面前出丑了？"

昨天……昨天他醉成那样，还知道自己在说什么吗？

碧落脱口便笑道："没有，我从没见你那般直率过……"

话未了，已见杨定抬起眼，长睫下一双瞳仁晶亮里透出抹惊喜，还有……属于年轻人的那种羞赧。

碧落立刻意识到自己这话太亲昵了些，忙笑着岔开话题："昨天服侍你的那两个女子挺漂亮的……"

这一次，杨定脸上的潮红再也褪不去，别过了脸居然不敢看她。

而碧落也呆住了。她在说什么呢？

一时两人都僵立地上，初夏的风温温地从花木间穿过，清新而柔和的气息。阳光透过轻淡的浮云投下，并不强烈，却灼红了两张年轻的面庞。

许久，杨定才笑了笑，终于抖落了那份不自在，说道："那两个女子，是我堂弟杨盛找来的。他见我这两日心情不太好，一个人喝闷酒，就把我屋子里原来服侍的下人换了，叫那两个女子来陪我。我见了她们心里更烦，不觉喝得多了。幸亏你把她们赶了出去，不然我还真不知怎么办。"

碧落不觉莞尔："你那么机灵的人，还怕两个风尘女子？"

杨定笑道："我一个人自在惯了，实在不知道该拿女人怎么办……"

他顿了一顿，又笑道："知道吗？她们回去见杨盛，告诉他我屋子来了个女杀手，吓得我那堂弟连夜赶过来，以为要替我收尸呢！"

碧落大笑，甚至笑出了一对梨涡，深深如醉。

到底她还是有几分杀手气势，居然把她们吓成那样。

杨定目注她的笑容，只觉已经过去的春天一时又回来了。桃杏李花，妩媚竞芳，都在眼前女子的一笑之间。

"如果你能常常这般开心笑着就好了！"杨定微笑着，温和道，"不要因为我而让自己不开心，我不会再困扰你。"

碧落一怔，只听杨定悠悠道："那日我在宫中受责，便去酒肆买醉，半醒不醒时，遇到了雪涧姑娘。她和我说，喜欢一个人是缘，喜欢一个人非得要对方给自己回报，那便是孽。我想了两天，终于想明白，我要的是缘，而不是孽。所以碧落，你放心罢！"

他说着，微微一笑，伸了个懒腰，向殿旁的石阶走去。

碧落看他走出老远，才从若梦若幻似解非解中醒悟过来，猛地想起符坚的话，忙追了几步，问道："杨定，那你为什么要上辞表？"

杨定回过头，发丝被风掠起，在他眼前飘动，看不出他的神情，只听他徐徐说道："我又想了两天，下定决心，我不要缘，也不要孽，我要做，原来的杨定……"

杨定缓缓踏下石阶，踏上青条石铺就的长长甬道，悠缓的叹息透过绿荫迢递传出："我本想离京一段时间……但该离去的，其实只是心而已……我还是看不穿……"

原来的杨定……

碧落恍惚看到了平阳太守府初见的那个杨定，笑容清朗，懒散洒脱，无羁无绊，若不系之舟……

可那便是真实的杨定？

他也曾胆小庸懦，嘻哈无赖，只在旁人不留意间流露出一星半点的深沉和睿智。碧落并没觉出他的改变，只认定自己并不了解他。

或者，她从不曾试图过了解慕容冲以外的其他任何男子。

杨定说，该离去的，只是心。

那么变了的，只是心而已。

他不要缘，不要孽，只要未遇到碧落之前的那颗不羁之心。

之后的日子安宁而忙碌。

安宁的是碧落，她依旧穿着简洁的衣饰，日复一日随侍在苻坚身侧。

忙碌的是苻坚，急于出征的大秦天王已经顾不得再关心碧落或宝儿的终身大事，甚至很少有机会回到后宫与张夫人等人好好说说话。

这一年，是苻秦建元十九年，东晋太元八年。

刚入夏天，便闻东晋大将军恒冲出兵十万，意图收复襄阳，秦王苻坚封第五子钜鹿公苻睿为征南将军，和冠军将军慕容垂一起，率领五万步、骑兵驰援襄阳，大败晋军。

前方不宁，更加快了苻坚出征东晋的步骤。

七月，秦王苻坚正式下诏伐晋，百姓每十丁出一兵；富家子弟年龄二十岁以下的少年，凡有才勇的都拜为羽林郎；为强盛兵力，又征召鲜卑、羌、匈奴等其他胡族的青壮年编入军中。

如此征集完毕，秦军兵众，共计有步兵六十余万，骑兵二十七万，用苻坚的话来说，这么多人，如果将马鞭投了江水之中，可令江水断流，又何愁大秦不胜？

本来对战争有异议的大臣，到了这般地步再也无话可说，只得全力辅佐苻坚做好攻战的最后准备。——可也仅限于氐人大臣的忠诚而已，虽然碧落向来只往宫外传信，根本收不到宫外的讯息，她还是能感觉到，那一片预演的歌功颂德声中，暗潜的风起云涌，杀机四伏……

她开始感到，付坚的确太过柔仁了。或者说，苻坚太过相信自己。

他总认为自己待别人宽容，别人也会全身心以报；便如当日他待汉人王猛以国士之礼，王猛对他鞠躬尽瘁，死而后已那般。

他却不知，王猛一介布衣，若得明主赏识，平步青云，自当竭力以报；而如慕容晀、慕容垂、姚苌等人，原先不是帝王，便是公侯，居于万万人之上，又岂是甘于雌伏人下之辈。

碧落不知自己该不该认为，苻坚是个性情中人？

对于这场大战，苻宝儿曾经一度很兴奋，纠缠着苻坚，也要一起南行，看着大秦铁蹄，越过江水，踏平建康，一路攻进东晋的皇宫。

苻坚望着还是一脸稚气的女儿，到底不曾同意，后来给纠缠不过，索性将杨定领的一支羽林军调离南征大军，负责配合宫中卫尉，保卫王宫安全。苻宝儿听说杨定留下，并且可以自由行走宫中，便再也不闹了。

论起碧落身手不错，苻坚本该让她随侍身边，只怕苻宝儿再因此闹起来，索性将她也留在了长安。

临走前一日，万事都已齐备，苻坚一路所需物品，自有张夫人带了几个内侍细细打点，不劳牵挂，碧落反是闲着无事；苻坚却也有些神思不属，到了傍晚，居然带碧落去了关睢宫。

虽然紧邻紫宸宫，但碧落也第一次在白天进入这座近乎神秘的宫殿。

槛菊萧疏，井梧零乱，桃李的叶子，又开始萎败枯黄，飘摇了一地，为这清冷的宫殿更添了几分清寂幽独。

两个老宫人听见宫门吱呀响了，从殿中远远迎出，俱是四十多岁的年纪，鬓角斑斑一片。

"陛下！"老宫人行着礼，然后看向碧落，微有诧色。

苻坚温和道："怎么？有几分眼熟么？"

一名老宫人道："看来……倒和咱们夫人有几分相似呢！眼睛黑黑的，轮廓也有些像。"

另一个宫人却道："这哪里像了？咱们夫人一天到晚都在笑着，一对梨涡深深的，谁看了都会醉下去呢！这姑娘……这姑娘长得虽然玲珑，却跟冬天里的冰凌子一样硬邦邦的，哪里像咱们夫人的千伶百俐？"

原来那位宫人便道："不过，咱们夫人有时候也是不言不笑的。"

她说完，便失口般掩了嘴，小心望向苻坚。

苻坚似在听着，又似没在听，垂了头望着只有自己肩高的碧落，忽然伸出手来，轻轻抚摩着她柔软的发髻，道："的确长得有点像不言。不过，她不是不言。不言再不开心，不会……跟个冰凌子般硬邦邦……"

他自己说着，也不由得微微一笑："朕早说了，女孩子还是穿得艳一些，常常说说笑笑才好看。"

碧落望着苻坚负了手，踱入殿中，才缓过神来，摸向还留着苻坚的大手在发髻上留着的余温，终于渐渐地明了，苻坚当日让她穿青衣，是因为她像桃李夫人；让她换些艳丽的衣裳，是因为女孩子更适合穿艳些的颜色。

他开始把碧落当作桃李夫人那般留在身侧；但时日久了，又渐渐地将她当作贴心的女孩儿，甚至会为她的终身大事打算。

这天底下，居然还有个人，在百忙之中分出心来记挂着她的终身大事，如同父母记挂着自己女儿的终身那样，为她的未来打算！

有一种温暖，缓缓地在胸臆间升起，涨满，渐渐连眼眶都润得温热。她忙吸一吸鼻子，强迫自己把泪水逼回去，却禁不住一双眼睛，透过半敞的窗户，只随着那个帝王的身影移动，带着连她自己也没有觉察出的孺慕。

连两名老宫人也只在殿外守候，碧落自然也不敢进去打扰，只看着苻坚默默在殿内行走着，从厅堂，走到卧房，从明间，走到暗间，神情恍惚，如在睡梦中一般，带了一抹不知是惆怅还是悲伤的笑意，来来去去，抚摸着案几、茵席、卧榻、锦衾、绣帏……

那若有若无的低叹，随着殿中香炉腾起的烟气，飘飘袅袅，萦绕而出，竟有种说不出的感伤，令人难以置信，竟是那个手握百万雄兵的大秦帝王发出。

眼看天快黑了，苻坚自行点了蜡烛，举高了青铜仙鹤展翅烛台，缓缓走到与碧落所站位置相对的墙边，出神地望着什么。

他琥珀色的瞳仁被烛光耀着，也如烛火般明灭不定地跳跃着。

"不言……"他忽而低低道，"这天下升平，再无战乱的日子，已经快了，快了……这天底下的英雄，绝不是只有他一个！绝不是！"

出神片刻，他的浓眉忽然跳了一下，立刻放下烛台，从墙上取下一物，却是一卷画轴。

他小心地将画轴平铺在案上，举起他纹龙织锦的袖子，拈起平滑的小小一角，轻柔地在画上小心拂拭，似在掸去灰尘。

一时掸完，他又将这画轴细细看了片刻，方才提起画来，依旧往墙上挂去。

就是苻坚将画轴提起的那一霎，碧落看到了画上的影像一闪，却让她惊异得差点叫出声来。

烛火明灭，她分明看到了画上一名盛装女子，以极眼熟的姿态，拈花而笑。

拈花而笑的女子……

太过久远的记忆，似在刹那间被疾风卷去尘沙，流露出了模糊的一角……

第二十一章　独倚楼　胭脂雪瘦熏沉水

那一年，小小的碧落，被奶娘牵着，颤巍巍地向前走。

"碧落，你不该为奴，不该为婢。"奶娘说。

"是，我不为奴，不为婢。"碧落奶声奶气地回答，一笑一个梨涡，深深如醉。

"我们去长安，寻你的亲人。"奶娘说。

"什么是亲人？奶娘不就是我的亲人吗？"碧落亲一亲奶娘的脸。

奶娘的脸上有细细的皱纹，很浅。

奶娘笑一笑，皱纹便深些。她轻轻地叹息："奶娘是下人啊，怎好算是碧落的亲人？"

她将包袱解开，放在路边的青石上，拿出一卷画轴，向她指点着画上的女子："看，这才是你的亲人啊，她是你的母亲，看到了吗？她很喜欢笑，一笑起来，有一对很好看的梨涡！很多人……喜欢她呢！"

奶娘最后一句话听来像是叹息，又像是惋惜，可碧落听不懂。

她当时应该只有六岁，顶多七岁，只知道伸出小手来，指着画上的女子问："她手上，抓的是什么花儿？"

"桃花啊！你母亲最喜欢桃啊，杏啊，以前我们住的地方种了一大片呢，花开的时候，像是天上的红霞跌落下来……很漂亮……"

奶娘眯眯笑着，眼角的一颗红痣一跳一跳的，看来也像一朵小小的桃花。

碧落没觉出画上那女子身后的桃花有多漂亮，却看到画上女子果然有一对梨涡，笑得极好看，然后，碧落便用她肉嘟嘟白嫩嫩的手去数那女子手中盛开的桃花："一朵，两朵，三朵，四朵，五朵……奶娘，我母亲手中的桃花有六朵，我数出来啦！"

于是奶娘便抱起她，心疼地亲她的脸："奶娘带你去数真正的桃花，去长安，我们去长安……"

碧落继续嘻嘻地笑："这里还有字呢，大的字八个，小的字十六个，写的是什么呢？"

奶娘叹道："奶娘也不认得啊！我们去长安，问你的……哎！"

她的手指，小心抚过画上美人的脸……

是她的错觉吗？

为什么她觉得，那幅画有拈花女子的画轴，那么像她小时候看到的那幅？

她够起头，想探入窗户，将那幅画看清楚些时，屋中忽然一暗。

烛火灭了。

符坚缓缓步出，声调已恢复了寻常的雍容有力："记得定时打扫，别让屋里落了灰了……被衾……也该常拿出去晾晾，只别把颜色晒蔫了。"

两位老宫人忙垂手应了，送符坚走下石阶。

符坚正要离去，寻找碧落时，只见她正走到宫前那片桃林前，一株一株地打量着，神情茫然，遂咳了一声，道："碧落，走了！"

碧落恍然大悟，忙应了，紧随在符坚身后。

因时候已经不早，出了关雎宫，符坚便挥了挥手："你早些回紫宸宫歇息着吧！以后朕不在宫中，你不要总闷在紫宸宫里，没事也可以出宫散散心，只怕……便不会像冰凌子般硬邦邦了……"

他说着，大约也觉得用冰凌子形容碧落极是有趣，居然低低笑了一笑，才在候于宫门前的内侍随同下，走向燕晴宫的方向。

碧落目送他高大的背景离去，只觉腿部阵阵发软，怔怔地又望回关雎宫的方向。

几根桃枝挑出宫墙，萧瑟挂着的黄叶如旗帜般飘荡着。碧落再看不出阳春三月的时候，那片桃林是不是曾经明若锦绣，灿若朝霞。

"姑娘，怎么站在风口里？"

不知过了多久，青黛探头张望，发现了自家姑娘正神思恍惚地站在紫宸宫前发呆。

碧落低下了头，慢慢地握紧随身的剑柄："哦，想一些事。时间太久了，总记不清……天黑了，眼睛也花……"

她摇了摇头，不想让自己再胡思乱想。

该做的，她都已经做的，或者，她也不需要做什么，她唯一能做的，不过是等待而已。

等待苻坚胜，或者败。

等待慕容冲的希望，或者绝望。

苻坚的败，便是慕容冲的希望。

可是，她真的盼苻坚败？

日复一日的相处，苻坚待她虽不太亲热，却也决不冷淡，公务繁忙之余，常常不忘温和望她一眼，甚至偶尔，会去品评她的衣裳，她的笑容，以及，她的终身大事。

人非草木，人非草木……

八月初八，碧落先行出宫，登上城楼，看着鲜亮大纛迎风招展下，在众甲士护持中，苻坚衮服冕冠，玉带赤舄，安坐于金雕纹饰龙辀华毂的云母车中，气宇凛凛，威风赫赫，在长安百姓跪送欢呼声中，率大军自长安出发，踏上他信心十足的征途。

但见一路甲胄鲜明耀眼，排兵如蚁，旌旗战鼓，遥遥相望，再不知绵延了多少路程。别说长安百姓，便是碧落远远见了，也觉心旌摇荡，豪气干云，一时竟忘了，慕容冲等着大秦败，等着大秦输，等着大秦一着不慎，满盘皆输……

八十七万大军，齐发江东……

当真可以投鞭断流了。

怎么会输？怎么会败？除非老天爷开苻坚一个天大的玩笑！

她甚至依稀看到，数月之后，苻坚依旧会率着这百万大军，完好无损地出征归来，继续每日的上朝议政，专心国事。

不过，这是不是她最可笑的梦想？

两国交战，必是血流成河，便是取胜而还，魂丧异乡的两国兵马，必已尸积成山。

帝王的一统江山，分明是万千生民的血肉筑成的江山！

每一张鎏金龙椅之下，都该盘旋着无数客死异乡的冤魂！

碧落慢慢退下了城楼，掠开一抹讥讽的轻笑。

罢了，罢了，成与败，且看天意。这乱世之中，哪有什么是非对错。

忽然之间，她便理解了杨定。

天下攘攘皆为利往，天下熙熙皆为利来。不管为了成就功名，还是为了重建家园，不管为了当年誓诺，还是为了报仇雪耻，一旦卷入其间，刀兵舞动，必有血雨腥风。

杨定所学，乃是老庄无为之道，故而他性情散漫不羁，甚至不肯奉诏入京为官；如果被迫为官，则一言一行，宁弯不折，柔而牢韧，于嬉笑间求得内心的清静守中……

对杨定而言，入仕朝廷，也不过是游戏一场，他只想自保，不让自己沾惹血腥，然后伺机潇洒离去……

碧落低低叹气。

杨定算是幸福的了，他毕竟还能保持自己的洁净与安宁。

而碧落呢？

她摊开自己的手掌，似看到了谁的血迹蜿蜒而下。

石绛珠的？林景德的，还是如流水般淌向江东的那百万雄兵的？

碧落慌乱地捏紧了拳头，只想快快冲回紫宸宫，关上宫门，将一切隔绝门外，从此不听、不看、不闻窗外之事。

转眼，秋去冬来，紫宸宫内梧叶落尽，竹色暗沉，连暖房里的菊花也渐渐萎缩，失去最后一点艳彩。

数月间，碧落寸步未出宫门，只在宫中看书练剑，或对着关雎宫内隐约的树木发呆。

紫宸宫的宫女内侍，原本是跟着慕容夫人清寂惯了的，但慕容夫人出身贵胄，每日必要盛装打扮，饮食也甚是考究，尚有机会往各处主管、库服去走动，换了碧落却是个什么都省事的，如果不是青黛做主为她备了些新衣，一袭素色的青衣可以从秋天穿到春天，故而连宫女内侍们也极少出宫。

青黛是个有心的，早知燕晴宫的张夫人对碧落颇有成见，便对紫宸宫外流连的人格外关注。

"姑娘，头一个月还有人鬼鬼祟祟监视着咱们呢，这两个月连鬼影子都没了。"青黛帮碧落重梳着因练剑而微见散乱的发髻，笑道："估料着觉得查不出什么来，张夫人也懒得再理会我们了！"

碧落叹道："由她去吧！"

青黛将一支颇是绮丽的凤头钗簪到碧落发际，笑道："不过，说实话，姑娘，你也该出去走动走动。一直窝在宫里，瞧你的脸色，雪白雪白的，又不点胭脂，连唇边都没了血色。不然你这么一直闷着，真该发霉长毛了。"

碧落给逗得一笑，留心往铜镜中看时，果然连半点血色俱无，反比苻坚未出征时更要消瘦几分。

若慕容冲见到了，想必也会难过吧？

她想一想，侧头问道："胭脂呢？"

青黛忙取来胭脂膏子，拿玉簪子挑一点在丝绵之上，碧落轻轻抿了唇，将簪子上剩余的胭脂随手匀在双颊，整个人果然瞬间灵动艳丽起来，若再换一身光鲜的衣裙，的确堪称倾城绝色。

青黛呆呆望住她，忽然笑道："姑娘，你出去走走吧？"

碧落抬头，诧道："为什么？刚你还是说张夫人警惕着咱们，出去惹事？"

青黛得意道："出去到各宫走走，让她们见识见识，什么才是绝世美人！"

碧落啼笑皆非，却也心下欢喜："果然很漂亮？"

当年在平阳太守府时，她随在慕容冲身侧，所谓女为悦己者容，也颇是注重自己的衣着打扮，偶见慕容冲带了抹微醺的温柔望着她时，便觉心满意足。到了长安却是一心避宠，被称作"硬邦邦的冰凌子"，未必不是她衣着简洁、素颜无华，看来毫无生气的缘故。久久不见他人欣赏的眼光，连碧落都认为自己可能已是形容枯槁的老妇人了。

可慕容冲那等品貌清贵俊雅的人物，岂是寻常妇人可以配得起的？故而她绝不要自己变得老丑憔悴了。

青黛还在游说着碧落："咱们只到花园走走，让那些妃嫔们见识见识……还有南阳公主，最近她得意得很，天天拉着杨定在宫里转悠。"

杨定？

从四月间杨定递辞表算起，因为彼此刻意的回避，他们已有半年多没见了。

杨定说，他不要缘，不要孽，只要未遇到碧落之前的那颗不羁之心。却不知，他有没有找回那颗不羁之心？

碧落丢开铜镜，不觉有些失神："他常来宫里？"

青黛笑道："可不是么？都说天王有意将南阳公主许给他，才把他留在长安守卫皇宫。说起那南阳公主，原先天王在宫里时还收敛着点，天王出征了，立刻放肆起来。好歹人家杨定是翊卫中郎将，她自己又是没出阁的姑娘家，居然三天两头约了杨定入宫，那张夫人也不管管，可见得是个没教养的。"

碧落啐了一口，道："瞧你越发胆大了。公主何等身份，也敢在背后嚼舌头！"

青黛嗤地一笑："嚼了又怎样？横竖这里没外人，我才不信姑娘会将这话传到她们耳朵呢！"

碧落不觉苦笑，这妮子，倒是个有胆有识的玲珑人，只不知当年怎肯听了叔父摆布，给卖到了段家去？

一时青黛端了碧落的换洗衣裳出去，碧落正取了本《庄子》看时，忽听到窗棂被人

叩响。

"笃笃笃，笃笃，笃……"

三声，两声，一声。

正是慕容氏的眼线和碧落约定的记号。这一年多来，一向是碧落向外传消息，外面却从没主动传过任何消息进来。

碧落微一眯眼，忙冲过去打开琐窗。

果然是那个姓宋的中年内侍，他向碧落恭敬地低一低头，迅速取出一张纸条交给碧落，然后转身而去，懒懒散散的平庸模样，汇到成群的内侍之中，如水滴涌入大海，再也分辨不出。

碧落匆匆关了窗，微颤的指尖打开纸条，果然看到了再熟悉不过的笔迹：

"若闻苻坚败讯，速离长安。念卿甚！念卿甚！"

接连两句"念卿甚"！

碧落眼前忽然就模糊了一片，而心中则说不出是酸还是甜。

慕容冲想念她，慕容冲那么明了地表达着他的思念！

若闻苻坚败讯……

这么说，他至少是有几分把握，苻坚可能会败？她就可以无声无息地潜回平阳，回到慕容冲身边……

从此，再不分开！

正热泪盈眶际，忽听得外面有宫人通传："姑娘，南阳公主来了！"

苻宝儿？

碧落一惊，忙擦去泪水，将纸条丢入屋角的暖炉中。红黄的火苗乍然一亮，迅速将那叫碧落眷恋不已的字迹吞没。

"碧落！"屋外已传来苻宝儿脆生生的喊叫。

碧落忙堆出笑来，掩去自己的泪痕，迎上前去道："公主，今儿怎么有空来了？"

苻宝儿已蹦跳着欢喜走进来，笑道："几次路过这里，总关着门。杨定说你指不定窝在这里发芽了，我就来瞧瞧芽有多高了。"

她牵了碧落的手，忽而惊讶叫起来："碧落，你变漂亮了！杨定，杨定，你看，碧落今天打扮得很漂亮！"

杨定果然一齐进了紫宸宫，却没有踏入屋来，默默靠了廊下的柱子，抱了华铤剑，

第二十一章　独倚楼　胭脂雪瘦熏沉水

正向碧落凝望。他的唇边有惯常的懒洋洋笑意，眉眼却很沉静，微带迷蒙，不知在想什么。

"杨定！"符宝儿见杨定没理会她的话，顿时提高了嗓门。

杨定立刻笑了起来，走上前两步道："碧落一直很漂亮，我倒没觉出有什么变化。"

符宝儿似对杨定的回答挺满意，笑道："也是，当初我就觉得碧落做我三哥几十房姬妾中的一个，太糟蹋了。什么时候还是求父皇把那门破亲事取消了才好！"

碧落淡淡一笑，自是不好回答，只是立时联想起慕容冲那句"念卿甚"，不用胭脂，脸上也是明霞一片了。

杨定默然望她一眼，缓缓跟在二人身后，并不说话。

一时符宝儿将碧落拉出了房，沿了廊下一路走到竹林边，四下打量着直叹气："碧落，你这宫里，怎么这么冷清？一点都不好玩！"

碧落习惯性地瞥了一眼关雎宫，忽然心念一动，已微笑道："我这里哪算得冷清啊？几十号内侍宫女来来去去，热闹得很。倒是隔壁的关雎宫，那才叫冷清！想必墙上那位桃李夫人也寂寞得很。"

符宝儿顿时大感兴趣："什么桃李夫人？就是让我父王念念不忘很多年的那位桃李夫人？她……她不是早失踪了？"

碧落微微挑着眼，露出一抹艳羡之色："是墙上的画儿啊！画得和真人似的，不过那夫人美得……实在不像个真人。我长这么大，就没看过那么美的女子。天王最宠爱的夫人，果然不同寻常！"

三分揄扬，三分羡慕，三分挑拨，再加一分若有若无的妒忌……

杨定眸子中有什么东西蓦地跳了一下，旋即锐利地盯住碧落。

碧落知他必定因自己的口吻起了疑心，也不敢看他，只是微笑着继续道："那屋子里久不住了，原本暗沉沉的，可只因那幅画儿，便整个儿明亮起来，实在是神了！"

果然，符宝儿立时动了心："果然有这样奇异的女子，奇异的画？那……咱们去瞧一瞧！我就不信，真能比我母亲漂亮好多吗？"

碧落不经意般道："公主不信，去看看就知道了！"

符宝儿点头道："好，咱们去看看！"

"不行！"杨定上前一步，唇边仍有笑纹，却断然道，"天王不许人随便去那里。"

碧落笑道："杨将军，莫非你打算跟天王告我们一状么？"

笑得很妩媚，声音却有些疏冷，何况那个足将两人距离拉开数丈远的一声"杨将军"！

杨定的脸庞顿时红了，眼底闪过了尴尬与薄怒。

符宝儿却不管，侧过身来叫道："杨定，你还真打算告状啊？"

"没……没有……"杨定迅速恢复了镇定，抱起华铤剑，道，"如果你真要去看……那就去吧！"

明明在和符宝儿说话，可他的眼睛却望向了碧落，沉凝淡然，毫无笑意。

符宝儿欢呼一声，奔在最前方，迅速出了紫宸宫，冲向关雎宫的方向。

杨定落在后面，压低了嗓子问："碧落，你又想做什么？"

碧落捏紧流彩剑，半晌才回答："你放心，我不会做任何事。我只想……确认一件事……"

杨定疑惑地看了眼碧落微微颤抖的手，也不再说话，径追向符宝儿。

关雎宫的门敲了半天，才有人惊诧地应答着，然后一个老宫人颤巍巍过来开门。

"什么事啊？天王陛下呢？"老宫人看见是三个年轻人，颇是纳闷，然后一眼瞥到碧落，忽然叫起来："啊，夫人，是你吗？夫人？"

碧落心都颤了起来，好久才勉强在朱红的唇角绽开一点微笑："嬷嬷，我不是什么夫人啊！我是天王的随侍宫女，三个月前伴天王来过一次的，你忘了？"

老宫人揉一揉眼，自己叹气："可不是么！瞧我的眼神儿，越来越不好了！不过那日姑娘没今天这么精神！呵，今天这模样儿，更有几分像我们夫人了！"

那日碧落梳着矮髻，未着脂粉，而今日，她抹了点胭脂。

一点胭脂而已，却掩去了她自己都未觉出的森冷难近。

符宝儿歪着头问，"那桃李夫人，很像你么？"

"没有。"碧落忙笑道，"我没觉出像我来……"

她转向老宫人："嬷嬷，这位是南阳公主，天王陛下的爱女，想到宫中走走，瞻仰一下桃李夫人的画像，可以么？"

老宫人迟疑了一下："天王陛下没在宫里吧？"

符宝儿笑道："早哩，这次南征，东西千里，水陆并进，运粮草的船就有一万多艘，要打入建康再回来……估计还得几个月吧！"

老宫人慢慢将宫门拉开："进来吧！进来吧！话说，咱们夫人以前也是个喜欢热闹的，不过天王陛下不喜欢有人来吵……咱们只悄悄的，别动里面东西就是了！"

一时引了进去，老宫人笑眯眯地拉了碧落的手，颇是亲热问道："姑娘，你叫什么名字？"

碧落恭敬回答："嬷嬷，我叫碧落。嬷嬷怎么称呼？"

　　老宫人笑道："哎，我姓云，跟我们夫人同姓，是这里的老宫人啦！还有个老姐妹姓李的，也服侍过夫人好多年呢！"

　　"姓云？"符宝儿在前笑道，"碧落，也和你同姓！"

　　云嬷嬷笑道："姑娘也姓云啊？哎，是扶风郡的吗？当年扶风郡的云氏，有很多人的，不过后来……哎……如今姓云的不多啦！"

第二十二章　露华慢　关山千里问桃李

扶风郡，云氏。

碧落入宫第一天，就听符坚提过。

杨定随在碧落身侧，眼角余光分明正不断打量着碧落。碧落已顾不得了，只是强笑道："这个可不清楚，我是孤女，从小就被别人家抱养，并没听说过扶风郡的云氏。"

说话间，殿门已在眼前，另一个老宫人慌忙走了过来："云姐，你怎么带了那么多人进来？"

大约便是那个李嬷嬷了。

云嬷嬷不以为意道："哎，这屋子空了十八九年，霉气森森的，也该带些人进来走走了。你瞧，这几个孩子，活蹦乱跳的，也不是什么外人，趁着天王陛下不在，让他们玩玩又何妨？"

李嬷嬷犹豫了片刻，叹道："也是，以前咱们这个关雎宫，多热闹！天王每日都只记得来看咱们夫人。哎，说起来，你说咱们夫人是不是……"

她终于没说完，转向一边的配殿："我去弄些点心，你们去看看，看看就到那边去吃点心，别弄坏里面的东西，天王要怪罪的……"

符宝儿应一声，早就踏入殿中，然后便惊叹："这里是一二十年没人住的地方？哎，比燕晴宫还漂亮！"

碧落上次过来时就已发现，关雎宫中一切陈设富丽至极，却雅而不俗。大到案几箱笼，小到花觚茶盏，无一不是精挑细选的上等物事，足可见主人出身豪富，且品味颇高，也可见符坚对她的宠爱，的确到了无以复加的地步。

但这些都不是碧落关注的。

她径自冲向那幅画像，让她惊鸿一瞥至今心神不定的画像。

她只希望能确认，确认那幅画只是她的一时错觉。

可站到画前时，恍如一盆冷水扑面浇来，又似有一团烈火熊熊烧起。

画上那女子，浅浅含笑，绛唇如珠，一对梨涡如醉，眸子漆黑，似在望着自己，又似望着远远的虚空，透出一抹倔强的高贵来。

那眼神，果然很像慕容冲。

可那容貌，更像云碧落！

碧落忍了许久，到底伸出手指，点上那女子手中的桃花："一朵，两朵，三朵，四朵，五朵，六朵……"

六朵桃花。

画像一侧，题了字体极熟的八个大字："桃李不言，下自成蹊。"

碧落跟随苻坚已久，日日看他批阅奏章，一眼便看出，那是苻坚的亲笔。

另在右下角有十六个小字，却颇是娟秀灵逸，与那八个大字的慨然大气截然不同："枕畔香冷，酒浓无梦。何处寻卿？懒步芳尘。"

钻心地疼痛，如钉子般忽然钉入脑壳，让她喘不过气来，脚下一阵阵地浮软。

一双手适时扶住她的肩，托住她的腰。

杨定不知什么时候来到她的身边，低声问："你怎么了？"

碧落颤着声音答道："没什么……突然头疼。"

苻宝儿走来，将那画像一打量，道："这画儿是很漂亮。不过，碧落，这里本就富丽堂皇的，就是没有这幅画，也很明亮啊！"

她伸出手来，摸着那幅画像，嘀咕道："她比我母亲还美？比我还美？也不一定啊……"

话未了，已听到李嬷嬷在叫道："哎，小祖宗们，你们看就看，别摸那个！弄脏了一丁半点，天王可饶不了我们！"

苻宝儿翻了个白眼："谁稀罕摸了？明天我让画师来，帮母亲和我画个更美的！"

碧落回过头来，勉强笑问："嬷嬷，这画挂在这里也有十八九年了吧？还和新的一样呢！"

李嬷嬷拿来纯白的细布，小心地拂拭画上根本看不出的灰尘，说道："哪有十八九年？也就大概十年的光景。也不知天王从哪里找来的，挂上后把自己关在殿里，看了整整一夜，出来时眼睛都肿着……"

她顿了手，"啪"地打了下自己的嘴巴，叹道："呸，和你们说这些做什么？可真是老糊涂了，话这么多！"

碧落点一点头，符宝儿却愈加地不服气，只在房中转悠，希望能找到证明这屋里主人不如她母亲的证据来。

不一时云嬷嬷过来叫唤："你们几个孩子，都过来吃点心！"

符宝儿应了，转过来寻杨定和碧落时，却只见到杨定对着那张画像发呆，忙问道："碧落呢？"

杨定微笑道："说是头疼，先回去了。"

符宝儿点头道："原来果然不舒服！刚我看你扶着她时够殷勤的，以为你看她今天漂亮，给迷了心窍呢！"

杨定尴尬一笑，拍拍她的肩："从一大早出来转悠到现在，饿了吧？咱们吃点心去。"

符宝儿听他一说，果然觉得肚子咕咕叫起来，忙走向云嬷嬷正招手的配殿，嘴中却喃喃道："这两个老宫人年纪那么大，应该不会害我吧？母亲还让我注意着，紫宸宫的东西一口不能吃……"

杨定皱了皱眉，到底没说什么，默默带了她去吃点心。

碧落不知道自己是怎么回到紫宸宫的，只觉卧到榻上时，头疼得已快要裂开。

青黛不放心，进来探了几次，碧落只推头疼，连晚饭都没吃，却不许青黛去请太医，说道："出去吹了风，静静睡一觉就好了。"

但她在卧榻上辗转了半宿，终于想得明白：若是有些疑团不解开，她的头疼绝对好不了。

宫人说，桃李夫人已经离开了十八九年……

云嬷嬷说，她长得很像桃李夫人……

李嬷嬷说，那画在十年前才挂入关雎宫……

奶娘说，要带她去长安，找她的亲人……

而碧落，今年十九岁……

奶娘要带她找的亲人是谁？她为什么会把画给了符坚？

恍恍惚惚，碧落只记得符坚清隽儒雅的面容，慈和温煦的微笑，还有那脱却了男女私情，不知不觉间颇具长者风范的关怀和慰抚……

碧落越来越不安。

在想到慕容冲传来的讯息后，这种不安如堤坝乍溃，巨浪滔天般将她冲击得猛地坐起，背上的小衣，已是一层又一层的汗水，湿答答黏腻在身上。

"若闻符坚败讯，速离长安。念卿甚！念卿甚！"

两句儿女情长的"念卿甚"，怀着多少相聚的希望！

而那希望的背后，必定是符坚彻底的失败和巨大的失望！

秦王这几年食不知味，睡不安寝，无非就是因为江东未定。他苦心孤诣甚至一意孤行发兵南征，寄予了多少年的精力和心血，碧落一向便猜得到，可一向不愿往深处想。

可她现在，似乎不能不想！

符坚……

到底是不是她的亲人？

而桃李夫人……

是不是她的母亲？

窗外北风寒瑟，暴烈的呼啸声中，不时夹杂着枯枝被吹断的脆响，"嗒"的一声，似敲在谁的心上。

她心口闷闷地疼，更觉喘不过气来。

碧落猛地坐了起来，颤着手取了茶壶，倒了一盏茶来喝。

茶水早就冷了，碧落也不管那冷意直沁到肺腑里，将周身毛孔都激得张开抖索，一气饮尽了一盏，又重倒了满满一盏，"啪"地倾于自己面颊上。

冷冰冰的水顺着额前散发，顺着深浓眼睫，顺着精巧鼻尖，顺着柔润下颌，一滴滴垂落。

好久，好久，当终究再滴不下一滴水时，碧落扯过架上搭着的擦脸布胡乱擦了，开始收拾起行李。

她想，她应该已经足够清醒了。

慕容冲的讯息后藏了太多的内容，让她那样清晰地意识到，符坚的大败，可能才是意料中的事。

凭他怎样万民称颂，凭他怎样文韬武略，凭他怎样天姿英伟，怕也抵不了那背后无声操纵的黑手，或者，最喜作弄人生的无常命运。

那伐向江东的八十七万大军中，有氐人、羌人、鲜卑人、匈奴人、汉人诸族混杂，统军将领中，有原燕国降来的慕容垂、慕容晖、慕容德，有西羌降来的姚苌，有凉地降

来的张天锡，还有江东晋国被俘被迫降来的襄阳太守朱序等。

符坚胸怀大志，超迈旷达，求贤若渴，但凡归顺而来的将领，大多以礼相待。当日朱序死守襄阳，与符丕大战经年，后来手下叛变，才被拿下；可符坚认为此人有才识有气节，封为尚书，反将叛变的手下杀死。

可有气节的人，真的就能被他的恩遇感动吗？

就像慕容冲、慕容垂等人，他们对符坚给予的高官厚禄，何曾放在过眼里？！

他们只会记得，骨子里流动着的帝王家的血液，以及大燕皇室的赫赫威仪，以及如今屈居人下的不甘与无奈，还有，无法洗刷的愤怒和耻辱……

推一及几，其他部族的亡国之后、被俘将领，有多少是诚心归附的？他们对符坚虽是敬畏，可敬畏的只是符坚手中所掌握的绝对权力而已。

一旦那权力不够强大，有几人能对这位灭了自己家国的帝王怀着感恩之心？

而汉人兵马，又有几个愿意去攻打南朝那个由正统炎黄子孙建起的晋国江山？

百万兵马在符坚的指挥下，能以统一的步伐攻向江东，却没有统一的人心跟随符坚！

对符坚来说，首鼠两端的降将都不能算祸害；怕只怕，降将之间早已彼此默契于心，只等着开战时寻隙而乱。

碧落不想坐等，坐等符坚战败甚至战死的消息。

她一定要去找符坚，至少，先问明桃李夫人是谁，而她云碧落，又是谁……

五更天，天还只蒙蒙亮，一向疏懒的紫宸宫人几乎还沉浸在睡眠中时，碧落悄悄出了紫宸宫，甚至没走正门，逾墙而出。

拿了自由出入宫禁的令牌，她很容易出了宫，然后藏了行李，到羽林军内借马，只说出城散心。羽林军几位统领认得这位随侍秦王的女侍卫，知她颇受宠爱，也不敢违抗，由她挑了一匹极好的骅骝马，甚至为她配了牢固精致的鞍镫与马鞭。

城门才打开，一骑飞尘便已箭射而出。骏马上那女子一身青衣，长发飞扬，眸光清郁，容貌苍白秀美，一路将不多的行人看傻了眼。

而那晨间如凝着霜雪的空气吸入肺腑，如利刃般割过衣裳的寒风扎入肌肤，终于将碧落狂躁不安的神思渐渐压得安静下来。

很冷，但很好。

她可以将她所有的思维集中到抵御寒意和前行路线上。她曾经看过符坚的攻舆图，第一目的地很明确：项城。

苻坚的大致行军路线有三条。

前锋由苻融督统，步兵骑兵共有三十万左右。其中慕容垂部约三万人，攻取郧城；梁成部五万人，苻融、张蚝部二十万多，攻往寿春；

主力兵马六十多万，兵源由各地将领分别带领，约定了集聚于项城，由秦王苻坚亲自督统。

另外还有一路兵马，由西羌姚苌督统，配合梓潼太守裴元略率水军七万从川中顺流东下，直取东晋都城建康。

目前秦军究竟打到了哪里，有没有如愿攻下郧城、寿春，有没有渡过淮水，与晋军正面交锋，碧落全然不知。但先到项城，总是没有错。

她一路急奔，直到天色暗沉下来，马儿行得越来越缓慢，不时打着响鼻，才意识到自己已经奔了一天了，马儿早是又累又饿，而她的胃部，也阵阵地收缩疼痛，应该是太过饥饿疲累所致。

到底，宫里养尊处优的日子过得太久了，竟忘了当年随着慕容冲每日四更起身刻苦习武用心练剑的岁月。

找一处有小溪的地方停下，破开坚冰，碧落先用手掬着喝了两口，只觉空腹给冷水一激，更是疼得厉害，遂先将马牵过来饮水，又取了马料，堆到马儿跟前，才拿了行李中准备的毡毯铺在地上坐了，方才拿了干馍，也不管干冷难咽，胡乱吞了两三个，腹中才觉得舒服些，遂找件袭衣披了，拿毡毯翻卷着盖于膝上，倚着一棵树木打盹，预备着休息两个时辰再启程。

不知过了多久，隐约听得一阵马蹄声传来，她心下一惊，忙睁开眼时，只见白马绯影，在清冷的月光辉映下一晃而过，却觉有几分眼熟。一时还不及思索，便已打了个寒噤，才觉出手脚早给冻得冰冷麻痹，全无知觉。

不敢再坐着，她立起身来，在树下来回走动着，希冀尽快恢复些活力。

这时，她又闻着了马蹄声。

抬眼处，方才那离去的白马绯影已在跟前。

马儿被勒住，扬起前蹄啾啾而嘶；马上那人绯衣金带，腰佩长剑，中郎将的武官装束，一双眸明如珠，微带惊喜向她凝望，正是杨定。

碧落不由顿住身，意外地望向他。

杨定吸一口气，纵身下马，缓缓走向她，原本静穆的面庞已掠过明亮笑容："碧落，去哪儿呢？也不告诉咱们。"

碧落盯着他那身官服，语带嘲讽："杨将军，我出宫要向羽林军报备吗？"

杨定低头瞧了瞧，笑道："急着出来找你，没来得及换衣裳。"

碧落冷冷站着，猜度他的来意，并不说话。

杨定略觉尴尬，搓了搓手，笑着解释："我到了羽林军营，听部属来报告，说你借了匹军马离去，心里不大放心，所以追来瞧瞧。"

他这一追可真也不近。碧落一路急奔，怕已奔出一二百里了吧？

碧落淡淡道："你担心我回平阳去，再不回宫？"

杨定脸上的笑意淡了下来，沉默片刻才道："若你去的方向是平阳，我便不追了。可你是沿着南征大军的路线走着，我自然不放心。"

碧落轻笑："不放心什么？怕我跟到军中刺杀秦王？"

"你不会，我知道你不会。"杨定立时说道，"我只是……不放心你。"

碧落抬起头，散落的发丝在眼前轻轻飘动，眼前男子的面容和神情，便有些不清晰，但他的话语依旧一字一字清晰而柔软地传来："可以告诉我原因吗？因为那幅画，还是因为画上的女子？你也该知道……只要不伤害天王，我绝对不会阻拦你做任何事。"

他顿了顿，自嘲地苦笑："也拦不了，是不是？"

他离碧落站得很近，特有的阳光般的气息在凄清的月色下浮动，随着冷风扑到鼻尖，有种奇怪的暖意，让人禁不住靠得更近些，汲取更多的温暖。

碧落忽然之间便眼眶发烫。她回过身，依旧坐回毡毯上，抱着膝，努力憋着泪意，不让泪水滴落。

杨定缓缓走到她身侧，靠在树的另一侧坐下，无意识地抚着马鞭上粗糙的纹理，低声道："心里有事，说出来会好受些。碧落，你就那般……信不过杨定？"

碧落的泪水再也憋不住，双手掩着脸，伏在自己的膝前，已忍不住低低地啜泣："我不知道，杨定，我真不知道。我记得那张画，奶娘告诉我，画上的人是我母亲……她说……我的亲人在长安……"

她缓慢地讲起了自己的身世。

很模糊的记忆，记忆里奶娘温暖的怀抱，清苦的童年，艰难的长途跋涉，母亲的画像，画像中的桃花和题字，意外的失散，不该为奴不该为婢的宣言，主人的恶毒，她的潜逃，还有慕容冲，那个如天神般降临在她身侧的绝世男子，和慕容冲的相知相守，相携相依，以及越发模糊的记忆，越来越渺茫的寻亲希望，直到，关雎宫中的惊鸿一瞥，疑窦丛生……

"杨定，你说，我是谁，我到底是谁？"

碧落呜咽着，全然不见了以往的淡泊清冷，泪水将杨定膝前的锦缎润湿了一大片。

不知什么时候，她已伏到了杨定腿上，哭得像个迷途的孩子。

杨定垂着眸，轻轻拍着她抽动着的肩背，声音小心翼翼，仿佛害怕惊动浮散的月辉，是连他自己都不曾觉察的怜惜与温柔："没事，没事……天王……的确应该知道。我们去找天王，找天王问清楚……"

月色投下，两个的淡色月影重叠在树脚，像一对交颈而卧的鹣鹣。

溪水边，那被杨定随手放开的白马，踱到碧落的骅骝马前，蹭了蹭骅骝马的脖子，然后俯首吃骅骝马吃剩的草料。

骅骝马居然没赶它，反而退了一步，在地上寻找着绿色的草儿，一根两根，慢慢地嚼着。

这两匹马，是羽林军中最好的两匹马，原来便是一对儿，很亲热的一对儿。

等碧落终于回过神，胡乱擦了擦脸，收拾起东西时，杨定为她牵来了骅骝马，笑盈盈地递过缰绳。

他似完全没觉得碧落方才的行为有甚不妥，眸光依旧明朗而清澈，神情温煦如阳。

碧落暗暗感激，勉强一笑，饰去自己的尴尬，跃马而行时，却见杨定也上了马，跟了上来。

"你……不回京么？"碧落困惑地问，嗓音沙哑。

杨定笑道："哪能让一个姑娘家孤身行走千里？何况不知那边战况如何，多一个人，也可以多些照应。"

碧落别过脸："杨定，谢谢。可你的恩情，我受不起。"

空气有轻微的凝滞，旋即被爽朗的笑声冲散："天王命我守卫王宫，王宫中的一人一物，自然都在保护之列。不管是你，还是两位公主，或是其他什么夫人，如果有足够的理由去找天王，我都有责任安全护送到天王身边。这是我职责所在。"

职责所在？

为了一个人的安危，将保卫王宫的责任弃于脑后，到底是擅离职守，还是职责所在？

碧落想问，终究又没问。毕竟长安还有宫廷卫尉和羽林军那么多兵将在，出不了事；而碧落的确是孤身一人，的确……希望有一个人能陪着自己，在这样又冷又黑的漫漫冬夜……

第二十三章　壶中天　是非成败弹指间

这一走，足到第二日中午，才因人疲马乏而停了下来。

碧落虽然还是心事芜乱，但昨日一通断断续续的倾诉，积郁已冲淡了不少，再加杨定一路急奔间虽不大与她说话，但她听得那马蹄声声，知道他一直紧随在自己身后，心中也是安定不少，依稀还有些庆幸，庆幸还有这么个朋友，能在最艰难时伴在身侧，不离不弃。

杨定应该算是她的朋友吧？

不管是不是缘，是不是孽。

只不知，这大半年的避而不见，他到底有没有回复到他自己原来那颗自在不羁心？

下马时，碧落瞥一眼杨定，只觉他脸色有点发白，但神情甚是宁静，从容地将马儿牵到溪边饮水。

碧落将马料分给了两匹马，转而取干粮时，望着杨定那匹白马上空荡荡的鞍垫，忽然心里一跳，转头问杨定："昨天……你一路有没有下马吃过东西？"

杨定望向她手中的干馍，有些狼狈地笑道："没有……早上出来得急，什么也没带。"

没带钱帛，没带衣饰，没带干粮，空着双手准备追行千里……

"那……你从昨天早上到现在……什么也没吃？"碧落愕然说着，猛地将干馍塞到杨定怀里，甩手在他头上拍了一下，将他本就被吹散的发髻打得更凌乱了："你傻子啊？为什么不说呢？"

杨定一边往嘴中塞着，一边护着头笑道："别打头，会打笨的！"

碧落气怒："你还不够笨吗？"

杨定将一个馍吞下腹去，才低低道："你一直哭着，我就忘了还饿着了。"

略带了丝委屈的口气，仿若顽童玩过头了，被父母训斥着不许吃饭。那丝几乎听不出的委屈，伴着杨定赧然的微笑，如一根羽毛歇在了心头某处轻软的角落，竟让碧落一时又是微哽，忙坐到他跟前，大口大口地吃起馍来。

至傍晚二人再经过一处集镇时，碧落忙下了马来，添置了干粮和水，又为杨定买了适宜露宿的毡毯和厚厚的棉衣、大氅，虽然质料远不如宫中的柔软舒适，但杨定素不挑剔，只是很感激地向碧落微笑，让碧落不由得怀疑，这一路行来，到底算是谁在帮谁？谁在连累谁？

因夜间寒冷，杨定往往会在二人落下脚后立即去附近找些枯柴来，将干粮烤热了再吃；然后再移开火堆，将二人毡毯铺于烤火处，便觉出几分暖和了。碧落有些奇怪："杨定，你不是出身仇池高门么？怎么懂得这些？"

杨定将头缩在碧落为他买的大氅里，笑道："我这人天生喜欢游荡，从小就找机会走遍了名山大川，常常露营在外，不学着些早就冻死饿死了！"

他说着，做个鬼脸，笑得很是得意。

碧落也不由得轻松一笑。

因这一路很是疲乏，开始碧落一夜只睡两个时辰，后来常三四个时辰也不见醒；二人毡毯都铺在烤火处，虽则杨定尽量将她的铺在了暖和的地方，但地气渐凉后，这冬夜也着实冷得很。

或者人的天性便是向着暖和舒适的地方，好多次碧落睁开眼，都发现自己睡到了杨定的毡毯上，甚至裹着自己的袭衣，钻到杨定的大氅内，汲取着他身躯和怀抱的温暖；有一两次，碧落甚至发现自己用很不雅的姿势，将手或腿挂到了杨定身上。

好在杨定似乎睡得很沉，几乎每次都在碧落醒后，悄悄挪回到她冰冷的毡毯上才会睁开眼，倒也从没让碧落尴尬过。

几日急行下来，两匹千里挑一的好马均已瘦了一大圈。

碧落虽是习武已久，到底是女儿家，也觉支持不住。

这日看到前方有城镇，杨定建议找客栈休息一晚，再赶一两日，项城就在望了。

碧落闻着快到项城，可能即将见到符坚，心下也是惘然，反而没了最初的急切心情，遂应了下来，令跑堂的将马儿牵走，好好喂了，再洗刷一番。

二人也各去洗漱一番，已是面貌一新，出来用膳时，正好在门口碰到，居然颇有默契地相视一笑，再不知是为自己，还是为对方一时结束了野人生涯而高兴。而店中食客看到两名衣着平平却容貌极出色的年轻男女走出，也是一时静寂，待二人坐了下来，方才恢复常态，只是仍有人不时艳羡地瞥来两眼。

难得吃到新鲜的热菜热饭，虽然不够精致，比起天天硬吞下去的干馍冷饼已经不知好了多少倍了。杨定兴致颇高，甚至叫了一壶热酒来，与碧落分着喝。

碧落皱眉道："我可不怎么会喝。喝醉了可怎么好？"

杨定笑道："喝一点子暖暖身没什么的。横竖我就是把这壶全灌了也醉不了，也舍不得多给你喝。"

碧落不觉好笑，想着他一路陪自己风餐露宿，毫无怨言，也不忍扫他的兴，果然倒了点酒，一边喝着，一边听食客们讲着闲话。

这里已近项城，谈论最多的，果然是如今在淮水附近的两国大战。

"咱们大秦不怕的！我有听我那当巡城官的儿子说过，晋国那边才不过一二十万人马，咱们天王百万兵马，光骑兵就有二十七万，骏马过去就把他们给踏死了。"有食客在说着，却是个中年商人，此时提到大秦的风光，两眼俱是神采。

一旁立时有人附和："自然不怕！咱们天王登基二十多年，战无不胜，攻无不克，小小的江东六郡，绝对不在话下，不在话下！"

跑堂的在旁也不端盆了，凑上去道："可不是么！如今在项城的兵，说有上百万哪！上个月底还看到有两批兵马过去呢，那个队伍长得啊，怎么也看不到头！只看到那旌旗像云一样飘着，嗬嗬，一直飘到天边！这辈子能见到这样壮观的兵马，也值啦，值啦！"

有人在起哄着，大说大笑着，又谈起前方的战事，说在哪里哪里消灭了一股晋军，多少多少人，还有提到地方的，说是襄阳。可重新夺回襄阳，分明是四月的事，都过去大半年了。可见得大多是以讹传讹，作不得数。

碧落听得无趣，见杨定端了酒碗在发怔，不由得问道："怎么了？"

杨定放下碗，眉峰微微蹙着："我觉得天王可能操之过急了。驭兵虽多，可都是远来之兵。远来兵疲，战斗力必定减弱。且各地兵马由各处将领分散领来，习气风俗各不相同，只怕一时军心难齐。便是要训练只怕也来不及。天王自己九月就该到项城了，可到了十月底还有兵马没有集齐，实在是……"

杨定摇一摇头，一边喝酒，一边目注碧落："但愿……各处兵马都能齐心协力，辅助天王，则天下统一，指日可待，天下百姓也就可以过几年安生日子了！"

碧落忙低了头，只顾喝酒吃菜，当作听不懂。

不知不觉，已是酒足饭饱，二人正待离席而去时，店中忽然冲进一位儒生，叫道：

"不得了啦，不得了啦！秦军败了！败了！"

恍如冷水泼顶，几乎半数以上的食客站了起来，甚至杨定和碧落也不由自主站了起来。

"怎么回事？陈先生，别扯淡啊！咱们天王怎么会败？"原先那中年商人高声喝问，引来一片附和。

儒生擦着头上的冷汗，叫道："没扯淡，真没扯淡！我兄弟才从汝阴他丈母娘那里回来，正好遇到秦军败退的兵马，说晋军已经杀过去了，一路都是尸体呢！还说，还说连天王所乘的云母车，都被晋军劫了去……也不晓得天王在不在车里……"

"可我们秦军这么多人，由天王御驾亲征，怎么会败？怎么会败？"七嘴八舌的食客们议论纷纷，正在惊惶猜测之际，忽然全都闭了口，噤若寒蝉。

一柄雪亮的宝剑，挟了一股肃杀之气，很稳地架到了那儒生的脖子上，泠泠然的光泽，映出了那儒生惊得刷白的脸。

竟是杨定！

一向笑嘻嘻的杨定，嘴角似乎还是隐着一抹笑纹，却冰冷无比："你是什么人？晋军的探子？跑来动摇大秦的民心么？"

"不……不是……"儒生腿都软了，却不敢瘫倒下去，嘶哑着嗓子道，"不是……探子……我真的听说……听说……"

一旁的中年商人叫起来："他不是探子，不是探子！他是镇东学堂里的陈先生，我们这里土生土长的好人哪！他……他的确有个兄弟娶了汝阴的媳妇儿……"

碧落没想到这看似漫不经心的男子，居然也有这么冷冽的时刻，忙上前一拉他："杨定，弄清楚再说。"

杨定略移开剑，那儒生已脚软得一屁股坐到地上，战战兢兢地拿了袖子擦汗。

杨定声音略和："你只听说败了，又未经证实，怎好在百姓中胡乱传言？若因此引来人心动荡，你吃罪得起么？"

儒生连连点头，道："是，是，小的知罪，小的……再也不敢乱说了。"

杨定不再说话，收了剑冲向客房。

碧落一迟疑，迅速跟了进去。

而店堂之中，很久，很久，没有一个人敢开口说话。

杨定在客房之中拿一块湿布敷在脸上，同样好久好久没说话。

“杨定……”碧落小心地上前唤着。

传言苻坚败了，碧落脑中也纠成了一堆乱麻，道不清的悲喜惊骇，甚至还有隐隐的担忧，理也理不清。可她竟不知，此事能给杨定这样大的冲击。

苻坚胜败，和目前未掌大权的杨定没什么关系吧？便是未来的驸马身份，只怕也不是杨定所在意的。杨定拿开了湿布，勉强笑了一笑：“我没事。不过……”

他回过头来，平静道：“我不放心天王，打算前往淮水一带去探下。如果秦军真的败了……大败……我要看下，能不能相助一臂之力。那里太不安稳，不是姑娘家去的地方，你就在这里等我吧！”

碧落皱眉，有点怀疑自己是不是听错了：“杨定，你弄清楚，本来就是我想见天王，不是你想见天王。”

杨定叩着陈旧的窗棂，沉声道：“我明白，你急着想弄清自己的身世……不过，你觉得以天王目前的境况，适合听你讲那些事吗？”

碧落沉默，然后依旧坚持：“我们一起去吧，我会见机行事，不会说不合时宜的话。我的身手，应该也不致成为你的负累？”

杨定静静与她对视片刻，见她毫无退缩之意，才又问道：“碧落，你一心盼着的，是天王输，是不是？”

这天真的很冷，夜雾也浓，一层淡色的雾霭随风飘入房中，将烛火吹得一暗。于是对面的那个人，虽然近在咫尺，也看得不甚清晰了。

许久，碧落忍住自己的激动，冷淡道：“杨定，你在防备我？”

烛色更黯，雾霭更浓，杨定的声音在雾色烛光里也蒙昧不清：“碧落，旁人不知道，我却很清楚，你和慕容冲对于苻氏的大秦，抱着怎样的态度。只是事到如今，即便事实再残忍，我也希望你能面对。如果桃李夫人真的是你母亲，那么……秦王苻坚，很可能是你的亲生父亲。你不姓云，你该姓苻。你是这败溃的大秦国的公主！”

“你闭嘴！”烂在心底最隐秘处、最不愿提及的脓肿蓦然被人扎裂破开，碧落惊惶嘶叫起来，几乎站都站不住，却能抓过桌边的茶壶，猛地掷向杨定。

杨定侧身闪过，土陶烧制的茶壶“当啷”落地，一声沉闷的破音，茶水茶叶，缓缓在地面上流淌开来。

碧落盯住杨定，眼中蓄满了泪，忽然转过身，冲出了房去。

杨定脚一软，慢慢坐倒在案边，抱住自己的头：“我在做什么？我在做什么呢？这下她要恨死我，恨死我了！”

可即便被恨死，有些必须做的事还是得做。

否则，他便不是杨定。

两炷香后，杨定出现在店后的简易马房边，却已穿上了出京后便换下的那身绯色中郎将武官服饰，除了腰间佩剑，手中更多了一把丈二长矛，冷光烁烁，杀机微露，俨然已是久经沙场的年轻将领，威势凛然，难以逼视。

战事不明，甚至连苻坚安危也大成问题，他无论如何无法在此安然入睡，势必连夜赶路了。

他正要去牵自己的白马时，已见到马房中人影闪动。

碧落一手牵了白马，一手牵了骅骝马，缓步而出。她轻轻一笑，眸光里有着星子样晶亮的光芒："我一定要去……去见苻坚。在我确定我的身世前，我不会让任何人杀他。"

她的笑意显然苦涩："这天底下……这天底下，可能只有他，知道我是谁了吧？"

云碧落？苻碧落？慕容碧落？

碧落仰望星光，再笑，却忍不住眼眶中的水滴，直滚下来，连手足身体也是冰冷，仿若刚从冰水中捞出。

这时她的身体忽然一紧，大片的温暖顷刻将她包围。

杨定张开他结实的双臂，将碧落轻轻拥住，低声道："碧落，我错了，我道歉。"

碧落想推开，但居然没有伸手去推。她喜欢这样的温暖，这温暖里蕴着年轻而有活力的沸腾血液，蕴着让人痴迷而向往的阳光气息。

慕容冲应该也有这样的温暖怀抱。他也该愿意温柔地抱住她，小心地呵护她。

可他终究隔得太远了，远得让碧落最无措最彷徨时连想起他都觉得无力。

或者，她是不敢想，就如她不敢想，苻坚可能是……她的生父一般。

但愿不是，但愿不是……

碧落呼吸着杨定耳鬓边带着他体温的空气，低声道："你……哪里错了？"

他哪里错了？

他一直知道碧落想做什么，碧落对于苻坚，特别是失败的苻坚，太过危险。混战之后，什么事都可能发生，便是秦王此时被刺，为稳定大局，继任者也未必能拿坐大的鲜卑慕容如何。他是因为太了解碧落，才斥逐她；而从另一方面来看，远离战场也未必不是对她的保护。

但杨定居然回答："我……我不该让你难过……"

碧落身体一僵，杨定已放开他的双臂，用他洁净的绯红衣袖，擦了擦她的眼泪，然后，居然用手指刮了下她的鼻梁，轻轻笑道："你哭鼻子真难看！"

在碧落的惊怔间，他揉了揉自己的鼻子，跃上了马，笑容终于恢复了清爽明朗："碧落，走吧！"

碧落吸一口气，迅速跃上了马。

未至天明，他们已到了项城附近，果然看到了露宿于路边的十几个秦军，一脸疲惫地倒在地间酣睡。有几匹马儿散放在林中，矛戟散落一地，已经凝了一层清霜，想来都是骑兵了。

杨定下了马，用力推醒其中一位："喂，喂，兄弟，你是哪位将军部下？"

那人似乎给很给惊吓了一番，虾子般向后退了几步，揉了好一会眼睛，大约发现不是晋军，才舒了口气："我们是阳平公大将军部下。您是？"

杨定知是苻融部下，正是最前线的兵马，心下暗喜，亮了亮腰牌，道："羽林军翊卫中郎将杨定。"

那人立刻爬在地上磕头："杨将军，拜见杨将军……您顺利出来了，天王想必也已全身而退了吧？"

其他人半梦半醒间听到天王两字，立时给惊动了，振足了精神，个个爬起身来拜见杨定。

杨定知他必把自己当成随侍坚身侧保护的近卫羽林军了，笑了一笑，道："我是临时奉诏前来的，刚到前面镇子听说秦军一时战败，所以连夜赶来查看。怎么，果然败退了？"

此刻，他言行之间极是稳重宁和，又不失将帅高门的气度，再无半点嬉笑轻浮之意。

骑兵们对视几眼，看住其中一位服色异于他人的骑兵，大约是几人中的职分最高的了。

杨定含笑道："这位兄弟担任何职？"

那人忙上前来，答道："我乃大将军麾下的陪戎副尉李德。"

杨定点点头，坐下身来道："李副尉，我才从京城过来，对前方形势不明，可否请副尉详叙？"

李副尉叹道："实话说，这场仗输得稀里糊涂，我职分低下，到现在还没弄清状况。"

杨定鼓励道："李校尉你只管把你知道的说来听听。"

李副尉沉吟片刻，道："我们随了大将军一路南行，一路都很顺利，十月十八便把寿春打下来，进驻寿春。听说慕容将军那边也很顺，很快下了陨城。只有洛涧梁成将军那里似乎不太顺，开始小胜，后来给晋军那个叫刘牢之的龙骧将军夜袭成功，几乎全军覆没，晋军主力便攻下洛涧，集往淝水以南。"

"噢！"杨定眉目不动，拈了个树枝，在地上画着大致的行军方向，凝神想着，问道："晋军主力，共有多少人？"

李副尉露出恐惧之色："不知道，应该，很多，很多……"

"很多？"杨定在地上画着，说道，"自从江东桓温去世，晋军面对大秦，向来攻少防多，西路这里由桓冲督统，驻扎在江州，与我大秦交锋数次，虚实尽知，应该只有十万上下的兵马，至多不超过十二万，此时应该被我方的七万水军以及慕容将军所部兵马牵制，一时不可能抽身。那么开往淝水的晋军主力，应该是由谢家兄弟督统的北府兵。可北府兵……应该没多少吧？八万？十万？撑死不过二十万吧？如何对敌我大秦六七十万兵马？"

数年前，东晋宰相谢安为防前秦入侵，便曾向晋帝推荐自己的侄子谢玄镇守广陵，招募了大批骁勇善战之人，以刘牢之为参军，经过数年训练，早因战斗力强而声名在外，被称作北府兵，颇为晋廷倚重。杨定、碧落久在苻坚身边，多有耳闻，但碧落仅限于知晓有这么支兵马而已，此时见杨定随手挥画，已将简略的行军布防图勾出，不由得惊诧。

这个漫不经心的杨定，居然如此娴知军事防守之道，难不成，还真是个大将之才？

这厢李副尉已解释道："集结在寿春的，只有大将军统领的二十多万前锋兵马，我军主力，当时还未及从项城赶至。"

杨定眸中火花一跳："说明白些。"

第二十四章　凄凉犯　淝水摧倾战血殷

李副尉道："我等职分低微，并不知晓具体缘由，只知天王亲自带了一部精锐骑兵赶来寿春，应了晋军的邀战。我军隔了淝水，与晋军对峙。感觉还没交上手，不知怎的，就听上面传来了退兵的命令。接着四处都在传，说秦军败了，秦军败了，也不知多少人在叫，多少人在往后退，接着又有人下令整顿队形，不要慌乱，预备对敌……我等欲上前救援前方，可前面有一二十万的步兵，潮水般退了下来，也有几路步兵，领了自家将军命令，想要整顿队形的，给那潮水般的步兵一冲，自相践踏而死的不知有多少；我们因听说是大将军亲自在下令整队阵势，都想稳住马匹队形，结果……结果马蹄之下，也不知踏死了多少人……四处都是血，都是死了或快死的人……我想控制马匹，可一转眼，便又踩死了几个……我从这十年，竟……竟没见过这样打仗的。"

李副尉一时说不下去了，用手掩住了脸。

此时天色已晓，十几名劫后余生的骑兵脸上，都泛出了青白的恐惧之色，显然都回忆起了那场不堪回首的大战，心有余悸。

杨定细忖时，已然想象出当时的混乱。秦军的行军阵势，自是宜于进攻，不宜防守。一般说来，必是以步兵在前方拖垮对手，装备精良的骑兵随后冲击对方阵形，本是极合理的布置。但如果前方步军匆促后退，后方骑兵不明形势，一时很可能会引起混乱，若有居心不良之人趁势蛊惑人心，只怕更是乱成一团糟。

"后来呢？"杨定声音有些干涩，"天王和主将们顺利脱围了吗？"

李副尉慌乱摇头："我等不知啊！眼看着队形完全给冲散了，不知听见谁在叫，说大将军遇难了，又见晋军冲了过来，我们都慌了，急急便往外冲去，一路……一路都是踩着人的血肉，也不知那些人是死的，还是活的……"

"啪"的一声，杨定手中的树枝生生折断，碧落也禁不住仰起头，失声叫道："大将军遇难？阳平公遇难了？"

阳平公符融，符坚的亲弟弟，一身文韬武略仅次于王猛，正是符坚多年来最倚重的左膀右臂。他行事谨慎稳重，深得氐人和将士拥护，南伐确定以前，就数他反对得最厉害；但符坚正式下诏后，他操训调动兵马，研究攻防之道，极是勤谨用心地投入了备战，支持着兄长的诏令。

可他竟然也在混战中遇难了？

李副尉和诸骑兵都低了头，眼眶微红，并不答言，显然符融的死讯应是比较确定的。

杨定深吸一口气，缓缓站起身来，负了手，含一抹从容笑意，沉声道："我们食君之禄，本该忠君之事。阳平公素日待各位也不薄吧？难不成就这么逃回长安，弃君上于危难而不顾？"

李副尉等人对视几眼，忽然齐齐跪倒在地："我等愿听杨将军吩咐！"

杨定提起身畔长矛，在地下有力一顿，喝道："好！兄弟们起来，我们一起去寻找天王！天王在，大秦便在！大秦子民，便能丰衣足食，过上太平岁月！"

天边幻红如火的朝霞，已被阳光破开。大片金红的光芒，迅速将大半个天空染透，如一匹灿着红光的锦缎，拂拂欲飞。远近这冬日里的树木村庄给这晨光耀着，轻冷的白霜开始折射晶莹的光芒；而杨定在这片晶芒中凛然而立，肩背挺直有力，神色肃穆沉静，眸光温煦从容，天然便有了种让人折服的气度。

李副尉等人齐声道："属下愿追随杨将军，寻找天王！"

随即，众人纷纷收拾马匹兵器，随杨定一齐往淮水、寿春方向而去。

一路遇到的残兵败将更多。若遇到骑兵，杨定即刻邀请同去险地寻找天王。符坚为君二十余年，待下宽仁，深受关中百姓爱戴，声望极高，加上骑兵大多为羽林军或氐人，对秦王的效忠度以及对危难的承受能力远比一般士兵强悍，初逢大败虽是慌乱，一旦有了主心骨，立时冷静下来，因此十拨人倒有九拨随即便拨转了马头，跟随在杨定身后的。

步兵行动迟缓，且无衣无食，自顾不暇，根本无法满足杨定快速寻人的愿望，便令人指定前往后方某镇相候，等待收编，不得惊慌；有地位较高的郎将、校尉、中侯、司阶等武官，则令他们留心收集散兵，不论原属何部，先行聚集应变要紧。

如此下来，不过两天，杨定身后的骑兵已有了一千余人，声势颇是浩大，便是遇到小股的晋军，也大可放手一战了。

碧落紧随杨定身侧，眼见他从容谈笑之际，已将这许多人顺利收归麾下，不觉钦佩，得空悄悄赞道："杨定，我今日才知，仇池杨定，果然是将帅之才！"

本来正从容指点前方路途的杨定，闻言望她一眼，确定她并非说笑时，居然脸上一红，微微笑了一笑，眸子晶亮如星，显出孩子般的羞赧和得意来，好一会儿才道："这也是给逼着，第一次领兵深入险地。天王待我不薄，他若有险，我决不可袖手旁观。"

可如今这位沉稳领兵的年轻将军，心中最向往的，其实只是潇洒山水的不羁生活吧？

碧落正想着时，他们遇上了一队人数众多的秦军骑兵，上去询问时，却是由左将军窦冲率领。

窦冲跟随苻坚苻融南征北战已久，地位更在杨定之上。杨定忙令人驻扎下来，自己带了碧落和几名职分较高的武官亲自去见礼。

窦冲手下也只剩了几百骑兵，步兵尽数伤亡散失，知杨定素为苻坚看重，言行之间也颇是客气。而杨定终于问明了淝水大战的具体情形。

原来，当日苻融截获洛涧晋军向晋军主帅发出的求救信，判断对方人数不多，可速战速决，苻坚才丢下主力兵马，急急带八千骑兵赶往寿春。随后，晋军下了战书，秦军应战。因秦军占据寿春，两军间隔了一条淝水，阵势无法展开，晋军要求秦军退后，以容晋军过河决战。

窦冲等大将都认为我众敌寡，驻守项城的近六十万大军，又在陆续赶往寿春的途中，未及集合完毕，固守原地更可稳操胜券；可苻坚和苻融在估量局势后，觉得以秦军二十余万前锋之力，便足以将八万晋军击溃，反定下了假意后退，趁晋军渡河渡了一半时出兵袭击的计策。

秦王和主帅意见统一，其他将领无奈，只得应命，各自下令退兵。

可退兵之时，东晋降将朱序所领兵马在后高喊："秦军败了，秦军败了！"

原凉地之主张天锡、寿春降将徐元喜等人趁机应和，率兵杀开血路，投往东晋。其余各路兵马，不少为鲜卑、羌、匈奴、汉等异族人构成，并无十分忠于朝廷之心，只听一败字，便自乱阵脚，竟如乌合之众般各自觅路逃命，乱成一团，溃不成军。苻融见势不对，想要整顿阵形时，却被飞矢射中马腹，摔落地上，为晋军斩杀。

苻融死，秦军当真是一溃千里，再也无法阻遏。晋军趁势追击，前来救援的项城兵马同样不攻自破，兵败如山倒，加之天气寒冷，冻馁而死之人不计其数，数十万大军一夜间灰飞烟灭，竟如一场令人无法置信的儿戏。

无力回天的苻坚弃了云母车，在近卫羽林军的护持下跃上马匹，夹在乱军中奔逃，窦冲等人带了手下骨干骑士，一路拼搏杀出时，已与符坚失散。

窦冲叹道："我从淝水过来，直至淮水南北，一直留心寻找天王。不料几次遭遇晋军，手下精兵，已是越打越少。如果天王再找不着，我打算先投西路的慕容垂那里去。我们八十七万大军前来，似乎只他一路完好撤了出来，有三万兵马。我估量着天王若是脱险，大约也会过去。慕容垂这老狐狸，还当真是老当益壮。只不知，哎……"

窦冲没说完，杨定却已明了他的顾忌。

慕容垂是慕容冲的叔父，本是燕国的吴王，最是骁勇善战，因为功高震主，终被燕帝慕容晔猜忌，被迫投奔了符秦；若非如此，燕国大约也没这么容易便被秦国攻破。不过，他的血液里流着燕皇室的血脉，只怕终非池中之物。如今独他手中掌有精兵，天知道会发生什么事！

一时聊过，二人分别而去，依旧各自领兵寻人，只盼符坚无恙，中原方可一时无虞。不然以各部族势力，年轻的秦太子符宏绝对压制不住。

只不知大败之后，仅凭符坚过去的威信，还能令那些降族降将甘心受命吗？

杨定不知道，碧落不想知道，窦冲也是茫然。

这日，眼看已寻到淮水附近，四处都可见累累的尸骨暴于沟渠路边，都是很年轻的脸，却都已了无生气，或手足分离，或身首异处，甚至有被生生剖开肚子，五脏肠子流了一地的……连河水上的浮冰都凝了淡薄的绯红，令人望而心悸。若是夏日，如此多的尸骨，怕早已腐烂生蛆，恶臭不堪了。

散落的尸骨间，不时可以看到野猪或狗獾发掘啃咬，吃得吧嗒有声，见了人来也不闪避，黝黑的眼珠转动着贪婪喜悦的光芒；偶尔还有几只肥大的土狗，拖着人的断肢残骸从路边穿梭而过，显然也在为天降美食喜不自禁。

这里已离主战场颇远，尚且如此怖人，再想不出，淝水附近的秦军阵亡将士，该是怎样的尸积成山，血流成河！

碧落忍耐了一整天，到晚上扎营时再也忍耐不住，捧着腹部到隐蔽处大吐特吐。

杨定默默无言，只跟在她身畔，轻拍着她的背，看她好些了，再递过去一块帕子。

碧落掩住眼睛，喑哑道："杨定，我这是在人间吗？"

杨定低声道："你还能吐，便证明你还在人间。"

碧落向后一靠，倚到了杨定的肩，叹道："我从没看到过那么多的尸体。"

杨定沉默片刻，轻声道："我也没看到过。但我小时候，经历过更可怕的。"

碧落一怔。她从没听杨定提起过他小时候的事，似乎从见到他的第一面起，他便顶着仇池杨氏这样无人不知的名门高第的桂冠。

杨定仿佛无奈地叹口气，扬了扬手，脸上恢复了惯常的微笑，说道："其实也没什么，只是我见到的尸体，全是我亲友的，堂叔父的，兄弟姐妹的，家臣的，下人的，儿时玩伴的，还有，我母亲的……总之，死了很多，我住的那个大宅子，一夜之间变成了鬼域之地。我被母亲扔到了枯井里藏着。父亲和叔父带兵赶回来救援时，总算我还没死。他们将我抱了出来，投奔秦王。那是一场杨氏家族的内讧，我父亲输了，把全家都给搭上了。"

碧落瞪大了眼睛。这个男子，居然能含笑说起那么多亲人的死亡，还说其实也没什么……

杨定瞧见她眼底的迷惑，又笑了起来："我开始有一段时间很难过，很不适应。不过一个教我识字的先生和我说，笑着活，是一世，哭着活，也是一世，你又为什么要哭着活呢？又说，你看，别人都死了，就你没死，这是你的幸运，你的喜事啊！还有，你母亲一心想救你，你果然得救了，你母亲虽然死了，也是开心的，你又为什么不开心？我觉得他说得很有道理，便下定决心，以后要笑着活了。"

他垂下眸，笑意温煦清澈："碧落，你也可以笑着活，对不对？"

碧落从没觉得杨定的笑容那么好看过，甚至有种奇特的魅力，仿佛会传染他人，也想去笑一笑。所以，碧落牵了牵嘴角。

果然是个笑容，虽然很勉强，但到底算是个笑容。

杨定牵过碧落的手，拉她去吃东西，笑得更是开怀了："让我们笑着活，然后，让更多的人笑着活吧！我们一起……阻止更多的死亡！"

第二日连着遭遇两三股晋军，好在都不是主力，都只两三百人，对方人数明显落于下风，也似无意纠缠，交手不久便迅速脱身而去，杨定等志在寻人，自然也不去追击，只是心下却有些奇怪。

碧落也觉出来了，蹙眉道："杨定，他们不像在追击秦军。"

杨定点头道："他们似乎在找人。"

"找人？"碧落惊呼。

杨定淡淡笑道："我们应该找对地方了。"

淮水以北是秦国控制的地域，百姓对秦军还是相当拥护的。此地已无秦军主力部队，晋军这样锲而不舍寻找，必定另有原因了。

最可能的是，他们猜度有某位秦军主帅逃到了这里。

苻融已死，秦军中能引起晋军那么大动静的，应该只有秦王苻坚了。

顿下马匹，杨定将人马分作两部，一部交给陪戎副尉李德以及另一位职分较高的昭武校尉齐壹带领，一部自己与碧落督率，沿了淮水以北分开寻找，以便扩展搜寻范围，并约定两日后还在原处相候。——杨定计算着，两日之后，众人马上自带的粮草也该吃得干净了，到时已不得不往北方城镇补给食物粮草。也就是说，他们必须抓紧这两日的时间，尽量找到苻坚。

至第二日傍晚，一路打听着，依然没有苻坚的消息，派出的探子倒是抓住了一名晋军的信使，搜身后找到封加急信件，却是报告已行至一处叫信城的地方，然后提及信城富户带了不明秦军将领向北逃逸之事，虽然语焉不详，但看得出，晋军将领对这个能引得信城富户冒险出逃的秦将颇是疑心。

而杨定看毕信件，立即毫不犹豫指住信城方向："全速前进！"

五百余骑全速奔往信城，一路沙尘滚滚，直蔽天日，近日屡见两国兵马穿梭的淮水附近百姓，远远见了无不关门闭户，恐受池鱼之殃。

临暮时分，杨定等人已经越过信城，一路奔驰，只觉前方路径渐渐狭窄，右边却有一带村庄，人烟颇旺，有几处正袅袅升腾起炊烟来；正放缓马速，欲找人询问时，忽见附近民居推开一扇窗，向外探了一探，立刻惊惶缩回头去，又将窗户砰然关上。

杨定一眯眼，眺向村前的那条路，隐隐尚见有烟尘在远方浮动，应该刚有骑兵经过；而百姓早就躲入房中，显然并非被他们这一行惊住。

"快，我们赶过去！"杨定急急扬手，驱马急驰。

碧落坐于马上，一颗心几乎给颠得快要跌落胸腔，再也不知是惊急，还是激动。

眼见前方出现了一处小山包，山下的包谷场上厮杀正烈，双方人数却绝对不成比例。杨定等一眼望去，只看到晋军旗帜飘摇，足有一两百人，正将十余骑困住，狠命剿杀。

杨定高喝道："杀！"

众骑兵齐应和："杀！"

刀戟长枪，齐齐扬出，属于金属的寒冷光泽立刻在最后一抹夕阳余晖中跳跃而起，如蛇信乍起，森然杀机四散吞吐。

杨定一马当先，冷锋过处，但听惨叫声声，对方骑兵连连落马，生生撕开一个缺口，冲入重围中救援。

碧落不擅长兵器，但娴熟马术刀剑，早就从阵亡秦军那里找来一对适合马上作战的大刀来，紧紧随在杨定身后，扬臂挥砍相助。

"陛下！"

忽听杨定一声惊喜呼唤，碧落便知果然是苻坚，顿时胸口一热，差点被对手一枪将大刀磕落，忙集中精神对敌，向重围中心挟裹而去，终于看到了苻坚。

苻坚虽给敌手围困，依旧双目凛然，不怒而威，正亲自持了一杆长槊，与围上来的晋军恶斗；他的周围有几名身披铠甲头戴钢盔的羽林军，也有几名未着片甲布衣百姓装束的从人，俱已遍体鳞伤，只是凭一股士气机械地围护于苻坚周围，不肯让开半步；直到发现有人来援，他们方才精神大振，连连呼唤："快来保护陛下！快来保护陛下！"

不一时，秦国骑兵从撕裂的突破口冲入，迅速将苻坚团团护于中心。

晋军将领抬眼见秦军数倍于几，当机立断下令："撤！"

碧落双刀齐下，已连伤数人，闻得对方撤退，正要为即将结束的战斗庆幸，忽听得杨定高声道："全部就地格杀，一个不许放过！"

面对必胜之战，众人一齐应诺，声震四野，连山间的鸟雀也给惊得远远扬翅飞起，不敢稍作停留。

何时那个讲求清静无为有着慵懒明朗笑容的杨定，变得如此心狠手辣，赶尽杀绝？

碧落心悸，回头看时，杨定正一边留心遣人翼护苻坚，一边扬矛对敌。矛头处的红缨已是湿淋淋一片，再不知染了多少人的鲜血。

四周的秦国骑士如蛟龙出海，迅速展开包围圈。晋军再顾不得擒拿秦王，趁着对手未曾合围，纷纷拍马而出，逃向通往小山包后的逼仄小路。

杨定继续喝命："追击！务要尽数歼灭！"

众人应诺，一半人留下护着苻坚，另一半人急急追了上去。

杨定盯住为首的晋将，忽然顿下长矛，迅速取出弓箭，稳稳拉个弦如满月，连发三箭。

那为首晋将连闪两次，终究被第三箭射中后背，虽有重甲护体，未必便死，可他一头栽下马来，一旁立时有秦骑长戟挥下，再加上马蹄迅速从他身上踏过，怕顷刻便被踩作肉饼了。

失了首领，晋军更是混乱，慌不择路沿了梯田小路四散逃去，再也无心对敌，几乎由着秦军追赶宰割。

杨定见大局已定，方才与众人翻身下马，向苻坚见礼："臣杨定护驾来迟，陛下受惊了！"

好一会儿，才听到苻坚平静道：“来得很及时，诸卿辛苦了，快请起。”

本该在京城护卫王宫的杨定突然出现在前线，他并没有急于追问缘由。沉着吩咐之际，仿若杨定的到来正该在预料之中，更让众人心神大定。

第二十五章　浪淘沙　兴亡荣枯梦中事

杨定领了众人站起，这才敢抬眼打量苻坚。

只见他风尘满面，形容甚是憔悴，发丝从高冠中脱落几缕，飘落在额边，一身重甲包裹里，隐见得战袍上血迹斑斑，墨绿底金丝蟠龙大氅已被刀剑割开的几处裂口，此刻随风拂动，深一处，浅一处，也不知是敌人的鲜血还是他自己的鲜血。

碧落也在一旁打量着，只觉他精神虽不甚好，但神清气爽，眉宇沉凝，虽经大败，并不失那笑傲天下二十余年的帝王风范。正要松一口气时，一旁百姓打扮的骑者已焦急说道："陛下，您后肩伤口，须尽快处理！"

杨定、碧落等一惊，忙侧身看时，苻坚右侧后肩正深深扎入一根翎箭，只是内外衣衫俱是深色，看不出到底流了多少鲜血。

苻坚略一点头，向那骑者道："林卿，令弟庄园，还有多远？"

骑者答道："约四里不到。"

"哦，前面带路吧！"苻坚说着，忽然反过左手，握住右肩的翎箭，迅猛一拔，已将箭头连同一大片血肉带出。在众人的惊呼声中，苻坚若无其事地将翎箭掷于地上，当先拍马扬鞭，随那骑者而去。

杨定等一边紧紧随着，一边向苻坚近侍询问那骑者来历。

原来苻坚败退，只因身份至尊，一路有晋军紧咬不放。眼看身畔从人愈战愈少，苻坚自己也受伤不轻，其中一名近侍将其引到信城大户林大郎处。林大郎闻得天王蒙尘，招待颇殷，让其安心憩养。谁知晋军不久紧衔而至，林大郎带了豢养的豪士弃家而去，打算护了苻坚先到其弟林二郎处暂避。方才又被晋军追上，若不是杨定带人赶到，恐怕此时已落于晋军手中。

众人赶至林二郎府第时，只见主人得了消息，早在门前守候，却不曾大掌灯烛，显然是个心思周密的，提防着被人察觉有异。

杨定令手下兵马掩好形迹，在周围小心布防，检查无讹了，才自带了数十名身手高超的入林府内守护。

碧落本是苻坚贴身侍女，此时早已服侍在苻坚身畔。煌煌明烛下，林二郎预先找来的大夫已为苻坚裹伤。

揭开外衣，才见得苻坚后背已被鲜血浸得透了，但他的神情淡漠，即便大夫为他将捣好的药敷上，他也只是微微皱了皱眉，似并未感觉出痛楚来。

烛光下，他的面容远比京中时消瘦苍老。碧落从没见过他的面容上有如此多的深浅纹路，突兀地显出了这个男子久历的沧桑，饱经的风霜。

她什么也不敢说，只在大夫退下后，接过近侍递来的干净衣裳为苻坚披上，然后用温热适宜的清水为苻坚擦洗手和脸。

苻坚自己接过湿布，在额际和太阳穴附近按摩了好久，才向碧落微笑道："傻丫头，你哭什么？朕不是好好的？"

碧落一怔，忙擦拭脸庞时，果然摸到了满手的水迹。

"我……我没哭……"碧落努力扬起嘴角，"陛下好好的，我便放心了。"

苻坚见林家兄弟已经很知趣地退开，房中只剩下了几名生死相随的贴身近侍，方才问道："你怎么来了？"

碧落吃吃道："我……我在宫里待得闷了，所以出来走走……"

她实在没法子在现在这样的情形下，去追问无干紧要的往事。

那些往事再怎么刻骨铭心，如今都该已无干紧要了吧？在这样江山社稷风雨飘摇的时刻……

苻坚拍了拍她的头，温暖的手指轻轻按抚着她的发丝，无奈叹道："难道杨定也是闷了，才出来走走？"

碧落迟疑片刻，低头道："杨定不放心，出来寻我，一路到了南方，听说出事了。所以沿路收集残兵，赶来寻找陛下。"

苻坚此时方才露出一丝笑意："仇池杨定，我早知他不是平凡之辈。他从未领兵打过仗，居然能收集这么多忠心耿耿的骑士为己所用，实在不简单。"

碧落也不由为杨定骄傲，微笑道："不止这么多。还有一半与我们分开行动了，待

明日晚间便可邀来一齐护驾，足有千余骑兵。"

"千余骑兵……"

符坚低叹，若讥诮，若自嘲。

碧落知他必为数十万大军一夕灰飞烟灭痛心疾首，也不敢再言，跪坐到他的身侧为他轻轻揉捏肩背。

一时主人奉上食物来，符坚草草吃了，将林家兄弟好生嘉勉了一番，允诺回京之后必重重奖赏。

林二郎答道："陛下有龙腾天下之心，方才挥军南下，不幸蒙尘落难，龙困浅滩，此乃天意。小民是陛下之子民，陛下便是我等之父母，岂有儿子赡养父母而乞求报答的？"

言毕又恭敬行礼而退。

符坚挺直着脊梁，挥手向一旁近卫道："大家都辛苦了，早些下去休息罢，这里有碧落服侍便够了。"

众人应命而退，反手轻轻合上了门。

符坚眼见人都走得光了，缓缓吐一口气，以手撑额，倚伏到案几之上，满脸的疲惫和伤恨立刻尽数涌出。

"碧落，朕败了。朕一意孤行，坚持用兵，败得……很彻底。"

他垂着眼睑，眼角的皮肤无力地松弛下来，一圈淡淡的青灰色。

碧落很想告诉自己，不用伤心，不用伤心，只这人败了，慕容冲才有希望，她和慕容冲的未来才有希望。

可没有用。

她心头堵得慌，那般心疼地不想看眼前这快速衰迈的君王如此失望悲伤。

"别这样，陛下，别这样！"碧落跪到符坚跟前，泪水一滴滴地便掉落下来，哽咽着劝道："留得青山在，不怕没柴烧。北方还有最广袤的土地，最忠诚的臣民，他们会支持着陛下，重新建立大秦的赫赫威名……不，碧落说错了，大秦威名何时动摇过？胜败乃兵家常事，从陛下登基，大秦征战各国，从未落败，偶尔败一次算不得什么。"

符坚粗糙带茧的手指，抚上碧落细致柔嫩的面颊，拭着她的泪水，低沉道："什么时候碧落也这么会掉眼泪？这么会安慰人？可怜你这孩子，什么心事都藏在心底，看来跟个木头美人似的，针扎着都似不晓得疼……哎，不用你安慰，朕也会重新振兴咱们大秦军威。只不过……朕这一生，从没这样大举用兵，也从不曾……败得这么惨！"

大约，也没有机会再这样大举用兵了。

有些梦想，自此便破裂了，永远地破裂了，就如当日那青衣女子的决绝离去，再也无法挽回。

带了碧落泪水的手指渐渐蜷了起来，握得紧紧的，青筋立刻凸现出来，可以看到血脉突突地跳动。

"启禀陛下，杨定杨将军求见。"

屋外，传来小心翼翼的叩门声，接着是近卫的通禀。

"让他进来。"苻坚松开手指，整个人又似恢复了生机，只是指骨间的肌肤还隐见用尽力后的红白斑驳痕迹。

杨定从容走入，依礼叩见："羽林军翊卫中郎将杨定，参见陛下！"

苻坚微微笑了笑："我还以为你从来只把这个职位当作一个可有可无的头衔呢，到底今日也派上用场了！"

杨定一笑，才恢复了寻常不羁的模样，跪坐到苻坚跟前，接过碧落递来的茶，润了润干涸的唇，才问道："陛下伤势如何？"

苻坚捻着自己的茶盏，淡淡笑道："并无大碍。定儿到底是男孩子，比女孩儿有担当多了。你瞧瞧碧落这丫头，哭成什么样了？不知道的，还以为朕已经龙驭宾天了呢！"

碧落忙俯下身："碧落不敢了！"

苻坚低头笑道："朕没怪你哭来着，只觉你今日眼泪太多了些。也不知你们俩孩子怎会突然跑了这里来，倒总算……来得巧。"

碧落微滞，忽然便有了种冲动，将心底疑惑一股脑儿倾出，问个清清楚楚的冲动，哪怕明知不合时宜。

这时杨定已极快地岔开话题："陛下，有个不巧的呢！刚才去追那股晋军的骑兵们回报，他们似乎没能将晋军全部堵住，只怕有一两个漏网了。"

他大违本性地下了格杀令，不许逃走一个，原就是怕苻坚行踪泄漏，可到底还是未能成功。

苻坚眼皮一跳，神色立刻沉凝："也就是说，这里并不安全？漏网之人奔回晋军大营，必定会连夜带兵来袭。"

杨定笑道："今夜应是不妨事。我们已在淮水附近呆了数日，并未在淮北看到大股晋军。晋军主力应该还在淮南，并不敢深入北方。等他们赶回淮南再调兵来袭，至少也该是明天中午以后的事。所以陛下尽可放心休息一晚，待明日吃过早饭再从容离开。"

苻坚点头道："朕便知你会安排得妥妥当当。"

杨定又禀知苻坚，向杨家兄弟和附近富户暂借部分粮草补给之事，苻坚一一听了，渐渐露出疲乏之色，杨定方才告退，碧落却留了下来，抱一床棉被睡在下面的茵席上，预备着晚间苻坚要茶要水，又把苻坚的战袍大氅破损处细细缝好。

这一晚，碧落睡得并不踏实，倒是苻坚睡得很沉，后来居然很响地打起鼾来。大约许多日子不曾好好睡，今日有了杨定等人守着，终于睡得踏实起来。

第二日，碧落服侍苻坚洗漱罢，替他梳了头，戴了峨冠，方才让人送早膳进来。

乡间饭菜，虽是简单，倒也清爽可口。苻坚心情不错，连吃两碗，连带气色精神都好了很多，笑着向碧落道："丫头，你也多吃些，这一路向北，可能还有追兵，未必能吃上这些家常饭菜。"

碧落应了，在稍远的席上也吃了些。

一时杨定过来，却是连夜召来了分散开的齐壹李德所率五百余骑，正让他们稍事休整，建议苻坚半个时辰后再动身离去。

苻坚自然应允，又道："听说只有慕容垂部尚有三万兵马未曾受损，朕打算到他那里去。有那三万兵马为后盾，便可徐图他策。"

杨定沉默片刻，又望一眼碧落，忽然上前进谏道："陛下，慕容垂出身燕国皇室，又是难得一见的骁勇之将，若肯为陛下所用，自然再好不过。只是，如今大秦兵力凋敝，独他手握兵权，若是心怀不轨，只怕……只怕陛下是自投罗网。"

苻坚难得见他如此郑重谏言，倒也沉思好一会儿，才点头道："朕知道了。不过朕待慕容垂不薄，他在燕国无处容身，朕待以国士之礼；王景略信不过他，多次陷害，朕从来不理，待之更厚。以慕容垂英雄本性，应当不会负我。便是退一万步说，他有心反出大秦，重建大燕，必定到燕国所在的关东去成就一番事业，不会在我们秦国腹地捣乱。朕……不想弃了那三万兵马，决定赌上一赌。"

杨定显然不放心，还要再谏时，忽听门外一阵喧闹，却是个苍老的妇人声音，在叫嚷着要见天王，伴随着近卫的阻拦声，林二郎的斥责声，闹成一片。

碧落忙走到门口，问道："什么事？"

近卫回道："有个林家府上的老绣娘，说是以前宫里的宫女，一定要见陛下。"

苻坚漫不经心道："问她原来哪个宫里的。"

近卫尚未及传出话云，那老妇人耳目灵敏，居然听见了，高声叫道："陛下，陛下，我是关雎宫的，我是伺候桃李夫人的！"

符坚一下子在茵席上坐直了身体，而碧落也一时惊住了。

关睢宫的老宫女？

"传进来！"

符坚重又坐下，迅速喝命，尾音中已带了隐隐的颤音。

带着一位满脸皱纹青布小衣的老妇人，林二郎满脸惶恐地走进来，跪禀道："陛下，这奚氏是小民十年前收留的绣娘，只知她投亲不遇，却不知她……她是否真的来自宫中……"

符坚微眯了眼，盯住了那老绣娘奚氏，努力回忆着当年的宫人，自语般拖长了反问的语调："奚……氏？"

奚氏伏于地间，磕头道："陛下，奴婢原叫琅儿，和另一位琳儿，都是自幼跟在桃李夫人身畔的，夫人入宫后，陛下因我等无姓，戏言道，桃李不言，下自成蹊。你们既无姓，不如一个姓成，一个姓奚好了。桃李夫人接言，说君无戏言，所以奴婢姓了奚，琳儿姓了成。"

"奚琅……琅儿……"符坚双手紧扣住案几，用力之大，几乎将案上按出了凹下的痕迹，而神情更是阻控不住，暴风雨袭过般的冷瑟萧杀。

杨定忙低声向林二郎道："退下。"

事关王室秘事中最敏感的桃李夫人，知道的人越少越好。

林二郎颇有见识，自然懂得察言观色，忙无声无息退开去；其他近卫也悄悄退了下去，杨定正要拉碧落也一齐出去时，忽然怔住。

碧落似乎全神贯注都只在那奚氏身上，苍白的唇角微张轻颤，一双黑眸睁得如墨珠一般，像在奚氏满是皱纹的脸庞上努力地寻找着什么。或者，她真的找到了一些她想寻找的痕迹，那双眸子里，很少出现过那么多躁动的情绪，似惶恐，似不安，似犹疑，还有隐约的若惊若喜，不可置信。

杨定心头一颤，迅速关上了门，自己也不曾离去。

横竖他也算是符坚的心腹护卫，又有未曾明朗化的半子之份，便是留着，应该也是不妨事的。

而符坚已顾不得考虑还有多少人，坐起身对住奚氏，双目炯炯："朕记得你。不言入宫一两年后，因为你们两个年纪大了，将你们放出宫，让你们各自嫁人了。"

奚氏笑了起来，泪水却已纵横："原来陛下还记得！对，夫人给了奴婢一份丰厚的妆奁，把我嫁给了信城在京中经商的吴家。"

虽说如今她落拓地寄居在乡间，但苻坚深信此妇人执意地找到他，绝不会只是为了诉苦，依然只盯着她，静候下文。

奚氏略略平静下来，继续道："奴婢在吴家过了两三年安稳日子，生了一双儿女，怀上第三胎时，忽然安定城的赵公府有人找来，说夫人出了宫，心情不好，要接我去住一阵。奴婢也不知道到底发生了什么事，但看到来人带了夫人随身的臂钏，也不敢迟疑，别了夫婿儿女，去服侍我们夫人。"

"赵公府……"苻坚呼吸不稳，"你去了安定？不言在安定？呵……我早该想到，早该想到……"

杨定却已暗暗皱眉。

赵公苻双，是苻坚的弟弟，镇守于安定。他于建元三年与苻幼、苻柳等苻氏亲贵联合反叛，兵败被杀。算算时间，那是十六年前的事了。秦宫之中曾经谣传，说是死去了的苻法将桃李夫人带走，如今看来，那个带走桃李夫人的人，必是苻双无疑。他和苻法是兄弟，容貌多半有相像之处，黑夜之中便可能被人认错。

果然，奚氏随即便提及此事："奴婢去了安定，发现夫人住在赵公府上，只是不言不笑，仿若变了个人。赵公一直很喜欢她，待她极好，可夫人告诉她，想娶她，想要她，拿……拿……陛下……的……人头去见……"

她窥伺着苻坚脸色，见他只是眉眼一挑，并无惊怒之色，方才松了口气，继续说道："从那时候起，赵公就常和晋公、燕公等人来往，后来果然开始举兵谋反。我一再劝夫人，行事冷静些，不要惹来杀身之祸。可夫人却笑起来，她说，是她害死了她的法哥哥，她根本就不该活着！还说……还说她好恨，竟嫁给了仇人为妻这么久！奴婢……奴婢实在不明白陛下和夫人间究竟发生了什么事，眼看朝廷的兵越逼越近，不敢再待在赵公府，就抱了小公主，偷偷跑到乡下躲了起来。"

杨定悄悄挪坐到碧落身畔，无声地握住碧落的手。

碧落神情怔忡，仿佛在听，又仿佛没在听。她僵直地跪坐着，双手冰冷，直如冰块一般。

苻坚已吸一口气，猛地打断了奚氏："什么小公主？"

奚氏道："陛下不知道？夫人从宫中出来时已经怀了两个月身孕，后来比奴婢晚了十天生下了一名小公主。夫人不喜欢小公主，当时便命人将她扔了。奴婢悄悄抱了过去，只让人哄她说已经扔了就完事。隔了半个月，奴婢看她一个人在哭，便又把小公主抱给她看，只说是奴婢的孩子。夫人母女，喜爱得不得了，从此自己将小公主带在身边了，并不知道那便是她的孩子。奴婢怕她察觉，便把奴婢的女儿送出了赵公府，雇了个奶娘养着，不到三个月大时，得了急病，便死了……"

她呜呜地哭道："可怜夫人，她至死都不知道她天天抱着的女孩儿，就是她亲生的骨肉。"

苻坚再也维持不住镇定，一掌击在案下，低吼道："她死了？不言死了？"

奚氏点头道："后来奴婢打听时，朝廷军队来势汹汹，赵公让部下带夫人南走新平，先去五将山一处佛堂暂避。不久，赵公兵败被杀，陛下仁慈，未伤赵公妻儿。但夫人在五将山听闻，竟在那佛堂里……横剑自刎了……"

"自……刎……"

苻坚喃喃念着，脸色一片灰暗，身体更是一晃，已向一边栽去。

杨定大惊，忙冲过去扶住苻坚，奚氏也慌乱地倒了茶来，递到苻坚唇边，熟练地按摩着苻坚的后背，为他顺气。

碧落面色苍白如纸，痴了一般只默然坐着，宛如泥雕木塑，无知无觉。

苻坚喝一口水，摇了摇手，低哑着嗓子道："我……我没事……"

这一次，他没有自称朕，疲乏地坐直了身，扶了头，才勉强稳了心神，叹道："朕早便料到，那么多年一点音讯也没有，她一定……一定已经死了。可她又何苦，何苦如此恨朕！"

空气一时凝默，奚氏张了张嘴，大约想问什么，到底无法问出，流着泪垂下了头。

第二十六章　剑气近　落日寒尘伴君行

良久，苻坚似振了振精神，问道："那么，那位不言不想认的小公主呢？在哪里？"

奚氏伏地磕头道："奴婢该死，奴婢该死啊！小公主六岁时，奴婢想着她金枝玉叶的，还是回到父亲身边比较妥当，省得跟着奴婢在乡间受苦。因此奴婢带了她前往长安，谁知……谁知半路遇到一股乱兵冲来，把我和小公主冲散了，奴婢寻了好久，都找不着，找不着……奴婢没法子，独自赶往长安，拿了夫人的画像作标记，要求进宫见陛下，希望陛下派人寻找。"

苻坚皱眉道："的确有宫廷卫尉送来不言的画像，但朕没接到求见的通禀。派人去寻找送画之人，也已不知去向。"

奚氏点头道："宫中守卫说，陛下去征伐燕国了，不知什么时候才能回来。奴婢等不及，先回京城我夫家的商铺查看，听说我那丈夫早因重病在身，回信城去了。奴婢不放心，匆匆赶回信城，谁知丈夫已经死去，小叔带了我的孩儿，不知搬往何方去了。奴婢只得寄居在林家，刺绣为生，直至如今……听说陛下来了，奴婢便想着，若再不说，这小公主的事，奴婢只能带到棺材里去了！"

奚氏放声大哭："陛下，请您无论如何，想法找回小公主……"

苻坚笑得恍惚，眼神也虚空一片，看不到冀望："那小公主，丢失了多少年了？十二年？还是十三年？叫什么名字？有什么特征？怎么找？"

奚氏高声道："夫人给小公主取了名，叫碧落，她说碧落黄泉，都要找到她想找到的人，所以取名碧落！夫人姓云，所以小公主应该记得，她叫云碧落！"

苻坚顿时僵住，连呼吸也一时止住。他努力地转移视线，投向碧落时，只见碧落双眼迷蒙茫然，空空洞洞，身体由木然渐渐开始颤抖，忽然之间便如风中飘摇的树叶般乍被冰雹弹落，身子一软，已无声无息地晕倒在地上。

"碧落！碧落！"杨定慌忙大叫，一把揽过她抱于怀中，一边按掐人中，一边连声呼唤。

奚氏顿了一下，忽然如护犊母虎般纵跃而起，扑向碧落，敏捷得简直不像花白头发垂垂老矣的妇人。

杨定还没弄清她想做什么，便见她瞪向碧落的脸，然后迅速拉落碧落前方衣带，也不管她正躺在一个年轻男子的怀里，便扯下她几乎半个胸的衣襦，扳过身来看她的后背。

后背接近右肩处，有一粒偌大的红痣，如珍珠般莹亮着。

"碧落，碧落啊！"

奚氏也顾不得将她衣衫理好，便将她抢过自己怀里来，痛哭不已。

杨定尴尬地望着空了的双手，然后缓缓放下，撑着地，望向符坚。

符坚看不出是喜是悲，连日来的疲于奔命让他的唇色泛着青白，褶皱处微见干裂的血纹，此刻正形成上扬却颤抖着的弧度，如乍暖还寒时候，候鸟抖索着欲要张开的翼翅。一声若有若无的噫叹在动荡的空气中散开，悲伤得不像自一代帝王的口中发出，却有一滴两滴的晶莹，清晰而无声地滚落眼角。

"不言，不言……碧落，碧落……"

他呻吟般念叨，缓缓近前来，抚着碧落的面颊，和那头浓密的乌发。

碧落的眼睫如初初破蛹而出的蝶翼，带了温润的潮湿，轻颤着伸展开来，露出同样潮湿的黑眸。

"奶娘……奶娘吗……"

碧落那样纤弱而无力地唤着，纤长白皙的手指，在那张依稀还能找出几分熟识的脸上抚摩着，抚摩着，寻找着小时候让自己温暖安心的感觉。

"真是……我奶娘……"

碧落忽然勾住了奚氏的脖子，紧紧抱着，低低地抽泣，双肩抽搐得厉害，却不像奚氏那样号啕地放声大哭。

"碧落不要哭啊！我的碧落最喜欢笑，一天到晚笑着，给你缝个布娃娃，你抱在手里，睡觉都在笑着，笑得比夫人还好看……我只看你那一笑啊，心花儿都开了，觉得什么苦都值得了……这十几年的梦里，都是你在笑着！"

奚氏一边哭，一边用她粗糙的手，去擦碧落的眼泪。

碧落也曾笑着，一天到晚笑着么？

那真是碧落么？

像冰凌子一样的碧落，像木头一样的碧落，针扎了都不知疼痛的碧落……

真是碧落么？

杨定望向苻坚，唇边一抹惯常的微笑，明亮的眸子却结了厚厚一层水雾，润湿了浓密的黑睫。

苻坚慢慢将手掩住自己的额和眼，搓揉着自己湿润的面庞，似在努力平抑着自己的情绪。

门外，传来轻轻的叩门声。

"陛下，巳时快到了，人马已集合完毕，请问是否即刻出发？"

是随身近卫在小心地询问。

杨定神志一清，平定浮动的心绪，轻咳一声，禀道："陛下，此地并不安全，我们不能久待，还请尽快起驾北行吧！"

苻坚没有回答，只望向依旧相拥而泣的碧落和奚氏，默默地计算着，他们也该有十二三年没见了。

奚氏为了云碧落母女，显然已经搭上了大半辈子，甚至牺牲了家庭，夫婿，爱子，幼女……找回碧落，已只怕成了她毕生的愿望。

而碧落呢？

从一天到晚笑的小小女童，到少言寡语的冰冷美人，她的生活，经历过多少的曲折和艰难？

苻坚不知道。

对于他来说，一句慕容冲的义妹，便囊括了碧落所有的过去。

他瞥一眼神色淡定的杨定，鼻中一哼，低声道："定儿，碧落的事……你早就知道？"

杨定不敢隐瞒，轻声道："陛下，臣也是最近才隐约听说了些。碧落无意发现了关雎宫内的那张画像是她母亲，心中很不安，所以才要奔到南方来寻陛下问个究竟。臣是追上她后才听说了一些风声，事前……也只知她是慕容大人收养的孤女。"

苻坚回想着碧落清冷的性子，孤僻的行事，估料着她也不可能向杨定说太多，叹息一声，道："罢了，罢了……等回了长安……"

未及说出自己的打算，已见碧落拉起奚氏，边往外奔着边说道："奶娘，我要先和他们回北方去，以后安定了再来接你……我先送你些东西……"

一阵风地便开门卷了出去。

符坚微愕。

杨定已笑道："碧落必是怕因她耽误了陛下的行程，陷陛下于险境。陛下，可别辜负碧落……公主的好意。"

"公主……我和不言的……女儿……"符坚轻轻吐着气，低叹道，"只怕她有些心结。"

杨定利落地将大氅为符坚披上，笑得很是轻松："没事，父女连心。便是当日和桃李夫人有什么误会，等回到长安，也有的是机会慢慢解释清楚。"

符坚点头，自行系了衣带往外走着，忽又回头道："定儿，其实细看碧落，那鼻梁下颌，要像我多些，并不很像桃李夫人。"

杨定一愣，忙道："是，是，这么一说，的确很像陛下。"

所谓境由心生，幻由心生，符坚已确定了云碧落是自己女儿，自然觉得无处不酷似自己了。连原来觉得太过孤冷的性子，只怕现在看来也格外让人怜惜。杨定何等玲珑人物，自然深明此理，只顺与符坚应和。

至于符坚与桃李夫人以及那位被鸩杀的符法是怎样的关系，杨定虽是疑惑，也很聪明地选择闭嘴不提。

扶符坚上马后，碧落也已赶了出来，挥手与奚氏告别，眼圈依旧一片通红。

奚氏甫才与碧落相认，便即刻分别，自然泪水不干，当着符坚却万万不敢挽留，只是抓着一个小包裹恋恋望着碧落，依依不舍。

碧落南行之际，身畔盘缠珠饰带了不少，杨定估料着她必是不放心孤苦的奚氏，留了好些值钱的物事给她过日子，遂骑了马过去，笑道："碧落，不用担心，晋人不会拿百姓怎样，我们顺利脱身后再来接老人家，也是方便得很。"

碧落低头应了，垂着眼眸，神情之间，依然有种如在梦中的迷茫无措。杨定不放心，要带她同到前方符坚处同行时，碧落并不愿意，反而将马放得更缓了，几乎落到了最后，距离符坚远远的。

杨定无奈，只得自己赶到符坚前守护。

符坚皱眉道："碧落怎么不到这边来？"

杨定微笑道："大约心情没恢复过来，走得慢了些吧！"

符坚向后瞧时，只见身后一大队的骑兵，刀戟如林，再看不出碧落隐在何处，低叹

了一声，道："朕这里有众人护着，没事。你去陪着她，早上刚晕倒过，未必经得住长途奔波。"

杨定迟疑片刻，只得应了，闪到路边让骑兵走过，等着碧落，依然和她并辔而行。

碧落丝毫不见认亲后的喜悦开怀，一路俱是沉默寡言，杨定紧随在她身侧，话却比平时多了数倍，不断指点她看沿路的风景，又和她谈论沿哪条路去找慕容垂部，碧落只是睁着一双漆黑的大眼睛瞪向前方，并不搭理半个字。

杨定知她心底的顾忌为难，却万不敢揭破，故意叹道："我知道了，如今你有了父亲，有了奶娘，我成了多余的了，大约看了我就厌烦，所以这般不理会我。"

碧落这才回过头来，闷闷道："我没不理你。心里不痛快，懒得说话。其实……你该知道的。"

杨定笑道："你不厌烦就成。心里不痛快，我陪着你说话解闷儿。"

碧落握紧马鞭，低声道："不用了，你去前面保护天王吧！"

杨定转动着明朗的眸子，笑道："天王让我来陪你，你让我保护天王，请问，我是听天王的话，还是听公主的话？"

碧落如被人割了一刀般几乎要从马上掉下来，被寒风吹成淡绯色的面颊泛出了沉黯的青白。眸光转动时，她的冷冽话语如冰霰撒下："杨定，我厌烦你了。"

她拍了马，向前赶了几步，将杨定甩了下来。

试探的结果，似乎在意料之中。

碧落对公主这个身份，根本不愿接受。

杨定低叹一声，忆及她与慕容冲十年深厚情谊，以及他那几年在高盖身边隐约所见的慕容氏兄弟行止，一时连他都大为头疼。

他和高盖、苻坚都颇有感情，万不得已时，尚可保持中立，何况高盖和苻坚之间并无深仇大恨。

可慕容冲呢？

那种仇恨，怕已啮骨噬心！

正想着要不要再追上前开解碧落时，忽望见斜次里一处小道，一骑如风驰电掣般急急跃来，正是秦军前晚派到淮水边的探子。

他急忙闪到一边，勒马于麦地边等候。

"杨将军，晋军派了大队骑兵追过来了！"那探子气喘吁吁，拍马过来便急急说着。他的马儿也是最好的军马，此时仰天长嘶，吐出大串的凝白水汽，不安地踢蹬着，显然一路赶得匆促至极。

"对方多少人？还有多久到？"杨定简洁地发问。

探子脸上显出恐慌，压低了嗓子："怕有三四千骑，全是轻骑兵，行得应该很快。我从小路赶来报讯，但路不好走，转了几个弯道，估料着再有两炷香工夫，他们就该赶到这里了。"

杨定神色微变。

秦军初遭大败，士气难免低落，几乎不可能再跟数倍于己的追兵正面交手。

何况这一千多骑兵连日奔波转战，其中齐壹、李德领的五百多骑更是连夜赶来护卫苻坚，根本不曾好好休息，行军速度绝对比不上如初发之硎的南朝追兵。

他向探子道了辛苦，便急急赶上苻坚，低声道："陛下，追兵快到了。"

苻坚悚然而惊。

天色苍茫虚白，北风顺了山水林木一路刮过，呼嚣作响，不远处的山脚传来几声高亢的鹤唳。

"追兵……已经到了。"

苻坚脸色很难看，浮泛着穷途末路的惊惧和悲哀。

杨定凝了凝神，远远一眺，并未见大队骑兵的烟尘卷至，忙道："陛下，不过是风声鹤唳而已，不必惊慌。"

苻坚已觉出自己太过慌乱，自嘲道："哦，朕可真是糊涂了！"

杨定笑道："陛下连日疲累，又受伤不轻，所以一时没看清晰而已。"

苻坚点头道："不用说了，我们抓紧走吧！"

杨定低了声，依旧含笑道："陛下，臣斗胆，请陛下将大氅与臣的更换一下。臣带上一两百人马，持了天王大旗在此稍候片刻，然后引他们一路往北追去；陛下可以从容领大部分将士从小路往西行，与慕容将军会合。"

苻坚琥珀色的眸子骤然收缩，凝成尖锐的一道，针尖般扎在杨定面庞："你知道自己在说什么，在做什么吗？"

杨定坦然道："臣自然知道。臣更知道，大秦不可无陛下，中原不可有大乱。"

苻坚的眼神，由尖锐渐渐磨挫成历经沧桑的钝痛，雾霭般裹住他自己，也裹住杨定。良久，他缓缓揭开大氅，丢给杨定，同时接过杨定的大氅披上，甚至没有问杨定到底要面对多少的晋军。

能让杨定放弃抵抗，只求调虎离山保全秦王，那数量必定不会少。他不想提起引来军心动荡，更不想让杨定承受更大的压力。

既然已经知道结果，便不必再去问过程。

杨定系好衣带，在马上侧身向苻坚行了礼，忽然抢过苻坚身后骑兵的秦军纛旗，高高举起，迎着烈烈寒风猛地一挥。那抹鲜亮的明黄如一团火焰倏地燃起，顿时耀亮了凄黯的天空。

杨定笑意清朗坚毅，呼声激昂慷慨："天子蒙尘，我等护驾有责。杨定愿誓死护卫吾王，引开追兵。愿舍身相随的勇士，请随我来！"

众骑兵见秦王忽然放缓速度，与杨定商议，早在揣测是否追兵袭至。如今杨定振臂一呼，这几日习惯了以杨定马首是瞻的一部分骑兵立刻毫不犹豫调转马头，紧随着杨定逆向而行，奔往队列最后。

杨定见顷刻间两三百人拨马相随，其余人也在犹豫间跃跃欲试，心中大慰，笑道："我只要一百勇士足矣！其余勇士请随齐校尉、李副尉保护天王！"

向后骑行经过碧落，他终究忍不住，悄悄投过去一眼。

缱绻而温软的眼神，正与碧落迷茫惊愕的视线在空中交会。

他不由得轻轻笑了一笑，居然有了丝生离死别的怅恨。

齐壹、李德等俱是久经沙场，立刻也赶往后方去，为杨定调拨挑选人马。因时间紧迫，只将离杨定最近百余骑留了下来，其余众骑，即刻下令归队，继续前进。

杨定带了百余骑立于路中，目送苻坚等人离去时，忽听得苻坚沉着的声音，透过凌乱马蹄和铁甲相磕的嘈杂，朗朗传出："杨定，朕将在洛阳等待你和众位将士的归来！"

杨定抬头看一眼依旧在自己手中飞扬的明黄纛旗，高声道："臣，领旨！"

望着苻坚带着大队骑兵折路往西，一带黄尘渐渐弥散在田野林木之间，杨定正要松一口气，忽觉那路中忽又扬起一道尘土，如细线，又如流星，飞快划向自己的方向。

赤红色的骍骝马，莲青色的裘皮衣，长发飞扬如墨，竟是碧落！

杨定倒吸一口凉气，正要派人过去喝阻时，忽听身畔骑兵叫道："杨将军，后方追兵已至！"

杨定忙回头看时，南方的天空，一带黄尘漫卷天际，遮天蔽日。

他眯一眯眼，肃然的轮廓明晰如刀刻："兄弟们听好了！敌众我寡，不必硬拼！尽量将敌人往北方引得远些，然后各自设法突围离去，前往洛阳……天王会在洛阳等着我们！"

众人齐声应诺，百余双眼睛，都如火燎过般炽烈明亮。那是一种将自己和敌人一起燃烧殆尽的绝厉锋芒，连震动四野的呼诺声，都带了绝世宝剑划过长空的纵肆轻狂。

他们的责任是引开敌人，但引开之后，面对数十倍于己的敌人，多少的可能绝地求生，逃往洛阳？

谁也没去想，谁也不敢去想。毋庸置疑，大敌当前，多一分顾忌，往往多一分死亡。

片刻之后，身后的灰尘扬得更大了，远处的山水树木笼上了一层肃杀的苍黄。

敌人更近了，而另一个人，仗着自己那匹罕与媲美的骅骝马，已经踏过坎坷阡陌，纵横梯田，径直奔到杨定左近，插入队列中来，与他并辔而行。她的眸子依旧一片纯然的漆黑，看不清任何的情绪。

追兵紧衔而至，杨定已经无法再去考虑将她送走或赶开，也说不清自己是想把她抱到怀里，还是想把她给掐死。

脑中飞快地旋了几转，他居然一边抖着缰绳，一边若无其事地问道："你不是说你厌烦我了？"

碧落沉默片刻，答道："没人可以厌烦，更烦！"

那样的大敌当前，凛冽寒冬，杨定居然心里一暖，侧了头，很有趣般笑了一笑。

碧落瞪着他，不知该气还是该恨。

杨定率人离去时，她正心神不定，等悟出杨定已经离开了她，甚至可能永远离开了她时，她不觉放缓了马，慢慢掉了队。其他骑兵大多见过她终日和杨定一处，却无人知晓她是天王之女，虽是诧异，倒也无人敢阻拦喝问。

等大队离去，只剩她一人勒了马顿在路中时，她落寞得如同离群的孤雁，只想找回自己一路随行的同伴。

因此，她毫不犹豫地追寻杨定，同时远离符坚，那个……据说是她父亲的帝王。

她有太多的不解，本来一心要找到符坚求解；可如今最大的真相浮出水面，她却只想逃离，逃离已知的那一切，不闻，不问，不理，甚至……当作没发生。

第二十七章　青衫湿　莫教幽恨埋黄土

毕竟不是人人有碧落那样的好马。三十余里后，晋军大队人马已经追上。

此时，杨定已很聪明地将敌人引入了一处颇是逼仄的峡谷。虽然路途绕得远了，跑得慢些的骑兵有十几个被晋军追上砍下，但一入那逼仄处仅容两匹马并列通过的峡谷，晋军的人数优势立刻占不到便宜。

他们可以看得到秦军的天子纛旗迎风飘展，看得到纛旗旁的高大男子大氅上显现着只有秦王才可以用的蟠龙金绣，却被十余秦骑拼死堵在峡谷中间的隘口，进不得，退不得。

杨定眼看大部分人都撤出了峡谷，虽无把握拖延到的这一点时间能为他们争取到多大的机会，到底松缓了一口气，抡矛冲上前，点点如流星射出，顿时挑翻两人，冲一旁尚幸存的七八名死战勇士叫道："撤！"

秦骑早已撑不住，此刻倒拖刀戟，直往另一端谷口逃去。

这时晋将已发觉不对："不是苻坚，这人不是苻坚！"

纵然他不认得苻坚，至少也知道苻坚登基二十多年，绝不会是个二十多岁的毛头小伙子。

杨定轻笑："我有说过我是苻坚么？"

引开这么远，估计他们折返过去，也不容易追到苻坚了；而碧落也该夹在众骑兵中逃出峡谷了吧？以骅骝马的脚力，并不容易给晋军追上。

杨定连挑下两名晋兵，拨转马头也往外逃去，再也无法阻拦如潮水般涌来的晋兵。

有锐啸声划破长空，杨定回头，但见数十支利箭迅如飞蝗，黑压压一片射来。他奋力挥矛阻截，挡下了一大片，忽听身畔一声惨叫，忙回头看时，一直高举秦王纛旗守在自己身侧的那名骑兵，已经紧随自己赶到了谷口，却中了一箭，顿时摔落在地，犹自努力将王旗向上举起，恢复那飒然飘扬的英姿。

这时晋兵已经赶到，扬刀砍下，那执旗骑兵已是身首异处，手指终于无力松开。

明黄的纛旗立时倒覆下来，以决绝的姿态将那骑兵整个儿覆住，殷红的鲜血，立刻从致命的断裂处沾惹上明黄的大旗。旗上偌大的符字，很快被血泊淹住，再有骑兵陆续践踏过来，便腌臢污黑一片，再不见半点原来的威仪鲜艳。

杨定稍一分神，后背一阵钻心的酸疼，痛得差点握不住长矛，知道中箭，忙拍马向外冲去，而耳边只听喝杀声一片，料得那些在隘口拦截的勇士多半都已殉难，心中暗叹，眼看已经出了谷，倏地身子一沉，竟是白马长嘶一声跪下双膝，忽而又人立而起，直将杨定甩了下来。

杨定摔落地间，扎在背心的利箭被碰到了，立时又扎深几分，留心看自己那白马时，在地上滚了两滚，便起伏着肚子爬不起来。

不知什么时候，白马腹部、臀部被中了三箭，终于禁受不住，将主人甩下马来，自己也已奄奄一息了。

咬一咬牙，杨定翻身立起，侧身避过靠自己最近的敌骑袭击，反腕转出华铤剑，一道亮光哗然闪过，带过一溜鲜血，竟将那人拦腰劈落，自己抢了那匹马，正要骑上时，后面又有数骑赶来，长枪大刀，一齐袭至。

杨定连连闪躲，犹在体内的利箭磨挫着骨肉，痛得他脸色惨白，汗水淋漓而下，体力更是迅速逝去，连华铤剑也似重逾千钧。

又一根长矛刺来，杨定被逼至山壁边，避无可避，甚至清晰地听到了矛头刺断自己肋骨的喀嚓声。

他习惯地弯了弯嘴角，却是一个自嘲苦涩的轻笑。

仇池杨定，一心想高蹈人世，远离官场与战争，却终究逃不过马革裹尸的既定命运吗？

这时长矛忽然顿住，并伴着一声惨嚎跌落在地。

杨定斜靠着石壁，勉强睁开模糊的双眼，已见到几名跌落的晋兵，还有个青衣的女子，左手持一张连珠弩，再发一箭逼开两名晋兵，迅速将右手伸过来："杨定，快！"

"碧……碧落……"杨定认出来了，却已不胜焦灼，"你……快走……"

她不是应该和最早一批骑兵撤走了？为何还在这里！

碧落看大批的晋兵迅速涌了过来，也是慌张，高叫道："杨定，手给我！别让我瞧

不起你！”

“别让我瞧不起你……”

杨定眼前模模糊糊，血光一片，耳边只回响着碧落的话，似看到了她冷冷讥嘲的黑眼睛，终于还是伸出了手，然后被人用力一拉，已伏于马背之上。

马儿上下颠簸着，也不知在怎样坎坷不平的地面上行走着，杨定好容易挣扎着坐正身子，摸到了前面柔韧纤细的腰肢，松了口气。

而碧落也似松了口气，侧过头来，用那从未有过的温柔声音安抚道：“杨定，支持住，我们很快就能冲出去。”

接着，她的身体又紧绷起来，杨定感觉得出她正持了双刀奋力与敌人拼杀，握紧了华铤剑，努力稳了心神，在她身后帮着她一路劈杀。

鲜血的腥味四处流溢，背部和胸部火辣辣的疼痛渐渐麻木起来，只有一阵阵的温热泛起，滑落，冷却，在刺骨的寒风里几乎结了冰般凝住。

终于，没有了敌人短兵相接，只有偶尔几支长箭飞来，杨定无力细看，凭了本能挥剑击落了两支，又有几支擦着他们耳边飞过，总算再也没有伤到他们。

待到终于听不到任何马蹄和人声时，天色已经全然地漆黑了。

杨定慢慢把华铤入了鞘，凭了最后的意识去抱住碧落的身体。

他受伤了，伤得不轻，所以碧落不会拒绝他。杨定恍惚间明白，又是微微地一笑，嗅一嗅碧落的发际。淡淡的清芬中，有着灰尘和微咸的血腥味。他不由得低低笑道：“碧落，该洗头发了。”

碧落身体一僵。

杨定立时懊恼，他在说什么呢！

他悄悄放开了无礼搭于碧落腰间的手，却觉身体立刻处于失重的状态，头重脚轻地从奔跑的骅骝马上栽下，半点不由自主。

“杨定！”碧落在惊叫，却因为马儿的惯性冲出，而显得越来越远。

如果他没被敌人刺死，却是从马上掉落摔死，那么，他一定会死不瞑目。

碧落在杨定摔下马后，重新将他扶起，才发现他背上还插着一支翎箭。

她曾亲眼见到对手用矛头扎入杨定的前胸，但总算她出手及时，就算伤筋动骨，应该未损及内脏。谁又知他背上还有那么一支入肉深深的长箭。

碧落握着那箭柄，手指在黯淡的星光下不断颤抖着，颤抖着，居然不敢拔。

这么拔出来，以杨定的伤势，一口气上不来，很可能就此永别人世。

从此再没有人懒散地冲她笑，再没有人在她悲伤时守护她，再没有人千里相随无怨无悔，更没有人那般在重伤时无聊地嫌她头发不干净。

"杨定，杨定……"

碧落几乎要滴落泪来，终于还是没敢拔。她努力将他扶起，一步一步，挪向那处山脚下较隐蔽的密林。目测晋兵的去向时，并未见有人往这个方向追来。料想残余的几十名骑兵四散逃开，入夜后他们应该无法一一搜寻；何况他们要抓的是苻坚，此时发现这小股骑兵里没有苻坚，一定会猜到中计，最大的可能，是已经调转马头，追向苻坚的方向。

耽搁这么大半天，他们想在苻坚与慕容垂会合前追上苻坚，只怕是不可能了。

苻坚安全了。

杨定果然用自己的性命和鲜血，卫护了苻坚的安全。

这不像是懒散无赖的杨定的作为，可他偏偏做了，而且做得很好。

即便怀着必死决心跟他离开的这百余骑兵，大约也有不少逃得了性命，真的能如苻坚所愿，到洛阳与他相聚。

碧落承认自己不如杨定，远不如杨定。

她看到杨定派人在峡谷隘口堵截时，本料想杨定一定在堵截不住时先行撤出，以他的马匹和身手，应该不会有太大问题，所以自己放心地和众人先行离去。

谁知，杨定最后选择了自己上前堵住敌兵，然后和幸余勇士一齐撤退。

"你是个傻瓜，绝对是个傻瓜。"碧落喃喃地念叨着，小心地将他扶到毡毯上躺下，学着杨定以往的做法，四处捡了些枯枝来，生了个火堆，才拿了伤药出来，撕开他的前襟，先将前面的伤口小心包扎了，才唤道："杨定，杨定！"

杨定低低地应了一声，甚至轻轻地念叨了一声："碧落……"

碧落拿了烤得有点热意的干馍，柔声道："我要给你拔后面的箭，你先吃些东西恢复些元气。"

杨定虽是无力，倒也清楚自己的伤势，又听话地应了。

碧落把杨定抱住，倚了棵老松在毡毯上坐了，将干馍掰成一小块一小块，送到杨定嘴中。杨定颤抖着唇，将碎屑抿在舌下，却紧闭着眼，并不咀嚼吞咽。

碧落知他伤势太过沉重，全凭着原来的好底子，才能支持到现在，若要他此刻吃这些平时都难以下咽的干粮，实在是太过为难。可她马匹上的物什虽是不少，并没有碗或勺之类的餐具，不然还可拿水来泡软喂他。

她取了水袋，送到杨定唇边，柔声道："杨定，喝点水，就咽下去了。"

杨定果然喝了一口水，但喝第二口时便呛着了，连同嘴中的食物一齐呛出，吐了自己和碧落一身，更牵动了背部的伤势，痛得全身都在战栗，额上尽是豆大的汗珠滑下，唇边更是一无血色，连颇是饱满的双颊也在一夜之间深深陷了下去，泛出可怕的青灰死气。

死气……

碧落忽然惊慌起来，按抚着他的胸口，大声地叫着："杨定，杨定，你……你别死……"

杨定恍惚听到了她的话，努力地平抑着自己的咳嗽，许久，才颤着低哑的嗓子呢喃："丫头，丫头，我没事，别哭，你别哭……我最怕……你哭……"

碧落知道自己在哭。

她从不是眼泪多的女子，并且一直不相信流泪能解决问题。可最近她的泪水的确太多了。

或者，是因为遇到的事太多了？

杨定勉强睁开黯淡无光的眸子，却不改属于他杨定的那种温煦清澈："碧落……想拔箭，便拔吧……生死由命，你已尽力……我死了，也只会记着你的好……"

碧落胡乱擦着泪，微笑道："我气你伤你提防你，对你全无心肝，你不记得了？我却一直记得。我还要厌烦着你，没有人厌烦着，也太寂寞了。所以，你不许死。"

杨定笑了一笑。

苍白的笑容，带了微茫的对于生存的渴望。

碧落取过干馍来，咬了一小口，再喝一点水，咀嚼成浆，然后埋下头，伸出舌尖，轻轻在杨定干涸的唇上一舔。

杨定全身一震，唇已张开，温软的浆液被缓缓哺入。他们甚至感觉得出彼此唇舌牙齿轻轻磕碰。

"咽下去。"碧落柔声道，"一定咽下去，精神才会好。"

咽下食物，杨定迷茫震动的瞳心渐渐莹澈，如一泓清泉，宁谧映照着碧落温柔的面容。

碧落抱了他半个身体在怀中，尽量将他藏在毡毯内躲着寒风，一口接着一口继续哺喂他。

杨定也很安静地静静卧在她怀里，一口接一口地承接着，乖顺而艰难地吞咽着，只是渐渐将眼睛闭上了，仿佛极是困乏。

"杨定，别睡，别睡！"碧落自觉差不多了，轻轻拍着杨定的面颊。

杨定这才半睁开眼，唇角微微地一扬："我……不睡……"

碧落将他抱起，与自己相拥着，然后握住了箭柄，柔声道："我要拔箭了。支持住，知道么？一定要支持住。"

杨定微微悸动了一下，双臂环上了碧落的腰，喃喃道："我……支持住……啊……"

他揽住碧落的手蓦地收紧，几乎要把碧落的腰给勒断。

碧落没等他说完话，便将那箭一下子拔出！

"痛……"杨定露出了个很艰涩的笑意，悲惨无奈地呻吟了一声，浑身一软，终于彻底昏了过去。

"杨定！杨定？"碧落心头怦怦乱跳，慌忙检查时，但觉杨定呼吸虽是微弱，倒也没有停滞现象，这才松了口气，急急将他放下，处理那血如泉涌而出的伤口。

因毡毯只有一张，晚间碧落便只能与杨定睡作一处，只是时不时屏住呼吸，听一听杨定是否还有气息，或者不时伸出手来，摸一摸杨定的体温。

如此重的伤，发烧自然是意料中事。至当晚下半夜，杨定便开始陷入高烧，周身赤烫，一直颤抖着。

这等荒山野地，又缺衣少被，无医无药，碧落也顾不得什么男女大防，见他颤抖得厉害时，便将他拥到怀中，默默用自己的体温为他温暖着，只盼他能舒服些，早日熬过去。——不知多少人便是在这样的伤势感染中死去，但碧落始终不能相信杨定这样机警又无赖的人会死，虽然现在的杨定蜷在她的怀中，乖得像熟睡的婴儿，再没有当日嬉笑不羁的笑容。

她总觉得，杨定一定会站起来，重新回到秦宫中，送符宝儿一枝芍药，挑衅地望着自己；或者喝酒买醉，醉倒后被青楼女子戏弄，失落地靠住她的肩；更可能，站在结了小小青杏的树下，向着自己叹息：不要缘，不要孽，只要原来的不羁的心……

"杨定，杨定，你一定要醒来，醒来……"碧落低低地说，"你若不醒来，我就把你扔路边，让野猪吃，让野獾撕，让野狗咬掉你耳朵……让你不听话，让你不听话……"

碧落用手指抚摸着杨定藏在蓬乱发际的耳朵，然后滑过他消瘦的面颊，刮他如刀削一样的高挺鼻梁："真不要脸，还睡，还睡，睡在一个女人的怀里，叫也叫不醒。你真是不知羞，不知羞……"

杨定一直昏迷着，碧落一直说着。

她怕自己一时停了，杨定什么声音也听不到，便再也不肯睁开眼了。

一滴，两滴。

总是听不到回答的碧落又掉泪了，冰冰凉凉的水迹，染上她怀中那张苍白的面颊。

面颊的主人听不到，也看不到。

他太累，太困，只想继续睡自己有生以来最长的一场觉。

可他的眼角，居然也在不知不觉间滚落晶莹的水珠。

一滴，两滴。

杨定昏迷了两天两夜，第三天早上才有点退烧，略略恢复了神志，可以喃喃地呼唤："碧落，碧落……"

碧落已将他挪到了附近一个小小山洞里，虽然潮湿阴暗了些，但到底可以避避风了。

食物已经不够了，碧落自己拿了弓箭到附近打些雀儿和野物，回来烤得半生不熟，勉强充饥，将干粮留着哺喂给杨定。

他的伤势委实沉重，在只用了些外伤药的情况下能够存活，已经算是奇迹了。只是后来还是每天白天退烧，晚上再度发烧，反反复复，让碧落极是不安。

可此地极荒野，最近的城镇距此有三四十里远，最近的村落只怕也在十里开外。以杨定的伤势，断然无法搬动他前去求医。碧落只得根据自己的记忆，找些治伤的草药来给他内服外敷。好在杨定不挑剔，碧落哺给他的东西，不论是甜是苦，是生是熟，全给吞下了肚。

七八天后，连杨定的干粮也没有了。

碧落看杨定睡得还算安稳，遂在洞口生了一堆火驱赶野兽，自己骑了马，径去寻稍近的村落去买些粮食。

碧落在山林间奔了六七里，并不见人烟，遂沿了一条溪水上溯而行，渐见两边栽了大片桃树，忙奔过去时，果然见着一处小小村落。

那处村落地处荒僻，据说是秦汉时逃入的难民，极少与外人来往，村民们也不懂得首饰的珍贵，但首饰上的金银倒还认得，便有人特地蒸了些新鲜馍馍，摊了新鲜面饼给她。碧落又讨了些粟米，和人要了几件干净内外衣裳、一口小锅、一副碗勺回去。山野之间民风淳朴，有人知道她是因为有人受伤才暂时留在山间，把才捕来的几尾鱼送给她炖汤。

碧落从八岁起便随在慕容冲身边，鱼肉荤腥见得不少，独这一次，觉得再没有比这几尾鱼更珍贵的食物了。

因担心着杨定醒来，碧落一路奔得甚是匆忙，回到山洞前时，顾不得将马儿系好，便先提了买的一堆物事回山洞，却在见到洞内情景松开了手，任那还冒着热气的馍馍四处乱滚。

洞中只留下了毡毯和两件给杨定盖着的棉衣，杨定居然不见了。

碧落一回头，山洞口那引燃了驱赶野兽的火堆，不知什么时候已经熄灭了。

这样寒冷的冬日里，豺狼虎豹常会因饥饿四处觅食，甚至会袭击手握武器的猎人，更别说手无寸铁的病人了。

那一瞬间，碧落忽然有了崩溃的感觉。

"杨定……"她肝胆俱碎地大叫一声，冲出了山洞。

然后，她站在山洞口怔住了。

杨定也正在山洞口，散着凌乱的黑发，只穿着染了大片血渍至今未能更换的单衣单裤，迷惑般望着她的骅骝马，甚至伸出手去，触了触马的额，仿佛在怀疑那马只是个幻影。

骅骝马却很熟悉他了，亲昵地舔了舔他的手，打了个响鼻，轻甩着尾巴，在地上啃起了干草。

"杨定！"

碧落走过去，含了嗔怒叫道："你出来做什么？"

杨定慢慢转过脸，面庞上似有什么冰质的东西正在渐渐破裂，又似有什么柔软的东西正在渐渐挑起。

"你……回来了？"他恍如在梦中呢喃，"决定不扔下我了？"

碧落低头一瞧，只见他的衣衫上，又渗出了大片黏稠的鲜血，再看他的面颊，更是苍白瘦削如鬼，不觉叫了起来："我什么时候说要扔下你？"

杨定低下头，神情是从未有过的脆弱和忧惧："你说了，你说了。你说我不醒，便将我扔了，给野猪吃，让野獾撕，让野狗咬掉我耳朵……这些日子，我的确……太拖累你了。"

他顿了一顿，因消瘦而显得格外大而晶亮的眼睛凝到碧落脸上，露出一抹苦苦的笑："可我真不想给你扔了。我刚才醒来，发现你连人带马都不见了，我宁愿自己已经给野兽吃了。"

碧落哽咽了半天，终于扯出一抹笑容："傻瓜，我去找些吃的回来啊！你没发现吃

的东西已经没了吗？"

　　杨定垂着眸，睫下蕴了失而复得的悲喜交集，忽而将她拥到怀中，喃喃道："我没看到，没看到，我什么都没看到。我只看到，你不见了。我真的……快疯了。"

　　他俯下头，猛地亲上了碧落的唇。

第二十七章　青衫湿　莫教幽恨埋黄土

第二十八章　误桃源　醉卧花下能几回

这些日子碧落一心救他，杨定大部分食物，都是她所哺喂，二人唇唇相触，早不是第一次。

可这一次，碧落心头有瞬间的全然空白，直到杨定唇舌滑入她的唇舌间，她才想到推开他。

可她推他胸前时抚到了一片温热的潮湿；再一摸他的背后，更抓了一手的新鲜血迹；而他的身子，是滚烫的，显然正在高烧中。

天知道，他发现她离开后，到底怎样跟跄冲出去，怎样悲惨地在山林中寻找，呼唤她的名字？

如今的杨定，真像当年才和奶娘失散的碧落自己……

脆弱而无助，只想找到自己在这冰冷岁月里唯一的依靠……

杨定只是病得太厉害了，才将自己当作了唯一可以抓住的温暖。

等他病好了，他自然会发现，他自己重病的日子，到底有多么傻。

他是那么嬉笑不羁自在洒脱的人……

碧落无声地轻叹一声，拥着杨定，由着他呼吸不稳地与她缠绵片刻，才躲闪着别开脸去，扶了他摇摇欲坠的身躯，柔声道："听话，到里面去休息，吃点东西。"

杨定顺从地由着她扶进山洞，无力卧下。碧落早觉出他手足冰冷颤抖，急急地又生起火堆，为他重新包扎了伤口，更换干净衣裳。

脱下单衣时，袖中似有什么物事掉落下来。碧落捡起时，却怔了怔。

水碧色丝线打成的莲花花样和柔软流苏，编入了一枚佛手玉佩。竟是初夏时节，碧落遗失的那串佛手剑穗。

杨定微见紧张，讪讪道："这是那日醉酒后在我屋里捡到的。我想着多半是你的，所以就放在身边，准备有空便还你，谁知后来就忘了。"

碧落若无其事将剑穗扣到杨定的华锃剑上，说道："这穗子我多得很，青黛就很会编，一晚上就可以编好几个。你若喜欢，便留着吧！"

杨定舒了口气，靠着山壁，低了头，看向自己换上的那身打了好几处补丁的布袄苦笑："我怎觉得自己像个樵夫了？"

他出身名门，虽是自幼离了家乡，倒也从不曾缺衣少食，当然从没穿过这样粗劣的乡野衣裤。

碧落一边架起锅来泡了两个馍馍，一边安慰道："没事，等你养好了，我们到前面的大城镇里给你重置一身衣袍。"

杨定轻笑道："其实……挺合身的。这里住着也好，等我好了，我砍柴打猎，天天煮东西给你吃。"

碧落失笑："若你好了，我们还用待在这里？又冷又阴暗，什么都没有。"

杨定便不说话了，只是紧裹着大氅和毡毯，出神地望着跳跃的火苗。火苗吞吐，映在两个年轻的面庞上，都染了层淡红的晕彩，明明灭灭。

一时馍馍给泡开了，碧落舀在碗中，扶起杨定，笑道："总算可以有口热汤喝了。你先吃点这个，我待会炖鱼汤给你喝。"

杨定望她一眼，居然些微的失落一闪而逝，然后就着粗制的陶汤勺，一口一口喝着，虽是顺从地将一碗厚厚的浆汤全喝光了，眉峰却不时皱起。

碧落疑惑道："怎么了？"

"呃……"杨定盯着那勺子，道，"这勺子又大又粗糙，硌得嘴疼。"

碧落低头一瞧，像是农家自行烧制的陶坯，的确凹凸不平，不过，硌嘴么？该是太大了些，而杨定发烧了那么多天，嘴唇早已干裂了好多处，只怕真硌着了。

一时洗净了鱼，放到锅里煮着，碧落才自己取两张饼吃了，回头看杨定时，依然睁着眼，并不曾睡着，过去摸他额时，似乎比原来更烫了，身体也在不断地发着抖，显然正在高热中。

他原本只在晚上会高烧，今日必定强撑着出去找人，着了凉，又弄裂了伤口，便很快再度高烧起来。

若她再晚回来些时候，或者杨定支持不住，没能再回到山洞里，他会不会就这么死了？

碧落轻轻叹着气，柔声道："杨定，我出去捡些柴火，待会就会回来，你乖乖等着，别乱动，知道吗？"

杨定应了，这才闭上眼。浓密的眼睫投下，将本就憔悴不堪的面容衬得越发灰暗苍白。

碧落想着他原来生机勃勃的模样，不由得抚上那苍白的脸庞，似对杨定说，又似对她自己说："很快……一定会很快好起来……"

一时她离去了，杨定还是禁不住，按了胸口半撑起身，望着她离开的方向，喃喃地念叨："对，一定会……很快好起来，碧落。"

苍白的面颊似又被火光耀亮了，淡红的晕彩渐渐流溢。

晚上杨定不仅有了鱼汤喝，更有了一把新汤匙。

很小，边缘细心地刮过毛刺，匙底坑洼不平，可绝对硌不着嘴了。给很烫的鱼汤一激，除了天然的鱼香，杨定还尝到了松木略带苦涩的清香。

碧落见杨定只往那木匙上瞧，尴尬笑道："没法单为一把勺子跑去远处买，我就用宝剑削了一个，先将就着吧。"

杨定似看见碧落四处寻找合适树枝，然后一剑一剑削出一把小小汤匙的情景。他看了看碧落轮廓极美好的淡色嘴唇，终于忍住，没嫌这个汤匙不够柔软有弹性，不够蚀人心魄甚至让人忘却疼痛……

夜间杨定睡得极不踏实，浑身烫得惊人，却冷得不断哆嗦。好容易睡着片刻，则不时悸动地几乎坐起来，呼唤着碧落的名字，连碧落微微一动，都会紧张地睁开眼来，迷茫无辜的眼神如同被驱往绝境走投无路的幼兽，极是惊惶。

这般警醒，倒让碧落忆起一同南行的路上，每次自己睡到他的毡毯上，他看来都睡得像个死人般无知无觉。

或者，他压根儿便是知道的，只是怕她尴尬，才故作不知。

隔了毡毯，碧落将他抱得更紧了些，低低地告诉他："杨定，别怕，我守在你身边呢！"

"碧落……"

杨定长长地噫叹，带了孩子般的欣慰和满足。

碧落便记起，慕容冲喝醉了，也会如孩子般偎在她的怀中，将她视作唯一的亲人和依靠，一遍一遍地呼唤："碧落，碧落……"

那样的日子，还会有吗？

　　如此又过了十余日，杨定虽给伤痛折腾得瘦了一大圈，到底不再发烧了，伤口也结了痂，碧落这才算放了心，眼看食物又没了，遂扶了杨定上马，自己徒步牵着，走了大半日，沿了溪水桃林，回到当日买过食物的那个小村落，找了个有间闲房的村民家借住下来，总算告别了山中野人的生活。

　　杨定精神已经好了很多，见借住的茅屋极是狭小，窗户只用破木板塞了一半，门下也破了个大洞，四处漏风，仅有的一张小案还是三只脚的，苦笑道："碧落，我怎么觉得这里还不如山洞里暖和？"

　　碧落叹道："这户人家算是这里家境最好的了。江淮一带，两国常年混战，这里地处荒僻，虽然贫苦些，到底没受连累，算是快活的了。"

　　杨定闻言而笑："没错，如果不被刀兵牵累，便是幸运的了。"

　　碧落转眼看看墙边的茵席，却是农家自己用茅草和蒲苇编的，颇是厚实，笑道："总算可以睡得暖和些了。"

　　话未了，门上的大洞忽然伸入一只黄黄的狗头来，黑溜溜的眼睛在他们两人身上一转，似没感觉出恶意来，一跃便从洞中钻入，讨好地围在两人身边甩了好一阵尾巴。

　　杨定慢慢蹲下身子，拍了拍黄狗的头，笑道："长得胖胖的，也不怕给人吃了狗肉。"

　　黄狗见杨定待它亲昵，更迅猛地摇了几下尾巴，然后极纯熟地一纵身跳上茵席，蜷起身子就在中央卧下，还有一下没一下地用卷曲的粗大尾巴敲着草席。

　　两人愕然。

　　碧落先反应过来，笑道："我待会儿去向主人要些麦秸来，铺在另一边睡。"

　　杨定无奈地坐到茵席上，叹着气问那条黄狗："小子，你身上没跳蚤吧？"

　　此地民风淳朴，虽是贫穷，主人却从他们借住的第一日起便将他们的一日两餐包下，尽管粗茶淡饭，怕也占用到了一家人的口粮。碧落过意不去，每日也帮着洗衣做饭，甚至跟着男人们去山中下兽笼打鸟雀。村民见她一个清清秀秀的年轻女子，身手颇是不俗，无不惊讶。

　　而乡间的妇女，开始拿自己织的土布，比画着给自己的孩子缝衣服，又用蒲苇编成苇索，拿桃木请村上的老人画上神像，却是预备着新年悬于门户间辟邪。

　　一转眼，新年又到了。

杨定见碧落望着忙碌的人们出神，叹道："若不是我拖累着，只怕你早该回到长安了吧？"

可她回长安做什么？

去面对慕容冲最痛恨的人，居然是自己亲生父亲的现实？

一直掩藏在心底的钝痛，仿佛被什么东西扎得散开，尖锐地四处流窜，渐渐连头都痛起来。

碧落懒洋洋地走回屋中，一边取来杨定那些洗干净的破衣衫补缀，一边叹气："是你想回长安吧？嫌这里没新衣服穿？"

杨定随在她身边，看她一针一线地补着自己的单衣，眉目蕴了清润的浅笑："我也不想回去。这里很好，很像老庄所期盼的国度。"

"什么国度？"

"小国寡民，绝圣弃智，重死不远徙。甘其食，美其服，安其居，乐其俗。没有王图霸业，没有亡国仇恨，没有刀兵之争，日出而作，日落而息，逍遥于天地之间，自给自足，自得其乐。邻里间的争吵，顶多为了东家鸡啄了西家青菜，或者西家孩童偷了东家梨子……"

碧落一时也听住了，眸光映着窗外浮动的流云，向往良久，方才回过神来，轻笑道："杨定，莫非你忘了？你出身仇池高门，是大秦的翊卫中郎将，而且还是南阳公主的未婚夫婿，还能在这里待一辈子不成？"

"我不会娶宝儿。"杨定突兀地打断了她的话。

碧落如梳的长睫向上一挑，迅速又低了下去，继续补着衣衫上被利刃割破的洞口。

杨定似也乏了，推了推睡在毡毯上的黄狗，将它赶开，自己钻入毯中，声音很低，却很清晰地传入碧落耳中："我会和天王说，不想娶宝儿。而阳平公……已经没法再娶你了！"

杨定的声音很笃定，碧落回过头时，他居然已经安谧地闭上眼，似乎睡着了。

黄狗在毡毯边踩来踩去，到底不甘心，终于挤在杨定身畔蜷身卧下。

它大约很欢迎杨定继续住下，毕竟毡毯要比草席暖和很多。

碧落再要继续补衣时，却连连被针扎到了手。

她不禁叹了口气。

她的手，握剑远比拿针顺手多了。

而能与她牵手一生的人呢？

是慕容冲，还是……杨定？

杨定伤势远未平复，只怕还要休息一两个月才能骑马返京。

也就是说，秦王很容易猜到，他们两个患难与共了两三个月，必定情谊匪浅，绝非宫中的符宝儿所能比拟；而碧落身世已明，符晖断然不能娶自己的亲妹妹。

即便只为补偿对失散女儿的一份歉疚，秦王也不会阻拦碧落选择自己的夫婿。

而杨定便那般相信，碧落会选择他？

碧落很想推醒杨定，告诉他自己不会选择他，就如不会放弃慕容冲那般。

可她一转头，看到了杨定沉睡的面容，恬静如婴儿，一抹笑意凝在唇角，依稀看得到未受伤时的明朗通透神采，不觉心中便柔软起来。

罢了，等他伤势好了再提吧！

这一住，便住到了来年的三月。

日子过得平淡如水，宁谧如水，却是碧落一生未曾有过的祥和。

或者，这也是杨定所热爱的生活。

他一向笑嘻嘻极是和善，比碧落更有人缘，不多久便和村中人混熟了，主人家自不必说，左右邻居也常常端上一碗汤或半碗肉来，送给他补身体。

二月时，他的身体便已基本平复，却只字不提离去，反而时不时带了弓箭上山去，然后带回一只野猪，或一只野鹿，分给众村民食用。碧落开始怕他伤口开裂，一路伴在他身旁，后来见他果然恢复，便也由他去了。

当村头村尾桃花铺绣，灿若云霞时，杨定已能执了华铤剑，与碧落练剑过招了。

春风吹碧，春云映绿，一模一样的莹澈剑光在醺醺的暖意和缤纷的花瓣中肆意挥洒，成了小山村里最明亮的风景，引来了老少男女齐声喝彩。

他们不识得二人剑法高妙，只当成了好看的舞蹈般欣赏着，就如二人也只为练剑而练剑，剑锋所指，并无一丝肃杀之气，优雅清妍，一如风扬，枝动，花摇，瓣落，再自然不过。

直到杨定伤势恢复得差不多后，碧落便不肯再和他亲昵接触，可因房屋逼仄，他们一直共处一室，村人早就将他们视作一对，年轻的少女早就被大人告诫了，不要去招惹那个有着温和明朗笑容的杨定，倒是碧落性情清冷，没什么男子敢去亲近。

碧落甚爱整洁，因那日杨定重伤后还在笑话她头发脏了，便特别留意打理头发。杨定见她头发极长极密，弯腰清洗时颇是吃力，遂常常走过去，拿了皂角帮她揉洗抚摩。

碧落开始不自在，到后来二人便习以为常，只要碧落端了木盆到院前的石头上，杨定便很默契地拿了皂角，卷起袖子，去替她洗浴那头长发。

院中种有老杏，枝丫纵横遒劲，长势极好，并不输给甘露殿前那株杏树。

对于花木来说，也许自然的春风细雨更比人为的金碧辉煌更适宜生长。碧落洗头时，老杏便很凑趣地送下一片又一片的花瓣来，每瓣都若一个浅浅的笑靥，带了春日清新的气息。杨定便含笑将那春日的笑靥，一瓣瓣拍入碧落的发际，揉入细细的清芬芳郁。

有一个总角的男童，很喜欢看碧落洗头，往往在那里一站半天，等杨定把碧落绸缎般的长发从水中捞起，用干布擦净了，才肯离去。

后来，杨定忍不住问那男童："为什么喜欢看姐姐洗头？"

男童答道："我爹爹以前也常帮我娘这样子洗头。"

"哦？现在你爹爹不帮你娘洗了么？"

"我娘前年死啦！"那男童扁起了嘴，"我爹爹本来说，要一直帮我娘洗着头，直到她的头发，变成蚕丝一样的白色，还会继续帮她洗。"

杨定和碧落都不由得抬起了头。

男童满眼的亮晶晶，稚拙地问："杨哥哥，你会帮碧落姐姐洗头，直到她的头发，变成蚕丝一样的白色么？"

杨定怔了一怔，然后用木勺舀起温热的水，小心地冲洗着碧落的头发，认真地答道："会。我会帮碧落姐姐洗头，直到她的头发，和我的头发，一齐变成蚕丝一样的白色。"

那男童便笑了。

而碧落突然便慌了。

她夺过杨定臂间搭的干布，急急拧着湿漉漉地头发，逃回屋子里。

男童奇怪地问："杨哥哥，碧落姐姐怎么了？"

杨定望着碧落的背影，然后握了握自己的头发，展颜笑了："她应该躲在屋子里找有没有长白头发吧？我们还是满头黑发呢，到满头白发时……"

满头黑发到满头白发，还有那么长的时间呢！

杨定望着澄澈如碧蓝琉璃的天空，又笑了笑。

阳光透过重重杏花细细筛下，碎金般莹亮璀璨着，连这穿着布衣的男子，都镀上了美好明润的清芒。

这春光正好，韶华明媚，谁人舍得辜负？

三月底时，杨定和两名猎人上山，打着了两只野猪。因天气渐热，都担心放坏了，几家一商议，便决定将其中一头拿到远方的市集上换些布帛吃用回来。杨定无可无不可，自是由得他们，还将骅骝马借了他们来回驮东西。

但第二天下午，便见去卖野猪的两个村民两手空空灰溜溜地回来。

"怎么了？"杨定笑问，"没卖出去么？"

村民一脸惊怒："外面世道不太平，我们以后还是少出去吧！"

杨定忙问道："怎么不太平了？"

"听说是有人造反，一个姓慕容的闹得特别凶，所以现在四处在征壮丁征军马呢！我们这马一露面，立刻有官兵跑来，说这匹就是军马，把我们吓得丢了野猪肉，骑了马就跑。还好，还好，这马儿跑得快，不然给抢了去，都没脸回来见杨兄弟了。"

骅骝马的确是军马，马腹上还烙着羽林军专用的烙印。

可杨定已经被另一条讯息惊住了。他扭头看向了碧落。

碧落本来沾了几分明亮春色的黑眸，蓦地蒙上深深雾霭，飘来荡去地浮在眼底，看不清眸心深处是否有暗流汹涌，惊涛澎湃。

她静默地在院前站了片刻，然后抬起脚，缓缓步入简陋的茅屋中，仿若根本没听见村民们说什么。

杨定维持着脸上的笑容，反将两个村民劝了几句，才将他们送走，转而走入屋中时，已看到碧落在收拾行李。

"我们……得走了么？"杨定似自问，又似在问碧落。

碧落好久才开口，嗓音喑哑而无力："杨定，我还能装作不知道么？"

杨定沉吟片刻，柔声劝道："不用太担心，不一定是慕容冲。"

碧落哂笑一声，没有回答。

的确可能不是慕容冲，慕容家族有胆识有才谋者甚多，彼此之间也是各有机心，但想匡复大燕的志向却是一致的，不论最先闹起来的是谁，这人一定会得到慕容氏其他成员的支持。

而手握实权却隐恨十余年的慕容冲，无疑会在第一时间站出来加以声援。

旁的人，不过是要复国，而慕容冲最想做的，却是雪耻。

旁人要的是关东的故国，慕容冲要的，却是苻坚的人头！

何况，苻坚前去慕容垂部时，杨定便为他捏把冷汗，假若是慕容垂有了反心，那苻坚不是险得很？

杨定也深知此理，眼见劝慰无效，遂也开始打点行装，却意外地发现，他两手空空而来，想带走的东西却不少。

　　有东边大婶帮他做的新鞋，有西边大叔搬来的一只大南瓜，村头小童给他捏的两个泥人，一个小妹子捎来的半坛老酒，主人家帮腌的两坛咸肉……

　　杨定居然都想带走！

　　最后，他抓了两只红薯在手里，自嘲地苦笑。

　　"杨定……"碧落犹豫着开口，"你可以……留下。"

　　她看得出杨定的留恋。

　　巧者劳而智者忧，无能者无所求，饱食而敖游，反若不系之舟。时至今日，她自然明白，杨定情愿做个无能却自在的不系之舟。

　　而这里很接近他最本原的追求，是个理想的隐居之地。

　　如果不发生任何意外，他们会不会就这样住下去？然后无声无息地生活，无声无息地死去，如一株花，一棵草，生过，长过，在无人处鲜亮过，依旧在无人处归于尘土。

　　杨定唇角一扬，明亮清晰的弧度："碧落，我们是一体的，你到哪里，我便到哪里。"

　　碧落一窒。

　　他知道自己在说什么吗？

　　什么叫一体的？

　　顶多，只能算一起的吧？一起患难过，一起挣扎过，也一起平静生活过。

　　仅此而已。

　　"杨定……"

　　碧落唤了一声他的名字，对上了他静谧而温暖的眼睛，忽然便哽住，所有绝情的话，似都给卡到喉嗓口，半个字也说不出了。

　　但杨定很聪明，他终究会明白，终究会明白的，对不对？

　　她闭了嘴，继续收拾东西。

　　而杨定什么东西也没收拾。他跑去找主人家，请主人家把他屋子里所有吃的东西搬走，同时请把他们的屋子为他们保留半年。

　　"也许，过一阵，我们便回来了。我喜欢这里。"杨定笑着，带了几分渺茫的希冀，"我想，碧落也喜欢，喜欢这个独一无二的桃花源。"

第二十九章　梦还凉　莲心深深为谁苦

第二日早上，杨定、碧落离开时，主人家和左邻右舍都来送别，包括那条和杨定同床共枕了三个月的黄狗，都是依依不舍。

"打算隔年把屋子翻新一下，特别你们那屋子。"主人感慨，"我一定把那门洞修好，不让阿黄进去吵你们。"

杨定笑道："别，那个门洞千万留着。不然阿黄住哪儿呢！"

黄狗似听得懂杨定说话，昂着头，很是感恩地用它粗壮的尾巴敲打着杨定的小腿，惹得骅骝马很是不悦，不时对着黄狗打着响鼻。

带了村民们塞来的干粮，杨定和碧落合乘一骑，踏了山野间的小径，沿了飘满桃花落瓣的流水，缓缓踏离了那处被杨定称作桃花源的小小村落。

走出老远，他们还可以看到村民们在村头驻足凝望，听得到追出老远的阿黄，很是不甘地汪汪直叫。

杨定叹息。

这一辈子，只怕再也没有机会和一只乡间土狗睡一床了。

碧落素日和杨定一处，与他合乘一骑并未觉得不妥；后来到了有人烟处，见旁人不时注目，颇有惊诧之色，才觉果然太过亲近了，遂让杨定自行去买马。

杨定苦笑道："若是中原战乱，怕没人会卖马。"

果然，连找了几处大的坞堡，向主人求马时，即便亮明了身份都被婉言拒绝。直到行至颍川，才到太守府借到了一匹马。

"你们总算来了！"颍川太守道，"天王发过两道诏令，让留心查找你们的行踪。这都四五个月过去了，下官还以为杨将军早就回了长安。"

杨定向着碧落笑道："天王最担心的该是你吧？"

碧落懒得回答，只问颍川太守："大人，如今各方战事如何？"

颍川太守摇头道："不很清楚。只知关东一带冠军将军和丁零人联合起来，已经闹成一团了。关中只怕也不太平。"

冠军将军便是慕容冲的叔父慕容垂。二人听这太守口气，对这慕容垂居然颇是客气，暗地里只是皱眉。

乱世之中，为求自保，为官者常是八面玲珑四方讨巧的圆滑之辈，说不准下一刻慕容垂攻来，这太守的主上，会立时由秦王苻坚，变成燕王慕容垂了。

总算知道苻坚安然无恙，甚至正井井有条地安排兵马应对变故，杨定才稍稍放了心，倒是碧落淡淡的，并不显出丝毫的悲喜惊怒来。

二人告辞时，杨定见给他的马儿只是平平，微微皱了下眉，那颍川太守立时看出，笑道："附近最好的马都被平原公征去了，若要好的，可以到洛阳找平原公。"

杨定不答，径和碧落上马，绝尘而去。

出于那一年多来的惯性，碧落只一听到阳平公苻晖的名字便头疼。杨定料得苻晖一定尚未知碧落身世，也不愿节外生枝，便宁可骑着那匹极普通的马儿回长安了。

二人心中不安，归心似箭，风餐露宿也不觉辛苦，没几日便到了长安。

杨定要先回去换朝服才好去晋见秦王，碧落本可先入宫去，但不知为何，她远远看到巍峨庄严的宫门，便没来由地一阵恐惧，居然神差鬼使般只随在杨定身后，去了他赁居之处。

他虽然数月不曾回来，屋中居然甚是整洁。料得杨家人未得他死亡确信，依旧隔数日便遣人来打扫收拾。

杨定很是欢喜，一边找着自己的衣裳一边宽慰碧落："也好，便和我一起进宫吧，算是给天王一个惊喜。"

他想了想，很是无赖地笑起来："到时只说是我救了你，让天王把你赐给我，好不好？"

碧落瞪着他，好久才硬邦邦吐出两个字来："不好！"

杨定笑容一僵，返身去换了衣，才拉过她的手，柔声道："既然不好，咱们就实话实说，让天王把我赐给你也成。"

"杨定！"碧落打断了他，一对瞳仁乌黑却跳跃，如深夜里燃着的灼人篝火，光芒熠熠，努力驱散着黑暗中的寒意。她一字一字道："我只喜欢冲哥！"

可她难道没有发现，自己的手还被杨定握着么？她难道没发现，自己并没有推开杨定么？

杨定脚步不过微微一停顿，立刻恢复原来的速度，不疾不徐，懒懒散散地拉着碧落，往秦宫方向走去，似根本不曾听到碧落的话语。

碧落张了张唇，终于没说第二遍。

她甚至始终没有问过杨定，他不要缘，不要孽，可曾找回那颗不羁的心。

或者，早在不知不觉间遗失，再也找不回来？

通禀后不久，内侍几乎是小跑着匆匆赶来："天王有旨，请杨将军碧落姑娘立刻前去觐见！"

二人走向甘露殿时，几名秦朝重臣刚从丹墀走下，神情颇是肃峻，一路走一路低声商议着，显然是刚被苻坚召见议事，只怕未及议出结果来便被遣出了。

上前叩见时，苻坚一身墨青色绣五爪金龙的帝王常服，正低了头看案上的舆图，眉宇紧蹙。听得杨定参拜，他方才含笑抬头："果然回来了？"

他丢开舆图，从御榻上步下，转过紫檀木的龙纹御案，走到杨定跟前一打量，然后注目在半隐在杨定身后的碧落身上，很有些冷沉的瞳心终于暂时散去阴郁，流溢出温暖慈和之色，柔声问："这么久才回来，是受了伤？可好些了？"

碧落往后退了一步，并不与苻坚直视，只指了指杨定，"我没事，是……他伤得很重。"

苻坚点点头，拍一拍杨定的肩，赞道："真是个好男儿！朕在洛阳没等到你，却等到了四五十个和你同行的勇士，都说你是最后一个撤退的，恐怕已经……遭遇不幸。朕总觉得你们两个都没回来，多半应该是一起逃出来了，只是遇到了麻烦而已，所以一直没让杨家发丧……伤得很厉害？待会再让太医给你好好调理，别落下病根来！"

杨定笑道："没事，碧落救得及时，臣的身体也扎实，养了几个月，已经完全恢复了。"

他顿了顿，明亮的眸光暖暖在碧落面庞滑过，又笑道："臣可欠了她两条命了！"

"两条命？"苻坚眉峰跳了一下。

杨定点头："第一次，她从晋兵的刀戟下将臣救出，第二次，她从阎王爷手里将臣抢出。臣这一辈子，都记得她的好。"

符坚眼睛微微一眯，凝在杨定脸上。

杨定收回温柔望向碧落的眼光，与符坚对视。虽有一抹赧然，甚至双颊浮上一层微红，但他绝无退缩之意，竟是从不曾有过的刚毅坚决，让符坚看得心中一沉。

他刚刚认回来的女儿，只怕留不住了。

这时碧落忽然开口，眸中耀着怪异的光亮："陛下，慕容氏……只是慕容垂反了么？"

"慕容垂……"符坚神情间的慈柔顿时扫去，泛出隐隐的怒恨。他攥起拳，冷笑，"朕其实得谢谢这位冠军将军，毕竟朕以千余骑去接收他的三万兵马时，他还算义气，交出了兵马，回到他的关东故国去重举燕旗！可恨北地长史慕容泓、平阳太守慕容冲那两个小儿，朕素来待他们不薄，居然一个在华阴，一个在平阳，同时举事谋反！以为朕经历了淝水一战，伤亡惨重，便拿他们没办法了？朕已派睿儿和姚苌率五万兵马伐慕容泓，派窦冲率三万兵马伐慕容冲。姚苌和窦冲都是沙场宿将，朕倒要看看这对宝贝兄弟用什么来跟朕斗！"

他只顾恨恨说着，忽见杨定有些微不安，碧落本就色若梨花的面颊更是苍白失色，猛地想起碧落从小便随在慕容冲身畔，那情谊非常人可比，忙克制恨意，放缓了语气道："朕并不打算取他们性命，也只是教训教训他们，少这般落井下石而已。那凤凰……哎，朕从没想过他那样宁和的人，居然也会反！"

慕容冲宁和？

他要有怎样的毅力，才能克制了自己的仇与恨，向所有人，甚至向给自己带来绝大耻辱的仇人，绽着永远宁和得体的优雅微笑？

"我困了……"碧落突兀地说了一句，仓皇地望了符坚一眼，低声道，"我……我先回宫去休息……"

符坚一怔，忙道："好，你先去休息，晚点朕忙完了便去瞧你。"

也没听到碧落应承，便见她低一低头，抱了肩，步伐凌乱地跑出殿去。

杨定皱了眉，竟不由得向着她的方向踏出两步，方才顿住身子，默默望着她单薄的背影，怅然若失。

符坚淡淡道："你喜欢她？"

杨定敛去笑意，深吸一口气，道："是。这数月来，臣蒙她照顾，日夜相对，已不

想与她分开片刻。"

他后退一步，跪下身去，郑重说道："求陛下成全！"

日夜相对，不想分开片刻……

那是什么样的感情？

符坚恍惚记起，自己也曾有过，那种不肯分开片刻，甚至宁死不肯放手的感情。纵然再多佳人在怀，甚至再为他人动心，却始终再不能有那样的感情。

那种感情，一生一世，只能拥有一次。

他缓缓道："杨定，你似乎忘了，朕曾警告过你，你若敢负宝儿，朕将取你项上人头！"

杨定气息紊乱，但吐字依旧清晰明澈："是，臣负了南阳公主。臣会向南阳公主解释清楚，相信公主通情达理，不会强求。如果陛下坚持要取臣的项上人头，臣即便奉上人头，心里也只留碧落一人！"

他跪在地上，见得到胸口剧烈的起伏，但神情居然说不出的镇定执着。

符坚踱回御榻前，徐徐坐下，叹道："杨定，你可想清楚了，碧落是朕的女儿，娶了她，朕不会容你再动归隐之念，也不会容你如以往那般敛了一身才学，天天嘻嘻哈哈和稀泥般混日子。她会是朕最珍爱的女儿，朕不会让她像她母亲那般离开朕的视线。"

杨定手心中泛出一层汗水，却又凉得出奇，又有种高烧冷热交替的错觉。但他还是斩钉截铁道："臣愿不遗余力，为陛下重振大秦声威！"

符坚沉默片刻，叩了叩御案，沉声道："朕知道了，你先下去休息吧！"

杨定松一口气，唇角终于浮上一抹笑意，然后恭谨告退。

对着他年轻挺拔的背影，符坚颇有几分无奈地叹息。

二人风华正茂，杨定更是血气方刚的年轻男子，果然日夜相处了四五个月，碧落……还能嫁给别人吗？

他没有封赏杨定。

因为杨定可能已经抢走了他和云不言唯一骨血的心，以及身。

青黛等宫人见碧落回来，无不欢欣雀跃。

那日碧落突然离去，张夫人着实将他们叫去训了个遍。原先都在忐忑着，如果碧落不回来，他们这群人，也不知会给怎样发落。直到年底符坚回来，令不许追究，他们才略略安心，却也无时不盼着她平安归来。

而碧落却懒懒的，泡在宫人预备的满是花瓣的芳香浴汤中，回忆那个小山村里宁静得连阳光都快凝固的岁月，想到温柔而熟练为自己搓洗头发的双手，竟像是做了一场梦。

或者，连现在这样奢华的生活，也是一个梦，梦醒来，她依旧偎在那个清雅微笑的男子怀里，轻嗅那淡淡的兰草气息，听他一遍遍低低地唤：碧落，碧落……

她从来没到过长安，从来不认识苻坚，从来不知道桃李夫人，更不曾知晓，自己是个亲生母亲从不曾承认过的女儿……

碧落一矮身，将自己的整个脸部淹到了水里，好久，好久，直到憋得胸口疼痛得似要裂开，才猛地钻出水面，用力呼出一口气，终于觉得轻松了些。

可片刻之后，她的胸口还是闷，仿佛有条毒蛇，正在心底盘旋缠绕，并且越收越紧，越收越紧……

苻坚来得并不很晚，碧落刚吃了点东西，正披了湖色流水纹薄纱广袖长衣，捧着青釉莲瓣纹双耳茶盏，倚坐在大开的窗户前，对着后窗的葱茏竹林，碧色盈盈。

苻坚止住宫女通禀，悄悄过去，见她对着窗外出神，一探头时，却看到了关雎宫斜斜伸入这边墙头的一枝粉色桃花。

"怎么？想你母亲了？"苻坚微笑着问。

碧落回过神来，低头见礼："见过陛下！"

苻坚挽住她，笑道："还叫朕陛下？难不成……你不信你奶娘说的话？"

碧落摇头："陛下，我什么也不记得。奶娘说了那么多，我还是想不起一点母亲的模样来。我一直以为奶娘就是母亲，我也不太明白父亲是什么……"

碧落茫然地望着那清辉素洒的一轮冷月，被树梢碧叶分割成了无数碎影，如无数的泪滴般晶晶亮着，慢慢地低喃："不过，小时候我什么也不懂，乡野地方也没人笑话我没父没母，奶娘对我又好，别的小孩子在喝野菜汤时，我能有粟米粥喝，所以我过得很开心。后来奶娘说要带我找我的亲人，我很不明白亲人是做什么的。我觉得有奶娘就够了。奶娘和我失散了，我的天才塌了。"

她牵起唇角，泪水滚落下来，却笑着说："陛下，其实是不是血脉相连的真正亲人，也没什么重要的，对不对？如果彼此都不知道对方的存在，即便血脉相连，也算不得亲人，对不对？"

"不对！"苻坚决然说着，用自己的袖子为碧落擦着泪水，温和道，"你的骨子里流着我的血，便是我的女儿。……这些日子，我每夜都睡不好，只怕还没来得及听你叫

我一声父亲，便从此再也见不着你。"

碧落听出，苻坚第一次没有自称"朕"。亲昵的谈吐，一如寻常父女望月聊天，闲扯家常。

苻坚拉过她的手，朗声笑道："来，我们去关雎宫走走，或者，在那里，你还能找到母亲的感觉。"

碧落想拒绝，却迅速被一种让她心情激荡的情感淹没。

母亲的感觉……

和奶娘的感觉，有分别吗？

还有，父亲的感觉，又是什么样的感觉？

他们步入关雎宫时，云嬷嬷和李嬷嬷都已睡了，苻坚令她们不必起来伺候，自行带了碧落在宫中走动。

月色浸花冷，风前度暗香。这无可奈何春归去的季节，四处是斑斓起伏的落花。

"碧落，你的母亲，是扶风郡云家的女儿，那也是个高门大姓，甚至一度手握重权，不过中原连年混战，到你母亲这一代时，已经没落得差不多了，连你的外公外婆，也在诸侯攻伐中丧生，害你母亲九岁便成了孤儿，被送到苻家姑母处暂住。"

漫步在凋零的落花间，苻坚缓缓说着，低沉的话语，渐渐染上了月晕般的不清晰，而一幕幕尘封的画面，娓娓在月色下铺展开来，带了活泼泼迎面扑来的春日风光，以及那个少女，以及两名男子的悲笑歌哭……

云不言九岁来到苻家，投奔自己的亲姑母、苻法的生母云氏。云氏只是侧室，虽生下了以贤明著称的长子苻法，在家中的地位却远不如正室的苟妃。好在苻法与苟妃生下的苻坚感情极好，倒也从无嫌隙，甚至常带了自己漂亮可爱的不言表妹到苻坚府上喝酒取乐。

当时，苻法和苻坚都还年轻，身为皇室血亲，他们分别被封为清河王和东海王，按照氐人皇族的传统，早早娶了妻妾，甚至有了儿女。

可要命的是，苻坚发现自己不知什么时候开始，对家中的姬妾完全失去了兴趣，心里眼里，都只剩了那个面若桃李笑靥含春的不言表妹。

好多次，他找了各种借口，把云不言接到自己府中小住；可惜云不言总是住不了几天，便闹着回苻法身边去，甚至有时会自己徒步跑回去，让苻坚怅然不已。

当后来有一次，苻法府上有人传出笑话，说云不言把睡在苻法身畔的姬妾赶开，自己睡到了苻法榻上，苻坚才想起，云不言已经十三四岁，到了情窦初开的年龄了，他不能再放任云不言只待在苻法身边。

苻法一向待苻坚很好，凡是苻坚要的东西，从没有不给的。但苻坚向苻法索要云不言时，苻法没有立刻答应。

他穿一身青衣立于盛开的桃花树下，眸光幽远，有些冷淡地回答，他尊重云不言自己的意思。

他们便叫来云不言，苻坚很委婉地问那个看来只知摘花斗草的小丫头，哪个表哥才是她倾慕的英雄。

云不言清泠泠地笑了，说的话却石破天惊："法哥哥，坚哥哥，谁能一统乱世，还天下人一个朗朗乾坤，谁就是我云不言的英雄！"

苻法便问云不言，喜欢和哪个表哥待在一起。

云不言这下当真不言不语，嗅着桃花飞快地逃了，只是从此苻法再也不带她去东海王府，苻坚去苻法府上，她也避而不出了。

苻坚这才知道，苻法近水楼台先得月，早就虏获佳人芳心了。

随后，秦帝苻生猜忌苻法兄弟，意欲除掉他们，反被他们得了消息，先下手为强，联合发动宫变，处死了苻生。

顺利夺权后，苻法将皇位拱手让给苻坚，自己担任丞相之职。他的声望本在苻坚之上，加之性情谦逊，胸襟宽广，臣僚对其很是敬重，终日门庭若市，便引起苟太后的不满，怕他功高震主。

而苻坚安插在苻法府上的耳目又传出消息，不言已成为苻法的爱妾，并且再三劝他收揽人心，努力收拾这乱世河山。

云不言竟只盼着苻法成为她的英雄！

苻坚无法形容自己的嫉妒和恨怒，以至娘家亲友掌握朝中大权的苟太后提出鸩杀苻法时，他竟然同意了。

苻法至死都认为想自己死的只是苟太后，被迫在东堂服下鸩酒后，居然把在自己怀中哭泣的云不言，托付给了苻坚。

面对已经无救的大哥，苻坚又悔又痛，当时便吐了血，几乎让所有人认定了他与苻法的手足情深。

云不言在为苻法守陵三年后，被如愿以偿的苻坚接入了宫，成为他宠冠后宫的桃李夫人。

这时，云不言已经十八九岁，不再像少女时候那般灵动活泼，常会穿着符法最爱穿的青衣，对着符法给她画的画像发呆，眼神清幽淡远，总有着让人看不明白的情愫在流动。

符坚为了让她开心，常让和她合得来的宫妃前来陪伴她，并严禁正宫苟王后拘束她。

掌权数年的符坚，已经翅膀强硬，脱离了母族势力的控制，有足够的能力保护自己的心上人，苟太后和她的侄女苟王后对云不言无可奈何。云不言深恨苟太后，同样拿她没办法，便终年不许符坚踏入正宫半步，让苟王后成了宫中最大的笑话。

最终导致的后果是，几年后，忍受不了的苟王后，终于告诉云不言，她最爱的法哥哥，其实是因为她的美貌而被符坚毒杀。

从后来的情况看，当时云不言并没有立即相信，而是找了符坚的弟弟、一直暗恋她的赵公符双，拿到证据加以确认了，这才展开报复。

那一年的端午节，她买通了苟氏娘家的奴婢，给苟太后和苟王后送上了剧毒的雄黄酒，随即也给符坚送上了毒酒。

符坚做梦也没想到日日相伴的爱妃会下毒，差点便喝了，恰闻两宫出事，急急赶去察看。

结果是，苟王后死了，苟太后虽是救了下来，却疯了。等他悟出是云不言在下手时，云不言已经在外援的接应下逃走了。

第三十章　花非花　茧缠自缚啼痕淡

"我从没怨过她，此事本是我错在先。不过我没想到她那般恨我，甚至连我的骨肉都不想要。"

符坚叹息着，月下更显消瘦的面容清隽而憔悴，充斥着求而不得的怅惘和悲哀。

碧落往旁边闪了闪，躲开符坚抚向她发际的手，双眼雾气氤氲："陛下想告诉我什么呢？是告诉我，我的父亲杀了自己的兄长，夺了我的母亲，还是告诉我，我的母亲恨我的父亲，恨不得他死，恨不得我也死？"

符坚呆了一呆，许久才艰难道："其实我想说，你的母亲秀外慧中，性情刚强，是极好的女人。只是我误了她，我害了她，你……你可以怨我，可千万别恨她。"

"我……我没怨谁，没恨谁……"碧落踢着地上狼藉的落花，喃喃说着，"可我还是想不出我母亲的模样。我只看到了一个……为爱而生，为爱而死的女人……"

"为爱而生，为爱而死……为爱而生，为爱而死……"符坚念了两遍，忽然问道，"碧落，你也是这样的女人么？"

"我……应该也是吧！"月光倾泻，碧落的面庞白皙如玉，却有种薄瓷般的易碎。

几朵落花，悠悠飘落在碧落衣襟。

碧落黯然一笑，拈起两朵落花，盯着它们渐渐失去生命力的最后美丽，轻轻道："我已经……看到了自己的命运……"

"你的……命运……"符坚心头一紧，忽而朗声笑道，"碧落，你放心，你的父亲……一定会安排好你的命运！"

他负起手，面对着碧落，柔声道："宝儿年纪还小，她的亲事可以慢慢择定。朕会先为你和杨定把终身大事办了。看得出，那孩子待你的确真心实意，我还从没见他今日求亲时那样一本正经的模样。他有时看来虽浮夸了些，可的确有才有识，有将相之才，必会好好待你。"

"他……他真的说了？"碧落无力地靠住了一株桃树，涩然道，"可我……不想嫁他。"

"你说什么？"苻坚失声问。

桃树被碧落一靠，顿时枝条震动，娇软的花瓣如雨飘落。

在这月光皎然，落花如梦中，碧落清晰地说道："杨定只是我的朋友，待我再好，也只是我的朋友。便如母亲，她喜欢的不是你，你娶了她，也终究会失去她……"

"那么，你喜欢的是谁？"苻坚追问着，满怀疑惑。

难道他看错了，他们并不是两情相悦？

碧落惨然一笑，低声道："我喜欢谁，便能嫁给谁么？我若喜欢苻晖，陛下难不成还把我嫁给他？"

"他……他是你亲哥哥！"苻坚说完，随即皱眉，"你喜欢的不会是他吧……"

他记得苻晖去洛阳赴任前，自己曾经问过碧落是否喜欢苻晖，她当时的表现，显然不是那么乐意。

碧落没有回答，忽然俯身告退："陛下，不早了，碧落先回宫了！"

不待苻坚回应，她已匆匆向关雎宫外奔去，一路奔着，一路用手掩住脸，显然又哭了。

苻坚扬起手，想叫回她，脑中灵光一闪，猛忆起那次自己提到慕容冲时，碧落突然的失态和慌乱，顿时住了嘴。

那个看似美好而无害的凤凰儿，太容易赢得女子的怜爱，甚至连他这个男子都曾如此眷恋，不顾他的身份与性别，将他留在宫中两年多。而在他身畔待了十年的碧落，除了他，再没有一个亲人，只怕……

而他竟然将她送给自己，是因为对她无心，纯粹将她当作了一个礼物，还是压根儿就别有用心？如果是后者，碧落对他的别有用心，又知道多少？

碧落的入宫，慕容夫人的死，蔡夫人的死，乃至南伐失败，慕容氏叛乱，到底有没有联系？

苻坚默默立在关雎宫中，良久，才叹口气，缓缓离去。

慕容冲的本性，连他都没看透，更别说碧落了。

碧落是他的女儿，不言的女儿，他得……好好守护着……

盼只盼，她还没陷得太深；最好，是他猜错了……

第二日碧落起得很晚，近午时才出了屋，懒懒地倚坐在梧桐树下，看宫人为骅骝马刷洗皮毛。

这数月她日日与骅骝马相处，不觉间已颇有感情，昨日回了宫，便让人将这马儿也悄悄牵进来，好生喂养着。

骅骝马辛苦奔波了几日，终于被带到了这等富贵华丽的宫室来，一边咀嚼青草，一边摇着尾巴享受着阳光下的刷浴，很是悠闲自在；倒是碧落连眼周都浮肿着，神色很是萎靡。

青黛拿了件茶青织锦披风来给她披上，奇道："姑娘，你好像很不开心？怎么了？"

碧落摇头道："没事……只是累了。"

累了？

青黛疑惑。

便是一路奔波，睡了那么久，还很累？怎么脸色看来比昨日还要差？

正纳闷时，宫门口忽然传来嘈杂声，甚至夹着少女尖厉愤怒的叱喝："滚开！滚开！"

碧落蹙眉，立起身时，已见一道红影旋风般卷来，几乎没等她反应过来，但听"啪"的一声，脸上已遭了一记火辣辣的耳光。

只听符宝儿带了哭腔大骂道："云碧落，我把你当朋友，当姐妹，有什么心事也跟你讲，你居然抢走杨定！你居然抢走杨定！"

她一边说着，一边又要来揪打碧落，一旁青黛带了宫女慌忙过来拉抱，劝道："公主消消气，消消气，我们姑娘才回来，怕有误会吧！"

碧落回过神来，也不容她再打着自己，遂向后退了几步，问道："谁抢走你的杨定了？"

符宝儿叫道："不是你吗？不是你勾了他出宫，然后一去那么多时日？走之前还好好的，今天却突然和我说，他喜欢的是你，他只会娶你！"

她俊俏的面庞红红白白，颇是狼藉，显然是听说杨定回来了，特地匀了妆兴冲冲去相见，却被杨定冷言拒绝，泪水将妆容都冲得花了。

碧落苦笑道："他真的就这么和你说？他……他就这么明白地直接回绝你？"

符宝儿叫道："是，是，他就这么直接，让我都在怀疑，是不是我听错了！他才从甘露殿见了父皇出来，看来脸色不大好，我还想着是不是他在外面吃了很多苦头，打算着好好安慰他……谁知他拉了我便说，他数月来与你生死与共，这一辈子，心里只有你一个，再容不得第二个人！他以前从不曾这样无礼和我说话，都是你教坏了他，都是你……"

符宝儿恨得又要来踢碧落，骂道："不就是莫名其妙跑到战场去了？不就是帮了父王？不就是救了杨定？换了我，我也能做到！我可以做得比你好，一定可以！"

宫女们又慌忙来拉，碧落退了几步，望着自己同父异母的妹妹，涩然道："嗯，对，谁都做得到……"

"宝儿，丢脸丢够了没有？"

一声女子厉叱，忽然自宫门前传来，惊得宫女们一齐退往两边，屏声静气，连符宝儿也不敢再嚣张，只是噘着嘴站在那里。

张夫人逦迤一袭华艳而不失飘逸的品红百花穿蝶的杂裾垂髾服，在宫女内侍簇拥下迅速走来，眉眼甚是凌厉，等到了符宝儿跟前，更是怒目而视："瞧瞧你自己现在这模样儿，还像个金枝玉叶的大秦公主么？"

符宝儿委屈地咬一咬唇，一眨眼睛，大颗的泪珠迅速湿了长睫，顺腮滑下。

碧落带了宫人上前拜见，张夫人已亲自上前，一把将她挽住，爽利说道："我听天王说过你的事了。罢了，我会把宝儿带回宫去好好管教，不会让她坏了你和杨定的事。"

符宝儿再忍耐不住，叫了起来："母亲，明明是她抢了杨定！是她！是她坏了我和杨定的事！"

张夫人脸一沉，凤眼一挑，喝命："来人，将公主送回宫去，不许她出燕晴宫一步！"

两名宫女忙相请符宝儿时，符宝儿叫得更凶："母亲，我没错！为什么反而罚我？为什么？"

张夫人冷笑道："因为如果去南方的是你，我担保你只会窝在你父王怀里掉眼泪！你以为，能在宫中欺负欺负宫女内侍，就能上战场提枪杀敌？在生死搏杀间建立的感情，又岂是你凭了牙尖嘴利就争得回来的？还不给我闭门反省去！"

符宝儿震惊地瞪着自己的母亲，唇边已咬出一片青紫，终究不敢与怒气勃发的母亲顶撞，又狠狠望向碧落，盈着泪珠的眼睛中耀过不甘的怒火："云碧落，你也认为，我不如你？"

碧落面色煞白，却再未退后一步，扶了青黛的肩膀，深深吸了口气，尽量柔和了声调，缓缓说道："公主，碧落生于乡野之地，自幼沦落天涯，怎能与公主相比？公主放心，碧落不会去抢杨定，是你的，终归还是你的，也不是碧落想抢便抢得走的。"

符宝儿眼中的火焰闪动着，然后叫了起来："你什么意思？"

张夫人皱了眉，将又想踏上前去的符宝儿推开，淡淡笑了笑，顿时将眉宇间的凌厉散去。

"碧落！"她的语调，同样很和缓，"杨定带了你们拼死为天王引开了追兵，保全了天王，不仅天王记得你们的功劳，我也铭感五内。以往的事不必再提，从此之后，我待你，会与待宝儿一般，绝不会委屈你半分！"

碧落闻她这话，便知符坚必将自己身世告诉张夫人了。不管是因为感激碧落救了符坚，还是因为碧落是符坚爱女，张夫人都已决定抛开过往恩怨，甚至不愿在女儿的婚事上有所偏颇，宁可成全一对有情人。

可惜，碧落并不需要她的成全。

"夫人能有这样的心，碧落同样铭感五内！"碧落直视着张夫人，暮春时节明亮的天光云影映入黑眸，终于显出清澈的亮彩："但杨定于我，只是患难之交的朋友，而非生死相依的爱侣。所以，我不会嫁给杨定，南阳公主……也不必担心我去抢杨定。"

符宝儿张了张嘴，愕然望着她，似一时没能领会她的意思。

张夫人却已迅速抓住了重点："你的意思是，你无意于杨定？"

碧落略一低头："夫人明鉴！"

张夫人扫过碧落和自己的女儿，忽然长叹一声，携了犹自发怔的符宝儿，径领宫人离去。

那声叹息，穿过春日和煦的阳光悠悠散开，似带了薄愁隐忧，以及透骨而出的寒凉和悲哀，蓦地便将那阳光逼得暗了下来，透出凄凄的春寒来。

碧落禁不住抱了抱肩，觉得披风还是太单薄了些。

青黛目送张夫人离去，不解地颤了下不涂而朱的绛唇，窥伺着碧落愁意深深的如夜双眸，终于没敢出言相问。

碧落便转过身，沿了回廊往房间走去。

廊下鸟笼中的鹦鹉，依旧在跳跃啾鸣，浑然不知紫宸宫的主人早就换了一个，更不知扰了上一代人大半辈子的暗影刀光和爱恨难辨，又已无声无息地开始在下一代人身上延续。

碧落步入自己的卧房，将彷徨地跟在她身后的青黛关在门外，默默打量着房中熟悉的摆设。

简洁素雅的案几，淡青云纹的茵席，天然水碧色的帐幔，一切的陈设，都是青黛来了后揣度她的心意重新布置的，她向来只是觉得顺眼而已，却从来没觉得亲切。

离开那么久，重新回到这里来，她居然不曾感觉到欣喜，反而怀念起小山村里那个门上破了个大洞的斗方陋室。

当日离开平阳，她也曾很怀念与慕容冲相依相守的太守府，可更思恋的，则是慕容冲温暖的怀抱，柔和的目光，悠远的微笑。距离那次五重寺相见，又已有一年多的光景，忆及他的音容笑貌，宛然还在眼前，并如醇酒一般，无声于心底发酵，愈陈愈烈。

紫宸宫内的青梅早已落尽，用浓翠欲滴的绿意盎然，宣告着又一年的春光归去。可只要对着那几株青梅，她的鼻尖，总会萦绕起让她心神恍惚的青梅暗香，伴着从八岁时她便熟悉的男子清新如兰的气息。

而那小山村的小小陋室，她又在怀念什么呢？

自然不会是杨定，杨定已和她一起离开；也不会是附近的村民，她向来与人疏离，村人待她客气有余，亲近不足；更不会是那条黄狗，自从被她一脚踹离自己的卧处，它只敢天天去闹杨定……

她不该怀念那个贫困的山村，就如当初不该为了逃离，便龟缩在那里那么久。

可那里真的让她很宁静。

午后的阳光，缠缠绵绵的落花，远近的鸟鸣，怡然自得的老老少少，还有，杨定明朗的笑容，清澈的眼神，温暖的指触……

坐在黄花梨卷草纹条案旁，她忽然便觉得有些燥热。

正往玉鸭熏炉里添一把清心醒神的瑞脑香时，屋外传来青黛的声音："姑娘，杨将军来了！"

杨定？

碧落没来由地一阵紧张，正想着要不要让青黛托辞请他离开时，已听得杨定清醇的声音在门口传来："就在这房里？"

未听到敲门，门已被不疾不缓地推开，杨定抖落一身明媚阳光踏入屋中，笑道："怎么一个人闷在屋里？可别闷坏了！"

他说着，竟把门随手带上，连青黛都关在门外了。

这也太放肆了吧？

碧落蹙了蹙眉，淡淡道："杨定，这里是秦宫，不是荒野小村。"

杨定走到她跟前坐下，自行倒了盏茶，啜了一口，眉眼弯弯笑着："回到了宫中，我们就一定要划清界限，从此你归你，我归我，形同陌路？"

碧落垂下头，没有说话。

那小小的简陋茅屋中，一直没有卧具，仅在碧落所卧毡毯前挂了几尺土布，便算是避嫌了。可对方每一次咳嗽，每一次叹息，甚至每一次呼吸，都能清晰地传到彼此耳中。更别说，杨定重伤时，碧落每日每夜守在他身畔，用自己的身躯为他取暖，一口一口为他哺药，一点点与死神争夺着年轻的生命……

那种生死连心的焦灼，失而复得的庆幸，不知什么时候起便将二人扭结于一处，让碧落那等孤冷的性情，居然不再抗拒这个男子如此靠近自己，甚至日日夜夜共处一室。

杨定握了握她扶在案上的手，为她将披风重又披上，柔声道："近日天气忽冷忽热的，小心别着凉了。"

碧落勉强笑道："一路这样艰难都过来了，你看我还不是好好的，什么时候着过凉？"

"我就怕你一回宫就大意了，不留意保养。"杨定抓着从冠中掉落的几缕散发，又是微微一笑："许久不曾戴冠，头发都不会打理了。"

他重伤休养时，一直散着头发，后来复原了，也只拿块巾子随手包了，正与当时的一身粗布衣衫匹配，果然好久不曾戴这中规中矩的纱冠了。

碧落虽觉杨定随性散着发或包着发更顺眼些，此刻闻得杨定抱怨，还是起身拿了自己的银梳，坐到他身后，将他的纱冠取下，重新为他梳了髻，戴上冠，扶正了，才道："你的头发硬了些，其实已经算好梳的了。"

杨定笑意不减，却试探地问出了口："慕容公子的头发，比我的柔软么？"

碧落眼神飘忽片刻，终于还是低声问出了口："杨定，你觉得……冲哥能胜得了窦冲么？"

杨定呼吸微一紊乱，迅疾喝一口茶，饰去隐隐的不安，才沉吟道："我昨日回去，也曾向同僚问过一些目前的战况。关东原为鲜卑慕容故地，慕容垂举事后，当地响应的人很多，但燕国故都邺城目前由长乐公苻丕镇守，手下兵将甚强，目前双方僵持着，估计一时难有胜负；慕容垂再强，顶多只是在关东一带设法恢复故燕，天王应该还不太担忧，他最担心的，应该还是慕容冲和慕容泓这两路兵马。"

他轻轻叹了口气，道："他们两个，都在大秦腹地举事，一个从平阳南下，直取雍州，一个在华阴起兵，东邻潼关重镇，西近京城长安。他们两个，目前就像插往天王腹中的两把尖刀，所以天王才派了身经百战的姚苌和窦冲前去征伐。若论起双方兵力，或

者并不悬殊，但慕容氏的兵马大多是临时招募的鲜卑子民，不曾经历过征伐，只能算是乌合之众，怕不能与大秦兵马相提并论。"

碧落顿时焦灼："你的意思，冲哥和慕容泓会败？"

杨定摇头叹道："这只是我猜测而已。战场风云，瞬息万变，有时一个小小的变故，便能决定一场大战的胜负。便如淝水之战，谁又料到，不过一个退兵命令，便能让百万大军不击而溃？目前既然慕容氏已经起事，希望他们自己的目标只是恢复关东故国，能带了自己的兵马冲出秦军围困，和他们的叔父慕容垂会合。如此慕容氏在关东的力量又壮大了，恢复燕国便不难了；秦国新败，天王应该也想休养生息，最终很可能会让出关东，与燕国分而治之。这样的话，虽然北方重又分裂，一时不致有太多刀兵之难。"

他沉默了片刻，伸出他的手掌，将碧落冰凉的手握住，柔声道："如果北方基本安定了，我们便和天王说，依然去那春天开满桃花的小村，开开心心过着，好么？"

"你觉得……那样的生活过得很开心？"碧落艰涩地问，却已由不住地想起那缓缓流过的宁谧岁月，依稀便感到了和风丽日下的温煦春光。

"是，很开心……"

不知什么时候，杨定已将她轻轻拥住，侧了脸温柔瞧着碧落美丽而苍白的容颜，抚着她眉心总是紧攒着的忧惧交加，喃喃说道："别去管什么家仇国恨，也别当什么大秦公主，大秦将军，我们只承担自己承担得起的忧虑和快活，我们一定会很开心。"

碧落低一低头，避过他熟悉而温暖的鼻息，轻声道："杨定，你若喜欢，便一个人悄悄去那里隐居罢。我……我不可能和你在一起。天王还没和你说？"

面对碧落并不强烈的挣扎，杨定没有放开手臂，并且收束得更紧了："碧落，今早我去见天王时，他便已告诉我了，说你……拒绝我……"

杨定的喉咙口滚动一下，阳光样温亮的眸子暗了一暗，方才继续说道："可我想着，慕容冲已叛，即使日后臣服，冲着他以前和天王的那种……关系，天王不可能把自己的女儿再嫁给他，慕容冲也不可能再如以前那般待你好。所以，我一定要你和我一起才放心。"

第三十一章　行路难　钿誓钗盟何处觅

早在知道自己是苻坚女儿的那一刻，碧落便清楚，再见慕容冲，已经很难再恢复原来的亲密无间，待得听说慕容冲起兵，更是不敢细想日后怎生相见。如今忽听杨定挑明，她只觉连整颗心都被杨定的臂腕捆束住了，几乎透不过气来，不觉惊慌地挣扎起来，叫道："杨定，你忘了吗？你曾说过，你不要缘，不要孽……"

"你……是，我当年是曾说过，我也以为我做到了！"杨定似乎也急了，赌气般将她抱得更紧，双臂竟如铁箍一般，又低又促地说道，"可这几个月，我们一直在一起，又曾……那般的亲热，你当我是圣人啊？"

他不是圣人，他是面对心爱女子终于也控制不住自己的男人。

所以他一说完，便吻上了碧落的唇，用柔软而有弹性的唇，迅速将她所有拒绝的话语堵住，炽热的舌更是极快侵入碧落唇中，用从未有用的坚决和坚持，去抢掠着属于这个女子的每一处清甜和美好。

碧落周身剧震了一下，匆忙挣扎时，只觉双手俱已被杨定左手扣住，那个在她跟前一向温顺含笑的男子，不知什么时候让她完全失去戒心的男子，用远胜于她的力道控制了她的自由，然后毫不放松地将她压倒在茵席上，怜惜地注视着她，目光居然是说不出的幽幽暗暗，好久才不舍地撤出她颤抖着的薄唇，低低道："碧落，你不用再犹豫，也不用再痛苦，我来帮你……做决定！"

"不……我不要……"

碧落终于透了口气，惊慌地望一眼门窗，到底没敢呼救，只是努力挣扎着，想从杨定的身下逃离。

她的身手虽不错，可杨定到底是男子，武艺又高，哪里容她挣脱。

挣扎之际，她已感觉出杨定不容拒绝的炽热欲望，顿时羞得满脸通红。

而杨定已又吻住她，毫不犹豫地解开她衣带，习武者略粗糙的手掌落于她光洁的肌肤，指尖带了一丝颤意，珍惜地包住她胸部，小心地搓揉着，感觉着她如受电击般的惊惶和战悚，柔和地笑了一笑，咬一咬她的耳垂，声音如春水般温软，一波波漾到她的心尖："碧落，其实，你是喜欢我的，对不对？虽然你不肯和我亲近，可你并不讨厌我的亲吻，我的拥抱，对不对？"

"不，不对……"

碧落的双眼睁得极大，水光潋滟时，犹如被逼到悬崖无路可去的小鹿，凌乱地试图理清自己的思路，却觉胸前忽被杨定很是促狭却很有技巧地轻轻一弹，快感迅速由一点飞快地散发开来，在周身忍耐不住的悸动中，她否认的话语，竟被逼作了带着颤抖尾音的销魂呻吟。

杨定顿时笑了。

他放开了碧落的双手，将她抱起，轻轻放到卧榻上，为她脱了鞋，柔声道："别怕，别紧张，男女之事，是能让两个人都感觉到人间至乐的事。"

他索性潇洒，并不是拘谨的人，加之出身名门，品貌出众，虽不曾娶妻，于男女之道倒也不陌生。

当日在小山村中，他总认为自己尚有很多时日可以去赢得佳人芳心，又感激碧落拼死相救，心存敬畏，尚能守之以礼；如今听符坚说碧落拒绝自己求亲，心下也是忐忑不安，从甘露殿出来，便当机立断回绝了符宝儿，又来见碧落，却是打定了主意，不让她行差踏错，自寻苦恼。

碧落年纪渐长，却未经人事，虽曾以色相诱杀林景德，只觉这种事极为恶心；慕容冲无心于此，又曾在床笫之间深受伤害，直到碧落离去，方才看清自己情感，却也不及与碧落太过亲昵；如今乍遇杨定先刚后柔这般百般挑逗，只觉脑中渐渐给抽得空了，周身俱已酥软，明明双手已被放开，还是心智一片模糊，一时居然不晓得逃开。

可她不该是慕容冲的吗？

从八岁时，她便想着，自己这一生一世，都只该属于那个绝美的少年，无怨无悔。

如今，她却控制不住自己的欲望，由得另一个男人，将自己肆意玩弄甚至侵占，日后该怎样去面对慕容冲？

"冲哥，冲哥……"碧落断续地低低喊着，终于回过神来，挣扎着要逃开。

杨定忍住心中一阵酸楚至极的刺痛，猛地将她一拉，让她重又跌入自己怀中，才柔声笑道："如果你要将我当成他……也成……"

明明他在笑着，可碧落分明听到他最后的尾音，带了受伤的低哽。

他给拒绝了，他会觉得受伤；那么慕容冲呢？当他知道心爱的女人成了仇人的女儿，嫁给了他人，他该怎样的伤？怎样的痛？

甚至，当碧落也离开了他，他背负的所有伤痛，将只有他一个人承担！

在黑夜里，在无人时，在清远的微笑背后，独自一人舔舐所有血肉淋漓的伤口！

"杨定！别逼我恨你！别逼我恨你！"

碧落终于叫了出来，沙哑着嗓子叫出来，然后痛哭失声。

杨定止住了动作，静默地盯着碧落，一贯灿亮流光的眸子，沉若秋霭满天。

好久，他用自己的衣袖为碧落拭着眼泪，方才凝出一抹轻笑："碧落，你当真会恨我？"

"会……"碧落黑眸中尽是泪水，怎么也落不完，"你明知我喜欢的是冲哥，只有冲哥！这世上，你是除了冲哥之外待我最好的人，可我只把你当作至亲好友一般，从不曾想过嫁给你……"

她掩住脸庞，半裸的双肩白得炫目，颤抖地传递着无助和脆弱："我承认我不好，我……淫贱，居然愿意和我不喜欢的人亲热。可我心底，还是只恋着冲哥一个。从八岁起，我就没为自己活过。如果哪天冲哥笑一笑，我一整天都会心花怒放；如果冲哥独自闷着不说话，我连饭都吃不下去；如果冲哥半夜里做了噩梦，我会连着七八天睡不着觉，只担心他会不会再做噩梦，会不会在梦里惊慌地喊叫出来，我却没能去叫醒他……"

碧落越说越急促，惨然笑道："只要能让他高兴的事，我都会去做，不管是杀人，还是放火，不管起兵造反，还是谋害忠良。连假扮青楼妓女、出卖色相杀人的事我都做，事后还可以眼睛都不眨地将叫我姐姐的妓女一剑刺死……"

门外似有宫人走过，有什么东西掉在地上滴溜溜乱滚的声音。

碧落隐约听见，略略低缓了声音："杨定，我知道你待我好。可我只想守在我的冲哥身边，有一天，是一天。如果他注定兵败，我更要陪在他身边。我不能看着他孤单，不让看着他……一无所有……"

杨定一直静静听着，薄唇抿成了细细的一线，一双瞳仁愈来愈深沉黝黑，最后变成完全的寂然无波。

直到碧落呼出一口气，将头埋入锦衾中，他才缓缓问道："说完了？"

碧落咬住唇，没再说一句话。

杨定起身下榻，整理了自己的衣袍，才回过头来，懒洋洋笑了笑："我想我应该听明白了。你在告诉我，你心里只有一个慕容冲，我杨定从头到尾便什么也不是。你只是一时禁不住诱惑，或者是一时迷糊，才由着我亲吻拥抱……"

他缓缓转过屏风，即将到门口时，又顿住了脚步，含笑望着碧落："有一件事忘了告诉你，其实不是你淫贱，是我……我喜欢很多女人，也动过很多女人，所以只要是女人，都会很轻易被我逗引得春心荡漾。符宝儿是一个，你是另一个。不过你们都不会是我最后一个！"

他很得意般挑了挑黑浓的眉，又是一笑，才徐步踱出，狠狠摔上了房门。

碧落抱着膝，蜷在锦衾间，再也说不出话来，只听得那砰然的摔门声，嗡嗡地在耳边响了好久。

"姑娘，姑娘……"不知什么时候，青黛小心翼翼地走进来，带了几分怪异和惊怯打量着她，低低问道，"姑娘，你没事吧？"

碧落木讷地摇头坐起，才发现自己衣衫半褪，大半个身子都裸露在外，甚至脖颈胸肩处留下了淡淡的吻痕，不觉大羞，慌忙掩了衣襟，匆匆扣着衣带。

青黛也是满脸通红，许久才微笑道："其实……杨公子为人好得很。如果天王和张夫人支持，姑娘把他抢来也不错，正好煞煞南阳公主的锐气！"

这般狼藉的模样给她撞见，碧落甚至都无法矢口否认，更是尴尬，只借口饿了，打发她出去弄点心，自己趁机理好衣饰，将流彩剑握干手中，渐渐沉静下来。

一场如痴如醉般的春情醉梦，反让她看清了自己想要的是什么，想做的又是什么。

慕容冲在年前传信来，让她听到苻坚兵败的消息便去找他，可她一直没有去。他一定等得很着急，一定很担忧。

她怎能让慕容冲面对强敌之余，还牵挂着她？

傍晚，碧落只和青黛等人说说随便走走，便牵了马，依旧凭着出入宫廷的令牌，一径出了宫，趁了城门尚未关闭，往长安东门而去。

苻坚等人见她刚刚回宫，虽猜不分明她的心思，再不料到她又会离去。紫宸宫之人倒是给她突然离宫之事闹得怕了，可如今她半点行李没带，遂也不曾疑心，竟由她离去，直到晚膳时不见回来，方才慌乱起来，急急去禀报张夫人去追寻时，碧落早就出城离去。

只有一个人，早已料到了她的离去。

出了外郭，但见落日残照，平芜绿树，杨定倚马临水，杏子黄的宽袖大衫，对着晚风萧萧而立，居然颇觉落寞，待见到碧落远远行来，才拍了拍马头，潇洒笑着，冲她扬了扬手。

碧落只得勒住马，想着午后那场足够旖旎的缠绵，窘迫得面红耳赤，许久才道："你怎么在这里？"

杨定却似已忘了白天之事，笑容清澈如水："华阴、雍州那边都屯了双方重兵，我陪你去吧！"

这几个月真没有白白相处，他竟对碧落的心事了若指掌。

"杨定，难道我说得还不够明白？"

碧落垂了头，慢慢蜷起手掌。暮春晚间的风依旧卷挟着冬日的寒意，正缓缓自指缝间流过。杨定的微笑再清澈再温暖，对她而言也终是虚空。

杨定盯着她面庞，笑容倏敛又展："难道是我说得不够明白？我喜欢过很多女人，你不会是唯一一个，更不会是最后一个。但若你嫁了我，念在你的救命之恩，我会一辈子都待你好；如果你不嫁我，就让我送你一程，想法儿还了你的救命之恩，我们就互不相欠，从此两清了！"

碧落迷惑地望着杨定，想弄清这个男子说的到底是不是真心话；可杨定只是若无其事地衔了片绿叶，自在地试着将它吹响，似完全没看到她探索的眼神。

"怎么？还不走？"杨定听不到她回答，将那怎么也吹不响的叶子一指弹得飞了出去，笑道，"趁着天王没派人追上来，咱们快走吧！"

"杨定，你回去吧！"碧落紧攥着缰绳，终于说道，"我不想让冲哥见到我和别的男子在一起。"

她和杨定一起失踪那么久，慕容冲一定多少有所耳闻。何况二人之间，的确有些纠缠不清，以慕容冲的聪明细致，必定不难察觉。

何况杨定说得虽是轻巧潇洒，未必便死了心。不如这次由碧落来为他做决定，免得他当断不断，自受其乱。

"你的冲哥……"杨定无意识地抓揉着马儿的鬃毛，笑道，"我想他也盼着你平平安安。他若真的待你好，便该谢我将你安全送至他身畔，而不是猜疑你的忠贞。"

碧落淡淡一笑："杨定，如果是你，你会毫无疑心？那么你真是圣人，而不是男人了！若你真的想报恩，就不要给我添麻烦，我便感激不尽！"

碧落极少这般言辞锋利，杨定给她噎得脸色发青，终于笑不出来了。

她说完，一抖缰绳，骅骝马飞快蹿了出去，将杨定远远抛在身后。

杨定看似不羁，可绝非全无骄傲之人，这般给拒绝嘲损，应该再不会前来纠缠了。

一气冲出里许，碧落才略略放松马匹，却听到了身后马蹄促促，遥遥传来，扭头看时，夕阳最后的暗金余晖中，杨定黄衫黄骑，疾冲而来。

她不禁大恼，勒定了马匹，待杨定到了跟前，怒道："你还跟着我干什么？"

杨定阴郁地瞪她一眼，吼得比她还大声："你就这么去？连行囊也不带？"

他伸手从马鞍上解下自己的行李包裹，扔给碧落道："带上这个！笨女人，你自求多福吧！"

碧落接过，怔了一怔，忽然高声道："我不要！"

杨定正扬鞭拨转马头预备回去，闻言怒道："不要你扔了吧！"

话未了，只听"嘭"的一声响，回头看时，那包裹已被摔了下来，露出里面的卧具和水袋，几样糕点散落四处，滚在尘埃间，迅速失了白面的本色。

暮色苍然里，云碧落一骑绝尘，散发飞舞，迅速消失在暗昧的官道上，只有那笃笃的蹄声，尚可隐约听得，却越来越远。

杨定西望长安，又东望官道，将那马儿勒得只在原地打圈，嘶叫不已。他猜到碧落可能会走，挑的是足和骅骝马媲美的好马，性子却烈，这般给杨定拘束着进退不得，再忍不住，一蹶后蹄，竟硬生生将杨定从马背摔落。

杨定身手敏捷，就地一滚，已毫发无伤地翻身坐起，刚好在那堆散落的行李旁。

他终究忍不住，坐在官道中央，闭了眼，抱住头，深深埋到膝下。一双扯住自己头发的手，如此用力，甚至在不由自主地颤抖。

夜，已来临，迅速用无边的黑暗，吞噬了一切。

第二日，碧落拿了随身的钱帛到附近的人家换些干粮时，竟然连被拒绝了数家，料想也知晓战事已起，个个储备余粮，不肯轻易将粮食卖给不相干的人了。

好容易换了几张大饼，碧落掬了几捧溪水就着吃了，继续上前走了一段，忽听得自己刚刚越过的牛车中传来一声清亮的呼唤："碧落姑娘！"

她听得声音耳熟，勒下马来看时，竟是五重寺的释雪涧，依旧一身宽大的海青布袍，青布包头，携了一包裹，款款自牛车中步出。

碧落记得她暗助慕容冲之事，忙下了马来，见了礼，才问道："雪涧姐姐哪里去？"

释雪涧远望东方，温和地笑了笑："华阴。"

华阴，慕容冲的四哥慕容泓正与钜鹿公苻睿、龙骧将军姚苌对峙。

当日秦王亲自安排，想让释雪涧成为自己的儿媳，结果她还是拒绝了苻睿。后经了五重寺之事，碧落已隐约意识到，释雪涧和慕容氏的关系没那么简单，她既在北地待过，多半和慕容泓颇有交谊了。因而碧落点头道："雪涧姐姐要去找济北王？"

大燕未亡之时，慕容泓受封济北王，慕容冲受封中山王，如今慕容兄弟打的是复国的旗号，自然也恢复了王爵称呼。

听到慕容泓的名字，释雪涧那雪亮的眸子忽然便蒙上了一层白雾。

许久，她才绽开冰晶玉澈般的微笑："不，我去找苻睿。"

释雪涧望了一眼骅骝马，微笑道："我找不着马儿，又嫌这牛车太慢了，不如妹妹载我一段？"

碧落向来觉得这释雪涧行事颇是高深莫测，心下迟疑，说道："雪涧姐姐，我要回平阳。"

释雪涧笑道："我知道，你要找慕容冲。他们兄弟同时起兵，自然早有约定。慕容冲突破了秦军拦截，必定前去华阴与慕容泓会合。我们去华阴等着，总不会错。"

碧落忙道："姐姐确定，慕容冲能突破窦冲的拦截？"

释雪涧抿唇笑道："我们去华阴等上几天，不就知道了？"

碧落转念一想，释雪涧是苻睿的心上人，又和慕容泓有交情，不论哪方胜或败，都不会伤害她，并且跟在她后面，也不愁得不到慕容冲的消息，遂点头答应。

二人身材俱不高壮，骅骝马驮着她们，速度也未减慢多少，而释雪涧身畔干粮颇多，终于免去了碧落挨饿之虞。沿途行人甚是稀少，时常半日不见炊烟。

这日傍晚，眼见南方大片山脉绵延，葱青森郁，预计该到了华阴境内，看前方屋宇众多，围以高墙坚垒，应是一处乡人聚众而居的坞堡。

碧落与释雪涧商议道："秦军与鲜卑军都在此地出没，我们不知他们动向，不如入堡去问上一问。"

释雪涧点点头，凝神望向那处坞堡，明亮的眼睛忽地眯起，连唇边也渐渐失去了血色。

碧落忙问道："雪涧姐姐，怎么了？"

释雪涧此时正扶抱着碧落的腰肢。

这接近初夏的时节，隔了单衣，碧落都能感觉出她的手很冷，连她的声音都带了雪花的轻凉："我怎么觉得，那处坞堡中……根本没有活人？"

碧落打了个寒噤，将那片屋宇墙垒又打量一番，沉吟道："不会，那里至少可以住七八百人。"

二人遂驱马上前时，碧落只觉释雪涧的身体越来越冷，也不由得紧张起来，一抖马缰，飞快窜了过去。

寨门是开着的，碧落连人带马奔进去，居然不曾有人来阻止，但骅骝马已在不知不觉间放慢了脚步，连碧落自己，也似陷入了冰窖之中。

果然没有活人。

只有横七竖八倒地不起的乡丁和百姓。有老的，有少的，甚至有尚在怀中吃奶的婴儿，倒在门前，灶间，榻边，席上……

四处是已经凝固的暗红的血渍，或汪作一团，或凝成落花，或飞溅如雨……

不只血腥味，还有血肉快腐烂时作呕的恶臭味，直熏入肺膈深处……

释雪涧的身体晃了晃，碧落忙扶住，迅速调转马匹，逃一般飞奔出去。

一气奔出五六里远，才勒住马，两名女子已跟跄下马，伏在路边的大石呕吐起来。

良久，二人才坐下身来，面面相觑。

"我从没见过那么多死人。"释雪涧苦笑，"原来预见到和真见到，是两种不同的感觉。"

碧落喘着气，打开水袋，想喝水，又觉恶心，擦着额间腻腻的汗水，颤声道："姐姐，你……没进堡已经预见到了？"

释雪涧和碧落一样拥有着白皙的肌肤，但她的肌肤如雪胜玉，接近纯色的白，与碧落那种宛如梨花般柔静的苍白并不一样，加上红唇如莓，不施而朱，看来并不柔弱，只是此刻被那地狱般的情形惊到，脸色也很不好看，连眼眸都黯淡下来。

她低低叹道："是……我看到了，可我又能怎样？这只是一个小小的坞堡而已，若是，若是……"

她一向安详从容，举止沉静，此刻却露出惊惧彷徨之色，让碧落禁不住问道："姐姐还看到了什么？"

释雪涧正要回答，眉尖忽然悸动了一下；几乎同时，碧落已听出周围似有动静。

第三十二章　恨春宵　清角吹老黄昏路

她还未及从屠堡的那一幕回过神来，每一处神经都在紧绷着，此时一觉出不对，立刻毫不犹豫，拔剑出鞘。

流彩剑的光芒耀出的同时，两边树丛中跃出一队仗剑执刀的士兵，齐齐对准二人，待得看清是两名年轻女子，都流露出诧异之色来。

释雪涧看清对方衣着，唇角已噙出一抹沉着微笑："各位可是五殿下钜鹿公麾下？我是五重寺释雪涧，请带我去见五殿下！"

碧落发现来者是秦军时，居然也松了口气。

虽然两人都没提，但无疑都深信屠堡行径绝非秦军所为。那堡中都是氐人，正是符坚最坚实的拥护者，秦军即便不能做到爱民如子，也不会疯狂到这般自毁长城。

那么，是谁做的？

鲜卑慕容吗？

碧落不敢想，只是收了宝剑，在那小队秦兵半监视半护送之下，深一脚浅一脚走上了翻山越岭之路。

他们未必听说过释雪涧，但一定知道当今大秦的国寺是五重寺，五重寺的释道安是秦王最宠信的方外之人。

走入一处山坳，终于在开阔处见到大片的帐篷，士兵应该先行派人回来通裹过，一入营帐便有人接着，牵走碧落的骅骝马，将她们引向最大的那处帐篷。

透过挂着的门帘，她们已见到符睿身着甲胄，与其他几位同样全副武装的将军说着

话，指点着案上的舆图，谈吐很是沉稳有力，连面庞上的些微稚气都已脱却不见。

忽而抬起头来，苻睿唇边立刻弯过惊喜笑容，挥了挥手道："先这样吧，我们明天再议。"

几名将军扭头见到两名年轻俊秀的女子立于门外，会心一笑，果然即刻告退。

苻睿脸色微红，也不辩解，待将军们出去，即刻迎上前来，笑道："快进来！"

他一笑起来，立刻扫去方才的一本正经，重又显出几分当年长安城外的温和稚气来。

释雪涧一拂散落到面颊上的乱发，微笑点头，携了碧落缓缓坐下，苻睿已赔着笑，为她们捧上两碗酪浆，柔声道："快先喝点东西。只怕累坏了吧？瞧你们两个娇滴滴的姑娘家，怎么想到跑这里来？"

释雪涧喝了口酪浆，轻轻一叹："我总不放心，所以让碧落陪我来了。"

苻睿笑容一僵："不放心我，还是不放心他？"

看来苻睿并不傻，竟早就知道释雪涧和慕容泓关系不寻常。可释雪涧究竟不放心谁？她如今又是为谁而来？碧落根本猜不出。

她的雪亮瞳仁，如无瑕明镜，倒映出人世百态，让所有的悲喜善恶，都在她眼前无所遁形。可谁又看得出，明镜之内，又深藏着她自己怎样的心，怎样的情？

而她的回答，同样如明镜一般，让人看不透："我谁都不放心。"

苻睿虽是许久不曾与她见面，倒也习惯她这些模棱两可的回答，低叹一声，道："那我就当你最不放心的是我好了。"

释雪涧沉静地喝着酪浆，问道："你这里还顺利吗？"

苻睿 敲案几，毫不避忌地谈起目前战况道："还好吧！原来征伐慕容泓的一支秦军败了，但我手边将精兵多，又有姚苌辅助，慕容泓休想占到便宜！他们现在藏在华泽之中，粮草辎重缺乏，只能在附近劫掠各处镇堡进行补给。可恨他们为了阻止附近熟悉华泽地形的氐民为秦军带路，竟将好几处坞堡给屠杀殆尽！"

他平时谈吐颇是温雅，只提起此时，连眼圈都红了，恶狠狠骂道："这群喂不饱的白眼狼，亏父王待他们这般好！简直不是人！不是人！"

释雪涧淡然笑道："他们本就不是人，他们本就是狼，一群只想回到他们家乡的狼。"

苻睿眸光骤然凌厉，盯向释雪涧："你的意思，让我放他们出关，回到关东故燕之地？"

释雪涧坦然微笑："总比留在关内乱伤无辜好。"

苻睿摇头，眸中折射了芒刺般的尖锐光辉，冷笑道："雪涧，你以为他们去了关东，就不会威胁大秦了么？我的大哥苻丕镇守邺城，日夜受慕容垂那忘恩负义的老贼围攻；我的三哥苻晖镇守洛阳，南有淝水大胜的晋兵窥伺，北有鲜卑人丁零人侵扰。若我在此时将慕容家这头狼放出去，让他手中数万人马与慕容垂合并，我那两个兄长得面对多大的压力？"

碧落听得苻睿不断提及兄长，忍不住一颗心怦怦地跳起来。算起来，苻睿和苻丕、苻晖，包括太子苻宏，都是她同父异母的亲哥哥。而现在，慕容冲、慕容泓代表的故燕势力，正和她的哥哥们作生死搏斗？

她竟从没这样清楚地意识到，自己是苻坚的女儿，慕容氏最仇恨的秦王苻坚的女儿……

释雪涧还在含笑劝说着什么，苻睿也只是似乎在听，不时也在回答或者辩驳，可碧落胸口越来越憋闷，呆呆地捧着酪浆，竟一个字也听不见了。

直到释雪涧拉她，她才悟过来，茫然地随着释雪涧一齐站起，听苻睿道："你们先在这里住下，别四处乱跑，我再想想吧！"

一时有人引了出去，却已在苻睿的帐旁安排一顶小巧整洁的帐篷，供她们两人休息暂住。

此后数日，苻睿除了坐镇中军指挥安排战事，便是与释雪涧相处，或将释雪涧邀出，或到释雪涧帐中相伴。碧落虽然不太和他说话，一向对他颇有好感，如今知道他算是自己的五哥，更有了几分亲切，但见他来了，便找借口出去，让他能与释雪涧单独相处。

相对那个碧落未曾见过的慕容泓，她显然更愿意释雪涧选择苻睿。

释雪涧那样清洁如崖边雪莲般的女子，岂是那个随意屠戮无辜百姓、视人命如蝼蚁的恶魔配得起的？

只是，慕容泓是恶魔，慕容冲呢？当他被逼到同样的境地，会不会也做出同样疯狂的行径来？

碧落不敢想。

她只能带了她的骅骝马，走到大营的最偏僻处，练着剑，或躺在树荫下看马儿吃草。

她的容貌更胜释雪涧多多，在这男人天下的大营之中，自是极为惹眼。不时有年轻的将军走来，借故和她搭讪。碧落高兴时，便回应两句，顺便问下有没有慕容冲那支兵马的消息，若不高兴时，闭了眼睛睬都不睬。她是苻睿的贵客，又天生一副清冷的模样，那些年轻将领倒也不好和她计较。

这天，她正拿了帕子盖了脸挡住强烈的阳光，卧在树荫下小憩时，忽觉身畔多了个人，皱眉看时，却是一位五十多岁的老将，花白胡须，精致铠甲，正是秦军名将，西羌人姚苌。

她忙坐起来，迟疑道："姚将军，今日军中不忙么？"

姚苌指了指碧落她们的帐篷，微笑道："主帅不忙，咱们就也不忙。"

碧落会意一笑，垂头问道："不打算围剿慕容泓了？"

姚苌笑道："五殿下年纪虽轻，颇肯纳谏，大有天王之风。我劝过他，老鼠逼急了也会咬人，不要将慕容泓往绝路上逼，不如让他们入关东，再设兵马追剿也是一样，至少，不会在咱们关中腹地闹腾了。五殿下已经应允，所以我们只需逼得慕容泓退回关东就成。"

原来苻睿早已打算好了。

碧落虽也学过兵法，可早就说不清自己心头，目前到底盼着苻氏胜，还是慕容氏胜，更不知让他们回到关东，到底是好事还是坏事，只得叹道："不知这天下，何时能恢复朗朗乾坤，太平盛世？"

她说完，忽然便忆起，这仿佛是她的母亲云不言年少时便立下的愿望，不觉苦笑。

姚苌没回答她这太过深奥的问题，却含笑问道："听说姑娘是宫中出来的？"

碧落迟疑了一下，点头道："我本是天王的侍女，习过几日武艺，雪涧姑娘要我帮忙，才跟了出来。"

姚苌点头道："姑娘既是宫中出来的，不知听说宫中的一位蔡夫人否？"

"蔡大人？"

碧落许久没听人提起这个名字了。忆及那个让人肝胆俱裂的夜晚，她点头道："是始平公主的母亲吗？已经去世一年多了……"

"怎么死的？"

姚苌挺直身，眼神炽烈凌厉得仿佛有滚油翻煮其中。

见碧落疑惑抬头，姚苌才低了低头，再抬眼时，已经恢复了平静，低沉笑道："只是想问一问。她……本是我最小的表妹，小时候常到我那里玩。一转眼，居然比我先去了。"

慕容夫人已死，碧落再不想连累她的声名，摇头道："只听说，是暴病而亡……始平公主很伤心，当时还病了一场。"

"哦，始平公主……锦儿……她长得像她母亲么？"

姚苌神思一恍惚，开始问起符锦儿之事。

碧落正觉日长无聊，见他年长温和，遂将符锦儿的性情爱好一一叙来，姚苌细细听着，已满脸皱纹的脸上渐渐闪过和煦的笑纹，也不知是不是由符锦儿想到了他那年轻时的小表妹。

至夕阳西下，姚苌方才告辞离去，碧落料得符睿也该回自己帐篷了，遂将马儿送回马厩，缓缓踱了回去。

至自己帐前，正要进去时，忽听得异样声音断续传出。

竟是男子纵情欲望时接近狂热的低喘，以及女子压抑着痛楚的轻哼和忍受不住的低低啜泣。

碧落僵了片刻，抬起头时，西方天际沉沉的铅灰色云朵，被一道细细的金红光芒割裂开来，舒缓地迸射着近乎凄厉的红光，如同谁的胸腹间被利刃划开，流溢着奔腾而鲜艳的热血。

她转到帐篷后面，躲在旁人看不到的角落，静静等着。

直到月上中天，符睿终于套着盔甲自帐篷中步出。他仰起头，望着那轮倔强地想耀亮墨黑山间的皓月，笑了一笑。

碧落怀疑自己是不是看错了，在得到自己最想要的女人后，符睿的笑容居然并不愉快，反而决绝而凄怆，带了难以言喻的悲哀。

她迟疑着踏入帐篷时，帐中已经燃了灯。

小小的一枝青铜碗灯下，释雪涧面色刷白，靠着柱子，紧搂着裹了灰布单衣的双肩，一双明眸蒙了密密层层的雾霭，怎么也看不清晰，与碧落第一次在长安城外遇到的那个超脱出尘的女子相比，竟似变了一个人。

如同雪莲被生生采下，狠狠凌踏了一番；又如粗布包住的明珠，跌入了沟渠污淖之中，滚了一身的黑泥污水，再也无人去捡拾欣赏。

或者，她原来的选择才是对的。

她就该许给佛门，高蹈于世，远离俗尘，不该让任何男子碰她，即便是这个爱极她的符睿。

碧落取了烙饼，拿酱涂了，递到她手边，自己靠在柱子的另一边，也卷了一张，就着清水慢慢吃着。

过了好久，释雪涧才沙哑着嗓子道了谢，拿了烙饼，一口接一口，努力地吞咽着。

"为什么不问我原因？"

释雪涧吃了一张，显然再没了食欲，望着那跳跃的灯火，低低地问。

碧落将另一烙饼撕开，一小片一小片往嘴中塞着，模糊地回答："我看不懂人心。你的心我更看不懂。"

释雪涧双肩微微一动，碧落侧过头，居然看到她轻轻地笑了。

"看不懂……也好。看得太清，也是种痛苦。"她笑叹道，"我曾告诉过你，我从小便有着特别的能力，可以看到很多未来发生的事。我看到了很多我不想看到的，好在，大多会发生在我死之后。"

碧落一惊，握住她的臂膀，柔缓了声音道："姐姐，你想太多了。我们……都还年轻呢！"

释雪涧自嘲地一笑："不年轻了，我已……日暮途穷……我从小就寄身佛门，清心修为，想逃过我的劫数，想这天下能逃过劫数。可恐怕都逃不了。我已感觉到……一切，已经越来越近。"

碧落忍不住道："你感觉到了……什么？未来又会发生什么？"

她以为释雪涧不会回答，但她居然很快地回答了："我看到了我……和很多人的死亡。三天之内，我会以最肮脏屈辱的方式死去，死在我最爱的男人剑下。而我死后，将有更多的人死去……关中将血流漂杵，千里无人烟……这一切，将由鲜卑慕容引起……"

碧落生生地打了个寒噤，本就难咽的烙饼硌在嗓子口，再也吞不下去。

"我……不甘心……"释雪涧的长睫，如垂死的蝶，颤抖地扑动着，扑在青玉样的面颊上，暗影沉沉。她有些神经质地轻笑着："这几天，我一直要求符睿放他回关东，不要和他对敌。今天符睿答应了，可让我用自己作交换……我答应了。如果他走了，远远地离开了我，离开了符睿，或者，我们都可以逃开这一劫，我所预见的战祸终可避免。"

"符……睿……"碧落透不过气来，紧抓了释雪涧手臂，惊道，"你是说，他……他也可能……"

"不可能！"释雪涧忽然抬起眼，瞳仁中终于闪现出了那种雪亮明镜的光泽："是，我预见到……他明天就会死去！那么，我明天一早就去找他，让他留在帐篷里陪伴我一整天，他……便不会死于大战之中！"

碧落颓然垂下双手，好久才道："一定……不可能！明天我陪着你们，寸步不离陪你们，我不信，绝对……不信！"

还有一点她在惊慌中感觉出不对劲，可她已经不敢说出。

姚苌明明说，符睿早已决定驱赶慕容泓回关东，为何释雪涧却认定符睿要在关内与慕容泓大战？甚至符睿居然以此为胁，一反常态地逼迫最爱的女人交付出自己的贞洁！

如今释雪涧与符睿既已行房，现在提起这个，会怎样伤害到这个骄傲清洁的女子？

就让她，以为符睿的妥协是用自己身体交换来的吧！

至少，符睿很爱她，而且，她也绝对不讨厌符睿，就如碧落绝对不讨厌杨定一样……

这一晚，她们几乎是拥在一起入睡，听着彼此不平稳的呼吸，到很久很久后才渐渐恢复安宁。

睡梦里，有隐隐的画角声，在山谷里幽幽地呜咽，再不知是哪里的将士，动了思乡之念。画角声轻微的颤音里，若有生离死别的惆怅和无奈，雾气般笼着，蒙昧而悲伤。

天光从门帘的罅隙中透入时，有人在帘旁叩着撑起帐篷的柱子。

二人都没睡得太好，个个撑了头坐起，披了衣，才问道："是谁？"

两名符睿的亲卫走入，却送入了两大碗菜肉粥。

那亲卫禀道："五殿下令二位姑娘把这粥喝了，再去他帐中叙话。"

军中饮食很是粗陋，符睿担心二人吃不惯，每日都让人为她们特地煮些菜粥羹汤食用，但很少这么早就来惊动。

碧落瞧着释雪涧依然气色萎靡，猜测着必是符睿经了昨日之事，更动怜香惜玉的心思，一早便让人送了可口食物来。

她遂取了一碗粥来，递给释雪涧，笑道："吃吧，吃完了，我们去找五殿下。"

释雪涧喝了两口，便倦倦地摇了摇头。

亲卫急道："五殿下有命，需看着两位姑娘喝完才许属下离开。"

碧落愕然，心中不禁纳闷。不想如符睿这般好脾气的人，也有这样霸道的时候。

不过再一想，连杨定那样的人偶尔都会用强，符睿身为秦王之子，向来极受宠爱，自然也有任性的时候。

横竖符睿决不会存什么坏心，碧落遂一边喝着，一边悄然向释雪涧笑道："雪涧姐姐，多喝点吧，小心气色不好，待会儿钜鹿公不肯要你作陪，赶了你回来睡觉！"

释雪涧勉强一笑，果然半闭着眸，迅速将一碗粥喝得干干净净，然后站起身，正要说话时，忽然身体一晃，竟缓缓瘫软下来。

碧落刚刚搁下碗，正要去瞧时，只觉手足阵阵发软，再也无力站起。

迷糊中，她依稀看到了那两名亲兵，正迅速将释雪涧扶回毡毯上卧着，然后走向自己，把自己也拉到释雪涧身边，盖好毯子，并无一丝意外之色……

符睿，符睿，你想做什么？你想做什么……

碧落自幼习武，身体自是比释雪涧扎实许多，可她醒来时，眼前已是一片漆黑，连耳边也是一片寂静，没有士兵们嘈杂的笑语，没有巡逻者的兵器盔甲磕碰声，甚至也听不到半声马嘶，只有呼呼的夜风，将帐篷上的帘子打得扑啦啦响动。

碧落凭着记忆摸到水袋，猛地喝了两口润湿着干涩难忍的唇舌，然后她拉起释雪涧，将清水拍到她的面庞："姐姐，快醒醒，醒醒！"

释雪涧睁开眼，初时迷茫，忽如云破月出，辉芒乍亮，猛地翻身坐起："怎么回事？"

碧落摇头道："我不知道，但符睿给我们吃的粥里，一定动了手脚！"

两人相依相扶着，忍着头脑间阵阵的昏痛，踉踉跄跄冲出帐篷，忽然便呆住了。

山谷中本来连绵不绝足有几千顶的帐篷，一夕之间消失殆尽，只有零落的灰烬和木棍等物，在恻恻的山风中打旋飘摆。

苍茫的夜色中，他们所住的那顶小小帐篷，在这偌大却空旷的山谷中，像一个醒不过来的噩梦。

"符睿！"释雪涧叫起来，是从不曾有过的尖锐和高亢，在谷中形成同样尖锐的一声声回响，一声比一声低沉，尾音却一声比一声凄怆，甚至绝望。

帐篷旁边的树荫忽然有了动静。两名持枪的士兵冲出，正是先前给他们端来菜粥的符睿亲卫。

释雪涧迎过去，厉声道："这是怎么回事？符睿呢？"

两名亲卫对视一眼，终于答道："五殿下一早就拔营走了，留下我们两个照顾两位姑娘。"

释雪涧退了一步，淡漠的月色下，那明镜一样的眸子，折射出光线，居然是殷殷的红色，似可嗅得到新鲜血液的腥热气息……

碧落一把揽住释雪涧沉沉欲坠的身躯，冷声喝问："五殿下想丢开我们？为什么？"

"不是丢开……"亲卫忙着解释，"五殿下说了，等他生擒了慕容泓，便来接两位姑娘去华泽……"

"华泽……"碧落嗓子口滚动了一下，发觉刚喝的那点水根本不济事，她依旧干涸得如同被扔在沙滩，垂死挣扎的鱼，"你是说……五殿下去了华泽，去攻打慕容泓了？"

"是，五殿下亲自率领大军，攻向华泽了！"亲卫带了几分茫惑不解，望着她们二人。

释雪涧的身体更沉，碧落正以为她支持不住，快要倒下去时，耳边传来一声马嘶，几乎同时释雪涧振足了精神，勉强立定了身子，急促道："马，是你的马么？"

亲卫答道："对，是碧落姑娘的马。五殿下有令，如果七日之内无人来接两位姑娘，两位可骑了马速回长安，不要在此处耽搁。"

话未说完，释雪涧已奔向那马嘶处，说道："碧落，借你的马儿一用！"

碧落慌忙跑回帐篷，胡乱收拾了点东西，追上去叫道："雪涧姐姐，等等我！"

急急也跳上骅骝马，依旧与释雪涧共乘一骑，向谷外冲去。

两名亲卫见阻拦不住，忙也牵了各自藏于暗处的马儿，一路追随保护。

【下】

风暖

碧落

重庆出版集团 重庆出版社

寂月皎皎 著

目录

第三十三章 如梦令 华泽鏖兵尽泣血

数万大军刚刚经过的地方，自然留有不少痕迹，加上两名亲卫随在苻睿身边，舆形图看过多次，大致知道慕容泓所驻的华泽所在方位，一路过去，虽是山路崎岖，又是夜间行走，倒也不曾走岔路。

开始时，是释雪涧驾的马，碧落坐在她身后。释雪涧的手几乎握不住缰绳，全亏了骅骝马行惯了夜路，又认得主人在背上，不待驱策，便乖觉地小心往前走着。后来碧落只觉释雪涧身躯抖得厉害，担心她坐不住，忙自己接了缰绳，让释雪涧靠住自己的肩休息片刻，吃点东西。

好久，释雪涧才逐渐镇定下来，嗓子依然有点哑，低叹道："碧落，你说，苻睿为什么言而无信？他一向……是个君子。"

君子一诺千金，绝不该反悔。

可释雪涧还相信苻睿是个君子么？

碧落犹豫着，还是说出了口："雪涧姐姐，五殿下用小人手段占有了你，你还觉得……他是君子么？"

释雪涧沉默片刻，答道："他并没有迫我，我是自愿的。"

自愿的……

碧落终于在芜乱的思绪中抓到了一点头绪："你是自愿的！你为了慕容泓顺利回到关东，却不是因为他喜欢你，才从了他。"

"我并不只是为了慕容泓！"释雪涧黯淡说道，"我更是为了解开我和苻睿……以及更多人的劫数，才决定争一争，看看到底人力能不能胜天！我不想我和苻睿的未来，不想大秦和鲜卑慕容的未来，真会如我预见的那般……"

可符睿不知道释雪涧真正的愿望，符睿只看到，自己最爱的女人，费尽心机都无法得到的女人，为了保全另一个男人的地位和性命，向他奉献了自己。

对于符睿而言，这种得到，只怕是让他恨极又痛极的羞辱。

这个温和多情的男子，被这种羞辱激起了胡人最本能的仇恨和报复。所以，他在彻底占有释雪涧后，毫不犹豫地改变初衷，挥兵直指华泽，要以慕容泓的鲜血，洗刷这种占有给自己带来的羞辱！

释雪涧想改变她所看到的命运，可她的改变，反而推动着命运往既定的方向发展！

"姐姐……"碧落不敢说出，却禁不住声音颤抖起来："你只看得到未来的结果，却看不到通向那结果的过程？"

释雪涧抬头，指了指天穹上的几点星辰，轻声道："对，我看得到闪光的星辰，却不知道星辰背后的苍黑天宇，还有多少我看不到的东西。从小到大，我可以预见到很多事，被世人目为异人。我也曾经试图去改变我所预见到的结果，可每次都失败了，所以，后来我再也没有尝试过去改变我所看到的命运。世人都道我见事明晰通透，可面对根本改变不了的命运，我能不豁达吗？"

她忽然又笑了一笑，眸光一转，已恢复了向来的明亮如镜，声音也宁和无波："碧落，这一次，我已经尽力试过去改变，可如果世间的一切，还是按照既定的命运往前走着，我也该问心无愧，对不对？"

世间的一切，便是全部腐朽糜烂肮脏浊臭了，又与她释雪涧何干？她又何必只为自己知道了结果却不能改变而不安？她所预见到的结果，到底恐怖成什么样，才会让释雪涧明知自己下场会很凄惨，还在试图改变？

碧落忽然便觉得释雪涧即便给揉碎了，还是质地纯洁的高山雪莲，即便掉入沟渠，人人践踏，还是努力耀亮自己和他人的宝贵明珠。

"姐姐，我们不要去华泽了！"碧落勒住了马，两眼熠熠，望向释雪涧。

释雪涧皱眉："为什么？"

"如果姐姐的预见准确，五殿下早就该出事了。我们再追过去，也不可能挽回什么。"碧落掌心滚烫，握着释雪涧的手："可我们至少可以做到，这两天之内不要去见……那个你爱的男子，那么，至少姐姐可以躲过一劫。"

释雪涧居然笑了一笑："如果连符睿都逃不过一死，我屡泄天机，更该无法逃脱劫数，躲又有何用？而且，不管有用无用，我都要去见慕容泓一面。"

月光下，她的洁白肌肤散发着如同宝玉一般晶莹明润的光晕，有着不属于人世的洁净和出尘，让碧落相信了释雪涧的预言。

她可能真的快死了。

那样圣洁的光晕，的确不该属于这污浊的人世。

可她实在没法想象，谁会舍得伤害这等洁净出尘的女子，让她以最污浊不堪的方式死去？

快至天明时，她们终于到了华泽。

雪白浓郁的雾气中，泊着很不和谐的血腥之气，并伴着远远近近若隐若现的马蹄声，厮杀声，惨叫声，兵刃交错声……

两位亲卫蓦地色变。

释雪涧一蹙眉，侧头吩咐："你们去打探一下，是哪方败了。以半个时辰为限，如果败的是慕容泓，就回来告诉我们；如果败的是五殿下，你们即刻撤离此地，不必再回来找我们。"

两名亲卫随行身后，一路也听到了不少话，此时迟疑片刻，一齐翻身下马磕头："两位姑娘保重！"

释雪涧点头，目送二人离去，方才和碧落下马，坐于一畔休息进食。

半个时辰很快过去，两名亲卫始终不见影踪。

符睿真的败了？真的死了？

那个和碧落流有一半相同血液的年轻男子，那个前天还爱恨交加地将释雪涧抱在怀中的多情男子，死了？

碧落眼眶阵阵发热，竟有泪欲涌。

而释雪涧用颀秀洁白的双手拍了拍自己的脸颊，居然淡淡笑了笑，说道："碧落，咱们走吧，去找慕容泓！"

碧落应了一声，和她一起上了马时，只听释雪涧舒缓而平淡地说道："待会儿见到慕容泓，只说我们是路上偶然遇到的。如果我和慕容泓发生不愉快，你不用理会，设法自保要紧。"

碧落听她说得郑重，不由问道："慕容泓……是个怎样的人？他不是和你颇有交谊么？"

慕容冲能在五重寺和她相见，显然是因为慕容泓，释雪涧方才帮的忙。

释雪涧听到提起慕容泓，眸中居然闪过一抹属于正常女孩的潋滟风致，微微笑道："是个……很霸道的人吧？他不知听谁说我很骄傲，结果，那次我在千禅寺的海棠林中第一次遇到他，他便亲了我。我从没见过那么无礼的人……"

的确很无礼。

慕容冲那样温和有礼的人，居然会有这么霸道乖戾的哥哥？

不过，释雪涧不比别的女子，多半会对他的霸道一笑置之吧？于是，更引起慕容泓的注意，展开新一轮追逐与回避的游戏？

然后呢？是一个人的相思，还是两个人的沦陷？

看着释雪涧面庞上浮起的桃花般嫣然的红晕，碧落便知自己猜对了。

果然，释雪涧继续说道："我在北地待了半年，有很长时间是和他一起度过的。后来，他已不肯放手。我走的时候，他说他很恨我，把我骂得很凶，几乎把我的手臂给捏断了。可他的侍仆告诉我，他曾把自己关在屋中很久，喝了很多酒，喝完后大哭大骂，还把服侍的下人狠狠打了一顿。"

她低低地叹了口气："我就没见过他这么疯的男子。"

这是在责备慕容泓？可碧落为什么听出了一种难以言喻的怜惜和疼痛？

"那你……为什么不和他在一起？"

碧落小心地问。

释雪涧笑着，说得很简单："我看不到我们的未来，只看到了我们的悲惨。"

碧落怔了怔，不敢再问。

而释雪涧自己出了会神，忽然说道："你可以告诉慕容泓，你是慕容冲的女人。他虽瞧不起慕容冲，可还是存着手足情谊，会好好照顾你的。"

慕容泓瞧不起慕容冲？

碧落心中一紧，正要细问时，忽听得前面有人大喝："什么人？"

此时雾气已散，前方山道间迅速奔来数十位鲜卑服饰的步兵，高声喝问。

这等崎岖山间，马儿也只能代步而已，根本跑不快。好在两人也没打算逃。

释雪涧对着矛头森凉的光芒，宁和道："请告诉济北王殿下，五重寺释雪涧、平阳云碧落求见。"

几名步兵微愕，交头接耳一番，已有人迅速跑开禀报，剩余人却跟在她们身畔，牵起骅骝马往前行去，一路但见俱是秦兵尸首，东倒西歪，偶尔还有在呻吟蠕动的，鲜卑兵便上前补上一刀，即时了结。

走过一段蹬道，前方竟出现大片沼泽，此地死尸更多，有鲜卑兵，也有秦兵。正有许多鲜卑兵在打扫战场，掩埋己方将士，又将秦兵尸首掷入沼泽之中；更有几名伤重无法逃走的秦兵，被鲜卑兵扔入火堆中，给烧成火人，犹在发出哀号惨叫，不忍卒听，而围观的鲜卑兵却哈哈大笑，隐隐还听得他们在叫骂："让你们灭我们的国，占我们的家，把我们鲜卑铁骑踩在脚底……"

碧落经历淝水惨败后的生死逃亡，犹且觉得芒刺在背；释雪涧不懂武功，不曾上过战场，此时更是冷汗涔涔，却还能端坐马背，只是一双明眸凝霜聚雪，竟让那些眼睛不停在二人身上转来转去的士兵再不敢逼视。

一时进入高大树林包围掩护之下的大营之中，已见一名周身甲胄的男子正立于一处较大帐篷前等候，略带了几分不安般踱来踱去。忽见到士兵牵了骅骝马过来，一眼便望住了释雪涧，唇角露出一丝笑意："果然是你，雪涧。"

碧落先下了马，释雪涧也在她的扶持下下了马，才微微一笑道："自然是我，慕容大人。"

她瞟一眼四处飘荡的帅旗和王旗，笑道："或者应该称，济北王殿下，或慕容大将军？"

这男子比慕容冲大了两三岁模样，承继了慕容氏家族白皙的皮肤，俊挺的容貌与慕容冲有几分相似，只是线条硬朗，唇角紧抿，眉形粗黑，眼神凌厉，看来颇有几分刚戾之气，不若慕容冲那等柔润秀逸，风华无双，——正是慕容冲的四哥慕容泓。

慕容冲弟兄五人，大哥二哥早夭，三哥便是被迫降秦的燕帝、如今依然留在长安的秦国尚书令慕容晖，算来故燕烈祖皇帝的嫡系血脉，也只慕容晖、慕容泓、慕容冲三人了。

慕容泓抱着肩，盯着释雪涧，并不顾尚有他人在侧，微眯了眼睛暧昧轻笑，"我宁愿你称我……泓！"

释雪涧并不意外他的轻浮，淡淡一笑以对："殿下说笑了！"

慕容泓忽地冷笑："殿下？你的殿下，是姓苻的，还是姓慕容的？"

释雪涧拂着被山风吹散的长发，凝视着慕容泓，含笑道："难道苻家的江山，和慕容家的江山不能并存？当年燕烈祖景昭皇帝，与大秦天王苻坚，不就各自占据一片天地，各有各的文武百官、朝廷建制？今日你既决定光复燕室，你自然是燕室的殿下，雪涧的称呼没错吧？"

慕容泓听她提到自己的父亲，慢慢敛了笑意，望着华山叠秀群岭，沉声道："不错，当年燕室强盛，连晋主和秦主都不敢自称皇帝，独我父皇登临帝位，傲视天下！可恨苻坚这老贼一朝得意，将我鲜卑铁骑玩弄于股掌之际，百般羞辱我们慕容子弟……"

他白皙的面庞渐渐泛出薄薄的羞红之色，转头之际，忽见到释雪涧后还跟了个容色苍白却姿色秀妍的青衣女子，正睁着一双漆黑的眼睛，神色迷茫地瞪着自己，讶然道："你是平阳来的？"

碧落听到他辱及符坚，立时想到他的态度也便是慕容冲的态度，甚至慕容冲的仇恨还要深刻许多，忆及符坚素日待她的温慈怜惜，顿时心神恍惚，连慕容泓的话也不曾听到。

慕容泓微怒，释雪涧忙笑道："她叫云碧落，是中山王殿下送入宫中的。上次中山王潜来长安，殿下曾带信让我有机会相助一臂之力，中山王唯一请我帮忙的事，便是见这姑娘一面。我出了长安，正好遇到她来华阴寻慕容冲，便在一处同行了。"

"哦？"慕容泓又将碧落打量一番，才执了释雪涧的手道："我不过在信中随口一提，难为你还放在心上……不过这女子虽是好看，却呆头呆脑，未必配得上凤凰。"

他拉着释雪涧，径往帐中走去："走，先到帐中说话！"

释雪涧挣了两挣，慕容泓理都不理，手掌握处，竟如铁箍一般。只听他带了几分倨傲，冷然说道："雪涧，这次是你自己来找我的，从此休想再离我半步，更别再跟我说什么以身许佛的鬼话！"

释雪涧唇瓣动了一动，却只无声叹息一声，默默随他入帐。

碧落忙跟了进去，正要伺机询问慕容冲下落时，慕容泓已在主座坐下，一把将释雪涧拽入自己的怀中，捉了她的下颌，吻住她的唇。

释雪涧身躯一颤，立刻大力挣扎，猛地推开慕容泓，一径退到碧落身畔，才勉强笑道："如今你既已打算中兴燕室，自当以国事为重，怎能还如原来那般孟浪无礼？"

慕容泓见她逃开，当着碧落的面，一时不好再去捉她，只是哼了一声，说道："中兴燕室便不能碰你了？既然铁了心来找我，居然还这么扭捏不听话，不怕我把你丢山坡上喂狼？"

他说着，从条案下摸出一只酒坛来，自己倒了一碗酒，沾上唇边，正要喝时，忽然顿住，又将酒碗重重叩下，一双凌厉冷眸骤地射出鹰隼般的光芒，盯住释雪涧："你到底是来找我，还是来找符睿那小儿的？"

他竟然猜得出！碧落不觉握紧了释雪涧的手，拉她在席上坐下，便有亲兵送来了两碗清茶。

释雪涧垂着眸，眼睫深深，将雪亮瞳仁覆住，不敢露出丝毫异样，恬然笑道："殿下，从来世人只将我当能预知未来的异士敬重，只独你从不曾问过我未来之事。"

慕容泓哂道："人把你传得神乎其神，可我怎么瞧，你都只是个有几分小聪明的漂亮妞儿罢了。你别绕圈子，回答我的话，到底是来找我的，还是来找符睿的？"

释雪涧抬头，与慕容泓对视："我想来找你，告诉你几句话。"

"什么话？"

释雪涧缓缓念道："金凤凰，金凤凰，何不高飞还故乡？惆怅泾渭关山远，铁马冰河孤魂殇。"

慕容泓举止虽豪犷，但出身皇家，自幼诗书读得不少，释雪涧话音才落，他已解了过来："中山王慕容冲小名是凤凰。你的意思，他应该回关东去，不能留在泾渭一带，否则会客死异乡？"

释雪涧轻轻叹道："殿下，在雪涧看来，你们兄弟都是能够翱翔天际的金凤凰！"

慕容泓哈哈一笑，仰脖灌了一大口酒，高声道："让我回关东去？把关中这大好河山，连同我的三皇兄，继续留给符坚那老贼？做梦！那老贼占了大燕的河山，占了我皇室的女儿不算，甚至还……还把我们大燕的皇子拉到了他的宫闱之中！不雪此耻，我们这一支的慕容男儿，还有脸回关东去见鲜卑子民？"

释雪涧喟然叹道："殿下，你若回关东去，此时与你叔父联手，合二人之力，重建大燕指日可待；若留在关中，今日虽然一时取胜，秦王视你为心腹大患，必定继续派大军围剿。你们身处秦地，缺衣少粮，难道一直就这么滥杀无辜打家劫舍来混日子？你们到底把自己当成了光复燕室的大军，还是打算落草为寇当强盗？"

"释雪涧！"慕容泓一击条案，已然显出怒意："你一口一个'你们'，到底站在哪边说话？听你这口气，倒似符坚的说客一般，让我们快快离了关中，好让他喘过气来，再次发兵关东找我们算账！"

释雪涧叹息一声，捧了茶碗来喝了两口，平淡地瞥着慕容泓的怒意，神情中居然有了一丝悲悯："殿下，我说过了，我只是凭借我的预见力，特地来忠告你几句话而已，听不听在你。我既已说完，也无在此久留的必要，先行辞归长安，等着听殿下的好消息吧！"

碧落不料释雪涧竟打算回长安，本想拉她，转念想到释雪涧对于她自己的可怕预见，顿时闭嘴，反盼着慕容泓着恼之际不再想着留她，让她平安回转自己的五重寺修行去。

释雪涧果然施施然立起，灰布单袍扬起轻尘，却不掩那晶莹肌肤雪玉般的洁净无瑕。

慕容泓双眼倏地迸出火焰，"啪"地将陶碗掷碎于地，高声道："你到这里来找我，并不是打算与我相守，而只是为了送我几句忠告？"

释雪涧交握于前双手紧了一紧，脚步略顿了一顿，然后继续往前走着。山中的天空明净而高旷，一只苍鹰唳叫着，盘旋于华泽之上，然后振翅，向着那无边无垠的广阔高空，自由地越飞越高。

慕容泓眼看她离了帐篷，忽然轻轻一笑："雪涧，听说那个符睿和你挺要好的，你不打算见他最后一面么？"

他见释雪涧离去，分明已怒气勃发，转眼却这般含笑而语，立时让人感觉出温声笑语中的森然肃杀之意。

释雪涧唇边发白，双眼依旧远望天际，反射着广袤深远的碧蓝。飞鸟掠过，那碧蓝的底色上，便划过一道深重的阴影。

慕容泓已飞快卷出帐来，追到她跟前，捏住释雪涧手臂，喝道："来人，将大秦的钜鹿公符睿拖来！"

符睿没死么？那个笑起来带了几分稚气的五殿下符睿没死么？

碧落已经坐不住，忍不住奔出帐来，愕然望着几名鲜卑兵应命而去，不一会儿，将一人拖曳于地，如沙袋般拽了过来。

人未至，释雪涧已别过脸去，木无表情说道："殿下，人都死了，还是让人家安生些吧！"

的确，符睿死了。

坚硬的青铜铠甲，没能挡住矢如飞蝗，戟如毒蛇。密集的伤口以及从鳞甲相接处四溢而出的血渍，昭示着他身陷重围时，是怎样的不甘不愿，甚至依旧满怀恨怒一马当先，意图除去那个让释雪涧拼死维护的男子。

他曾经那样圆润温暖的脸庞，呈着可怕的死白，口鼻和发际，沾了很多黑褐的污泥和萎黄的草屑，双眼失神地半睁着，依稀看得到曾经的泪光和委屈……

第三十四章　忍泪吟　误折琼枝明珠碎

碧落从不认为自己和符家几兄弟有什么兄妹之情,可只要一看到那不肯合上的双眼,她竟控制不住,泪水迅速倾落下来,忙抬起袖飞快掩去泪光。

可已来不及了,慕容泓那足以撕破肌肤的狠厉目光在她脸上一扫而过,落回到了释雪涧脸上,一手已用力扭过她的头,迫她望向符睿,却依旧笑语晏晏:"雪涧,我是听说这小子喜欢你好几年了,才特意让你见他一面,怎么,你不想见么?"

释雪涧身躯僵硬如石,给逼着望向符睿后,便再也转不开眼,只凝在那张年轻不甘的面庞上,一双瞳仁第一次有了幽暗的深黑色,收缩,又收缩,在不知以怎样的意志克制着,才能勉强维持宁静平和的神色。

连碧落都已看出,她心中应该更加清楚,慕容泓在试探她。

碧落强忍了哽咽之声,尽力若无其事地提醒:"雪涧姐姐,你若要回长安,得快些动身,不然今天得住在山里了,不安全。"

释雪涧闭上了眼睛,颤声一笑,喑哑道:"是的,殿下。不早了,请放雪涧离去!"

慕容泓居然没用力,由她一挣挣脱了,才懒洋洋道:"来人,把这位大秦神勇的五殿下拉走,剁成肉酱,拌在马料中喂咱们的马!呵,我们的马儿,一定会和他一样神勇!"

碧落倒吸一口凉气。

释雪涧快步离去的身影蓦地顿住。

她仰起头,高旷的碧空有些微的浮云飘过,山风温煦,鼻尖的血腥味似被葱茏的绿意荡涤一空,有初夏野花清新的芬芳绵绵传来。

缓缓转过身,冰凝的双眸对上慕容泓戾气渐盛的眼,她一字一字清晰地说道:"慕容泓，秦王虽然占了大燕，可从未动及燕国皇陵，你的嫡母死于长安，他也按皇后之礼安葬，如今你如此待他的儿子，你不怕秦王一怒，掘了你慕容家的祖坟？"

慕容泓狠狠一脚，竟将地上苻睿的尸体踹得飞了开去，脸朝下趴着，才冷笑道："释雪涧，你是说我慕容泓以怨报德？"

眼见二人针锋相对，碧落忙冲到释雪涧身畔，勉强笑道："雪涧姐姐，济北王殿下只是开开玩笑而已，又怎会做那等禽兽不如之事？天色不早了，姐姐快去吧！"

释雪涧盯着苻睿被作践于泥尘中的尸体，唇边渐渐漾出奇怪的笑意，若悲悯，若自嘲，偏又带了某种迹近绝望的解脱，柔声道："傻妹妹，你以为，我还走得了吗？"

碧落正不解，猛见到不远方的一顶帐篷后闪动着人影，依稀看得出是秦兵的服饰。

是秦军俘虏！

果然，片刻之后，有一鲜卑将士从帐篷后跑出，附耳向慕容泓说了几句话。

慕容泓的脸色顷刻间白了。愤怒，羞辱，悲伤，失望，不可置信，不一而足的表情，飞快在颤抖的唇角掠过。

"释雪涧，你骗我！你们早就到了华阴！"他指着释雪涧，吼道："你来是找他的，不是找我的！"

释雪涧恍如未闻，慢慢走到了苻睿的尸体前，蹲下身，小心地将苻睿翻过身来，拿了自己的衣袖，轻柔地将他脸庞和发际的污秽一点点拭去，柔声道："苻睿，一路走好！"

她伸出纤秀洁白的手，抹下苻睿半睁的双眼，忽然之间跪倒在地，失声痛哭。

强抑良久的情绪一旦释放，根本不可控制。

她俯伏于苻睿身上，轻抚着他曾经如斯熟悉肩与胸，浑不顾那满身的血渍污垢。甚少有情绪的眸中如有物碎裂，再无法映照人心，却让人一眼看到那深沉无底的绝望和悲伤。

盯着那张绝望苍白的面庞，以及面庞上滚下的盈盈泪水，慕容泓呆若木鸡。

"你……你……"他喃喃地咕哝着，忽然狂叫一声，猛地冲上前，一把揪住释雪涧散落背后的青丝，抬起那张不改端庄莹澈的面庞，怒道："你……早已是苻睿的女人，是不是？"

释雪涧握住苻睿冰凉僵硬的手，悲怆地笑："慕容泓，我说不是，你信么？"

"哈哈……"慕容泓大笑，俊挺的脸笑得几乎狰狞："我信！你让我检验过我就信！如果你骗我，如果你背叛我，我要你不得好死！不得好死！"

他一掌打落释雪涧与苻睿相连的手，在她的惨叫声中，一把挟住她，连抱带拽，冲

向帐篷之中。

碧落大惊，不假思索便冲上前，动手便抢释雪涧："你放开她！放开她！"

慕容泓正在大怒之时，毫不犹豫一耳光甩过去。碧落侧身闪过，一手搭上释雪涧的肩膀，一手将流彩剑连鞘带剑击上慕容泓的手腕。

慕容泓再不料一个小小的侍女竟有这等身手，手腕剧痛之际，却还不肯松手，一边抢夺释雪涧，一边飞起一脚，狠狠踹上碧落的小腹。

慕容泓身畔的亲卫见状，早赶上前来，一齐逼向碧落。碧落眼见释雪涧长发委地，脸色苍白，再也顾不得慕容泓身份，一扬手已将流彩剑出鞘，逼退两名亲卫，径刺慕容泓。

慕容泓大怒，咆哮道："是慕容冲叫你刺杀我的？不然，你是秦军的奸细？"

几乎同时，慕容泓的臂腕间，释雪涧低微的声音传来："碧落，不关你事。"

碧落一呆，含泪凝睇时，只见释雪涧半掩于慕容泓坚硬铁甲后的面庞，居然甚是宁谧，甚至隐隐带了希冀，似在等待预料之中的痛苦刑罚，又似在准备迎接期待已久的幸福，明澈的双瞳翦翦若水，交织着悲伤与幸福，让此刻的她更像一个挣扎在爱恨之间的痛苦女人，而不像那个五重寺里悲悯世人高蹈出尘的修行者。

"姐姐！"

碧落忍不住凄惨叫起来，而胸前又被慕容泓狠狠踹了一记，顿时血气翻涌，几欲晕倒，一旁的亲卫趁机卸了她的宝剑，生生扭住她的双臂，将她踢得跪倒于地。

碧落挣扎着，叫道："济北王殿下，释雪涧和符睿不是你想的那种关系，你放开她，放开她啊！"

慕容泓听若未闻，冷声道："把她捆到那边树上，等高盖回来认一认是不是中山王的人。是就罢了，如果不是，即刻烧死！"

碧落还待说时，嘴中早被人塞上破布，抱住纤细腰肢，直拖到前方枯树旁，紧紧捆住。那几名亲卫听得可能是中山王的人，总算不敢太放肆，只是捆缚抱曳之际，双掌有意无意，尽在她的肌肤上磨蹭抓捏，几让碧落羞愤欲死。

等那些人散开后，碧落才有机会喘着气，望向慕容泓带了释雪涧进去的那顶帐篷。

开始很静，很静，只是附近的守卫兵士指点着帐篷，或者指点着她，狎笑着，低语着。

远远近近，有几只蝉儿在不知疲倦地鸣叫。

忽然，那帐篷中爆出慕容泓近乎凄厉的嚎叫："释雪涧，你这个贱人！贱人！我杀了你！"

有兵刃出鞘之声传出，碧落大惊，忙呜呜叫着，不顾周身的伤痛，拼力挣扎着，汗水顷刻将衣衫浸得透了。

但许久之后，依然没有听到意料之中的惨叫声，却听"哐啷"一声，似谁的宝剑落地。

接着，慕容泓披着未系衣带的裲裆衫，连战甲都未曾穿着，便奔逃一般从帐篷中跑出，弯着腰在门帘前喘气，脸色一片铁青。

一旁的守卫欲要来扶，被慕容泓一眼瞪了回去："看什么看？"

他立直身，紧盯着帐篷摇晃的门帘，自语般念叨着："符睿的女人！你是符睿的女人！"

他阴鸷地看着门前的几名守卫，忽然哈哈笑道："你们很久没碰女人了吧？我就把这女人赏了你们如何？"

守卫们大吃一惊，面面相觑。

慕容泓的眼睛通红，一拳将离自己最近的守卫打倒在地，吼道："还不进去让那贱人好好享受享受？服侍不好，一概军法处置！"

守卫们又是骇然，又是惊喜，这才慢慢往帐中挪去。

慕容泓挥着手，大笑道："还有，今天追杀符睿有功的那几个将士，也一并叫来吧！独乐乐岂如众乐乐！大家就一起乐吧！释雪涧，这是你应得的！你是符家的女人，就必须承担慕容家的仇恨与羞辱！"

他一厢说着，一厢跟跟跄跄冲往另一处稍大的帐篷，一路叫着："拿酒来！拿酒来！"

碧落拼命叫着，拼命挣扎着，只盼慕容泓能看她一眼，听她说几句话，好饶过释雪涧。——哪怕方才他一剑将释雪涧杀死了，也比现在让她承受这种骇人听闻的污辱好。

而她终于也明白，像释雪涧那样沉静无畏有担当的女子，为何会如此害怕自己的死亡，千方百计避免。这种肮脏和屈辱，根本就不是人所能承受的！

可再没有人看向她，更没有人看到她的挣扎。即便粗陋的麻绳将她的双臂双腿蹭得青肿流血，还是没有人看她一眼。

所有人的眼睛，都盯住了那顶帐篷。

帐篷里有个女人，一个大秦王子与大燕皇子争得头破血流的女人，等着他们的享用。仅是这一点认知，便可让任何一个男人血脉偾张，何况那女人天赋异禀，清洁美丽……

如今的她，还能清洁，还能美丽吗？

碧落听见了帐篷中的男人们淫秽的笑语，却听不到任何释雪涧的声音。

她怎会如此安静地接受这种可怕的结果？她该怎样去忍受？

碧落只觉自己已经无法忍受。急怒和伤势让她五脏六腑都在纠结绞缠，一阵接一阵

的血气涌来，喉咙间喷出的腥甜渐渐将她口中的破布润湿。

她晕了过去。

"姑娘，姑娘，醒一醒，醒一醒！高将军来了！"

迷糊间，有人推搡着她的肩，口中的破布也被人取出。

碧落呛咳了两声，勉强睁开眼时，便听到有人在说："快，快松绑。这的确是中山王身边的碧落姑娘。"

竟已是夜间了，衣衫上的汗水干了，却又被露水湿透。数支火把明耀，照亮了她，也照亮眼前那眉目舒雅的中年男子，正是曾几度暗访过慕容冲的高盖。

绳索松开，碧落身体软软地直往下坠去，高盖一伸手挽住她，皱眉道："伤得厉害？我让人给你找随军大夫去。"

碧落努力稳了稳心神，嘎哑着嗓子，叫了声"雪涧姐姐"，跌跌撞撞奔向那顶帐篷。

撩开帘冲入时，帐中一盏四支的青铜灯给风一带，整个帐篷内都暗了一下。屋中尚有两个男子在，正扣了衣带立起，依稀听得到二人的交谈：

"喂，会不会死了……"

"怕什么，殿下的命令，也不在乎多咱们两个吧……"

一旁毡毯上，狼藉不堪的胴体依旧有着最顾秀优雅的曲线，暗黄的烛光下，一种由内而外的白晕，透过污秽的痕迹，依旧那样毫不吝惜地散出，柔和的光泽夺人眼目，看来依旧圣洁无垢。——因为圣洁，因为无垢，所以才能让人那般想去拥有吗？而拥有不到的人，也因此只想去践踏，去蹂躏，好用肮脏去污染这种不该属于人世的圣洁无垢吗？

"姐姐！"碧落沙哑地叫着，扑上前去。

两个男子正无措间，只听高盖掀帘进来，低声喝命："滚下去！"这才慌忙整衫预备离去。

碧落伏释到雪涧跟前，见她面色唇色，俱是灰白一片，双目亦是紧闭，不由得大叫："你们这些混蛋，我杀了你们！"

她的流彩剑早被人收去，但见到地上另有一把明晃晃的宝剑，镶金嵌玉，料得必是慕容泓的赤宵剑，抬手便捡起，追向那两名男子。

那两名男子吓得抱头鼠窜，忙奔了出去。

高盖一抬手，已将碧落握剑的手捏住，柔声道："碧落姑娘，照顾雪涧姑娘要紧。"

"她死了，死了……"碧落颤声说着，回头看时，却见释雪涧苍白的手指正微微地动弹，忙冲过去，丢了剑，将她紧紧抱在怀里，努力用自己的单布衣去遮掩她的身体。

"雪涧姐姐，雪涧姐姐！"她轻轻地呼唤，终于感觉出释雪涧微弱的呼吸，才松了口气，泪水却迅速地沾湿了眼睫。

高盖抬手解开自己的大氅，丢给碧落，低声道："别怕，我会帮你们。雪涧姑娘是个好姑娘，你好好照顾着她，我去找济北王殿下，一定……不让他害了雪涧姑娘！"

还要怎样害她？

碧落简直咬牙切齿，第一次发现自己也会如此痛恨一个人，而不是因为慕容冲而痛恨一个人。

将大氅覆到释雪涧身上时，她听到高盖在外吩咐："快去准备一桶热水来，再送两碗清粥或酪浆进去，要快！"

总算，这个高盖还肯帮着她们，到底是杨定的义父，算是这乱世之中还有几分风骨的了。

碧落略松一口气，先为释雪涧理了一理头发，待见有人送了热水掀帘要进来，立刻接过水，将他们赶得远远，然后一点一点，将释雪涧的身体擦拭干净。

释雪涧很安静，由着碧落摆布着，即便碰到最疼痛甚至不忍卒睹的伤处，她也只是蹙一蹙眉，浑身颤抖着，却不哼出一声，甚至不曾显出痛苦之色。

为她披上几不能蔽体的灰布衣衫，碧落喂她喝酪浆时，她似已略略清醒，居然喝了两口，才摇头示意不喝。碧落自己草草吃了点东西，便将条案挪到毡毯前，伏于条案上休息，同时随时借了那铜灯观察释雪涧的动静。

释雪涧说，她会死去。

可碧落发誓，自己绝不能让她死去。

这天底下做过亏心事的人不知凡几，甚至包括她云碧落，手上照样沾染了无辜者的鲜血。便是天下所有人该死，所有人死绝了，释雪涧那样的女子，也不该死。

高盖说，他会帮她们。

如果他是和杨定一样的血性汉子，那么他便会说到做到，谏阻慕容泓再让人践踏释雪涧。

而慕容泓……应该不会杀释雪涧吧？他发现释雪涧已不是完璧，本欲杀她，终究下不了手，才掷剑而去，却选择了更残忍的方式报复，让释雪涧生不如死！

"会好起来的，一定会好起来的。"

碧落低低告诉着释雪涧，一如无数个深夜，劝慰慕容冲那般虔诚。

这时，帐外有了动静。

"殿下，这才醒了，别再喝了，属下还有事禀报。"高盖的声音带了几分无奈。

"啪"的一声，是酒坛被砸碎的声音。

"为什么亮着灯？她……她还在享受吗？哈哈！"

慕容泓口齿含糊，趔趄冲入，漠然望一眼昏睡的释雪涧，然后怒视碧落："你怎么在这里？"

高盖忙道："这位碧落姑娘，的确是中山王殿下心坎上的，刚才属下见她给捆得晕过去了，怕出了事日后不好向中山王交代，所以斗胆将她先放了下来。"

"别跟我提慕容冲！"慕容泓甩开高盖扶他的手，恨恨道："我们慕容氏的脸，都给他丢光了！高盖，你刚说什么了？慕容冲在蒲坂被窦冲杀得大败，是不是？他啊，也只配穿得花花绿绿扮成个娘们去讨苻坚那老头的欢心！"

高盖愁道："殿下，现在不是负气的时候。中山王如果无恙，此时应该在奔往华阴的路上，我们得尽快派兵接应，别让秦军伤着他。"

慕容泓冷笑道："伤着他？哼，死了更好！只怕半死不活的，又给苻坚捉秦宫里去！"

碧落早气得浑身发抖，站起身来，狠狠一耳光，痛快淋漓地甩到慕容泓脸上，叫骂道："慕容泓，你混蛋！"

慕容泓再不料碧落还敢对他出手，脸上给结结实实打出一个手印来，一阵火辣辣的疼痛，不由得大怒，道："臭丫头，我杀了你！"

伸手到腰间摸剑时，却只摸着了赤宵剑的剑鞘，一时也想不起剑给自己扔在哪里了。

高盖忙着拉他："殿下，别生气，碧落姑娘给捆了一天，捆糊涂了！"

碧落冲上前一步，握紧拳，一双黑眸跳跃，如炽烈的火焰在暗夜里随北风吞吐："慕容泓，别叫我为你们这些所谓的慕容氏大好男儿脸红了！这满长安的人，谁不知道鲜卑慕容初降大秦，受到过多少诋毁和中伤！如果不是清河公主，如果不是慕容冲，秦王会一次次保你们护你们，还让你们一个个官儿越做越大，直至今日可以招兵买马扯起造反大旗？你们牺牲了他们，成就了自己的功名，还敢看轻他们，也不害臊！"

慕容泓涨得满脸发紫，挣着高盖的手，一拳打在碧落肩上，叫骂道："你胡说！谁拿刀子逼了他入宫了？"

碧落给他打着，随手一巴掌又轮抡了过去，指甲甚至在慕容泓脸上划出了几道血痕。她冷笑着叫道："是，没人逼他！他堂堂大燕皇子，又是中山王，大司马，从小受尽宠爱，却自己犯贱，要入宫去侍奉一个可以做自己父亲的男人！他若有血性一点，应该自杀以保清白，让秦王明白，大燕全是些有骨头的大好男儿，他堂堂大秦天王连一个十二岁的小孩子都收服不住！"

"你扯淡，你这死丫头！"慕容泓听出碧落在激他，脸色由紫转白，揪住碧落满头的青丝，怒叫道："我们何曾让他自杀？他不会争气些，杀了苻坚那老贼吗？"

碧落本不是伶牙俐齿的人，可此时想着受尽屈辱的慕容冲，想着奄奄一息的释雪涧，恨得几要吐血，只觉胸臆间的一道恨毒之气直涌脑门，再也按捺不住，也不管头皮快给扯掉下来，趁着高盖抱住慕容泓的双手劝说时，按了他的脖子，没头没脑地狠揍下去，边哭边尖叫道："是，他该再有血性一点，刺杀了苻坚，好让王猛苻融他们找到理由，让你们慕容家上下几千条人命为他陪葬，对不对？第一要紧的，让你这混蛋为苻坚陪葬！你这该死的混蛋，你该死！该死！为了你们，为了慕容氏，冲哥吃尽苦头，受尽屈辱，你居然敢瞧不起冲哥，你居然敢这般害雪涧姐姐……"

高盖眼见慕容泓给打得满嘴是血，快要透不过气来，骇然放开慕容泓，转而去拉碧落："碧落姑娘，冷静点，冷静点！"

慕容泓喘一口气，立时将碧落踹倒在地，提起皮靴一脚接一脚狠狠踢去，看她在地上翻滚，痛骂道："你闭嘴，你什么东西，不过慕容冲的一个奴婢，也敢教训我？我打死你这臭丫头，我踹死你……"

碧落一口一口地吐出鲜血来，疼得浑身颤抖，再也叫骂不出，只是仇恨地瞪着慕容泓，一对黑眸，如燃烧着的无底黑洞，恨不能将他拖进去活活烧死。

高盖见两人如此疯狂，又惊又怒，正要叫人进来将二人分开时，忽听得有人低低唤道："泓……"

声音很轻，很柔弱，却很清晰，如夏日的冰泉冷露，珠子般一下子滚入人的心底，清冷冷漫过五脏六腑，让人神志顿清。

接着，又是很轻的一声，"噗"，似一朵莲花被风吹折，悲伤跌落水面的声音。

慕容泓抬起的脚没能落下，如中了定身法般，一动不能动；而碧落只瞥一眼，已经撕心裂肺地痛喊起来："雪涧姐姐！"

她给打死踹死都不曾掉落一滴的泪水，刹那如倾！

释雪涧不知何时坐起，举起赤宵宝剑，刺入自己腹中。

第三十五章　念奴娇　凤凰来仪莫蹉跎

　　"泓……"她似惋惜，又似悲伤地再次唤了一声，双手握紧剑柄，一用力，赤宵剑贯穿了她的身体，从后背露出一大截淋满鲜血的雪亮剑锋。

　　解脱一般，她轻轻笑了一笑，孩子般地欢喜，连眸子也格外地婉媚起来，莹若秋水。

　　"姐姐！"碧落咳着血，爬过去抱住她，哭道："你何苦，何苦……"

　　"人生本苦，活一世，只不过应一世的劫数而已。"释雪涧轻笑，擦着碧落唇边的血，低声道："劝慕容冲……回关东吧！别在关内……自取灭亡……"

　　她无力地倒落在碧落怀里，呛咳着，唇边也开始溢出鲜血来，而双瞳翦翦，居然落在慕容泓身上，有着小女孩般的纯净无邪。

　　慕容泓给碧落打得满脸青肿，狼狈不堪，可他呆呆站着，神色木然，似不觉得疼痛，也看不出悲喜，只有一双和慕容冲十分相似的眼睛里，慢慢溢出大颗的水滴，顺颊滑落。

　　"我……不想杀你……"他艰难地说道："即便……你背叛我，我还是……不会杀你……"

　　不会杀她，却让她生不如死，硬生生地承受完所有的屈辱，再接受死亡！

　　"你！不是人！"碧落咬牙切齿。

　　"泓……海棠花很俗艳……"释雪涧身体一分分地软倒下去，声音也一分分地低了下去："可我……一直喜欢……千禅寺的……海棠……"

　　她的唇角绽开了雪莲般清洁美丽的微笑，偏带了几分海棠花般的娇艳，双睫缓缓闭上，垂下了与碧落交握的手。

　　慕容泓宛若被雷击一般，张大了嘴巴，往事一幕幕，忽然便涌了上来。

千禅寺，海棠林……

那宛如洁云的女子一身海青布袍，清浅微笑，压尽千枝万枝海棠花的风流……

他强吻她，看她由最初的一脸惊骇，迅速转为不以为意的淡然一笑，从海棠林飘然而过……

"我不喜欢海棠。因为你总在海棠林中扰我修行……"

她眉眼宁谧，不肯再入海棠林……

"别许佛门了，许给我吧！"

他第九次将她堵住，却已不敢轻薄她，只是眉眼深深，带了愁，带了恨……

慕容泓喜欢释雪涧，所有的海棠花都看得见，她又怎会看不见？

她宛如明镜的双眼，分明已有悸动的裂痕……

可她居然说，"我走了，我要回到没有海棠的五重寺去……"

她云淡风轻，袍裾轻扬，抖落一片片落花，无视他流连的眼眸……

慕容泓冲向释雪涧，猛地揪起她衣襟，叫道："你起来，你起来给我说清楚！你喜欢海棠花……你……你喜欢我，为什么要跟符睿，为什么要跟符睿？"

释雪涧眉眼宁谧，一如三年前的初遇，仿佛从不曾与他分开过，更不曾被他蹂躏糟蹋，无悲无喜，无怒无恨，只是长睫合上，再不会如蝶翼般轻轻一振，睁开夺人心魄的明眸，璀璨一笑……

碧落一身鲜红的血，连眼睛也泛着血红色。她瞪着这个疯了般的男子，忽然恶意地笑起来："你知道她为什么跟符睿吗？"

慕容泓瞪向碧落，眼睛同样血红。

碧落冷笑道："因为她预见到，如果你回到关东，可保一生平安，符睿也可无恙；如果你留在关内，将会客死异乡，符睿也会死！她以自己的身体为代价，要求符睿放你回关东！符睿答应了，却恨她居然肯为你付出这样的代价，因此自食其言，未经筹划便攻入华泽，遭此大败！"

碧落似觉得越想越有趣，神经质地笑个不住："符睿！慕容泓！你们两个口口声声说喜欢她，可我只看到她为你们殚精竭虑，付出所有，你们却为她互相嫉妒，争着伤害她，哈哈，你们爱她啊，却害她死得比谁都惨！你们真的，爱她……爱她啊……"

碧落继续笑着，笑着，四支烛火似被挪到了帐篷的顶部，旋转着，变幻着，越来越多，竟如漫天的星子一般……

终于，眼前一片漆黑时，她听到了慕容泓惨绝人寰的嘶吼，如同被人将一颗心生生给挖了出来……

碧落终于醒来时，浑身似散了架，几乎无处不疼，她勉强坐起，觉出左眼怎么也睁不大，只有很狭窄的一条缝，伸手一摸，才知肿大了一片。

她一动弹，一旁已有亲兵说道："高将军，这姑娘醒了。"

一个身披铠甲的人影从帘旁匆匆走来，一边脸颊和颧骨赤青，嘴角开裂，渗着鲜血，碧落辨认好一会儿，才确定是高盖。

"碧落姑娘，你好些没？"高盖皱眉问。难为他伤成那样，眼中还有流露出对碧落的怜悯来，还带了一抹温煦的暖意，——依稀与杨定的眼神有几分相似。

"我……"

如被铁砂纸磨过，嗓音糙哑之极。

碧落咳了几遍，清了清嗓子，才勉强找回点原来的嗓音："我没事。这是高将军帐篷？"

高盖点点头，似想笑一笑，又飞快皱了皱眉，显然牵到了面部的伤势。他改笑为叹，"济北王殿下给姑娘刺激惨了，我如果不把姑娘带出来，只怕姑娘会给他活活打死。"

碧落记起前事，恨道："他还有脸打别人？"

高盖显然也是受了池鱼之殃。暴怒下的慕容泓，大约不会顾及到高盖是他最倚重的心腹部下，所以高盖也会一脸的伤。

高盖听得提起慕容泓，也开始头疼："哎，殿下喜欢雪涧姑娘，已经不是一天两天了。他的性子原就火爆，后来雪涧姑娘去了北地，大约劝了他不少话，便收敛了许多；待雪涧姑娘一走，立刻变本加厉；如今再不知会怎样了！"

碧落忆起释雪涧，顿时胸臆间堵得发慌，不觉便往腰间摸去，却抓了个空。

高盖眼看她动作，忙道："碧落姑娘，你的流彩剑给殿下的亲卫收了去，我改天帮你要回来。只是请姑娘务必冷静！济北王虽然一时冲动伤了姑娘，但他毕竟是我军统帅，便是中山王来，以目前的形势也需受济北王节制。今日一早济北王已派部下去寻找接应中山王，如果快的话，这几日也该到了……"

"冲哥……"碧落心如鹿撞，顿时忘了周身疼痛，拉了高盖道："他……他应该没事吧？"

高盖沉吟道："应该……顺利脱身了吧？探子传来的线报，他所部人马在蒲坂被窦冲拦截，给杀得大败，但还是有一部分人马顺利逃脱了。中山王素来机警，我猜着他应该已经带这批人马渡过河水，往这边来了。"

"哦，也不知……他有没有受伤。"碧落黯然道："他心里一定难过得紧，又不肯和旁人说上一句半句，真怕他憋出病来。"

高盖似对中山王颇有好感，点头道："中山王殿下待人宽和，只是未免太自苦了些。姑娘放心，只要他到了河东，以他手中剩余的人马数量，应该不难找到。"

碧落仰头，愁道："你们能找到，秦军也能找到，假如他再遇到秦军，那可如何是好？"

高盖愕然，好久才道："我悄悄加派我的部下去找吧，一定比秦军先将中山王找到。——横竖济北王殿下近日心情不好，天天醉酒，不会理会到这些事。"

碧落心神略松，敛袖道谢。

高盖摇头道："也是个痴丫头啊，不谢我救你，只谢我帮中山王？"

碧落脸一红，鼻尖似又萦了慕容冲清新好闻的气息，望着门帘处透入的一线天光，黑眸渐渐明亮，幻出了星子样的晶莹辉芒。

慕容泓到底没把苻睿的尸体剁了喂马，反让人送出了山，交还给了秦军；而释雪涧的遗体被他留在自己的帐篷中放了两天，直至有异味传出，他才喝着酒，按佛家的仪式亲自将她火化。

这个生前被那般玷污糟蹋的女子，在被烧成灰烬后居然遗下了两粒拇指大小的舍利子，据说只有修行很深的高僧，火化后才会出现的舍利子。

并且，那舍利子居然是透明的，晶莹剔透如水晶，乍一看去，仿佛两滴刚刚滴下的泪珠。

慕容泓将那两粒舍利子握在手中，在那堆灰烬旁边，哭得凄厉无比，如同原野里被猎人穿心而过的恶狼。

其后，曾经污辱过释雪涧的守卫和将士，先后被慕容泓召去，以各种理由鞭笞毒打，甚至有活活打死的。半夜从帐中传出的凄惨号叫，也分不清是谁的，却让军中将领人人侧目，近侍亲卫更是个个惊心，再不知哪天会轮到自己死无葬身之地。

好在此时秦军已经被另一个人的叛变拖住，大败之余，根本来不及筹集兵马应付慕容泓军。

叛变的人，竟是原辅佐苻睿的西羌名将姚苌！

王猛、苻融在世时，便曾对西羌姚苌颇为提防，可叹秦王苻坚自谓待姚苌不薄，姚苌又素来恭顺，南伐之前，竟将自己未登基前担任过、后来一直空缺的龙骧将军一职授给了他，让氐人臣僚深感不安。

想来苻坚让姚苌辅助苻睿讨伐慕容泓，本就有将苻睿安全交托给他的意思，谁知秦军大败不算，连苻睿也丢了性命，故而姚苌遣使往长安报讯时，气急攻心的苻坚未经思虑，竟将使者都给斩杀了。姚苌生怕苻坚下一步会责罚自己，弃了秦军逃往渭北，被当地的羌族豪强拥为盟主，继而自立为大单于，同样定国号为秦，自称万年秦王，改年号白雀，设立文武百官，俨然自成一国，与先建立的苻秦相对，被称作后秦。

消息传到华泽时，碧落正在慕容泓帐中侍奉。

慕容泓听说碧落基本恢复后，点名让她来侍奉自己，高盖不敢违抗，只得劝碧落隐忍着，待慕容冲来后再作打算。

好在再见到碧落，慕容泓似已忘了她曾和自己拼命相搏的事，也不再打骂她，只是或坐着或卧着，喃喃地向碧落讲着当年北地的事，讲千禅寺的海棠，讲他从漫不经心到情难自禁，讲释雪涧的若有情若无情，讲他听闻苻睿纠缠她时的恨毒和嫉妒，讲他没完没了的相思和相恨……

碧落只是远远坐着，冷冷看着，听他的吩咐才给他倒茶或送水，然后在他彻底醉倒后一脚将他踢入毡毯中睡，自己草草收拾了满地的狼藉，便自行回到高盖帐篷中休息。——军中无女子，物资匮乏，慕容泓也无意单独给她一顶帐篷，故而她依旧住在高盖帐篷之中。

高盖年纪与苻坚相若，是杨定义父，又曾救过她，碧落便下意识跟他亲近，将他当作了鲜卑军中的倚靠，凡事也愿意与他商议。

这日约在中军营帐议事，慕容泓又醉倒。高盖带了段随、宿勤崇、韩延等几名鲜卑将领过来，见此情形，无不苦恼。

宿勤崇嘀咕道："现在兵围暂解，正是抓紧机会决定东进长安或回归故国的时候，殿下这般整日醺醺，如何是好？"

高盖也皱眉，却劝解道："一时倒也不妨。姚苌一叛，渭南渭北皆反，长安危殆。以苻坚脾性，应该先会腾出手来对付姚苌，咱们先在此地立稳脚跟，一边继续壮大人马，一边坐山观虎斗，也没错。"

碧落听说连那日和自己温和谈话的老头儿也叛了，不由得心惊。

从他一回渭北便立刻拥有众多的部众来看，姚苌的反心也非一朝一夕了。苻睿之死不过坚定了他自立的决心而已。

那么，当年蔡夫人至死都在劝苻坚伐晋，到底有多少在为大秦的基业考虑，又有多少是为羌族的姚氏打算？

碧落不寒而栗。

还有，苻坚……

淝水大败，慕容垂联合丁零人叛于关东，慕容泓兄弟叛于华阴、平阳，碧落不告而别，长子苻丕镇守的邺城岌岌可危，三子苻晖镇守的洛阳前有狼后有虎，五子苻睿惨死，秦军大败，如今再加上姚苌叛于渭北！

他一生顺遂，几乎可以用战无不胜、攻无不克来形容大半生的征战道路。

或者也就是这样的原因，才让他有足够的自信去宽待降臣，甚至用汉人儒学的"仁"道治理天下。如今面对心腹反叛，儿女离散，四面楚歌，他的悲愤和惊怒该怎样地深入肺腑？上次见到他时已能觉出他苍老许多，如今鬓发只怕更要多上几许斑白了吧？

碧落正觉伤怀时，忽听得又有人在外禀道："几位将军，中山王殿下已到华阴了！"

几人同时眼睛一亮，碧落已冲过去，双目熠熠闪光，急急叫道："什么，是……冲哥来了？"

"是，中山王殿下率着八千骑兵，估计一两时辰便可到达此地了！"

高盖笑道："中山王平安，实在再好不过！各位将军，我们去山口迎接吧！"

另一名将领段随则道："只我们去吗？中山王乃烈帝嫡子，最好禀明济北王殿下，一同出迎吧！"

中山王慕容冲，和前燕帝慕容暐一样，是正宫皇后亲生，故而一出世便被封王，比他大的慕容泓是侧室妃嫔所出，反而是沾了他的光，也在那时才被一并封王。燕国未灭时，慕容冲虽年幼，地位却在慕容泓之上。

只是如今燕室覆灭，慕容泓拥兵自重，除非慕容暐重践帝位，慕容泓绝不可能将兵权交出。兵力较少初经大败的慕容冲，自然不得不受庶兄节制了。这一点，高盖先前便已看得透彻，早和碧落提及。

即便如此，以慕容冲的身份，慕容泓不亲去迎接，总是说不过去。

可如今慕容泓醉成这样，一两个时辰内，如何能够醒来？

碧落只听得慕容冲平安，心怀立时大畅，听得诸将议论纷纷，走到帐外，端来满满一盆清水，在众人的惊呼声中，将水一下子倾泼到慕容泓身上。

她看也不看在水泊中晃着脑袋的慕容泓，丢了木盆，向目瞪口呆的众将说道："诸

位将军都看到了，我给他端洗脸水，是他自己打翻了水盆。"

她说着，径冲出帐去，跳上骅骝马，往营帐外奔去。

山色苍翠里，她终于看到了那队骑兵。

被丢弃了十四年的燕国纛旗，鲜红闪耀在山道上，也映红了纛旗下那张风华无双的面庞。

身披重甲，手握银枪，满脸憔悴风尘，却不改容色绝世，目若流光；待见到冲向前的素青人影时，那流光中泛出波澜悸动，刹那如涌。

前方的骑兵已不由得分开一条路，让给那青衣素衫冲过来的女子，有些惊怔般地望着那女子映亮了整队骑兵的嫣然微笑，以及让人望之生怜的满面泪痕。

那一刻，泪与笑，都足以倾城。

慕容冲也想那般笑，那般哭，但他终究忍住，只是略带矜持地向碧落伸出了自己的手。

碧落握住他的手，正欲调转马头，与他并辔而行时，慕容冲的手一紧，将她猛地一拉，碧落已离了自己的马匹，跌落到慕容冲怀中。

"碧落……"

慕容冲吟哦般低低地唤。

他熟悉的气息在山林芳郁的空气中萦绕，那浅浅笑容若月光般冲走了暑日的酷热，甚至比任何女子的笑容，还要清美静雅几分。

"冲哥……"

碧落失了魂般呢喃着，软软地靠在慕容冲的肩怀中，也感觉不出铠甲甲片的坚硬硌人，晶莹的眸子如明珠闪耀，倒映了空中的云彩，如大朵大朵盛开的春日鲜花。

但慕容泓还是没有出迎。

在碧落怀疑自己是不是没泼醒他时，高盖已领了宿勤崇、段随、韩延等主要将领迎上前，笑道："殿下，济北王殿下中午多喝了几杯，头疼得紧，遣我等代为出迎。"

慕容冲的身躯不过微微地一僵，唇边的清浅笑意不改，温和道："诸位辛苦了！请领我去见四哥吧！"

他下了马，吩咐慕容永安排全军扎下营来，自己携了碧落，与高盖等人介绍寒暄了，且说且笑，一路行往中军营帐。

碧落靥生红晕，明眸含情，小猫般依在慕容冲身畔，也不听他们都在讲些什么，只是眷恋地向慕容冲的面庞凝睇，生怕下一刻再也见不到他一般。

段随低笑道："高将军，今天碧落姑娘似乎变了个人。"

高盖含笑不语，却也松了口气。

碧落身负武功，并不是个善主儿，慕容泓又是那样的火烈性子，两人凑到一处，着实让他捏把冷汗，如今慕容冲的态度，显然将碧落当作了自己的女人，慕容泓再不能将碧落随便叫去侍奉，二人便少了针尖对麦芒彼此伤害的危机了。

众人行至中军营帐前，正听得里面惨叫连连，一名亲卫扶了一名中军将士抱头逃出，俱是满头鲜血，给打得皮开肉绽。

宿勤崇定睛一瞧，却是自己帐下的一名司马，忙问道："怎么了？"

司马苦着脸道："殿下方才召属下问粮草筹集得怎样，末将告知目前粮草仅够十日之用。殿下便怪末将无用，这个，这个……"

高盖苦笑道："怕是酒已醒了。"

宿勤崇哼了一声，道："算了，下去养着吧！"

眼见二人一路滴着血离去，众人各自暗叹了，方才入帐。

慕容泓果然已看不出醉意，正埋头看着舆形图。慕容冲上前见礼，微笑道："四哥好，小弟来了！"

慕容泓并未抬头，如没听见一般，竟将慕容冲晾在当地。

高盖一皱眉，正要上前打圆场时，忽听慕容泓拍案喝道："宿勤崇，你怎么回事？让你去征军粮，弄得这么捉襟见肘？"

宿勤崇上前答道："殿下，华阴就那么点地方，十几处堡镇都给搜刮得差不多了，如果不是大败了苻睿军，收集到不少军粮，咱们陷在这么个地方，早就没吃没喝了。"

慕容泓怒道："你这是怪本王统军无方？近处无粮，远处也无粮？明明便是你失职，偏找出这许多理由来搪塞！来人，拖下去，打三十军杖！"

一旁的亲兵不敢怠慢，立时来了三四人，将宿勤崇拖了下去。宿勤崇一路叫道："殿下，殿下，你这是不讲理！太不讲理……"

第三十六章　诉衷情　月解重圆星解聚

众将都知慕容泓近日暴虐，求情更是火上浇油，只是默不作声；慕容冲迟疑一下，甩开碧落暗示着拉他的手，上前笑道："四哥，小弟一路过来，发现这一带的确已罕有人烟，不如……"

"闭嘴！"慕容泓叱道："本王还没问你呢，怎么初次遇敌，便这等惨败？"

慕容冲低了头，敛颜道："的确是小弟初次带兵，指挥失当的缘故。"

"还有多少人马？"

"步兵基本败亡，八千精英骑兵尚在。"

"嗯，初遭大败，那些骑兵必定人心涣散，不如编入我的中军节制，也好跟在中军后面好好学学，什么是打仗！"

慕容泓敲着案几，盯紧慕容冲。

慕容冲身后的亲卫都已有了愤愤之色。乍遇强敌，慕容冲虽是不敌，牺牲的大多是临时招募的鲜卑游民而已，却将多年来辛苦建立的这支精骑兵保存下来，并突破合围，渡河而来，一路筹划得极不容易，慕容泓竟一口便要兼并下来。

碧落上前一步，握了剑柄，只待慕容冲一句话，便预备和慕容泓翻脸了。

谁知慕容冲看也不看身后的动静，依旧笑得云淡风轻："如此最好，弟在渡河之际为流矢所伤，兵马交给兄长统率，正好可以放心养伤。"

慕容泓见慕容冲谦和恭顺，神色略霁，打量着一身重甲的慕容冲，声音低了下来："伤在哪里了？要不要紧？"

慕容冲将手搭于腰部，抚了一抚，道："渡河后休息了几日，已不碍事。"

慕容泓见那腰间明显鼓出一块，显然还包裹着，并未痊愈，不耐烦地摆手道："快，回你帐篷里休息去，没事别乱走动。"

慕容冲领命告辞时，慕容泓忽然又叫住他："凤凰，那丫头是你的人吗？"

慕容冲回头，只见慕容泓正与碧落对视，两人都是相看两相厌的神情，诧异道："兄长是指碧落？她从小儿就跟在我身边了。"

慕容泓含怒道："你能不能别弄那么刁蛮的女人在身边？看把你自己管束成什么样的娘娘腔了？"

"哦？"慕容冲仿佛没听出慕容泓话中讥讽之意，迷惑地望一眼气得满脸通红的碧落，点头道："她的性情是倔强了些，我回头好好管教她。"

碧落再吞不下这口气去，丢开慕容冲，预备和慕容泓说话时，忽听得慕容冲带了几分漠然，低低唤了声："碧落！"

碧落心中一悸，立时顿住脚步，转眸见慕容冲望着自己，神情冷淡，眸中却带了若隐若现的缱绻，不觉怒意尽去，温顺地走过去，由着慕容冲拉住自己，缓缓走了出去。

慕容泓望着两人紧紧相携的双手，再说不出是怎样的滋味，挥手令众人一齐出去。

高盖出来，见二人尚未走远，忙跟上去，苦笑道："中山王殿下，近日济北王心情不太好，殿下要多担待些。"

慕容冲微笑道："我们是兄弟，他又比我年长，有什么可计较的？"

停了一停，慕容冲又道："中军是由高将军协领吧？我从平阳过来，带了几个随军大夫都不错，渡河后又收集了不少药材，高将军可以传了他们，去给刚才被责罚的几名将士医治医治。这天气炎热，伤口很容易化脓，需尽快处理才好。"

鲜卑军人驻华阴已久，几场大战后粮草医药俱是不足，高盖闻言也是精神一振，忙应了，又叹道："济北王这脾气不改改，总不太好。"

一时慕容冲住入自己部属搭好的帐篷内，他才取下自己的盔帽，碧落已习惯地走来为他卸甲解衣。盔甲落地，碧落已将手搭上了他腰间紧裹的伤处。

慕容冲柔声道："不疼，真的。"

如果不是实在伤重难行，他又怎会拖到今天才赶来华阴？碧落吸一吸鼻子，轻声道："让我瞧瞧吧，天热，裹在盔甲里，怎么受得了？"

慕容冲轻轻一笑，低声道："他虽笑话我，可你该知道的，我日夜练武，哪里娘娘腔了？只不过生得……"

"只不过，我的冲哥生得倾国倾城，谁也赶不上！"碧落笑着说了，将他扶到茵席上躺下，揭开小衣和绷布查看伤势，果然伤势不轻，狰狞伤口周围一片红肿，正往外渗着血水。

碧落想着他这么重的伤，居然赶了这么远的路，不由得心疼得差点掉下泪来，忙取了清水和药来，帮他清洗伤口，重新敷药。

慕容冲见她泪盈于睫，待她敷好药，一勾她脖子拉她躺下，轻轻吻去她的泪珠，眼波柔若春水，呢喃着低骂："傻丫头！"

碧落抬一抬头，面庞滑过慕容冲挺直好看的鼻，唇与唇轻轻一触，两人俱是一阵酥麻，胸臆间尽被某种美好又充满渴求的情绪塞满。

"碧落……"慕容冲将她兜到怀里，绵绵地在她的唇边碾磨缠绵着："我想你，想你，真的想你……"

分开了那么久的岁月，在慕容冲真情流露的那一霎，迅速被拉近抚平，几乎看不到裂痕。

如果这分开的两年，只是心如死灰的空白岁月，那么，他们之间应该根本没有裂痕吧？

带了几分战悸，碧落深深呼吸着自己想念了多少个日夜的男子气息，一遍遍地抚摩着他坚实的肌肤，唯恐眼前只是梦，唯恐梦醒来，自己依然在秦宫之中，孤零零的一个；又恐慕容冲知晓了自己的身世，会毫不犹豫一脚将自己踹开，然后将自己一剑刺死。

不过，她是不是该怀着期望，期望慕容冲永远不知道她的身世？

毕竟，她刚回宫便跑了出来，苻坚根本没机会将她的身世公诸天下，即便秦宫之中，怕也只有张夫人等极少的几个人知道。在听说碧落离开后，他们一定会守口如瓶，以免苻坚之女这个身份，会给敌人抓住把柄，也给碧落本人带来危险。

如果是那样，她便可以安然地待在慕容冲身畔，直到他……席卷三辅，血洗长安，涤尽耻辱？

可假如他败了，无法完成他的心愿怎么办？

或者，他赢了，那么，苻坚怎么办？那是她……想否认也否认不了的父亲！

也许，他给夺去了兵权也是好事。他报不了仇，伤不了苻坚；即便败了，如果他肯的话，当日她和杨定待过的小山村，换成他们两个去住，一定也会很幸福，很幸福。

觉出怀中人神思不属呼吸渐粗，慕容冲轻轻放开她，含笑问道："怎么了？"

"没……没什么。"碧落慌忙掩饰："我只想着，慕容泓这么迫不及待地把你兵权抢了，到底是什么居心？"

慕容冲眸中一道讥讽闪过，淡淡道："由他闹去吧，我训练了好几年的骑兵，是他一句话便能抢得了的？"

碧落便知慕容冲依然有法子将那八千骑兵握在自己手中，也说不清自己是高兴还是担忧，只默默依在他怀里躺着。

不过慕容冲还是有些疑惑："只是，他现在怎么如此浮躁？以前性子虽是不好，也不见这等暴戾。"

碧落不屑而恼怒地哼了一声，便将释雪涧之事一一说了，待说到释雪涧受辱自尽，留下让慕容兄弟回关东的遗言时，慕容冲双眼已经合上好久了。

碧落以为他倦极而睡了，恐他着凉，拿了件袍子覆在他身上，正准备起身为他做些可口的点心时，忽听慕容冲问道："碧落，我不是让你一闻苻坚败讯，便赶回平阳吗？怎么后来反去了南方？我听说你莫名从宫中离去，一直以为你出来找我了，可等来等去都等不到你。"

碧落极少说谎，方才的掩饰已是勉强，此时突被问起此事，顿时手忙脚乱。

而且，慕容冲说，他曾等她，等来等去等不到……

她更不知该如何回答了。

慕容冲半天听不到回答，黑睫一颤，已然张开眼，眼神渐趋复杂："难道我猜对了？"

碧落心头乱跳，吃吃道："猜……猜对什么？"

慕容冲坐起身来，低了头，许久叹息道："你是因为杨定想去前线一逞身手，才跟着去的，对不对？那日在五重寺，我便看出来了……"

碧落再想不到他想到那里去了，慌忙道："不是……不是，我跟杨定没什么……"

话没说完，又闭了嘴。

真的没什么吗？曾经那般亲近地住在一起四个多月，后来回到宫中依然留恋着他的温暖，差点被他逗引得失了清白。他们真的算没什么？

慕容冲见她满脸通红，眼眶里也蓄满了泪水，半天不能说话，不觉叹了口气，温柔地将她拥在怀里，低声道："我不怪你，是我不好。我把你丢在那个吃人的地方，一丢就是近两年，一个亲人也没有。杨定……如能让你多笑一笑，我……我不计较……"

他说得虽是轻松，可最后一句已经带了巍巍的颤音。

纵然万人讥笑于他，甚至连他为之付出的亲人也瞧不起他，他骨子里还流着鲜卑慕容如草原雄鹰般不羁的血液，他是真正的鲜卑男儿，容颜如玉，却铁骨铮铮。

碧落抱住他的头，终于急得滚出了眼泪："冲哥，我真的……没和他怎样。不然……你可以试试，我的身子……是干净的。"

慕容冲静若寒潭月影的双眸蓦然睁大，如有旋涡激荡，忽然"嗤"地一声轻笑，一张俊秀的面容如白莲摇曳，令人心荡神驰。他在她颤抖着的唇边温柔地亲了一亲，在她耳边低低道："你欺负我伤了腰，动不了你吗？不害臊的丫头！"

碧落大羞，只往他怀中乱躲，泪意不觉便收了。细细碎碎的快乐，迅速从每一处血液中钻出，奔涌。

她没有听错，慕容冲在和她开玩笑。

那个从来只温和矜持微笑的慕容冲，那个从来不曾真心笑一笑的慕容冲，那个被仇恨压得看不到光明的慕容冲，居然在和她开玩笑！

一时二人亲昵够了，慕容冲也不许她走，将她圈在怀中，感受那纤巧温暖的身躯，以及那身躯对自己的依赖和留恋，平静而诚挚地说道："碧落，我不会动你。我不会让人瞧不起你，说你是万人瞧不起的佞幸臣子的女人。我会用苻坚的鲜血，来向天下证明，证明我慕容冲是个谁也不能轻侮的好男儿，证明你云碧落的夫婿，是天底下最优秀的男子。"

苻坚的鲜血，慕容冲的誓言，云碧落的幸福……

碧落的身体整个地僵住了，再也不敢抬头，看一眼这积郁悲愤十余年的男子。脑中仿佛抽空了，又仿佛塞满了，尽是这男子的绝世容颜，和苻坚的清隽面庞，交替着，旋转着。种种情绪，欢喜的，震怒的，悲愤的，怜爱的，慈和的，痛惜的……撑得她有种快要爆裂的错觉。

慕容冲觉出了碧落的身躯突然僵硬，却看不到她深埋在自己颈窝的脸庞，只将她更紧地搂着，语音渐渐低沉而感伤："我也清楚，那一天并不容易到来。或许，如同释雪涧预见的，我会败，会死，那么，你可以留着你干净的身子去嫁给旁的好男子，嗯，比如杨定。如果你能开开心心的，即便报不了仇，我也可以了无牵挂地走上黄泉路。"

"别……别说了……"

碧落浑身颤抖，用自己的唇堵住了那所有让她害怕惊悸的话语，泪水纵横交错，迅速将慕容冲的面庞也湿透了。

慕容冲不说了，只抱着他的碧落，带了温柔和宠溺，低低地呢喃："碧落，碧落，我的傻丫头……"

碧落伏在他的肩上，哑着嗓子，抱着隐隐的一点希冀，轻轻地问："可不可以，不要报仇了？雪涧姐姐说，回关东，可保一世平安。我们一起回关东去，或者去别人找不到的地方去，平平安安、开开心心过一辈子。"

这一次，轮到了慕容冲浑身收紧僵硬，握紧拳时的骨骼咯咯响声，那样清晰有力不容置疑地传出。他寒声道："可以。除非我现在就死了！"

天已经黑了，浸透了那张白皙如雪的容颜，也漫过了另一张色若梨花的面庞。

远处，近处，都有夜鸲昏鸦零落飞过，叫声森冷，挟了鲜血和腐尸的气息，缓缓地在山川树木间掠过。

碧落的日子忽然间便安宁起来，甚至让她有种回到平阳太守府的心境。

除了慕容冲，她什么也不想，或者说，什么也不敢想。

一如当年，她小心翼翼地照顾着慕容冲的生活起居，以慕容冲的喜乐为喜乐，以慕容冲的悲伤为悲伤，仿佛她就是当年那个除了慕容冲别无亲人的云碧落，完全不记得她还有个父亲，有个慕容冲恨之入骨的父亲。

只要慕容冲不知道，他们就会这样过下去，一直这样幸福地过下去。

对，是幸福。

唯有失去，才懂得珍惜拥有。

她曾经失去慕容冲，甚至担心着还会再失去慕容冲，所以她几乎握紧了每一刻与慕容冲的相处。

慕容冲也曾失去她，并且为自己当年的无情深感愧疚，在看清楚自己的情感后，同样将碧落视同瑰宝。他投向碧落的每一个眼神，都温柔缱绻得让碧落如在梦中，害怕这一切镜花水月般不真实。

他是慕容冲，永远清雅微笑温和有礼，却永远不肯让人看清自己的慕容冲。心比天高，恨比海深。

碧落深知这种改变，对慕容冲有多么艰难。她不敢让慕容冲失去，不敢让慕容冲痛苦，所以不敢让慕容冲感觉自己的异样。她只能把什么都忘了，专心做爱着慕容冲的简单女人。

爱多久，幸福多久，似乎并不重要了，至少，他们现在都幸福着。

慕容冲依旧在养着伤，闲着时带了碧落到各军将领处走动，帮着做些安排粮草驻地之类无干紧要的事务。

高盖、段随、宿勤崇等众多将领见他从不端皇族的架子，待人温和有礼，颇恤将士疾苦，恰与慕容泓形成鲜明对比，都对他很有好感，混熟后甚至常会向他抱怨济北王待下严苛，他也常会去见慕容泓，为下面的官兵求求情。慕容泓高兴时便应允他，可大部分时候都把他痛骂一顿赶出帐去，半点不见手足情谊。

尤其，当慕容冲带了碧落去见他时，慕容泓几乎没一次不翻脸。

"凤凰，你什么时候能争气些？"慕容泓毫不客气地指斥："一天到晚游手好闲，只知风花雪月，这都是符坚教你的？"

一次次无来由的指责，令碧落好生郁闷，而慕容冲却不许她发作，只是沉默着听他训了，然后淡淡离去。

将领们闻知，也大为不平，虽不敢提及慕容冲的那段往事来，背后却已议论纷纷，都道慕容泓太过冷情，他自己何尝不是臣服符秦，当了小小一名长史。国祚倾覆，大丈夫本该能屈能伸，伺机东山再起。

这日又给慕容泓劈头训了一顿，慕容冲沉静步出军营，却拉了碧落上山，一路飞跑，直奔得满头是汗，慕容冲方才停了下来，苦笑道："我四哥不会喜欢你吧？这模样倒像吃醋一般！"

碧落也纳闷，却绝不认可这个猜测："不对，他喜欢雪涧姐姐那么久，哪有那么容易便忘怀？"

特别是亲手害死了自己的心上人，只怕他这一辈子也不会忘记释雪涧了。

说这话时，他们正在华山一座背阳的山坡上。

天很高，万里无云，炽热的阳光留在了山的另一面，将眼前的天空映得更加如软琉璃般夺目。山坡对面，遥遥一川瀑布，雪练般冲下，带起蒙蒙雾气，明亮青翠的山色便有些模糊。

碧落倚着一棵老松坐了，遥望着瀑布山色；慕容冲卧于石间，枕着碧落的腿，仰望高空，喘着气，咬一株带些甜味的青草，慢慢地嚼着。

许久，慕容冲微侧过身，伸出手，揽了碧落的腰，秀而长的眉抬起，低低地笑："也是，我们分开那么久，尚且只记挂彼此，他刚历了生离死别，怎会再对你动心？"

碧落垂下眼，看着慕容冲轮廓完美精致的面庞，忍不住又伸手去抚摸。触着那光滑的肌肤，又觉不好意思，悄悄缩回手去。

慕容冲叹口气，闭了眸，一抬腕，已抓住她的手，靠住自己面庞，不经意般道："若只你对我动心，我便是你的，便如你只属于我一般。"

当着碧空澄澈，青山如屏，这算是海誓山盟么？

"冲哥，"碧落犹豫着，心中七上八下掂量了良久，终于道："我也只属于你。不过，如果有一天，你杀了我，千万别变成慕容泓这样疯的人，一定要……找个比我好十倍的女子，陪你过下半辈子，开开心心地过下半辈子。"

慕容冲不由得又睁开眼，琢磨地盯住碧落。

碧落依旧黑黑的眸子，倒映着慕容冲的影子，温软如醉，再不掩如痴情意。

"傻丫头，你说什么呢！我便是自己死了，也不会让人伤着你，更别说……"慕容冲笑了笑，与碧落十指交握，掌心相贴，默默地让她感受自己的怜爱和疼惜。

他虽聪颖，但终究判定碧落只是沾惹了普通女孩儿怀春时的多愁善感。他有太多的心思和情绪，从小便习惯性地压抑着，连跟随他的碧落都跟着学会压抑自己，冷漠得不愿让除了他之外的任何人靠近自己。他不知道这对碧落来说是好事还是坏事，但现在，他宁可碧落恢复女孩儿的本性，不愿再去责怪她的软弱和多疑。

或者，这是他唯一可以为她做的。

毕竟，仇恨只是他一个人的。可他差点为了自己的仇恨把她都牺牲了，让自己后悔了近两年，让碧落痛苦了近两年。

如果能补偿，复仇这个包袱，他便自己背了吧。无论成败，碧落还能微笑着，微笑着活下去。

碧落不敢多说，只是贪恋地感受着慕容冲掌心的温度，笑容中的爱惜，直到，一群山雀从坡下飞掠向另一处山峰。

慕容冲坐了起来，侧耳听着由远及近的马蹄声，看着一行数骑在树荫掩映间飞奔而过。

碧落笑道："怕是哪里的军情送来了。你去瞧么？"

慕容冲淡淡一笑："济北王不喜欢我游手好闲，更不喜欢我插手军务，让他自己去决断吧！"

碧落大是不满："可这样处处受人掣肘，以后可怎么办呢？"

慕容冲微微眯了眯眼，似觉得太阳太过晃眼。然后，他捡起一根树枝递给碧落瞧："看，这是白杨的树枝。"

他举起，在身下的岩石上一磕，坚硬的树枝顿时折断成两半。

碧落迷惘道："这树枝很硬啊，不过禁不起用力拗折。"

慕容冲清雅的面容上又闪过了惯常的微笑，温和无害："是，杨枝硬而易折，柳枝则屈而不断。"

碧落恍然大悟："冲哥，你……你有意在放纵济北王的骄纵！他那等刚硬而又暴戾的性子，怕……怕早晚会有人用力拗折！"

慕容冲笑而不答。

而碧落心底忽有一道冰水浸过，不由喃喃道："可冲哥，济北王……是你兄长！"

慕容冲闭上眼，又是风华绝世的一笑："对，我这个兄长不断告诉我，我丢尽了慕容家的脸，我没资格领兵打仗，只怕……他还觉得我不配比他幸福。"

慕容冲挽着碧落站起，对着沉沉的山影，低叹道："所以，他才看见我们在一起便不舒坦，即便我已一无所有。"

是这样吗？

碧落惘然地想着。

也许是吧？

现在的慕容泓，手握十余万兵马，虽是威风凛凛，可看起来的确很孤单。

那两粒被他扣在脖子上的透明舍利子，看起来极像两滴眼泪，随时随地会滚落胸前的两滴眼泪。

第三十七章　撷芳词　泪尽罗衫春已空

傍晚，他们才回到营帐，便有中军营帐的亲兵过来相请，说济北王有要事相商。

慕容冲皱眉问那亲兵："什么事这么急？近日我乏得很。"

亲兵压低了声音："听说皇上给秦王逼着，写信劝降招纳咱们。但方才济北王和高将军在信件中发现了夹层，似乎皇上另有密旨呢！"

慕容冲眸中若有流星划过，一瞬的光芒转瞬而逝。噙一抹轻笑，他拍了拍碧落的手，低声道："不许睡了，等我回来！一定有好消息告诉你！"

当着外人，他那皎若明月的面庞几乎与碧落相触，让碧落脸上一阵烧红，更显殊色绝世，且多了几分女儿家的娇羞可爱。慕容冲眸光晶莹，再忍不住，飞快在她面颊轻轻一吻，迅速步出，眉宇间尚凝结着两情相悦的幸福与欢愉。

他走了好久，碧落才从那种身处云端的飘浮感中回过神来，含着笑，一边收拾叠放着为慕容冲洗净晾干的衣物，一边静思慕容冲所说的"好消息"。

释雪涧死后，对于回故国关东，还是攻秦都长安，慕容泓似乎更加举棋不定，而诸将对于久滞华阴已有诸多异议。慕容泓遂遣使至长安，致信苻坚，意谓慕容氏已经中兴燕国，要求苻坚交还大燕皇帝慕容暐。

慕容暐原是燕室之主，若慕容泓带了十余万大军辅助慕容暐回到关东，纵然慕容垂占了半壁江山，也不得不认可侄儿的正统名分。慕容泓皇室至亲，手握重兵，到时自当位高权重，诸将也少不了封赏，如此军心可定，也可如释雪涧所愿，不在关中自取灭亡。

算来姚苌已反，与慕容泓俱在关中腹地为乱，苻坚交出慕容暐，正好可以遣开慕容泓部，专心对付姚苌，该是两相有益的事，所以慕容泓说出这个主意时，是得到了众将

一致认可的。

慕容冲是最不甘就此回关东的人，他却附和着众人之议。碧落分明捕捉到，他的眼底有一抹意味深长的冷笑，当时便心中一凉。

只有在符坚身畔待过的人才知道，符坚同样骄傲，骄傲得认定自己有能力控制众多降臣，一意孤行放任着慕容氏和姚氏的壮大；当这种骄傲被挑战时，他绝对不会选择屈服。

果然，符坚居然叫慕容暐写了招降信来。

只是慕容暐再懦弱无能，也不愿把弟弟好容易建立起来的鲜卑部众就此葬送。他明里一套劝降书，暗里那套，必定是劝进书！

慕容冲说的好消息，多半是指慕容泓无路可退，不得不西进长安，与符坚正面交锋。

碧落一阵阵浑身发冷，连慕容冲那忘情的耳语和亲吻带来的幸福感都觉越来越淡薄。他的兴奋甚至忘情，分明只是因为有了杀符坚的机会！

而碧落呢？

符坚，慕容冲，她该怎么面对？怎么选择？

她在帐中燃着草烟熏蚊虫，并不意外地发现，蚊虫给熏走了，她自己也给熏出了满眼的泪水……

但慕容冲很久都没有回来，久到碧落从混乱的思绪不得不转到对慕容冲的担忧上来。

她步出帐篷张望时，四处的篝火都已灭了，显然大部分兵马已经沉睡。天高山月小，夜黑星子明，喧闹了一整天的蝉噪声杳然无踪，不知何处的山崖野树里，传来一声声近乎凄厉的猿鸣。

深一脚浅一脚，沿了崎岖的路面，她走到了中军营帐前，看到了帐中还燃着灯，才略略放心。

"谁？"已有守卫警惕地高声喝问。

"是我。"

碧落答着，走到他们跟前，才低声问道："中山王还在帐中么？"

"中山王殿下么？离开有一两个时辰了！"守卫自然认识碧落，答道："走的时候似乎不太高兴，脸都白了。怎么，没回去么？"

不是说有好消息吗？

碧落心下着忙，说道："哦，我再找找，可能去了别的将军那里。"

转身欲走时，忽听帐中慕容泓唤道："是碧落？进来！"

一见惊动了慕容泓，碧落大是头疼，只得按了按腰间的流彩剑，缓缓地踱了进去，上前客气而冷淡地见礼："拜见殿下！"

慕容泓正在擦拭着他的赤宵剑，闻言住了手，一双锐利的眼睛盯着她，神情极是怪异，说不上是可怜，还是讥嘲，好一会儿，居然淡淡地笑了笑，说道："不敢当，坐吧！"

不敢当？

这天底下，还有这个暴烈男子不敢当的？

常人目为仙子般的释雪涧，他照样想污辱就污辱，想践踏就践踏！

不想和这人多作纠缠，碧落简洁挑明来意："我是来找冲哥的，听说他已经走了，正准备去别处寻他。"

慕容泓点点头，拿粗布继续擦着剑，说道："他现在……应该在想一些事吧？等他想明白了，自然就回去了。你不用担心。"

碧落不由得急问："他……他遇到什么事了？"

慕容泓没有回答，却闲闲说起了不相干的往事："其实，我小时候挺嫉妒慕容冲的。他虽比我小两岁，却比我聪明，比我俊美，更比我尊贵。从小到大，有他的地方，从来没有人注意到我。不管是父皇，还是皇兄，从来不舍得说他骂他一句，有什么好的事情，第一便想到他；那一年大司马一职空缺，皇兄明明知道他才十岁，根本不娴兵法，还让他担任了这个位列三公手掌实权的职位。当时我便想不明白，他到底好在哪里了？就凭他的母亲比我的母亲地位高？就凭他性情柔和容貌俊美？"

剑锋已经给擦得很亮了，剑身的光芒蕴了淡淡的赤红，若有火花浮动。慕容泓白净的面庞被剑芒映照，亦染上了殷色的剑气，微带嗜血的狰狞。

"可……冲哥对济北王殿下向来尊敬得很，从不曾说过半句不是。"碧落坐直了身躯，下意识为慕容冲开脱。

慕容泓居然笑了笑："我也没说他不好。一降秦，他的优点反成了让他遭受覆顶之灾的根源。从那时起，我便不嫉妒他了，却很恨他，恨他为什么去承受那样的奇耻大辱！他从小千人宠，万人敬，看来虽是温和，早给纵出了十分傲骨。就为了慕容氏的生存，他便把自己的傲骨消磨殆尽，甘心去侍奉苻坚那老贼？换了我，我宁愿玉石俱焚。管他什么家族，什么皇室，都不如保全自己的骨格清贵更重要！这么个没有傲骨的弟弟，真的让我……很失望！叫他起兵，他给杀得大败；收他兵权，他若无其事；骂他损他，故意排挤他，他无动于衷；他还贪恋女色，心里眼里，只剩下了一个你！"

他将宝剑掷于案上，沉沉叹道："我从小攀比的弟弟，居然变成这么个没用的东西！如果不是因为你是雪涧的好友，我真想连你都杀了，看他还迷恋谁！"

碧落越听越不对劲，呼吸都已不甚均匀。

错了吗？

这一向以来，她的感觉，慕容冲的感觉，都错了吗？

原来这世间最大的距离，不在时间，不在空间，而在人心。

慕容泓与慕容冲两人，明明是骨肉兄弟，却身在咫尺，心隔天涯！

她不安地捏紧身下的茵席，模糊地答道："殿下，我看……有时间你们两兄弟得坐下来好好聚一聚，谈一谈……"

慕容泓轻捻着脖中的两粒舍利子，盯着碧落，眸中蕴过一抹笑意，说道："我会找机会说他的，不过，先等他把自己的事处理好吧！"

这人果然自大得很，碧落明明让他们兄弟坐下来谈，从他口中说来，成了他要尽兄长责任教训慕容冲一般。

但他后一句话是什么意思？碧落抬起头，正要问时，慕容泓已取出一张极薄的绢纸，说道："今天我们收到了京城的两封密信。其中一道是皇兄给我们来的密旨，让我们不用顾念他的安危，努力成就大业，以吴王慕容垂做相国，以中山王慕容冲为太宰，兼大司马，以我为大将军，兼司徒，重建燕国，承制封拜。若他遇害，则由我继承皇位。其实若论嫡系的承位序列，本该是凤凰优先。我倒要看看，有了皇兄的旨意，他还这么风花雪月下去吗？若他真的争气些，这皇位让他也不妨……我没了皇后，要这皇位有个屁用！"

他不屑地笑了一声，提过宝剑，凑上青铜烛灯，将剑锋明锐的光芒逼向碧落，逼得碧落不得不侧过头，用手去挡那道绚烈的光线。

等她终于能抬头时，慕容泓已将赤宵剑插入剑鞘中，警告地向碧落瞪了一眼："他既然没回去，自然在想着你的事了。若他对你怎样了，我劝你还是学乖些，少拿对我这一套来对付他！若他明日少了一根头发，我都要你的命！滚！"

若是换了以往，他这样威胁凌迫的态度早让碧落怒火冲天，刀剑相向了。

可如今听了他这番话，虽然多有不解之处，碧落再也没了半点敌对之意。

假面遇假面，误会叠误会，这两个性情截然相异的兄弟，彼此试探算计，到底谁比谁更激烈，谁比谁更阴戾，谁比谁更心机莫测？

匆忙退出慕容泓帐篷时，她才觉出慕容泓最后的话语简直是莫名其妙。

便是慕容冲迷恋她，和振作起来当复兴燕国的太宰大司马有什么关系？为什么慕容冲要想她的事？又为什么会对她怎样？而她又怎会用对付慕容泓的态度，去对付爱得刻骨铭心的慕容冲？

她摇摇头，紧了紧单衣，往自己的帐篷走去，不想再回去和这个男子打交道，——即便已明白他其实对她和慕容冲并无坏心。

只不过，她终究还是忘了一件事。

慕容泓说，收到了京城两封密信；而慕容㬂的密旨，只是其中一封。

回到帐篷前，掀开帘子，已闻着浓重的酒味传出，而碧落一看到那月白的人影坐于茵席上，一颗心还未及放下，便又提了起来，失声唤道："冲哥，你怎么了？"

慕容冲脸色苍白，正在案前的烛火下，将一堆颓碎的纸片抖索索地拼起，拼得极认真，极专注，被碧落一唤，似猛地受惊，一扬手，飞景剑脱鞘而出，掠起案上的碎纸，如白蝶纷纷，随着凌厉的剑气，直逼碧落的喉间。

碧落大惊，侧身闪过，高叫道："冲哥，我是碧落！"

慕容冲一定喝醉了，他一定喝醉了！

他似根本没听到碧落的叫声，一剑落空，更不停留，斜劈而下，白蝶也随之纷然而下，惨烈如一场盛大而无声的祭奠，飘摇在凄厉而冰冷的剑光中。

碧落的剑法倒有一大半是慕容冲亲授，眼见慕容冲疯癫了一般，惊得手足俱软，勉强躲过一剑，再闪身要避时，已经跌倒在地上，被慕容冲用飞景剑刺向咽喉要害，犹不知拔剑自卫。

咽喉处一阵刺痛，已觉出热流涌出，碧落怔怔滴下泪来，犹自茫然地低喊："冲哥，冲哥……"

慕容冲的眼眶中，亦是大团的热泪，盈成一团，被长睫裹住，尚未落下；那风华绝世的面庞，如同被击碎了的白莲，连痛楚都是苍白而破碎的，在幽幽烛光里如此明晰而刺目。

划破肌肤的剑尖在碧落的咽喉处颤抖，再深几分，便可封喉夺命，却在碧落的低喊声中顿住，再也刺不下去，反而一分一分，缓缓拔离。

无力坐倒在地，飞景剑颓然落地，慕容冲的眼角，缓缓淌下泪滴，真真切切地滑下面颊，直直地打到了碧落的心头。

不顾脖颈处的疼痛和蜿蜒顺胸流下的鲜血，碧落坐起身来，惊慌地抱住慕容冲，失

声问道："冲哥，冲哥，你怎么了？怎么了？"

慕容冲额上渗着密密的汗珠，低喘着气，望着鲜血逐渐把碧落的青衣浸湿，忽然一把将她的前襟揪住，拖到自己跟前，嘶声吼道："为什么骗我？为什么骗我？你居然是……苻坚的女儿！"

碧落脑中轰的一声，仿佛什么东西炸裂开来，他竟知道了？知道了？

流着泪，心疼地去抱这个男子时，她已被他一把捞在怀里，狠狠地咬上了唇，咸甜的血立刻滚入口中，舌尖尽是泪水的涩意和鲜血的腥味，再分不清是谁的泪、谁的血。碧落颤着身子，由着他紧紧地纠缠、碾磨、占有、掠夺，甚至撕咬，恨不能将自己一口吞下。

慕容冲的怀抱也很紧，紧得碧落根本透不过气来，让她不由得想，或者就这样死去，也会是一种幸福。

可唇边突然便一松，接着，她的身体和头部被毫不留情地摔到茵席上，沾了血的衣带迅速地被抽开，慕容冲皎洁的面庞，炽热的身躯，在他带了哽咽的浓重喘息声中，狠狠地压了下来。

碧落咬紧唇，将那声惨叫吞入腹中，却已禁不住，痛出了一头一身的冷汗。

"冲……冲哥……"她低低唤着，努力抑制住自己想逃的生理本能，忍着撕裂的痛楚，去迎合自己最爱的男人。

杨定曾说，男女之事，应该是两个人都感觉到快乐的事。

可为什么，她如此痛楚，而慕容冲看来也如此痛楚？如果女人的第一次注定痛楚，能不能让慕容冲快乐一点，再快乐一点？

持续的疼痛，迅猛的冲击，快被揉碎依然想让对方幸福的身躯……

慕容冲放开她时，她的面色之苍白已经不下于慕容冲，浓黑的长睫不断地悸动着，依然在忍耐着身体的剧痛，却已无力睁开。

脖颈上的血基本止了，可因为不堪那等近乎凌虐的欢爱，另一处又流了很多血，缓缓自光洁的腿部流下。

喘着气，慕容冲将她揽到怀中，略带了几分无力，轻啄着她的面颊，喃喃地唤："碧落，碧落……告诉我，那些不是真的。"

碧落睁开惊惶的黑眸，无措地望着蹂躏了自己，却显得如此脆弱的男子，张了张唇，终于呜咽道："碧落喜欢冲哥。"

慕容冲便笑，满足而又不甘地笑："慕容冲也喜欢云碧落，不管她做了什么，都只喜欢云碧落一个。"

碧落也笑，哽咽地笑着，轻吻慕容冲汗湿的胸膛，轻嗅慕容冲的气息，环着他的腰，低低说道："碧落也喜欢慕容冲，不管他做什么，也只喜欢慕容冲一个。"

慕容冲将她搂得更紧些，两人的每一处肌肤都最紧密地结合相抵着，轻声道："有人骗我，有人在骗我说，碧落是苻坚的女儿，早与杨定有染，回到我身边是别有用心。我知道他们在骗我，我的碧落，明明才是第一次，我的碧落，明明只为我着想，我的碧落，明明从小儿在我跟前长大，他们怎能这样骗我？"

他彷徨的眼睛，直直地望入碧落的黑眸，诱哄般柔声道："碧落，你告诉我，他们在骗我，你根本不是那老贼的女儿。我的碧落从不骗我，碧落说不是，就一定不是。"

碧落不敢说话，只将手臂用力地环着慕容冲，依偎着最后的温暖，一双黑眼睛，同样彷徨无措地畏怯躲避着，如掺进了无数细碎莹白的冰霰。

慕容冲的声音愈发低了下来，如同幼兽被逼到绝境时近乎哀求的低鸣："告诉我，碧落，说你不是……如果你真喜欢我，就这么告诉我，我一定信，一定……"

碧落搬着慕容冲的脖子，贪婪地亲吻着他那惨白却依然绝美的面庞，大颗大颗的泪珠那样不可抑制地涌出，呜咽道："冲哥，忘了那些好么？我的……父亲对不住你，我补偿你……你可以欺负我一辈子，我还会一辈子待你好……"

慕容冲的身躯慢慢僵硬，他吃力地坐起身，想笑，那笑容却比哭更难看。而他的眼神，已渐渐冷锐，如一把坚硬锋利的刀："好，你告诉我，怎么补偿？我是大燕国的亡国烙印，我是慕容氏的奇耻大辱，我是大秦国的饭后谈资，我是长安城的绝世笑柄！'一雌复一雄，双飞入紫宫！'呵呵，连三岁孩童都在竞相传唱的凤凰歌谣啊！你倒是告诉我，怎样才能补偿，让这一切，当作没有发生？"

碧落无言以对，只是流着泪，悲伤凄怆地唤着："冲哥，冲哥……"

慕容冲将脸庞掩入双掌中，好一会儿，才移开手掌。除了眼眸的迷蒙暗昧，他已经恢复了镇定和优雅。

他甚至展露了一个比月光更清逸美好的笑容，才握住飞景剑，抵住碧落的咽喉，轻柔地问道："你还有什么话说？我都会依你。"

望着剑尖凝结的血珠，碧落忽然间也安静下来。

"有。"她低低地说道："找一个比我好十倍的女人，好好爱你，爱你一辈子。"

好不容易恢复的平静，刹那间被击得支离破碎，如被一个浪尖扑进水底的满池月影，迅速失了光华明润，唯余无数撕裂的细碎光影，将人扎到体无完肤。

"呀……"

那一夜，那个帐篷中，传来比夜枭更难听的凄厉悲嚎，惊醒了数万甲兵。

有人说，那是中山王的声音；也有人说，不会，那声音，根本不像是人类发出……

第三十八章　怜薄命　断肠盟言如何诉

符秦建元二十年仲夏，原燕济北王慕容泓，按原燕主慕容暐的密旨，重建燕国，改年号燕兴，任大将军兼司徒。

此时，其叔父吴王慕容垂已在关东建立了一个以燕为国号的政权，与被符秦所灭的前燕相对，被称作后燕。

与后燕所在的关东相对，慕容泓临时在华阴所建燕政权，被称为西燕。

西燕建立后，慕容泓率部众十余万人，西逼长安，索要燕帝慕容暐。

任大司马一职的中山王慕容冲随行军中，腰佩双剑，手握银枪，却不着盔甲，仅穿一袭素白衣衫，跨一匹骅骝马，如同一轮清澄皎月，在大片乌甲中出尘绝俗，风姿无双。

和他一样引人注目的，是紧随他身后的一具棺木。中山王说，如他战死，可即时装入棺木安葬。人皆道中山王怀抱战死决心，此乃哀兵必胜之态。

拔营前夜，中山王慕容冲爱妾云碧落失踪。慕容泓、高盖等询问，慕容冲告知众将，云碧落乃符坚所遣奸细，被他发觉后逃去。众将无不诧异，待要细问时，中山王谈笑晏晏，温雅依旧，并无异常，只得罢了。又有人猜测必是慕容冲动了怜香惜玉之心，悄悄放了她走，否则，以她一己之力，被揭发后怎能从千军万马中逃脱？

燕军西行速度极慢，每至一处城池或稍大堡镇，慕容泓便下令攻入其中驻扎休整，放纵手下掳掠粮草物资，充作军用。因此燕军所过之处，村堡为之一空，人烟几绝。

燕军上下都盼着尽快攻下长安，接回燕帝，好返回关东故乡，如今慕容泓行事拖沓，令诸将很是不满，常有将领到慕容冲处诉说，希望能乘着秦王符坚亲自领兵征伐姚苌、长安空虚之际，赶快将长安拿下。

慕容冲带了诸将去找慕容泓时，慕容泓认为长安城池坚固，不易攻打，只想以兵势威迫苻坚就范，交出慕容暐就罢了。众人无奈，只得随他拖延下来。横竖关中经了二十多年的太平年岁，各处坞堡仓廪充实，攻下一个大堡来，够全军吃一阵的了，只可怜了堡中百姓，一场力量完全不成比例的仗打下来，男子几乎没有活下来的，而女子正好做了燕军酒足饭饱后的好消遣。

这日燕军攻下一处堡镇驻扎了，高盖正和几名将军计算着，自从华阴出发，已经行了近一个月，才不过走了两百里路，像这样走法，不知何年何月才能到达长安。

正叹息时，忽听外面守卫禀报，说有人自称是高将军的义子，在堡外求见。

高盖笑道："莫不是定儿来了？我还以为我反了苻坚，他这辈子都不会再来瞧我呢！"

众将闻言大笑："不如把他也拉了来，从此父子团聚，岂不是好？"

高盖摇头道："他是氐人，从小就待在秦国，恐怕不成。不过大概可以劝劝他，让他离了长安，不要和咱们为敌。"

遂叫人快去请进来。

彼时各方混战，父子、兄弟或亲戚在不同敌对势力之中，也是常有的事。比如慕容泓、慕容冲都起兵叛秦，苻坚把他们的皇兄慕容暐叫去大骂一顿，见他肯写劝降书，便依旧让他留在秦国做他的尚书令，其他慕容氏为官的，也不曾责罚或免职。如杨定这般身在苻秦为官，却有个西燕大将为义父的也不少见。只是在这等紧要关头，能跑来认亲相会，也够怪异了。

一时过来，果然是杨定，依旧一身杏黄的衫子，斜插华铤宝剑，懒散明朗的笑意，拜见过高盖后，便坐在一旁案边，自在地喝茶吃果子，听众将谈笑。

众人猜得杨定此时来找，多半有事，陆续地便告退。高盖拍拍杨定的肩，笑道："秦王不给你好的吃么？瞧你怎么又瘦了？"

杨定大叹苦经："没办法，相思使人老啊，只瘦一圈算是好的了，再找不到我想找的人，只怕我要变成个白胡子老头了！"

高盖失笑道："哪家的姑娘啊，害你弄出这副熊样来？"

杨定将一片切好的西瓜扔到自己口中，方才望向高盖，神情沉寂却坦然："云碧落。"

"碧落！"高盖不觉惊呼："上次便听说你和她的一些流言了，难道是真的？不过她不是早回长安了？怎么跑这里来找她？"

杨定推开窗棂，拿了块瓜皮扔到院中的梧桐树下，赶开两只鸣叫的知了，微眯了眼，问道："义父，你确定碧落已经回长安了？"

"难道……没有？"高盖沉吟道："中山王告诉我们，说她是秦国奸细，我想这碧落姑娘在秦王身边待了那么久，若帮秦国做事，也在情理之中。中山王若是发现了，怕也不忍杀她，该是有意放了她一马，才让她顺利逃脱。不过，她既帮秦王做事，离开后应该会回长安啊，不然，她一个女人家，还能去哪里？"

"是，她还能去哪里？"

杨定苦笑，不由得又想起那个村头村尾开遍桃花的小山村。

碧落应该也喜欢那里。可她既然决定出来，又决定回慕容冲身边，自然不可能再回去。

最关键的是，杨定明知碧落对苻坚心有芥蒂，甚至不肯叫他一声父亲，就绝对不会帮苻坚做事，慕容冲又怎会说碧落是苻坚派来的奸细？碧落那等孤僻而痴绝的性情，又怎堪忍受他这样的无端指责？

高盖并无子嗣，对这个少时便被自己养育着的义子情分深厚，眼见他谈笑之际虽然潇洒自若，但一双明亮的眸子，已经掩不住的焦灼担忧，显然用情已深，遂拍着他的肩，劝道："不用担心，那丫头身手不弱，出不了事。中山王已经不要她，只要你找到，包管能抱得美人归。"

"可我担心……她已经出事了。"

杨定紧按窗棂，怔怔望着窗外郁郁深深的野草，就如这一个多月来他心中的忐忑不安一样，在夏日炎炎酷暑中，疯魔了般往上蹿着。当秦人的眼线禀知碧落失踪，长安又迟迟没见伊人到来时，他终于耐不住，丢下京中事务，也不管两军正处于战时，奔往慕容泓部打探消息。

高盖递过一碗凉茶，笑道："我瞧是天热，你心神难定，自寻烦恼吧？"

杨定捧了茶，一气饮尽了，方才问道："义父，既说碧落是秦王奸细，可有人拿出证据来？中山王说碧落已经离去，那么，有没有人见她离去？她离去前，可曾有过异常行止？"

当日京城传来的密信虽有两封，但慕容泓将关于碧落的那封直接转给了慕容冲，高盖等人只知慕容㬊的密旨，却也不能与杨定提起。

细细回想片刻，高盖也纳闷起来："没听说有什么证据，这毕竟是他们两人之间的事，我们也不好细问。但那日……我们刚商议了西进长安之事，离去时，中山王被济北王殿下单独留下了。寻常济北王很少主动找中山王单独说话，但……那天似乎把中山王留下来谈了好久。后来隐约听说中山王在山坡上喝了很多酒，还有不少人听到中山王酒

后的咆哮……第二日，便听说碧落姑娘离开了……"

他疑惑道："莫非是济北王知道了什么，告诉了中山王？平时中山王对碧落姑娘极是爱惜，一反常态喝得酩酊大醉，便是因为知晓碧落有异心？"

可碧落没有异心，只是有一个她自己根本无法改变的身世而已。

慕容冲看着碧落在自己跟前长大，与她相知相惜，也不会相信碧落有异心。他所不能接受的，应该也只有碧落那个尊贵却可怕的身世而已。

杨定的呼吸渐渐粗浓不定，眼中映了夏日的烈烈阳光，有飓风席卷过沙漠的苍茫和惊惧。

他缓缓转过身，有几分吃力地问高盖："中山王的住处在哪？"

慕容冲虽然不在军中掌权，到底是皇室贵胄，慕容泓秉承慕容皝密旨统率部众，自然也不得不认可他太宰兼大司马这样仅次于自己的地位，虽对他不披甲胄抬棺上阵之举不以为然，总算没当众给他难堪。

以他的身份，攻下坞堡后自然可以挑选最宽敞舒适的屋宇居住。可杨定一路找过去，却大出意料。

那处宅院甚是古旧，既无梧桐，也无翠竹，只有两株槐树枝繁叶茂，绿荫如盖，几乎笼住了小小的院落。杨定候在门外等候亲兵通禀时，只闻着清涩微香的槐花芳郁中，夹杂了古宅特有的霉腐气息，让杨定不由得便猜测，这院中原来的主人，是否早被燕军屠戮尽了？

轻叹一声，正觉无奈之际，听得院中有调弦试音的零落琴声，琤琤悦耳；而亲兵已过来引他前去见慕容冲。

来到正屋前，亲兵侧身将他让进去时，杨定听得慕容冲悠缓柔和的声音传出："你热不热？我弹曲子给你听好不好？《高山流水》、《阳春白雪》，都很能清心静气，你一定爱听。"

杨定几乎立刻断定，慕容冲是在和碧落说话。

那个清雅绝俗的男子，大概只和云碧落一人能那般地亲近。

他冲了进去，差点将"碧落"两个字唤出。

可古朴而潮湿的屋中，除了空落落的几件案席和一副棺木，分明只有慕容冲。慕容冲正微带讶异地望着他，好一会儿才温和一笑，将手中正调着的一架旧琴放下，站起身道："杨将军，别来无恙？"

杨定自知失礼，忙上前相见："许久不见，殿下风采更胜往昔！"

"哦？"慕容冲笑了笑，请他坐了，令人奉上茶来，才道："往日受制于人，每每想起，夜夜噬心啮骨，自然不如现在逍遥自在。"

他瞥一眼杨定，笑道："可杨将军比那年在五重寺相见，倒清减了不少！当日之事，多亏杨将军相助，本王一直想着要好好谢你，可惜始终不曾有机会。"

他的确和原来一般温雅有礼，偏又不失出身皇室的清贵矜持，让人忍不住为之敬服亲近。可他那亲切的笑容后，一双如寒潭清寂的眸子，幽黑得如无底深渊，总让杨定感觉到看不透，便如看不透这世事无常、翻云覆雨一般。

或者因为这屋中的阴暗潮湿与外面的烈日炎炎反差太过明显，明明慕容冲也和普通骑兵常暴走于酷暑之中，他的面容居然更加白皙，那种汰尽了血色的如雪洁白，与这古旧的屋宇显得很不协调。他的一蹙眉，一勾唇，俱是完美无瑕，清逸如仙，甚至让人有恍如身处梦中的错觉。

杨定本也称得上容貌俊朗英挺，可与这样风华绝世、不若俗尘中人的清好男子，却又无法相提并论了。此时，他更是忍不住地叹息："殿下不用谢我。云碧落于我有救命之恩，我绝不可能眼看着她和她最挚爱的男子出事而袖手旁观。"

"最挚爱的男子……"

慕容冲神情微微凝滞，说不出是悲伤还是幸福的一抹笑意，缓缓自眸中荡漾开去。

那是杨定进屋以来，第一次看到他清寂宁谧的眸子有了一点不同的情绪。

他默默打量着慕容冲，忽然之间心都收缩了一下，如被雪水骤然浇过，许久才能透一口气。在慕容冲暗含揣度的注视下，他缓缓说道："殿下，杨定冒昧，可否请碧落姑娘出来见上一面？她与我一起自千军万马中杀出，也算是生死至交，我来探我义父，也很盼着能见她一面，叙一叙旧日情谊。"

慕容冲眉眼不动，纤长有力的手指握紧陶制茶盏，指骨凸起处隐现淡碧的青筋，许久才略略放松。他摩挲着粗制的陶盏，轻轻笑道："杨将军，你来晚了。碧落……已经离开了。"

"离开？去了哪里？"

杨定坐直身体，紧盯着眼前俊美得不像真人的男子，并不掩饰自己灼烧的急怒。

慕容冲缓缓提盏啜了口茶，眸子沉寂无波，连声音也平淡如水："她已长大了，爱去哪里，便去哪里，我不会再管她。"

"你撒谎！"

杨定忽然便失控地高叫，一掌击在案几上，双目灼如烈日。

慕容冲面容蓦地森冷，半带讥嘲地盯着杨定，却不说话。

但闻刀剑出鞘之声不绝于耳，厢房那些本在休憩的近卫已被惊动，各持兵刃冲到门前。锋刃的尖锐光芒被辣毒的日头反射着，毫不容情地投到杨定脸上，只待慕容冲一声令下，杨定休想再活着走出这间屋子。

杨定素来聪慧，哪能不知目前身处敌营，绝不能意气用事？

但他盯着慕容冲腰下的双剑，再也克制不住自己的激动，双掌按于案上，挺直脊梁，一字一顿道："魏文帝所铸三把宝剑，飞景，流彩，和华铤，形制相同。但碧落一直认定，只有流彩和飞景才是一对。不管她去了哪里，流彩剑从不离身，除非……她死！"

慕容冲腰间两把佩剑，形制相同，一把嵌碧玉，一把嵌羊脂玉，正是飞景和流彩。

慕容冲想笑，可唇角牵动了一下，居然没能再露出那如面具一般与他相依相随的微笑来。

沉闷的"噗"地一声，慕容冲手中的陶盏忽然碎了，淡黄的茶水，褐黄的茶叶，伴着殷红的鲜血淋漓而下，迅速污了那素白无瑕的衣衫。

慕容冲低着睑，木然地望着捏碎在指间的茶盏，以及指缝间潺潺而下的黏腻鲜血，竟似无知无觉，不知痛，不知烫，更不知自己失魂落魄，心神无着。

杨定用力地喘息着，努力让自己透过气来，可发出的声音，依然是如此的嘶哑，甚至……有着近乎疯狂的惊恐："你……你杀了她！你已经杀了她，是不是？是不是？"

盯着慕容冲身后那具棺木，那具慕容冲始终带在身畔的棺木，杨定的两眼，再也无可抑制地迸出泪光来。他的脸色，几乎也已和慕容冲一样雪白。

"慕容冲，慕容冲！"他猛地冲过去，便要去抓慕容冲，发了狂般叫起来："这棺木……这棺木中装的，是不是她？是不是她？"

慕容冲一掌斩在杨定抓向自己的臂腕上，避开他的攻击，向后退了一步，颤着唇，抚住了那具棺木。

门外的近卫见机不对，早便高喝着，一拥而入，刀剑齐齐指向杨定要害。

杨定盯着慕容冲和那具棺木，似失了全身力道，由他们紧执了自己双手，将自己迫得无力地跪在地间，禁不住地肩背撘动。含着满眶的热泪，他哑了嗓子带着希冀说道："你不会杀她，对不对？她为了你性命也不要，父亲也不认，连做人的尊严都可以抛得远远的，你怎会杀她？你怎舍得杀她？"

慕容冲张开唇，发出低沉痛楚的一声呜咽，额间大滴大滴的汗水滑落，黏住了墨样的长发。良久，他才抬起空洞的眼眸，挥手示意众卫士退下。

十余名亲卫互视几眼，方才放开杨定，慢慢退向屋外。

这时，慕容冲低低地唤道："小钟……"

其中一名近卫立刻又从屋外跑来，屈身道："殿下，属下在！"

慕容冲无力地顺了棺木倚跪下来，颤抖的手指，温柔地抚摸着那冷硬的棺木，如同抚摸那黑缎般的一头青丝，缱绻而缠绵。

"没事了，没事了……"他空茫地靠住棺木，身体如枯木般僵硬着，像被掏空了灵魂的美丽偶人，空落落地说着："其实我早就知道，早就知道哦……已经二十七天了。最初七八天，只要我同她说话，她便唤着冲哥，低低地哭着，后来，声音越来越低了……从第十四天起，便再也没有过任何声息……我的碧落……"

杨定已经骇得呆了，如给天雷击中般不可思议地定在当场，瞪住慕容冲，瞳仁收缩，再收缩，凝成针尖那样细锐的一道，终于发出一声不成音调的怪叫，猛地扑跃过来，按住慕容冲，一拳接着一拳，狠狠打在他的脸上、胸前，失了魂般惨声吼道："你疯子，你疯子！你……你竟把她活活钉死在棺中，你疯子！你疯子！"

慕容冲没有挣扎，由他疯了般地打着，一拳拳结结实实地砸在自己身上，努力还想挤出笑来，可神情却比痛哭更是惨淡无光："是，我疯了，她也疯了！我把她扔进棺中，让她在里面等我，等我杀了她的父亲，再去陪她。她居然就乖乖地待在里面，真的没有出来……"

杨定满脸是水，分不清是汗，还是泪，打疼了的拳渐渐麻木而无力，连整个身躯都如被抽去了骨髓般软倒在地，只死死地盯着棺木，似要把那楠木的侧板看穿，看到躺在其中的女子。

看看她，是不是还那般色若梨花，冷若寒冰；看看她，是不是还有着很软很温暖的身躯，让人再苦再难，也挣扎着要从奈何桥边爬离，只想去偎依拥抱；看看她，是不是还能或温柔或清冷地连名带姓地唤他，杨定，杨定……

即便在她的心目中，他永远赶不上她的冲哥万分之一，可她还是他想用一生守护的唯一……

她离去了吗？她就这么悲惨无言地离去了吗？

那他还能去守护谁？他还能用这一生去守护谁？

杨定摊开手掌，摊开自己空空的手掌，看着那冰冷的指尖在颤抖着，颤抖着，忽然发出一声狼嚎般的惨叫，反手拔出华铤剑，径刺慕容冲心脏处。

他一定要挖出他的心来，好好看一看，看一看这个碧落倾尽生命去爱的男子，拥有的，究竟是怎样的一颗心！

慕容冲仿佛发出了低低的叹息，惨淡如死的神情瞬间轻松下来。

倚靠于棺木之下，他依稀又听到那女子用只对他一人才展现的如水温柔，唤着冲哥，曳一条天青色的丝质长裙，向他飞奔而来。

盯住那追魂夺魄的明亮剑锋，他竟轻轻地笑了，寒潭样的眸子刹那清明，如刚出世的婴儿般明净得不惹尘埃，又带了种解脱般的欢喜。

……不披战甲，素衣上阵。那悍不畏死的宣言中，有多少是一心求死的痴意流露？

第三十九章　玉簟秋　曾叹情愁花知否

但杨定的迅捷一剑，并没能如他所愿，或者也是如慕容冲所愿，刺达慕容冲的胸膛。

"当"的一声，火星四溅，他的华铤剑被架住了。

竟是方才被慕容冲叫住的侍卫小钟。

他惶急地看着自己的长剑抵不过杨定的宝剑和他愤怒之下的巨大力道，已经缺开了一个大口子，堪堪要断，忙一矮身拦到慕容冲跟前，翼护住慕容冲的身体，对着杨定再次刺来的华铤剑，高声叫道："杨公子，中山王没有杀碧落姑娘！"

杨定剑尖逼住小钟，打着寒战惨笑："我宁愿……他一刀把碧落给杀了！把她活活钉在棺木中等死，他……他到底是不是人？是不是人！"

杨定的剑尖又在止不住地颤抖。

他实在没法想象，一个会说会笑会动情的活生生的云碧落，怎样被最心爱的人封闭在黑暗狭窄的空间，苦苦哀泣，苦苦支撑，然后一天比一天痛苦地枯萎死去。

这一世的泪水，仿佛都在这一刻找到了决口，没完没了地倾泻着，杨定却感觉不出自己的泪，只感觉得到自己的痛，仿佛心口被人剖开，一刀一刀生剜着那颗流泪又流血的心脏，痛得整个身躯快要裂开一般。

努力稳着剑，他已决定要刺穿这个胆敢拦住自己的侍卫，再把慕容冲的心脏刺穿，问问他，知不知道什么才是痛……

可小钟居然也流泪了。

这个年轻的侍卫居然抹着眼泪说道："可棺木并没有钉死！碧落姑娘只要稍稍用力推一把，就能出来……可她始终没有出来……"

"什……什么……"

杨定听不懂，真是听不懂。

小钟护着自己的主人，颤着声音道："棺木上留有出气孔。两天后殿下见碧落姑娘没出来，甚至还吩咐过我，他不在时，可以放点吃的到棺木中。他说他不想见到碧落姑娘……可殿下……其实盼着碧落姑娘可以有力气自己走出来。可碧落姑娘一直没出来，越来越弱……"

杨定手脚一软，宝剑和身躯一起扑倒于地，盯住慕容冲，喃喃道："为什么？为什么？你……你对她说了什么？"

"我什么也没说。"慕容冲瘫软在地上，温柔地抚着棺木，惨然而笑："可她自然明白，若她死了，这一辈子，都是我慕容冲最心疼最爱惜的女人；若她离开了，从此她只是苻坚的女儿，再见便是敌人，从此与我……恩断义绝。我的碧落……宁愿做我死了的妻子……"

他笑着问杨定："我是不是该高兴？我便是死了，也不孤单。她会陪着我，一直……陪着我……"

杨定慢慢抱住了头，伏于地上，再也忍耐不住，一下接一下地往地面撞着头，发了疯地嚎叫起来，泪水倾肆如涌。

慕容冲却笑起来，一直笑着，倚着棺木，似倚在自己最心爱的女人怀中，笑着，泪水顺了那被打得青肿流血的面庞缓缓流淌。

小钟呆呆地望着这一哭一笑疯了般的两个男子，忽然冲过去，一把搂住杨定，扳过他往下撞的头，叫道："杨公子，杨公子，或许……或许碧落姑娘还没死！"

哭和笑，一瞬都停止，屋中死一般的静默。

是谁的汗水，"嗒"的一声滴落在地，惊醒了幻梦中人。

杨定一把拽住小钟，不可置信地瞪大眼："你说什么？你……你再说一遍？"

小钟趴在地上，叩着头道："殿下一直没说过停止给碧落姑娘送食物，所以……所以小人斗胆，只要殿下不在，就会往棺木里塞些水和食物。开始碧落姑娘把食物和水都吃了，后来……渐渐就不大吃了，连眼睛都不太睁开，小人便只送些清粥进去，她她有时便会吃一点。昨晚我悄悄把粥放进去时，发现前天的粥少了一点，她似乎还……还……"

杨定猛地站起身来，砰的一脚将棺盖踹飞，颤抖着身体，不顾空中弥漫开的腐臭异味，大口地喘着气，小心地搭到棺边，向下张望，然后生生地咬住自己的手背，将一声撕心裂肺的惨叫抑到喉咙口。

与其说棺中是一个活人，不如说是一副尚包着皮囊的骸骨更合适。

干草一样的蓬乱头发中，隐了一张灰白凹陷的脸，额和鼻俱挺得有点夸张，配合那可怕的肤色，简直可以用恐怖来形容；污秽肮脏的单衣，早已看不出颜色，发出阵阵众人欲呕的腐臭味；未着鞋袜，一对小腿裸露在外，如枯柴一般，却有着骨质的森白，而一双有着秀巧形状的脚，每一处骨骼都清晰无比地呈现出来，脚踝腐烂生疮处，正蠕动着若干兴奋的蛆虫……

"这是……谁？谁？"杨定抬头，打着寒噤问："她……是谁？"

一定弄错了，一定弄错了，这么个鬼样的人物，怎会是那个容貌脱俗清丽如花的云碧落？谁会舍得将她害成这副样子？

一定弄错了！

小钟站在一旁，惊惶地张了张嘴，没敢说话。

慕容冲吃力地扶了棺木站起，黯淡无光的眸子投入棺中，顿时被绞碎了一般低下，一口鲜血"哇"的一声喷出，飞落在棺中女子身上。

女子像枯叶般的眼睫，微微地颤了颤，艰难地睁开一线，空空茫茫，幽幽黑黑，如无边无垠的夜空，没有月，没有星，没有任何可能的光芒。

"碧落！"

杨定惨叫一声，猛地弯下腰，却屏住呼吸，用最轻缓的动作，小心将那僵硬的女子骨架抱住，小心地拢起，小心地托住，小心地带出棺木，搁到自己胸前。

"碧落？"他轻轻地唤她，只怕声音大了一分，便将这如薄冰般女子惊得化了，碎了，从此便会如青烟一般，消逝无踪。

碧落的眼睛又已闭上，似乎什么也没听见，什么也没看到。

慕容冲喘着气，掩着胸口，艰难地扶棺立起，可整个人摇摇晃晃，随时要四分五裂地倒下一般。

"为什么……为什么你还不死？"

他悲惨地望着碧落，眼中是刻骨的恨意，不知恨着碧落，还是恨着他自己。

杨定只觉心脑之间一道火焰腾地烧起，连眼睛都给烧得红了，毫不犹豫地，一脚将摇晃着走上前来的慕容冲踹得再次口吐鲜血，撞倒在棺木之上，低沉狠毒的话语，带了从不曾过的杀机凛冽："慕容冲，为什么你还不死？"

趁着小钟去扶慕容冲，其他近卫未得慕容冲谕令，只在厢房听令，杨定用自己的单衣覆了碧落的脸和眼，挡住炙烈的阳光，抱起她冲了出去。

"碧落，我来了。我是杨定。"

一路之上，杨定抱着那个轻巧单薄如落叶般的女子，低低地不断地说着："碧落，我来了。我是杨定。"

带了不可思议的骇然，高盖帮着杨定抢救着碧落。

可他也在怀疑，杨定是不是认错了？这个瘦弱可怕几乎感觉不出任何生命迹象的女子，真是的碧落？

她真是那个拼死维护慕容冲和释雪涧，敢和慕容泓大打出手甚至以命相搏的云碧落？真的是她吗？

一边帮着杨定准备食物、药物和热水，他一边都在疑惑着。

因为碧落在黑暗无光的棺木中待得太久，杨定令人关闭了所有的窗户，用布帘挡住光线，屋子里便很暗，很闷热。

那么，在那个棺木中，又是何等的酷热难禁，苦楚不堪？

杨定不敢细想，只是细致地用浸透水的棉花蘸湿她的唇，看她一点点吮着水分，直到渐渐恢复了吞咽的本能，喝下几匙米汤进去，才略略放心，除去她污秽不堪的衣物，端了热水为她擦浴。

避到隔壁屋中的高盖在皱眉："定儿，如果她真是碧落……那她便是中山王殿下的女人，你……你还是避讳些，等她恢复得差不多，找个女人来服侍她沐浴吧！"

"慕容冲？"杨定哼了一声，小心地触抚着碧落瘦骨伶仃的手臂，淡淡道："我不认为他还有资格让碧落成为他的女人。而且……碧落一向爱干净，我不想她这样痛苦地忍受下去。"

他的声音倏地温柔，带了几分柔软，低声向怀中的女子说道："你一定希望我快快把你收拾干净，对不对？"

高盖在后深深地叹了口气，没有再阻止杨定；只是忽然很想知道，慕容冲听说另一个男子为他心爱的女人洗浴，会有怎样的表情？

不知为什么，即便知道了是慕容冲亲手将碧落害成了这样，他还是认定，碧落是慕容冲最心爱的女人。

再怎么国色天香的女子，在棺木里被关得只剩下一副皮包骨头，也好看不起来了。

可杨定将碧落平放在席上，一点一点地用热水渍湿她每一处皮肤，一点一点地用软布擦拭她每一处污垢，专注得如同在拂净最珍贵的美玉，轻柔得仿佛在洗涤花枝上的芙蓉，生怕用力大了，会惊落了娇嫩的花瓣，让它感觉到痛楚不适。

碧落依旧无声无息躺着，由着杨定温暖的手一寸一寸抚过她的身躯，无知无觉，更无姑娘家该有的娇羞矜持。

换了三遍水，杨定才为碧落披了件临时找来的薄绢单衣，将她抱在怀中，将她凌乱的干发捋到脑后，轻轻嗅了一嗅，低声道："头发上的味道真难闻！你快好起来，等你好点儿，我便帮你洗头。不然……就这样让你顶一头脏头发，熏死你！"

碧落眼睫动了一动，没有睁开，眼角却有一滴晶莹，沿了干瘦苍白的肌肤，缓缓滑落。

杨定想笑，可嘴唇抽动时，竟然哭了起来。他将脸埋入碧落那枯瘦细弱得仿佛随时要断裂的脖颈间，呜呜咽咽哭着，大颗大颗的泪珠，迅速滴落到碧落干涩的皮肤上，缓缓渗了进去。

到碧落重见天日的第三天，她已经能坐起身来，进些饮食，却从没说过一句话，连眼神也是呆滞的，仿佛什么也看不到，连杨定唤她，都不曾转动过眼珠。

高盖猜测着，多半是给关得太久，心智受创很深，成了个傻子了，叹息不已。

杨定忆起自己提及为她洗发之时，那晶莹而出的泪滴，坚持她只是一时神志不清，并不是真的傻了。

"碧落，你不是傻子，对不对？"杨定温柔揉着她脏兮兮的蓬乱头发，笑道："我知道你只是生气，气我还没给你洗头发，对不对？"

看碧落渐渐有了点生人光泽的面庞，杨定正要让人去备热水时，有人来传，说大将军济北王殿下召见。

这几日，慕容冲并没有过来看望或索要碧落，高盖让人悄悄去打听得到的消息，是中山王病了。

慕容泓自然也听说了这事，他可能早就猜出碧落被装入了棺木，只怕碧落没死才在他的意料之外。他派随军大夫看过慕容冲，确定他只是一时悲怒攻心，伤了肝脾，加上受了点外伤，并无大碍，便不再理会，却不知为何突然宣召杨定？

高盖心中不安，皱眉道："定儿，你在北地待的时间并不短，和济北王认识也不是一天两天，不过济北王近日心情不太好，你一向做事圆通练达，该知道怎么办吧？"

杨定默然望一眼碧落空洞洞的黑眸，站起身来，懒洋洋一笑："嗯，我明白，我总得活着，才能护着她。"

眼看杨定恢复了几分原来的神采，高盖将他送出去，沉思片刻，又让人去留意着济北王会不会为难杨定。

毕竟现在的济北王脾性越来越暴戾难以捉摸，而杨定一遇到碧落便乱了方寸。不管杨定事谁为主，高盖都不能眼看着他在自己跟前出事。

杨定比慕容泓略小几岁，当年慕容泓任北地刺史时二人便久已相识。杨定出身世家，却索性潇洒，从不与人竞争，故而慕容泓与他相处也颇是相得。

但今日再见，慕容泓早不是那个屈居人下的小小长史，而是手握十余万重兵的大将和诸侯，甚至……若京城的慕容晔有个一差二错，他便是西燕的帝王了。

所以杨定在坞堡最大最豪华的那间厅堂拜见慕容泓时，行的是拜见王侯的大礼，神色也恭谨慎重："在下杨定，拜见济北王殿下！"

慕容泓缓缓喝着酒，并不叫他起来，待杨定微带疑惑抬头时，才放下酒觥，微眯了眼睛，淡淡问道："听说，前儿你把中山王给打了？"

杨定跪于地间，俯首承认："是，此事是杨定冲动了，愿向殿下领罪！"

慕容泓嘿然冷笑："你自称名，却不称臣，显然没打算臣服我大燕，又怎么向本王领罪？"

杨定微笑而答："殿下，杨定入仕苻秦，秦王相待不薄，身处秦地，故而向秦王称臣；但如今此地为燕所辖，殿下代行燕天子事，杨定并无职分，自当以平民之礼相见。"

"是么？"慕容泓往银觥中倒着酒，讥嘲道："有敢打本王弟弟的平民，只怕有一百颗脑袋也不够砍的！"

杨定笑道："殿下心存仁厚，念着往昔情意，杨定很感激！"

"呵，你倒是会说话，以为提起往日情分，本王便不追究了？"慕容泓饮着酒，徐徐道："只不过，我虽不喜欢凤凰对哪个女人那般着迷，却也不愿碧落居然这么着惨死……"

恍惚看到了另一个决绝将赤宵剑刺穿自己的倩影，慕容泓的神思有些恍惚："虽然那丫头屡次对本王无礼，可她……全心全意维护着凤凰和……雪涧，所以本王也想帮她，只是本以为她一定早在棺木中化为一堆骸骨了，谁想居然还活着！"

杨定苦笑："殿下，她现在比一堆骸骨好不了多少。"

慕容泓伸出手指，轻抚着那两粒泪珠般的舍利子，黯然道："只要有一口气，总能补偿吧？怕只怕，芳魂杳然，连梦都梦不着时，才最是摧肝裂胆。"

他向来凌厉甚至暴戾的眼眸难得地柔和下来，泊了层雾气般的感伤。他持着银筋在手，却没有喝，只是无意识地转来转去，转来转去。

直到杨定膝部跪得麻木，慕容泓才似醒过神来，举筋将酒水一饮而尽，才又显出其飙发昂扬之气，侧目望向杨定："方才你既已提及燕国未给你官职，那么，本王给你官职，你从此和你义父高盖一起，共辅燕室，共创大业，如何？"

杨定唇角的笑容僵了一僵，随即舒展得更是明灿。他恭敬垂手："殿下厚爱，杨定敢不从命？只不过杨定还有个不情之请。"

慕容泓顿下银筋，饶有兴趣地审视着这个毫不犹豫便背叛了秦王苻坚的男子，说道："你说！"

杨定正容道："殿下也该听说，杨定素来不喜为朝政羁系，便是当年被秦王征召，也打算好隔个一年半载，便寻机挂冠而去。谁知后来遇到了碧落，心中……再也放不下，便一直延宕着不曾离去。"

他向慕容泓深深行礼："若殿下将碧落姑娘赐配于我，杨定将改投燕主，矢志不渝！"

慕容泓沉声道："可目前那个碧落，听说又丑又傻，你还要她？"

杨定断然道："丑也罢，傻也罢，生也罢，死也罢，只要她是碧落，我便要她！"

慕容泓不由得又去取案上的银筋，眼睛却只盯住杨定，不知是惊是嫉，是怒是羡，忽然"笃"的一声，是他碰着了已经空了的银筋，却不曾握住，不小心便拂落到了地间。

"你下去吧，本王……再想想……"

慕容泓懊恼般地叹息一声，挥手让他退下。

杨定叩拜而退，一双膝盖跪在条石的地面太久，几乎无法直起，但他甚至没有蹙眉，维持着恭谨的微笑，竭力平稳地离去。

"你还真能想，居然出了这么个难题给济北王。"高盖听闻后叹息："碧落是中山王的女人，便是中山王将她害得再惨，也绝不可能轻易放手。"

"他非放手不可！"

杨定咬牙切齿，手上的动作却异常轻柔。

他让碧落仰躺于席上，脖颈搁在自己腿上，将下那头失了光泽的长发，一点一点为她清理杂物，涤尽污垢，努力想还回她原来的绮秀风姿。

碧落闭着嘴，下意识地牵着杨定的衣襟，由着他将他的手指温柔地摩挲于她干涩的头皮，神情中依稀有种梦游般的怅惘。

"你记得的，对吧？"杨定不管高盖就在自己身侧，一边搓揉着她的长发，一边在碧落耳边低低道："春天的时候，我们在一起，也这般洗着发，阳光很好，杏花落下来……我们的头发都是黑色的……要有多少年，才变成蚕丝一样的雪白色？碧落，我们一起等好么？一起等……我们头发变成蚕丝一样的雪白色……"

碧落眉目不动，依然是怅惘如梦的神情，仿佛根本不曾听见。

杨定将她的湿发拧了，扶她坐起，用干布慢慢吸着水分，拿了木梳为她理顺，就像她偶尔为自己打理一般。

"碧落，我知道你听得见。便是你什么都忘了，应该也会记得，我是杨定，我是你抱在怀中一点点从黄泉路上拖回来的杨定。"

敛了笑，带了愁意，杨定支着颐半卧于席上，失神地看着碧落，喃喃而语。

穿堂风挟了树荫的淡淡阴凉，已经将碧落的发吹得干了，终于恢复了原来的生动光润，在脑后温顺地起伏着。可她还只是木然坐着，偶人般没有神采，睁开的黑眸一片空洞，不知是因为什么也看不到，还是因为看不到她想看到的。

高盖坐到席的另一端，吹着风，已经无话可说。

眼前的两个人，都似变了个人。失了绝俗灵气的碧落，失了淡然恬和的杨定，都不像了，完全不像了。

正感慨无奈时，他发现了第三个完全不像的人。

他惊异地坐直了身躯，唤道："中山王殿下！"

第四十章　丁香结　孤雁来去风雨骤

慕容冲缓缓自院外走入，雪白的绢衣拂拂飘动，看来尚余几分从容；可他未戴冠，黑发零乱四散，俊逸的面庞尚残留着青紫的瘀痕，可这些都不是让人觉得他变了个人的原因。

慕容冲，那个气度高华清雅有礼的慕容冲，怎么有这般如整个人被揉碎了的神色？

一击可破的苍白脆弱，触目皆是的落寞凄怆。酷烈的夏日阳光斜落到他的身上，却散出了月色的清冷孤寂，让人为之心悸。

可慕容冲最讨厌旁人同情或怜悯的眼光，几时肯流露出这等软弱无依的神色？

高盖只唤一声，便住了嘴，不敢多说一句，却被"叮"的一声锐响惊动。转头看时，他顿时头皮发炸。

杨定逼视着步步靠近的慕容冲，华铤剑竟已出鞘，年轻俊挺的面庞，极罕见地出现了森冷逼人的杀机。

慕容冲不过淡淡瞥了眼光华夺目的剑锋，步履不停，径自走到了碧落跟前，跪坐到她跟前。

杨定再也忍耐不住，在高盖的喝止声中，左手一扬袖将碧落掩到臂膀后，右手宝剑径刺而出，正逼慕容冲心脏部位。

慕容冲不闪不避，由着剑尖刺破衣料，冷寒的剑气逼上肌肤，秋潭样冷深的眸子，依然凝注在碧落身上。

"不要！"谁的声音，那样轻软无力，却清晰地传来，同时杨定的袖子，被迅速地牵扯住，带了惊怖的颤意。

华铤剑顿住了，也带了些微的颤意。

"定儿，你疯了！"

高盖高叫着，冲上前来飞起一脚，将杨定手中的宝剑踹飞，又一脚将杨定踹倒在地，叫道："你不想活了？"

杨定没回答他，只望向了身后叫他住手的那女子，再说不出那眼神是惊痛，还是惊喜。

碧落的瞳仁终于有了感情，缓缓地转动着，从杨定脸上，再转到慕容冲脸上，泪水迅速激涌，含了满眶的晶莹，蓄于渐有生机的长睫间，待落不落。

"碧落，"慕容冲安谧地坐着，平静地向眼前这个差点被他逼成一缕冤魂的女子，说道，"我后悔了。我不想你选择活着离开或死了留下，我只想你留在我跟前，到我被符坚杀死的那天一起死，或者，在符坚死后一起活。"

杨定伏于地上，手足冰冷，连笑声都结了冰："你疯了！你杀了她的父亲，再娶她？你绝对……疯了！"

碧落神色没什么变化，嘴唇嚅动了好一会儿，居然说出话来。嗓音很低，很细，如被压得苍白而纤薄的纸张："好……冲哥，我陪你……"

杨定还想笑，笑眼前这个太过滑稽的一幕，却已发不出一点声音，只有闷在喉嗓间的微哽，忽然便涨痛起来，痛得他再也直不起腰，由得高盖将他紧紧拉着，看着慕容冲将碧落抱起。他努力地喘息着，想呼出胸口紧揉住的气团。

那气团太堵心了，如同凝结了的冰水般冷沉而坚硬，让他再也无法顺畅地呼吸一口新鲜空气。

碧落如小猫般顺从地倚在慕容冲怀中，刚被细心清沽过的黑发顺了慕容冲的雪白前襟如瀑垂下，乌鸦鸦地极其醒目，甚至刺目。

"杨定，如果我是你，我会立刻离开此地。济北王不可能把碧落赐给你，但如果你不留在燕军，而想回去继续辅助符坚，他一定会让你死。"

慕容冲沉静地望着杨定，唇边终于又有了一抹轻而淡的浅笑，优雅从容，看不出是出于好心的提醒，还是出于赶走情敌的本能。

"碧落！"

杨定没理慕容冲的话，只是怀了最后一丝期待，唤着那个女子的名字。

慕容冲向外走的脚步顿了一顿，看向怀中的碧落。

但碧落似乎根本没有表情，只是闭着眼，如先一般呆滞地沉睡，仿佛从不曾清醒过，更不曾说，冲哥，我陪你……

于是，慕容冲抱了碧落，珍宝般将她拢紧在跟前，缓缓离去。

而外面的天色不知什么时候已经暗下来，呼号的风声里，蛇状的闪电不时扑啦啦扯过半边天空，引来阵阵雷鸣咆哮。整个穹宇像倒扣的灰色锅底，迅速地酝酿发酵着，很快，一场六月里的暴风雨，痛快淋漓地倾倒下来。

天落泪，而杨定却没有落泪。

他只是哽咽着，哽咽着，将十指愈来愈深地插入坚硬的地面，由着指甲中涔涔渗出血，慢慢润湿黑褐的泥土。

杨定并没有能立刻离去。

在高盖以为已经将他安抚下来，考虑着下一步怎样将他送走时，他发现杨定发起了高烧。

"你这孩子怎么回事？"高盖一边找人为他沏药，一边已忍不住责怪他："不过是个女人，便是漂亮些，也不至于天下无双独一无二！你要美人时，义父帮你留意着，找个比她好十倍百倍的，如何？"

杨定靠在墙上，连笑容也苍白失色："可便有再多妇人，她还是天下无双独一无二的。天底下只有一个云碧落……或者……苻碧落吧？"

他笑得呛着了，拿手指堵着唇低沉地咳。所有的潇洒不羁，洒脱佻傥，不知何时已经卸下，一层层的虚弱和疲惫，伴着再也无法掩饰的痛楚，清晰地呈现在家人面前。

高盖叹气，心疼地将他揽到自己怀中。而杨定，那个曾有着天底下最明朗笑容的杨定，伏在他的肩上，竟是无声大哭。除了肩背的抽搐，高盖没有听到任何的声音，只是，他的前襟，已有大团的湿热缓缓洇散开来。

再怎么老于世故，再怎么虚中守静，再怎么擅于处世，杨定依然是性情中人，保有着最纯朴无华的赤子之心。

他就如最善于保护自己的蜗牛，终于肯丢开最坚硬沉重的躯壳，拿自己最柔软最真挚的一面与人坦诚相对，却被刺得遍体鳞伤，体无完肤。

并且，他根本不知该怨谁，该恨谁。所有刀锋剜过的阵阵锐痛，只能一个人默默吞下，苦苦承受。

这一病，便是七八日，慕容泓在众将的催促之下，已经再次开往长安，杨定也被高盖送入车驾中随行。

以慕容泓一天行十余里的速度，倒也不用担心杨定的休养。

但杨定显然不打算再待下去了。

"义父，我想我该回长安了。"晚间扎下营来，他向高盖提起："再不走，恐怕我就走不了了。"

高盖心中也明白，如果燕军收服不住这个苻秦的年轻将领，很可能会除之而后快，以免养成未来的心腹大患。慕容泓之所以一直不曾表态，无非因为杨定是高盖的义子，当日又不曾一口回绝自己的招降，要等他病愈后再作打算。如今杨定高烧已退，精神渐复，也快到双方决断的时候了。

"定儿！"高盖盘算着劝道："当日苻秦如日中天，你留在秦国对你仇池杨氏恢复元气大有好处，我也便不勉强你跟在我身边。只是如今苻秦衰亡之象已现，内外交困，四面是敌，这等风雨飘摇的王朝，你去辅它做甚？"

杨定仰面而笑，渐渐恢复明朗清澈的眼眸转过凌厉之色，"孩儿记得义父也曾教导我，民为贵，社稷次之，君为轻。我从小学兵法，习武艺，一为自保，二为辅佐明主，以助天下承平。秦王行事，虽然也曾多失偏颇，但到底能做到以民为本，惜恤子民；而燕军行事又如何？所过之处，哀鸿遍野，民不聊生！"

高盖叹道："你该知道，燕军全是鲜卑人，他们被迫待在关内十余年，受尽氐人欺压，如今又无粮草补给，自然只能就地掳掠，虽然过火了些，到底情有可原。"

"鲜卑人和氐人，不都是人吗？"杨定冷笑："便是燕军回了关东，那里照样五胡杂处，甚至互相通婚，生儿育女，难不成鲜卑人要将氐人杀光？何况许多羌人汉人，又有何辜？连弱女稚儿都不放过！秦王虽兼并五胡，也不曾见他无故屠戮过哪族无辜生民！义父曾受过燕烈帝大恩，誓以慕容氏为主，孩儿不好强请义父归秦，也望义父莫再迫孩儿降燕！"

高盖沉默良久，拍了拍杨定的肩，声音低哑下来："你长大了，早有自己的主见，我不迫你便是。我也知……当日你对济北王所说的话，只不是推搪之词。罢了，我这就想法送你出去。——只是你的身体未复，受得了长途奔波么？"

杨定闭了眼，吐了口气，黯然道："还行吧，我已……一刻都不想在这里多待。"

自从碧落被慕容冲带走，杨定便再没有问过一次关于她的消息，而慕容冲和碧落那边也似忘了有这么个人，忘了这么个人曾经那样疯了般找过碧落，硬将她从棺木带出，一点点夺回生机……

他们不会不知道杨定病了，可他们甚至不曾派人过来问过一声病情。

当一个女人被男人害成那样，居然还肯舍弃生命中仅有的温暖，毫不犹豫扑向那个男人的怀抱，除了疯得不可救药，再没有第二种解释。

高盖大致也猜得到杨定的灰心，甚至……死心。

他悄无声息地去安排杨定离开的事宜。

是晚，高盖以协领中军的权力，趁了巡营之际，让杨定混在自己的卫兵之中，裹挟他出了营，将他一路送出里许，眼看他一人一骑消失在黑暗之中，方才怏然回营。

杨定坚持效忠秦王，他则以慕容为主上，再见可能便是战场争锋，父子兵刃相向了。

回到大营栅口，只见中军的偏将军慕容永正拿了张舆图在手中，和宿勤崇等将领指点着前方路途，见他回营，忙上前见礼："高将军，方才那队骑兵是您领的？瞧这黑灯瞎火的，末将都没注意到，只看到了济北王的几名近卫在，以为是济北王派人在巡视呢！"

高盖心中咯噔一声，忙笑道："我不过在附近查探一番，难道济北王也在派人出去了？去了多久了？"

慕容永答道："也没多久，半个时辰左右吧！"

宿勤崇记挂着上次因军粮受的那顿军杖，甩着马鞭道："有这巡视的工夫，咱们白日里多行几十里又何妨？一路磨磨蹭蹭，尽在浪费粮草！"

慕容永发愁道："是啊，目前符坚亲自领兵征伐姚苌，长安只有太子符宏带了几千守卫防护，不趁机急攻长安，准备拖到什么时候？"

高盖早已心下着忙，敷衍几句便回了自己营帐，立刻遣了几名心腹亲兵沿了前往长安的方向去寻杨定，只盼自己料得错了，慕容泓所遣出人马，并非针对杨定派出。

杨定一路奔出五六里，只觉手足乏软，头脑也是阵阵地发晕，知道身体尚未复原，正要放缓速度时，身下的骏马忽然一矮，却是被什么东西绊倒，长嘶一声，已将杨定甩落。

杨定身体尚未落地，森然的杀气，已如水波一般蔓延而来，清澈如水的月色之下，刀剑特有的金属光泽晃动着，迅速奔袭而来。

侧身避过最近的一处刀芒，将旁边一人踹开数步，杨定终于得以在百忙之中拔出华铤剑，举剑应敌。

剑光如电，剑气如虹，映亮了袭击者的衣着容貌。

竟有三四十人，全是燕军轻骑兵装束，且身手不凡，应该都是千挑万选的佼佼者。

便是平时，杨定也无法与这许多人对敌，何况此时病后体虚，远未复原？他毫不考虑，立刻选了守卫最薄弱的一处攻击，突围。

有人预先埋伏，显然是慕容泓得了消息，要阻拦他回长安。如果杨定不求饶屈服，只怕此处便是他的葬身之地了。

生死攸关，他再也顾不得心怀仁慈，砍倒数人，冲向一侧山坡，居高临下又连伤两人，正往山侧密林间奔逃之际，闻得身后沉重的锐器破空之声传来，急忙闪避时，后背靠肩处蓦地剧痛，皮肉生生给扎裂的痛楚迫得他闷哼一声，华铤剑脱手跌落，整个人都软了下来。

强撑着还要起身时，伤处又是一阵被大力撕扯般的剧痛，让他呻吟一声，差点昏厥过去。

勉强回过头，身后已站满燕兵，其中一位燕兵正握着扎入了他肩背的短矛，缓缓地在他骨肉中转动着，冷笑道："逃啊？怎么不逃了？居然伤我们那么多兄弟！"

杨定身上的单衣顷刻汗湿，战栗的疼痛中勉强抬头时，月色正清冷投下，幽幽静静，带了梨花般的柔白。

再也没有一名女子，青衣黑发，拍着骅骝马，疾驰而来，向他伸出手，那样清脆而急切地呼唤：

"杨定……"

"杨定，把手给我！"

"杨定，别让我瞧不起你！"

还在挣扎着什么呢？

梦破了，月碎了，影也乱了。

瞬息间，眼前已是纯然的漆黑。

高盖派出的人到清晨才回来。

一夜未眠的高盖眼前，是杨定从不离身的华铤剑。

失了主人的宝剑，剑锋微光惨淡，水碧色的丝质剑穗，血渍尚未干涸，黏湿一片；连剑柄上镶嵌着的玛瑙，都闪着猩红的血光。

颤抖着手指抚一抚剑锋，高盖倏地起身，去见慕容泓。

第一次，慕容泓宿醉未醒，不见；

第二次，是一个时辰后，慕容泓已醒，回复说，不见；

第三次，是午前，站在慕容泓帐篷外，高盖清晰地听到了慕容泓掷下茶盏后的咆哮：

"他当本王是死人吗？别以为做的那些事本王不知道！还敢来见本王！想领一顿军杖再

滚吧？"

盯着那顶飘着酒气的帐篷，高盖无声而退，胸臆间已怒恨盈天。

要变成死人？

只怕不难！

他曾发誓奉烈帝后人为主，可烈帝之后，并非你慕容泓一人！

最重要的是，他不能眼看自己一手带大的孩子变成死人！

裹上华铤剑，他去见慕容冲。

慕容冲也在饮酒，用小小的酒盏，一口一口地轻啜。碧落也坐在案边，却离得远远的，静默得如同一纸轻而薄的剪影。

自她被慕容冲带来，每日只待在慕容冲临时屋宇或帐篷之中，行军时和杨定一样，栖于车驾之中，杂于十余万兵马里，并不露面，连高盖也是这些日子以来第一次见到她。

一眼看去，她的气色已经好了许多，只是人还显得格外单薄，连腰间的流彩剑也似无力提握，只是习惯性地轻轻搭扶着；她的眸子一直低低地垂着，长睫覆于白皙玉颜，完全掩去了眼底的神情。帐中昏暗的光线下，她如一抹随时会淡去的阴影，无声无息。

"高将军有事？一起来喝一杯？"

慕容冲笑着，亲手取了一只空盏放到高盖面前，轻轻拍一拍碧落的手，柔声吩咐："还不给高将军倒酒？"

碧落如小兔惊着般应一声，慌忙执了面前的酒壶，专心替高盖倒了满满一盏，忐忑般瞥一眼慕容冲，依旧如偶人般坐下，再也不动弹，更没说一句话，连呼吸都细弱得几乎听不到。

从头至尾，竟没看高盖一眼，仿若他是透明的，或者根本就不存在。

高盖不知该叹息还是该恼火，只得道了谢，把住酒盏，却无心去喝，只低了头道："殿下，末将的确有事相求。"

慕容冲微笑："高将军尽管说，只要我力所能及，无不从命。"

高盖将手中包裹掷于案上，布角一拉，淡淡的腥味中呈现了无鞘带血的华铤剑，沉甸甸地滚在简陋的案几上。

帐中气氛一时凝滞，只多了两个人的沉重呼吸。

一只苍白细弱的手飞快地伸出，纤细的手指抚过剑穗，捏住玉质的佛手。

碧落吃力地呼吸着，看着那淡殷的佛手，忽然低促地叫起来："杨定……杨定怎么了？"

漆黑的眼眸，依旧是很纯粹的漆黑，看不到任何其他的色彩，却有什么东西在晃动，晃动，随时要跌落，破碎。

慕容冲握了她惊悸的手，才微带讶异问道："杨将军……出了什么事？"

高盖不语，只向帐中侍奉的亲兵扫视一眼。

慕容冲明白，即刻挥手道："去退下，到门前守着。"

眼见帐中只剩了慕容冲和云碧落，高盖才退后一步，屈下身去，道："殿下，末将有罪！末将无子，只杨定一人在膝前长大成人，爱同己出。如今各事其主，末将不忍相迫，昨夜便悄悄放了他离营而去，随即便发现中军早有骑兵离营，可能是发现了末将的行踪，提前派人设伏。末将知道不好，忙让人去追时，只找到了这把宝剑。"

话未了，一侧的碧落呛咳两声，颤声道："杨……杨……"

连完整的音节尚未吐出，她的身躯一软，竟扑倒下去。

慕容冲忙一伸手，已将她抱于怀中，抚着她煞白的面庞安慰道："碧落，碧落，别着急，听高将军说完。杨定……未必便有事了。"

轻柔的呢喃间，满是爱惜，他似已忘了杨定是苻坚的臣子，忘了杨定曾对他大打出手，也忘了杨定曾与碧落生死相依，甚至肌肤相亲，毫无顾忌……

碧落瘦小的身躯哆嗦着，黑眸惊惶地望向高盖。

高盖忙道："拾到华铤剑之处虽然四处是血迹，但并未发现尸体，所以末将猜测……他应该被生擒了。"

"四哥？"慕容冲沉吟："你要我到四哥那里为杨定求情？"

高盖低声道："末将也知，此事会让殿下很为难。"

慕容冲当日入秦宫侍奉苻坚，本来便是慕容泓心中的一个死结，为此对慕容冲多有讥嘲，若让他为苻坚的臣子求情，更不知会说出怎样的话来。

"冲……冲哥……"

碧落犹豫着想说，可对上慕容冲唇角隐隐浮动的惨淡，居然没能说出口来，只是勉强从慕容冲怀中坐起。她瘦骨嶙峋的五指握上了流彩剑，肌肤与羊脂玉的颜色相类。

慕容冲面庞抽动，仿若有了丝虚浮的微笑，轻描淡写道："没事，我去。我尽力试试。"

高盖并没有起身，依旧跪于地间。

一向舒雅的容色渐渐刚冷，在毡帘紧闭的帐篷中显得有些阴暗甚至狰狞。

"殿下！"

他用很缓慢的声音低沉说道："济北王进退两端，在长安和关东之间犹疑不决，坐失战机，且执法苛峻，大失人心。有此主上，非部众之福，更是燕室的灾难！"

第四十一章　君不悟　铁马冰河孤魂殇

慕容冲眼眸瞬间蒙眬，连如雪的面庞都笼上层烟雾般模糊着，让人再看不清那烟雾中流动着的，到底是悲是喜，是惊是怒。

"我知道了。"许久，他端起酒盏来，啜了一口，淡淡道："你去准备吧！可以找宿勤崇和慕容永商议。我今晚会去见济北王。"

高盖吸一口气，磕下头去，然后拿了华铤剑，依旧包裹好，慢慢退了下去。

碧落手足俱是冰冷，好一会儿，才能艰难地转动眼珠，望向慕容冲："冲哥，那是你的……哥哥。"

慕容冲慢慢摇晃着剩余的半盏酒水，看着那半透明的酒水在盏中旋转，旋转，渐渐形成锥状的旋涡，露出青褐色毫无光泽的盏底，才抬起眼，露出一个极优雅清逸极蛊惑人心的微笑："那么，你说，怎么办？"

碧落张一张嘴，却不知该说什么。

或者，一个人在棺木里待了太久，即便躯体活过来，心也该进入僵死的状态了。

她只能凭了本能，将手臂伸向自己最想得到最想靠近的温暖。

对与错，是与非，爱与恨，一切都已模糊，一切都已麻木，一切都已不再重要。

她很想告诉自己，不要再想对她而言已太过奢侈的问题，她只是慕容冲的碧落，被束于棺木中都不知爬出来的偶人般的云碧落，只需依赖着慕容冲、不该再有任何思想的云碧落。

可是，为什么心底的某处，渐渐蹿出了蚕丝般细弱的冷意？

居然，还一点点地生长，壮大，缠绕了心，也冰封了心。

晚间，慕容冲带了一坛好酒，携了碧落去见慕容泓。

到底手足兄弟，即便损他骂他，慕容泓倒从没有拒绝过和慕容冲一起喝酒。

"你来得正好。"慕容泓看来兴致颇高，从案下拿了一坛酒来，道："凤凰，我这酒该比你的好，先喝我的吧！"

慕容冲一笑，果然将自己带来的酒扔到一边，坐到慕容泓对面，看他拍开泥封，把两只银觞俱满上了，端起来喝了一大口，点头道："果然好酒！"

慕容泓笑道："自然是好酒。底下人看我喜欢喝酒，特地搜罗来的。这坛说是埋在梅花树下埋了五年，那家老头儿女儿给拉走都没酒被挖走那么心疼。"

碧落似看到了燕军一路抢掠，甚至随意奸淫妇女的惨象，不觉蹙了蹙眉。

慕容泓明明没有看她，偏偏发觉了她的蹙眉，挥一挥手道："去去，我们不要你在这里伺候。知道你是苻坚的女儿，不过我可不喜欢他那套假仁假义。你这副嘴脸，留着日后给苻坚看吧！"

碧落低一低头，望向慕容冲。

慕容冲拍拍她的手臂，微笑道："到帐篷口吹吹风也好，这里正闷热呢！"

碧落顺从地站起，果然坐到帐篷口的一张席上，透过半敞的毡帘，看外面深沉无底的夜色。

慕容冲瞧她在朦胧烛火下，愈发显得苍白瘦削，薄纸般飘摇纤弱，不觉低低叹了口气。

慕容泓笑道："凤凰，不必为她不高兴。她是金枝玉叶又怎地？不是一样什么都得听你的？要打就打，要骂就骂，要她陪你睡她也得乖乖脱衣服，算是把咱们清河公主受的气给找回来了！"

夜风吹得有点冷。

碧落抱起膝，看着帘外的天宇，似乎没听到慕容泓在说什么，只是忽然便想起了慕容夫人，却觉记忆已经好生模糊了，甚至半天想不起她的模样来。

其实也不过死了一两年罢了，怎么就记不得了呢？

天穹太黑了，寥寥的几颗星子，不比萤火虫的光芒亮多少，便证明了当年杨定的话是错的。

抬起头，只有黑夜，星子也耀不亮的黑夜。

杨定那样明亮的人，明亮的瞳仁，明亮的笑容，应该属于白天吧？

就如慕容冲笑容都清冷如月光一般，属于这深深的黑夜。

杨定回到他的白天去，依然能寻找到他的快乐；而慕容冲走到哪里，都只有黑夜，如果没有一个人陪他，该有多孤寂？

碧落转过头来，又去看慕容冲好看的轮廓。

她没有听到慕容冲对她的新身份有什么评价，是不是也很得意于仇人的女儿被他呼之则来喝之则去。他只是一直维持着平静宁谧的微笑，听着慕容泓对于苻坚的诅咒，连端起银觞的姿势都那样优雅贵气，仿若所有的灾难和诅咒，都沉入了不见底的深湖之中，而湖水依旧光滑如镜，不起半分涟漪。

可他真的平静吗？

清河公主的气找回来了，那么他的仇恨和耻辱呢？

难道慕容泓以为，将苻坚的女儿作为补偿，慕容冲便肯就此罢休？他实在……很不了解他的弟弟。

连他都曾以此为耻，何况他这个从小就比他尊贵得多的弟弟，亲历了那种耻辱的弟弟？

眼看一坛酒给喝掉了大半坛，慕容泓打了个酒嗝，摸了一摸脖子上泪滴样的舍利子，将衣襟扯得更大些，睨一眼碧落，忽然叹道："凤凰，你真的觉得，我们有必要攻打长安？"

慕容冲眼睫微微一动，依然轻笑："四哥是什么意思？难道你不想攻入长安，救回我们皇兄？"

慕容泓已有三分醉意，拿空了的银觞敲着条案，叹道："想，当然想！如果攻不下长安，救不出皇兄一起回关东，这燕国虽然还是燕国，却未必有我们兄弟的立足之地。可想是一回事，做又是另一回事。眼看苻坚那老贼软硬不吃，不肯将我们皇兄交出，只怕逼得急了，他先就将皇兄和我们在长安的鲜卑族人给伤了。"

慕容冲捻着银觞，唇角含笑，瞳仁如井，附和道："四哥说的……很有道理。"

慕容泓点头道："你同意就好。雪涧临死前也再三说着，说我们兄弟留在关中恐有杀身之祸，不如……我们便回关东去吧！有攻打长安的兵力，用来辅助吴王，恢复故燕的国土，应该还不难。只要手中握着这十余万大军，便是吴王称帝，也能保我兄弟不致受制于人吧？"

慕容冲微笑："全凭兄长裁夺，弟绝无异议。"

慕容泓抚掌道："我一直以为你心底还放不下。既然这样，明日我们和众将领再商议商议，你也出面劝一劝。——你不像我这么脾气坏，我瞧着他们怕我得很，对你却很敬重。"

慕容冲缓缓地啜着酒，笑意盈然："我性情柔懦，如何比得上四哥杀伐决断，威风赫赫？"

慕容泓哈哈一笑，拍了慕容冲肩道："算了，算了，我本想着，慕容家的男儿，个个都该横刀立马，纵肆沙场，就气你这性子，软和得跟个娘们似的。现在回过来想想，你性子软懦也有软懦的好处，一辈子不上战场，说不准活得比谁都长命。你若只爱风花雪月弹琴作赋，便做你的逍遥王爷去，一切自有我这个哥哥在，绝不让你操半点心！"

慕容冲的身躯忽然发僵，声线微微颤抖："四哥……"

慕容泓笑了笑，又喝一大口酒，侧了头，说道："记得小时候，你便长得比我漂亮可爱。只要你在的地方，长辈们总是只盯着你，只去抱你，连看都不看我一眼。当时我很嫉妒，不论学文习武，都比你用功百倍，盼着以后能比你优秀，让旁人只来赞我，不去理会你。现在回过头来想想，我还真是傻，和你比这个做什么呢？你这般清贵的人品，长得又出挑，本就和别人不一样，本就该过那富贵逍遥日子的。如果过不上那日子，甚至……甚至让苻坚那老贼欺凌了你，也怪不得你，只怪哥哥们无用，居然护不了你。"

慕容泓的笑有点像哭了："我日日夜夜地恨你，恨你不知廉耻，苟且偷生，其实只是恨自己，恨自己没有那样的勇气站出来保护你。我们甚至还得靠一个金尊玉贵的皇子牺牲自己，将自己的尊严让万人践踏嘲笑，来维持慕容氏和鲜卑人的富贵平安！当年玷污了慕容这个高贵姓氏的，不是十二岁的你，是我们，是我们这些比你大的成年人！"

"四哥……"慕容冲又低低地唤，不去看击打自己胸膛的慕容泓，只无意识地捧着银觞，一小口一小口不断啜着。

这时，外面突然传来几声竹节烧爆的响声，听来不过三五十步远。

慕容泓皱了皱眉，吩咐在身畔的两名亲卫："去瞧瞧，在哪儿烧东西呢，夜里风大，这里一大片全是帐篷，着了火可不是玩的！"

透过帘子，碧落早就发现帐篷外的守卫已全被高盖调开，换上了自己的心腹。慕容泓太过暴虐，亲信的近卫并不多，故而高盖很明显的异常举措，竟然不曾有人质疑报告。

那爆竹之声，正是高盖、宿勤崇等人已经得手的讯号。

两名出去探望亲卫走过碧落身畔时，带起一阵热风，将碧落的衣袂和青丝吹得凌乱飘舞，她却依旧僵直地抱膝而坐，呆呆地望着帐外。

慕容泓笑道："凤凰，你得对碧落好一点。本来野猫般的一个丫头，怎么给你整得跟截木头似的？就当她是苻坚的女儿吧，至少她现在只听你的话，是你的人了，对不？"

慕容冲笑得有点勉强："四哥放心，你让我待她好，我一定待她好。"

这时，帐篷外两声急而促的惨叫，打断了兄弟情深的叙话。

慕容泓脸色一变，喝道："怎么回事？"

他奔过去掀开帘子，已见到躺于地上的两具尸体。

高盖、宿勤崇等人持着火把，领着一队兵马，竟已将帐篷团团围住。

"怎么，你们要造反？"

慕容泓高喝着，正要踏上前时，背部忽然一凉，仿若一道冬日肃杀的冷风，呼啸着透心而过。

低下头，一截雪白的剑尖穿过他胸膛，正在月下泛着妖异的红。

剑尖尚有一滴两滴的血珠无声地滴落于前襟，似谁眼中的血泪，在杀机和火光里幽幽地晶莹着。

"凤……凤……凤凰……"

慕容泓握住脖中的舍利子，努力想转过身来，看一看自己的弟弟，自己刚刚承诺，要好好照顾一辈子的弟弟。

可那剑尖倏地一收，已如蛇信般缩了回去。

慕容泓便再也立不住，捏紧那泪珠般的舍利子，高大的身躯仰面倒下。

他终于看到了慕容冲。

那一直含着清雅笑意的面庞满是悲伤，眼泪一滴滴地落下，落到他的衣襟和脸庞。

"四哥，你是我的好哥哥。"他静静地说，"我……也一定会是你横刀立马，纵肆沙场的好弟弟，慕容家的好男儿。终有一天你会看到，我可以踩着苻坚的尸体，将他的大秦踩于脚底，我将用秦人的鲜血来清洗我的耻辱，清洗慕容家的耻辱，清洗大燕的耻辱。"

也不知道慕容泓有没有听到他的话，但他的双眼始终没有合上，保持着最后的惊讶和不解，还有一种……舒了口气般的轻松。

串着舍利子的丝绳承受不住他最后的握扯，已经断了，两粒舍利子滚落在地，沾了灰尘，依然晶莹如故，似谁清明如镜的双眼，无声无息滚落的泪珠。

而碧落的耳边，又听到了谁在用忧伤清灵的声音在轻轻地吟叹：

"金凤凰，金凤凰，何不高飞还故乡？惆怅泾渭关山远，铁马冰河孤魂殇。"

她爬过去，捡起那两粒舍利子，仔细用丝绳重新串好，重新挂到慕容泓的脖颈中，抹下他圆睁的双眼。

慕容冲默默地看着她做完这一切，才用不太平稳的声调说道："我会把他和释雪涧合葬，待回归关东时再行迁回故国。"

随即，高盖等人假借大将军之令传召各处将领，宣布慕容泓暴虐，已为近卫袭杀，近卫亦已伏法，与众将商议立中山王为三军统帅。

慕容泓动辄鞭责杖笞亲卫，众将无不心知肚明，说他为亲卫袭杀，倒也说得过去；便是有人疑惑，眼看掌握了中军的高盖、慕容永，协领左军的宿勤崇公开指责慕容泓暴虐取祸，所将部众又已军容整齐，严阵以待，也不敢轻易提出了。

何况，慕容冲行事温和，向得人心，因此在片刻的混乱后，即便是慕容泓的亲信部将，也迅速判定了形势，向慕容冲跪地称臣。

对于鲜卑人来说，他们都是慕容皇室之后，甚至慕容冲比慕容泓的出身更为尊贵，听命于他们中的哪一位并无太大分别。只要好好收揽人心，慕容冲的地位自当固若金汤。

眼看形势略定，趁着慕容冲安抚各方部众时，高盖急忙寻找被慕容泓抓起的杨定。

他身后，跟着影子般的碧落，深一脚浅一脚，失魂落魄般向前走着。

直到他们在中军的一顶小帐篷里找到杨定，碧落的眼中才有了丝色彩。

"杨……杨定……"

她跟跄冲过去，奔向角落中那个半身是血捆缚得像粽子般的男子，忽然便觉得那麻木的心居然能揪痛起来。

他死了吗？他应该不会死吧？

高盖已飞快上前，解了绳索，取出他口中塞的破布，急急唤道："定儿！定儿醒醒！"

碧落蹲下身，一触着他衣衫，便觉冷湿一片，就着灯笼黯淡的光一瞧，便惊叫起来："他……他的伤……"

高盖立刻发现杨定后肩沉重的伤势，忙掩了尚在流血的伤口，一把将他抱起，转头喝命："快，快去请随军大夫！"

碧落一路跟着高盖小跑着，不自禁便将手掌搭上了杨定的额，一声声地呼唤："杨定，杨定……"

喑哑的嗓音，拖着无措的哽音；冰冷的手指，更被额际的滚烫燎着……

"杨定……"

干涸的眼眶涩得厉害，渐渐也滚烫起来。

她甚至听到了自己的抽泣声。

原来，她还有泪可流，不是偶人，也不是死人。

当大夫为杨定裹伤时，他已经苏醒了，半睁开的眼，由初时的雾气苍茫，渐渐恢复清亮，却愈加显出面色的憔悴疲惫。

"碧落……"他颇似无奈地低低唤了一声，叹道："别哭了……"

碧落擦了泪，勉强笑道："我……我给你拿些吃的来。"

杨定轻笑道："不用了……有义父的亲卫服侍便行。"

高盖点一点头，知他必定一整天粒米未见，急吩咐人送来汤食，让人小心地照看着，自己依旧出了帐篷，到各营巡查安抚，力图让他们尽快接受主帅易人之事。

碧落见杨定在亲卫的服侍下吃着东西，虽然失血过多，脸色异常苍白，但料想以他的身体底子，应该不会有事，遂悄悄取了案上的华铤剑，到帐外找了水，洗去血迹，又将剑穗摘下，用皂角仔细涤净每一处污垢，重新扣好，才回到帐篷中，找到杨定的剑鞘，悄悄插了进去。

杨定已换了小衣，合着眼沉静地卧于簟席上。几个亲卫收拾了他用过的碗筷，悄无声息地侍坐在一边，以防他病中饥渴，可能要茶要水。

这里显然并不需要碧落的帮忙。

或许她唯一该做的，只能是回到慕容冲的帐篷，偶人般坐着，静静地等着他回来。

慕容冲应该会很高兴吧？至少，他该踌躇满志。

事情发展到这种地步，虽然亲哥哥慕容泓死了，但西燕所有兵马都已在他的掌控之下。他一声令下，那十余万铁蹄，便可直捣关中，袭向他恨之入骨的苻坚。

高盖是为杨定而决意倒戈相助，但慕容冲甚至都没向慕容泓提到杨定二字；他要的，本来就是这支可以为他复仇的十余万兵马！

外面还隐隐有着此起彼伏的喧闹，但碧落已经懒得出去看，就如懒得回到她和慕容冲那静寂如死的帐篷一样。

她静静地靠在案边，默默地守在杨定身边，看着他年轻英挺的面庞。

虽然不若慕容冲那般清美无双，却也有着柔和美好的线条，端正俊朗。

他清醒时那双眼睛清澈明净，温煦如阳光，一次又一次莫名地让她心安。

"杨定……"

碧落喃喃地唤着这个唤过无数次的名字，模糊间便想起，当日在淮北的山洞中，他也曾这般昏迷着，却下意识地如婴儿般靠向她，抱住她，甚至她也曾那般抱住他的头，抚着他的脸，努力将自己身躯的温暖传给他，唤出他的生机和活力。

她忍不住伸出手，想去摸一摸他的额。

这时杨定微微一侧身，居然避过了。

碧落迟疑时，已见杨定已睁开眼，却没有望向她，只盯着那褐黄的帐篷顶，嗓音如被锉刀锉过般钝哑："回去，回去休息吧。我很好。"

碧落收回手，沉默地坐着，好久才道："冲哥该还没有回去，我多陪你会儿罢。"

"碧落，你的冲哥早晚会回来，便是不回来，你也该早些休息了。"

杨定轻轻地嗤笑，弯起的唇角在摇曳的烛火中并不明晰，若有一层灰暗的轻纱笼着，连那笑容也显得不真切了。

碧落皱眉："你在赶我走？"

杨定的眼眸依旧没有转向她，只是淡淡道："我不赶你，你待会儿还不是要走？我尊重你的选择，也盼你还我清静。"

碧落听得到自己的吸气声。

吸入肺腑的空气仿佛着了火，在胸腔间燃烧着。

她晃悠悠地站起身，纤薄如花瓣的面容在烛火里飘浮不定："哦，原来……我错了。我原以为你希望我陪着你。"

杨定终于回过头，眼看她垂了头，走到帐篷口，忽然轻笑一声，自嘲道："不必难过，我比你更蠢。我原以为我们是一体的，有着骨血相融般的情感，可事实上，只是我的血肉长入了你的身体。所以分割开时，痛的只有我。"

碧落顿住脚，心跳啪地重重跳了一下，似也和脚步一般停顿住了。可她却不敢回头，不敢回头看杨定目前是怎样的神情。

但杨定的声音已经恢复了淡然，"自然，一切与你无关。你一直是原来那个云碧落，从未变过。但我请求你，让我……安静疗伤吧！"

他不确定地低低道："想来，我也会是原来的杨定。我只要一点时间，一点时间而已！"

他说着，居然笑了，却笑得太急，呛着了。他侧过身来咳嗽，却牵动了伤处的疼痛，于是那咳嗽声听起来都是那等的撕心裂肺、肝肠寸断，吓得周围的亲卫忙奔过去，劝慰的劝慰、倒水的倒水。

碧落的脚下浮软着，向前踏了一步，连遍是沙石的地面也似浮软起来，像踩在棉花上一般无力。可便是那样软软的步伐，她居然也能跑起来，并且跑得飞快，仿佛后面有什么吃人的怪兽在追逐，惊慌不已。

第四十二章　将进酒　长安古道柳枝轻

东晋太元九年，苻秦建元二十年六月，燕将高盖、宿勤崇联合中山王慕容冲等发动兵变，杀济北王慕容泓，扶立中山王慕容冲为皇太弟，设置百官，随制行事。

燕军在原地整顿了七八日，待一众将领谋臣位次排定，军心渐稳，方才准备拔营出发，开往长安。

此时，杨定伤势虽未痊愈，却已无大碍，遂告辞而去。

高盖因扶立皇太弟有功，已升做尚书令，心知杨定再延宕在燕军之中的确很不合适。即便慕容冲不去计较，他自己也该有些避忌了，遂禀知了慕容冲，第二日便送他离去。

因前日刚下过几场暴雨，杨定出营那日天气甚好，又不算太过炎热。高盖亲自瞧了为他备下的饮水干粮等物，又亲送他到前方路口，眼见古道逶迤，高柳乱蝉，这一去，再见也不知会在何时，会在何地，更不知是否会兵刃相向。他不觉黯然长叹。

杨定跨于马上，扬眉微笑："义父，若你觉得日后孩儿可能会成为您的绊脚石，现在便令人将我一刀劈了也不妨。"

高盖叱道："你小子就不能说些好听的？"

杨定由着马儿在原地踱着，笑道："义父其实也明白得很，孩儿说的，都是实话。"

高盖神色一黯，笑容有些发苦："是……实话。其实当此乱世，谁也说不准前面的路是怎样的，或者……你的选择是对的吧？"

杨定望向远方山川翠色盈然，叹道："无所谓对或错。我只盼着能尽快帮助秦王把北方安定下来，恢复到之前的太平盛世。只是……我也不知道有多少的机会可以成功。"

这大秦，曾经百姓丰衣足食路不拾遗的大秦，已经风雨飘摇，四面楚歌。南有晋廷，

东有后燕，渭南慕容冲，渭北姚苌，犹如四把尖刀，早将这曾占据了七成天下的大秦王朝割得四分五裂。

高盖将马儿驱上前一步，拍了拍杨定的肩，柔声道："岂能尽如人意？但求无愧于心！这乱世之中，能兼济天下固然好，若知其不可为，不妨趁早抽身退步，以求独善其身。这些道理，你都是懂得的，不用我再教吧？"

杨定莞尔："义父放心，胸无大志的人总会活得长久些。危难之时，孩儿自会设法全身而退。当真无路可走，或是投奔义父，或是隐身山野，未必不能快活一世。"

高盖深知杨定为人玲珑，笑道："是哦，你活得……原就比世人舒心许多，少去自寻苦恼。"

杨定会意，正要扬鞭辞去时，军营方向远远又奔来一骑，抬眼细看，竟是慕容冲骑了骅骝马，迅速驰来。

他一身雪白的衫子随风轻扬，只在袖口襟边以金丝绣了蟠龙云彩，以示今时不同往日，他已是十余万部众事实上的领袖者，西燕的皇太弟了。

待他奔到眼前，杨定才看到他身后尚坐了一人，身材娇小瘦削，天青纱衣，被慕容冲身形挡住，更显单薄如纸，正是碧落。

慕容冲依然笑意清雅，略带矜持："杨将军，孤也来送送你。"

手握重兵，以皇太弟承制行事，他的身份早在一夜之间天翻地覆。

杨定虽未下马，却也不得不屈身为礼："殿下客气了。杨定数次冒犯，尚未向殿下谢罪！"

慕容冲轻笑："不必说客套话，你若不肯臣服于孤，过了今日，再见面便是生死搏杀的仇人。即便以往你曾对孤与碧落多有援手之情，孤也不会手下留情。"

慕容冲在鞍前一钩，已挑起一只酒壶，并两只双耳银爵，他含笑将酒壶递给身后的碧落，道："来，满上。"

休养了这许多日，碧落的容色已略见丰盈，除了清减许多，那色若梨花的面庞，倒也觉不出有甚变化，一双黑眸，依旧深深如夜，盯着杨定时，那浓厚的夜色，更如墨汁凝结，化也化不开。

听得慕容冲吩咐，她无声地接过酒壶，拔开塞子，果然将两只银爵都满上，迷惑地望向慕容冲，不明白此时为什么让她倒酒。

慕容冲笑意宁谧，将其中一只银爵递给杨定，眸光越发深远如海："孤和碧落敬你一杯，满饮此杯，从此我们与杨将军……情断义绝，纵使兵戎相见，也两无怨尤！"

杨定接过银爵，安静地凝视着阳光下那晶亮的液体，许久才一勾唇角，望向碧落："这也是你敬我的？"

阳光仿佛突然炙烈起来，刺得碧落看不清杨定的神色，只觉他眼中的棱芒，结了冰般寒冷着，偏又镀着烈日的炎热，那种冰火交融的眼神那般锐利，包裹在心头的坚硬外壳，那样猝不及防地便被击碎，扎到了心底最深处。

很痛，痛得她忍不住垂下了头，身躯微微地颤抖。

杨定并不饮酒，只是专注地继续望着她，等候她的回答。

慕容冲握了碧落的手，柔声道："怎么了？难道你不想敬杨将军这杯么？"

碧落的手很冷，手心却全是汗水，她绞缠着慕容冲的五指，惶然地盯着路边尚带着晶莹露珠的青草，艰难说道："我自然……也想敬……杨将军……"

阳光炙热撩人的酷热感骤然消失，碧落终于能抬起眼。

她看到杨定微闭着眸，仰着脖，缓慢却不间断地，一口口将那爵酒饮尽，认真专注的神态，仿佛在细细体味酒中的辛辣或者甘醇。

慕容冲比他晚端起银爵，饮得却比杨定快，数口便饮尽了，含笑望着杨定，倒扣了银爵，示意已经喝完。

杨定喝完，亦是轻笑，眉眼宁静地望着二人，然后一甩手将银爵掷下，缓缓道："杨定谢酒！就此拜别，但愿……后会无期！"

再见便是仇敌，或者后会无期才是最好的结果。

高盖已禁不住眼眶一阵潮热，忙低下了头，不去看杨定奔驰而去的背影。

这时，他听到了碧落喑哑而凄惶的低低惊呼。

抬头看时，杨定已到前方转角处，正将一物远远抛出，姿势潇洒而决然，不带一分犹疑。

杨定似乎没听到碧落那声惊呼。

他的肩背挺直，头也不回地消失在众人视线之中。

而碧落已跳下马，飞奔往那转角处，甚至没注意到挂在鞍上的青釉酒壶被带下，发出"咚"的一声闷响，碎裂在当场。她的青纱裙袂拖过半湿的青草，洇染了大片泪水般战栗于叶间的露珠，变作了深青色，沉黯如蓄满风霜雪霰的天色。

高盖和慕容冲不过迟疑片刻，便拍马缓缓上前，跟在碧落身后，查看她到底想做什么。

转角处，碧落毫不吝惜地将她珍贵的绣花丝履踩入松软的泥泞中，宽宽的袖子，飞快地飘扬在茂盛的青草中，急促慌乱地翻拨着，然后顿住，纤白的手指将一物从青草中

提出，定定地望着，泪水忽然浮上黑黑的眼睛，迅速地滑下消瘦的面庞。

那是一缕剑穗。

水碧色的丝线编织了精致的莲花纹，垂下柔软的流苏，一枚黄玉琢成的佛手嵌于其中，在阳光下泛着温慈的金光。

曾经，杨定悄悄将它收了，在怀中藏了大半年；

曾经，碧落将它扣在华铤剑上，由着它在杨定温暖的手边飘拂了大半年；

如今，碧落仍希望杨定带着它，才将它洗得干干净净，重又扣回华铤剑上；

如今，杨定将它狠狠拽下，在空中划过一道决绝的弧度，弃于污泥野草间，不顾而去！

他再一次地在告诉碧落，他是男人，并不是圣人？

他可以承受一次伤害，却无法承受一次又一次的伤害。

在碧落紧依在慕容冲身畔，唤着杨将军，敬他绝情酒时，怕他真的已情绝、心死。

慕容冲跳下马，木然地望着泣不成声的碧落，然后一步步踏入肮脏的泥泞中，张开双臂，将她紧紧抱在怀中。

"碧落，如果他愿意，他会过得比我们开心得多。"

抱着心爱的女子，慕容冲的声音，依然那么的落寞而孤寂，仿佛正身处于寒冷黑暗的冬夜，纵然有同样孤寂的爱人相伴，他还是摆脱不了那凄绝的黑夜。

正如他的爱人摆脱不了他，只能和他一起待在那黑夜中，等待那也许根本不会到来的黎明。

模糊的泪眼中，碧落感觉不出慕容冲身体的温暖，却依稀又见那甘露殿前，煦阳之下，那笑容清澈的男子给迫得双颊通红，委屈含恨，清泠泠地低骂：云碧落，你全无心肝！

全无心肝的人，居然也会流泪，也会心痛，也会因为他绝望的舍弃而肝肠寸断！

几乎整整一天，碧落都没有说话，甚至没怎么吃东西。

慕容冲早已习惯她的沉默和木讷，但直到晚间，依旧见她紧握着那枚剑穗，眼底的情绪，渐渐地复杂。

"你后悔……陪着我了？"

慕容冲揽着她不盈一握的细腰，低低地问着，眉宇之间，有最真实最本原的忧伤和惊惧，烟气般越聚越浓。

碧落转过脸，偶人般涣散的眼神好久才重新聚拢，汇集到眼前这个苦恋了十多年的男子身上。她将手抚上慕容冲的面庞，沙哑地答道："不，我不后悔。我只是……发现自己最近笨了许多，许多该记的事记不得，可不该记得的，常会想起来。"

"笨就笨些吧！我不会嫌你笨！"

他轻衔着她的耳垂，慢慢地将她放倒在席上，低低地道："如果太聪明了，活得会很累，很累……"

男子优美而健硕的身躯覆下时，碧落忽然便惊慌起来，挣扎着想要躲开那种亲密。

慕容冲抚去她鼻翼上惊悸的汗珠，悲凉而叹："你喜欢的人，已经是他了吗？是我把你的心逼到他身边了？"

"没……没有，我喜欢冲哥……"

碧落下意识地回答，微颤的唇立刻被堵住。

慕容冲的唇有些凉，同样带了惊惶的微颤。

"我也希望……我能好好陪着你，护着你……而你只是我的碧落，不是……不是……"

慕容冲声音越来越低沉，终于呜咽般惨笑一声，转为放纵而疼痛的喘息。

烛火灭了。

黑暗中，碧落抱着那从小便熟悉的身躯，闻着那从小便很熟悉的气息，听着那从小便熟悉的声音。她随着身上的男子起伏浮沉着，似乎快乐着，似乎悲伤着，又似乎根本就是在梦中。

那断续的低喘娇吟，仿佛并不是自她口中发出。

她一直流着泪，木然地流着泪。

她好像早就忘了，当年的慕容冲曾经再三告诉她，慕容家的女孩子，不该流泪。

或者，她太明白，慕容冲也已太明白，她根本不是慕容家的女孩子。

为什么杨定说，男女之事是能让两个人都感觉到人间至乐的事呢？

明明，她一脚踩在天堂，一脚踩在地狱。天堂的美妙，根本无法抵消地狱带来的恐惧和痛楚……

符秦建元二十年七月，原镇守洛阳的平原公符晖，见关中形势紧迫，符秦根基动摇，留下部分兵马留守洛阳，自己带领陕洛主力军队七万兵马回援长安。

如此，关东只有符坚的庶长子长乐公符丕独力支撑，应对老谋深算的后燕慕容垂，更是岌岌可危，可符氏内外交困，一时也顾不得了。

符晖回京的同时，在慕容冲的指挥下，西燕十余万兵马，一路过关斩将，连下城池堡镇，以锐不可当之势，开始全力往长安方向进发。

正亲征渭北姚苌的苻坚听闻慕容冲来势汹汹，被迫返回长安，以第三子平原公苻晖为车骑大将军，以原翊卫中郎将杨定为领军将军，率五万大军抵御慕容冲；又令第六子河间公苻琳、前将军姜宇领兵三万守卫灞上，镇守住通往长安的最后一道屏障。

后秦姚苌见西燕目标指向长安，与群臣商议后，判定鲜卑人便是夺了长安，早晚也会回到关东故国，因而决心坐山观虎斗，反将自己的一个儿子作为人质交给慕容冲，以便让慕容冲解除对渭北的防卫，专心攻打长安。

苻秦建元二十年八月，潼关以西、渭水以南大片地区已为西燕所占据。慕容冲派高盖、韩延领兵五万攻往灞上，又亲自领了六万兵马攻克郑县，率军进入城中，即刻令人搜罗城中粮草，充作军粮。

碧落坐于车内，听得从街头至街尾凌乱嘈杂的脚步声中，伴着燕军嘻哈哄笑声，男人的惨叫声，还有女人被迫到走投无路时的绝望嘶喊声。

她掩住了自己的耳朵，不想再听。

因她身体虚弱，慕容冲一路没让她骑马随行，只让她坐于车中待在最安全处休养。

不知什么时候起，碧落已经完全没有了当年和慕容冲并肩作战的雄心壮志，甚至根本不愿从车中走出，向外多看一眼。

每次攻城略地时的生死搏杀，她都离得远远的。可仅仅战后的满目疮痍遍地尸骨，便已让她惊心动魄，宁愿自己真的只是个偶人。

当日在淮南淮北所见惨象，如今日日在眼前上演。

并且，是身边的人在举起屠刀！

曾经那般温文尔雅只会弹琴作赋的慕容冲，终于向世人展示了他真实的一面。在统治稳定后，他不但有着铁血帝王的治军手腕，也有着冷血将军的残酷无情。

他不仅是皇太弟，不仅是中山王，更是一个嗜血的修罗，待敌人狠，待自己更狠。为了行动便捷灵活，他不着战甲，一身素袍上阵。一杆银枪，不知挑了多少敌人落马，一身白衣，不知淋了多少敌人的鲜血。几场大战下来，即便有卫兵的严密保护，慕容冲也难免受伤。

可慕容冲的眼中，只有痛快淋漓的兴奋和野兽般的嗜血光芒；有一两次，在大夫为他包裹伤口时，他甚至忍不住敲着案几冷笑："很快，很快该轮到苻坚了吧？"

碧落依旧如偶人般坐着；毕竟只有把自己当作偶人，才能少想些事，变得更笨些，笨得只记得祈求上天，让慕容冲下次征战时再也不能回来。

慕容冲说，他想碧落留在他跟前，到他被苻坚杀死的那天一起死，或者，在苻坚死后一起活。

可他并不知道，碧落要的，只是前者。

没有人能眼看夫婿杀死自己生父后还能安心地活着。所以碧落一心追求的，不过是拥有短暂的幸福，然后一起死去。

如今，她真的和慕容冲在一起了，形同夫妻般生活在一起。

可她真的幸福了吗？

她是偶人，所以她不知道。

连每一个夜晚的愉悦呻吟，也似自旁人口中发出。而她只是身在梦中。

她已经好久不曾练武，连流彩剑也已成了装饰，只等着找到最后一个机会解脱了自己，那柄相随十余年的宝剑便功德圆满了。

原来流彩剑和华铤剑、飞景剑，果然只是三把式样相同的宝剑而已，和哪把都不是一对。

流彩剑与华铤剑不是一对，因为它已配不起华铤剑的纯净质朴；流彩剑也不与飞景剑一对，因为它经不住飞景剑的悲恨暴戾。

眼观鼻，鼻观心，她默然在亲卫的引导下进入郑县的一座豪华宅院。

大厅之中，慕容冲已经在等候了。他一边擦着枪，一边冲碧落笑了笑："我们又赢了，碧落。"

碧落不知道慕容冲所指的"我们"，有没有将她包含在内。

如果没有，那根本就是把她当作苻坚的女儿，颇有示威的意味了。

但谁赢谁输，对碧落似乎没什么差别。

"殿下！"宿勤崇匆匆走来，向慕容冲禀报："士兵们都在往百姓民居游散，各部将领有些约束不住。"

慕容冲优雅地将枪头转了个方向，端详着三棱处明亮耀眼的锋芒，说道："不是早说了，每攻下一处城池，准许大家休息一夜？让他们自在耍乐吧，不然下次哪有攻城的动力？"

身在异乡，人在沙场，都是有今天没明天的日子，女人和财物成了将士们理所应当的犒赏。这是最原始也最有用的激励士气的法子，它使由一批乌合之众组成的西燕鲜卑军，迅速成长为经过血与火的磨砺，冲锋陷阵悍不畏死的精兵，也成为根本不懂得什么

是天良、什么是仁义的野兽兵团。

不需要思考，只需服从并发挥生理本能和生存本能的野兽。

这群野兽，便由眼前这个白衫飘拂英姿如仙的绝美男子率领。他清雅幽远的眼眸如此高华无尘，仿若他才是那个被血与火逼得无路可去的人。

碧落不想再听下去，起身要离去时，却听宿勤崇道："可据探子回报，符晖和杨定所率兵马正往此地兼程赶来，只怕明日午前便可到了。"

杨定？

碧落心跳漏了一拍，全不由己。

说不出是冷意，还是热意，细细的一线，缓缓自心头流淌而出，而脚步已不由得顿下。

慕容冲微微一皱眉，将银枪交给亲卫，自己取了舆形图来细细瞧着，忽然便笑了起来："明日午前到吗？好得很！通知将士们，明日辰时出发，可以将自己捉到的女人带在身边！再去准备几百头牛，两百辆牛车，今晚便送这里去！"

盯着舆形图上慕容冲指点之处，宿勤崇不解地挠一挠头，应命而退。

慕容冲又将舆形图仔细看了一看，才噙了笑意，过来挽抱碧落："怎么了？刚不是准备去休息了？"

他仿佛忘了，明日进攻郑县的人，一个是碧落的哥哥，一个是碧落生命中最重要的人。

不错，最重要的人，并不止慕容冲，还有杨定……

碧落闭一闭眼，叹道："冲哥，以这种方式激励士气，你不怕遭天谴？"

"天谴？"慕容冲抬头望了望屋外的天，哑然而笑："我怕，可我不信！从我十二岁被迫入秦宫的第一天开始，我便日日夜夜祈求上天，让符坚明日便死去，让他的大秦，明日便灭亡！可我看到了什么？那老贼活得越来越滋润，他的大秦越来越强大，而我最爱的女人，莫名其妙地便成了他的女儿！"

抱着碧落的手腕忽然便收紧，那属于武者的强硬臂膀束缚得碧落几乎喘不过气来，却没有挣扎。

她宁愿慕容冲活活弄死她，可惜她知道慕容冲不会。

她依然是他最爱的女人。即便知道她是符坚的女儿，即便一路将士们送来很多比她美丽可爱的女子，他依然每日只与她一人相偎相守，从天黑到天明。

第四十三章　莫思归　冷侵罗衣夜已阑

"一切只能靠自己，不能靠上天。"慕容冲似在和碧落说，又似在和自己说："南伐江东时，慕容氏明里暗里不知派了多少死士夹杂其中，这才能应和东晋降将及其他部族人马，趁乱暗杀了苻融，从而让秦军自乱阵脚，造成淝水大败。后来我举事进攻蒲坂，上天一样没帮我，我被迫牺牲了万余步兵，拖延住秦将的步伐，才能带了八千骑后渡河而来。然后是杀四哥夺权……"

慕容冲顿了顿，如雪的面容上有种龟裂般的扭曲和痛楚，终于没细说。

碧落咧一咧嘴，终究连苦涩的笑纹都没能挤出。她只是推开慕容冲，疲倦道："冲哥，我累了。"

慕容冲捉了她手腕，低头瞧着那纤细的骨骼，叹道："和我一起，便这么让你累？瞧你休养了那么久了，怎么还这等瘦？"

碧落淡淡道："冲哥，有你的千军万马在，大约不必我抛头露面帮你上阵杀敌吧？"

"不用，自然不用！"慕容冲笑了一笑，眼神却倏地幽深："不过，明天你应该能帮我一点忙，正好也让你看一看，苻坚爱女这个头衔，在苻晖和杨定的眼中，到底价值几何？我也想知道，苻坚听说自己亲生女儿落在我手中时，会是怎样的表情！"

恍如寒冬腊月被脱了鞋袜，置身于坚冰之上，冰冷的寒意，利箭般从脚底蹿入心口。碧落毫不犹豫地高叫："不！"

慕容冲唇边似有一抹笑，却凝固得如美好而僵硬的雕塑："碧落，我记得，你以前从不对我说不。"

碧落趔趄地往后退着，直到扶住了墙，才能稳住身，惨然道："冲哥，你知道我最

恨的人是谁？"

慕容冲站定了，自嘲道："自然是我。我总是逼你做你不愿意做的事，还把你当成了报复你父亲的工具。"

碧落摇了摇头，汗湿的双掌紧按着粗糙的墙壁："我最恨的是杨定。我恨他，为什么当时要将我从棺木中带出！我每天在那密闭的棺木中坚持吃着东西，让自己能活得久些，多陪你一天，多听你说一天话，感觉……很开心，甚至这一生，都很少有那么开心的时候。我没感觉出气闷或难受来，我只是觉得自己睡着了，然后在睡眠中一个接一个地做着梦，每个梦里，都是你在陪我，向我诉说着从没有说过的爱意和怜惜，一遍又一遍，那样的温柔……寻常的冲哥，什么都放在心里，让我想喜欢，又不敢去喜欢。我实在……很喜欢那样的梦……"

"我宁愿我那时候便死了！"碧落吸了鼻子，神情缥缈："至少，我还可以喜欢着你，也被你喜欢着死去。"

慕容冲仿佛被针尖扎过，翩长的眼睫抖了一下："现在呢？你虽然选择了我，却发现我并不是你睡梦中那个温柔的人，所以……不再喜欢？"

"我累了！"

碧落僵直地说着，迈着同样僵直的步伐，扶了墙，一步步向内室挪去。

她的眼神虚茫得似根本看不到前面的路，走过门槛时绊了一下，狠狠地摔了一跤，又自己爬起，慢慢沿墙向前摸索。

累了，所以没法喜欢，也没法恨，只是偶尔还记得流泪，却已凭了感觉在流泪。

无数的鲜血和杀戮中，连伤心都已太过奢侈。

她只是行尸走肉的偶人；正如他已被压抑了十五年的仇恨变成了魔鬼。

慕容冲伸出自己的手掌，盯着清晰的淡红色纵横纹路，似看得到大片的血光在吞吐，伴了无数生灵的挣扎呼号。

他能不是魔鬼吗？

影影绰绰，又是销金斗帐中，苻坚略带痴迷的眼，只在他的面庞流连……

习武者粗糙有力的手指，在十二岁男童光洁柔滑的肌肤上抚摸……

成年人健壮的躯体压下，光影交替，喘息粗浓，无人理会那伸向帐外求救的稚弱手臂……

让他夜夜噩梦却连在梦中都不敢发出惨叫的一声声温柔呢喃："凤凰，凤凰……"

长安城中，乃至整个大秦有人烟的地方，一遍遍传诵吟唱的歌谣："一雌复一雄，双飞入紫宫……"

慕容泓诉遍屈辱和悲恨后被一剑穿心的死不瞑目……

在付出自己三年的屈辱生涯，十二年的忍辱偷生，再加上慕容泓的一条性命后，他能不是魔鬼吗？

"呀……"

慕容冲猛地夺过亲卫手中的银枪，疯了般挥舞。

银光闪动，碎屑飞溅，杀气和戾气逼得亲卫惊呼着，纷纷往外奔逃；而条案、小几、屏风等物，迅速破碎零乱、狼藉一片。

惨厉的杀气腾腾中，亲卫听到慕容冲在恶狠狠地大笑："吾日暮而途穷，故倒行而逆施！"

第二日巳时，苻晖、杨定已带了五万大军，奔入郑县。

郑县上空，万乌翔集，遮天蔽日。上万人的城镇，不见一处炊烟，不见一点生机，四处是叠叠的百姓尸骨，还有赤裸的女人尸体被随意弃置街头。一双双黑洞洞的眼睛，无神地倒映着盘旋欲下的群鸦如云。

明明是秋高气爽阳光明灿的日子，可此处阴森寒凉的气氛，如乌云压顶般罩下，让人一阵阵地背脊发寒，透骨生凉。

"这畜生！这畜生！"苻晖俊伟的面容给气得生生变了形，侧头冲杨定叫道："早知今日，我便是拼了给父王责罚，当年也该在平阳结果了他！"

与他并辔而行的杨定紧握缰绳，叹道："事已至此，也没别的法子了，留几百人下来收拾残局，我们快追往郑西方向吧！若给他们渡过灞水，镇守灞上的河间公他们就麻烦了！"

一时出了郑县，渐离那尸骨相叠的城镇远了，苻晖略平怒气，见杨定环望四周，虽有悲悯伤感之色，却不改沉稳温厚气度，偶尔微笑，也不复当日的佻佻不羁，甚是深沉凝重，遂道："杨定，这两年，你倒变了不少，真的挺像仇池杨氏能独当一面的将军了！"

杨定随着他驱驰于帅旗下，眼睛似被头顶如云的乌鸦掩去了清澈，有着历尽沧桑的疲倦和平淡，萧索道："呵，只怕是因为我老了吧？"

苻晖本还有些气恼，忽听得杨定如此说，笑得差点没从鞍上滚下来，一拍杨定肩膀，道："这话等你三十年后再说吧！他妈的，你小子要逗我开心不是这般逗的！"

侧头又将杨定细细一打量，笑道："不过，的确长得有些像个大人了，想必是新纳的爱妾让你找回了做当家男人的感觉？早知道娶妻纳妾能让你成熟点，当日我就不会为慕容冲的那个叫什么碧的妹子和你斗气，直接送了你又何妨？"

杨定笑了一笑，侧头吩咐再加派探子，往郑西探查燕军的去向。

符晖点头道："慕容冲狡猾得很，行事不择手段，以前我们都小看他了！郑西那边有河流，有平原，也有山川峡谷，一定让人细细打听清楚了，若败在这个白虏小儿的手里，还真让人笑话了去！"

杨定叹道："是哦，这人心机深沉得……可怕！和他在一起的人，只怕会过得很累。"

符晖咬牙切齿："怎会很累呢？你瞧这群禽兽过得多自在，要女人有女人，要财物有财物，要粮草有粮草。只可怜这无辜百姓，遇到这群白虏强盗，血流飘杵，哀鸿遍野……如此丧尽天良之人，天不灭他，便是天不长眼！"

可杨定所指的，并不是禽兽。他似又看到那抹淡青的影子，偶人般无声无息地藏于慕容冲身后，睁着一双茫然的黑眼睛……

他晃一晃头，甩掉虚幻的景象，拂去盔甲内凌乱落下的发丝，轻笑道："三殿下，我想我那韵儿了，她不在我跟前，我连束冠都不会了。"

符晖不知该气还是该笑，"嗤"了一声，道："你这人还真经不住称赞的，才说你像那么回事呢，一转眼又惦记上女人了，可真是不争气！等把慕容冲这小子给灭了，我送你二十个美人儿，看你能不能惦念得过来！"

杨定笑了一笑，拍马离开，去前后军检查队列阵形。

外有军务繁忙，内有家事缠身，又有美人在怀，他终于不能再像原来那般潇洒不羁，也不能再像原来那般有着大把的闲暇时间，去纠缠于用情至深却伤他至深的往事了。

可他再也没有想到，居然能这么快又遇到了让他自以为快要忘怀的人，还在那样狼藉不堪的状况之下。

从郑县出发，西行十里后，便入了山区，山势虽不陡峭，地势却渐形复杂。

符晖问明慕容冲军主力便在前方，即时下令加速前进。

杨定微有迟疑，谏道："三殿下，前方地形呈葫芦状围于山坡之中，须防有埋伏。"

符晖闻言，即刻向近卫取了舆形图来，细瞧了瞧，点头道："若是只有五千兵马，我们是得小心埋伏；但这个葫芦形逼仄窄小，如果我们快速通过，顶多只会有五千兵马被困其中；我们有五万兵马，便是其中五千人中了埋伏，其他四万五千人就是来不及上前相救，也大可应对燕军主力了；我想着，慕容冲这样的性子，大约不会只想拦我们五千兵马吧？"

杨定远眺着连绵的山势走向，沉吟道："既然如此，我们先遣两千兵马通过此处，探一下对方深浅。"

符晖皱眉道："杨定，你可糊涂了，燕贼主力在此，我先放两千兵马去，不是送给他一口吞了？我瞧你是在女人身边待得久了，行事越发婆妈了！不必说了，快传令下去，快速前进，尽快通过此处隘口！"

杨定苦笑，也不辩驳，眼看传令兵传下令去，只得紧紧随在符晖身畔，迅速驰向前方。

眼见又是深秋季节，落日熔金，暮云合璧，却耀不亮数万部众沉郁的神情。才见了郑县惨景，他们不难想到自己的妻儿老小，也正面临着这乱世刀兵随时可能加诸的杀身之祸。想去年此时，正是符坚意气风发，意欲投鞭断流、一统天下的时节。一转眼，这符氏的大秦竟如那残阳衰草，半是倾颓之象。

秦军一阵行军，转眼进入隘口，随即通过第二道隘口，眼看大军要冲过葫芦形的底部时，变故陡然而生。

最初看到火光点点烁起时，很多人以为只是金色夕阳在地面的反光；可越来越近的急促蹄声，和连绵不断的惨吼声，渐渐地动山摇，黄尘滚滚，在秦军反应过来前，已经迎面冲入峡谷，冲入急行军的秦军队列。前方的步兵已觉眼前一片昏茫，几乎没来得及觉出发生什么事，便已被践踏在地，发出短促的垂死惊叫，迅速被惊涛骇浪般的咆哮淹没。

竟是大批牛犊，被尾巴处燃烧的桐油惊得疯了，嘶吼着冲入秦军。疯牛的背上，驮着数个装满灰土的布口袋，随着牛儿的奔跑而落地，迅速被牛蹄践成大片尘埃，扬遍山谷，人马俱不能视物，身经百战的将士们白白地手执刀戟长枪，再不知往何方落下。马儿受奔牛情绪影响，此起彼伏的嘶叫声，与疯牛的惨吼声应和着，然后是不听使唤地在漫天尘埃中四处奔逃。

一时前方步兵被牛群冲乱阵脚，只想往后退，中间的骑兵人仰马翻，还未及辨识方向，后面急行的兵众未得退兵命令，依然在向前赶来，壅塞于偌大的谷腹中，进退不得。

符晖、杨定刚入第一节谷口，远远见前方惨叫连连，沙尘漫天，已知有伏兵。

"要不要先安排撤退？"杨定一边令人分开道路去察探情况，一边急问符晖。

符晖皱眉盯着前方，冷笑道："疯牛阵？小小一个郑县，不知慕容冲搜罗到了多少头牛？正好咱们缺军粮了，下令将士们，杀牛！"

若是天下承平，正当壮年的耕牛是禁止屠宰的；但此时法度已乱，连人命都已轻若蝼蚁，又要耕牛何用？

这灰包火牛的攻势可以一时乱秦军阵脚，但以慕容冲所能搜罗来的耕牛数，只要秦军镇定应对，虽会付出一定代价，却的确能让全军加餐一顿香喷喷的牛肉汤了。

杨定眼看涌入谷中的秦军越来越多，心中一跳，叫道："三殿下，若是我们大军堵在谷中，前有疯牛和燕军围堵，后面燕军再行包抄，咱们就身处险境了。不如先退兵观察片刻为妥！"

"退兵？"苻晖蓦地抬头，眸中是恻恻的冷意："我讨厌任何人要求秦军后退，更不喜欢曾经称霸一方的宗主后裔要求秦军后退，即便是你，杨定！"

杨定悚然而惊，猛想起淝水大战一退而成千古遗恨之事，垂下眼，暗自叹息一声，默然不语。

苻晖说得虽是冷厉，倒也不是没将他的话放心上，斥责了杨定，转头又下令："快，传下令去，令后军原地休整，做好战斗准备！"

说这话时，给堵在谷中之人已有近六成了。而前方疯牛吼声越来越小，显然已被消灭得差不多了。

苻晖觉出队列略略松动，带了杨定赶上前几步，隐隐见到前方虽是混乱，却在有条不紊地搬开牛马和伤亡的秦兵，清理着路面，眼看快疏通峡谷，大军可以穿越，猛地又听得前方大片的骇叫。

尘埃渐定，云色渐清时，前方路上忽然奔来大片牛车，密密麻麻铺陈在山路左近，秦军将领觉出不对，迅速上前截杀时，驾车的那些小个子燕兵，跳下车去，灵活地穿插在车辕奔牛间，飞快跑去。

刚将堵塞的奔牛解决，又来了不知几许的牛车，生生地将谷口重新堵上！

叫秦军骇叫的，不是谷口被堵，而是车上的"货物"！

不是钱帛，不是粮草，不是金银珠宝，而是女人！

没有罩上帏幔的牛车，用木条胡乱钉了牢固的栅栏，里面全是横七竖八衣衫不整的氐人妇女，每车七八到十来个不等，俱给缚了手脚，却未塞上嘴，一看到秦军的旗帜，如见到亲人一般，压抑着的嘤嘤哭泣，顷刻化作不加掩饰的号啕痛哭，和充满着求生冀望的呼救，伴了一张张满是泪痕的年轻脸庞，一双双委屈却信赖的眼睛，透过刻了新鲜刀痕般的栅栏，向秦军哀哀传递。

赶在最前面的秦军在骇叫之后，前路领军将领最先回过神来，急急喊道："救人！将牛车推边上去！"

这正是秦军本能想去做的，已经有不少人将杀敌立功的宝贵精力用到了大砍牛车木栅上。

救人，本是人的天性；不管是杀敌报国，还是被迫从军，只要是人，他们首先想到的，都不该是杀人，而是救人。

可那牛车足有两三百辆之多，哪是一时半会能疏散得了的?

符晖、杨定已看清前方情景，相视一眼，便清楚地看到了对方眼底的恐惧和担忧。

先是疯牛堵道，再把牛车中的女人推到前方，他们实在无法骗自己，那只是慕容冲的一时无聊。

杨定正要再谏符晖退兵时，忽听那无数妇人哀号声中，传来张扬得近乎疯狂的齐声欢呼，忙抬头时，一面鲜红的纛旗随同高扬，矗立在苍茫的翠山浓绿间，耀眼夺目得似与西天晚霞融为一色，竞夺天地艳华，又似谁风姿秀逸地负手而立，素影翩然，快意地看众生挥洒鲜血，垂死呼号，笑靥终于轻淡绽开，浮上明艳欣喜的晕红……

应和高举的燕军纛旗和欢呼，是秦军后方卷出的厮杀声，震天裂地，迅速撕开了被欲进不能的窘境紧紧困住的秦军。

正如杨定所料，燕军在前方堵路围困，后方设伏截其归路。虽有三四成的秦军未及入谷，却被燕军拦腰斩断，与困于谷中的主力部队分割开来，主帅又困于谷中，想去前方相助，前方路途已断，想往后方撤退，又怕担贻误军机之过，犹豫之间，已有燕军如狼似虎扑来……

后部受袭，且燕军势大，符晖万不敢在此时下令撤退，面对众将惊疑犹豫的双眼，他盯紧谷外那抹鲜亮如血的嫣然艳色，扯开嗓子高喊："打通前路! 杀!"

打通前路! 杀!

前方是妇女，向秦军哀哀求救的妇女；甚至有一部分已经被秦军救出，正相扶相携着站在路边，感激涕零地望着救命的大秦军队。

她们还在坚信，天王的军队，能救她们，能救大秦，能救这病入膏肓的天下!

秦军有片刻的冷寂，如有一道细细的北风，在喧闹的风起云涌中钢丝般绞缠入五脏六腑。

可片刻后，人们听到了杨定锐利如初硎之剑的嗓音："不惜一切代价，打通前路，杀!"

几乎出于本能的应和，秦军中终于也涌成了一片疼痛的吼叫："杀!"

那是渗透了穷途悲恸的吼叫，厉声吞吐杀声的男人们，眼中都已有了泪光。

曾经的坚甲利兵，面临前狼后虎的困境，不突围，便只剩了一条路：灭亡!

如果今日他们死了，这些妇女无论有没有获救，终究也会裹挟在兵乱之中，化为刀光剑影里的一缕缕无处诉冤的孤魂野鬼。

如果今日他们不死，或者日后还可以救出更多的孤寡妇孺，期盼可能存在的未来的美好？

皮之不存，毛将焉附？大秦灭了，曾经的大秦子民，面对充满仇恨的鲜卑铁骑，命运可能悲惨得无法想象！

舍卒保帅，弃枝护本，正是兵法要诀。

杨定当先拍马，冲到前方，一挥长矛，狠狠砸烂木栅栏，在栅中女子的惊呼声中，将牛车挑翻在地，然后奔向下一辆……

马蹄之下，犹传来女子的绝望哭泣和悲惨凄叫，再有几匹马踏过，转瞬便没了声息……

或许这种破开道路的方式实在太过吃力吧？片刻之后，杨定已满身满脸的汗水，挥舞长矛的双臂麻木地只知挑起，落下，看到那断手断脚痛苦不堪的女子眼眸，更是木然地一矛刺下，正中心脏……

杨定的眼睛，渐渐红了，如血光般殷冷地红着；而天光却渐渐地暗了，天边的赭红色，不再那样的绮丽嫣然，如凝结了的血块那样，阴沉可怖，深浓处接近铅色，也在铅色里浮泛着铁器沾满鲜血的黑褐……

山间掠过肃杀的秋风，谷前，谷中，谷后，漫天是化不开的森寒杀气，浓郁污腥……

眼前的牛车已越来越少，一辆接一辆牛车连车带人被砸得粉碎，踩入秦军铁骑，生死抉择前，再也没有人犹豫半分，流着泪将自己想保护的人赶尽杀绝……

但杨定高举着长矛的手忽然就顿住了。

不是犹豫，而是顿住，完全地顿住，连呼吸也已顿住。

暗淡的晚霞，忽然便被另一抹明丽的亮红映得亮了，回光返照般挣扎，努力将那抹亮红下裹着的苍白耀出清绝幽妍的光华。

第四十四章 鸳鸯梦 何尝并栖漾绿波

依然是牛车，却用鲜红的明锦围了端端正正的帏幔，如同临时搭起的小小祭台，被浇上了代表死亡的满台鲜血。祭台上竖着大燕慕容氏高高在上的旗帜，旗杆捆缚着的，是个遍体红裳的绝美女子。她唇边涂了朝霞般明亮的口脂，却掩不去那脸上木讷如死的苍白，以及漆黑双眼的空洞无神。

漆黑如夜的眼，倾尽所有的阳光和美好，都无法耀亮半分的眼！

杨定仰望着那个人，那张脸，那双眼，喉中哽咽的一团便再也忍不住。

只在顷刻间，泪流满面。

那被锦幔围着的牛车之中，却不是中空的，一排一排的弩箭，从锦幔的缝隙处，迅速射出，毫不容情；剩余的几十辆牛车之后，已可见大队的燕军铁骑，强弓利矢，严阵以待。

杨定的亲卫已发觉主将的失神，匆忙赶上前护卫时，一根翎箭已疾飞而来，扎入杨定胸口。

紧随其后的符晖大惊，忙上前叫道："杨定，你……你没事吧？"

杨定胸口一阵刺痛，给符晖和亲卫一阵惊叫，这才恍然大悟，反手一拔，翎箭已被拔出。甲片处缓缓有血渗出，箭头也有鲜血滴落，好在他穿着最好的铠甲，虽中要害，却被甲片消去了大半力道，入肉不深，倒也无大碍。

"我……我没事！"杨定咧一咧嘴，自觉像是在哭了。

符晖怒骂："有事也活该！战场上也能走神，你不该死，谁该死？"

杨定颤颤地一笑："三殿下，你没瞧出……那女子是谁么？"

"是谁？"苻晖就着那霞光，琥珀色的眼睛眯了眯，终于认出："是慕容冲那个叫什么碧的义妹！怎么成了这鬼样子？得罪慕容冲了？"

他忽然扬起枪杆在杨定后背一击，打得他一个不稳差点摔下马去。

"杨定，你疯了么？"苻晖怒骂："这是什么时候，你还打算怜香惜玉？"

挥枪和近卫一起挡落两枚飞向杨定的利箭，他扭头吩咐："把那个女的先给我射死！加紧冲出去，冲！"

"不行！"杨定吸口气，高喝道："三殿下，那是你妹妹！"

苻晖一时坐不稳，也差点从马上掉下来，扬脸向杨定怒斥："你他妈的再妖言惑众，动摇军心，我现在就宰了你！"

杨定不再看空中那个毫无活人气息的女子，振作了精神，和身畔的将士一起冲杀着，只在厮杀的空隙，才断续说道："碧落……是桃李夫人生的……天王遗落在外的女儿……殿下的亲妹妹……"

天空彻底地黑了下来，似谁在说话间，便将一大块的黑幕扯下，覆落在这个满是血腥的战场，将那谷前谷外混战成的刀光血影尽数模糊成一团团的鬼影憧憧，鬼哭连天。

各式各样的惨叫嘶吼刀兵锐啸声中，苻晖在颤抖地大叫："不管是谁，挡我者死！挡大秦者死！"

有人在悲伤应和："是，不管是谁，挡大秦者死！乱天下者死！"

血雾弥漫，无数个冤魂在郑西的上空扭曲着怪异的舞蹈。

而还在马上的人，眼底只有殷红的鲜血和森白的尸骨，早已分不清，自己是不是还活着。

或者，早就死了？无坚不摧的长矛利枪，只是梦里虚幻的影子，便如那绝望的苍白女子一般，是梦里虚幻的影子……

符秦建元二十年八月，慕容冲与苻晖、杨定在郑西交战，大败秦军，苻晖、杨定俱受伤不轻，带残部狼狈逃回长安。

慕容冲遂率所部前往灞上，与高盖、慕容永合兵，同攻灞上。苻坚第六子苻琳、前将军姜宇领三万兵众在灞上抵抗慕容冲，全军覆没，苻琳、姜宇战死。燕军遂越过灞上，将二人首级高悬于长安城北门，继而进军西北，占据阿房城，与长安城对峙，伺机而攻取长安。

阿房城，便是当年秦始皇灭六国后所建阿房宫的故址。项羽攻占咸阳后，曾经火烧秦宫室，大火三月不灭。阿房宫五步一楼，十步一阁，廊腰缦回，檐牙高啄，同样被项王一炬付之焦土。此地处泾渭之间，原址方圆三百余里，与骊山、咸阳相接，风光秀丽，故而自汉晋以来，历代君王都曾在原址修葺离宫，重建城墙，只是规模已远不如当年的阿房宫了。

此地离长安也很近，苻坚在宫中住乏时，也曾到阿房宫住过，甚至太监宫女，珍奇宝物，尚有不少留在此处。

长安城久经战火，城池坚固，慕容冲也知一时半会很难攻下，故而一入阿房，便令人四处抓掠男丁前来修建城池，同时设置明垒暗堡，预备秦军来袭，却在做与秦军长期对峙的准备。

阿房城中太监宫女大多为氐人，慕容冲不喜，遂下令将他们遣入军营做那浆洗烧煮的粗活，另换鲜卑女子入宫来服侍。

此时当年被苻坚迁来关中的四万余鲜卑人，在三辅附近繁衍生息，人口已达四十余万。他们大多是鲜卑贵家子弟及其婢仆，以降民身份入秦后难免受氐人排挤，加之鲜卑人纵横草原时所遗留的一腔热血尚在，所谓"鸟飞返故乡，狐死必首丘"，无不盼着能迎回燕帝，重返关东故国，听说皇太弟高举复燕大旗，纷纷前来投奔，找些鲜卑女子入宫，自是不难。

那些宫女被押下去时，慕容冲听得外面喧哗得厉害，唤人来问时，却是有位宫女曾经为苻坚侍寝，不愿受辱，趁人不注意时跳入殿外清池中，刚刚被人救起。

慕容冲不觉冷笑："他们氐人怎么高贵了，服侍我们鲜卑勇士，也觉得屈辱？难道活该我们鲜卑人受他们欺凌？把她送军中去，让我们的勇士教教她，怎样做一个听话的氐人吧！"

押送的亲兵本来尚对这女子有几分同情，听慕容冲三言两语，顷刻激起了怒火，连声应命而去，殿外便传来女子惨烈至极的挣扎和凄叫。

"苻坚的女人……"

慕容冲安坐于案边，忍不住轻轻地嗤笑，快意的嘲讽怎么也掩不住。

正心神大畅时，忽听得一侧的穿门旁衣衫窸窣作响，忙回头看时，只见碧落青衣萧萧，正沉默地向后殿而去。

那日慕容冲拿碧落冒险，一方面打算借她略阻一阻秦军攻势，让秦军形势更加不堪，另一方面则觉出碧落对杨定和苻氏情谊非浅，想由此让碧落彻底断了念头。碧落所处的那辆牛车之中，有着燕军最精勇的卫士相护，又只是露一露面，可确保她全身而退。但碧落自被他从牛车中放下，便一直静卧在床，连话也不说了。

这些日子慕容冲忙于征战，一时无暇顾及；此时战局稍稳，心中正记挂，忽见着她，忙追了上去。

"碧落，还在生气？"慕容冲将自己的披风解下，披到她的身上，微笑道："瞧你，转眼便是深秋了，怎么也不知添件衣裳？"

碧落听若未闻，也没理搭在自己肩上的披风。那带了慕容冲气息的雪白披风，便随着她的走动，缓缓自肩上滑下，飘零在拼石的地面上。地面正凌乱飘零的红枫叶，翻翻滚滚地扑到了披风上，如雪地里渗入了鲜红的血，又似谁无瑕的肌肤，被生生扎了几刀。

慕容冲捡起，抖落枫叶，却又一阵风刮过。丹墀下的两株高大枫树如红云般绚烂跳跃着，簌簌的落叶如翻飞的蝶，便有许多片扑到了他的怀中。

冷凝无瑕的洁白，火热决绝的艳红，两相映衬，的确怵目惊心。

他黯然而轻嘲地一笑，匆匆赶到碧落房前，却听"砰"的一声，碧落已经将门扇关上。

以前那个对他千依百顺，只向他一人展颜而笑的女子，竟将他关在了门外。

慕容冲迟疑片刻，还是推开了门，反手轻轻带上。

碧落正拿了水碧色的丝线，编着一枚剑穗。

慕容冲已经好几次看到碧落无声无息地编这穗子了，每次都看到她在编着穗上的莲纹，许是编得不满意吧？那朵莲花，从来就没有编完的时候，而那枚和慕容冲曾拥有过的一模一样的佛手玉佩，再也不曾有机会编入穗中。

碧落那双手，本来握剑远比做这些闺阁女子的事儿顺手；可慕容冲已记不得她有多久没握剑了。

或者是多少年来形成的习惯，流彩剑始终挂于腰间。可不知是不是因为太久没用，生了锈，所以显得比以往沉重许多。偶尔扶剑时，她看来很有几分吃力。

慕容冲走到她跟前，沉默地望着她缓慢得有些笨拙的姿势，许久才坐到她身畔，柔声道："碧落，杨定没事，和苻晖一样，平安回到长安去了。"

碧落依旧编着穗子，明明已经编织到了最后一朵花瓣，她端详了片刻，似乎觉得哪里不妥当了，又一个结一个结地拆开，重新编织。

编不完的穗子，做不完的梦，依稀还残留着旧日的痕迹。

慕容冲忽觉自己远不如在平阳时那般能隐忍。大约以他今时今日的地位，许多事再也不必苦苦压抑，独自地在黑夜里咽下。

他想发作，便发作出来。

以平和的声音，他说着最残忍的话语，"碧落，你已经是我的女人，可不可以不要再想太多？那一天，你也看到了，不论是你的哥哥符晖，还是那个曾经很喜欢你的杨定，并不曾因为你停下攻伐的脚步。碧落，你该死心了！"

碧落止下了手中的动作，茫然地望着散于茵席上的水碧丝线。因着她的笨拙，它们已凌乱得无法收拾了。

她取过剪子，将那大段打过结子的凌乱丝线尽数剪去，重新用崭新的丝线编织。

慕容冲以为已经说服她时，碧落忽然抬起了头，深黑的眸子若冰箭射出，竟是从未有过的凌厉和自嘲："冲哥，如果你和杨定符晖他们易地而处，你会因我而犹豫退开，自取灭亡吗？"

那种凌厉和自嘲的口吻，如一圈圈的黑色旋涡，直要将慕容冲也拽进去，一齐遭受灭顶之灾，从此万劫不复。

那种身处旋涡底部，无法疏解片刻的痛苦与憋闷，他一向以为只他自己一个人感觉得到；可此刻，为何碧落眼底，出现同样的沦没悲黯？

他握住碧落抓着丝线的手，低声道："是，碧落，我不会退开。可我的苦楚，旁人不知，难道你不知？你明知我已忍了那许多年……"

他的手指抚上那水光般柔滑的丝线，那丝线便有着轻微的颤意，一如慕容冲的话语："或者……这旧了的丝线，总不如新线编起来顺手？"

碧落捡拾起旧线，淡淡的笑如浮光掠影，虚晃不实："我不知新线编起来会如何，因为没试过；只是旧线太多的结，我解了无数次，都解不开。冲哥，你那么聪明，也解不开吗？"

慕容冲静静凝视着那一团狼藉的丝线，忽然低叹一声，将碧落拥到怀里，喃喃道："解不开，便不用解了。我也顾不得了，只要你陪着我便好。有一日，是一日。"

碧落眼眶酸热得紧，偏生一滴眼泪也掉不下来，舌尖干涩得几乎拖转不动，却还是那般艰难地低声道："冲哥，我求你，咱们把秦王……把符坚逼得这样也够了，你看他已丢了半壁江山，儿子一个接一个地死去，我也……跟在了你的身边，你便……便回关东去，好不好？我一直陪你，陪着你……"

慕容冲的臂膀意料之中地僵硬住，他垂着眸，绝美的轮廓清好无瑕，话语依旧轻柔如情人间的絮语："不可能……有一种耻辱，只有他本人的鲜血才能洗刷。践踏人者，必将被人践踏。"

碧落微微而笑："冲哥，你有没有算过，这一路之上，你践踏过多少平民百姓？"

慕容冲摇头道："那些……不算什么。当日邺城攻破，王猛率领的那支仁义之师，同样没对鲜卑人留过情。"

他攥紧拳，冷笑："我三哥原有妃嫔近百，宫人无数，但后来带至长安的，只有二十余妻妾，百余宫女，你知道其他人去哪儿了吗？"

碧落透不过气来，眼前尽是血红色的蛇形闪电，哧啦啦地撕破无边无垠的夜空。

果然，慕容冲道："他们攻入皇宫的第一件事，便是抢掠财物，玷污妇女。那些卑贱的氐人士兵，平时连皇宫门都靠近不了的卑贱士兵，在燕皇室的卧榻之上，凌辱残害着燕国最高贵的女子。我和四哥以及几名叔伯被关于偏堂，听到那些发了疯般的哭声，持续了几天几夜。直到三哥向苻坚上了降表，苻坚才制止了这种行为，下令保护慕容氏皇族。可也仅限于皇族宗亲而已，其他宫人和地位稍低的宫嫔，根本无人顾惜。悬梁的，投井的，自刎的，还有被作践致死的，直到我们被放出来，还是每天都有许多尸体被源源不断运出宫去。"

他放开了揽着碧落的手，缓缓拨弄着自己的飞景剑，纤长有力的手指叩在明亮如雪的剑锋，令人心悸的嗡嗡之声刹那弹了开去。

"那时候，谁还会把燕人的荣辱死活放在心上？未及出邺城，苻坚便强占了我姐姐。后来迁往关中的路途之上，平素被鲜卑男人们呵护在掌心的娇贵女子，在寒冬腊月的天气徒步行走在结了冰的陡峭山路上，一路冻病而死的，不知凡几。我们都看得到，甚至看得到他们求救的眼神，可我们什么也做不了。甚至我母亲烈帝皇后，都因不堪忍受而病倒在途中，无人医治。我忍辱去见姐姐，想让她求一求苻坚，派人去救母亲。结果，苻坚很快派人去救母亲了，并且吩咐为燕室皇亲多安排些车驾；他还解下自己的锦袍披到我身上，说怕我路上给冻着了；我还没来得及感激他，便被他留在了自己的帐篷。"

飞景如流瀑劈下，沉重的缠枝茶花乌檀木案被砍作了两截。这俊美的男子盯着那飞扬的碎屑，眼睛久久地倒映着飞景剑璀璨的流光，许久才敛了恨怒杀机，转回到碧落面庞："隔几日，我打算发兵长安。我很想知道，他听说当年被自己欺凌的小小男童，已能手提雄兵与他分庭抗礼，他会是怎样的表情。"

碧落没说话，继续编着穗子。

她的手真的很笨，编来编去，只把新的丝线，也折腾成凌乱的一团。

建元二十年九月，慕容冲趁秦军新败，领兵包围长安，索要燕帝慕容㬚。

长安久经战乱，城池坚固，易守难攻，又有精兵强将镇守，慕容冲想一举攻破，显

第四十四章　鸳鸯梦　何尝并栖漾绿波

然也不可能。所谓围攻长安，不过是向长安人和符坚示威，证明着鲜卑慕容的重新崛起罢了。

碧落留在了阿房城的宫殿中，并没有跟去长安。

虽然将碧落带在自己跟前去向符坚挑衅，显然更能打击到这位曾经意气风发了大半生的大秦天王，但碧落说自己身体不适时，慕容冲只是眼神复杂地看她一眼，没有勉强她。

他必定以为碧落无法面对他和符坚的正面交锋，托辞不去。

却不知，碧落虽然不想去，但身体不适，并非托辞。

自从在棺木中被关了近一个月，她的身体已大不如前，加之心情抑郁，从来不施粉黛，所以一贯容颜憔悴苍白，便是大夫来瞧，也只能开些调理的药物，让她放宽心慢慢休养。

可这一次的不适，到底不同往日心力交瘁时的倦乏了。

这一日，在第三次将晨间吃的一点饮食吐个精光后，她拿清水来漱了口，目注窗外长空澹澹，抚住自己的小腹，黝黑的眸子渐渐闪过久已不见的莹亮光华。

前路茫茫，她一向以为那是个漆黑的世界，她和慕容冲怎么也冲不出去，早晚会死于其中的世界。可此时，她忽然觉出自己并没有身处绝境，这个世界，也未必便如她想象的那般绝望。

至少，她已经有了希望，她确定，那是慕容冲和她两个人的希望。

金风淡荡中，她倚着四合如意琐窗站了片刻，看两行大雁在高阔的蓝空逍遥飞过，方才命人又去煮了粥来自己喝了，翻出菱花镜来，仔仔细细地绾了个飞天髻，又取出蒙尘已久的妆盒，敷了粉，点了胭脂，镜中之人便顷刻活过来般明亮起来。

换了浅绛色的广袖褶衣和大口裤，缚了裤脚，碧落提了剑，让宫中的近卫去牵她的骅骝马来。

近卫早得过慕容冲小心看顾她的吩咐，也知她在慕容冲心中不比旁人，虽是奇怪这个足不出户的夫人怎么突然想到要马匹，也只得忙去备马，却只牵来一匹毛色润泽的白马，说那骅骝马已被慕容冲骑了去。

碧落走过去，拍一拍马头，那马儿打个响鼻，温顺地向她跟前踱了一步，看来倒和当日杨定南下时骑过的白马有几分相似。

"就它吧！"她微微地笑，向近卫点了点头，飞身上马，也不管尚未出宫，便拍马而去。

近卫不敢怠慢，急急牵马相随，护持左右，待见她前行的方向正是燕军行军方向，

这才放了心，彼此相视而笑。想来这位冷面夫人到底是舍不得皇太弟，才分开两三日，便急着去相会了。

第四十五章　霜天晓　无言有泪难回顾

　　碧落赶到长安城下时，天已渐暮。

　　斜阳衰草，彤云深浅，长安城池依旧峻傲而立，恍若不知城上城下，已经剑拔弩张，战争一触即发。

　　穿过驻于城外五里处的营帐，碧落一路奔去，越过坚兵锐甲的燕军，远远便见了那高大的城楼上，一支金黄色的蟠龙华盖牢牢地矗立着，金线的流苏随风飘摆，并不失九五之尊万人之上的皇家气度。

　　华盖之下，众将环卫之中，一人身着玄色龙纹深衣负手伫立，琥珀色的瞳仁在落日的辉映下隐见淡金的锋芒闪耀，谈笑间神情有些散漫，仿若正与三五知交好友把酒言欢。

　　"凤凰，嫌朕待你不好？这么兴师动众，可就失了做家奴的本分了。"落日下，符坚清隽的面容消融在明灭的光影间，模模糊糊看不真切，语中却含着轻而淡的鄙薄笑音："朕还不舍得杀你，怎么偏跑来送死？"

　　慕容冲一手扣着骅骝马的缰绳，一手执银枪，枪尖遥指着符坚的方向，银光凛冽如冰，连拂动他一身素衣的秋风也似格外的寒凉。

　　如果符坚站在他的银枪所及范围，那杆银枪，只怕会不受他的控制，脱手飞出。

　　但他的话语，居然也如符坚那般平淡如朋友间的闲聊："做久了家奴，自然厌烦家奴的辛苦，因此想和秦王换一换位置。秦王待孤的深情厚谊，必定也会一一回报！"

　　符坚眼底有烈意凌人，唇角却往上弯起，笑容越发亲切："凤凰，你若要换一换位置，怎不早说？你该清楚，朕一向最宠你，怎会不依你？"

　　换一换位置……

居然在苻坚的戏谑狎辱的轻笑声中，被解释得如此暧昧不明……

苻坚身后的将士，爆出一阵哄笑，连瞪向慕容冲的眼神，也多了些猥亵和讥嘲，仿若他不仅未着盔甲，连衣衫都不曾穿一缕。

而燕军中的知情人，无不大怒，已有将士挽弓搭箭，对准了那金黄灿烂下的颀长黑影。

"一雌复一雄，双飞入紫宫！"

那注定洗刷不了的耻辱，在数万铁骑跟前再度被当众撕扯暴晒开来，连落日都变得烧灼人心。

慕容冲的马向前冲了几步，连执枪的手都动了一动，但他居然很快勒住，并且扬了扬手，阻止了愤怒燕军的蠢蠢欲动。

他淡淡笑着，年轻的面庞依旧是少年时的英姿秀逸，那样舒缓地说道："秦王，十年不见，你老了。如果是以往，秦王早该让你的兵马来和孤说话了。"

"用兵马说话？"苻坚不屑般摇头叹笑，仿若还在怪责自己不听话的孩子，或者……任性的宫妃一般。

一拂袖，他挺直着脊背，在众人的簇拥下，缓步踱离城楼，那等闲庭信步般的潇洒，似根本没看到城下那已将他的大秦京畿踏遍的数万鲜卑铁骑。

暮色更沉，显然已不适宜攻战。

慕容冲挥手，让燕军有条不紊退回营地，才松了松握紧枪杆的手，擦去掌心里的沁凉汗水。

这时，他才觉出身边多了个人。

"碧……碧落？"他惊诧地唤了一声，望着衫袖被秋风猎猎吹拂的女子，许久才能含笑道："你来了？嗯……很好，很好。"

碧落面颊上敷的胭脂被暮霭和尘土扑上了一层暗色，看不清面色是否惨淡，但这一幕落在她的眼中，心里无论如何不会好受。

慕容冲努力将眼前这显然特地为他梳妆过的女子和刚才城头那个讥刺他的男人区分开来，柔声道："碧落，咱们回营去吧！"

碧落再望一眼苻坚消失的方向，唇角勾了一勾，一抹轻轻的笑意挤出，点头应了，与慕容冲并辔而行。她的神色有些忐忑，但眼眸已不再空洞呆板，流转之时隐见温柔。

慕容冲虽是疑惑，但见她眉宇之间依稀又见往年在平阳时的灵动，也不肯扫她兴致，遂强收了蛛网般缠绕着的缭乱心事，在众近卫的护持之下，若无其事地带她回自己的帐篷。

一时回到帐篷之中，忙叫人取水和饮食来，亲将她扶到一旁毡垫上坐了，再摸她的手时，只觉虽然有点凉，掌心却还温热，这才放了心。

几日不见，他心中也正挂念，正要好好叙话时，高盖、慕容永等将领前来，却是商议明日攻城之事。

慕容冲望一眼眸光黯下来的碧落，点头道："罢了，高将军，到你帐中商议吧！"

他到底还顾念着碧落的情绪，回避着不在碧落跟前提及这些事了。

碧落本来就无甚食欲，听说明日还要大战，顿时更是头疼。但她什么也没说，眼看慕容冲带人离去了，默默地喝着酪浆，吃着新蒸的馍，努力克制着一阵阵泛起的恶心。

苻氏，慕容氏，当真已是解不开的结？连结合了苻氏和慕容氏血脉的孩子，也不能化解？

如果不能化解，这个孩子是不是得和她一样，纠结在两个国家和两个男人的仇恨之间徘徊痛苦？

"不会的，孩子。"

碧落低低地说着，小心地抚着她那还完全平坦的小腹，依稀又想起那个村头村尾开满桃花的小山村，清贫穷困却与世无争的朴实村民，眉眼渐渐地坚定。

慕容冲回到帐篷中时，碧落已经睡了。她侧着身半屈着腿，散落的青丝铺了一枕，睡得居然很安谧，唇角有向上微扬的弧度。

他不觉笑了一笑，将毯子拉了拉，覆住她露在外面的腿和手臂。

只那轻轻一动，碧落已睁开眼，坐起身来，揉了揉太阳穴，说道："只说倦了，所以躺一会儿，怎么就睡着了？"

慕容冲坐在她身畔，替她拢着散发，微笑道："想睡便继续睡，看你精神好些，我也开心。"

"是么？"碧落仰起脸："除了报仇雪耻，冲哥还可以找到其他开心的事，对不对？"

慕容冲鼻中哼了一声，索然道："若不能报仇雪耻，其他所有开心的事都没什么意义。"

他认真地望向碧落："前儿我已经和你说得那般清楚，我以为你不会再阻拦我。我还以为……你来找我，只是因为突然和我分开几日，记挂我了。难道我猜错了？"

"我记挂你。"碧落眼前闪过那华盖下缓缓离去的消瘦身影，慢慢地说道："可我也记挂秦王了。正如你所说的，他已经老了，他才是日暮途穷无路可退的那一个。冲哥，

你年纪尚轻，当真只为一个恨字，把什么都不要了么？"

"碧落……"慕容冲抚着碧落浅绛色的衣衫，黯然道："你可别告诉我，你难得梳妆打扮一次，只是为了劝服我放弃长安滚回关东去，好让你父亲喘一口气！今日情形，你也看到了。当了这么多人的面，他那般羞辱我，我若就此罢手，这一世，叫我如何抬得起头来？"

"可今日气势，冲哥也没有输他半分呀！"碧落挪上前一步，几乎依到了慕容冲的怀中，急急道："难道一定要我眼睁睁看着你和秦王斗得你死我活么？"

慕容冲轻笑："可这不正是你我预料中的事？我们可以……把你的另一重身份忘了吗？那么，假如我输了，死了，或者我会仅把你当作我的女人，不会拉你陪葬；如果我赢了，你也可以心安理得地当我的夫人，一辈子开开心心……"

碧落大睁着眼，摇头。

虽然她不曾叫过苻坚父亲，可那日积月累的相处，岂能一句话就能抹杀的？何况，她的血液里，的确流着苻坚的鲜血。

慕容冲不由得在案下抓摸，拎出一只酒坛来，拍去泥封，边喝边叹笑："碧落，碧落，这是孽，是孽，所以我们会在一起，可偏生……你忘不了，我也忘不了……"

本该是生死仇敌的两个人阴差阳错地相依为命了十年，可惜碧落忘不了她的身世，慕容冲忘不了他的仇恨。

曾经，碧落以为自己能如偶人般陪着慕容冲，直到他如释雪涧的预言那般死于关中，自己也好相从于地下，再不分离。可她到底不是偶人，甚至有她再也无法忽视的小小生命，正缓缓在她的体内萌芽生长。

望着慕容冲喝酒时紧蹙的眉，碧落难掩眼底的荒凉。无论是苻坚，还是慕容冲，他们都已做了太多，或者说，错了太多，也许真的没有了退路。

可她呢？她有必要拖着个小生命，去承受这些大男人都无法承受的恨与怨吗？

帐外传来了杂沓的脚步声。

有亲卫来禀："皇太弟殿下，秦王遣使求见。"

慕容冲一怔，坐直身喝令："传！"

秦使入帐，却立而不拜，只向慕容冲点头为礼："慕容大人，天王陛下因时序渐冷，恐大人远来，未及备置衣衫，特命本使赐锦袍一件！"

他往后一回顾，已有侍从将红膝乌木盘呈上，果然整齐叠了一件锦袍，以深青色的明锦所制，行云流水的花纹，在青铜灯的照耀下，色泽贵重而大气。

慕容冲盯着那锦袍，忽而一笑，侧头吩咐宣来随军詹事，命道："随秦国使者走一趟罢，代传燕国皇太弟之令：孤心在天下，无法回报秦王锦袍小惠！如果秦王顺应天命，就该趁早束手就擒，还我大燕皇帝，孤自当宽贷苻氏一族，以酬谢当年对我们大燕慕容氏的手下留情！"

秦使蓦然变色，拂袖而去。

待臣下散开，慕容冲起身，将那袭锦袍拎起，快意笑道："碧落，苻坚……已有意和解。当年前往关中的路上，我去求他救我母后，他第一次与我相见，怕我冻着，曾将自己的袍子解了给我穿。当时那件袍子，便是和这件一样的式样花纹。呵，他在告诉我，他念着旧情呢！他的旧情……"

怕只怕，向来高高在上的苻坚至今也未曾料到，他的旧情，正是慕容冲心心念念的噬骨旧恨！

他只记得那个容颜胜雪的小小少年，有着清雅脱俗的气质，和温顺矜持的微笑，根本看不到那亲昵无害的微笑之中，怎样艰难地深藏着铁血慕容所有的骄傲和屈辱、愤怒和隐忍。

"你不打算和解？"碧落并不掩饰自己深深的失望，"你不但索要你们的皇帝，还要大秦向你俯首称臣！"

慕容冲微笑道："如果他真把三哥交还给我，看在你的面上，我撤兵也不妨。"

他手上一用力，"嗤啦"一声，锦袍被从中撕作两半；慕容冲再撕，那锦袍很快在他手中再四分五裂。他似乎很享受这种撕裂锦袍的快乐，丢开破锦袍时，很是惬意地叹息一声，才又捧了酒坛来喝。

碧落瞪着这个男人，想笑，实在笑不出。

她已经没办法再把自己当作一个偶人，不经思虑便全然地相信他。在他派詹事说出那样激怒苻坚的话后，若是苻坚真将慕容晖交出来，便就轮着苻坚不用去见人了。

看她的分上撤兵……

或许是种进步吧，慕容冲那样孤傲清高的人品，居然肯俯就着她，试图哄她欢喜，即便知道她是苻坚的女儿。

"慕容冲，我后悔了。"她的眼睛湿润着，第一次没有唤他冲哥，那样冷静地和他说着话："我不想等你被我生父杀死的那天陪你一起死；也不想眼看你杀了我的生父，再和你一起活。"

慕容冲已有了三分醉意，染上酡红的面颊微微一愕，旋即点着自己的心脏部位笑道：

"那也成，你可以现在杀了我，提我的头到苻坚那里请功，过回大秦公主的好日子，便是嫁给什么杨定柳定，我……也不怨你……横竖那时我早已解脱了！"

他又喝了一大口酒，秋水般的眸子有种醺醺的怅然："我知道你跟着我过得很累，可我比你更累。碧落，我比你更累！"

"为什么一定要想着死！"碧落猛地扯紧慕容冲的衣襟，激动而尖锐地叫起来："你还年轻，我也还年轻，为什么我们要想着死？我们应该活着，好好活着啊！你怕人笑话你那段过去，那我们找个没人认识我们的地方，找个谁也找不到的地方，生下我们的孩子，从此开开心心的，有什么不好？"

碧落的身体颤抖得很厉害，慕容冲隔了被她揪紧的前襟，也感觉到了她的颤抖。他放下酒坛，努力压住了自己的酒意，凝视着碧落纠结了希望和恐慌的明亮眼神，轻轻抚过她的脸："对，那很好，可我不能！"

他傲然盯着透过帘子露出一缝的夜空，冷静地回答："只要我血统里流着慕容家的血，就不允许自己退隐、逃避。至于孩子，在我为自己洗净耻辱前，还是不出世的好，免得被人笑话，有个万人瞧不起的父亲。"

碧落咬唇，再咬唇，晨间上的胭脂红早已杳然无踪，淡色的唇边隐隐发白。她放开捏紧慕容冲衣襟的手，转头盯着毡垫，似要把垫上的团花盯出一个洞来，"如果，我不想待在你身边，眼看苻坚杀了你，或者你杀了苻坚呢？"

外面的秋风刮得更大了。青铜连枝灯被吹得明明灭灭，再一阵风过来，四枝居然熄了两枝。慕容冲姣好的面庞便有一半沉入了黑暗之中，剪纸般的轮廓微微地晃动着，似也要给秋风吹走一般。

"碧落，你不会离开我。"许久，慕容冲神情笃定地回答，"如果你要走，你当日便自己推开棺木离开了；后来也不会让我把你从杨定身边带走，对不对？"

他这样说着，手心却已沁出一阵阵的汗水，似乎比傍晚与苻坚城墙上下对话时还要紧张，出的汗水还要多。

碧落站起，如雕像般静静立着，神情同样处于暗处，蒙昧不清，只有身后黯淡的灯火，将她随风轻动的青丝镀上了一层淡金的光芒。

当一片衣带飞扑到慕容冲的面颊时，慕容冲忽然便恐惧起来，恍如这女子转瞬便会扑入那片光明，如冰雪般消融于其中。

他提起坛来，连喝十数口酒，方才喘一口气，正要再说话时，只听碧落忽然极轻，又极清晰地说道："我走了。"

他一时怔住，眼看着碧落走到帐篷口，提起她尚未及解开的包袱，缓缓地一掀毡帘，走了出去。

帐篷中顿时空了，空得让慕容冲忘了喝酒；秋夜的风更是肆虐地趁机从帘子处侵入，在帐篷中盘旋着，呼啸着，青铜灯上仅余的两枝火便妖异地跳动起来，将素颜如雪的慕容冲投映在灰黄的毡壁上，不断地晃动着，犹如心底深处藏着的恶魔，在顷刻间释放出来，狰狞地挥舞着利爪。

酒坛"咚"地滚落毡垫上时，慕容冲才恍然大悟，再不顾那酒水正在毡垫上流溢，疯了般冲出去，只听隐隐的马蹄声，已经愈去愈远。

"来人！来人！"

他竭尽全力地呼喊，可尖厉的声音，全被压在了胸口，吐出来的音调，喑哑得如被牛车碾压过。

"殿下！"

近卫们慌忙前来听命。

"去，去跟着她！"慕容冲指着碧落离去的方向，继续用那种被碾压过的嗓子说道："如果她回阿房城，一路小心保护；如果……如果她去长安……就地格杀，带她的尸体回来见孤！"

冷风嗖地吹过，猛掠入门帘大敞的帐篷，本就岌岌可危的两盏灯再也支撑不住，斜斜吐出最后一抹绵长的火焰，迅速没入黑暗。

黑暗中，一片沉寂如死。

几个月来那偶人般的轻微呼吸，再也听不到了。

碧落将散落的青丝胡乱拢作一把，迎着风，一路南奔。

月华如水，一抹浮云从月上飘过，胧明之际，更见风采。城墙如山，营帐如云，在胯下白马的飞跃间迅速向后飘去。白日隐隐的血腥，似也在这样放纵的飞驰间逐渐淡去。有哪里的桂子清香，透过人世间的千苦万难，迢递传入碧落鼻尖。

那个被杨定称作桃花源的小山村，此时又该落叶纷纷了吧？

不过不要紧，明年春天，桃花还会开。等桃花落尽、枝繁叶茂时，该有另一个小生命降临这世间，用一双不解世间混沌的稚弱瞳仁，倒映青山碧水、蓝天白云。

她只希望，她的孩子能永远拥有那样纯净的双眼，纯净得能让人一眼看到里面的东西，为之开怀欣悦，——再无恩怨与仇恨，再无纷争与动乱，能一生一世，做个胸无大

志的寻常男女，为足以果腹的一日两餐喜乐，为青菜上多出的几条青虫烦闷。

她的身后一直有着马蹄声，忽远忽近，若即若离，似在追与不追间徘徊两可。

这是慕容冲的态度么？

如果他坚持不肯放她离去，会不会一怒便将她杀了？

杀了也好，换他的话说，便可以解脱了！

只可惜腹中的孩儿，不论能不能平安出世，都注定了得不到父亲的爱怜，甚至……可能会得到世人的诅咒。

因他父亲铁骑所踏处的血流成河，尸积成山！

到第二天近午时，碧落都没有发现一处人烟旺盛的堡镇，而白马已经疲乏不堪，连她自己都觉得小腹隐隐作痛，喉嗓口阵阵的酸水浮泛，知道目前身体远不能和以往相比，遂找了处茂密些的林子，让马儿自在啃食青草，自己铺了毡毯，吃了点东西，便枕剑而睡。

跟踪的燕骑也在林外驻下马来，却不敢进林来骚扰，碧落只当有人在外为自己站岗，横下心来只作不知，居然睡得甚是香甜。

这一觉醒来，天色已暮。毡毯旁站立一人，正眺着夕阳落处的一抹远山。他眉目舒雅，长髯轻拂，正是杨定的义父、如今西燕的尚书令高盖。

第四十六章　撼庭秋　泪盈襟血霜刀冷

"高将军！"

碧落对他印象颇好，见他在负责追踪自己，倒也松了口气，起身见礼。

高盖忙挽住她，叹道："怎么？又和皇太弟吵架了？"

碧落沉默片刻，问道："是冲哥让你们过来追我？是抓我回去，还是要杀我？"

高盖笑意苦如莲子："皇太弟……不到迫不得已，又怎会杀姑娘？他下的令谕，如果姑娘回阿房城，则小心保护；如果姑娘去长安城……"

高盖不以为然地啐了一声，没有说下去。

碧落何等聪明，心中如被冰水滑过，接了话道："自然是要取我性命了。"

高盖叹道："姑娘不用怪他，他看重姑娘，才容不得背叛。"

碧落凝视西方那朵深浓得洇染不开的铅色云朵，淡淡道："那如今呢？我既没有去阿房，也没有去长安，高将军打算护我，还是杀我？"

高盖迟疑了一下，终究还是问道："我可否问姑娘，到底打算去哪？据高某所知，姑娘除了皇太弟和秦王，也就和杨定熟悉些，这一路往南，能投往何处？"

碧落料不说出些什么来，高盖绝不会罢手，只得道："我不想眼看着冲哥和秦王自相残杀，所以要去淮北找我奶娘，静静儿一个人过着。你回去问冲哥，他该知道的，当年我便是和奶娘失散，才流落长安，后来被冲哥收留。"

"淮北？"高盖连连皱眉："那里路途遥远，后燕、苻秦、东晋俱有兵马出没，到那里能静静隐居吗？何况此去淮北一路兵荒马乱，只怕连道路都已壅塞不通了，恐怕……"

"高将军，记得夏天时杨定被中军劫持之事吗？"

碧落没等他将道理一条条说完，忽然打断了他。

高盖眉宇挑了一挑，叹道："自然……记得。如果不是定儿受困，我也不想杀慕容泓。"

碧落轻笑，不胜苍凉："如果我告诉你，那天冲哥找慕容泓谈论，根本没提到求他释放杨定之事，你会怎样想？"

"什么意思？"高盖瞳孔收缩，月亮投入眼底，只尖锐的一道银芒。"你……你是说……你有证据吗？"

"没有。"碧落折着毡毯，沉着答道："只是那些日子我一直神思恍惚，所以冲哥悄悄调兵之事并没有瞒我，当时我并不明白他要做什么，直到后来兵变成功，一心想护着冲哥的慕容泓被冲哥亲手刺死，我才想起，杨定被擒之事，可能也是他一手布置的。"

收拾好包袱，碧落跃上马匹，低了眉向出神的高盖道："高将军，我要走了，去淮北我的奶娘家。我不想有冲哥的人跟着，大家……是不是糊涂些比较好？"

她说着，一拍马，乘着月色驰出树林。

有燕骑急急来寻高盖："将军，要不要追了？"

高盖瞳仁里的一点月芒扩散开来，洇染了看不清的种种情绪，蒙昧不明。

"不用了，她是……去她淮北奶娘家了。我们回去复命便是。"

第二日午时，碧落的水和干粮已经告罄。毕竟是从阿房城带出来的，虽然计划到了可能会离开，却没想过外面的粟米粮食，会这等匮乏。

这条官道当年她和杨定来回走过，明明记得沿途人烟繁茂，堡镇颇多，可如今再来居然已经十堡九空。唯一有人的那处堡镇，只有些老弱之人在挖些草根树皮充饥。过去细问时，果然西燕骑兵曾来过数次，稍弱的坞堡都被攻破了，财物粮食劫掠一空，男人捉走建筑防事，女人则充作奴仆娼妓，悲惨得不堪。

"现在稍强些的堡垒都在结盟互助，一处被鲜卑白虏攻打，其他几处见烽烟即刻相援，方才能保得一时平安。小些的堡垒就不成了，根本斗不过鲜卑白虏啊。"

白发苍苍的老头，一边将草根放在嘴里咀嚼着，一边喃喃地说着，脸上的皱纹一道深似一道，沟壑纵横。

"天王……不派兵来援？"碧落嗓中干涸，已经忘了自己的饥饿。

"天王……唉，天王怕也有心无力吧！这里离长安太远，太远了些。"老头浑浊不清的眼闪了闪光芒，迅速又消逝了："现在结盟的坞堡，听说推了平远将军赵敖为盟主，有什么事，也可向天王上书。可现在……那鲜卑白虏，可恶，可恶啊！"

这里离长安太远？

碧落苦笑。

她所知道的，长安城附近的居民，同样深受西燕军所害，阿房城附近方圆数十里，更无平民居住。除了西燕军，还是西燕军。慕容冲从来不曾对他们的行为加过一丝约束。

老头颠三倒四的絮叨中，一旁的破屋忽然传来幼女的号啕大哭："奶奶，奶奶……"

"老婆子！"老头儿叫着，转身时猛了，摔在地上半天爬不起来。

碧落忙扶了他，走入那破屋中时，却见一个七八岁的稚龄女童，伏在一个枯瘦如柴的老婆子身上大哭。那老婆子花白的头发在凌乱飘着，眼睛一动不动地盯着苇草编的漏空屋顶，却是死了。

老头儿自然伤心欲绝，可年纪委实大了，连哭都哭不出来，只是嗬嗬地喘着，半天才挤出两滴泪来。

碧落再不忍见这生离死别的一幕，正准备悄悄离去时，那老头忽然一把将她拽住："姑娘，姑娘，你行行好！"

碧落摸了摸自己的包袱，低声道："老人家，我没有吃的在身边。"

老头摇着头，死拽着她的衣襟，道："哎……我不要吃的，只要姑娘给我家小聆儿一点活路就成。"

"活路？"

"姑娘不是要向南行？沿官道再前行十里，有条岔路往西的，转过一个山包，有个三官坞，听说那里还没遭难，能不能麻烦姑娘把我这小丫头送她三姑那里去？我的几个孩儿啊，也就这三姑娘还活着了。我这把老骨头，我这把老骨头啊，为什么还不死，还不死……"

那哭不出来的号啕，如钢锯般一点点锯割着碧落的五脏六腑。

她忍了再三，终于没掉下泪来，可继续前行时，马背上已多了个叫小聆儿的八岁女童了。

"姐姐，我已经再也见不到奶奶了，可我还能见着爷爷么？"

小聆儿睁着一双泪汪汪的圆眼睛，问向碧落。

碧落想起老头如风中残烛般的身影，很想给一个否定的回答，但她张了张嘴，却道："会的，等见到你三姑姑，可以让她带你回来看你爷爷。"

小聆儿点点头，又道："可三姑姑多半不敢……姐姐你看这路上，连个人影都没有，都给坏人吓得不敢出门了。三姑姑也胆小，这两个月都没敢回来看爷爷奶奶。"

的确，这样的战乱年头，敢出门的人越来越少。敢孤身远行的女子，只怕碧落已是绝无仅有的一个。

碧落握了握宝剑。久病体虚之后，手上力道已远不如当年，加上有孕在身，若遇到成队的骑兵，就真的麻烦了。

向前行了十里，果然有岔路向西，碧落早已饥肠辘辘，小聆儿则不断地转着灵活的眼珠，指点着一旁的树木，不断地咽着口水："那是榆树，榆钱可好吃了，唉，怎么连叶子也没有？那是槐树，槐花很香的，可早没了……"

碧落安慰她："别急，快到你三姑姑家了，快有吃的了。"

她也必须找到有人烟的地方，尽快补足干粮和饮水。难不成让她一路挖草根啃树皮前往淮北？

正要转过前面那个小山包时，忽见山包另一面掠起大群飞鸟，伴着惊惶杂乱的鸣叫，远远飞往别处。

小聆儿呆呆地望着那些鸟，忽又说道："去年冬天下雪的时候，爹爹用竹筛捉了好多鸟呢，炖的汤很好喝。"

"你爹爹现在在哪里？"

盯着那群飞鸟，碧落心不在焉地随口问。

"不知道啊！爷爷说他打坏人去了。坏人还抓走了我娘亲。"

小聆儿终于不再流口水，抬起脏兮兮的衣袖，擦了擦眼睛。

碧落猛记起她爷爷曾说了，所有儿女，只这三姑娘还活着的话，心里揪了一下，摸了摸小聆儿蓬乱的头发，低声道："有坏人过来了，我们打不过，只能藏起来，小聆儿别说话，知道吗？"

小聆儿一呆，忙乖巧点头。

碧落让她抱稳了马鞍，自己下马，牵马匹只往茂密的树林里躲藏。

不一时，果然大队骑兵杂沓行过，间伴着男男女女的哄笑和惨叫，应是有不少平民被捆在马匹上带走了。

小聆儿已经吓得浑身筛糠，在碧落怀中颤作一团，碧落静静地抱着她，背心一阵一阵地发冷。

只从这些骑兵的服饰队形，碧落已辨出必是西燕军中的一支，带了车驾，多半是被派出来搜集粮草辎重，那些平民男女，不过顺路带回去使唤。

待那千余骑兵行过，碧落才牵了马走出来，茫然地站在灰尘漫天的路中间，再不知该往何方去。

小聆儿紧紧拽住碧落的袖子，慌张地催促："姐姐，姐姐，我们快去三官坞，我们快去三官坞躲起来！我……我怕……我要到姑姑家去！"

碧落无意识地应了，到底决定先到三官坞看下。

但愿……但愿她猜错了，那些燕骑，不过碰巧从这里路过罢了。

满天的落霞静静笼下，那座坞堡浮动在潋滟的红光中，连边缘都不甚清楚，仿佛整个坞堡都在缓缓地消融着，很快会化在那艳美如画的晚景中，不复存在。

可碧落沿着大敞的寨门冲入时，只看到了大片的血影，劈头盖脸地笼了下来，而耳边断续的呻吟求救声，却无限制地扩散开来，只在耳边嗡嗡回响，似要将脑袋胀得裂开。

无意识地抱住头时，似乎周围的血影都在晃动着，直到衣带被死死抓住，她才被小聆儿的尖叫声拉回神志。她的身躯正晃荡着，几乎要一头栽下马来。

她定了定神，不去看那些死状各异的死尸。可惜那浓烈的新鲜血液气息依旧扑面而来，让她无论如何抑制不住胸臆间的恶心，伏在马上干呕起来。

小聆儿已经哭了起来："死了么？都死了么？我姑姑呢？我三姑姑呢？"

碧落勉强下了马，寻一处没有尸体的墙角，吐得昏天黑地，腹部阵阵抽搐，连小聆儿下了马向前奔跑都不曾发觉。

一整天没吃东西，除了些透明的酸液，她着实也吐不出什么来了。待稍稍平静，她虚软地靠在墙上喘息，闭了眼不去看眼前可怕的一切。

觉得手足间力气略有恢复，准备叫上小聆儿快快离去时，她听到了小聆儿的惊呼："姐姐，姐姐，快来救我姑姑！她没死！她们没死！"

碧落怔了怔，打足精神奔过去时，果见堡中有些民居尚有动静，隐隐的呻吟和低泣，不知从哪个角落传出；而小聆儿正在一处民居的堂屋前，抱着个三十出头的妇人，大叫着姑姑。

那妇人衣衫破碎，几不蔽体，脖颈尚有青紫的掐痕，眼珠却还在缓缓地转动着，大颗大颗的泪珠从眼角淌落，应该就是他们要找的三姑了。

碧落忙奔到内室，越过两个老年人的尸体，为她寻来衣衫披上，努力平静了音调，劝慰道："没事，没事，都过去了……活着便好，活着……便有希望……"

三姑喑哑着嗓子发了一个无意义的音节，忽然之间便号啕大哭，一边哭着，一边勉强爬起来，到灶间拨弄着草堆。

一双五六岁的龙凤胎，正在草中瑟瑟发抖，一见三姑，立刻叫着娘，奔过来抱住三姑的脚。

仿若一石激起千层浪，三姑的那声号啕大哭，似让人意识到了贼人已经退去，此起彼伏，都传来撕心裂肺的大哭。

家家都有死人，家家都遭了掳掠，家家都被蹂躏……

能有哭声的人家，已经算是好了，毕竟，那家还有人活着。

"来人哪，来人哪……"门前忽然传来女人凄厉的呼唤："有没有人救救我当家的，他还没死，没死啊！"

三姑颤声道："是……是我邻居赵婶……难道赵叔他……"

碧落忙冲出去，扶住那个满身是血跟跄而来的中年妇人，问道："人在哪儿？"

随了那赵婶奔过去看时，果然一个四十多岁的汉子躺在地上喘气，脖颈靠肩胛处正汩汩渗着鲜血，倒是手足和背部的几处伤口不深，要不了命。

碧落一闻着那血味，又忍不住胃部抽搐，可此时救人如救火，她强忍着不适，跑到马上取了包袱，拿了随身带的伤药，扯开一件单衣，即刻为那赵叔止血敷药包扎。

赵婶一边谢着碧落，一边在哭着絮叨："天杀的，这群强盗，不得好死，不得好死啊！还有辛家堡的，我们信号发出去那么久，怎么不来相救？……两个孩子都给他们带走了，谁去帮我们救回来，救回来啊？"

碧落一边为那赵叔包扎，一边只觉手脚越发无力，冷汗一层层沁出来，额上的汗水滴落，竟将眼睛都模糊住了。

小聆儿不知什么时候来到她身边，用她脏脏的袖子为碧落擦着汗，担心问道："姐姐，你不舒服吗？"

即便寻常人冲到这样一座人间地狱中来都不会舒服，何况她饿乏已久，又有孕在身。惊怒忙碌之后，她早已头晕眼花，只是不想让这么个小女孩为自己担心，遂勉强道："我没事。"

这时，外面又是隆隆如雷的马蹄声，由近而远奔涌过来，紧接着是杂沓的脚步声、喝骂声，迅速逼近。

小聆儿惊叫起来："坏人，那些坏人又回来了！"

碧落已为赵叔包扎停当，闻言立刻握住剑柄，正要立起身时，只觉天旋地转，周遭一切迅速灰暗下来，连赵婶惊喜的叫声也越飘越远，快要听不清晰："辛家堡的人赶来了！啊……姑娘，你怎么了……"

碧落醒来时，身体晃晃悠悠，如在秋千上跌荡着，没个着落。忙睁眼细看时，才见她已在一辆牛车之上，小聆儿偎抱着那双龙凤胎表弟妹，正靠在一边壁板上睡得正香，倒是三姑坐在她的身侧打盹，见她一动弹，即刻上去搀扶："姑娘，你醒了？"

碧落勉强坐起，忙问道："这是去哪里的车？"

"辛家堡啊！"三姑忙忙地从一旁的包袱下捧出一盅粟米粥来，道："来，先吃点东西再说，方才随军大夫来看过，说姑娘是累饿体乏，这才晕倒，让姑娘好好休息呢！"

她不经意地瞥一眼碧落的小腹，干笑道："还说姑娘有了一个多月的身孕，经不起奔波，所以我就自己做主，收拾了姑娘的东西，把姑娘一并带辛家堡去休养。"

碧落捧了粥，见那粥极稀薄，映得出自己苍白的面容来，知道三官坞已被劫掠一空，这么点粥，也不知三姑是从哪里寻来的。此时饿得极了，捧来一气喝了，居然觉得味道甚是香甜。

三姑叹道："姑娘，再忍一忍，听说辛家堡存粮甚多，辛堡主才敢叫三官坞幸存的人暂时都搬辛家堡去住。到了那里我们便能吃饱了。"

碧落已经几次听三官坞的人提起辛家堡了，此时精神略复，只是手足依然无力，看来的确需要休养一阵了。她遂问道："辛家堡……是什么地方？"

三姑的夫婿早年便在伐晋时死在淝水，只她带了儿女侍奉二老；如今虽逢大变，但一双儿女俱保全下来，比起举家遇难或只剩伶仃一身的孤寡之人来，自觉是不幸之中的大幸，心境倒还平和，遂细细告诉碧落关于辛家堡的事。

辛家堡在三官坞西北三十余里的地方，算是方圆百里最大的坞堡了，堡众有数千之多，若逢动乱，堡中男子即刻可组成的堡兵有两千余人，又养着七八百匹好马，堡墙坚固，便是有敌来袭，也可放手一搏；淝水战后，北方大乱，中原一带百姓频受后秦、西燕军队袭击，许多堡镇纷纷加固城墙自卫，一些大的坞堡，更是结起联盟，约定互助互援，近日更是推了平远将军赵敖为联盟之主，共御外敌。

这辛家堡人数众多，自然也是结盟的主力堡垒之一。三官坞距离辛家堡较近，两处居民的儿女姻亲结得不少，碧落所救的那位赵叔赵婶的一个女儿，就嫁给了堡主辛牧的四公子，故而三官坞虽然人少力薄，不在联盟之内，一旦有难辛家堡也不会袖手旁观。这次虽然来得晚了，但眼见堡中还有百余伤弱之人，料得留在三官坞中定难存活，便决意带回自己堡中了。

论起坞堡聚居的民众，大多为同族甚至同姓之人居住，鲜有收留外人的先例。后来苻坚将凉、燕、仇池、渭北等地的五胡部众迁入关中后，同在异乡，这些例便渐渐地破了，只要是故乡相同便聚集作一处，奉其中一位德高者为主。

辛家堡的人大多为仇池国破后从陇西一带迁来的，诸姓杂居，以曾在仇池为将的辛牧为堡主。三官坞虽非陇西人，却也是仇池迁来的氐人，故而辛牧和部众略一商议，便能确定收留三官坞幸存者。

让他们迟疑片刻的，是碧落和小聆儿，他们不是三官坞的人。三姑问明小聆儿，碧落虽是过路人，却是特地送她来寻亲的，又见她似病得不轻，显然无法再孤身上路，忙一口咬定，说小聆儿和碧落都是她的娘家侄女，家里委实没人了，才来投奔的。她的娘家早在一个多月前便被洗劫过，以至辛家坞的人听说碧落有了一个多月身孕时，神色都有点古怪，但赵婶又来帮求情，辛牧便令人将碧落也一并带走了。

——可辛牧久经世事的阅人眼光，看一眼碧落穿着打扮，以及包袱中的钱帛首饰，只怕立时便猜出三姑在撒谎了。他肯连碧落一起带走，多半是因为她只是个病弱女子，又搭救过三官坞居民，不想眼看她病死在三官坞了。

碧落默默盘算着，以目前的情形，的确不宜立刻长途跋涉。既然辛家堡尚算安全，不如暂时住下，等身体养得健壮些，备足了干粮再前往淮北也不迟。

第四十七章　鹊踏枝　谁道闲情抛掷久

牛车行走缓慢，直到第二日午时，方才来到辛家堡，果然气势巍峨，屋宇整齐，周围高墙坚垒高可十丈，望楼、敌楼、弩台等一应俱全，非寻常坞堡可比。进入堡内，早有先头骑兵通知了，各有亲戚在门内等候。

三姑却无亲人在堡中，牵了三个孩子在手中，一时迟疑，局促地四处张望。

那赵婶早被女儿接过去，派人抬了父亲回家，回头看到三姑、碧落等人，忙和女儿说了几句，但见她女儿身畔的青年点一点头，赵婶立刻向她们招手："过来，过来，一起去我红珠家！"

她的女婿，是辛牧的第四子辛四公子，大约家境还算丰裕，不但收留了岳父岳母，连带他们的邻居都留下来了。

三姑松一口气，忙一拉碧落，带了三个孩子过去。

碧落提了包袱，依然佩着剑，苍白着脸，慢慢跟在他们身后。

辛四公子已育有儿女，在堡中有一座三进的小院落，赵婶他们算是长辈亲戚，住的自然是上房，碧落带了小聆儿、三姑带了一双儿女，被安排在后院的两间耳房中。

三姑喃喃道："只要活着便好……便好，我有一双手，可以把孩子们养大，看他们娶妻嫁人……"

她回头向碧落一笑："你说是不是？"

碧落一怔，顺着她的话音念了一遍："我有一双手，可以把孩子们养大，看他们娶妻嫁人……是啊，人生如此，夫复何求？"

三姑便笑了，两眼直眯起来，拿出带来的箱笼物什，快乐地拾掇起房间，甚至还拿出一对做工粗劣的布娃娃，逗自己的两个孩子玩，浑然忘了她一年前失去了丈夫，昨天失去了公婆母亲，父亲无人养护，她自己也刚被人残忍蹂躏，九死一生。

简单地活着，果然好，真好。

如果没有战乱，哪里都能成为另一个美丽的桃花源。

可惜，这里还是离慕容冲太近，离苻坚太近了。若有机会，她还是远赴淮北的好。

傍晚之时，碧落刚吃了点东西，简单收拾了屋子，靠在墙上憩息时，忽然三姑急急跑进来，说道："碧落，快出去，堡主派了五公子来唤你，怕有事呢，你……你小心应对……"

她对碧落同样不甚了了，只知她远行投亲，凭了直觉认定一个姑娘家孤身行走必有苦衷，且太过危险，远不如辛家堡大树底下好乘凉，只怕她应答不善，连这个容身之地也保不住。

碧落不答，只拢一拢青丝，缓缓步出。

院中居然是个十八九岁的清秀少年正在守候，忽见一容貌苍白秀美的女子步出，显然一愕，半天挪不开眼去。

碧落走到他跟前，并不看他一眼，只淡淡道："是五公子？请带路。"

辛五公子醒过神来，忙在前走着，不断回过头来望一望碧落，忽然说道："不要叫我五公子，我叫辛润，熟悉的人都只叫我阿润。"

碧落目不斜视，专注地望着眼前的路面，冷淡的眼神，仿佛要将那阳光照耀下的路面看成坚硬的冻土。

辛润有些失望，又觑眼望着她，笑道："你叫碧落？我可以就叫你碧落吗？"

他的笑容纯净而清澈，有着未经世事的干净无瑕，就如……第一次在平阳太守府见到的杨定。

但杨定显然不简单，他所有的清澈和宁静，都建立于洞悉世事后的大智大慧。当他高蹈于世，他可以保有他的纯净清澈，一旦被搅入其中，同样不输给任何一个世故老手。

而辛润呢？剔开那纯净的笑容，是不是也有着与众不同的一面？

碧落已经不想知道；关于这个世间的任何人，任何事，她都不想知道更多。

辛润听不到回答，嘴角微微耷下，随即又飞快地向上弯起："你不回答，我就当你是默认了，碧落。"

好在辛牧的宅第离辛四公子的住处并不远，除了房屋多些，也不算很大，辛润很快将她领至了一间厅堂中，唤了声"父亲"，便在一旁垂手侍立。

堂前正位坐着一须发花白的老者，衣着甚是普通，眉宇却自有一股威严之气，碧落知道必是此间之主辛牧了，遂上前依礼拜见："碧落见过堡主！"

辛牧微笑一笑，道："你身体未复，不用客气，坐吧！"

碧落依言落座，便听辛牧笑道："碧落姑娘一看便是聪明人，老朽为什么叫你来，姑娘想必也很清楚吧？"

碧落沉吟片刻，清晰答道："堡主不必问我从何处来，往何处去，总之碧落不会做任何对辛家堡不利的事。如果堡主能容碧落休息数日，碧落感激不尽；如果不能，请容碧落告辞！"

有焦急的低啧声从一旁传来，辛牧的眼神却越发锐利，忽而笑道："既然姑娘有此承诺，辛家堡永远欢迎姑娘驻足！尽管在此休息罢，有什么需求，也只管说。听说姑娘准备投亲；外面兵荒马乱，若是投近处之亲，三辅已无安宁之地；若是投远处之亲，则各方道路均已堵绝不通，凭姑娘单身一人，恐大是不易。不如留下休养数月，看局势有无好转再作计较吧？"

碧落见辛牧如此豁达，倒也诧异。但她深知目前不是逞强的时候，当下裣衽而谢。

辛牧点头，扫一眼碧落腰间，又微笑道："姑娘腰间的佩剑，似乎不是凡品。"

碧落料想自己晕倒后他多半曾经检查过自己的佩剑，当下承认："不错，是……一位亲友所赠的前朝宝剑。"

辛牧若有所思地点点头，道："好，你回去好好休息吧！"

碧落遂辞去，缓缓向外走去时，忽听到辛牧迟疑着又问了一句："可否冒昧问一句，你……腹中孩儿的父亲呢？"

碧落脊背一僵，冷硬地掷出了两个字："死了！"

头也不回便离开了辛牧宅第。

慕容冲……从此只能当他是死了吧？便如当初碧落当自己死了一样。

当他死了，只怕会开心些。

自此，碧落便在辛家堡住下，一边休养身体，一边常在院中持剑练着腕力，希望能把这些日子荒废的武功重新拾起，让她有足够的能力面对日后可能的困境，保护好自己和腹中的孩子。

四公子似乎得了吩咐，虽然还让她住在耳房之中，但卧具案几，都给她备了一套新

的来，甚至他的夫人赵红珠亲自过来量了她的身段尺寸，令人为她添了两套秋冬时的棉袍，质料居然还不错。而三姑和三个孩子，只一人分到了一套普通的粗布袄子。

碧落纳闷辛家的另眼相待，转而想着辛家堡恨鲜卑兵入骨，断然不会知道自己是西燕皇太弟的女人；而苻坚等多半还未及听闻自己离开了慕容冲。或者，因为她的选择，苻坚已经不想知道关于自己的任何消息了吧？对于辛家来说，她应该只是个看起来出身比较好，并且会些武功的普通女子。而五胡俱是草原游牧民族，民风彪悍，会武的女子虽然不多，却也不少。

自然，她还是有一点特别的，那个特别便是……她来到辛家堡才几天，辛家堡上下便都知道那个备受宠爱的辛家五公子喜欢上她了。

辛润喜文不喜武，只以玩箫弄笛为乐。因他上面有四个哥哥，均是身手不凡，辛牧虽是无奈，倒也不去逼他。但自从他发现碧落剑法不俗，开始一反常态地叫了几个高手，天天陪他练剑，练倦了，便到四哥后院去赏秋枫落叶，更重要的是，看美人舞剑。

他很有耐心，常那样出神地看着，一看就是一两个时辰，眸子里始终是纯净的惊叹和爱慕，别无杂念。

碧落历过一场炼狱般的情劫，哪有不懂之理？后来一见辛润来，便不声不响收剑而去，闭门不出。

论起她从小跟在慕容冲后面学出的耐性，便是一个月不出房门半步也是不难。可惜她身畔还有个一天到晚姐姐长姐姐短的小聆儿，不时去开门关门，关门开门。

"姐姐，你瞧，五哥哥给我画了像，看，像不像，漂不漂亮？"小聆儿兴冲冲地拿了自己的画像给碧落看，头上的羊角辫一跳一跳的，很是可爱。画上的小聆儿同样一脸阳光，粗衣布袍，羊角辫保持着欲落不落的活泼姿姿态，极是传神。

第二天，第三天，则是龙凤胎兄妹的画像。

第四天，则是碧落的画像。

碧落没想过自己能被画得这样美，凌风练剑，衣衫飘拂如仙，青丝半拢不拢，慵懒地从额间飘下两三缕；只一双眼睛，谁也看不透的眼睛，明明漆黑如夜，却传递了一星半星隐约的光亮，似微微一笑，便能让那星光亮绽成皓月般的清明华彩。

可惜那画上的碧落没有笑容。紧抿的唇角削薄如刀，倔强地掩住所有的苦楚和悲伤；又让人忍不住有一种冲动，去消融化解那种苦楚和悲伤，让她笑，笑着绽出春花怒绽般的风华绝代。

或者，只有心灵很干净的人，才能这样用一幅画，映出一个他知其然却不知其所以然的女子形象吧？

"小聆儿！"碧落叹着气向小聆儿道："以后，不可以要那个五哥哥的东西，这幅画像，也送还给他吧！"

小聆儿困惑地望着碧落："可五哥哥似乎喜欢帮我们画像啊！他还喜欢吹笛子，你听到没有？他常在院子里吹，吹得很好听！"

碧落沉静地笑："那是他弄错了。他不该在这里画画吹笛。"

小聆儿更困惑了："那他该到哪里画画吹笛？"

碧落拍拍她的头："他应该到和他一样的姑娘那里去。"

小聆儿还是不懂，或者说，她更糊涂了。

但碧落已经坐到榻上，笨拙地编着一枚剑穗。

她终于编出了一朵完整的莲花，往下缓缓地编着双环结，预备将一枚佛手玉佩镶入其中。

小聆儿出去告诉辛润时，辛润抱着画儿快快离去，清澈的眼睛里却有一层雾气飘来泊去。

其后两日，辛润都没有再出现，碧落正松一口气时，辛润又来了，眼神已恢复了清澈纯净。

"我听说了……"见小聆儿知趣离去，辛润坐到碧落跟前，红了脸道："我会对你好，也对孩子好……那事根本怪不得你……"

碧落蹙起眉，瞪着辛润，不明所以。

被她那双黑眼睛直直盯到心口的感觉估计很不好，辛润渐渐手足都不知往哪放了，回避着碧落的眼神，却又不肯放弃地往她面庞上飘着："是那些鲜卑白虏欺负你，怪不得你……碧落，你知道吗？我一心对你好……"

碧落才知他必定听了些以讹传讹的谣言，以为自己是被鲜卑兵污辱了才有的身孕，忙道："你误会了……"

忽忆起也曾有那么个人一心对她好，不顾一切地待她好，却被逼得遍体鳞伤而去，顿时鼻子一酸，别过脸去，攥紧手中的佛手剑穗。

辛润见一向冷颜如冰的碧落忽然显出一抹伤感，更是着急。他还要追问时，门外忽传来辛四公子的声音："五弟？在里面吗？父亲找你，让你即刻前去。"

辛润应了一声，一双明净眼睛却还只望着碧落，不胜迷惑："如果我误会了，你可以告诉我，是谁让你不开心？我想知道……你的过去。"

碧落性情为人孤僻冷淡，即便和她住作一处的三姑也不敢细问她的过去，从没有想过这么个不生不熟的少年人，居然理所当然地想要寻根究底。

他到底太年轻了，又有父兄庇护，才能在这样的战乱之中继续保有一份纯净心地，不知进退，却让人无法心生恶感。

"五弟！"

辛四公子又在外呼唤，带了不耐和警告。

辛润温顺惯了，一听兄长似有怒意，忙连连答应，歉疚地望着碧落起身告辞："我改天再来看你。你……你别不开心。"

看着他离去的清秀背影，碧落没来由地一阵冲动，脱口道："你不用再来了，五公子。"

辛润惊讶回头。

碧落的眼中，似有山岚般的浅浅光晕飘着，漾着悲喜不定的流光。她缓缓说道："我喜欢过两个男人。可其中一个，因为对我失望，所以放弃了我；而我选择的另一个，因为我对他失望，所以放弃了他。这个孩子，是我这场情劫唯一的纪念。如果不是它，我已与死人无异。"

她低下头，抚着光洁的佛手，疲倦道："我累了，没法再去喜欢别人。我也讨厌别人来喜欢我，那会让我更累。"

她说得很清晰，又绕口令般艰涩，本以为辛润不会明白，谁知正拉门的辛润站在门口愣了片刻，居然怜惜地扫过她一眼，答道："我懂了。"

懂了？

碧落正要松一口气，辛润已经开门出去，居然还留下了一句话："那等你不累的时候吧！"

看他携了辛四公子出去，碧落额上有微微的汗意。

原来懂了，并不等于放弃。

或者就如当初，她明知选择了慕容冲不会有好结局，可还是选择了慕容冲，生生将陷情已深的另一个人推入深渊。

碧落眼眶温热，忆起当日两军交战时，杨定望着捆于车上的自己，热泪盈眶身中流矢的呆滞模样。

他本该有着和辛润一样的明澈眼眸，慵懒地卧在廊下晒着太阳，漫不经心地过他自得其乐逍遥天地间的日子，唇角永远绽着通透明朗的笑意……

吸一吸鼻子，她努力平定了自己的情绪，去向赵婶借了个火盆来，拿柴枝生起火，提起佛手剑穗，仔细地瞧了又瞧，火焰便在眼前跳了又跳，许多往事便在火花中一一闪现。

那个重伤的男子，因为不见了她，那样失魂落魄地带伤出寻，然后做梦般站在她的马前……

他说，他看到她不见了，他快疯了。他将炽热颤抖的唇，印上她的……

潮湿寒冷的山洞中，无数次地相依相偎着取暖，他一遍遍地唤着碧落，便如她一遍遍地唤着杨定……

简陋漏风的小屋中，两人共处一室，隔帘而望，在每个夜间听着对方均匀的呼吸安然入睡……

杏花盛绽下，那穿过发丝轻轻抚摩于头部的温暖指触……

落花如雨中，两柄一模一样的宝剑挥舞于茵茵春草中。有时相视一笑，顿觉春意融融……

黑暗棺木里，生死一线，她感觉到了生命中最重要的两个男人在流泪，一个笑着流泪，一个哭着流泪……

可那个一手将自己从棺木中抱起的男子，一点点唤回她生机的男子，终于走了，绝望地扔开她刚刚洗净的剑穗……

他大概永远不知道，她多盼着能看到他依然挂着她的剑穗，展颜而笑，温暖如春。

就当原来那枚剑穗旧了，褪色了，自己重新编织了一枚又怎样？

褪色的，终究还是褪色了，扔开的，终究还是扔开了。

就如再一次选择，她可能还是走一遍老路，同样不可能让杨定快乐，更不可能将杨定变回原来那个明朗通透一脸阳光的杨定。

心肠转了几百回，碧落终于狠下心，将剑穗掷下火盆时，发现剑穗居然没有燃烧起来。

不知什么时候，柴火已然熄灭了，连余烬都不能将丝线的流苏点着。

"碧落，你在做什么呢？"

门忽然被推开，三姑端了一碟炊饼过来，笑着说道："快来尝尝我才做的炊饼，这酱也是新熬的，味道很不错呢！"

碧落忙应一声，才觉出自己的嗓音已经嘶哑，带了清晰的哽音。

悄无声息地将剑穗重勾回指间，藏入袖中时，她听到了三姑惊讶的声音："碧落，你怎么啦？"

三姑把炊饼放在案上，慌忙用自己沾着面粉的袄子来给碧落擦泪："是……五公子

欺负你了？"

"没有！"碧落勉强笑一笑，强打起精神来，去尝三姑的炊饼。

从未关上的门向外望去，小聆儿正和龙凤胎弟妹们各抓了一块饼，边吃边在院中的槭树下追逐着，稚拙的笑声快乐地飞扬在空气中，平白添了几分温馨的暖意。

碧落手中的炊饼终于尝出味道了。

甜的，是面食天然的清甜。

清清淡淡，却萦于唇齿间，回味隽永。

依稀，便有了春天芳草鲜花的清香萦在了屋中。

碧落的日子从此更加宁静，甚至比那几个月隐于小山村时更要宁静几分。这宁静让她有些发慌，觉得这种海上浮木般的宁静很不可靠，好像随时会有一个浪头打来，再度将她卷入海底，挣扎在激流旋涡之中。

辛润再也没来找过碧落。他的笛声倒是没有消失，常在入夜之后响起在寂静的巷道中。

隔得挺远，悠扬中带了一抹愁意的旋律，断断续续地随风传送。

碧落很少出后院，也从不和不相干的人说话，旁人见她冷着脸，轻易也不敢过来搭讪，倒让不擅交际的碧落很是省心。便是外面有什么流言，横竖传不到她耳中，自是懒得理会了。

至于辛润的笛声，她暗自猜度着，辛润住处可能也在附近，或者又喜欢上了附近别的什么女子，在吹给别的人听。

——她既不去打听，自然不知道外面已经纷纷扬扬传开，说五公子爱上了才来的有孕女子，被拒绝了，快要相思成狂，却被堡主拘着不许相扰，因此夜夜隔了远远的巷道，传递着求配之意。

三姑已和附近人家混熟，倒是听了许多这样的话，可惜那日她亲见碧落送走五公子后泪流满面，再也不敢和碧落提起了。

第四十八章　清平调　草木犹解醉春风

转眼一个月过去，碧落厌食犯困的妊娠反应略有减轻，身体也恢复得差不多，却觉心下依旧烦躁不安，纵然此地人人客气，衣食无忧，也只想着不如那处小山村闲适自在。连那枝乱飘的杏花，犯嫌的黄狗，破了的门扇，此刻回忆起来都似温煦怡人，向往不已。

这日正想着要不要向辛牧说明，告辞离开此地时，她忽然发现堡中的气氛变了。

连朗朗的天色，都在转瞬间蒙上了一层阴霾。

多年习武对敌的经验，让她脊背间涌过一道寒流，几乎毫不犹豫地反手抓住了流彩剑，冲出了屋子。

那排正屋中，赵红珠正将满身盔甲的辛四公子送出，几名披了简易革甲的堡兵正在守候，前院也隐隐听得刀刃触地甲胄相磕的金属声；与此同时，正北的烽火台上，一溜火焰伴着黑色长烟，直冲云霄。

这是结盟坞堡间有敌来犯的求救警报！

院中不知不觉间已站满了人，都是女人或孩子，默默目送男人们持了或锋利或简陋的兵器，匆促却有序地奔往四周护堡墙垒。

秋风再大，吹不散院落中乃至整个辛家堡的紧张气氛。龙凤胎中的小女孩禁不住那沉重的空气，两眼惊惧地望着眼前大异寻常的情形，不知是不是想起了三官坞被灭前的景象，忽然张开嘴，"哇"的一声哭了出来。

三姑一个巴掌扇过去，骂道："不许哭！鲜卑狗来了，我们有一个杀一个，有两个杀一双，大了不，同归于尽！本就是逃出来的命，我们不怕！不怕！"

赵红珠走到众人中间，环视四周，说道："大家应该猜到了，是西燕的鲜卑贼子打过来了。大约看上了我们辛家堡的财富和粮草，来的骑兵听说不少。但我们结盟的坞堡应该很快能赶来，只要固守，坚持到明天，距此不远的赤水、侯坊等几处的援兵应该也能到了。我们女人家不能做别的，有力气的，多帮忙运些檑木、滚石、弩剑和食物到堡垒上去，力气小的，在家看孩子煮食物，总之大敌当前，大家齐心协力便是！"

各地坞堡被掠劫后的惨状，在场之人就算没有亲见过，大多也听家人转述过，无不惊惧至极，却也由这惊惧中生出不屈的抗敌之心来。

不反抗，便是死，便是家破人亡，满门遭戮。

当下众人齐心应诺。有两把力气的妇人和老人，也都换上易于行走的裤褶，带了自家农忙时运输粮食的简易车驾或扁担绳索，去兵器库搬运守城器械。

赵红珠也换了裤褶，和伤势才好的赵叔一起出了屋子，却特地跑来和碧落说道："碧落姑娘，你有身子，就在院中养着吧，别出去了，小心动了胎气！"

碧落木然地点点头，眼看他们离去，巷道里一片杂沓沉重的脚步声，心中已揪成一团乱麻。

西燕，西燕的鲜卑骑兵在攻辛家堡！

那是慕容冲率领的西燕军啊！

以辛家堡的势力，自然还没放在西燕皇太弟的眼里，来的必然是慕容冲的手下将领。辛家堡不是他们攻取的第一处堡垒，也不会是最后一处。西燕的军粮财物，各种器械，便是在这种不断的攻伐中充盈，西燕的军队，也在这种攻伐中壮大并日益残忍。

慕容冲……

碧落 阵阵的晕眩，还是没法将屠尽一个个堡垒的魔鬼般的人物，和自幼相伴身侧的清雅男子重合起来。

莫非那个将自己护在身畔的冲哥，从来只是自己的一个梦？蒙昧无知的梦？

而她现在终于清醒，清醒地知道了自己要的是什么，不要的，又是什么。

她只要平安生下这个孩子，平安带孩子生活下去，不要屠杀，不要动乱。

辛家堡一旦攻破，如果她不向人坦承自己是慕容冲的女人，会不会和堡中其他女人一般，被踩躏，被屠戮，然后一尸两命地惨死？

碧落想要狂笑，又想要大哭，但终于没有笑，也没有哭，居然很冷静地走出去，穿过巷道，夹杂在忙乱运输的人群中，走到堡垒边，倚在一株石楠边，望着堡垒上来来去去的堡兵。

堡内堡外，俱是震耳欲聋的嘶喊声，如饿兽觅食或母兽护犊时不要命的嚎吼。撞击堡门的声音断断续续，显然遭到了顽强抵抗。辛家堡素来富足，准备充分，除了长四尺、直径五寸的木檑，还有以土混合猪鬃做成的长二三尺、直径五寸的泥檑，均钉有逆须钉，加上弓箭齐发，鲜卑骑兵估计伤亡也不少。

自然，也有伤亡倒下的堡兵不断被族人送下堡垒，交由下面的族人带往别处去施救或安置，而堡下的人则以年轻力壮的女人居多。

本来防守甚是严密有序，但一个时辰过去，堡上渐渐有些手忙脚乱起来，忽然看到辛牧一挥手，原在堡垒上的壮年兵丁，忽然一拥下来三成，奔向墙垒下的一处，同时砖石泥土，也开始往那处运去。

碧落心中一紧，即刻冲到垒上，扶了堞墙往下一瞧，已失声道："是尖头木驴！"

堡外，有十余个庞然大物逼到了墙角，四周均覆了生牛皮，顶部则是生牛皮和粗竹片所制的皮笆，正是慕容冲入驻阿房后连夜命人赶制的尖头木驴。他深知以后攻取长安并不容易，特地抓了民间名匠和鲜卑巧手一起赶制攻城器械，尖头木驴正是其中之一。碧落时刻在慕容冲身畔，见过图纸，自是深知此类器械的利弊。

这种木驴车上为尖顶，坡度很大，以粗大木柱支撑，周围衬以软草，矢石击下，往往顺着皮笆的坡度落下，威力大减；车的下部有四个路轮，可容十名士兵隐于其中，只要攻到城下，便可刀枪齐下，往下深挖地道，钻过墙角，直达对方城内。

堡上堡下突然混乱，显然是发现对方已经快将地道挖到自己堡内，分派人手堵地道去了。

碧落正惊怒，衣襟忽然被一人抓住："碧落，你跑这里来干什么？太危险了，快下去！"

居然是辛润，也披了胄甲，抓了弓箭在手，惊慌地摇着碧落。

辛牧也在不远处，大约辛润的动静惊动了他，只往这边一瞧，便飞快赶来，急道："碧落姑娘，你怎么来了！快走！待会儿形势不对，你自己找机会，能躲就躲，能逃就逃，千万要设法脱身！"

碧落不明白到了这时候，这位堡主怎么还会对她这个无意收留的外人如此留心，但也就是这种满怀焦急的留心，让她毫不犹豫地说出尖头木驴的破解之法："堡主，火攻！"

"火……火攻？"辛牧迟疑一下，再顾不得碧落在不在身畔，已一叠声吩咐："快，快去取油料来！还有火把，越多越好！"

辛润却没管父亲，只顾拉着碧落，把她往墙垒下拽："快走，快！"

他扯着碧落，却不知自己早已离开了堞墙保护，推搡间，碧落已眼前黑影一闪，忙将辛润用力一带，一支利箭，擦过辛润的手臂飞过。那里却无皮革防护，只听辛润呻吟一声，已有大片鲜血渗了出来。

碧落大怒，借垛墙掩护往外看时，利箭射来的方向，一名鲜卑骑兵刚刚收回弓来，正取箭准备再放。

辛润呻吟未了，碧落已经一把夺过他的弓来，抢过他腰间一支翎箭，稳稳一拉，已是个满弓，也不见怎么瞄准，箭已呼啸飞出，没等辛润回过神来，那名骑兵已经翻身落马，居然是一箭穿心！

辛牧见状，微微一愕，便再也不催碧落下城了，继续催着快拿油来。

碧落眼见跟前陆续又倒了几名堡兵，堡内又传来痛失亲人的女人强忍泪水的哭骂，只觉眼睛阵阵发红，随手摘过辛润腰中的箭壶，置于自己脚下，倚在垛墙边，默默观察着最有利的角度，瞄准，射击。

虽不是百发百中，倒也极少落空，一箭过去，总有人中箭惨叫。

辛润闪于另一处垛墙之后，看着一脸冷淡的碧落，沉稳凝重的射箭手法，揉了揉眼睛。

这是怀着孕身虚体弱的年轻女子吗？

油料运来了，辛牧即刻安排人手，拿大大小小的陶罐陶盆盛了，纷纷往木头驴车掷去。

鲜卑兵发觉，立知不对，要往后撤时，堡兵已将火把捆于箭上，点燃，数百支一齐射出。油料遇火即燃，木头驴车顿时烧成一团，但闻惨叫声不绝于耳，数十团火人奔出车来，在地上滚作一团，其状惨不忍睹。

鲜卑兵一时气势弱下来，暂停了进攻，辛家堡中人才得以喘一口气，忙又加派人手去堵地道，换班歇息饮食。

碧落看箭壶内翎箭已空，干戈略停，方才呼出一口气，掷下弓来正要立起时，只觉腰腿酸软，居然一下子坐倒在地上，不由得按住腹部苦笑。

若是以往，她哪有这么容易累着？

辛润小心挪过来，蹲到她身侧，问道："你没事吧？"

辛牧向他们挥手道："你们都下去歇着吧，估计……今夜应该能守住了。小五，这两天给你的责任就是护着碧落姑娘，别再让她累着了！"

辛润显然对这个任务还是挺满意的，连声应是，伸手便去挽碧落。

碧落轻轻挣开他的手，自己扶着墙，缓缓下了堡垒；辛润有些尴尬，却不放弃，只虚虚扶着，生怕她不小心摔着。

碧落自己也想着保重，行一阵，便坐着歇上片刻。待回到自己所居院中时，天空已是苍暝一片。几只还巢的雀儿正自堡外飞来，依然在这人烟茂盛之处寻找着自己的口粮。

雀儿的黑影划过天幕，依稀见得到有些雀儿在空中划过的流光，痕迹淡淡。

淡淡的流光……

碧落掠一掠发，因秀眉蹙起显得狭长的黑眸，也闪过了一抹淡淡的流光。

"五公子！"她唤道。

辛润顿时流露出委屈之色："我说了，你叫我辛润就行了。"

碧落懒得和他扯皮，遂道："好，辛润，快去告诉你父亲，小心雀杏！"

"雀杏？什么雀杏？"

辛润茫然。

碧落不耐烦地推他："快去快去，你父亲自然知道。若是晚了，辛家堡只怕要吃大亏！"

见识过碧落的不凡，辛润再不敢在此生死关头怠慢延误，忙应了声，一边往外跑，一边向碧落高叫："你快回屋去休息！"

辛润虽是出身将门，却未读兵书。但辛牧既曾在仇池为将，久经沙场，自然不会不知道，雀杏也是一种攻城计谋。攻战一方，捕取了来自城中的鸟雀，然后以中空的杏子装入燃烧的艾草作为火种，等到黄昏时利用其返巢的习性，将火种带至敌人粮仓。

——他们刚遭了火攻，很可能会因此也想起这种火攻的办法。碧落虽然累乏，但总觉得自己的眼睛还没花，刚才那鸟雀，似乎有点异样；便是眼花了，提醒一下，也不会坏事。连着大半个月未下雨，天干物燥的秋天，火攻应该是兵家极可能使用的手段。

果然，不久，粮仓附近喧闹起来，隐见有黑烟腾起，但很快便不见了火光，相信救火的人去得早，才有些苗头，便被扑灭了。

碧落回到自己的屋中，三姑远远见了，早端了两碗粥来给她，碧落道谢喝了，才见辛润赶来。

他燃了一盏青铜灯，神情看来很有点郁闷，很久，才开口道："爹爹一直让我别招惹你，说我配不起你。我一直不信，原来是真的。"

"堡……堡主怎会这么说？"

碧落吐字有些艰难。

如果在辛牧眼里，她只是个厉害些的过路女子，也不至觉得他的宝贝儿子都配不起吧？除非……除非他知道了碧落的身世，知道她是秦王苻坚的女儿。那重身份，绝对不是一般人家匹配得起的。

可她的这重身份，秦王一直未对外公布，甚至碧落至今都在疑惑，夏天时究竟是什么人向慕容冲透露了这个讯息。

按理，苻坚知晓她在燕营，再怎么着责怪她，也不会轻易断送自己亲生女儿的小命，绝对会讳莫如深；便是张夫人原来与她有些心结，也没有理由向燕营透露此事，——她最会权衡利害，自然容易想到，假如慕容冲不杀她，却拿了她做威胁大秦的筹码，岂不是误了大事？

辛润摇头道："他没说什么，就说我配不起你，怪我来招惹你，把我骂了一顿，不许我再来看你……"

他试探着问："碧落，你是不是……也觉得我很没用？"

碧落叹息一声，也不答话，招手让他坐下，解下外袍，替他包裹尚在流血的伤口。

辛润便不再问，默默看她为自己包扎好了，清澈的眸子有些暗蒙，他低声道："爹爹让我护着你，我便住在四哥这里。你有事就唤我一声。"

他悄然离去，为碧落带上门，留了一室幽幽暗暗的烛光，耀着她紧蹙着的眉。

虽知辛家堡岌岌可危，可碧落身体不抵以往，早乏得厉害，睡得还是很沉，直到早晨，才听到雷鸣般的轰隆声传来，又夹着无数人与马的嘶吼，汇成江流般的咆哮，哭不像哭，笑不像笑。

随着慕容冲一路攻城拔寨，这声音，她太熟悉了！

辛家堡，被攻破了！

她悚然坐起，迅速披衣而起，又将睁着眼睛惊呆的小聆儿拖起，忙乱地给她系起衣带，拉开门时，已见到了辛润刷白的脸。

"碧落，我们快走，往偏僻些的地方躲一躲。"辛润唤着，拉过小聆儿另一只手，便往院外奔去。

院中，醒得早的人们早意识到大事不妙，纷纷往外奔去。三姑怀中抱一个，手中牵一个，焦急地扭头向碧落道："碧落，小聆儿先麻烦你了！"

碧落全无把握地应了，紧紧握住了流彩剑，叫道："你们先走！"

这处巷道左近都是整齐屋宇，正是辛家堡富庶些的百姓聚居之处。鲜卑兵一旦进入堡中，这里必定首当其冲。

可就是避到别处又如何？数千西燕军一拥而入，有哪处角落能保住平安？

碧落等走到外面巷道，已听得南面堡垒处喊杀，远远便见得刀光一片，血影将这秋日的晨光洇染得更是凄瑟，知道堡兵们正在与西燕军殊死相搏。但堡兵们再怎么训练有素，也无法和大半年来以攻伐为业的西燕军为敌，已有鲜卑骑兵突破防线，攻入巷来。

碧落、辛润忙让三姑等先走，他们将弓箭持在手中，带了聆儿断后。

眼看已有几名如狼似虎的鲜卑骑兵冲入南面往北奔逃的百姓中，挥舞着矛戟大刀，毫不犹豫地落下，只有年轻女子，被甩往一边，暂时不取性命。

碧落素知燕军品行，虽是切齿痛恨，却也不敢回身相救，拉着聆儿也往北奔去时，忽听身畔的辛润狂吼一声，站定了搭上弓箭，向那正残杀百姓的鲜卑兵射去，浑不理涌过来的鲜卑骑兵越来越多，凭他一人之力，根本射不完。

有两个骑兵被射倒，立时有人注意到这里，往他们站立的方向奔来。

碧落慌忙射了一箭，射倒最前面一骑，眼见他们逼得近了，忙拽住辛润："快逃，快逃！"

辛润转过脸来，已是满眼通红："碧落，我不能护着你了，我不能……眼看我的乡亲们给这样屠戮！死也不愿！"

碧落一怔，不觉松开了手，辛润已怒吼着持刀奔向鲜卑骑兵，那原来甚是文弱的身形，刹那充斥了绝望而悲愤的骇人杀气。碧落一阵热血上涌，正想着要不要跟过去帮忙时，忽听到聆儿大声哭叫："姐姐，三姑姑！我的弟弟妹妹！"

碧落转头，顿时骇住。巷北，本来已经奔到巷子尽头的老弱百姓，忽然纷纷转身，见了鬼般嘶叫着，往回奔来。一队骑兵像驱赶猎物般从北方涌入，大刀所指处，惨叫声不绝。在三姑痛彻心扉的嘶叫声中，其中一柄厚背弯刀在空中划过雪亮的弧度，把两颗小小的头颅带了两溜鲜血，远远飞落。

"啊……"三姑发不出一个完整的音节，丢了怀中两具无头的幼童尸首，疯了般去揪打那骑兵。那骑兵看也不看，扬刀劈下，顿时将她砍成两半，止住了她的嚎叫和痛苦。

不过是，一眨眼的工夫，一眨眼的工夫而已，那天天陪着碧落说话的三姑，那天天绕在碧落腿边的龙凤胎兄妹，死了。马蹄踏过，那本就不完全的尸首，渐渐血肉模糊，不辨头脚。还有赵婶，还有那些见过面却没说过话的老少邻居，尽在血光中倒下，模糊……

碧落如同浸入冰雪，寒彻入骨，嗬嗬地无意识叫着，心中一口热血，差点喷涌出来，一时竟如身在梦中。

人的生命，不该是所有生命中最坚韧最顽强的吗？此时竟蝼蚁不如！

并且，是自己朝夕相对，视若亲人的人，瞬间消逝成尘土中一摊再无生机的血肉，

甚至不如一条狗，一只鸡……

"姐姐……"小聆儿忽然又叫，几乎同时，碧落被推了一把。低头看时，小聆儿正缓缓抓着她的衣带滑下。一支利箭，从她的左眼贯穿，后脑穿出……

抬头往南看，辛润满身是血的身体，正在鲜卑骑兵刀剑齐发中倒下。刀光之中，他依稀又向碧落看了一眼，遍是污血的脸上，一双眼睛，依旧明亮，干净，清澈得像无云的蓝天……

两名骑兵正盯着她，收起弓箭，一脸惊艳地骑马奔来……

碧落手足俱已失去了正常的感觉，而头脑却奇异地清明起来。

她抱起小聆儿，小心地带她奔回辛四公子的院门处，就如她正沉睡一般，将小聆儿平放在门槛内，拿帕子覆住她一只破碎、一只圆睁的眼。

小脸被覆住的瞬间，碧落看到那圆睁的眼中，依稀倒映着那本该向自己飞射而来的利箭……

第四十九章　秋千索　心疾未瘥莫相询

从容将箭壶放于脚边，碧落倚住门旁的木柱，弯弓搭箭，冷静地一支支射着。失去知觉的手居然很稳，半点不见抖动，于是，那奔驰着的鲜卑骑兵，便一个个地落马。

碧落常嫌自己记得的事情太多，但这一刻，她终于把什么都忘了。

什么恩，什么情，什么爱，什么国仇家恨，什么兄妹父子，尽数被抛往脑后，再无法动摇她丝毫的情绪。

骑兵频频落马，依旧悍不畏死地冲到了跟前。碧落没法再射箭，叹息一声，大步冲出，流彩剑如霞光乍投，刹那间映亮了灰蒙蒙的天空，也映亮了那双如夜的黑眸，迸溅着妖异而嗜血的火花。

原来，仇恨真的可以改变一个人，把正常知觉的人，完完全全改造成嗜血的魔鬼。

剑出，马嘶，人落，寒光闪过，血雨飞起……

隐隐，前后方又有了动静，更大的喧嚣如海浪般一波高过一波席卷而来，带了辨不出喜悦还是惊恐的汹涌情绪。

碧落依稀看到了围住自己的十余名骑兵沾惹了那种情绪，却根本没去想发生了什么事。

她红着眼，只想眼前的人死去，全都死去。

越来越多的骑兵涌来，有的从身畔仓皇地一闪而过，有的驻下马来帮忙，有的刺来两枪，再匆匆撤退。

碧落并没觉得累，手中的宝剑却已越来越重，步履也已跟跄，明明已尽量灵巧地闪避，明明没觉得自己受伤，可素衣上却有越来越多的地方破裂，露出雪白的肌肤，渗出

殷红的鲜血。

前方的宝剑，又快要递入被逼落马下的骑兵心脏；而身后，一杆长矛，正要挑入她的背心。

碧落没打算停止手中的宝剑去闪避。

她似乎杀了不少了吧？够本了，嗯，应该够本了。

三姑，龙凤胎兄妹，小聆儿，赵婶……

纵然被践踏成泥，他们也该很快能在另一个地方相聚。

流彩剑飞扬如虹，激起最后的华彩，刺入前方骑兵心脏时，矛尖破空而至的风声，已让后背的肌肤生凉，汗毛倒竖。

碧落已做好了被那矛尖贯穿的准备，垂了手，冷冷仰望着灰黯的天空。

这时，头顶的天空忽然一亮，一道清冽至极的白光乍然闪过，和她的流彩剑一般飞扬如虹，华光耀眼，刺痛着瞳仁，让她忽然之间便有泪欲涌。

身后传来一声惨叫，那根矛尖再也没能刺入她的后背。

一名手持长矛全身胄甲的年轻战将，正领着秦军服饰的骑兵，奔杀而来，沉郁的眸子，紧紧锁定在碧落面庞，带了一抹浮云般清淡不明晰的温柔。

"杨定，是杨定的兵马到了！"

本来还在纠缠的西燕骑兵，忽然纷纷拨马，调头而去；两侧的幸存居民躲在门内，往外掷着石块和木棍，啜泣着，叫骂着……

杨定，杨定是谁？

好熟悉的名字，而马上的那年轻将领，好熟悉的面庞……

碧落盯着眼前的男子，迷惑着，直到他跃下马来，握住自己的手，才觉出他的掌心好暖，好暖，暖得自己受不了，周身一震便软倒下去。

"碧落！"

意识模糊前，她听到那男子那么伤感地唤了她一声。

同时，她觉出自己掌心的寒冷，冷得再也握不住流彩剑，"当啷"一声落在了脚下……

再醒来时，她已在一张陌生的卧榻之上，绣着如意团花的宝蓝锦衾，垂着精打流苏的丝帐，还有榻前乌檀木的山水屏风，都在提醒她，这里并不是她住的小屋。

略略一动，周身都酸痛得不堪，几处伤口，被紧紧包扎了布条。

她不觉低低地呻吟了一声，终于在痛楚中记起了发生过的事，然后几乎立刻下意识地去抚摸自己的小腹。

她摸着了坚硬的一团。虽然穿着秋衣看不出，可碧落已能感觉出它的微凸。

九死一生，它居然还不屈不挠地陪着自己！

而其他曾经陪着自己走过的人呢？

还有，她似乎看到了……杨定？到底是真是幻？

碧落转着眼珠，忽然感觉出一丝异样来；等屏风后转过三个男子来，她才悟出，原来屏风后一直有人在说着话，但从自己的那声呻吟发出后，话语声消失了。

三名男子中最年轻的一个，穿着墨青色的袍子，黑发不听话地从冠中跑出，垂落在俊朗的眉眼间。那深郁的眸子，默默地与碧落对视片刻，慢慢地蕴了阳光的暖意。

他踏前一步坐到榻前，温暖的手指伸出，轻柔地去擦她的面颊，低声道："别哭了，这不是没事了？"

"杨……杨定……"

碧落终于唤出那个名字，伏倒在他的肩头，无声的落泪渐渐转作呜咽着的悲泣。

杨定迟疑了一下，唇角勉强弯了一弯，伸出一只手将碧落拢住，轻轻地拍着她的肩。

那和杨定一起的男子，一个是堡主辛牧，还有一个碧落不认得，乃是平远将军赵敖，与杨定俱在附近，见警报烽烟燃起星夜来救，总算不是太晚，辛家堡虽然死伤惨重，到底有七成以上的百姓得以保全。

辛牧笑道："当日末将见碧落姑娘所持宝剑与公子的一模一样，分明是一对儿，就猜着多半和公子有些瓜葛，即刻叫人通知公子。公子传话，让好好照顾碧落姑娘，末将便知猜着了。"

赵敖笑道："可不是！小两口床头打架床尾和，有什么解不开的结？杨将军，不是我说你，明知这兵荒马乱的，怎么还让她孤身出来？知道她在辛家堡，也不叫人来接，就更过分了！"

杨定一笑，并不分辩。

辛牧等见二人行止亲密，也不好多待，各自告辞，杨定心不在焉，等他们踏过屏风，才记得起身相送，不免又被嘲笑一番。

碧落痛哭一阵，心境已平和许多，渐渐明白自己能在这里安稳待了许久的原因。

辛牧一族迁自仇池，如今并不称杨定为将军，而径称公子，隐然有以他为主之意，显然是忠心仇池杨氏一系的旧将，并且认得杨定的宝剑，方才对碧落格外关照。

如此看来，碧落到辛家堡没几天，杨定便已知道了。辛家堡离长安不过两日路程，杨定居然不曾叫人探望过一次，也便见得并不是很想见她了。

想起当日杨定决绝扔掉的剑穗，摸着腹中慕容冲的骨血，碧落苦笑。除非杨定疯了，才会如先前那般念着她。她方才忘情哭泣，只怕已让杨定难堪了。

果然，杨定送了二人回来，再没有坐回榻边，只在一旁的条案边坐下，自己斟了一盏茶，慢慢喝着，许久才抬起眸，问道："碧落，听说你本来准备远行的，打算去哪里？"

碧落一抓锦衾，指骨间用力过度的酸痛顷刻传来。她垂着头道："嗯……我打算去淮北，找我奶娘。"

"你奶娘奚氏？"杨定啜一口茶，淡淡道："春天的时候，你回宫的第二天上午，天王便派人去接了；傍晚时虽发现你离开，却没有叫人追回去接奚氏的人。所以，现在奚氏在长安。天王还帮她找到了嫁在长安的女儿，一家人过得挺好的……如果没有战争。"

碧落再不知有这样的缘故，呆了片刻，才道："那我还去那个山里小村庄，那里也好。"

"那你当初何必出来！"

杨定忽然将茶盏重重拍到案上，高声喝问。

他瞪向碧落的眸子不掩恨怒，异常明亮地跳跃好一会儿，见碧落明显瑟缩了下，方才收回眼神，和缓了声音："对不起。刚和赵将军他们喝了酒，有点醉了。"

碧落倚了墙坐着，抿起唇再不说话。

空气凝僵了好一会儿，杨定终于叹息一声："现在不是去淮北的时候。不说关中西燕军山没不定，大秦本身还有不少封疆大吏居心叵测，到了洛阳，又进入后燕和长乐公交战的地界，江东晋廷也时不时插上一脚，一路关卡森严，早已道路阻绝，你怎么去淮北？"

碧落喉嗓间不期然又哽住，吸了两下鼻子，压下心酸，才低声道："我试着从小路过去，便是到不了，死在路上了，也是我的命。我不会怨天尤人。"

杨定似乎想笑，他还真的呵呵干笑了两声，低沉道："你是在告诉我，你的路是自己选择的，错了对了，都是你认定的，不会后悔，是吗？"

"你多想了。"

碧落别过脸，拢着双手揉着干燥的脸庞，悄悄将眼底的泪光拭去。

"我多想了……"杨定重复着，慢慢走到榻前，"那便好，我不多想，你也别自寻死路。我带你回长安吧！"

碧落一惊，脱口道："我不回去。"

杨定皱眉："为什么？你既然离开了……他，自然应该回到天王那里去。难道你不想再见见你的生父，和你的乳母吗？"

碧落惨然一笑："杨定，你以为，我还回得去吗？"

她抚上自己的小腹。

杨定既然早与辛牧有联系，自然不会不知道，她怀了慕容冲的孩子。即便苻坚容得了她回头是岸，又怎容得了自己的女儿生下连害自己两个儿子的慕容氏骨血？

应该快到傍晚了，屋中光线很暗，杨定的脸庞大半浸在昏暗中，连眸子都那等黯淡，看来好生疲倦。那种自骨子中散发的疲倦，似乎与上午的激战并无关联。

难道，是碧落让他感到疲倦了？

"碧落，我们成亲吧！"

他忽然冷静地说着，眉宇间没有任何波动，不论是欢喜，还是激动。

"不……"

碧落意外至极，毫不犹豫地一口回绝。

带了慕容冲的孩子嫁入仇池杨家，这对杨定是何等的侮辱？又叫她自己情何以堪？

"我是说假成亲！"杨定又坐回了案边，拿了华铤剑，用帕子擦拭着，不耐烦般说道："我给你个名分，让你能顺利产下能为天王所接受的孩子，如此而已。如果局势稳些，我便找机会护送你去淮北隐居；如果还是这样动荡，我只能……在一天，便护你一天。如果大秦败了，或我死了，慕容冲攻进了长安，你可以和他说明，继续做他的宠姬。"

他用掌心托起华铤剑上一缕杏黄的剑穗，静静地看了好一会儿，才沉郁地低声道："我欠你的，就用这种方式来还吧。还到我死了，也便两清了。"

如有万千钢针，缓慢而有力地扎落心头，碧落听到自己的抽气声，面部肌肉却僵硬着，无法挤出一丝欢喜或悲伤或意外的神情。

许久，她才平平淡淡地回答："杨定，你不欠我什么。我虽救过你，可你也帮过我很多次；何况今天你又救我一命，要欠，也是我欠你的。"

"呵！"杨定冷笑一声："今天救你，只是我身为秦将的职责所在。别说你是秦王的女儿，便是普通平民我也会出手，所以你根本无须放在心上。"

"是……是么……"碧落双肩微微地抽动，带了艰涩的鼻音，嘶哑道，"可为什么我觉得……我欠了你很多，很多？"

杨定转过脸，出神般望着一侧的窗棂，声音平板得听不出任何情绪："如果你觉得

欠我很多，那就听我安排吧。这战乱频仍的，别流浪在外面了。以后出了事，谁还有空跑来救你？白白让天王为你忧心！"

他说着，提剑立起，向外走去："我还有些事去和赵将军他们商议，你最好尽快恢复过来，明天我们就回长安。"

墨青色的袍袂在屏风边一飘，他的身影已然消失，居然不曾再回头看她一眼。

杨定……

到底和以前完全不同了。

不再嘻嘻哈哈潇洒不羁，不再笑容明煦如阳光灿耀，不再有事没事向她温和凝望，更不会再抛开一切千里万里伴她身侧。

眼前的男子，沉着，冷淡，孤峭，脾气也坏了很多，再不愿让人轻易感受到他的温暖。他甚至已经懒得再骂她一句全无心肝了。

其实，她的确全无心肝，叛他，伤他，辜负他，居然还敢希望他对自己还留有几分情意，给她一个温暖的笑，借她片刻坚实的肩。

碧落猛地将被衾一拉，把自己蒙头盖住。

黑暗之中，有她自己的温暖和心跳。而她的泪水，也全然消融在黑暗之中，再不让任何一人瞧见，看轻。

第二日，杨定便带了碧落和他的两千骑兵辞别而去。碧落有伤在身，却倔强得很，并不诉苦抱怨，本来也要撑着去骑马，却被杨定的亲卫引入一辆马车中。杨定自己领兵走在前方，并不曾过来瞧她。

行了一日，到晚上扎营时，碧落出了马车，才发现原来的两千骑兵只剩了约五百骑左右，忙问一旁亲卫："还有骑兵到哪里去了？"

亲卫回道："探子回报，说西方发现了一支西燕军，可能是辛家堡被击溃逃离的兵马，将军带了一千五百骑追击去了。"

碧落问："对方有多少人马？"

亲卫摇头道："不知。"

碧落便默默去营帐内休息，一颗心却似攥在掌中，再也无法静卧休养。

至三更时，还是没听到大队骑兵回营的声音。碧落再也耐不住，到帐外询问动静，却还是毫无消息。

"姑娘放心！"近卫早看出碧落身份特殊，恭敬回答后又安慰道："自从郑西大败，杨将军禀奏了天王，挑选身手最好的氐兵，训练了我们这支精骑兵，行动快捷迅猛，对敌向来以奇袭制胜。自两月前建立至今，大多以少胜多，从未败绩。想那支西燕军初经大败，遇到杨将军亲率袭击，更该手到擒来，不成问题。”

他没有说的是，杨定挑选的骑兵，有一大半是仇池氐人。仇池国虽灭，杨家的向心力却还在，加之杨定待下宽仁，有勇有谋，又肯身先士卒，故而这支骑兵对杨定的效忠度极高，出兵之际，将士用命，上下一心，来如电，去如风，这些日子已让慕容冲大为头疼，而仇池兵的厉害已在西燕军中传扬开来，所以前日在辛家堡，围困他们的鲜卑骑兵一听是杨定来援，撤退逃散得极快。

虽然听了这些话，碧落还是忐忑不安，辗转至四更天才朦胧了片刻，而帐外已听到军中起灶造饭的声响了。

天亮后继续前行，但速度明显慢了下来，几名领头的参军、校尉已经并马聚在一起，一路走，一路在议论什么，又不断派出探子，往后方急急拍马而去。

碧落更是不安，再问近卫时，依旧一口咬定杨定很快会领军回来，并不肯说半句让碧落担忧的话，反让碧落疑心，是不是杨定早已这般授意过。

近午时，负责统领这五百兵马的参军忽然下令就近找地方休整。

碧落心中诧异，忙撩开漆帘扶了辕木看时，后面扬尘如黄云，大队骑兵飞快卷来；随行在侧的五百骑兵，已自发让开到两边，肃穆而立，迎接着那尚带了刀锋凛冽气息的勇士归来。

驰到近前，已听杨定朗声下令：“大家原地休息饮食，好好照料伤员。一个时辰后我们再出发回京。”

众人齐声应诺，方才各自下马休息。

碧落一时忍耐不住，高声叫道：“杨定！”

初冬时节的正午阳光少了几分薄寒，将远近忙碌的人影照得格外清晰。杨定听见了碧落的叫唤，抬了抬头，眼中也落了阳光的淡金光芒，瞧来又有些像当年那个常常不羁笑着的杨定了。

他略一迟疑，跃身下马，身体顿了顿，沉静的眉一皱，好一会儿才舒展开来，慢慢向碧落的马车走去。

明光铠下，他穿的是很耐脏的墨青色战袍，却能看得出深浅不一的湿润色泽，走动时更有一阵阵浓烈的血腥味扑向鼻尖，让人心悸不已。碧落已脱口问道：“你……你受伤了？”

"没什么。"杨定微微一笑，清醇嗓音如浸润了正午的和暖空气："都是对手的血。"

话未了，身后已有亲卫和随军大夫，捧了干净的衣袍和药物启禀道："将军，包扎一下伤口吧！"

碧落还没来得及放下的心又提起来，一时也看不出他哪里受了伤，眼见那些伤兵都在坐于地上包扎，再也顾不得多想，弯腰一拉杨定的手，急道："到车上来，我瞧瞧伤哪里了！"

杨定不由得随了她的手跨上车来，又是一皱眉。碧落一低头，才见裤脚处还在滴落着鲜血，显然是腿部受伤了。

杨定并不呻吟，接过亲卫手中的衣药，向随军大夫道："我不妨事，快去医治其他兄弟！"

大夫告退，杨定才随了碧落进了车厢中，一边解着盔甲，一边柔声道："我真的没事，本以为只是些残兵败将，没想到他们已经和另一股西燕军合了兵，打得有点艰难，便有了些伤亡。我给一支枪尖磕着了腿，皮肉之伤，便是不包扎，两天也就好了。"

碧落不语，只和外面的人要了清水来，待他解了衣，露出伤口来，拿湿布缓缓地为他擦洗伤口，然后敷药、包扎，柔白的手指依旧灵活而轻巧地在杨定的肌肤上动作着，一如在淮北时，她许多次为重伤的杨定清洗包扎。

杨定开始只默然地盯着为自己包扎的双手，不知什么时候，渐渐投向了碧落浓黑的头发，净白的面颊，和那双他似乎早就能看透，却一次次不由自主沉溺的黑眸。他的鼻子一阵发酸，直到酸得心口发闷，这才回过神来。

他感觉自己像是好不容易从蛛网中挣开，逃得生天重获自由的昆虫，忽然又被蛛网上闪耀着的缠绵亮光引住，又想飞扑过去，不知畏惧，舍生忘死。

他心底苦笑了一下，一待碧落包扎完，立刻抽回脚，自己取了那干净衣裳更换着。

碧落低头见席上的华铤剑，杏黄的剑穗已经被血渍浸透，暗黑污浊一片，不由得攥住自己袖中的佛手剑穗，好久，她终于鼓足勇气，将剑穗取出，托在手中，轻轻道："杨定，我帮你换一只剑穗，好么？"

盯住碧落手中那枚剑穗，杨定蓦然失色，双眼迷离了奇怪的愤怒和痛楚，却决然道："不用。我现在用的剑穗很好！"

他说着，顾不得扣好衣带，便拎起自己的脏衣和华铤剑，迅速奔出车厢。

黑漆帘一开一合之际，帘上所绘的粉莲摇曳着，如美丽温柔的仕女在盈盈笑着，却被黑漆的背景衬出几分愁意。

那种带愁的笑意罅隙中，传来杨定冷漠僵硬的话语："碧落，你真的很……恶毒！"

恶毒？

杨定说，她恶毒？

碧落全身都僵住了。

线条流畅的荷叶下，一对鱼儿正自在游着，局促在莲下的方寸之间，不知疲倦地保持着最快乐的姿态，两串水泡轻盈地向上飘着，像是谁正在用清甜不知愁的嗓音唱着幸福的歌谣："江南可采莲，莲叶何田田。鱼戏莲叶间……"

盯着美丽的漆画，碧落想笑，却哭了起来，紧紧抱着双膝。

原以为至少还有人愿意在她最孤单时伸出一只温暖的手，原来连那点温暖，也早已是自己的一点痴想。

不论是爱情，还是友情，甚至亲情，她都已失去。

她只是孤零零的一个，默默守着腹中艰难成长起来的小生命，孤零零地过着，漂泊无依。

寂寞相随，孤独相伴。耀不亮的黑夜，驱不走的寒冷。

第五十章　画堂春　虚名毁却梨花梦

自此以后，杨定再也没有过来和碧落说过一句话，倒是他的亲卫，有时会过来问她寒温饥饱，并再三叮嘱着赶车的兵丁稳些驾驶，宁可慢些。

直到回了长安，到军营中将兵马交割给偏将军杨盛，杨定方才带了几个亲卫，伴在碧落车旁回府。

杨盛笑道："定哥，你是该快回去瞧瞧，这次出去得久了，秦韵天天缠了我问你消息呢，我瞧着都瘦了一圈了。"

杨定只笑笑，并不理会。

碧落虽是纳闷，但见杨定只是淡淡的，遂也淡淡的并不追问，直到马车在一处高门宅第前停下，杨定站在一侧等候她时，她盯着鎏金的"杨府"匾额，才忍不住问道："你……不住原来的地方了？"

杨定伸手，在她跨下车来时握住她的手臂扶了一把，随即松开，领了她踏入府中，才道："那里……太冷清了，还是家里暖和，所以夏天时就搬回来了。"

夏天……搬回暖和的家中？

碧落一怔，却见杨定步伐越跨越大，行走得甚急，自己小步紧走，竟然有些跟不上。她一时顾不得细看府中情形，只约略感觉，杨府之富丽并不在当世任何权贵之下，而布局的华美大气，也在不经意间流露着属于王者的雍贵和典雅。

杨定并未入前厅，直接进了二门，踩着石径踏上一条跨池而建的回廊，忽然顿住脚步，站在竹廊间。

残桂飘香中，一抹翩跹丽影，如春日里盛开的桃杏流光，带了和暖芬芳的气息，扑面迎来。

"阿定！"那女子笑着，梨涡深深如醉，温柔平和的眼中蓄满了泪，只映住眼前风尘仆仆的年轻男子。

"韵儿！"杨定紧走几步，与那女子同时张开了双臂，拥抱住对方。

廊下一株晚芙蓉酽酽地盛开着，很凑趣地将一枝花开正好的粉红芙蓉伸了进来，映着那女子鬓间的芙蓉，以及那笑如芙蓉的面庞，顿将春意深深带回廊中，连空气也瞬间美好温馨起来。

"阿定，你不是说两三天就回来，怎么去了那么久？"女子在抱怨着，光洁的额蹭着杨定的脖颈，娇憨亲昵，却又再自然不过。她的一双明亮瞳仁，只映住杨定一人，再没注意到他身后尚有个手足无措木然而立的青衣女子。

"有事，所以耽搁了……下次再有耽搁，我尽量派人告诉你一声。"

杨定不经意般回答，蕴着说不出的宠溺疼惜。

但他总算没忘记身后还有个云碧落。

松开双臂，他挽过那女子，脸上有薄薄的红潮，向碧落略显尴尬地一笑："这是秦韵，我……房里的。"

他房里的，也就是说，是他尚没有名分的爱妾。

杨氏出身高门，杨定未娶妻前先放几名姬妾在房中，丝毫不足为奇。何况杨定早说过，他有过很多女人。他房中有女人，应该也是意料中事。

碧落有些失魂落魄地想着，不自然地勉强笑道："哦，这姑娘……很漂亮！"

杨定又向着秦韵微笑："韵儿，这是碧落。"

秦韵正好奇打量着碧落的眼睛瞬间张大，圆圆地更是清亮明媚。

"原来你就是碧落姐姐啊！"秦韵笑着，向碧落行下礼去："我听阿定提过姐姐好多次呢！谢谢姐姐对阿定的救命之恩！"

"你……客气了……"

碧落艰难而狼狈地吐着字，脸色由发白渐渐转为涨红。

她和杨定曾是那般亲密的生死之交，乃至杨定从没为她的救命之恩特别谢过，如今却由另一个完全不相干的女子郑重其事代为道谢，她才恍然觉出，他们之间早已疏离。鸿沟深深，再也不可能回到过去，连单纯的朋友也不是了。

何况，她现在着实怀疑，自己与杨定之间，当真有过超出朋友的感情么？

现在的杨定，更多的目光只投在那有着娇美温柔笑容的秦韵身上，完全看不出当日曾在碧落身上流连过；而碧落待杨定更是从头到尾的冷淡和抗拒，即便关系最亲密时，他也只是"杨定"，而不是"阿定"。

杨定早说了，他不是圣人，而是男人。

男人也是需要哄的，经不起一次又一次连名带姓的生疏叫唤，最后还"升格"为"杨将军"。那一声"杨将军"，应该早将他所有的炽热情感，凌迟到灰飞烟灭，让他心死，情绝。

杨定瞥一眼碧落的神情，微一皱眉，拍了拍秦韵的肩，吩咐道："去把我们的卧房收拾出来，让碧落住着。我们俩搬西面那间去住就成了。"

秦韵应着，立刻往前走去；走了几步，忽然又跑了回来，微蹙了眉，在他耳边轻轻地问："阿定，从此后，你不会就不理我了吧？"

杨定唇角一扬，两眼如月牙般向上弯起："又说傻话了，我早说了，我在家一日，一定伴着你一日，不让你一个人孤单着。"

秦韵咯咯地笑，捧过杨定的面庞，在他唇边亲了一下，方才飞一般往前奔去。

杨定在后叫道："慢着些，小心摔了！"

目注她消失在前方的月洞门中，杨定才含笑向碧落道："韵儿……是个挺好相处的姑娘，你待她好一分，她会用十分来回报你。夏天时我从华阴过来，经过被鲜卑兵劫掠过的村子，遇到了她。她穿着男装，涂了满脸污垢，装死躺在被害的村民身下才保住了小命。我见她笑起来……非常好看，让人心里暖暖的，就带回来了。"

他侧着头，盯着那盛极渐败的芙蓉花，慢慢道："我捡到了宝。如果不是遇到她，我都不敢想，这几个月我该怎么度过。"

碧落努力地笑："是……她很美，就和这芙蓉花一般美。"

"错了。"杨定居然反驳，凝视着碧落的目光清亮煦暖："她不像娇滴滴的芙蓉，她像木棉花。在春天最冷的时候，就倾其所有绽着最热烈最硕大的花朵，像火焰一样，先耀亮了别人，再敛去锋芒，在百花盛开时才展开枝叶将自己融在满山的绿意中。"

"哦！"碧落低了头，随杨定向前走着，不再说话。

那样的女人，才是男人喜欢的女人吧？

不像她，像是无底的冷夜，不但不能耀亮别人，还将别人所有的光和热，都吸得干干净净，逼得他们不得不心灰意冷地撒手而去。

没错，她和慕容冲才是一种人，如睡莲一般，即便盛放在夏日，也只能生活在清冷的湖水中；杨定和秦韵都像是木棉花，热烈得可以耀亮他人。

这日天色已不早，自是来不及进宫；碧落便暂住于杨定原来的卧房中，卧具和脂粉一色是全新的，想来原先用的，都被秦韵搬到他们现在住的西厢房中了。沐浴后碧落坐于妆台前梳理黑发，无意拉开妆台下的螺柜，只见里面放了不少针头线脑和零碎绸缎，有些看来颇是眼熟。

辨认片刻，她已识出，那些零碎衣料，正是杨定所着衣袍上用剩下的，而有一种杏黄的丝线，分明就是杨定杏黄剑穗上的那种。还有一只绣了一半的荷包，针脚之细密精致，不知比自己强多少倍。

碧落不觉苦笑，酸涩之中，又有些为杨定庆幸。

至少他是幸福的，不是吗？

便是和碧落假成亲，碧落不过占一个名分，也不会吵到他们小两口鱼水偕欢。横竖以秦韵的平民家世，本就不可能被娶为正室，与其悬空，或娶着个不贤之人，不如娶了碧落，既报了恩，也免了秦韵后顾之忧。

第二日杨定要带碧落入宫，杨定自然照旧是一身武将官服，碧落本待从自己包袱中找件半旧的衣服将就穿着，秦韵瞧了，大约觉得颜色不好，转身去捧了一套浅粉绣银线缠枝莲花的崭新锦衣给她，质料说不上太好，做工却很精细，想来应该是秦韵亲手所缝。

奈不过秦韵一脸的雀跃，碧落穿上身时，已听秦韵拍手叫好。杨定抱肩立在秦韵身后，也笑道：“碧落，就穿这个吧！别让天王觉得你流落在外受了多少委屈似的。”

碧落也知自己所带衣裳色调都太过清冷孤寂，眼见虽是第一次穿这种淡淡的暖色衣衫，倒也显得明艳健康些，遂谢了秦韵，略施了妆，方才踏上早备好的马车，匆匆入宫。

宫中景色一切宛如往昔，只是初冬之际，万木凋零，黄叶萎地，又值多事之秋，宫人官员俱是来去匆匆，便连朱墙金柱，都显出了几分凄惶。

快到甘露殿时，碧落已不知第几次擦去了手心的汗水。

杨定显然发现了她的不安，放慢了脚步，温言劝道：“别担心，天王几次叫我们留心你的消息，想来很挂念你，不会责难于你，放心吧！”

碧落犹豫道：“杨定，你……打算今天就和天王说么？”

杨定无奈般瞟了一眼她的小腹，道：“不说成么？”

碧落已有身孕三个月，再拖一两个月，怕就显山露水了。

碧落红着脸，许久才讷讷道：“对不起，我总是拖累你。”

"拖累？呵，无所谓了。能与皇家联姻，对仇池杨氏也是喜事。"杨定淡淡笑着，看来很轻松："待会天王如果想拖延婚期，你便将孩子赖我头上，天王总不至让你在宫里大着肚子生产，自然就答应了。"

碧落不敢应声，眼见已到殿门前，不由得紧走几步，赶到门前，影影绰绰见到案前不安徘徊的瘦顾人影，顿时眼眶一热，顿在门槛边。

一边内侍早在回禀："陛下，杨将军和碧落姑娘到了。"

杨定已走到碧落身侧，一反手握紧她的手指，将她亲亲密密拉在身畔，含笑踏入殿中，如仪叩拜："臣领军将军杨定，携碧落公主拜见陛下！"

符坚显然早就知道了二人前来的消息，早已走下阶来，亲自去扶碧落："平身，都起来！"

碧落抬眼看时，正瞥到符坚鬓间几处斑白，衬了不知几时深了许多的皱纹，比自己离开时憔悴苍老了更多，泪水顿时倾肆而下，哑着嗓子叫了声："陛下……"

符坚含泪道："傻孩子，还叫朕陛下么？"

碧落只觉一阵慈和的气息扑面而来，已被符坚揽住，靠到他的肩上，苍凉的叹息，只在耳边回旋，张开唇，半天才颤声叫道："父……父王……对不起……"

语未毕，已泣不成声。

符坚自然不会不知她相从慕容冲之事，揉着碧落浓密的青丝，低低道："没事，回来就好，回来就好……"

他将碧落拉到身侧席上坐了，宫女倒了茶水来，符坚亲自捧了，送到碧落手边："别哭坏了，瞧你……怎生这么瘦？"

碧落不敢再哭，强抑了伤感，低了头捧茶坐着。

符坚见她安静了，方才松口气，和声问杨定："听报你这几日连战告捷，还替朕寻回了碧落，朕可得好好赏你！"

杨定又跪下身去，微笑道："陛下，臣不求别的，只求陛下……能成全臣与碧落之事。"

符坚微一抬眉，眉宇间的英霸之意顿现，瞬即又消逝，叩桌轻笑："隔了这许多月，难为你还有这个心！罢了，朕刚认回这个女儿，还想多留几日，待战事略平，朕再来安排你二人的亲事吧！"

杨定略一迟疑，踌躇道："臣对碧落之心，陛下当也知晓。仇池杨氏嫡系人丁不旺，臣与碧落，也过了适婚之龄，可否请……陛下尽快赐婚，若杨门有后，臣出战对敌之际，便再无后顾之忧了。"

符坚缓缓端了茶啜着，淡淡笑道："你家中不是已有宠妾么？朕还听说你的性子都给她养得刁了，连下人做的衣衫鞋帽都不肯穿，一定要出自那位美人儿手上的针线活才肯上身呢！你再多蓄几名姬妾，还愁你杨门无后？再不然，朕赐你几名？"

杨定微惊，却不知这些传闻怎么会落到素不理鸡毛蒜皮小事的符坚耳中。抬眼看碧落时，她也正向他凝望，黑眸中尚有泪意未减，又添了几分忧惧羞愧。

咬了咬牙，杨定抬起眼，低声道："陛下，可否屏去外人？"

符坚微一睐眼，立时抬手，令身畔内侍宫人退下，才沉声道："你有什么要说的？"

杨定叩首及地："臣万死！当日慕容冲在郑西以碧落为质，要挟大秦，碧落当时便悟出慕容冲居心不良，设法脱身后连夜逃至臣帐中。臣因她体虚身弱，神志恍惚，怕天王见了难受，遂将她……留宿一晚后，暂时安排在一处坞堡住着，自行回了长安。后来几度去瞧她，因军务繁急，都只匆匆一宿而返。此次去探她时，才知她……已经怀了臣的骨肉……"

"杨定！"符坚勃然大怒，拍案而起，走到杨定身侧，双眼几乎喷出火来："你的意思，如果不是发现她怀了你的孩子，你还打算让她流落在坞堡之中，不让她回长安？"

杨定忙道："她刚从慕容冲处逃出，精神的确很差，臣有意让她养好些再回来见陛下，近月又四处征战，委实……委实不曾有空带她回来。"

"你没空带她回来，难道连禀朕一声都没空么？"符坚紧握了拳，冷笑道："她既然身虚体弱，又怎么怀得了你的孩子？你既然军务繁忙，又怎会有空一次次留宿在她那里？如果朕没猜错，你……你恨她拒绝你，又曾身侍慕容冲，所以嫌弃她，根本不打算让她回长安来坏你和你那宠妾的好事！如果不是她有了身孕，只怕她已沦为由着你呼之则来，喝之即去的滕妾，连你杨家大门都进不了吧？"

杨定没料符坚会想得如此复杂，额上已滴出汗来，忙叩首道："陛下明鉴！臣不敢！臣不敢！"

符坚猛地一脚踹在杨定当胸，将他踹翻在地，狠狠踢着，喝骂道："你怎会不敢？长安无人不知你家有宠妾，恩爱有加，一回家便形影不离，分明早就已将碧落弃在脑后！你……你不过把她当风尘女子般随意玩弄糟蹋！旁人不知，难道你不知她是朕的女儿，朕的亲生女儿么？"

符坚虽是帝王，也是久经沙场，下脚极有力道。杨定年轻力壮，却万不敢躲避还手，苦撑着只得求饶："臣……臣不敢了……臣一定对碧落好，求陛下恕罪，求陛下成全！"

他这般说，便是将苻坚认定的卑劣罪名都认下来了，苻坚更是气恨，还要再踹时，碧落再忍不住，冲上前来，一头将杨定扑护于身下，哭道："父王，不关杨定的事……是我不好……是我……不自重，太不自重……"

忍来忍去，终究忍不住，碧落失声痛哭："或许，我不该回来……我便是死，也该死在外面……也免得连累……连累父王家声。"

杨定擦去唇边的鲜血，强撑起身，将碧落紧紧拥到怀中，颤声道："碧落，别哭，别哭……是我不好，我的确……错了。"

可他做错了什么？他做错了什么？

碧落环着他紧实的腰，发冷颤抖的肌肤渐次被这男子身上的热量润暖。她感受着这男子一如既往的坚实臂膀，嗅着这男子熟悉的气息，羞愧得无法抬头。

只为了能回到相对安全的长安，只为了和久已失去的亲人团聚相见，只为了能感觉到还有人关心自己，她做了什么？

她将这个男子逼到了怎样尴尬的境地？

苻坚留心杨定对碧落的神情，倒也略放了心，缓缓坐回御案前，翻了翻几处呈上的军情急报，疲倦地揉了揉额，说道："杨定，你敢这般对待碧落，甚至敢这样逼朕允亲，大约也是因为大秦今非昔比，不得不倚重你们这些有才干的武将，倚重你们杨家吧？"

杨定早已双腿跪得麻木，未曾愈合的腿伤处渗出鲜血来，慢慢浸透了团龙云彩的地毡，此时却万万不敢起身，只垂头道："陛下明鉴，臣不敢！"

"不敢？"苻坚自嘲一笑："朕一心想以德服人，当年平定的那些国家，归降王公无不待以高官厚禄。可结果怎样呢？慕容垂反了，慕容冲反了，姚苌反了，张天锡反了，现在，就差你们仇池杨氏了。天下承平之际，有慕容垂、姚苌珠玉在前，杨氏难有出头之机，你装癫卖傻，锋芒尽敛；天下大乱开始，你整治兵马，收买人心，连你所建的那支奇袭骑兵，也以你仇池氏人为主。这支骑兵，如果没有你的话，只怕连朕的谕旨也不会遵守吧？"

他屡次被宠信之人所叛，如今乍见杨定别有居心，一时心灰意懒，言语之间已不掩猜忌。

杨定跪直身，慢慢抬起眸，迎着苻坚深深的逼视，坦然道："陛下，臣并无私心。臣所用骑兵，诚然以仇池人居多。但臣既想在短时间建立一支肯绝对听从臣号令的骑兵，自然优先挑选可能比较拥戴杨氏的仇池兵。若其他氏人或异族人多了，有懒怠之心，极可能让整支军队的人心不齐，军心不稳。时间匆促，臣不想冒这种风险。"

符坚经了淝水大败，自然也早已意识到一支上下一心的军队到底有多重要。眼见杨定说得诚挚，并无半点作伪，碧落倚跪在他身畔，脸色极差，神思恍惚，不觉叹息，疲倦道："你要我信你，也简单。碧落在这里，你杨氏族人也有近半在京中，你敢拿你杨氏满门立誓，你一生忠于符氏大秦，绝不反秦，也绝不归隐吗？"

杨定眸中仅有的亮彩也渐次消失，他僵着身体，好久，才同样疲倦地回答："臣以杨氏满门立誓，一生忠于符氏大秦。大秦在一日，臣便效忠一日，绝不言归隐。"

符坚默然盯着他，半晌才挥了挥手，道："下去吧！"

杨定再叩首，起身欲离去时，跪得久了，身体晃了一晃，差点又摔倒在地，碧落忙站起身，扶他一把。

杨定的目光在她脱却血色的脸上一飘，立刻勉强一笑："我没事，你……你早些回宫休息。"

轻轻挣脱碧落的手，他摇晃着身体，步履不稳地跟跟跄跄离去，那样明亮的阳光，那样绯红色的官服，都掩不去他行止间的苍茫悲凉。

碧落遥望着他的背影，似又看到当日在小山村中，杨定懒洋洋地坐于草席上，拍着黄狗的头，眉目清润含笑："我也不想回去。这里很好，很像老庄所期盼的国度。"

"……没有王图霸业，没有亡国仇恨，没有刀兵之争，日出而作，日入而息，逍遥于天地之间，自给自足，自得其乐。邻里间的争吵，顶多为了东家鸡啄了西家青菜，或者西家孩童偷了东家梨子……"

黄狗也逍遥，将头搁到杨定的腿上，享受地半闭起眼睛，甩着尾巴，一下又一下，敲得草席噗噗作响。

一人一狗，如此陶醉，如此悠闲，以至正补着单衣的碧落，也渐渐在春光中醉去，觉得这种日子，果然再好不过……

这一切，都将成为一开即败的梨花春梦么？

第五十一章　贺新郎　堪怜洞房痴儿女

"碧落！"

符坚小心翼翼地将手搭上女儿的肩膀，拉回她的神志，轻轻问道："你当真喜欢杨定？"

碧落双眼都是茫然的漆黑，嘴唇张了张，竟然没回答出来。

符坚虽不知他们三人间的具体纠葛，但杨定夏日突然离去，前往鲜卑营寨之事，却是早已知晓，当时便猜着他可能为着碧落而去。但杨定终究未将碧落带回，他便知这个女儿，还是选择了与自己为敌的慕容冲。

如今，她当真已放下慕容冲了？

他仔细看着碧落的神情，心里忽然一跳，脱口又问："你怀的，当真是杨定的骨肉？"

杨定在他跟前时日不短，总觉得他的品格端方，应该不致如此；只是他屡次给信任的股肱大臣背叛，对自己的识人之明已渐渐失去了原来的自信。

碧落闻言，身形一震，大而黑的眼睛慌乱地转来转去，只不敢对上符坚的眼，好一会儿才挣扎着吐出字来："自然……自然是他的……"

符坚眼见她的犹豫，一时心都灰了，也懒得再问，扬手道："算了，回宫去歇着吧！"

碧落绞着袖子应了，慢慢向外踏了几步，忽然又回过头来，眼中重又焕出几分神采："父王，请……别为难杨定。不管他有几个宠妾，他……他应该都会对我很好。这一辈子，我已负他太多……"

符坚怔了怔，旋即叹道："朕知道了……你放心就是。"

紫宸宫一如既往的安静，没有主人的精心照料，菊花已早早地只剩了残梗，败叶破落地在风中飘着，也无人去理会。

　　宫人少了很多，据说战乱时期节俭为本，裁撤了不少；再则没了主人，张夫人又抽调走了部分宫女内侍。碧落回到宫中时，连贴身服侍的宫人也大多去了，还好青黛仍在。

　　"姑娘你可回来了！你可真让人担心坏了！要去哪里，好歹告诉我一声啊！"

　　青黛一直念叨着，为碧落铺着衾被，理着衣裳，不时背过身去，擦去模糊的泪影。

　　而碧落再也别想无故出宫了。

　　碧落前脚才回宫，苻坚后脚便命了一小队侍卫守于紫宸宫外，轮班值守，走到哪里都有几名身手高明的侍卫随行，显然是给她闹怕了，担心她再度不告而去。

　　对苻坚来说，云不言留下的这个不声不响的女儿，并不比她母亲省心多少。或者，尽快把她嫁了，嫁在自己的眼皮子底下，也是件好事。

　　第二日，苻坚谕旨下，云氏碧落慧娴有德，才貌双全，故收为义女，改苻姓，封新城公主，赐嫁领军将军杨定。婚期定得很急，便在十一月十二，只有半个月的预备时间。

　　一时宫中议论纷纷，焦点集中在碧落的身世和亲事两方面。有猜碧落是天王在外风流时遗在外的骨肉；也有猜是杨定喜欢上了碧落，天王才给了碧落一个名分好让她名正言顺地嫁给杨定；甚至有人隐约听到些碧落与慕容冲的事，猜天王有意和慕容冲为难，硬把他的心上人配给了自己的得意将领……

　　燕晴宫的张夫人自然早知因由，却很自然地保持了沉默，只加派了四名新宫女去服侍新城公主苻碧落。

　　碧落素来不好事，并不理会这些话，偶尔一点半点落到耳中，更多了层纳闷：她的真实身世，连宫中之人至今都不知晓，当日到底是谁传的消息给慕容冲？

　　虽是待嫁，碧落本就不事女红，加之深知这成亲不过是她和杨定演的一场戏而已，更不放在心上，只交给司礼太监和青黛处理，自己觉得身体略有平复，依旧到苻坚身侧侍奉，心境却已大不一样。苻坚很少再提起云不言，常拉了碧落一起散步或用膳，即便国事危殆，待她还是一贯的温煦和蔼，并不迁怒分毫，显然努力想弥补父女二人被拉开了近二十年的岁月。

　　这便是父亲，这便是家。

　　也就是这陌生而令人向往的感觉，才让碧落由着杨定将自己带回长安，哪怕明知这是慕容冲最痛恨的选择，他甚至宁愿让她死……

　　有时，碧落便到南城去探望住在那里的奶娘奚氏，奚氏不知跟在她后面的侍卫更多是为了看住她，见碧落认祖归宗成为公主，出宫又有大队扈从相伴，大是欣慰，开心地将女儿女婿叫出拜见。

碧落看他们虽是寻常人家，但穿戴尚可，显然衣食无缺，碧落便以"姐"呼之，甚是尊敬。再问得自从奚氏回京，苻坚多有赏赐，乃至大半长安百姓食不果腹，他家尚能偶见荤腥，过得甚是和乐。

"如果不打仗，就更好了！"

奚氏抱着自己两三岁的小外孙，牵着六七岁的大外孙，笑得很是开怀，连眉宇间的皱纹都淡了不少。

不打仗……

碧落无奈叹息，恐怕不可能吧？四处的烽烟，此起彼伏……

苻坚待碧落虽好，但对这门匆促的亲事显然并不满意，何况正值乱世，长安被西燕军队随时窥伺，城中物资粮草极是匮乏，百姓大多以稀粥度日，皇家也不好铺张，所以在张夫人的安排下，新城公主的婚礼一切从简，随嫁妆奁只有常例的一半，衣饰也以简洁大气为主。

张夫人为此特地来找碧落说明过，碧落自然点头同意，再不想劳民伤财，增加苻坚的负担。

出阁那日，苻晖、苻宝儿联袂来瞧碧落。

苻晖刚从城外回来，盔甲尚未及解，隐隐的血腥味正从甲片间传出。他盯着大红金丝翠鸟嫁衣披裹下那张妆容精致的绝世面庞，大声叹息："丫的，你这丫头，怎么好死不死是我妹子？真便宜了杨定那小子了！若有鞭子在，真想再把他抽一顿。"

话未了，便被苻宝儿一脚踹出了房："三哥，天底下有你这么做哥哥的吗？这样的大好日子，你扯什么淡？拿青盐擦牙去！"

青黛极是配合，一待苻晖出了房门，立刻闩上，转身冲着碧落和苻宝儿嘻嘻笑着做了个鬼脸："他便是欺负公主，也只欺负着这一次了！嫁入了杨家，他还好意思赶人家内堂去数落公主么？"

这一两年间，苻宝儿已长高了不少，少了原来的丰润娇憨，多了与张夫人甚是相像的高贵和顺秀。她目注着碧落，良久才叹道："碧落姐姐，若是杨定欺负你，你……告诉我，我帮你出气。"

碧落因杨定本是她的意中人，正在不安，听她如此说，倒是意外，微微笑道："他……

应该会不欺负我吧？"

符宝儿双瞳翦翦若水，牵了碧落的手，叹道："母亲和我说了许多话，我想我……应该很不了解杨定吧？他明明像是喜欢我，后来和你出去了一回，又喜欢上了你；你走了，他又娶了个爱妾，宠得不得了，如今又要来娶你了……我实在看不出，他在想什么。不过，我已经不想再去猜测他的心思了……他不配！"

她骄傲地扬一扬脸，甩开了眼底闪过的失落，大声道："不过他娶了你，一辈子对你好，便是他的责任，若我知道他还那般朝三暮四，我不会饶他！"

碧落原就对符宝儿无甚恶感，此时见她居然这等为自己说话，心下感动，忽然觉得张夫人和她，都该是最值得尊敬的一类人。高贵，骄傲，倔强，却通情达理，待人诚挚。

"宝儿妹妹，你未来的夫婿，一定要比杨定优秀。只有那样的男子，才配得起你！"碧落反握住符宝儿的手，认真地说。

"那当然！"

符宝儿顿时笑了，晶亮的眸子，有着属于花样少女的梦幻和憧憬，让碧落也不由得笑了。

以往所有的恩怨情仇，已在一笑间泯灭。

而今双手相握的，是血脉相连的符家姐妹。

相对于皇室的一切从简，杨家对于这桩婚姻显然要重视许多。

乘着公主舆辇，在万人注目下行至杨府，早有大批官员彩女迎候，恭敬行礼。

隔了自高鬟垂于面门的细珠璎珞，碧落已见杨定熟悉的颀长身形走来，唇角一抹温柔笑意，将手递给了她："碧落，我来接你！"

碧落将略带凉意的手放入他掌心，意外地发现他的掌心温暖中带了轻微的颤意。忙抬头看时，他正牵了她，稳步踏上铺着红毡的甬道。他的笑容沉静而合乎礼仪，举止无可挑剔，并看不出任何异样。

杨府显然重新整饰过，粉墙朱扉，翘檐耸峙，喜庆的灯笼一路排开，再不知有多少只，杨家的亲友一路夹道相迎，锣鼓笙箫不绝于耳。

待到了大厅中，更见得金碧辉煌，明光耀眼，人声鼎沸，竟比太平盛世的闹市口还欢腾嘈杂几分，乃至碧落被拉着祭拜天地、行合欢礼时，居然有种在做梦的感觉。

对杨定和她来说，不过是场假成亲而已，犯得着这么夸张吗？

直到被送入洞房，碧落才放松下来。刚觉出有几分疲乏，一旁早有陪嫁宫女奉上茶

点来，笑道："公主，要不要先填填肚子？驸马要招待亲友，恐怕要好一会儿才能来呢！"

孕后最易饥乏，碧落便点点头，自盘中取了小糕点放入口中时，忽然觉得奇怪："咦，我不是让青黛她们四个陪我来杨家的么？怎么是你们几个？"

现在她身畔的四名宫女，正是这次回宫后张夫人临时调给她的，平时服侍得并不多，根本不是碧落指定的四名相熟宫女。

可那几名宫女显然也不知情："这个奴婢不清楚，今日公主临上舆辇时，宋公公过来传张夫人谕旨，让我们四个陪嫁，原来四位姐姐依然留在紫宸宫内。"

张夫人……

碧落看了看自己手中的糕点，打了个寒噤。

她到底是什么意思？她……应该没有害自己的理由吧？

夜色渐沉，鼎沸人声渐渐淡下去时，杨定方才回到新房中。

喜娘带了侍女道了喜，奉上合卺酒，便知趣告退。

杨定走到卧榻边，小心地替碧落卸下鬓上繁重的璎珞珠饰，淡淡醺红的面庞在烛光下俊挺明朗，眉目却极专注，生怕摘首饰时用多了力，会弄疼她一般。

"累吗？"他轻轻地问。

碧落摇了摇头，低叹道："你们家……太铺张了些。"

"长辈们盼我成亲不是一天两天，许多物事早几年就预备下了，都是现成的，并不浪费。"杨定微笑着端过合卺酒，柔声道："喝盏合卺酒，咱们就睡吧！"

这话说得很暧昧。碧落很想提醒他，这不过是一场虚假的游戏而已，犯不着如此认真。

可不知为什么，她居然什么也没说，默默接过酒盏，与他互交手臂，正要将酒盏托到唇边时，已一眼看到了杨定的眼睛。

瞳仁深深，映着明亮的烛火，若有一团灼疼人心的火焰，正悄无声息地燃烧着，却被暗夜衬得幽凉而疼痛。忽然，那瞳仁一暖，已有薄如轻云的笑意溢出。

"和你开个玩笑！"杨定夺过碧落酒盏，随手将两盏酒一起倾倒于角落，笑道，"不愿喝就别喝了。"

"睡吧！"他再不看目瞪口呆的碧落一眼，把卧榻上高高摞着的锦被拖过两条来，铺到下方的茵席上，道："被下有莲子、花生、红枣这类讨吉利的果子，睡觉时小心硌着自己。"

眼看他脱了靴子和礼服，居然就这么睡了，碧落黑漆漆的眼睛眨巴了几下，再不知自己满心凌乱地在想着什么，也只得垂了幔子，脱衣睡下。

好一会儿，她想起宫女之事，忍不住轻声道："杨定，我自己定的四名随嫁宫女，被张夫人换掉了。"

正猜着杨定可能已经睡着时，已听得杨定瓮声瓮气地回答："嗯，我知道，是我请张夫人换的。这些原来跟过慕容夫人的宫女，我不放心。"

碧落呆了呆，勾开帐幔看时，杨定大半个脑袋掩于被中，只有乌黑的头发凌乱地铺在被上，半点看不清神情。

但他似乎偏对碧落的动静了如指掌，居然又在被中发问："怎么了？睡不着？"

"嗯。"碧落敷衍道："烛光太亮了。"

杨定闻言，翻身起来将高烧的龙凤对烛吹灭了，无奈般说道："今晚是洞房花烛夜，我若到别处安寝，会给人说闲话的。明日起我便不来吵你。"

碧落原以为，突然与另一人同处一室，她多半会睡不着。可她听着杨定熟悉的均匀呼吸，居然不一会儿便睡着了，而且是这几个月来睡得最好的一晚。

若有若无的梦里，她还在那个村头村尾开满桃花的小山村，与杨定同室而眠，黄狗在门洞里钻进钻出……

原来她还是那个碧落，贪恋温暖和安宁的碧落；而杨定，还是那个潇洒懒散却愿意给她温暖依靠的杨定吧？

杨府的生活，远比碧落想象的安定宁和。碧落不得不把此归功于杨定的确纳了一名好妾室。

杨定身担重任，并不常在府中，有时十天半个月都不能回来一次，碧落的起居饮食俱由秦韵一手打理，居然诸事妥帖，周周到到。

虽然碧落天性冷淡，很少与她说话，秦韵却不介意，依旧姐姐长姐姐短伴在她跟前，陪她说着话，或谈些杨定行踪，却只拣好听的说，明明有两次，碧落见到杨定受了伤，传了大夫到秦韵房中包扎，却半点不曾听她提起；连杨定自己出现在碧落跟前时，也都是精神奕奕，笑如春风。

但时局的动荡，碧落并非不知。

杨定不在府中时，她有时驱车到奶娘家住上几宿，话话家常，甚是自在；有时则回宫探望陪伴苻坚。许多惊心动魄的事端，便瞒不过碧落了。

苻秦建元二十年十二月，慕容冲的三哥，原前燕皇帝慕容暐，借口儿子成亲，请苻坚过府喝喜酒，因当时下雨，苻坚未去，随即得到密报，慕容晖竟暗置伏兵，打算在府中袭杀苻坚。

苻坚算是给自己宠信了十几年的慕容家寒透了心，终于认定鲜卑人全是些养不熟的白眼狼，为绝后患，先杀慕容晖等前燕王公，后又下旨全长安搜捕鲜卑人，不论男女老幼，统统处死，不留半个活口。——苻坚坚持了大半辈子的宽仁政策，在无情的现实面前，也转变成最无情的种族灭绝政策。全城数千鲜卑人，一夕之间尽化为刀下之鬼。

苻秦建元二十一年正月，慕容冲在阿房城即皇帝位，改元更始。数日后，西燕军为同胞复仇的疯狂攻城声，震动了半个长安城。遥想慕容冲与慕容晖乃一母所出，从小备受慕容晖疼爱，便是大权为慕容泓所握时，他的密旨，仍不忘给自己的同母弟三公高位，如今连慕容晖都被杀害，只怕他也快疯了吧？

或者，他早就疯了，在他亲手杀了自己的异母兄长时，在他逼得碧落失望甚至绝望而离开时，他早就疯了。

不久，西燕尚书令高盖夜袭长安，居然成功冲入南城。左将军窦冲率兵迎上，与高盖骑兵激烈巷战，高盖败退逃去。被斩首的八百多骑兵，被秦兵分尸而食。随后，高盖领军攻打渭北营垒再次战败，丢了三万兵马。攻打长安城的慕容冲也吃了大亏，苻坚带了杨定等得力干将，亲自率兵迎战，在城西大败慕容冲，差点把阿房城都攻下来。

几处大捷，长安城终于暂时得以保全，只有苻晖军队几次落败，叫苻坚很是不满。

可暂时保全的，只是长安城池。

长安城内各处粮库均已告罄，别说普通老百姓，就是从军士兵，也常常连着月余无法饱餐一顿。攻入南城的鲜卑骑兵会给秦军分尸吃掉，一方面固然是切齿痛恨鲜卑人对三辅地区的劫掠无度，另一方面未尝不是因为实在饿得不行了。

碧落后来在奶娘家住着时，已发现盛上来的粟米粥，除了自己的还能称得上是可以充饥的粥，其他诸人的碗里，连米粒都数得清。

平远将军赵敖所领导的结盟坞堡，已经发展至三十多个，一直想法派兵给长安城运送粮食。但西燕军围于城外时刻盯着，运过去的粮食十有八九落入了慕容冲手中，反而让西燕占了绝大便宜。有粮有草，正是乱世中站稳脚跟招揽兵马的关键。

碧落听闻慕容冲与苻秦的交战种种，一阵阵的酸楚心痛，但居然掉不下泪来，只是心灰意懒地望着阿房城的方向。

或者，与慕容冲一起的时光，泪水已掉得太多了吧？

到二月下旬往后，杨定回来的次数频繁起来。只要在城内，不管军中多忙，操劳到多晚，他都会回府中歇着。

他的习惯，只要一回来，必定会先来探碧落，如果听闻碧落去了宫中或奶母家中，即刻会令人遣了车马接回，也不多话，不过静静对坐一回，喝上一盏茶，便依旧回秦韵房中安寝。二月以后，碧落的肚子再遮掩不住，便极少外出，半夜被他惊醒便是常有的事了。

"我瞧瞧你睡了没有。"杨定总是眉目温文，握着盏青铜烛台，站在帐前，低笑着问："吵着你没有？"

的确吵着了。碧落日子过得安宁，生活也渐渐养成习惯，一向早睡早起，杨定半夜闯到房中来，怎会没吵着她？

可碧落揉一揉眼睛，居然会回答："没吵着，正睡不着呢。"

杨定便轻轻地笑："哦，那快睡吧！"

他把烛火往碧落脸庞上照一照，笑意便愈见和暖："气色不错呢，继续好好养着，有缺什么的，只管告诉管家，告诉我也成。"

碧落便自嘲地笑："我自然缺什么要什么，不嫌我这个客人麻烦便成。"

言下之意，暗怪杨定待她太过客套了。

也不知杨定有没有听懂，横竖下次见她，还是差不多的话语，一成不变的客套。

碧落的确缺什么要什么，秦韵待她极好，只要她吩咐一声，自然办得妥帖。管家下人或杨家亲戚有事找主母时，也习惯找待人和气的妾室秦韵，不去招惹身份高贵却从不问事的碧落。

直到有一天，碧落和秦韵说着话时，秦韵忍耐不住奔出屋吐起来，再回忆起这些日子秦韵面色发黄憔悴，碧落才恍然明白杨定尽量多回府中陪伴秦韵的原因。

秦韵也怀孕了。

那是真正属于杨定的骨肉。

杨定让她有事找管家或他本人，其实也是暗示她，秦韵也需要休息。她居然木讷得一直解不过来！

第五十二章　误佳期　独抱影眠灯花落

这晚杨定回来得极晚，碧落听到门外有动静时，差不多已快三更了。

大约杨定也知道太晚了，走到门口时踌躇了好一会儿，又慢慢退了开去。

碧落一时冲动，已禁不住叫道："杨定，是你吗？"

靴子急促地蹬过石阶，虚掩的房门被推开。杨定提了盏八角宫灯踱了进来，先往碧落所在方向瞧了一瞧，方才放下宫灯，转头点燃一支烛台，缓缓走了过去。

见碧落半倚在卧榻上坐着，他放下烛台，将锦被往她肩颈部扯了一扯，含笑道："怎么？是我回来吵着你了，还是没睡着？"

碧落默默打量他显然黑瘦了不少的面颊，摇头道："春日里白天倦睡，午后睡得多了，夜间便睡得晚了。"

杨定轻笑道："那你上午多睡会儿，晚些起来吧！只是记得多出去走动走动，虽说身子重，一直闷坐着也不好。"

这时最寒冷的冬日早已过去，正是春三月最明媚的时光，碧落已有近八个月的身孕了。好在她身形颀瘦，不想因此让杨定或皇室被人诟病，衣着上甚是注意掩饰，无事很少出这处院落，旁人虽知她有孕，顶多猜她早与驸马两情相悦，有了五六个月身孕而已。杨定虽然每次来去匆匆，却已看出她为重身子所累，已经越来越懒怠走动了。

碧落唇角一弯，低头道："我从小练武，身体扎实得很，并不妨事。倒是韵儿比我娇弱得多，你要多珍惜她才是……我都忘了恭喜你了。"

"韵儿……"杨定眉目舒展，不由得坐到卧榻边，屈指算道："今年是闰五月，估料着你可以在第一个五月生产；韵儿那时差不多五个月的身子，不算太笨重，应该还可以照顾你；等到八九月间韵儿生产时，你这边也可以放心将孩子交给奶娘，帮管几天杨府的琐事了。"

他不知不觉卸了鞋坐到榻上，微笑的圆润弧度纯净得像任何一个即将做父亲的普通男子，再没有领军攻伐这许久而形成的沉凝和凛冽。

他甚至带了孩子般的得意和欢喜道："曾经见过许多一点点大的婴儿，却想不出，你们两个生出的孩儿，会是什么样的，也不知是男是女。"

烛光昏暗，却掩不去杨定眸中明亮的光芒。

那一刻，他似又回到了两年多前伴随碧落从平阳一路赶来长安的那个杨定，不管碧落是不是回答，自语般地继续说着："不管男孩女孩都好，我都喜欢。这样不断地打着仗，眼看着认识的兄弟不断倒下，眼看着关中的百姓越来越少，眼看着马蹄席卷处枯骨越来越多，我常觉得厌烦。我曾想着辅助秦王重新振作大秦，可现在看来，我还是眼高手低，高估自己了。关中遍受劫掠，千里无人烟，我就是帮秦王重新争回了这片没有了百姓的土地又有何用？真恨不得一个人悄悄走了，继续当年那样逍遥无忧的生活。可一想起你们两个还在家等着我，现在更是有两个小家伙在等着我，我心底便柔软下来……"

他不但话语柔软下来，连神情也愈发柔软，含笑望着听得出神的碧落，久久不语。

"关中……已千里无人烟？"碧落见杨定并无顾忌，将自己的孩儿与秦韵怀的杨家骨肉相提并论，心下一暖，随即想起了这句语，皱眉望向杨定："是……慕容……冲做的？"

"是西燕，西燕军队！"杨定的笑容僵了一僵，便不肯继续这个尴尬的话题，正要告辞离去时，外面忽而一阵嘈杂，接着，传来了急促的敲门声。

杨定忙下了卧榻，问："什么事？"

外面有男子匆匆回道："杨将军，三殿下……三殿下自刎了！"

苻晖？自刎？

杨定刚抓到手中的青铜烛台猛地一松，带过一道流星般的光芒，疾速滑脱，坠落到砖地上，沉闷地"当啷"一响，熄灭无踪。

地下尚有未曾熄灭的八角宫灯，光线幽暗，将杨定涂沫成一道灰色的僵硬剪影。

碧落也惊得跳起来，披了衣趿了鞋走过去时，杨定已经冲过去，一把将门拉开，问那门口报信的近卫："什么时候的事？知道原因吗？"

那近卫答道："方才连夜传来的军报，应该就是今晚的事。三殿下在城北营垒又给西燕的慕容永打败了。"

杨定焦灼道："这事我知道，可胜败乃兵家常事，三殿下又不是三岁孩儿，怎会这般看不穿？"

近卫犹豫道："可兵败的战报传到天王那里，天王一怒之下，赐了三殿下一把宝剑，并令使者传话，说他自负有才，手握重兵，居然连白虏小儿都打不过，还活着干什么？三殿下气性大，接过宝剑就自刎了……听说，死不瞑目！"

"我知道了，下……下去吧！"

杨定挥手让近卫退下，无力地一闭眼，退了两步，正撞上碧落。

碧落无声将他扶住，却禁不住两人都是手足虚软，一齐坐倒地间。

月色凄白如烟笼，如谁着了一身的白纱，正在长安鳞次栉比的屋宇间哀悼地哭泣。

"碧落……"杨定的声音也似蒙了层纱般朦胧着，悲哀地叹息："三殿下虽然那样待你，但他真不是坏人。"

"我……我知道。"碧落不由得握紧了杨定的手，哽咽道："他……他只是任性了些，父王他怎会……"

苻坚已经失去了两个儿子，平素又对苻晖甚是宠爱，怎会逼他自杀？

"天王一定不是有意的，他只是想激将三殿下而已！"杨定不觉揽了碧落肩，掌心中的温热透过她单薄的寝衣轻易传了过去。他并未发现自己不经意间流出的亲昵，低沉叙道："七年前，大殿下长乐公苻丕围攻襄阳，经年未下，天王也曾赐宝剑，又传话给他，来春再不攻克，就提头来见。大殿下发奋，和部下勠力同心，终于在来年二月攻下了襄阳，生俘梁州刺史朱序。天王……只想同样地逼一逼三殿下……"

可跋扈自负的苻晖不是老成持重的大哥苻丕，他屡败在自己瞧不上的慕容冲手中，本来便憋屈自责，再见父亲责怪，忍不住这口气，便不愿苟活人世了。

他从小骄纵惯了，很少会为他人着想，根本不曾细细体会过父亲的赐剑真意，更顾不得自己死后会有多少人为他伤心了。——这样的时刻，几十上百名的姬妾只怕早就被他抛诸脑后了。

"父亲……会很难过……"碧落垂下泪来，喃喃道："在与西燕的交战中，他已经失去了三个儿子……"

泪水滑落，正滴在杨定的手背。

杨定仿若给烫了一下，低下头瞧时，碧落洁白的面颊被门外的月光照着，敷着一层脆弱的流光，眼中的晶莹平白让她的眸子多出几分寻常时没有的柔美动人。

他不觉便张开双臂，将她紧紧拥到怀中，柔声劝道："不用想太多。三殿下一出事，明日一早军中必会重新安排调防。估料在辰时之后，天王便能把这事处理妥当了，你就入宫去陪陪他。"

碧落点头，答应之声极含糊。

然后她才意识到，她正窝在杨定温暖的怀中，满是泪水的脸埋在他的衣物中，连声音都给掩住了。

她不觉抬起头来，望向杨定。

杨定也正凝视着她，眸光清亮温柔，带了煦和的暖意，不见了寻常见面时的疏离和客套，依稀又是往日那个肯伸出臂膀明里暗里护她惜她的那个杨定，随时会扬起唇来，绽出干净明朗阳光般的笑容。

二人对视片刻，杨定首先悟过来，身躯一震，立刻放下了环住碧落的手臂，站起身来扶她："先去榻上躺着吧，地上凉。"

宫灯已经燃尽熄灭。碧落垂了头，起身摸黑卧到榻上。

看她睡下，杨定方才起身离去，却也懒得再点灯。幽黑的光线下，他的步履掩不住的疲乏倦怠。

他正当盛年，武艺高强。让他疲倦的，应该并不仅仅是身体上的劳累吧？

"杨定！"眼看他快走出屋去，碧落忍不住又叫住他，问出了想问却一直没能问出口的问题："我真的……恶毒吗？"

杨定顿住身，微侧过脸，被月光衬出的俊美轮廓久久地凝滞，散落的发丝被过户的夜风吹拂，一层层地掠舞着，平添了一层层的落寞无奈。

"你怎会恶毒？"他似在问着自己，又似在问着碧落，悠长的叹息在黑暗之中缓缓地吐出："错的是我，妄念太深，执念太重。"

他踏出屋，小心带上门，"吱呀"一声，将他自己和清淡的月光隔绝在外。

是什么妄念？什么执念？

其实碧落还想再追问，可终于没有追问出口。

问了又如何？答了又如何？

他已不是当初的杨定，正如她不是当初的碧落。

抚上高隆的腹部，不期然心中又浮上了慕容冲清雅绝俗的浅笑面庞。

当了西燕皇帝的慕容冲，还是当初的慕容冲吗？是怀抱三千佳丽，将碧落弃在脑后？还是听说碧落另嫁杨定，日日切齿痛恨，恨不能将碧落真正钉死于棺木之中？

日复一日的安宁恬淡生活，仿佛淡化了所有刻骨的爱，所有嗜心的恨，让碧落渐渐

觉得自己麻木了，只是凭着本能，想找一个温暖结实的肩膀，在孤独无助时可以靠一靠。

她找到了吗？

她不知道。只是在一个噩耗，一次拥抱之后，她一夜无眠。

第二天上午，碧落进了宫，径自让人抬了舆乘，前往关雎宫。

她令人打探到的消息，苻坚在两仪殿重新安排了防务后便去了关雎宫，一直不曾出来。

李嬷嬷和云嬷嬷早已知道了碧落身份，自然飞快地将她放入，却带了几分愁意，指了指宫内的石山。

碧落沿道蹬道踏上当年夜遇苻坚的那座石山，远远便见苻坚孤零零一个人立于亭中，遥望着西北的方向出神，不时发出无意识的零碎咳嗽，那身简朴青衫包裹下的身躯，更显得衰迈苍老。

"父王，高处风大，若是咳嗽，还是到下面歇着吧！"碧落走过去，额间已微微冒汗。

苻坚回头见了碧落，看了看她的肚子，虽然穿着宽大的衣衫，用披风半掩着，可近处依然一眼可见其累赘高挺了。

"你这么重身子，又跑来做什么？"他皱眉，拉她在亭中坐下，眼底却有一丝宽慰。

碧落微笑道："我在家里闷了，杨定让我多走动走动。父王在看什么呢？这一年又一年的，桃花又谢得差不多了。"

苻坚目光缥缈起来："哦，朕在看……西北方的一处地方……"

碧落心中一跳，脱口道："父王，阿房城毕竟只是弹丸之地，坚持不了多久，慕容……他们早晚会回他们的关东去。"

苻坚的目光骤然锐利，冷笑道："哦？你以为朕在看阿房城？呵，朕知道慕容冲那小子恨死朕了。朕这一辈子看错了很多人，尤其是他，朕居然把他当成只知吟花弄月的无知少年，着实错得离谱，乃至今日被他逼到这等窘境，也是当有此报！他在宫里侍奉我好几年，即便当了什么狗屁的草头皇帝，也不过是个让人戳脊梁的贱奴才而已！下次再打败仗，仗着一副好皮相跟人邀宠取媚，说不准还可反败为胜呢！"

他哈哈大笑起来："朕居然以为这狗东西会念旧情，去年特地把初相遇时的袍子翻出来赠他，还真够可笑的！本该赐他些女人衣冠脂粉，多让他显显本色才对！"

他虽笑得开怀，碧落却没应和他，黑黑的眸中渐渐涌上泪水来。

苻坚不觉沉了脸："哦？你还念着那厮的好吗？朕听说杨定对你不错，虽然不大留宿在你房里，可你吃的用的，全是府中最好的，再艰难也不肯让你受半点委屈。"

"是……他很好，女儿很知足。"碧落强笑着，生生将泪水逼了回去。

她再不敢说，她的泪水，只为苻坚一反常态的破口大骂，只为一个女儿对于父亲的心疼，还有，对于他和慕容冲那种已经无法评述的复杂关系的痛心。

苻坚面色稍霁，重又站起身来，指往西北方："朕在看……五将山。若有机会，朕真想去一次，去看看，你母亲最后待过的地方，还有……安葬的地方。"

苻坚再没有提起慕容冲或苻晖的事，反而回忆起很多很多年前，他和他温雅的青衣兄长、淘气的不言表妹。

零零星星的过往，积了岁月的沉淀，泛着美玉般的光华，清润如一泓甘泉。

当山河破碎，家人零落，他还在怀念，怀念年少时最诚挚却最苦楚的那份感情，居然，无怨无悔。

到傍晚回去时，碧落又转到奶娘家去瞧了瞧，却见家中境况更是紧巴。隐隐听得说，有贫穷的人家饿得实在没法活，甚至有易子而食的，让人不寒而栗。

当此困境，想帮太多人自是不可能了。碧落回到府中，便先去见秦韵，让她叫人送些粮食到南城奶娘家去。

秦韵略一犹豫，便传人快去准备，然后又对了铜镜发愁。

碧落奇怪，问道："怎么了？"

秦韵愁道："我怎么觉得我这些日子越来越丑了？"

碧落不觉失笑："有了身子，自然会憔悴些，生下孩子来不就好了？何况你又不是不知道杨定，他哪会计较心上人的容貌？"

当日碧落被他从棺木中抱出时，早已丑得没有人形了，他还不是一样当成宝贝般看护着？若不是后来碧落着实太伤他心，只怕他还会这样护着她吧？

"可我不是他的心上人。"秦韵噘起嘴，将镜子反转过去，撑着下颔望向碧落："他只喜欢我笑得漂漂亮亮，说我一对酒窝儿和姐姐一模一样。"

碧落震惊得猛地坐直身，惊动了腹中胎儿，不知是伸了拳还是踢了脚，把碧落痛得脸色发白。

秦韵大惊，忙扑过去叫道："姐姐，怎么了？"

碧落顺过气来，勉强笑道："没什么，小家伙不安分呢。"

她抬起眼，望着秦韵虽不如自己美貌，却远比自己青春活泼的面容，微笑道："韵

儿，你别疑心杨定。他待你好得很。"

秦韵工笔细描般的柳眉弯了起来，笑道："我没疑心他啊！我也知道他待我好。他和我认识没两天，便把你和他的事告诉我了。他说我笑起来很像你，还说可惜得很，你很少会笑，如果你能和我一样常常笑着，他便是放开你，也不会觉得这样累。"

碧落如饮了醇酒般头脑昏沉，实在不明白这女子怎么还笑得出来。

她吃吃问道："你……你既然早就知道，怎么还愿意跟他？怎么还会对我好？"

秦韵奇怪地望着她，仿佛她问的是个极白痴的问题："我喜欢他，自然就跟了他啊！他喜欢我笑，我就常对他笑；他喜欢你，我便对你好；这不是天经地义的事吗？"

这是天经地义的事……

对，为所爱的人付出，应该就是天经地义的事。所以碧落才会以慕容冲的悲喜为悲喜，以慕容冲的爱好为爱好，哪怕慕容冲将她送给别的男人，将她扔入棺木，她都无怨无悔，直到找到慕容冲为自己留下的一点寄托，她才肯在心灰意懒中悄然离去。

而她对杨定呢？

不知什么时候起，她已无法否认自己对杨定的依赖，甚至她感觉出了自己比较明晰的牵挂和心动，可她付出了什么？

除了那次淮北相救，她曾为杨定做过什么？

什么也没做过！她居然一件也想不起来！

眼见侍女为秦韵端来晚餐，是一碗清粥，两碟小菜，和两只白面馍馍，碧落起身辞去。秦韵也不挽留，只说道："晚餐应该送过去啦，姐姐多吃点东西，最近似乎瘦了些！"

碧落回到自己房中，看送来的晚餐时，粥和小菜一样，可她的不是馍馍，而是两只菜肉包子，甚至还有　碗鱼汤！

她忽然想起上午符坚无意间说的话。

他说杨定待她不错，吃的用的，全是府中最好的，再艰难也不肯让她受半点委屈。

长安饥荒已经十分严重，可碧落待在杨府，居然从没感觉出事态的严峻。她的饮食一如既往，少而精致，饭菜大多很可口。

杨府应该也早受到饥荒威胁了，所以方才碧落让秦韵送粮给奶娘，秦韵才会流露出一丝犹豫。

她的安逸生活背后，是谁在无声无息地撑着这片天？

谁都知道杨定待她是特别的，连符坚都听到了风声。

只有她，习以为常，浑浑噩噩，不知感恩！

她的鼻中阵阵酸涩，挥手让侍女将鱼汤送到秦夫人房中去，只推自己在宫中吃过了，不饿。

那一刻，她忽然很想见到杨定，哪怕什么也不说，只默默偎坐在他跟前，看他恬静的脸。

但杨定当晚没有回来。

不仅当晚没回来，之后的许多天，杨定都不曾回来，偶尔派人回府来报个平安，也是来去匆匆。符晖自刎后，符坚把他的军队交给了杨定，城外的营垒布防之事，也有不少落到了杨定身上，竟然连着一个多月不曾回府。

这年四月，符秦的左右将军与慕容冲在骊山交战，大败。左将军被杀，右将军逃得一命，怕符坚重罚，就跑到邺城长乐公符丕处避风头了。符坚大怒，又派领军将军杨定攻伐西燕。

秦韵、碧落听得消息，自是忐忑不安。

被西燕围困经年，四处郡县的勤王救援均被切断，长安的兵力粮草都已所剩无几。即便杨定才识过人，又有几分把握可以取胜？

"姐姐，我真想跟着到军营去看看。"

秦韵的肚子也已微微腆起，却和平时一般活泼好动。

碧落怕她吃的食物营养跟不上，借口一个人吃着孤单，后来每次吃饭都拉了她一起吃。常常待在一处，二人比以往更亲密了些，碧落也便温言安慰，"不怕，杨定武艺高强，谋略出众，不必为他忧心。"

秦韵并不掩饰自己的相思，苦着脸道："可我想他了，我从没这么久没见到他。"

她把碧落的镜子抓起来左照右照，叹气道："这几天我气色养得好些了，他不回来看我，再隔几个月，我的肚子老大了，一定就不待见我了！"

碧落听得好笑："你怀的是他的孩子啊，他不待见你，难道还不待见孩子吗？"

秦韵一听，顿时得意起来："是啊，他不理我，我以后不教孩子叫他爹爹！"

碧落想起杨定做父亲的模样，不觉莞尔。

秦韵已拍手道："姐姐，你笑了耶！你笑起来……果然好看得紧！别说阿定喜欢，我瞧了都欢喜！"

她说着，居然凑过脸去，在碧落脸上亲昵地摩挲了一下。

这个动作，忽然让碧落想起小山村的那条黄狗了。

杨定睡着时，那条黄狗也喜欢跑过去，用头去蹭他的脸……

于是，碧落笑得更开怀了。

她们正说笑之际，忽听得外面炸开了锅般喧闹起来，不由得一惊，忙携手出去看时，却是杨定近卫满脸笑容奔过来，连下人们都一脸的欢喜。

杨定胜了，大胜，并生俘一万多鲜卑兵，已经入了长安城，等见过秦王后，预计午后便可回府小聚了。

秦韵闻言，欢笑一声，立刻命人去备杨定爱吃的饭菜，又跑回房中，寻找杨定的替换衣物，然后便忙着梳妆打扮，可惜衣裳大多嫌小了，这样的荒年又不曾添置新衣，一时大为头疼，急急地拆了色调相近的旧衣，要改出一两件合身的袍子来。

第五十三章　恋香衾　蝶乱鸾孤晚风急

可能有事耽搁了，杨定直到傍晚才出现在院中，秦韵终于收拾得差强人意，远远见了便飞奔过去。

杨定气色并不好，甚至可以说相当差，脸色黑黄了许多，连眼睛都凹了下去，看来颇有几分阴郁恍惚。待看到扑入怀中的秦韵，他方才回过神来，温和一笑，拍了拍她的肩，又低头瞧了瞧她的小腹，牵了她的手沿了穿廊向内走着，然后惊诧地顿住。

一架盛开得如火如荼的红蔷薇下，碧落身着淡碧的宽大长裙，鬓间簪了一对龙凤钗，正倚柱而立，微微含笑望着他。

杨定走过去，低低一笑，问道："怎么在风口里站着？"

碧落不觉便红了脸，随手摘下一朵蔷薇来，嗅了嗅，说道："我在赏蔷薇花呢。"

杨定便点点头，道："小心花刺扎手。"

碧落拈着花，又望向架上的蔷薇，并不回答。

杨定遂携了秦韵，径入了西厢房。

秦韵一边端上准备好的饭菜来，一边奇道："阿定，你为什么不理碧落姐姐？"

杨定怔了怔："我几时不理她？刚不是打过招呼了？"

秦韵咕哝道："不知你们两个怎么回事，我瞧了都着急。"

杨定听她这话蹊跷，问道："丫头，又怎么了？"

秦韵冉冉转着眼珠，抱肩道："碧落姐姐明明和我一起等你，等了半天了，结果你跑去问她为什么在那里；姐姐居然回答在看花。那花儿天天都看着，早看腻了，有什么好看的？"

"她……她在等我？等了半天了？"

杨定神情瞬息万变，若有若无的光影在眼底浮动，不知是惊，是喜，还是怕。

天色颇晚时，杨定才来到了碧落的房间。

案上的两支烛台，点了一对红烛，碧落正坐在案边，轻轻晃着一只白银酒壶。

杨定走进去，微笑道："还不睡？"

"我在等你。"

碧落的黑眸映着红亮的烛光，有一抹娇艳的潋滟。

"等我……等我做什么呢？"

杨定不自然地干笑一声，坐到她旁边。

碧落举了举酒壶，道："等你来喝酒。"

果然在等他，案上居然排着两只银盏。碧落满上了，轻轻问道："你喝吗？"

杨定看案上并没有置下酒菜，虽是猜不透她的用意，却不由得握住银盏，笑道："你请我喝酒，我自然要喝。"

他举起银盏，正要将酒盏放到唇边时，碧落端着酒盏的手臂忽然绕过他的胳膊，淡红的唇触着酒盏，毫不犹豫地将酒一饮而尽，然后抬起眸，静静地凝视着他，居然异样的明亮。

杨定看了看那对红烛，又看了看二人保持的交臂而饮的姿势，忽然顿住了呼吸："碧落，你开玩笑？"

碧落道："你知道的，我不会开玩笑。"

杨定苦笑："可不可以别要我？"

碧落反问："我什么时候要过你？"

杨定噎住。

碧落的确没要过他。

她从没说过喜欢杨定，是杨定自己一次次自投罗网，心甘情愿一头扎进去，体无完肤地逃出来……

"碧落……"杨定低低叹道："下次弃我而去前，请一剑结果我。"

他紧挽着碧落手臂，他仰脖，依旧如饮当年碧落赠予他的绝情酒一般，认真专注地，极缓慢地，饮尽他们的合卺酒，一滴不剩。

一时二人的手臂各自放开，却依旧捏紧着银盏，默默对视。

碧落低声道："你便认定，下次我还会弃你而去吗？"

杨定微赤着面颊，盯着那爆着的烛花，悠悠地叹息："我输怕了。"

碧落无意地转着酒盏，垂了头，许久，才平平淡淡问："还敢赌吗？"

杨定转眼瞪住碧落，忽然猛地将银盏一砸，咬牙切齿道："愿赌！可我不愿再服输！"

他强有力的手臂只一带，已将碧落揽到怀里，狠狠地衔住她的唇，深深吻入。

忽然，他闷哼一声，臂腕无声地转动，将碧落小心换了一个体位，让她用最合适最轻松的姿势坐到自己怀中，轻柔细致地细品这个恋慕了多少个日夜的女人。

只因杨定忽然发现，碧落真的不像玩笑，她在回应他的吻！

当他重伤时，碧落为了喂哺他，与他唇唇相触不知多少次，让杨定心潮澎湃，怀着冀望一次次挣扎，努力去摆脱死亡，而她自己却如木头般浑然不觉；后来半带强迫的亲吻，碧落更只是被动承受。

她那般清冷的性情，甚至让杨定怀疑过，即便面对慕容冲，她大约也只会被动承受。

无论是怜爱，还是蹂躏。

她实在是个不会作伪的女人，连伤害他，都能每次伤害得那么无辜。

好久，好久，杨定才放开碧落，垂眸看着红了脸往自己怀中躲闪的碧落，柔声问道："我还有个韵儿，你介意吗？"

碧落摸着自己的腹部，低声道："我还有个它呢，你介意吗？"

杨定一笑，俯身将她抱起，带往卧榻边。

碧落急急道："杨定，我身子不方便，你……你去韵儿那里吧！"

杨定抱住她卧下，颇是无奈地叹气："两个都是大肚婆，难不成我还得睡地上？"

碧落便不说话，悄无声息地勾住他的脖子。

杨定揉弄着她黑亮如云的长发，笑意渐有当年的通透明净："我喜欢碧落，便是碧落只是哄我开心，我还是喜欢碧落……"

"我没哄你……"

"好，那便没哄我吧！"

只怕见了你的冲哥，还是把你的杨定弃在脑后。

杨定眸光柔软而无奈，认命地闭上了眼。

至少他现在幸福着，对不对？哪怕，这幸福根本没有明天……

杨定在家中住了两晚，便又回了军营。

直到此时，碧落等才从隐约的传闻里，猜出杨定那日回府为什么脸色那么差。

苻坚为嘉奖这次大胜，迁他为卫将军，赏赐甚丰，同时下旨，所俘获的一万多鲜卑人，即刻坑杀，一个不留。

长安没有多余的粮食养俘虏，更不会有多余的粮食养鲜卑俘虏。这一点，杨定自然也很清楚。

可清楚归清楚，眼看着自己抓的一万多鲜卑人被活埋，杨定同样悲哀沮丧。

他的观念里并没有明确的五胡之分，却很明白，那一万多毫无抵抗力的鲜卑人，同样一个个有父有母，有妻有儿……

他一心想要天下太平，天下却越来越不太平；他想逍遥度世，与人无争，却在官场之中越陷越深；他想圆滑处世，嬉笑人间，却一次次被迫双手染满血腥，再也清洗不去……

西燕军显然听说了自己同族被坑杀之事，进入五月，慕容冲亲自率领大军，疯狂进攻长安城，几度险些攻上城来。苻坚身披胄甲，亲自赶到城头督战，杨定、窦冲等大将更是日夜坚守于城头，寸步不离。

碧落、秦韵极不放心，一日数次令人前去打听，却连杨定的面都见不到，只知双方都已杀红了眼，矢石满天乱飞。西燕兵以云梯、轒辒车、木牛车和尖头木驴等早已备好的器械不间歇地日夜进攻；秦军仗着长安城池坚固，也以檑木、狼牙拍、飞钩、铁撞木等物一次次击退敌军。

震耳欲聋的喊杀声，惊得普通老百姓家家闭户，只有刚饿死了老人或小孩的人家，不时传来断续无力的哭泣。

城内城外，已是尸积如山。

杨府派去问讯的侍从见主母担忧不已，便冒险接近城头，倒是看到了激战中的苻坚和杨定，却被流矢射中，给人抬了回来。

"天王和我家将军都无大碍，不过敌军矢箭太过密集，似乎都受了点伤。"

侍从只敢对两个大肚子主母这样回报。他实在不敢说，城头上的众将士，不论是天王大将，还是无名小卒，都已被飞来的乱箭射得遍体鳞伤，鲜血淋漓。

直到五月下旬，西燕军久战无功，方才将主力军队撤回阿房城休养，只留一部分精骑兵在城外窥伺时机，秦军才算略松了口气。

这日，碧落正盘算着应该已到了产期时，宫中忽然来了内侍传旨，召新城公主入宫去住几日。

秦韵纳闷道："姐姐，天王这时候叫你做什么？难不成打算让你把孩子生宫里去？"

碧落不欲她担心，摸了摸秦韵已颇是凸出的小腹，笑道："大约因为杨定不在家，你也不方便，怕我在府中生产无人照顾吧？罢了，你好好养着，如果我真把小孩生在宫中了，到时派人接你入宫来瞧！"

秦韵吃吃地笑，"好姐姐，我可生小孩时你一定得回来！我怕得很，就担心到时阿定没空陪我，我一个人孤零零的。"

碧落拍拍她的手，微笑道："韵儿你放心，到时我和杨定一定都回来陪着你。"

她随即上了宫中前来接她的舆乘，与笑颜如花的秦韵挥手告别。

可她再也没想到，这已是最后一次和秦韵说话，最后一次听到秦韵娇憨无邪地唤她姐姐。

许多美好的梦想，原来只是镜中花，水中月，有着泡沫般七彩缤纷，却透明纤薄，轻轻一点，便碎裂无踪。

紫宸宫中人应该早就接到谕令了，已经收拾得颇是整齐，不像许多时日没有主人的宫殿，青黛更是换了件鲜翠欲滴的宫装，欢天喜地将碧落迎了进去。

"公主，你可真狠心，答应了几次带我入杨府，都不叫人来接我！"

青黛一边收拾着碧落带来的行李，一边笑着抱怨。

碧落入宫时常会遇到青黛，二人情谊深厚，青黛说了几次，要出宫随了她去。碧落因与杨定关系微妙，恐他多心，虽是答应了，却一直延宕着不曾付诸行动。

但细算起来，青黛是符晖救了送入宫的，只服侍着碧落，并不是慕容夫人的宫女，如今碧落和杨定情感渐趋稳定，便是将她带入杨府，想来杨定也不会有意见吧？

碧落想至此，遂道："杨府未必有宫中舒服，但你若真的想去，这次我走时，你直接跟我回去吧！"

青黛这才喜笑颜开，转而对碧落脱下外套后的肚子大感兴趣，不时去摸一摸那高隆的腹部，无人时便嘻嘻笑道："公主，你老实说，和杨将军好了多久了？你这肚子，我瞧着怎么像快到产期了？"

碧落成亲才六个多月，按常理自然不可能这么大的肚子。

虽然青黛只是打趣，碧落还是涨红了脸笑不出来，只叹道："妮子，忙你的去吧！"

青黛这才促狭笑着离去，依旧如碧落当日在宫中那般妥为照料。

符坚虽将她接来，却连着两日不曾来见。直到第三日傍晚，他才匆匆来到碧落房中，一眼看到她未及遮掩住的腹部，便皱了眉，屏退侍立宫女。

"碧落，产期临近了么？"他径直发问。

碧落难堪地点了点头，低声道："应该……快了吧？"

符坚叹一声，在房中踱着，道："这还……真不巧。"

碧落疑惑道："父王，怎么了？"

符坚迟疑片刻，坐到碧落跟前，低声道："慕容小贼现在用的是围城打援的策略，大秦各方勤王援兵群龙无首，各自行动，不但救不了长安，反而白白地被逐一击破。朕不想坐以待毙，打算去陇地筹集兵马粮草，到初冬时再回援长安。"

碧落一惊，脱口道："那长安怎么办？何况从这里到陇地，需要经过姚苌控制的渭北地段，只怕很危险吧？"

"留在这里，一样危险！"符坚琥珀色的瞳仁说不出是黯淡还是明亮，怪异地透明着，"朕只带数百骑前往陇地，会留下五千精骑给你二哥，让他避贼锋芒，力求自保便成。他也是聪明人，应该……能吧？慕容冲那小贼，哼，他想抓朕，没那么容易！"

碧落如若半身浸入冰水之中，刹那明白符坚用意。

慕容冲紧咬长安不放的最大原因，便是想擒杀符坚，最好是生擒到他，将当年的羞辱百倍千倍地奉还，以此洗刷自己所曾承受的屈辱。符坚看穿他的用心，以他为君二十八年的尊严，只怕宁死也不愿落到慕容冲手中，便宁可冒险出行陇地一试了。

可长安……

符坚第二子太子符宏，虽然颇有几分才干，又如何能与符坚相比？符坚在这里，长安尚几度岌岌可危，符宏又有什么能耐在强敌环伺中坚守到初冬？

许久，碧落才艰难开口："父王召我入宫，原想我一起随行陇地吗？"

符坚点头道："此去陇地，必经五将山。朕打算去那里瞧瞧……瞧瞧你的母亲。哎，可怜你这孩子，大约也一点也记不起她了吧？朕真想带了你一起去。"

碧落沉默片刻，答道："若是安定些，我让杨定陪我去一次吧！现在……我哪里也不去。我要等杨定回来。"

"你要等……杨定回来……"符坚好像有点冷，居然哆嗦了一下，半晌才低了头，避开碧落的眼睛，轻声道："好罢，横竖你现在没法远行，就待在宫里吧！杨定……那孩子又玲珑，又聪明，吉人自有天相，会没事的，会没事的……"

他猛地立起身来，道："你……你好好养着吧！朕明日便要离开长安了，去瞧瞧他们收拾好了没有……"

碧落应了，送了他出去，看着他略显佝偻的背影带了几分仓皇般疾速消失，心中的疑惑和不安越来越重。

为什么她觉得苻坚的决定，很不明智？

出走陇地，可能遇到姚苌拦截，羊入虎口；可困守长安，同样可能束手就擒……

还有杨定，杨定怎么还不回来？

他又玲珑，又聪明，或者知道该怎样走出如今的困境吧？

第二日，碧落和太子苻宏等人送苻坚一行人离开皇宫。走出好远，他们都能看到南阳公主苻宝儿、始平公主苻锦儿探出马车的车厢，蹙着眉留恋不甘地冲王宫的方向凝望。

苻坚到底舍不得伴了大半辈子的张夫人，将她和她所出的苻宝儿、苻铣，还有失了母亲的苻锦儿一起带在了身边。

此去山遥水远，沿路险阻，与他同生共死的人，到底不是年少时那云中月雾中花般的云不言，而是踏踏实实陪伴了他二十多年的张夫人。

碧落怅惘地想着，再不知此后再见是何时，甚至……还有没有机会再见面！

回到紫宸宫，她正觉走得疲乏，要去歇息片刻时，青黛忽然冲了过来，一脸惊慌，叫道："公主，天王……天王真的逃离长安了？"

碧落一怔，忙打起精神来，强笑道："去搬救兵而已，谁敢动摇人心，说天王逃奔？待我禀了太子殿下，割了他舌头去！"

青黛连连摇手，道："我不是这个意思，我只是听得谣传，杨将军出了事，天王才对继续困守长安失了信心。如今天王果然走了，难道……难道杨将军被擒一事是真的？"

"你……你说什么？"碧落失声高呼，眼前青黛俊秀的面庞一忽而放大，一忽而缩小，狰狞得有些不真实，让她不由伸出手去，揪紧青黛的前襟，尖厉道："你说，你说杨定怎么了？出事？被擒？"

青黛眼见碧落神色大变，也惊慌起来，叫道："我也是听说啊！听说慕容冲特别忌惮杨将军，所以慕容冲以自己为饵，牺牲了不少西燕兵马，将杨将军和他的骑兵引入了早已布置好的陷马坑中……杨将军被生擒了……公主，公主，你说，杨将军杀了那么多鲜卑人，慕容冲会饶过他吗？慕容冲会饶过他吗？公主！公主……"

杨定，杨定……

一阵阵的昏黑之中，碧落的身体克制不住地往下坠，眼前的人影树影却开始往上飘，仿若要融入那阴郁暗沉的天空。

一场暴雨随时要筛下，将紫宸宫中众人凌乱的呼救声压了下去……

符秦建元二十一年五月，符坚离开长安的第二天，新城公主符碧落于紫宸宫中产下一男婴。

碧落产子后第一件事，就是派人去知会太子符宏，继续瞒住杨定被擒之事，万不能让杨府怀孕五个多月的秦韵知道。

这件事会到现在才传入碧落耳中，显然是符坚特地吩咐过保密的缘故，而他想把碧落一起带走，多半也是因为担心碧落在京中没了依靠。

太子符宏是苟王后所出，和碧落交往并不深，但品行颇是端正，亲自到紫宸宫看望了碧落，好生宽慰一番才离去。碧落婚后六个多月产子，宫中虽有流言传出，符宏令人悄悄传开话去，只说她受惊早产，不许宫人背地里多议论。

碧落到底练过武，生产还算顺利，第二日便能下榻来，默默地看她那刚出世的孩子。

皱巴巴红通通的小脸，已能看出五官的清秀。头发很黑，很软，眼睛也很黑。他不喜欢哭，实在无聊时才咿呀两声，听来不像哭，倒像唱着极稚拙的儿歌。

碧落此时终于相信奶娘的话了。奶娘说，她小时候很爱笑，一天到晚笑个不住。

现在，她的小家伙同样爱笑，在刚刚出世并不懂得什么是悲、什么是喜时，他的粉嫩嘴角便常常向上一扬一扬的，天然的笑容极可爱，极干净。

不像碧落，倒挺像慕容冲。

可慕容冲从不曾有过那么纯净的微笑。

青黛劝她，"公主，杨将军为人再灵巧不过。想想他以前在天王身畔随侍的时候，最会装疯卖傻讨人喜欢，连我们都给他骗了，以为他是个无能之辈呢。如今既然没听说西燕那边拿杨定怎样，他应该好好的吧？想那慕容冲若是志在天下，多半也会收揽杨将军这样的人才，杨将军若忍了一时之气，应该……应该能平平安安吧！"

"杨定不会降慕容冲。"

碧落猝然回答。

青黛抬起如画的眉眼，等待碧落说理由。

碧落却只俯下身，怜惜地轻轻抚着她珍宝般的孩子，仿若根本不曾说过这句话。

她一向木讷，其实还真无法说出什么理由来，可她偏偏就认定，杨定可能降任何人，却不会降慕容冲。

但青黛有句话说得也有道理，杨定是苻秦目前最有威望的大将，若西燕那边处死他，多半会让秦兵见到杨定的尸体，进一步杀苻秦本已十分低迷的士气。既然没动静，多半还未拿他怎样。

毕竟，他还有个义父高盖，是西燕一人之下万人之上的尚书令。

青黛见碧落只将目光落在婴儿身上，忙又笑道："小公子这么可爱，公主帮他取个好听的名字吧！"

碧落唇角向上一弯，眸中已有母性的温柔辉芒月光般溢出："嗯，就叫……望吧！望天下太平，望早止兵戈，望家家团圆……"

如果慕容冲真的打入了长安，他肯为这个孩子收手吗？

该得到的，他都得到了，该收手了吧？

"慕容望，慕容望……"

她不觉低低地念叨，再不知心底是温暖还是苦涩，偶然抬头，正见青黛一脸的惊怔。她小而莹润的樱唇张开，却半个音节也没能发出。

她刚说了什么？

碧落疲倦地坐回卧榻上，拿了帕子吸去额前的细微汗珠，才沙哑着嗓子道："杨定……只是担了个虚名，好让我名正言顺生下他而已。当真万不得已时，我抱了望儿去找慕容冲，想必……他应该肯放过杨定吧？"

那么，杨定是否可以抛开一切，继续他逍遥山水洒脱不羁的日子呢？

恍惚，又记起了最后一夜的合卺酒，杨定低低叹息："下次弃我而去前，请一剑结果我。"

其实杨定错了，他们谁离了谁会活不了？

杨定有秦韵，未来还会有他和秦韵的孩子；而她，虽然慕容冲的仇恨让她灰心绝望，到底还有望儿，如此可爱的望儿……

碧落吸了吸鼻子，笑了一笑，说道："其实，有一点希望的日子，毕竟比完全没希望的日子要幸福得多，对不对？"

青黛没回答，眼中一片模糊的水光。她坐到卧榻边，拿丝帕去拂碧落的脸颊，哽咽道："公主，你太苦了！"

碧落才知自己还是掉泪了，苦涩地弯一弯唇角，将额靠到青黛肩上，不确定道："或者……也许……一切还会好起来……"

青黛的手心带着颤意，很凉。握着碧落的胳膊时，那凉意已侵入碧落的肌肤。但她目光熠熠，低声道："也许……也许吧！"

如果这天底下还有碧落能信任的人，青黛无疑是其中一个。

关于望儿的真正身世，她不曾向任何人提起，甚至不止一次在宫人面前大赞望儿笑容好看，与杨定一模一样，绝不让人生出一分疑心。

第五十四章　虞美人　家国泣尽朱砂泪

战争仍在延续，到闰五月时，西燕应该得到了苻坚出走的消息，又开始了新一轮的攻坚战，不依不饶地表明着不取长安誓不罢休的决心。

苻坚已经离开不少时日，慕容冲便是想追也追不上。何况即便他是西燕皇帝，也不能弃了长安转而去追击已经快要进入姚苌地界的苻坚。他只能以为死难族人复仇的名义，以长安王宫累积数代的珍宝为诱惑，把西燕军团结在自己周围，继续攻打因失了主心骨更加东支西绌的长安城。

当苻宏突然出现在紫宸宫时，碧落便知道长安守不住了。

年轻的太子面对长安要兵无兵要将无将要粮无粮的窘境，不得不退却。

"我准备带大家先到南秦州我姐夫那里去避一避，伺机再与父王联手，重振我们大秦江山。"苻宏开门见山道，"碧落妹妹，如果你养得差不多了，和我们一起走吧！这些鲜卑白虏和我们仇深似海，苻家的人，恐怕他们一个也不会放过。"

碧落沉默，然后回答："二哥，我要等杨定。"

苻宏说再多，她都只那么一句："我要等杨定。"

她必须等到杨定，看到他平平安安，然后平平安安带了秦韵离去。

苻宏无奈，也不好深劝，只得由她。

临走时，他又警告她："如果无人保护，就不要再待在宫中了。白虏一旦破城，王宫首当其冲。"

第二日，苻宏带宗亲妻儿以及长安仅有的数千骑兵自长安西门出逃，正随时打探动静的僚属百官顿做鸟兽四散。大约权衡下来，后秦的姚苌总要比对氐人恨之入骨的慕容

氏要好许多，也有相当一部分原和姚苌交好或相识的官吏，径带了家人侍从投奔后秦而去。

宫中剩余的内侍宫女同样处于混乱之中。有家人或朋友在长安的，纷纷收拾细软出宫而去；而无处可投的宫人面对长安被围的困境，大多在各自宫中惊惶等候命运的安排。死亡和屈辱的恐惧盘旋在空中，这里那里，此起彼伏压抑着的绝望哭泣。

"公主，你……你回杨府吧！"青黛惊慌劝她："鲜卑兵一旦冲进来，看到尊贵些的宗室女子，一定不肯放过；何况杨将军情况不明，公主最好还是避一避，到时再见机行事。"

碧落努力克制了自己的慌乱，思忖片刻道："我……不回杨府了，我到我奶娘家先避一避，平民人家，不易引人注目。"

最重要的是，她实在不知道，该怎样去面对秦韵充满冀望的眼睛，怎样去听她絮絮在耳边咕哝，咕哝她看得比性命还重的杨定，为什么还不回来看她们。派人传个讯过去，让她知道自己平安也便罢了。好在杨府也有些应急藏身之处，秦韵很是聪明，应该懂得保护自己。

青黛点头道："那我就先留在宫里，若有贼人进来，我只说是原来侍奉大燕清河公主的宫女，想来紫宸宫总要比别处特别些，鲜卑人未必便敢来欺负我。"

碧落原想劝她出宫暂避，转而再一想西燕军这两年来的手段，出宫只怕更要险上几分。以青黛的机警，说不准紫宸宫反而是她最安全的藏身之处，她遂道："好，真到万不得已时，你就告诉慕容冲，你是我的贴身侍女，若慕容冲知道我并不曾叛他，又给他诞下了骨肉，应该……会放过你吧？"

碧落眼底若有地底的幽泉冷冷动着，不胜讥嘲。

她真的不曾背叛慕容冲吗？

那她心心念念担心牵挂着的人，为什么只是那个生死未卜的微笑男子？

不过，若能救他，若能救青黛以及更多的人，慕容冲一定要她陪着共入地狱，他们便还在一起吧！那些无望而黑暗的日子都能煎熬着挣扎过来，何况现在她已有了望儿？

她小心捧起她的小家伙，摸摸他柔软的黑发。

小家伙张开嘴，粉红色的小小舌头动了一动，舒服地打了个大大的呵欠，便又咧开了嘴，笑成了眯眯眼。

碧落便也笑了。

奚氏见着碧落，倒也欢喜，忙将她接进去，笑道："我正猜你有没有随天王或太子离开长安呢，想着你挺个大肚子，一万个不放心，原来早把小公子生下来了！"

她懒得理碧落怀的到底是谁的孩子，也对碧落怎么会成亲六个多月便诞子不感兴趣，只要她的碧落母子平安，便觉一颗心落到了地。

一时和奚氏的女儿女婿见了礼，奚氏便带她去看厨房草堆下挖的地窖，说道："本来是个小酒窖，我见外面攻得猛，让他们悄悄把酒窖改大了，应该可以藏个十个八个人。刚还叫他们把家里的粮食都搬了进去，干粮和水也准备了，如果鲜卑人打进了长安，我们就藏进去。"

"鲜卑人打进长安……快了，快了！"

碧落失神地呢喃，眼前浮过一次次见识到的刀光剑影血光漫天。

西燕军的到来果然很快。

符宏一撤，城防形同虚设，鲜卑铁骑第二日便冲入长安，如入无人之境。

碧落等人藏于地窖中，尚可听到街上马蹄杂沓凌乱，雷声般响过。不久，隐约的惨叫和哄笑，还有临死时的咆哮声，断续传出。

有好几回，分明有不少兵马冲入奚氏这座看来还算富庶的院落，奚氏早让大家把各处房门大开，箱柜案几推倒，做出早被劫掠一空的假相，来人以为有人捷足先登，果然草草一翻便拔腿走人。

本来奚氏担心尚未满月的望儿会有哭泣声惊动鲜卑人，后来发现这种担心是多余的，这望儿简直是天下罕见的乖巧，抱在母亲怀中极少哭泣，倒是偶尔有咯咯的稚笑声发出；碧落但听得外面有动静，便将望儿搂到怀中。望儿开心地吮着母亲的乳汁，再顾不得笑了。

到了晚上，外面动静终于小了些，奚氏一家遂上来透一口气，散一散身上的汗味。

碧落仗着自己身负武功，提了流彩剑悄悄到左邻右舍查看时，大多已被劫掠过，略有反抗的男男女女均被斩杀，顺从些的还可保全性命，正无声地在黑暗中低泣；有几户人家尚有鲜卑兵留宿着，有男人拥着年轻女子发出肆无忌惮的笑声。

见多了死亡，碧落也有些麻木了。对西燕军来说，如今的长安不过是另一个被攻占的坞堡，只是要大上数十倍罢了。

她默默离开那些民居，回到奚氏院中时，忽见门口人影一闪，已有名男子奔了进来。碧落大惊，提剑便刺。

那人侧身避过，立时由宝剑认出了碧落，低低道："公主，是我！"

碧落定睛看时，原来是杨府的一名亲信侍卫，忙收了剑，将他引到黑暗角落里，问道："杨府情况怎样？"

那侍卫犹豫了一下，道："现在不知。方才有大批人马冲了进去，口口声声要找新城公主。秦夫人让我趁乱偷偷从地道逃出来通知公主，千万掩好行踪，慕容冲看来对公主势在必得。"

碧落急怒道："既然你能逃出来，为何不把秦夫人一起带了逃出？"

侍卫答道："燕军一进府，秦夫人便准备藏地道中去了。谁知他们居然是押了将军一起来的，秦夫人便说什么也不肯走了，说便是死，也要死在一处。"

碧落一颗心差点从腔中跳出，冲口问道："哪个将军？"

侍卫红了眼圈："自然……是我们家杨将军……给捆缚得紧紧的，给一群鲜卑狗贼推搡着，脸色很不好。"

杨定！杨定！

碧落泪水猛地迸落，连心头都似有血滴进落，疼痛得如有火焰在烧灼。

她冲入厨房，对正怔怔着的奚氏道："奶娘，我要回杨府一次，你先帮我照顾着望儿，我……我很快回来！"

奚氏急道："你现在去杨府，岂不是……岂不是自投罗网？"

碧落眸光一闪，道："我知道怎么护着自己。"

她垂头再看一眼她的婴儿。

窗棂透入一线月光，正映在小家伙脸上。小家伙正向着那缕月光好奇地张望着，清亮的黑眼睛眨巴眨巴，嘴巴又咧了开来，舞着小嫩手笑得极欢喜，透明的口水顺了和慕容冲一样秀颀的下颔流出，憨拙可爱。

很小心很轻柔地吻一吻她的孩子，碧落提了流彩剑，迅速奔了出去。

她还记得哪家传出过鲜卑兵的狎笑，越墙而入奔到屋中看时，两个赤身的鲜卑兵正熟睡在榻上，还有个年轻女子正昏迷在地上。

碧落眼都不眨，流彩剑无声挥出，两颗人头不及发出任何声音，便滚落在枕边。

拣了一套小些的鲜卑兵衣饰，碧落匆匆换上，又将那女子抱出，扔入另一户相熟的邻居家，便径奔向离杨府不远的一处小院。

那里，有一条暗道直通杨府内院，正是杨家人为躲避灾难预设的逃生之路。

秦宫，两仪殿。

云纹彩画、虎踞龙盘的御榻前，慕容冲纤长的手指正旋着一只碧玉茶盏。悬于殿中的十二支铜质鎏金灯将大殿耀得亮如白昼，茶盏半透明的碧色映在慕容冲过于白皙的指掌间，将他的指掌也映成半透明的淡青色。

"杨府……还没传来消息吗？"

他又在问身畔的近卫，听不出任何焦急或惊怒，平淡如水，却是派人押着杨定去杨府后第三次发问了。他的容颜一如既往的洁白若雪，不论是流逝的岁月，不论是经历的风霜，不论是漫天的血火，都不曾在他比女子更俊美几分的容貌上留下半点痕迹。

可他的眼眸已越发深沉，偶尔露出的浅淡笑意，也泊了层幽冰般清冷着，神祇般令人无法亲近。

近卫屈身回答："禀皇上，还没有。微臣这就派人去催促。"

"不用了！"

慕容冲即刻打断，声音已不觉提高。低低垂了眸，他舒缓了口吻："朕不急……不急……"

他轻嘲地笑着，缓缓啜着茶，一手叩紧了花梨木的御案。

远远地，有宫人的哭声随风传来，让他一阵痛快淋漓。

当年燕宫的一切，终于能在秦宫上演了。

可惜，苻家那些人见机行动得快，居然逃得差不多了……

可痛快之后，心底为什么这般空？

空得整座的秦宫、整座的长安都无法塞满任何一个小小的角落，反而更加空得钝痛。

本不该再感受到痛的，哪怕只是隐隐的钝痛。

为谁都不值得。

殿下有侍者通禀："皇上，有一名紫宸宫宫女，说是皇上故人，求见皇上！"

"故人……"

慕容冲轻笑。他并不觉得自己还有什么故人，也不觉得自己该对什么人怀有故情，但他已清楚这人是谁了。

他微笑着吩咐："请进来罢。"

"拜见皇上！"一抹翠影幽娴飘入，含笑下拜："妾身恭喜皇上得偿所愿，中兴大燕，攻下长安！"

慕容冲淡淡而笑："这三年来，你也辛苦了。想必……你有好消息要告诉朕吧？"

"妾身也不知算不算好消息吧，但妾身想着，大约皇上很想知道新城公主的下落吧？"

慕容冲眉一挑，冷然道："她……不在杨府？"

那女子温温柔柔地回答："她一心想护住杨定的孩子，自然怕被皇上发现，怎会回杨府去呢？她带了她刚生下的孩子去南城她的奶娘家了。"

"她的奶娘家……"慕容冲呼吸有些急促："那个孩子，多大了？"

"刚生下没多久呢！算来苻坚对新城公主着实不错，一直瞒着杨定被抓的事，后来公主无意听说了，一受惊，怀了七八个月的孩子当天就生下来了，差点就活不了。那孩子眉眼长得挺像杨定，很喜欢笑，公主第二天便给他取名叫杨望，说是希望一家早日团圆，快快活活归隐山林。"

"杨望！一家早日团圆，快快活活归隐山林！"慕容冲冷锐笑了起来："好吧，备马，朕要亲自去看看他们，怎么个一家团圆法！"

"皇上要去，得赶快去！"女子轻笑："听说皇上刚下旨让屠尽南城居民，为当日高将军那些勇士报仇呢！"

"你和朕一起去！"

慕容冲拂衣而起，急促步出殿去。

御案边，清晰留下了两枚陷入的指印，深深如刻。

杨府，正院的某处小屋。

穿着西燕士兵服色的碧落脸上抹了一层淡黑的灰，谨慎地步入院中，小心到自己和杨定他们的房间查看。

此地刚被仔细搜检过，连被褥都被掀开了，妆台上散落着不少珠饰，居然没被拿走，显然燕军志不在此。

碧落周身一阵冷，一阵热，趁着月光冲出去时，忽听到一声惨烈却熟悉的女子凄叫隐隐传来。

那是……秦韵的声音！

碧落根根汗毛倒竖，再也顾不得许多，往发声之处奔去，沿路居然一个鲜卑兵或下人也看不到。

她揣度着，杨府上下应该都已被召集到前厅去了。

快至前厅时，她放慢了脚步，果然听到黑暗中有人喝道："什么人？"

碧落心头一紧，忙用关东鲜卑话低嘎着声音答了一句："哦，自己人，刚在那边耽搁了。"

果然，母语一口，对方敌意立消。

旁边便有人走出来，拍拍她的肩，道："要玩有的是机会玩，这会子忙什么？等皇上要的女人找出来，这府里上上下下的人，还不是由着咱们弟兄玩？"

又有人晃荡着走出，道："也不一定，来时慕容将军便交代了，杨府与高将军有些关系，又是仇池高第，让收敛些！"

先前那人便点头道："也是。若依皇上以往脾气，抓着苻坚的大将，若是不肯降的，早该立刻斩了。这杨定杀了我们这许多兄弟，高将军一保，皇上居然只将他软禁，好像没见杀他的意思啊！"

另一人道："嘿，不杀也没打算让他好过吧？刚不是把他最宠的大肚子爱妾给开膛破肚了？"

碧落脑中嗡的一声，仿佛霹雳炸过，一言不发便往厅中冲去。

一旁的人忙拉了她，叫道："兄弟，你哪里去？"

碧落挣了一挣，回头看那人脸上有了疑惑之色，忙强自镇定了，说道："看热闹，你们不去？"

那人顿时松手，沮丧道："也是，如果不是令我们几兄弟在这里守着，我们也早进去了。其实有什么好守的，除了里面的两百兄弟，府外还有三百兄弟围着，还怕飞出一只鸟去？"

领他们来的，应该是慕容冲的族叔慕容永。

他本是慕容氏不起眼的旁支宗亲，并不知大贵之家不但设有秘室藏身，往往还会设有秘道出逃。若将鲜卑兵都放进来，仔细在各处找一找，只怕那条地道便被发现了。

碧落走入厅中时，只见偌大的前厅挤得满满当当，两侧一两百名下人被鲜卑兵用刀剑逼着跪在地上。

大厅中间的赤毡上，却倒着住在杨府的几个杨氏旁支亲戚，不是身首异处，便是一刀两断，鲜红的血正沿着赤毡的团花慢慢向外洇开，空气里也正流淌着怪异的腥热气息。

而让碧落猛地屏住呼吸，甚至止不住自己泪水的，是正中的缠枝莲纹大团花上卧着的粉衣女子。

她背对着碧落的方向，碧落看不到她的神情，只看得到大片大片的鲜血汪肆，浸透了莲纹，也渐渐将她半边衣衫染成赤红，艳丽而诡异的颜色怵目惊心。

"阿定……"

她居然还没死，柔弱的声线依稀有当日的娇憨清脆，清晰地透过下人隐约的低泣传到每个人耳中。

一只纤小的手慢慢地伸出，手背苍白发青，手掌滴着鲜艳如胭脂般明丽的热血。那手伸向她跟前跪着的男子，她的阿定，她宁死也不愿离开的阿定。

杨定面如白纸，唇色亦如白纸，头发倒还整齐，却未束发或戴冠，零散地披落在襟前背后。粗大的麻绳紧紧捆缚着上半身，两手亦被缚在身前。他穿着一件居家穿的素衫，好几处渗出朱砂梅般的血点来，有的该是旧伤开裂，有的则明显是方才用力挣扎被麻绳蹭破的。

但他此刻被慕容永的几个亲卫用刀剑逼着，神情却意外的宁静，深深的瞳仁里映着秦韵的面容，格外的温柔煦暖。他跪着挪动两步，将面庞凑过去，让秦韵的手指抚上他的面颊。

手指上的鲜血，在杨定面颊印下一记夺目的红。

秦韵的手臂颤了一下，低低叹道："阿定，我弄脏你的脸了。"

杨定微笑，唇边弯着的弧度美好如一轮初升的朝阳。他低沉道："只要韵儿不嫌我脏，我不怕脏。"

秦韵道："我不嫌你脏。我只嫌你老让我等你。我等得很焦心，每夜每夜都睡不着，肚子里小宝贝就一直踢我，每晚都踢我很久。我便很开心，可我又想哭。所以我每晚都捧着肚子，一边哭，一边笑。"

杨定道："我知道，你在等我，孩子也在等我。是杨定没用，老让你等，老让你等不着。"

秦韵便笑了："可我愿意等啊！如果有来世，我还愿意等，等我的阿定。"

杨定也笑了："如果有来世，换我来喜欢你吧！我来等你，等你一辈子。"

秦韵叹道："可我不要你等我啊，我只要你陪着我。"

杨定便道："那我便陪你一辈子。"

秦韵似乎很开心，咯咯地笑出了声，旋即又哭着呻吟："可我现在好疼，真的好疼。"

杨定俯下身，含着温柔笑意，吻着她的面颊，轻轻说道："别怕，很快……就不疼了……"

他的身体猛地向前一扑，将秦韵头部压在自己身下，犹未及等众人回过神来，已听得骨骼折断的"喀嚓"一声。

"快，拉开他！"正对着这幕生离死别发怔的慕容永失声叫起来，自己已动手去拉杨定。

　　他奉命来寻找新城公主，遍觅无踪，遂以杨家亲友的性命逼迫杨定和秦韵说出碧落的下落，后来看出秦韵对杨定死心塌地，便以杨定性命要挟秦韵。眼见秦韵依然不肯说出碧落的下落，遂让近卫用大刀作势劈向杨定，谁知秦韵毫不犹豫挺身挡到了杨定跟前，近卫收刀不及，竟将她挺起的肚子一刀破开，连一贯视杀人如儿戏的鲜卑兵都呆住了，由得杨定冲上前去，与她生死话别。

　　并没用什么力，便将杨定从秦韵身上拉开了。

　　秦韵因疼痛而一直蜷曲的身躯缓缓放开，仰面舒展了手脚，血污的内脏和胎儿淋漓在一侧，看来污秽恐怖；可她的脸庞却洁白干净，唇角微微翘起，保持了最娇憨最美丽的微笑，宛如安谧睡着一般。

　　可这一觉，她已永远不会醒来，就如她永远不会再疼痛一般。

　　杨定用很吃力的姿势，极快地扭断她的脖子，送了她最后一程，然后由着他人将自己拉开。素衣上染了一身秦韵的鲜血，他失魂落魄地无力跪在她跟前，浓黑的睫下，蓄了大团的泪水。

　　厅中在静默了片刻后，忽然骚动起来，杨府的上下家奴，在敌人的屠刀之下挣扎着，号啕着，手脚快的家奴，已经大哭着，手脚并用地往秦韵的方向爬去。

　　这个伶俐活泼的主母，远比冷淡孤僻的碧落得人心。从杨家亲戚，到上下奴仆，没有不喜欢她的，如今蓦然见她惨死，那种悲愤哪里还掩藏得住？

　　骚动和哭泣声中，同样有着碧落的尖叫，黑眼睛里大片的泪珠直滚下来。而她已经开始在往这边挤去，只是被涌动的人群堵住，一时过不来。旁人注意力都在闹开了的杨府奴仆身上，倒还没注意到她。

　　杨定的眼眸在她的方向飘了一下，却似乎没看到，只是忽然对着秦韵高声道："走吧，走吧，带了你的孩子走吧！这世间已经没人可以护着你，不如走了干净！这是我的希望，也是你的希望，韵儿，你并不是白死，是不是？是不是？"

　　碧落顿下脚，呆呆看着杨定泪水无法克制地倾肆下来。她忽然便意识到，他……他应该看到她了，他在提醒她快走，别让韵儿白死。

　　杨定俯下头去，依然对着秦韵说道："你放心，你走得不会孤单，燕帝已派人去屠尽南城百姓，到时死的人不知有多少，你不会孤单！而我，我有义父在，也会好好活着，每天都牵挂着你，牵挂着你……"

　　燕帝派人去屠南城百姓！

慕容冲下令屠城！

碧落脑中隆隆乱响，连手足也禁不住地发软。但她终于还是用力擦了把眼泪，慢慢往外退去。

秦韵不能死而复生，杨定有高盖明里暗里照应，都可暂时抛开。而南城的奶娘和望儿，该怎样逃脱那已悬到头顶的钢刀？

第五十五章　满江红　书尽恨苦无人雪

　　杨定眼看那个淡灰的人影向后退缩着，渐渐消失，才无力地松一口气，对着秦韵含笑的面庞，低低说道："韵儿，韵儿，等一等我。我来了！"

　　慕容永正在为制止杨府下人的骚乱而头疼，到底没有发现杨定和一个普通鲜卑兵的异常。

　　高盖曾经暗托过他照应杨定和杨家，而慕容冲对杨定的态度也是暧昧不明。

　　杨定被俘后，慕容冲曾经令人招降，招降不成则囚禁用刑，有几次甚至一反常态亲自动手，将他打得遍体鳞伤，转而又软禁起来让大夫为他治伤。即便慕容永跟了慕容冲十余年，也弄不清他到底在想什么。

　　但有一点他是肯定的，杨家的人能不杀最好不要杀，能压下来就不要用刀砍下去。

　　所以在秦韵死后，他已不想再杀更多的杨家人，只指挥士兵制住企图闹事的杨家奴仆，实在制不住的，再用刀锋说话。

　　正觉快将事态压制住时，背后忽然一道大力涌来，将他撞得一个趔趄，忙回头看时，却是一名亲卫被踹飞，倒在了自己身上。而那双手被捆的杨定，正扬起脚来，飞快踢向另外几名亲卫。

　　本来已趋平息的杨府人一见主人闹上，立时如烈火煮油，全都跳了起来，或与身后的鲜卑兵搏斗，或赶上前欲要帮助杨定，乱成了一窝蜂。

　　慕容永大怒，喝道："杨定，你找死吗？"

　　话未说完，他忽然意识到，自己说对了。

　　被踹倒的亲卫反击时向杨定扬出了森亮的刀。

杨定不闪不避，挺胸迎上，眸子却转向了那张永远微笑的面庞，目光一片柔软，如化开了的墨玉……

血花四溅……

厅外，传来洪亮的通传："尚书令高大人到……"

碧落在匆匆离开时到底引起来两名鲜卑兵的疑心，跟在了她身后。

碧落引他们近前，挥剑将他们斩杀，却也弄出了不小的动静。

但这时厅中传来了炸窝般的喧闹声，吸引了太多人的注意力，竟无人理会不远处的这两声惨叫。

碧落心急如焚，也不敢回厅查看到底发生了什么事，匆匆往南城的奶娘家赶去。

她做梦也没想到，她两边的家园，已是一样的血雨缤纷……

南城，已陷入了一片火光。绝望的哀号和野兽的狂笑在火光里交融，显出一张张或痛苦或兴奋的变形的脸。

慕容冲身着玄黑衮龙单衫，跨着骅骝马，领了数十骑穿梭在被火光映红的巷道间，漠然地仿佛没有听到那些来自地狱的声音。

或者，那是因为，他早在十五年前便已落入地狱。

本以为，至少有个人，不管是天堂，还是地狱，总会伴着自己，用她温软的纤手，竭力给他她所能给予的全部爱情和温暖。

原来，他错了。

他只是最孤寂的王，地狱里的王。

几名鲜卑兵正从那座院落中奔出，见慕容冲驻马，慌忙下拜。

"这家的人呢？"

慕容冲问，手心里微微地出汗。

如果身手普通的鲜卑兵能毫发无伤地走出，碧落应该没和他们交手吧？

她……应该没事吧？

"回皇上，这家似乎给劫过，人都不在。"

"哦！"

慕容冲缓缓下马，步入院中，四周一打量，高声喝命："打起火把，一寸地一寸地找！"

顷刻，屋内屋外，亮起了数十支火把，把小小的院落照得亮如白昼。

慕容冲立于厨房前的一株桑树下，捡起地上两根断枝，悲哀冰冷地一笑。

当年在平阳太守府，碧落也喜欢在树下练剑，留下几根切口极平的断枝。

"回皇上，四处查过了，没发现人踪！"

亲卫过来回复。

"哦？"慕容冲皱眉，映了清冷月光的眸子在一间间的房屋扫过。

身畔一直紧随的翠衣女子微笑："应该不会去别的地方。公主不喜与人交往，在京城，她的安身之处，除了王宫和杨府，就是这里了。"

静默之中，忽然传了一个奇怪的声音。

"格格！"

很娇嫩，很稚拙，纯净得不像笑声的笑声。

慕容冲猛地指住厨房："搬开草堆和柴垛，把他们找出来！"

地窖，终于被发现。

一串老少人等在刀锋的威胁下战战兢兢地爬出，跪到慕容冲跟前。

慕容冲将几人一打量，冷声问："新城公主苻碧落在哪里？交出来，朕饶你们不死！"

他的声音并不大，他的容貌依旧夺天地造化般俊美着，可奚氏的两个小外孙瞪着他，未等他说完，便见了鬼般惊吓地得哭了起来。

奚氏壮了胆子，颤声道："民妇不认得什么公主啊，民妇一家……畏惧皇上天威，方才藏着不敢出来。民妇罪该万死！罪该万死！"

奚氏抱着望儿，带了女儿女婿拼命地在地上磕着头，无辜得像任何被赶到绝路的村妇。

望儿大约感觉到了奚氏怪异陌生的行动，又笑了起来："格格！格格格……"

翠衣女子笑道："这孩子还真和杨定一般呢，特别喜欢笑，公主一年到头都不见有几个笑容，可这孩子没一天不笑个几十回的，和杨定简直一模一样……"

"奚氏！"慕容冲蓦地将女子的话打断，喝道："你是碧落六七岁时便失散的奶娘，没错吧？"

他讥讽道："什么畏惧皇上天威，什么罪该万死，一套滑溜的话，可一听就是皇家待过的老人！你否认得了？"

奚氏打了个寒噤，放低了声音："公主昨天将孩子放到民妇这里便走了，民妇……民妇委实不知她去哪里了。"

"她很聪明！"慕容冲点着头，叹笑："明明你在长安，她却说到淮北去找你。好一招明修栈道，暗度陈仓！这兵法学得还真不错，不负朕教了她一场！现在，不会明着留在奶娘家，暗中跑去杨府家等她的好驸马吧？"

"没有……没有……她，她没去杨府！"奚氏慌忙否认，又觉自己说得太肯定，战栗着继续道："民妇……猜她没去杨府……不知去了哪里……"

慕容冲见她一脸慌乱，更知自己猜对了，顿时狠戾冲天，叫道："你们这些贱民！碧落便是给你们煽动得只想逃开朕！来人，给朕……杀！"

手起刀落间，奚氏一家人，连同解事的小外孙，在惊恐中还没回过神来，便发出了短促的绝望惨叫，身首异处。

"不要……"奚氏疯狂地大叫着，避过砍过来的一刀，冲上去一把攥住慕容冲的衣袖，骂道："你这混蛋，你这恶棍，你这刽子手！碧落真喜欢你，才是瞎了眼！狗贼，狗贼……"

很亮的白芒闪过，很美，映着素月清辉，更如一道绝俗的白虹，迅捷落下，狠狠劈上奚氏肩颈。

奚氏嘴唇嚅动了一下，圆睁着眼，终于倒地。

她落于地上时，抱紧望儿的手腕才慢慢随了她的死亡而放开。

望儿很不舒适地咿呀两声，算是哭过了，忽然仰头看到夜空中的一轮皓月，顿时又咧开了嘴，舞着手足，穿着鲜红莲花肚兜的小小肚皮一吸一吸地动着，啊啊地笑了起来。

火把下，他的眼睛很黑，很黑，像漆黑的夜，偏又映了月光，很亮，很亮，像珍贵的明珠。

慕容冲举起飞景剑，眼眶中渐渐温热。

曾经多少次，他在碧落的眼底看到了这种黑，这种亮？

"杨望笑起来很可爱，很漂亮呢！"

翠衣女子轻轻地叹息。

飞景剑如毒蛇吐信，很轻巧地将那小小的身躯刺穿，很轻微的"嗤"的一声，却伴了声凄厉悠长的惨叫。

慕容冲蓦然回首，看到了碧落。

她的眼中只有黑，却没有亮，梦一样的薄雾，牢牢吸附在她的眼珠上，挥之不去。

慕容冲呆呆地望着她，慢慢拔回剑，却觉手中有点重。

低头看时，那小小的婴儿正粘连在他的剑上，睁着一双黑眼睛，不解地望着他。

碧落直直地走过去，小心地捉住望儿的肩膀和双腿，慢慢将他从飞景剑上抽出。

"望儿！望儿！"

她小心地唤，轻柔地唤，去摸他粉嫩的小小脸颊。

望儿粉嫩的舌头卷了一下，唇咧一咧，圆圆的清亮眼睛慢慢闭上，再也不动弹了。

碧落脚一晃，已瘫软在地，冰冷的腿部立刻感觉到了温热。她拿手一摸，摸到了奚氏还柔软着的身躯。

"奶娘！"

碧落轻轻地唤着，推了推奚氏的尸体。

慕容冲好不容易重新持稳了剑，将滴着望儿鲜血的剑锋逼向碧落，冷冷喝道："起来，跟朕回宫！"

"行……还我望儿！"

碧落抬起眼，抱紧望儿的小小躯体，拄着流彩剑站起，黑洞洞的眼睛里有坟间磷火样的依约亮光。

"还我望儿！"

她一步步向前走着，全然不顾慕容冲抵着她的飞景剑已经刺穿了她身上的鲜卑兵衣袍，刺入了她的肌肤。

慕容冲剑尖颤抖，然后后撤，连同慕容冲自己，都在往后撤着。

退了两步，慕容冲垂下宝剑，望着依然逼向自己的碧落，忍耐不住地怒吼："你还要怎样？我可以恕过你的不忠，难道还要容你养着这个孽种？"

"孽……孽种？"碧落停下脚步，怔怔地盯着慕容冲，忽然笑了起来："是，连亲生父亲都说他是孽种，那他一定是孽种了……"

她退了两步，迷惑地望着慕容冲："可你为什么杀他呢？你不要他，我养他啊！我……我只想好好把他养大啊！"

慕容冲脊背有道寒流蹿过，所有的思维有瞬间中断，然后便笑："碧落，你疯了，这小孽种……怎会是我的骨肉？"

"他怎会不是你的骨肉？"

身畔的翠衣女子忽然笑了起来，快意得仿佛将天下握在手中的人是她。

碧落将头转向那女子，到底还有着一丝残存的意识，终于将她认出："青……黛？"

青黛微笑："是我，公主。对不起，我向这位大燕皇帝撒了谎，不小心便把慕容望，说成了杨望。"

她转过脸，开合的绛唇如明珠般光润小巧："皇上，公主大约在去年八月间怀上了孩子，到今年五月足月生产。杨定对公主一往情深，为了让公主保全名节，不惜担了虚名，筹划了这场假成亲……以杨定和公主两个人的痴傻，只怕到现在还各不相扰吧？这孩子虽然很喜欢笑，不过眉眼俊秀，几乎和皇上一模一样，难道皇上没发现吗？"

慕容冲喉咙一阵阵地发紧，再不敢去看那个鲜血淋漓的小小婴儿，只将颤抖着的宝剑举起，逼向青黛，吐出的字似被拉成细细的一根线，怪异地嘶哑着，"为什么骗朕？你……是朕从小一手培养出来的，为什么背叛朕？"

青黛笑容敛去，眼神也刻毒起来："什么叫背叛？什么叫忠心？我和姐姐一个被你收养，一个被你搭救，都把你当作主人般侍奉着，可你做了什么？姐姐为你跻身青楼，受人践踏，最终却被你下令灭口！这便是忠心的代价？我听你的话，乖乖地混到符氏内部，暗中监视保护云碧落，谁知我监视她时，竟意外听到她和杨定说起杀我姐姐的事来！我才知道我有多蠢，居然把仇人当恩人报答着！慕容冲，这世间，并不只你一人知道什么是仇恨！"

慕容冲忍住自己的头晕目眩，虚弱问道："你姐姐……是谁？"

"石绛珠！一点绛唇如珠，摇落春光无数。雍州飘香院的石绛珠！大概皇上贵人多忘事，早将她忘了吧？却不知，如今有没有记住她了？被你害死的那个人，正在天上睁着眼，看你亲手杀死了自己的亲骨肉！哈哈，哈哈……"

"你！"

慕容冲狂吼着，扬剑要刺时，青黛已退到青砖的墙边，猛地撞上了墙。

鲜血如注流，翠衣染朱砂，月光一时都艳丽起来，缓缓随着那女子的滑落而明晰地耀到地上。

"呵，呵呵……"碧落沙哑地笑着，将婴儿举起，温柔去蹭那快要冷去的小小面庞，喃喃念叨："报应，报应啊……"

一步一挪，她缓缓往院外走去，灰色的染血的衣裳，却是再艳丽的月色也照不出光亮的。

院外有卫兵飞快奔了进来，撞倒了云碧落，却一步不停，冲到慕容冲跟前，禀道："皇上，尚书令高大人，和右将军慕容大人，在……在杨府打起来了！"

"打……打起来？"慕容冲失神的眼神毫无着落地飘来飘去，木讷地问着："为什么……打起来……"

卫兵并未注意到慕容冲的异常，急急地继续禀报："高大人的义子杨定，被慕容大人杀了自己怀孕的爱妾，然后……自尽了……"

"慕容冲！慕容冲！"

倒于地上的碧落忽然爬起来，惨烈地高叫着，拔出流彩剑，疯了般砍向慕容冲。

那双漆黑的眼，终于又有了旁的色泽。

那是……嗜血的疯狂！

绚烂的锋芒，映着颤抖的火光，一道又一道明红如血的流光璀璨亮起，烈烈如焚，压倒了所有的艳色露华，绝丽夺目，如进尽生命中所有的热力在燃烧着。

"保护皇上！保护皇上！"

亲卫凌乱地叫着。

"啊啊……慕容冲……天啊……"

碧落疯狂地喊着。

冰冷的刀锋纷纷扬起，阻挡那红了眼的苍白女子。

流彩剑却前所未有的热烈凶猛，悍不畏死地落下，又举起，落下，又举起……

护在慕容冲身前的亲卫，倒下了一个，又一个……

刀光剑影下，倾城殊色的慕容冲长衣拂动，只是呆呆地站着，木然地站着，荒谬地看着眼前莫名其妙的疯狂，莫名其妙的厮杀，以及莫名其妙的死亡……

符秦建元二十一年，东晋纪年太元十年七月，秦王符坚出行至五将山时被姚苌军队所围，被俘于某处佛堂。被俘之时，秦王神色自若，照旧传膳用膳，不失帝王气度。

同时，逃奔南秦州的太子符宏被姐夫拒诸城外，其姐顺阳公主抛家弃夫，加入娘家颠沛流离的逃亡队伍，最后在无路可去时，归降东晋。

东晋太元十年八月，姚苌派人劝说秦王符坚交出传国玉玺，禅让皇位。秦王符坚因自己素来待姚苌仁厚，却受到这等凌逼，愤怒拒绝。姚苌亲自找符坚秘谈，二人发生争吵，不欢而散。有幸存的亲卫隐隐听到他们提到了死去的蔡夫人，以及蔡夫人的遗孤符锦儿。

当晚，符坚亲手杀了自己的两个女儿南阳公主符宝儿及始平公主符锦儿，他对张夫人说，绝不能让姚氏凌辱自己的女儿。

第二日，姚苌听闻此事，令人将符坚缢杀。随行的张夫人和幼子符铣，当即自杀相殉。

符坚死时，姚苌所率的后秦将士无不为这位以仁治国的君主默哀。姚苌为安抚人心，隐去符坚姓名，谥其为"壮烈天王"。

孤身奋战的符丕守不住邺城，幽州、并州的符秦氏将将他迎至晋阳，继位为帝，追谥符坚为宣昭皇帝，庙号世祖，大赦，改元大安。

后燕国主慕容垂占据邺城后，关东一带，大部归其所有。占据长安的慕容冲便陷入两难之境：众将士心系故国，在搜罗完长安的珍宝后，开始谏他东归故里；可关东慕容垂已立稳脚跟，怎肯容侄儿来分一杯羹？

但慕容冲似乎并未为此担忧。

符坚曾每日批阅奏表的甘露殿中，身着薄纱的美姬数十，在乐鼓声中翩然而舞，霓裳歌扇，金钗鬓摇，华丽奢侈得近乎糜烂。

金樽在手，美人在怀，倾城绝色的帝王优雅在御榻上舒展着手脚，清妍的眸底月影晃动，在浮华中沉醉如痴，迷离若梦。

内侍小心翼翼上前，察言观色地上前禀道："皇上，高大人把杨定带来了。"

"杨定……"慕容冲忖了半天，才似想了起来，点头道："对，高盖找尽长安名医，救活了他的宝贝儿子。他……是朕宣召的吗？"

内侍答道："是，是皇上再三命高大人带他入宫见驾。"

他有点不太相信慕容冲会忘了此事，他已经催过高盖很多次了，高盖一直以杨定伤重未痊推脱着。

慕容冲又沉吟了好一会儿，才抱紧了怀中的两名美人，说道："传进来吧！"

高盖带了淡杏长袍的杨定出现在殿中。

高盖低着头，杨定一脸的漠然，漫不经心地跟在他身后。

静养久了，他偏黑的肤色转为明净的白皙，一双眼睛清冷如水，紧抿的唇尚是浅淡的颜色，显然尚未复原。

他看了看成群的舞姬，厌恶地皱了皱眉，然后看到慕容冲和他怀中的美人，又皱了皱眉，随即恢复淡然。

伤势稳定后，高盖曾告诉过他，碧落的孩子被慕容冲误杀，但碧落却被慕容冲收入宫中。想碧落纵然伤心欲绝，有慕容冲陪着，总会度过那段悲伤的时光。

可如今，慕容冲怀中抱的女人，居然不是碧落。

不过，那也是他们两人的事，与他无关吧？

他只是个多余的人，再没有人需要他的怜惜，也不必再去操心护着谁。

这般淡淡地活着，与淡淡地死了，大约也没什么分别吧？那么，便活着吧！活着哀悼曾经拥有及失去的一切。

"臣高盖拜见皇上！"高盖依礼参见。

慕容冲没理会他，只望向了淡然立着的杨定。

高盖一击他的膝盖，低喝道："定儿，给我跪下！"

杨定便散漫跪倒，并不说话。

慕容冲盯着杨定，许久，居然笑了一笑，挥手让美人们退下，拂袖起身，道："杨定，随朕来。"

杨定懒散地望着他的背影，跪在原地并未动弹。

高盖早知杨定心灰意冷，性情大变，唯恐他得罪了慕容冲，再丢了好不容易捡回来的小命，也不管慕容冲有没有叫自己，一把拉起杨定，将他跟跟跄跄拉在自己身后，跟随在慕容冲身后。

慕容冲并没有回头看他们有没有跟上来，沿着回廊甬道，越走越快，越走越快，很快将他们抛得远了。

但杨定在秦宫待得久了，早已一眼辨出，这条路，正是通向紫宸宫的方向。他忽然之间更加懒得向前走了。太多的欢喜与悲哀，他已不想再去记起。

但高盖一直紧紧拉着他，几乎是硬将他拖到了紫宸宫门前。

第五十六章　沁园春　龙虎未散江湖远

梧叶飘零，菊花飘香，静谧如昔。

慕容冲正站在宫门内，却未走入内殿，只静静地立在一株梧桐下，看殿前石阶上坐着的女人。他的袍袖飞舞，风姿翩翩如仙，那金绣的蟠龙，虽是张牙舞爪，却被梧荫掩住，敷上一层浓浓的阴影，色厉内荏地忧伤游动着。

那女人只穿了单薄的夏衣，灰蒙蒙地看不出原来的颜色，缭乱的长发枯干如蒲草，蓬松地盖了整张的脸，和大半的身子，再看不出容貌身段。她的怀中，抱着一个几个月大的婴儿，正哭得撕心裂肺，那女子胡乱地拍着他，拿一只拨浪鼓敲打着哄他。

小小的手掌在哭叫中烦躁地甩出，击在了拨浪鼓上，那女人一时不防，拨浪鼓被打落，沿了石阶滚到青石的地面。

远远侍立的七八名宫女顿时露出惊慌之色，然后往慕容冲望了一眼，到底没敢不理，其中一位胆大的，走过去捡起拨浪鼓，颤抖地递向那女人。

那女人忽然手一翻，已从身畔石阶上捡起一物，利落扬起。明亮的光芒闪过，那宫女惨叫一声，捂臂而退，竟已满是淋漓的鲜血。

那女人扬起的，居然是剑，宝剑！

流彩剑！

杨定屏住了呼吸，猛地向前冲出两步，不敢置信地盯着那女人，期盼能看到可以让他否认这人是谁的证据。

那宫女一退下，立时有宫女上前，麻利地从身边取出布条和伤药，熟练地为她包扎，显然对这种事已司空见惯。

那女人终于抬起了脸，防备地四处张望，然后自己捡起了拨浪鼓。

她分明看到了这边有人，杨定甚至觉出了那黑洞空茫的眼睛——在慕容冲和自己的脸上划过，却没有停留分毫，很快又转回到手中的男婴身上，呢喃道："望儿，望儿，看……看，坏人都走了，走了……"

她笑了起来，结满污垢的苍白脸庞洋溢着幸福的清辉，连那乌黑如夜的眼睛都散发着异样动人的光彩。

可婴儿却很不舒服地哭得更凶了，扎舞着手脚在她的怀里乱挣。

"她……她是……"

杨定干涸着嗓子，半天不敢说出那个名字。

慕容冲出神地望着那女人，噫叹道："那一夜，她在伤朕十多个侍卫后晕了过去，再醒来便是这样。她谁也认不得，连朕都无法近身一步，只除了……朕给她找来的那个男婴。"

他低了头，喃喃道："这个讨厌的婴儿真吵！几乎无时无刻不在哭！朕原来那个望儿……"

慕容冲哽住，眼中的月影里，飘来荡去，都是月光下无邪笑着的望儿，张手张脚地欢喜舞动着，鲜红莲纹肚兜下的小肚子一吸一吸……

那女人似乎哭得无措了，呆呆地望着男婴，半天又笑了起来："饿了？是不是？我的望儿饿了？"

她扯开半敞的破碎上衣，露出雪白高挺的酥胸，将乳头送入婴儿的小嘴。

那男婴终于止住了哭泣，那女人也似松了口气，擦了擦额上的汗水，抬起头，又看向了慕容冲等人。

她当了好几个男人敞着胸，可漆黑的眼里却没有半点属于女子的羞赧，依旧满是防备，甚至满是敌意。

大约因这几个看来不太眼熟的人迟迟不走，她开始不耐烦，又握住了流彩剑，恶狠狠地瞪住他们。

杨定慢慢迈出脚，缓缓地向那女人走去。

那女人的眉眼冷锐起来，弓起腰，发出了不成音调的一声怒叫。

"碧落，我是杨定。"

杨定静静地说着，并没有停止前行的脚步。

布鞋踩在渐渐萎黄的秋草上，轻微的沙沙声，像谁隐约的轻笑，轻笑着抱肩站在刺

槐树下，慵懒地说道："在下仇池杨定。"

碧落那双黑眼睛里，有了些不解的迷惑。

杨定扬起唇，走到石阶下，继续道："碧落，我是杨定。"

秋风拂过，金黄的落叶起伏着，翻滚着，发出呜咽般的悲声，像是某一个夏天，有人抱住那轻如蝉翼的枯干女子，那样呜咽着悲声："碧落，我来了。我是杨定。"

碧落望一望怀中吃奶的孩子，忽然大叫一声，握住流彩剑，挥下。

杨定不闪不避，由着流彩剑劈中自己，依旧紧盯着碧落，说道："碧落，我是杨定。"

剑尖刺入了杨定的肌肤，然后带了轻微的颤意划下，却越来越浅，无力地垂下。

晃动的剑穗轻轻飘摇着，似谁在低低叹道："碧落，下次弃我而去前，请一剑结果我。"

盯着那浅杏衫子上渗出的殷殷鲜血，碧落的空茫的眼神渐渐凝结，若有所思地想着什么。

杨定缓缓地伸出了手，抚上碧落瘦削的肩。

碧落似乎很不习惯，眯起眼向后缩了一缩，右手持着的剑握紧，又松开，又握紧。

杨定柔声道："碧落，记得了吗？我是杨定。"

碧落的面庞极肮脏，结满了黑的灰的污垢，只有一双眼睛依旧黑白分明。

她盯着杨定，瞳仁好久都不曾转动一下，却渐渐收敛了凌厉的防备和敌意，流露出小鹿般的无辜和受伤来。

"杨定……"碧落苦思着，右手慢慢放开了剑，黑黑的手抚上杨定过于白皙的面庞，惘然问道："你……回来了吗？"

杨定倏地流下泪来，眼睛却笑得弯弯的，如同晶亮的月牙，"是，碧落，我回来了。"

碧落便笑了起来，她忽然将婴儿从自己胸前拉出，塞到杨定怀中，说道："你等着，我有个东西要送给你。"

尚未吃饱的婴儿突然被从温暖的胸脯拉开，舔了舔唇，找不到温香的母乳，顿时又哭得震天响，杨定低了头望着这个眉眼陌生的婴儿，慢慢坐倒在石阶上，将脸埋到胳膊中，肩背抽动着，不让人看到自己的凄怆欲绝。

殿中僻里啪啦一阵翻箱倒柜的声音，然后碧落奔了出来，满脸笑容将一样东西递给杨定，欢欢喜喜道："看，漂亮吗？"

杨定接过，却是一枚剑穗，嵌着一只佛手玉佩，编着整朵的莲花纹，只是水碧色的丝线已经被汗水和污渍浸透，变作了发黑的藏青色。

"漂亮吗？"

碧落握紧杨定的手臂，急切地问道。

"嗯，漂……漂亮，和碧落一样漂亮……"

杨定声音已经完全失了调，忽然搂住碧落的头，失声痛哭，和婴儿的大哭声合作了一处。

只有碧落没有哭。她竭力要在杨定怀中抬起头，不解地问："为什么你们都要哭呢？你哭，望儿也哭……啊，不对，我记得我的望儿最喜欢笑，他最喜欢笑了……他为什么哭？为什么哭？"

她伸出双手，抓住自己的蓬乱头发，使劲揪着，揪下了大片的乱发，眼底有破碎的凌乱和惊惧。

"碧落！碧落！"

杨定无助又无奈地呼唤，去拉她的手。

"啊……啊……"碧落忽然大叫起来，松开头发，一手抓紧杨定，一手捞起流彩剑，东张西望地转动着脖子，无比凄厉地叫起来："他们来了！他们来了！他们要杀望儿，他们要杀你！杨定！杨定！"

杨定一手抱住孩子，一手紧拥住她，高声道："别怕，别怕，他们……他们都走了。杨定在这里，杨定会护着你，护着你……"

"走了……都走了，为什么你还在哭？为什么望儿还在哭？"

碧落紧张凄惶地四处张望，寻找着她心里的敌人。

"因为……"杨定的手穿过她的头发，清晰看到几只虱子从头皮间爬过，勉强笑道："因为你很久没洗头，味道熏着我们了……我帮你洗头，好不好？"

碧落侧过头，黑黑的眼中，似有杏花的落瓣飘过。

她的唇角，渐渐抿出温柔的笑意："好……帮我洗头。"

杨定便也微笑，他将婴儿交给一旁的宫女，宁和吩咐："快去备水。"

碧落似没怎么留意杨定将婴儿交给他人的举止，安静地偎依在杨定的怀中。

洁净清爽的杏色长衣，破旧肮脏的灰色短衫，紧紧相融时，看来居然也如此的和谐，仿佛那相拥而立的姿态，才是与生俱来最自然的姿态。

慕容冲僵直着身体站在梧桐树下，静静地凝望着他们，瞳仁越来越幽黑，甚至同样地深沉如夜，终身不见天明的永夜。

那一身的玄裳华服与他如雪的容颜并不般配，更将他的冷寂和绝美衬得不像人世所有。

高盖心惊胆战地看看旁若无人的义子和碧落，又看看沉黯如石像的慕容冲，不敢说，不敢谏，眼圈却红了。

甩一甩袖，慕容冲终于无声无息地退出了紫宸宫。

高盖正松一口气，悄悄跟在后面打算离开时，只听慕容冲吩咐侍卫："把杨定锁起来，囚入关雎宫。"

高盖猛地僵住身体，盯住慕容冲的背影，眼底有一团即将被点燃的山林野火。

慕容冲脚步不停，继续道："每天傍晚把他送紫宸宫来，让他陪新城公主一个时辰吧！"

眼底的野火悄然隐去，高盖疼惜地往紫宸宫内又瞟了一眼。

傍晚金色的夕阳投下，梧叶如枯蝶卷飞，和殿前的两个人一起，被剪作了活动着的金色剪影。

瘦小的那个安静地弯着腰，长发垂在水盆中；颀长的那个低着头，专注地将水一勺一勺舀到她的头发上，轻轻地搓揉。

*

太元十一年十月，在大部分鲜卑将领要求回归关东的情况下，慕容冲决定北征姚苌。若能击败后秦，西燕便可在关中立稳脚跟，不必回关东，也可拥有大片发展的天地。

论起资历和忠诚度，高盖数一数二，因此，慕容冲下旨，由高盖北伐后秦。

高盖上书，希望放出义子杨定，由这位年轻骁将辅助自己攻战。

慕容冲正倚着御案，让美人在身后捶着腰，闻言冷淡而笑："朕记得，杨定因有过只臣服于苻秦的誓言，所以始终坚决不肯降燕，又怎会辅我大燕北伐？"

高盖答道："杨定为誓言所束，不向大燕称臣，但帮助父亲杀敌，却也义不容辞。皇上何不召他来问一问？若肯帮忙，我大燕岂不是多了一员大将？"

慕容冲沉默片刻，命传召杨定。

半炷香后，杨定出现在殿前，手足俱锁以重镣，唧当响着，一步步挪进来。

他的神色极宁静，看不出任何的悲喜惊怒。走到高盖身侧，他安静地向慕容冲行礼："草民杨定拜见皇上。"

慕容冲深邃清远的眸子盯住他，半晌才转过脸，微微瞑目，淡淡问道："你义父要你随他一起攻打姚贼，你愿意么？"

杨定眉目不动，俯首道："草民愿助义父一臂之力。"

慕容冲倚着案，合着目，许久都不答话。

高盖正在猜他是不是睡着时，慕容冲终于开口了："来啊，除去杨公子镣铐，交由高盖负责看守。"

高盖松了口气，杨定眼看内侍过来开了捆缚自己两个多月的镣铐，循礼叩谢，毫无不平或不满之色。

慕容冲挥手令他们退下，至晚上时让人去查探紫宸宫的动静，回报说新城公主烦躁不安，不愿就寝，并伤了两名宫人。

两日后，紫宸宫中人回报，新城公主疯得更厉害了，几度提剑冲出紫宸宫，伤了好几名侍卫。

第三日，是高盖出征的日子。

慕容冲亲自送至城外，顺口问道："杨定怎么不见？"

高盖望一眼前锋已走出老远的军队，答道："在前方军队中。"

慕容冲淡淡一笑，拨马回城。

未至宫中，已有宫廷卫尉匆匆冲来禀报："皇上，杨定带了一批仇池骑兵冲入紫宸宫，将新城公主劫走了！"

慕容冲眸中冷光一闪，嘲讽道："你们是死人吗？"

卫尉额上滴下汗来，嗫嚅道："我们中了杨定声东击西之计，何况那杨定……行动实在太过迅捷。"

杨定所率骑兵，本就以奔袭迅猛著称，不过这一次奇袭的目标换作了皇宫而已。

慕容冲点点头，不知是赞叹还是讥嘲："关了半年多，他的谋略武功，倒也不曾退步，呵！"

卫尉道："如果现在发出信号，通知城北营垒拦截，应该还来得及。"

"不用了！"慕容冲打断了他，道："不过跑了个女人，有什么了不得的？有这工夫，不如把卫兵们好好训练训练。"

卫尉低头应是，再不敢辩驳。

慕容冲来到紫宸宫时，内侍们正在把几具侍卫尸体移走，那日杨定帮碧落洗涤头发的地方留有大片鲜血。

据看到整个过程的内侍说，杨定出手快捷狠辣，丝毫不像刚被放出的囚犯，估计被幽禁期间，一直在暗中恢复体力和武艺。而新城公主则很安静，不吵不闹地由着杨定把自己背了，冲出紫宸宫，抱上马匹，绝尘而去。

落叶萧萧，一转眼，又是梧叶落尽的日子了。

这安静得出奇的地方，依然不时地响起震天的婴儿啼哭。

杨定并没有带走那个婴儿。

真正的望儿早就死了，如果碧落真想他了，杨定能和慕容冲一般，随时找一个男婴来充数。

不过，这是个吃了碧落好几个月奶的男婴。

慕容冲看着哭得满脸通红的婴儿，转头吩咐："来人，把朕这个孩子抱别的娘娘那里养着……可惜，这孩子不喜欢笑……"

他懒懒地坐到垂着水碧丝幔的卧榻边，捧起淡青的锦被来嗅了嗅，转头对内侍道："朕今晚便在这里歇着了。叫昨晚那个朱美人过来陪朕吧！"

内侍小心回答："昨晚侍寝的是宋美人和黄美人。"

"喔……"慕容冲疲倦地卧到榻上，道："有姓云的美人吗？朕要姓云的。嗯，最好要黑眼睛的，黑得像夜一样的眼睛……"

靠着柔软的棉枕，他慢慢闭上眼睛，竟睡着了。

而唇边，还凝固着一抹苦涩的微笑，快要流泪般的微笑。

十月的这场北伐，高盖大败，随后带残兵降了姚苌。慕容冲的五万兵马全军覆没。

杨定遵循着迎娶碧落时对符坚的誓言，并未随高盖降后秦，依旧举着中兴符秦的大旗，招揽了大批氐兵，连同辛牧等原先便拥护杨氏的仇池氐人，于十一月回到陇西故地，在历城被部下拥立为龙骧将军、仇池公，听命于符秦朝廷，并遣使向东晋称藩，同时邀约南方名医北下历城，医治他生病的夫人新城公主。

北伐后秦失败后，西燕帝王慕容冲终日在长安宫中与众妃嫔取乐，并课农筑室，表明不愿回归关东之意，让鲜卑众将领越来越不满；有忠诚臣子相劝时，慕容冲动辄严刑相对，苛峻与当年的慕容泓相若。

太元十一年三月，惹来众怒的慕容冲终于被左将军韩延所杀，另立了鲜卑贵族段随为燕王。

慕容冲死时，正卧于两美人腿间，醉眼迷离，连飞景剑都不曾拔出，丝毫不像那个曾经出生入死领兵征战上百回的绝世修罗。

那两个他最宠爱的美人，一个色若梨花，唇若含珠，一个发黑如墨，眸黑如夜。

慕容冲一死，这本就处于夹缝间的西燕朝廷，自此更陷入混乱之中，诸将彼此攻讦，君主屡次废立，连慕容冲收养的那个男婴都一度被抱上皇位，又在混沌中被权臣斩杀。——他终日哭泣，难道早已预见了自己未来悲惨的命运？最后，出身皇室旁支的慕容永登上帝位，带领鲜卑人回关东，定都长子，继续延续着西燕政权。

太元十一年冬，苻秦君主苻丕战死，其族弟苻登继位为君，仇池杨氏继续奉苻登为主。其后八年间，苻登先后封杨定为秦州牧、陇西王、左丞相等职。此时北方大乱，各方势力割据，仇池虽受苻秦分封，可兵马建制，已自成一国。

太元十九年七月，苻秦君主苻登被杀，太子苻崇匆匆继位，却无力自保，遂投奔陇西王杨定。杨定遵守当年承诺，竭力维护着苻崇，领兵助他攻伐势力渐大的梁王，在大胜后又被梁王反击成功，大败。

其堂弟杨盛闻讯，即刻领兵相援，但寻遍战场，只找到战死的苻秦君主苻崇，杨定却失踪了，生不见人，死不见尸。

杨盛惶惑地回到历城，正想着如何去和嫂子解释时，发现陇西王妃苻碧落也不见了，连同她素不离身的流彩剑。

他在空落落的府第沉思片刻，慨然叹道："定哥，到底还是你最会享福！"

遂下令宣布陇西王杨定死讯，上其谥号为武王。

自秦韵死后，杨定终身不曾纳妾，正妃苻碧落未曾生育，并无子嗣，其江山遂由杨盛承继。

而曾经赫赫一时的苻秦，面对北方群雄并起的乱世局面，再无一人够格称帝为君，算是彻底灭亡了。

杨定曾以杨氏满门立誓，一生忠于苻氏大秦。大秦在一日，他便效忠一日，绝不言归隐。

但如今，已再没有苻氏的大秦江山。

又一年春来到，天阔云高，溪横水碧，黄鹂翩翩，桐花烂漫。村头村尾，开遍了桃花杏花，芳景如屏。孩童的打闹嬉笑声，透过花枝树丛，回荡在村子的每个角落。

一只大黄狗从耳房破了的门洞里钻出，拉直两条前腿，伸了个懒腰。四五只花的黄的小狗"汪汪"地叫着，紧跟着从门洞里钻出，围着大黄狗转悠，扭着圆滚滚的身躯。

大黄狗摇摇尾巴，丢开它的小狗，趴到两个主人身侧。

它的男主人正卷着袖子，帮它的女主人洗涤着浓密的长发。

院中种有老杏，长势极好，正很凑趣地送下一片又一片的花瓣来，每瓣都若一个浅浅的笑靥，带了春日清新的气息。男子含笑将那春日的笑靥，一瓣瓣拍入女子的发际，揉入细细的清芬芳郁。

忽然，男子顿住了手，拈住了一根细细的发，轻笑道："碧落，你有白头发了。"

他的笑容很清爽，很干净，有着春日阳光般的暖意。可能笑得太多了，他的眉梢眼角已有了细细的纹路，洒脱之中，便多了些令人安宁的沉稳。

碧落抬起头，望着那根细细的白发，眸黑如夜，亮若明珠。

"有了白头发……是好事吗？"

"是，是好事。我会一直帮你洗着，到你满头青丝，变成蚕丝一样的雪白。"

【正文完】

第五十六章　沁园春　龙虎未散江湖远

飞景物语：谁与成双

我是飞景，和流彩剑是一对。

当年，魏文帝曹丕召来最好的铸剑师，用最好的材质，锻铸了三把形制相同的绝世宝剑，一曰飞景，二曰流彩，三曰华铤。

魏文帝死后，我们在府库里尘封百余年，也不知在无声无息间换了多少任主人，终于在苻坚、王猛攻下燕国后重见天日。

我终于有了自己的主人，叫慕容冲，就像流彩有了主人，叫碧落。

整整十年，慕容冲和碧落在一起，我和流彩在一起。

他们是一对，我和流彩当然也是一对。

春有桃李，夏有菡萏，秋有芙蓉，冬有寒梅，都可以见证我们是一对。

习剑练武时，彼此追逐，彼此嬉戏；弹琴赏花时，彼此相视，彼此偎依。

我不知道为什么后来会有这么长时间的离别。

我问主人："想不想她？"

主人答我："想。"

"为什么让她离开？"

"因为仇恨。"

"什么时候团聚？"

"可以报仇的时候。"

于是我日日磨砺锋芒，等着为主人报仇；可以报仇的时候，我便能和流彩团聚了。

后来，我杀了无数的人，喝了无数的血，夜里被主人擦拭时，我的剑锋和他的眼睛

一样，都被鲜血耀红了眼，——然后在血光里迎来了团聚。

碧落回到了主人身边，流彩回到了我身边，好像什么都没变，可又好像变了什么。

或许是我锋芒太烈，而流彩依然懵懂安静，只知温柔地向我凝望。我想我要小心些，别让那锋芒伤了好不容易等回来的流彩。

可我一定还是伤到它了。

它从不会向我还手，可我却刺向了碧落的脖颈，看她鲜血滴落，听主人那样喊："为什么骗我？为什么骗我？你居然是……苻坚的女儿！"

从生到死，从死到生，那样艰难地抉择，艰难地要将仇恨砍出一个缺口，容纳那水晶般美丽却易碎的幸福。

流彩还在我身边，却已不再与我追逐嬉戏。它和它的主人一样沉默，胆战心惊地打量我淋了无数人鲜血的剑锋。

我告诉流彩："不用怕，我们会回到以往，以往平静相守的时光。"

流彩问："那是什么时候？"

"报完仇的时候。"

"不能放弃吗？"

"不能，那是支撑主人活下去的唯一动力。"

"那碧落是什么？"

"碧落是主人之所爱，是主人生命里仅余的意义。"

"可碧落想离开了。活在仇恨里太累。"

流彩说碧落要走，我觉得很可笑。

碧落不会离开主人，它也不会离开我。

可我偏偏很害怕，就像主人很害怕。我们似乎陷入了黑暗的山谷，四面都是峭壁，困得我们头破血流，怎么也走不出去。

我问主人："如果他们找到了离开黑暗的小道，我们能不能跟着走？"

主人答："不能！"

"如果她们走呢？"

"拦住她们，留住她们，杀了她们……"

"……"

主人好狠心，但我绝不会和流彩为敌。若有一日她指向我，我宁愿自己去死。

我们是一对，不该分开；便是分开，也不该相害。

我不知道碧落偶人般坐在黑暗里时会不会厌烦。

可我只知道流彩已经早已收了所有的锐气，像平凡的妇人般躲于一隅，疏离地看着我剑锋下越聚越多的鲜血。

我还曾看到流彩悄悄用羡慕的目光追随着杨定的华铤剑，就像碧落的目光会越来越多地追随着杨定。他们那样的洒脱自在，像让人忍不住去追逐的阳光，——尤其对迫不及待离开黑暗的人，仿佛有着致命的吸引力。

后来，她们终于离开了。

主人没杀她们。

他一个人坐在空荡荡的大帐篷里，如一座快被击打得粉碎的玉像。可他温柔地向我道："她厌烦我了，厌烦跟着我坐在黑暗里。不过不要紧，我可以等她回来。或者，等我报了仇，我去向她请罪，我去请求她回来。她是我的碧落，永远都是。"

他笃定他的碧落如此听话而乖巧，必定会回到他身边。她那样的痴情，痴情到傻气，哪怕被他丢入棺木都不肯离开，只想跟他在一起。

可我忍不住问："碧落会不会喜欢杨定，嫁给杨定？"

主人握着我，手指颤抖，声音也颤抖，"不会。她若对我不忠，我不会饶恕她。"

剑光闪过，眼前的条案被劈得四分五裂，再没有碧落偶人般静静地坐在角落，编她永远编不出来的剑穗。

那是给杨定的剑穗。

主人知道，却从不敢阻止她去编。她像偶人似的看着他时，他也小心地窥望着她，然后用近乎绝望的沉默守着她。

我想，主人一定很庆幸一直没能编织成功。

碧落亲手编的剑穗，只应该给主人，只应该挂在我的剑柄上。

等主人报了仇，找回碧落和流彩剑，也许主人会和碧落说，让她编一对一模一样的剑穗，一只给流彩，一只给我。

我冀望着那样的美好，越发疯狂地用鲜血去浇灌我们的梦想。

只要攻下长安，杀掉苻坚，报了仇恨，我们就可去找回碧落，找回流彩。

我问主人："杀了苻坚，碧落会不会恨我们？"

主人素衣如雪，容色如冰，"便是恨我，也要和我在一处。"

"可我怕流彩恨我。"

"我也怕……"主人喃喃说着，然后打着寒噤，"也许……可以留苻坚一条性命……我只要将秦宫变成当年的燕宫，我只要把他踩到脚底，就如当年他把我踩到脚底……也就算报仇了！"

他忽然冲了出去，冲出去看着那巍峨的长安城，用只有我听到的声音低而嘶哑地说："只要她能伴着我，我便饶了苻坚又何妨！又何妨！"

他狠狠数拳击在旁边的老树上，击得他的手皮开肉绽，鲜血淋漓。

恼恨不甘，却委屈妥协。

再不晓得是因为她的离开，还是因为决定放过苻坚的性命。

我已经不记得后来的时日为何如此混沌，混沌得回忆起来只剩下野兽般的屠杀和撕咬。

似乎，是从听说碧落已回到长安开始？

托辞去淮北的奶娘家，却回到了长安。

当日那个把主人看得比性命还重的痴情女子，学会了对主人用心机，明修栈道，暗度陈仓，回到与主人敌对的那一方，成为新城公主，甚至即将成为杨定的夫人。

主人根本不信。

他的面色凝了冰，却浮着笑，那样悠悠地道："你们听岔了！再去探！如果得不到确切的消息，提你们人头来见！"

待人都离去，他垂下袖，踉踉跄跄地走到案前跪坐着，整个人像霜雪砌成，手足都似有渗着寒气。

他问我："他们必定听错了，对不对？便是回了长安，便是成了公主，她也不会另嫁他人，对不对？"

可对碧落来说，杨定不是"他人"。

在主人缺席的年月，杨定似乎一直在碧落那里填补着主人不在而留下的空白。

杨定将不人不鬼的碧落从棺中抱出时，主人就应该已经看得明白。即便碧落化作一堆枯骨，杨定依然会专心一意地守她、护她。

他像一团炙热的火，看似平淡无奇，却耀眼明亮，——那是背负着重重屈辱挣扎不开的主人永远不可能拥有的，却是碧落最向往的。

得不到确切的消息，便要提头来见。

高而厚的城墙阻绝了内外的消息，通讯并没那么畅达。虽有探子来往，但没人敢冒着提头去见的风险，报告一个女人的消息。

主人也没有追问。

他只是越来越爱喝酒。

喝醉了，他会柔声地唤："碧落，给我倒酒。"

侍女胆战心惊地为他斟酒，他一把将侍女拥入怀中，唤着"碧落"，饮着酒，满足地酣然睡去。

我也想，从此得不到流彩的消息，也许是好事。

不论流彩如今在哪里，变成了怎样，我都只记得平阳太守府那把在碧树红枫间跟我追逐嬉戏的流彩宝剑。我便能一次次地告诉自己，流彩没有变，碧落也没有变，我们早晚都能重聚，重新找回当年的亲密和美好。

可当有一日，燕军生擒了几名仇池骑兵，主人听说他们是杨定所部时，怔忡了片刻，忽然冲了出去，亲自提审。

被俘的骑兵对布兵扎营的情形守口如瓶，却并不隐瞒主帅的婚事，甚至带了隐隐的骄傲，"对，我们将军在一个多月前就娶了新城公主！新城公主符碧落，极得天王宠爱，且和将军伉俪情深，同过甘苦，共过患难……"

话未了，我只觉一道寒意逼出，剑刃全不由主地倾下，将说话之人生生劈作两半。

主人握着剑柄，衣衫如雪，黑眸灼火，看着剑尖殷红的血珠往下挂着，忽哑着嗓子喊："杀——"

手起刀落。

惨叫声里，俘虏们如树桩般纷纷倒落。

他回殿，依然喝酒。喝醉后，依然唤道："碧落，倒酒！"

侍女已习惯他冰冷却温柔的怀抱，若惊若喜地凝视他绝色无双的面庞，替他斟满了酒。

他饮酒，笑意寒若清霜，然后骤然挥剑……

鲜血四溅。

刚刚敢稍稍沉溺于他怜惜里的侍女倒了下去，死不瞑目。

他的衣衫上沾了血，面庞上亦有血珠，他却恍若无事，喝着酒，慢慢地赏着剑锋滴落的血，放声大笑。

那是我第一次无缘无故地沾上他身边的人的鲜血。

我以为那是个意外，可原来那只是个开始。

他不再喊碧落，也不再时常将目光投向碧落以往可能在的位置，却越来越嗜酒，越来越嗜杀。

侍奉他的人动辄因小事被他随手杀害，似乎都看不到明天，——就像他看不到明天一样。

对那些下人来说，唯一庆幸的是，他更多把心思放到了对长安的攻伐上。

披坚执锐，身先士卒，他像地狱爬出的玉面修罗，领着他饿鹰般的虎狼之师一次次扑向长安，扑向苻秦的军队。

战争里的残暴，或许又可以称作勇猛。尤其在故燕帝慕容暐被苻坚诛了满门，主人在阿房宫即位成为西燕帝后，他的悍不畏死被视作一心为兄复仇，令西燕军斗志更增，杀机更盛。

于是，关中血流飘杵，千里无人烟。

我不知道我终结了多少人的性命，也不知道这样的屠杀还会持续多久。

我试图告诉主人，我很累，累得快要想不起流彩的模样，记不得当初与流彩在平阳太守府互相追逐嬉戏时的欢乐。

可主人说，他也很累，累得只能依靠心底涌动的仇恨继续向前走，用敌人的尸骨来铺展出一点点可怜的快意。

满是血光的天地怎么也看不到出路，就像看不到碧落和流彩带来的温暖，——哪怕那样单薄的温暖，都是寒凉生命里最珍贵最无法舍弃的东西。

但她们到底舍弃了我们，投入了那个叫杨定的人的怀抱。

于是我终于也麻木了，麻木得仿佛失了所有的知觉，只随着主人的指挥，泡在无数的鲜血里浑浑噩噩地杀、杀、杀……

又是一场大战。

依稀听说，前秦快完了，苻坚快完了；又听说，主人以自己为饵，不顾性命引来大将杨定，终于将他生擒。

想到碧落带着流彩已经和他在一起，再不会回来，我宁愿继续浑噩下去。

可这时，我感觉到了和我一炉所出的华铤的气息。

同样浸满了鲜血，却散着悲悯而沉默的气息。

主人持着那华铤注视很久，随即掷在案上，亲自去拷问他的俘虏，这一仗最大的收获，符秦大将杨定。

杨定被捆缚于囚室，已被打得遍体鳞伤。

他满身血污，脸色黑黄，只有一双眼睛，虽然很黯淡，依然有着往日的坚毅。

主人问尚书令高盖："他不降？"

高盖看着义子，不敢流露太多情绪，只能低低道："他说曾有过誓言，终生不叛符氏大秦。"

"终生不叛？"

不知是不是想起叛他的碧落，主人大怒，接过藤鞭狠狠抽了过去。

四处弥漫着令人作呕的腐臭味，还有鲜血的腥甜气息。杨定在鞭鞭入肉的毒打声中低低地闷哼，被捆缚的双手在酷烈的刑罚里因痛楚而死命捏着。他的双腕早已蹭破了皮，翻出血肉，肿得看不出原来的模样。

他是符秦手下最勇猛的大将，是如今秦军的主心骨，手上同样沾染了无数鲜卑人的鲜血。旁的不说，上次他以少胜多一场大胜，生擒鲜卑军万余人，随即那万余人被符坚下旨尽数坑杀……

便是把杨定活剥了皮剁成肉酱都不为过。

待杨定忍痛不过晕去，侍从又一盆冷水将他泼醒。

主人的藤鞭沾满血肉，却毫无停歇之意。他要将这个与鲜卑人为敌、并夺去他心上人的男子活活打死。

杨定明知在劫难逃，咬紧牙苦苦隐忍，不痛叫，不降顺，不求饶。

不知第几次被冷水泼醒时，高盖终于忍不住，扑通跪地求道："皇上，杨定该死，可到底和臣曾有父子情分，求皇上……给他一个痛快吧！"

杨定咳着血，只低低道："两国交战，各为其主。孩儿不孝，愿来世结草衔环，报答义父深恩！"

高盖落泪。

如斯深的仇恨，他虽求情，却已完全不能冀望主人能放过杨定。

主人眼底充着血，雪色的衣衫上亦是斑斑点点的血迹。

他扫了高盖一眼，拔剑向杨定刺去。

剑尖刺破肌肤，刺入血肉，直奔心脏。

我听到了杨定已经缓慢下去的心脏和微弱下去的呼吸。只要再下去一两寸，便能刺穿他的心脏，杀了这个抢走碧落和流彩的男人。

可这时，主人的手忽然发抖，抖得那样厉害，好像想到了极可怖的事。

便是当日在华阴，他亲手刺死他的四哥，他的手都没有这么抖过。

他甚至很快将剑拔出，转身走了出去。

我还听到他说道："把他押下去，延医治伤。"

那一夜，主人一直有些发抖，仿佛在害怕着什么，又仿佛在期待着什么。

他跟我道："杨定被俘，大破长安指日可待。"

我道："那是好事。我们是不是又可以看到碧落和流彩了？"

"碧落……"他呻吟，"是，我一定要带回她，带回她！杨定，杨定算什么？怎抵得过我们十余年生死相随？"

我好像便想起了平阳时彼此相守的时光，"对，你们还会在一起。"

可他道："可我很怕。"

"怕什么？"

"我怕杀了杨定，她再不肯回来。我怕她会为了他，向我举起她的流彩剑。"

我忽然间便也很怕。

我道："如果有一天流彩剑指向我，我宁可自己死去。"

依稀，我便觉出我能从杀戮和鲜血里清醒过来，是因为华铤，是因为华铤剑有着和流彩相似的气息。

我问主人："如果碧落把剑指向你，你会不会心碎？"

"不知道。也许……我会生不如死！"

后来的事，有好长一段我已经记不太清了。

或许万物的本能，都会逃避最让自己痛苦的那段。就像我会忘怀和沉睡，而碧落，则用疯癫去忘记一切，探寻她向往的幸福。

我只记得主人一剑砍倒了奚氏，我只记得愤怒的剑在女子的挑拨里迅速刺穿了那个特别喜欢笑的小小婴儿，我只记得主人在愤怒，"碧落，你疯了，这小孽种……怎会是我的骨肉？"

而旁的女子在说，"他怎会不是你的骨肉？"

还有人在吼，"杨定自己的爱妾被杀后，自尽了……"

然后，流彩剑便向我挥来了，伴着它的主人绝望凄厉的呼号："慕容冲，慕容冲……"

这世界如此癫狂而滑稽，我完全不知道如何去面对，去抵挡那支我视若亲人和爱侣的宝剑。

茫然挡住流彩剑时，我听到我的剑身发出喑哑的嗡嗡声，仿佛快要断裂。

而旁边，是谁心碎的声音传来。

原来，当世间所有的希望尽数泯灭时，真的会生不如死。

那以后，主人再没拿我杀过人。

他甚至很少再碰我，却又不舍得放开我。

我在苟延残喘里沉睡了好久，再有记忆时已经世易时移，来到了陇西。

有人正将我呈上，恭敬地说道："这把剑原为西燕威帝所有，但剑身已然受损。臣见此剑与王爷所佩华铤剑相像，特请剑师修复，献给王爷！"

接剑的人是杨定，已经成为陇西王的杨定。

他怔忡地看着这把剑，然后看向身畔的女子。

那女子是碧落，又似乎不是碧落，眼底总有些无从着落般的迷惘。

可杨定却清晰地唤她："碧落，认得它吗？"

碧落低头看着，"不是华铤，是流彩？"

然后，她摸向腰间的流彩剑。

华铤和流彩都在他们身边，我自然不会是流彩。

杨定便将她揽了揽，柔声道："不认得，那就算了！"

碧落应了一声，转身向内室走去。

杨定看着她的背影，弯着唇柔和地笑，眼底微有泪意。

大臣已经退去，屋里熏着温香微甜的沉香，正缓缓萦绕。碧落侧头看着那香烟，眼底恍惚有往事如烟，从沉寂多少年月的某个角落慢慢萦上。

她忽然冲过来，抓住剑柄，仔仔细细地抚摩着柄上的那块碧玉。

杨定紧张地揽她，"碧落，碧落，我带你回去服药！"

碧落摇头，只是紧紧握着剑柄，忽然失声哭叫道："冲哥！冲哥！"

杨定抱住她，低低道："没事了，都已经……过去了！所有的那些，都已经过去了！"

碧落哭问："他……他是不是死了？"

杨定不说话，揽着她的腰，抚她漆黑如缎的长发。

"他这一世，这一世，这一世……"

碧落断续地说着，终究没能评判主人这一世究竟是怎样的，只是哭得瘫软下去。

我不记得主人是怎么死的。

但也许，他早就死了。

从他亲手杀了自己的孩子，从碧落挥起流彩剑，疯在他眼前起，他就已经死了。

据说，陇西王妃符碧落已经疯了三年，杨定一直寻名医调治，但病情时好时坏。杨定陪伴时还好，杨定一离开，一不留神便会发作，甚至可能动手伤人。

但自从她想起往事，设坛祭奠过主人，她再也没有疯过。

她甚至向杨定道："我想念你叫作桃花源的那个小山村了。沿着溪水，穿过桃林，就能见到的那个小山村。不知从前的黄狗还在不在，不知那株老杏的花儿是不是又开了。"

杨定道："我也想念那里。等卸下我的责任，我便带你去。我们还可以在入口处布些阵法，再移些山石过去，让外人找不到咱们，就可以躲开战争，在那里安然一世了！"

我一直觉得杨定是随口说说的。

北方大乱，符秦越发没落，新继位的符秦君主根本无力支撑，反而得依仗仇池杨定才能立足。杨定表面听符秦分封，事实上早已是仇池之主，虽在乱世，却也掌握着多少人艳羡不已的权势富贵，谁会舍得放手？

可我竟真的没在陇西王府待太久，便被带往了南方，带往他们口中的那个桃花源。

他们在那里建了三间屋子，两间耳房，其中一间耳房还留了一个门洞。左邻右舍都还记得他们，会帮着泥墙盖瓦，收拾家具，还送他们米粮和咸肉。以前借住过的那家则送了两坛咸菜和一只黄黄的小狗。碧落倒出去转一圈，隔几日便请乡亲帮忙，挖了株老杏种在院里。

那里的时间过得很慢，慢得我很快便觉着伴着主人沉浸在仇恨和鲜血里的岁月已经久远了，久远得像一个梦。

后来，那只黄狗长大了，生了一窝很漂亮的小狗，不时在门洞里钻来钻去，汪汪地叫着。

再后来，碧落生一个儿子，一个女儿。

杨定认为儿女双全也就够了，不必让自己的女人多遭罪。他说守着碧落和他们的儿女过完这一生，便是上天最大的赐福。

我晒着山间的阳光，忽然也觉得，我这样守着流彩过一世，也是上天最大的赐福了。

嗯，我还是不喜欢华铤。

不过既然流彩说，我们三个应该是一起的，那就一起吧！

世间事，知足常乐。

又隔了很多很多年，我在机缘巧合之下，被从那个与世隔绝的桃花源带出来。

那时的天下，刚刚经过三百年的一统盛世，再度陷入诸国林立和战乱频仍。

我见到了很多的小伙伴，和我当年一样嗜杀，麻木在鲜血里失去自己的本性。

我把桃花源的故事讲给它们听。我告诉它们，曾有那么一双人，弃掉江山，丢开富贵，住到荒野间的小村庄，养了一条黄狗，生了一双儿女，不离不弃，相依相守，直到两人的头发都是蚕丝一样的雪白。

小伙伴们都不信。

它们说，它们只看到了杀戮，血腥，你争我夺，自私自利。所谓的桃花源，只是那个采菊东篱下的陶渊明一时失心疯编出来的。不然，为什么后来没人能找到？

我说，是他们太笨，他们眼里才只看到权势、富贵、仇恨，让贪欲迷了眼睛。

其实桃花源并不远。

听说，每个人的心里都住着一个桃花源。

一低头，就能看到。

秦韵番外：情永韵如歌

第一章　忆秦娥　西风残照笑如歌

东晋太元十二年，历城。

霜风凄紧，梧叶飘黄，秋色已浓，秋意已深。

一辆朱盖翠幄的马车缓缓在一处修葺齐整肃穆的陵墓前停住，十余名早在墓前守候的侍从齐上前拜见："参见主上，王妃！"

"免礼，都备好了么？"

杨定一袭素色长袍，从车上踏下，清澈的眼睛在翠柏丛菊间的汉白玉雕花墓碑上转过，已蒙上一层忧伤和怅惘。

立刻有人上前答道："回主上，都备好了。"

杨定便点头，转身撩过帘子，微笑向内唤道："碧落，出来了。"

苍白瘦巧的手伸出，搭在杨定臂上，雪青色的云锦袖子拂在杨定掌心，凉而软。

杨定轻轻一笑，握住她的手腕，将她扶下了车。

发黑如墨，眸黑如夜，雪青云雁纹暗花大袖襦裙，淡紫丝质披帛，衬着一贯的雪白容颜，这个往日总是剑不离手的女子，居然显出几分如不胜衣的柔弱。

"杨定，这是哪里？"她迷茫地转动着眸子，看着苍暝的天空，寂寥的山色，轻轻道："这里……很悲伤。"

"因为韵儿，所以悲伤。"

杨定用自己温热的掌心，贴住着她微凉的手指，牵着碧落，走到那摆满祭品的墓碑前，柔声问道："碧落，还记得韵儿吗？"

碧落迷惘地望着杨定："韵儿，是谁？望儿已经死了，你告诉过我。他……他是再

也回不来了。可韵儿……是谁？"

"韵儿……"杨定接过随从递上的香，躬身插到香炉中，望着汉白玉碑上亲手所刻的几个字，差点忍不住自己的泪水："她是这世上最好的女人。"

"最好的女人……"碧落喃喃地重复一遍，慢慢走上前，蹲下身来，一个字一个字抚摸着，辨认着，然后念出口去："杨门……秦氏夫人……之墓，夫杨定……泣立。"

"秦氏夫人？"碧落侧着头，蹙眉细想，黑黑的眼珠没有了以往的清冷，却始终弥漫着寻不出前路的惶惑，和让人心疼的脆弱无依。

杨定如被蛊惑般，不由得走到她的跟前，捏住她的手指，在墓碑上的字上轻轻描摹着，低低说着："对，秦夫人，秦韵，我们的韵儿。记得吗？她一直叫着你，姐姐，姐姐，宁可自己挡到刀锋前，也不肯告诉坏人你去了哪里……"

碧落眸子里有什么跳了一跳，恍惚看到一个面如芙蓉的绯衣女子，笑意盈盈，沿着回廊向自己奔来……

"我似乎记得了，可……记不清……你认识她很久了？比我还久吗？"

"哦……"杨定扶了她，靠在秦韵的墓碑上坐下，抚摸着冰冷的墓碑，想着那双春光洋溢的笑脸，微笑道："也不多久吧！她只陪了我一年。可对于她，一年，已是一生……"

西风禾黍，秋水兼葭。老树寒鸦外，长空呖呖，正雁落平沙。

侍从不知什么时候已悄然避开，绝不去打扰深受拥戴的陇西王和他唯一的王妃相依相偎，喁喁细语。

杨定说，太元九年的那个夏天，那个他一生中最灰暗的夏天，他决意放开清冷冷的碧落时，遇到了一个活泼泼的少女，她的名字，叫做秦韵……

杨定第一次见到秦韵，是在一个刚被鲜卑人屠尽的小小坞堡中。

残照当头，流霞碧红，照着满地死尸和鲜血的坞堡。鸣蝉聒噪，啼鸦厌人，更显得这里地狱般了无生机。

本该是炊烟袅袅，各家呼儿唤女预备纳着凉吃晚饭的时候，却只在一夕之间，莫名被刀戟加身，从此再不用为生计操劳，再不用为琐事愁苦，更不用窈窕淑女求之不得而烦恼。

杨定牵着马，缓缓在死尸堆中走过，本是满怀的悲凉，忽然被自己的最后一个念头惊住，一边压抑着因异味而涌起的反胃，一边自嘲地轻轻一笑，眼底影影绰绰，尽是碧落惶然依在慕容冲身后的容颜，连再抬头看他一眼也不肯，只与她的冲哥十指相扣，低低敬他一杯绝情酒。

喝了银爵中的酒，从此便情断义绝，纵使兵戎相见，也两无怨尤。

两无怨尤么？怎能两无怨尤？

他记忆中的所有美好，在云碧落眼里，只不过是桃花源中随流水逝去的落花，去便去了，自有别处花开更好，根本无须遗憾。

到底还是他看不破，自己将生死看得淡了，竟会觉得，如果别人活得不快活，死去也未必不是幸事。

可像他这般自讨苦吃的人能有几个？天底下大半的人，还是愿意沉浸在自己的平凡生活中自得其乐吧？

可惜，他们还是死了。

死亡和爱情，同样地让杨定有着无能为力的黯然。

灰心地又淡淡笑了一声，他牵转了马头，预备离去了。

这时，他忽然有了种奇怪的感觉，他觉得有人在看自己。

疑惑地回头，身后空无一人。

不，应该说是，除了一地的死尸，没有一个活人。

从小习武，行游天下，杨定相信自己的直觉。

皱了皱眉，他低了头继续往前走，然后迅速扭头，察看。

他看到了一对乌溜溜的黑眼睛，泊在发黑的污血中转动了几下，在他回头的那一瞬，又如小鹿般惊恐地闭上。

杨定一呆，定睛看时，只见墙边倒着的一对老夫妇身下，压着个看来很瘦小的躯体，只从那妇人的胳肢窝附近露出半张糊满血的脸，连眉毛眼睛都给糊得看不出来，怎么瞧也不像是个活人。

可他的睫毛，似乎在轻轻地颤抖？那颤抖的弧度，虽是惊悸，却绝对鲜活。

杨定丢开马，走到跟前，淡淡道："还活着么？活着就睁开眼！"

睫毛一颤，凝满污秽黑血的脏脸上，蓦地跳出一双黑白分明的灵动眼睛，骨碌碌在杨定脸上转了一圈，立刻又闭了起来，再不动弹。

杨定有些哭笑不得，忙将那对老夫妇的尸体搬开，露出一个正悄悄蜷缩着手脚的瘦小少年，一身破旧布衣，差不多被血污浸透了，一时也看不出哪里受了伤。

见他还是不睁开眼，也不起身，杨定拍了拍他的腿，道："哪里受了伤？疼得厉害

么？"

少年受惊似的又将脚一抽，缩了回去，却依旧不睁眼。

杨定不耐烦了，愠道："如果你不需要帮忙，我可走了。"

他正要站起身时，那少年已睁开眼，滴溜溜的眼珠又盯在杨定脸上转动，问道："你……你是神仙还是鬼怪？"

杨定呛了一下，尸体被暴晒后溢出的浓烈腥臭味直冲肺腑，让他禁不住皱起眉，干呕了一下。

到底重伤未愈，连这么阵仗都受不了。

他自嘲地笑了一声，再回头看时，那少年已经利索地爬起身来，蹲到他跟前，满是血污的袖子几乎触着了他的脸，问道："你没事吧？"

杨定从来没有什么洁癖，但此刻也不由得退开两步，注视着这个一身鲜血的少年，苦笑道："你没受伤？就是这么藏着捡了一条小命？"

大约意识到杨定并不是神仙或鬼怪，那少年的声音清脆起来："是啊！那些该死的鲜卑兵砍过来时，这对伯婶正好在我前面。他们一倒下，我就势跟在他们身后倒下，正好给他们压在了身下。还好，还好，他们没有一一检查，不然我也活不了了。"

杨定奇道："你不认识他们？"

他还以为这少年必是老年夫妇的爱孙或幼子，方才宁死也将他藏在身下护住，再不想竟是素不相识。

少年笑着点头："是啊，不认识。我赶了几天的路，今天路过这个坞堡，打算进来借住一宿，谁知这么倒霉，居然又遇到了鲜卑兵！"

"鲜卑兵已经退了，你还不赶快逃走么？"杨定不晓得他怎么还笑得出。如果换一个人，该痛哭流涕着烧高香谢苍天了。

"我不知道他们有没有走远，准备等天黑再悄悄离开的，谁知你又来了。开始看你见了满地尸体还笑得出来，以为你是阴间里收鬼魂的无常呢，可后来见你长得很好看，又在猜你是不是神仙。哎，我今天真快给吓死了！"

杨定低头将自己左看右看，实在没看出自己哪里像无常或神仙了，叹口气问道："你叫什么名字？下面打算怎么办？继续赶路么？"

少年答道："我能怎么办？我家也遭了难，就母亲带我和小弟藏得好，活下来了。母亲说她和小弟去投靠山里的外公家，我想着外公家里也穷得很，我去了多半要累他们全家吃不饱了，所以去投……嗯，去投一个朋友，对我很好的朋友。"

这少年虽然满身血污，但杨定瞧他的身材和明亮亮不解事般的黑眼睛，推断他应该才不过十三四岁，不由得心生怜意，问道："你朋友住哪里？"

"据说，在长安以北四十里的蔡家坞。"

"长安……"杨定苦笑着打量他一番，道："那么……我带你一路同行吧！我正要回长安。"

"啊，你果然是神仙！"少年欢喜地跳了起来，污血淋漓的双手就要往杨定身上蹭。

杨定忙退一步，叹道："小兄弟，你先找个地方把身上清洗一下吧！"

少年垂头瞧着自己的模样，一吐舌头乖乖地跟在杨定身后，看着杨定点燃火把，一把将那坞堡燃起，眼睛里才闪起一抹难过的水光，哽咽道："这里的人很好。可死了给烧成一具具枯骨，连谁是谁都分不出了。"

杨定看着火焰吞吐，低沉道："等他们亲戚闻讯赶来时，他们早就腐烂得分不出谁是谁了。何况这么大热天，腐尸很容易引起瘟疫，不如一把火烧了干净。"

"你好像懂很多。"少年默默跟在他身后走着，再不敢用自己一身的污血去碰杨定或杨定的马，只是忽然又笑道："对了，我叫秦韵，家里人都叫我韵儿。你呢？"

"杨定。"

"杨定？我叫你阿定吧！"

"阿定？"杨定有点牙疼。这算是什么称呼？还从一个小不点的少年嘴里唤出？

"是啊，阿定好听，而且亲切。我哥哥叫阿玉，我弟弟叫阿平，我家猫儿叫阿咪，隔壁家的狗叫阿汪……"

杨定彻底无语。

但感觉还不错，至少有个人在耳边这么聒噪，那个清冷幽凉的影子，便不会一直浮在脑中，荡在心口，让他时而闷疼，时而锐痛……

暮色降临时，他们找到了一处溪水，杨定料秦韵的行李已全失落了，遂将自己的衣衫取了一套给他，让他去洗澡。

秦韵接过，笑道："我的行李似乎给鲜卑兵带走了，以后见着我朋友，我把衣服还你。嗯……这个，我也没吃的……"

杨定拍拍他的脑袋，说道："放心，饿不着你。我们先洗个澡，待会就上来吃东西。"

他说着，正要解衣带时，秦韵却似想什么般怔住，忽然叫道："阿定，你到别处洗好不好？我不习惯和不认识的人一处洗。"

杨定皱眉。

这少年分明只是个庶族平民百姓，家中应该穷得很。他甚至可以料定，他很可能是前往长安途中把衣食用尽了，才不得不暂时滞留在那处坞堡。鲜卑兵要粮草要财物，可没听说要抢破衣旧衫的。

他哪里来的那么多规矩？

秦韵扑闪着眼睛凝望着杨定，显然看出杨定有点不高兴，忙着又央告："你就让我一个人洗吧！我身上也脏，全是腥味，你不怕闻着恶心么？"

杨定摇摇头，也不说话，自去系了马，另寻适合地方下水洗浴。

后肩背被深深扎伤的地方已经结了痂，动作时依然会隐隐地疼，但那种疼痛比起心头不时被人撕扯般的疼痛，实在已算不了什么了，独结痂处发着痒，一时抓挠不到，十分难受，也不敢贪凉快在溪水中久泡，不久便起身换了衣衫，找一处平整地面，铺上薄席，又上风口引了火，生了草烟熏着蚊虫。

正要先行卧下休息时，溪边传来一声尖叫，很清脆，很恐慌，正是秦韵的声音。

杨定叹息。他自己伤势未痊，带了这么个小家伙上路，也不知是对是错。

立起身飞快奔到溪边时，秦韵正披着湿漉漉的头发，赤足披着他的宽大衣衫，踉踉跄跄奔上岸来。

"怎么了？"杨定问道。

"啊，有……有蛇……"秦韵惊惶地用手指着溪水的方向："我吓得连鞋子都没敢拿，就跑上来了。"

"这荒郊野外的，夏天怎会没有蛇？"杨定说着，到溪边找着秦韵的布鞋，往岸边走时，却忽然怔住。

淡淡的月光下，秦韵正手忙脚乱地扣着衣带，但他的身躯与杨定相比实在太瘦小了些，加上杨定的交领衣领口甚低，空落落挂在身上时，某些不可能属于男性的弧度便清晰毕现。

何况，此时，他的头发披散，干净的脸庞洁白如玉，杨定便是再心不在焉，也知自己看走眼了。

眼前这个话很多的小家伙，分明是个已经长成的二八少女。

秦韵抬眼，看到了杨定瞪住她的吃惊情形，顿时脸一红，做一个鬼脸，尴尴尬尬地笑了起来。

月上柳梢，风动青丝，那少女笑容明媚如春，眸子如黑珍珠般灿亮着，颊边更有一对深深的梨涡，如盛酒意，望之欲醉。

杨定手中的布鞋不自觉跌落在地，呆呆地望着秦韵，也似饮了醇酒，满心绵绵欲醉。

多少时日以来，杨定一心盼望着的，便是在另一张色若梨花的容颜上，能够出现这样饱含春意的深深梨涡。

可她的笑容总是太少，连眼神也永远凝着冰，永夜般幽黑着。偶尔的几次笑颜如花，连同那深深梨涡，早已刻在他的心上，并忽然地与眼前的少女重合。

秦韵见杨定失神，也不好意思起来，低了头跑过来，匆匆捡了跌落在地的布鞋穿了，才讷讷地问道："你怎么啦？"

杨定恍然大悟，忙别过脸去，负了手苦笑："你是个丫头？"

秦韵鼻子皱一皱，带了几分淘气的得意，笑道："我没说我不是个丫头啊！我只是不敢穿女装赶路，才换了我弟弟的衣物出来。"

她垂着头，用力将衣衫往上拉着，试图掩住太过暴露的肩颈，狼狈地嘀咕："你的衣服太大了。"

杨定蹙眉，道："先去睡吧，明日如果经过大些的城镇，我去给你找两件小些的衣衫来。"

秦韵笑着应了，一眼看到铺得整齐的草席，欢呼一声，即刻扑到席上，打了个滚，才翻身坐起，笑嘻嘻地凑到杨定身畔，帮他从行李中取出干粮和饮水，一起吃了，才舒适地叹一口气，卧下睡觉。

杨定默默坐到一边倚树休息时，秦韵支起身，低头再看看并不宽敞的草席，笑道："我再向你借件外衣好不好？"

不待杨定答应，她已从杨定包袱里抽出一件衣衫来，铺在离草席距离半尺的地方，自己窝上去睡了，闷闷道："我知道你嫌我脏，我睡远点就是，不占你的地方。"

杨定走过去，拍拍秦韵的头，道："我没嫌你脏。你是个姑娘家，我总不能和你挤一张席子吧？"

秦韵的脸不知不觉红了，将头悄悄地埋到自己的手臂下，她低低道："我们家很穷，我和姐姐、弟弟挤一张卧榻，哥哥去年才搬到新盖的耳房里住，原来也是睡在一处的，有什么啊……"

杨定心神只是倦怠，料想她原来粗生粗养惯了的，不抵碧落自幼在慕容冲身畔，虽习了一身好武功，生活习惯上却多少沾了慕容皇室的精致，遂也不再客套，自顾在席上卧下。

睡至半夜，只觉腿部有些沉重，忙睁眼时，却是秦韵不知什么时候滚到了自己身畔，一条腿以很暧昧的姿势挂在自己腿上，熟睡的脸庞安谧而红润，颊边似还隐着一点笑意，梨涡微微地陷着。

当日他千里相伴，护送碧落去南方寻符坚时，那个平日清冷地拒人于千里之外的女子，也曾这般不知不觉地靠近他，用很不雅的姿势挂到自己身上，与他偎依着汲取彼此的温暖。

可那是冬天，那样寒冷的气候，两具躯体相互吸引靠近是人之常情，现在却是这样的大热天，这丫头不嫌热么？

杨定正想将她推开时，又默然顿住，手指缓缓抚向那细嫩的颊边连睡时还凹陷着的笑涡。

如果她肯这般笑，如果他离开她，她能这般笑……

他便是饮下那爵绝酒，大约也没这般不甘而揪心吧？

不过，那是她自己的选择了，幸或不幸，都已不是他所能干预的。饮下那杯酒，舍下那纠缠不清的流苏剑穗，他与她再无干连。

当断不断，反受其乱，他从不是拖泥带水的人。

他相信，只需要一点时间而已，他还会是那个杨定，来去不羁笑行天下的杨定。

秦韵的皮肤很光洁，指尖的触感紧致而有弹性，依稀便是那个开满桃花的小村，碧落偶尔肯撤去心防时，也会安安静静地坐在他身侧，由着他挑动发丝，抚上那洁白沉静的面庞。

一切美好，已是曾经。何必再去留恋那一去不返的东逝流水？

杨定正要悄然抽回手时，秦韵动了一动。

明亮的月光，将草烟淡淡的霭气照得越发稀薄，照在这少女的脸庞上，清晰得映出了那如桃花般鲜艳的色泽。杨定微微一愕时，秦韵已嗤地一笑，将头埋到他的臂腕间，再不知是羞是嗔。

这丫头竟不曾睡着！

饶是杨定索性洒脱，此时也大是窘迫，忙侧过身去，背向她而睡。

搁在他身上的腿悄悄撤了回去，额却抵在了杨定的后背，身后的少女发出了均匀安谧的呼吸。

这天还真是热，加上这个少女温热的呼吸一直扑在他的背心，害得杨定这一晚上都在出着汗。

因那对相似梨涡而引发的一时情动，不会让她会错意吧？

第二章　青杏儿　多情却被无情恼

第二日杨定醒来时，听得身畔细细的布料窸窣，转头看时，秦韵不知哪里找来的针线和剪刀，居然正在拿他的衣衫开刀，低垂的眉眼认真而专注，看来并不像是在玩耍取乐。

发现杨定起身，秦韵弯着唇角将手上的衣衫举高给他看："你这件衣衫颜色嫩，穿着一定不合适，所以我把它改成女装我自己穿。嗯，你说好不好？"

杨定瞧着地上给她剪落的一堆布条，啼笑皆非道："我说不好，你能还我件完整的衣衫么？"

"能，我以后帮你做件更好的衣衫就是了。"那丫头答应得很利索，手上更利索，飞针走线的熟练程度，堪比云碧落的一身灵巧剑术了。

杨定摇一摇头，笑了一笑，转身去牵马去饮水喂草料。

等他再回来时，却见一穿浅黄女装的少女正坐在席上翻着食物，头上的包布，腰间的束带，都是同样半新不旧的浅黄细布，却已看不出是用哪块衣角裁成的了。

不过一个早上，秦韵已迅速把自己从一个狼狈的落魄少年，变作贤惠的小家碧玉了。

秦韵瞧见杨定走来，立刻站起身来向杨定炫耀："你看，这衣衫我穿着比你穿着好看吧？"

腰如约素，肩若削成，果然身姿曼妙，加上十六七少女无拘无束的笑靥如花，再粗劣将就的衣衫也会好看起来。

可哪有女人和男人比谁穿衣更好看的？

杨定苦笑道："你不是说男装行走更方便么？"

秦韵脸又红了，水盈盈的眼眸却不回避杨定的注视，笑道："你不会让人欺负我。"

杨定顿时头疼，开始计算着大约要行几天，可以将这丫头送到蔡家坞。或者，等遇到了秦军，他大可请熟识的将领，直接将她送过去。

不管是桃花运，还是桃花劫，他都已不想再去沾惹，快快将这烫手山芋甩脱了要紧。

秦韵没乘过马，但胆子挺大，坐于杨定身后，开始还紧张地将杨定的腰抱得极紧，生怕摔下去；后来见马匹行得甚稳，身躯渐渐松散下来，依旧不怕热地将杨定抱得紧紧的，口中却唱起小曲来，浑然不解世事艰难，时局忧患。

行至午后，杨定驻下马来饮水休息，秦韵才趴到一处山石畔休息，笑道："好累啊，颠得骨头都快散了。"

杨定自知伤重未痊，也不敢逞能，一路行得并不快，料想秦韵初次骑马，多半也快累得浑身散架了，便也不催她，由她歇了好一会儿，才慢慢去找寻小溪洗脸。

正在收拾着东西，准备待她过来便再度动身时，杨定听到了秦韵的惊声呼喊。

"阿定，阿定救我……"

杨定眯起眼，立刻侧身上马，右手搭上华铤剑，迅速向溪边冲去。

秦韵麻烦不小，居然在溪边被几个鲜卑兵围住了，正笑闹扯她的衣衫，尚有四五骑在一旁拍手看着，马背上各个捆着几名妇女，应是西燕派出打探军情的小股骑兵。

溪水东首有一处土坝，正通往另一条大道，看来秦韵在溪边用水时被发现了，这么俏生生鲜花般的少女，这些鲜卑兵自然不会放过，几个马上还空着的骑兵，立时下来抓住她调笑。

可怜秦韵早上才缝好的衣衫，很快又给扯得七零八落，露出了大半的肩颈，再也笑不出来，一边挣扎，一边哭出了声。

杨定骤然冲向前，扬剑而下时，鲜卑兵还没将一个单身匹马的年轻男子放在眼里，不过分出两人来砍向杨定。

这些人的武功，却无法与十几天前慕容氏派出偷袭杨定的那些高手相比，杨定手起剑落，华铤剑锋锐的流芒映着正午的阳光灿亮划过，拖下时已带出殷若红霞的一道。

他从不是善男信女，遇到这种情况下手更不容情，几乎在数招内便居高临下将围住秦韵的鲜卑兵尽数斩倒，左手一拉，一带，已捉住了秦韵的手，将她扯上了马背，抱在自己前面，正要拨转马头离去时，秦韵已挣扎叫道："阿定，连她们一起救了吧！"

她所指的，是被另外四五名骑兵捆在马上的妇女。

这几名骑兵被杨定猝不及防的斩杀一时惊住，这会儿才想起要来围击杨定。

以杨定所骑马的脚程，若是带了秦韵这便离去，这些人定是追杀不上；但秦韵眼见杨定神威，又惊又喜，料着这几人绝对不是杨定对手，只顾乱挣着催促杨定救人，却不知杨定出手虽快，心底也在叫苦。

若在平时，他自然会再度出手，将那几名秦人妇女救下。可他后肩背处的创伤着实不轻，根本不宜与人交手，全力击杀这么几下，伤口即将绷裂的锐痛已隐隐传来。

"阿定，救人啊！"秦韵的口吻听来有几分怨责，她的挣扎更让杨定无法专心驱马，犹疑之中，那几骑兵已经赶上前来，不得不交上手。

扬剑，斩下，血光喷薄，杀气凛冽。

俯伏在马头上的秦韵为自己身畔男子的英武而骄傲，却再看不到杨定强硬有力的手腕已开始颤抖，而后背衣衫，在汗湿之中，慢慢开出了大片的殷红。

等鲜卑兵尽数倒地后，秦韵见杨定收了剑便下马坐到一边树下不再理会，忙自己跳下马去，给那几名妇女松绑，又搜出鲜卑人的食物饮水来分给她们，送她们往来路逃走了，才笑嘻嘻回到杨定身畔，道："阿定，你果然是神仙，是大英雄！"

杨定苦笑，这个神仙当得可真不容易，稍有不慎，直接去见无常了。

秦韵也看出杨定脸色发白，满脸是汗，奔到溪水边用帕子拧了水为杨定擦拭着，笑道："我知道你刚才怕打不过他们不敢救人。可我是什么眼光啊？我一看就知道阿定比他们强多了，所以才求着你救人。"

杨定并不说话，半暝着目，默默等待后背伤口尖锐的疼痛慢慢地舒缓过来。

偏生秦韵见他不理会，只当他还在生气，絮絮地继续说道："这些鲜卑人，当真坏得很……他们冲入我家时，我们一家人分散着藏了起来，母亲带我和弟弟躲在柴垛里，父亲带哥哥、姐姐躲在衣箱中。结果他们被发现了，父亲和哥哥当时就被刺死了，而姐姐……母亲捂着我和弟弟的嘴，眼看着姐姐被他们欺负，声音越来越低，越来越低……"

她用力吸了吸鼻子，泪花直滚，脸上却笑了起来："你说，我刚才是不是做了件好事？如果没把她们救下来，她们落到这些畜生手中，岂不是落得和我姐姐一样的下场？"

杨定看着她泪水中依然很明亮的笑容，叹气道："我没说你做得不对。只是我不明白，你怎么还笑得出来？"

秦韵笑道："哭着也是过日子，笑着也是过日子，既然我能活下去，本就证明了我比死去的许多人要幸福，我为什么要哭着过日子呢？"

她不单自己笑着，还将双手抚上杨定的唇角，按着往上弯去，笑道："看，你笑起来比闷声叹气要漂亮多了。对了，看你这里的纹路，咦，应该是笑纹吧？你应该是很喜欢笑的吧？可我为什么瞧你笑得那么少？连第一次见到你时，你的笑容看来都那么苦巴巴的，害我把神仙当成了收魂魄的无常鬼……"

这几年杨定心心念念都是那个清冷素淡的影子，从没见过这样活泼爱闹的女子，给她满脸搓揉得哭笑不得，果然笑了起来，额上的汗水却已直滚落下来，滴在秦韵的掌心。

他的笑容说不出的清澈柔和，连那汗水都似湿润润地直沁到人的心里，秦韵心神一恍惚，竟看得有点发呆，白皙皙的手虽然还捧着他的面颊，却已松开了力道，不自觉地去拭他鬓边的汗水。

这时，只听杨定说道："丫头，真的不想我变无常鬼？"

秦韵回过神来，双手猛地一缩，搓揉着散乱的衣衫，嘻嘻笑道："你这么厉害，怎么会变无常鬼？"

她虽装得若无其事，不想让杨定发现自己的失态，但自觉脸上窜烧，想来多半已满脸涨红了。

杨定心思灵巧机敏，不是没发现秦韵神情有所异常，但他看似嬉笑不羁，实则是个厚道人，绝不会无故让一名女子受窘，只是虚弱地再次笑了一笑，说道："可以请你帮我裹下伤么？"

"伤……什么伤？"

秦韵愕然，上下地打量着杨定，似在寻找着他的伤处。

杨定扶着树干支起身，背向着秦韵，边解单衣边说道："是旧伤。我包袱中有个油纸包，里面包着伤药。"

秦韵一眼望到杨定湿了半个后背的血渍，顿时呆住，笑容尽数敛去，一只手不自觉地塞入齿间，深深咬住。

杨定正担心这少女方才把胆量全给耗光了，这会儿给鲜血吓坏了时，身后传来匆匆的脚步声，接着是衣角被剪开，熟练撕裂的声音。

血渍被轻巧拭去，药粉撒在浮动着的伤疤开裂处时，杨定忍不过那疼痛，身体震颤了一下，虽没痛哼出声，却也发出咝咝的吸气声，额前背脊，又在渗着冷汗。

这时，小小的手指，柔柔地在伤口附近打着圈儿，用细细的轻痒，减轻着药粉刺激血肉的刺痛。杨定正觉稍稍好些时，有温热的水滴落到了他的肩上。

他想起秦韵这会子安静得出奇，既不说话，也不谈笑，疑惑地微侧过头，唤道："韵儿？给吓着了？"

身后静默了好一会儿，一根从衣角撕下的布条覆到了他的伤处中，小心地缠绕着。同时，秦韵沙哑着嗓子笑了："我才没给吓着呢！别忘了，我可是死人堆里爬出来两回的人物了！"

那种骄傲的口气，带了点稚气的得意，却让杨定听出了某种不分明的故作轻松。

他转过头，秦韵的眼睛红红的，脸上却挂着笑，并看不出什么惊吓害怕或悲伤难过来。

裹好伤，她利落地为杨定披上件干净的单衣，笑道："你受了伤，也不告诉我。下面我来驱马，带你找个地方落下脚，休息两天再走吧！"

杨定将她一打量："你会骑马吗？"

秦韵睁大眼，尴尬却不认输："我……我可以学嘛！"

她的瞳色和碧落一样地深黑，却不像碧落那般黑得不见底，让人注视得久了，不自觉地也会深沉绝望起来。她的那种黑，带了水晶一般的透明，随便哪里的春色或阳光，都能轻易地透入，并轻易地折射出来，映暖在那张娇俏白净的面庞上。

杨定不忍嘲笑她这份心意，拍拍她的头，道："没空让你学了。西燕军发现有骑兵未回，多半会派人手出来查探，此地不宜久留，还是我先带你走吧！"

他说着，便跃上了马，让秦韵坐于身后，拨马便走。

一路之上，秦韵依旧搂着杨定腰肢，只是比原先搂得更紧些，像是希望能把自己的一分力道转到驱马上来，好让杨定少一些剧烈动作，少一点疼痛。

她没有再唱小曲儿，大部分时间都很沉默，不时将手轻轻抚住杨定伤处附近，终究还是忍耐不住，问道："阿定，是谁将你伤成这样？"

他们一路同行不久，杨定并不太说话，看来不过是个匆匆赶路的过客，随手捡了秦韵这个包袱，顺带捎去长安罢了，并不曾和秦韵提起过自己的身份，目前同样没觉得有必要和这小丫头提及涉及大秦公主和西燕慕容氏的恩怨，懒懒地也不愿回答。

秦韵并不沮丧，依旧小心地搂紧杨定，仿佛这样便可以让杨定的疼痛减少些一般。

傍晚时候，秦韵再三催促杨定提早休息，杨定方才找了处相对隐蔽的小树林，驻下马来，秦韵立刻很勤劳地安顿杨定在一处山壁边静卧，自己忙着生火打水，喂马取干粮。

杨定深知自己重伤未痊，也怕在这刀兵四起的时候病倒，将随身带的疗伤丸药服了两粒，便静静卧着，由着秦韵的奔来忙去。这少女并不懂武功，也不会骑马，连身形也比碧落矮瘦不少，但她经了一天奔波，小心服侍着杨定擦洗饮食，并不流露半点疲累之色。

睡到半夜时，杨定被身边一团温热惊动，微睁开眼时，却是一女子蜷卧在自己身畔，黑亮的眸子泛着愁意，皱眉正向他凝望，忽见他睁眼，红菱般的唇角扬起，向他极明亮地一笑，连周围的夜色一时都淡了好些。

"我给你拿点水来，喝了应该会好点。"

秦韵应该并不曾睡着，翻身取了早就备好的水袋，小心将杨定扶起，一边将水袋递到他唇边，一边拿手去试他额上的温度，叹道："怎么还觉得挺烫人的？喝了快些再躺下，明早一定便好了。"

山林清寂，夜风剪剪，天气并不很好，黛云远淡中，半轮弦月曳着浅浅的光晕，投到眼前女子的面颊，泛着月下梨花般的皎洁和柔白，连眸子的颜色，也比白天来得深邃，依稀便是碧落抱膝独坐于院中，带了微痴的迷幻，赏着世外桃源的清风朗月。

杨定默默喝了水，望着依在他跟前的秦韵，不觉伸出了手，轻轻抚上秦韵的面颊。

秦韵的长睫如翅翼轻颤，却没有躲闪，只对着眼前这年轻英挺的男子娇憨一笑。

一对梨涡，深深如醉，正落在杨定掌间，正如当日的伊人。

杨定呼吸忽然便粗重起来。

"碧落！"

低低地唤一声，他耐不住疼痛一般，将秦韵拥到怀中，抱得极紧，就如白日里秦韵抱住他一般。

秦韵茫然地眨了两下眼，微侧过头，看到了这男子刚直俊朗的侧脸，眉宇之间，少了淡然沉静，多了痛楚无奈，山一样凝结的眉峰，很轻易地便压到了少女的心头。

她小心地伸出手指，去抚那凝结着的眉峰。

杨定侧头看向怀抱中的少女，而她也正仰脸去看他的神情，动作之间，两人的唇若有若无地从对方肌肤上擦过，都是周身轻微地悸动。

"阿定……"

秦韵又笑，带了几分调皮的怯意，她将唇试探着碰了碰杨定的唇。

杨定呻吟一声，闭上眼，揽住秦韵的头，深深吻入。

不愿放手的深情，越来越痴迷的缠绵，秦韵万万阻挡不了自己的心动神驰，手足越来越无力，慢慢软倒在杨定的怀中。

夏虫啾啾，与远远近近风过林木的沙沙声和作一道，似在秦韵面前编成了一场梦，直到杨定终于放开她，她还是如同待在梦中，许久回不过神来，只是将双手环住杨定的腰，再也不舍得放开。

"阿定，我喜欢你。"

她的声音难得那么低若蚊蚋，甚至让她自己都怀疑，杨定到底能不能听到她的话语。

杨定垂着眸，细细地端详着赖在怀中的少女，月光下的脸庞越发地苍白沉寂，渐渐漫上一层绵绵的悲哀。

他拍了拍秦韵的头，轻轻一笑："你很像碧落。"

秦韵已经第二次听到这个名字了。

她慢慢放开了杨定的腰，咕哝道："碧落……是谁啊？"

"碧落，我喜欢的女人。"

"哦……是你的妻子？"

"没有……她选了别的男人。"

杨定回答的声音非常平静，平静到木然，听不出半点感情。挨着秦韵，他卧下身，合上黯淡灰沉的黑眸，竟似又睡去了。

"为什么啊？"秦韵望着眼前这个仅相处一日夜，便让她脱口说出喜欢的优秀男子，不平地为他抱屈。

杨定没有回答。

这少女真是奇怪，他说他喜欢别的女人，她还为他委屈？

隔了片刻，秦韵又说话了，这会子，终于听出了几分郁闷："我哪里像她？"

杨定又许久不曾说话。

秦韵以为他已经睡着时，只听他低低道："笑起来像。一对酒涡，简直一模一样。可惜你到底不是她，她很少笑，更少像你这般笑。"

秦韵一向知道自己笑起来挺好看的。

不过，什么叫像她这样笑？她笑起来很特别吗？

而更让她难过的是，她发现杨定说话时，喉间仿若氤氲着浓浓的水汽，让她听着眼底竟也只想往外浮泛热热的水汽。

"杨定，她的眼神儿一定不好。"

秦韵断定着，依然挂着清透的笑容，握住杨定的手臂。

纵然相处不久，对秦韵已是两度于生死间徘徊，而杨定无疑是她的救星，福星，甚至是她的神。在她十多年的生命历程中，无论容貌气质才学，再无一个可以抵得上他半分。所以，她会为他的亲吻而惊喜，也会为他的亲吻而有勇气告诉他，她喜欢他。

女人喜欢这么优秀的男子，应该是天经地义的事。喜欢他不需要理由，不喜欢他才该说出个子丑寅卯的道理来。

那个碧落不选择他，才是不可思议。

"她的眼神本就有问题。找个农夫都比跟着慕容冲让人放心！"杨定愤懑地回答一句，才觉出自己的情绪太过强烈。

他到底还是不放心，他到底还是放不下。

感觉身后少女执着握紧他的手，杨定因睡意和病痛而昏沉的情绪渐渐清醒过来。

他侧转过身，用手指勾画逗弄过秦韵的唇角，俊朗而虚浮的笑意像雾霭般笼在苍白的面颊上，微眯着眼道："刚才对不住了，睡得迷迷糊糊，把你当作她，失礼了。"

秦韵的血液似犹在奔腾着那场生平第一次激吻所带来的震撼和悸动，闻言立时红了脸。她一向不会隐藏心事，正寻思着找话来表明心迹时，但觉杨定手指很是无礼地再次从她的唇边滑过，笑容由苍白感伤的虚浮转作了纨绔子弟浅薄好色的轻浮，挑着眉道："不过我也帮过你不少，亲你一亲，也不算亏了你，就算是你给我的一点小小报答吧！"

眼睛在秦韵因天热半敞的腻白脖颈处一转，他"嗤"地一笑，没事人般继续合眼睡去。

而秦韵却愕然顿在当场良久，连眼眶都渐渐地红了，红菱般的唇角紧紧抿着，总算压抑着没流露出委屈或失望来。

第三章　探芳信　谁人风雨替花愁

第二日起程时，杨定的精神已好了许多，待秦韵也如前日一般懒懒散散，仿若晚上根本不曾发生过任何事，那些亲昵和告白，都只是秦韵一个人的幻觉。

可怜秦韵再不曾经历过这些，心底只是说不出的别扭，连扶抱着杨定的手臂也是时松时紧，掌心的汗水润透了杨定的单衣，一直沁到杨定的肌肤上。杨定何等玲珑人物，焉能不知她的心事？只是自己为情所苦，再不想将这个不解事的小丫头扯进来，一路只作未觉，连话也不太和她说。

到中途再歇下时，秦韵终于耐不住，忽然抬起眼，向杨定说道："我要到蔡家坞投奔的朋友，叫温融，是我们镇里一位致仕武将的儿子，很有能耐。他说过会娶我，这两年离家在外，几次捎信回来，也问着我。我想，他会对我很好。"

杨定闻言，心中倒是一松，扬手拍了拍她的头，笑了一笑，悠闲地继续把玩着几片树叶，想找出一片能让自己吹出优美哨音的新鲜叶子。

秦韵却更郁闷了，冲着杨定嘟嘴叫道："你为什么老拍我的头？"

杨定饶有兴趣地望着她："怎么，不能拍头么？"

秦韵瞪着他："我怎么觉得你像在拍猫儿狗儿的脑袋，预备着唤他们吃饭？"

杨定失笑出声，索性又将她的脑袋拍了一拍，道："韵儿，吃饭了！"

秦韵气结，瞪着杨定时，却见他正温和地望着自己，眼眸清澈明亮，笑容和煦如春，葱茏包围来的气息沉静而令人舒适，竟是她从不曾见到过的开怀，顿时痴了，呆呆地接过干馍，张口便咬。

她忽然便觉得，就是给这个男子当成猫儿狗儿也不妨，最重要的是，这一刻，他笑了。

而他笑的时候，连夏天也清凉可爱起来，徐徐吹过的清风撩过发丝，轻轻地痒着，让她忍不住牵动了面庞的弧度，眼如弯月朝下，唇如弦月上挑，俏皮地笑了起来。

　　只这相视一笑，两人间的尴尬和别扭一扫而空，本就性情活跃的两个人顷刻间亲近了许多，再上路时，便又听到秦韵快快乐乐地唱着乡间俚曲了。

　　杨定听着那满含笑音的曲儿，心胸竟奇异地放宽了许多，再不若刚离开华阴时那般颓丧欲死，话也渐渐多了，讲起了少年时行游天下的见闻趣事。

　　秦韵便惊叹："阿定，你家是不是很有钱？"

　　杨定怔了怔，道："原来很有钱吧，后来没落了。"

　　杨氏原是仇池一方之主，独拥一国之富，自然有钱，后来仇池国破，纵然苻坚相待甚厚，境遇也远不如前了。

　　但杨定口中的没落和秦韵理解上的没落，显然不是一个概念。

　　秦韵正意料之中般地点头："你不经营家事，终年在外游玩，怪不得会败落下去哩！"

　　杨定莞尔："大丈夫要经营就经营国事，家事有什么可经营的？你感兴趣，你跟我回家帮我经营家事去！"

　　秦韵骄傲地别过脸，得意地笑："我要帮也帮温大哥，帮你么，还不够给你四处游玩挥霍呢！"

　　二人相处得愉快，快到长安时，杨定便打消了请附近驻军将领派人护送秦韵的念头，折路向北，依旧一骑二人，行往蔡家坞。

　　秦韵知他的目的地是长安，见他肯送自己，很是欢喜，却问道："不会耽误你家中的事吧？"

　　杨定笑了笑："不会。没人会记挂着我。"

　　秦韵便一脸的同情，低声咕哝了一句，杨定没听清楚，依稀又是在抱怨谁眼神儿不好。

　　莫非觉得这么个好人居然无人记挂，又在为杨定叫屈？

　　她却不知，杨定父母双亡，自小在外游荡惯了，即使住在京中，叔伯虽相待甚好，也很少过问他的行踪，连父亲留下的偌大府第，也只交给堂弟杨盛打理，自己乐得在外逍遥。

　　但要说无人记挂，也不确切。

　　此次外出，他并未向朝廷告假，不过派人捎了个口信给羽林军现任统领，说要外出寻友，便单身匹马离去。他原便是符坚心腹护卫，又在淝水大败中护驾有功，深受符坚器重，诸将自是不敢隐瞒，多半会转报符坚，符坚知他对碧落用情极深，一定能料着他的去向，并日夜盼着他将爱女带回。

可惜他终究也会令符坚失望了，就如碧落令他绝望一般。

杨定每念及此，长安城愈近，愈是一步懒于一步，宁可借了送秦韵的机会折道往北，延宕几日再回京去。

临近蔡家坞时，天色变了下来。明明是午后酷日流火的天气，一忽儿便是乌云压顶，墨黑如盖。雷声隆隆中，暴风乍起，飞沙走石，刮在人的肌肤上起了一层的粟粒，连马儿都有些失控，一边飞奔，一边连连发出嘶吼。

堪堪赶到蔡家坞前，豆大的雨点噼里啪啦地打了下来，二人忙跳下马，抱着头向堡墙上的值卫唤门。

值卫高声问道："你们是做什么的？"

秦韵脆声答道："我是温融温大哥的乡人，因家中遭难，特地前来投奔。"

值卫听得是个女子口音，站在墙头俯身将秦韵细看了看，方才答道："你们且等一等，待我们前去问了温姑爷再来回话。"

杨定一怔，扭头问秦韵："他说什么？温姑爷？你那温大哥做了谁家的姑爷了？"

秦韵眼神一瑟缩，喃喃道："我……我不知道……"

杨定暗骂她糊涂，眼见雨越下越大，墙头值卫撑了油纸伞正要离去，忙高声道："这位兄台，此时雨大，可否让我们进去先避一避？"

"等我们问过再说罢……已经去问了……"

里面断断续续传来这两句话，居然再无回音。

杨定无奈，转头瞧秦韵，衣衫早湿透了，正望着值守离去的方向发呆，往日灵动乱转的眼睛水蒙蒙的略显呆滞，也不知是不是给大雨淋傻了。

杨定深知这样十六七岁的小姑娘，最容易给淋出病来，拿件单衫顶在她头上，拉了她紧贴堡墙站着，将单衣顶在两人头上，自己站于她跟前，替她稍稍挡去些风雨，心底已对这蔡家坞颇是不满。

此时正是符秦建元二十年，淝水大战后的第二年夏天。虽说大秦境内刀兵四起，渭南渭北皆有反兵，但尚未能蔓延至京畿附近，这蔡家坞周围还算安定，便是寻常商旅经过请求避雨，也不该轻易拒绝，何况是投亲而来的两个年轻男女？

二人等了许久，还听不到堡中的动静，杨定将身体靠得离秦韵更近些，半罩住她湿瀌瀌发着抖的躯体，俯身在她耳边道："韵儿，你确定你那个温大哥很喜欢你，并且想娶你么？"

秦韵抬头望着利箭般射下的雨点，咯咯地哆嗦着牙关道："大概确定吧……"

大概确定……

杨定已经一点都不敢确定了。

尤其在他再次大叫后，发现堡上根本无人回答，却扔下来一把伞架折了一大半的破伞后，更是不确定了。

眼见雨势并没有停止的迹象，他牵了马，勉强撑了那把破伞，半扶半抱了秦韵瑟瑟发抖的瘦小身躯，预备带她找别处避雨。

这时，坞外大道上忽然匆匆行来一大队人马，足有一两百人，其中前后扈从之人足有百余，大多执刀仗剑，中间一辆马车，虽是高大，却极朴素，后面还跟了十余名手无寸铁持伞徐行的人，一色的灰色僧袍，光头烫戒。

竟是一群和尚，不知是被人押送，还是保护着，来到了蔡家坞前。

他们尚未行至堡门，便有人飞奔过去，高声唤道："道安大师法驾回来了，快开门！"

杨定一惊。

长安五重寺的住持释道安，苻坚待之以国师之礼，寻常虽也四处谈禅传经，可素来不喜招摇，也不至于出门一次让那么多人随从，并且刀剑林立，如临大敌。

他素来机警，此时心生疑惑，即刻将华铤剑藏到马鞍中，又将破伞塞到秦韵手中，低声道："等着，或者我们能进去了。"

在秦韵疑惑惊惶的注视中，他兜头淋着雨奔了过去。

待到马车附近时，但听刀剑出鞘声不绝，那些随从的坞民竟全都虎视眈眈瞪住了他，仿若只待一声令下，便要将他剁成碎片。

杨定不理身后传来的秦韵惊呼，只是慌乱地向后退了两步，惊怕地向着马车内喊叫道："我不是坏人啊！道安大师救命！小人神禾原信徒杨二，和朋友在这里等人，想求大师行个方便，让小人进堡避一下雨。"

那些僧众显然都是五重寺的，有的还曾入宫做过法事，杨定这几年常随在苻坚身侧，颇有几个眼熟的。此时他们见了杨定，也不前来相认，只是眼光瞥处，显然流露出一抹惊喜，很快又敛去，漠然地持伞立于雨中，念着佛，再也不看他一眼。

有弟子撩开了马车的帘子，露出了端眉慈目身披灿金袈裟的释道安。

几十双眼睛下，他皱起眉，正仔细打量着杨定，仿佛根本不认识他是谁。

杨定再不信这个天下闻名的得道高僧记忆力会那么差，心知蹊跷，故作害怕地看了看围绕自己的坞民们，畏怯着提醒："大师忘了么？小人家就住在五重寺后面的神禾原，逢时过节，小人家中都有香油钱进奉，小人杨二，听大师讲法好多次了。"

释道安露出恍然大悟的神情，点头道："嗯，这位施主，的确是我佛信徒，伤不得，伤不得。让他们进去避雨吧，只是老衲刚取了圣土回来，生人冲撞不得，让他们到别处住着，别来扰了我们住的禅心院。"

坞民这才收了刀剑，有人过来将杨定和秦韵看了，见二人的确一身透湿，跟个落汤鸡似的狼狈不堪，才点一点头，道："跟我们进去吧！只别乱跑了，扰了大师法事，可就直接拿你们开刀祭坛了。"

佛家最忌杀生，哪有开刀祭坛的道理？倒是兵家，常会在出征之日以仇人之血祭旗。

杨定满怀疑窦，却不点破，唯唯诺诺应了，携了秦韵亦步亦趋跟在大队人马的最后，进了堡去。

不管释道安目前在此处境况如何，他的话还是很有用的，一入堡，便有人重新给他们取了伞，换掉了那把破伞，将他们领向一处极偏仄的别院。

杨定从没如这么一刻盼着能有间不漏雨的屋子容身，踏入门槛内才松了口气，转身又赔着笑脸，塞了一串钱过去，请送他们来的坞民为他们准备两套干衣服，再煮一碗姜汤来。

坞民掂了掂手中的钱，大约在估量着值不值两套衣服，杨定忙笑道："等我们衣衫干啊，我们立刻就将大哥的衣服洗净还回去。我们出门在外，钱帛带得不多，大哥见谅，见谅啊！"

"算了算了，既然道安大师发了话，不和你们计较许多。"坞民嘀咕道："还找温姑爷，嘿，我们二小姐那性子……"

秦韵的脸色发白，站在那里揉着鼻子，也不理头上身上滴滴答答的水。

杨定取过干布来，替她擦了擦水珠，笑道："你把外衣脱了，先到里面榻上去待一会儿，别着凉了。干衣服送来了我叫你。"

秦韵摇头道："我没事，你……你的伤怎样？"

杨定将单衣解开，赤着上身拧着水，微笑道："愈合得差不多了，不碍事。"

秦韵望着他优美健壮的躯干，脸一红，转而眼圈也红了，却在杨定回过头时，扬起如芙蓉花开般的灿烂笑容，调皮地伸一伸舌头，然后才踏入里间的屋子，关上破旧的门扉。

第三章 探芳信 谁人风雨替花愁

这场雨下到入夜后才渐渐地歇止，但秦韵要找的温融一直不曾来过。

此时二人俱已换上了一身农家旧衣，脸色都不太好看，总算坞民送来的姜汤有效，秦韵打了两个喷嚏，倒也没出现明显的着凉症状。

吃了极粗疏的晚饭，秦韵便忙着烘干补缀着原先杨定在前面集镇给她买来的女装，大约是嫌堡民送来的衣衫太过破旧，怕被温融嘲笑。

杨定从不计较衣食，加上对释道安之事心有疑窦，不想引人注目，倒能一身破衣安之若素，但温融这般不将秦韵放在心上，他心中自是不悦，见秦韵还是一边拾掇衣裳，一边向着他笑语晏晏，浑然不知前途多艰，简直有点无奈了。

他问道："韵儿，你这位温大哥，当真说过娶你么？"

"嗯。"

"什么时候的事？"

"两三年前吧，当时他还没离开家乡……"

"两三年前……"

"后来他出门谋功名，几次写信回家，也问到了我，还捎过一对莲花银簪子给我，说想着我。这都是他母亲亲口和我说的，不然我哪知道他在蔡家坞啊……"

"也就是说，你根本不知道他已经成了亲？"杨定叹气。

"……"秦韵默默咬着线头，噘了噘嘴。

"现在知道了，你准备怎么办？"

"还能怎么办，看他肯不肯留我做偏房吧！"

秦韵继续打量着手中的衣衫，很轻松地抛出这句话，若无其事地哼着曲儿。

杨定气结，冷冷看她一眼，立起身便出屋去，迈腿走向自己住一旁的破旧小耳房中去。

这时，秦韵委屈的声音很低地萦了过来："我是庶人的女儿，他是武将的儿子，他家是不肯娶我做正室的……"

杨定说不出是可惜还是难过，只觉这秦韵比碧落还要不值。纵然慕容冲差点把碧落给杀了，至少他极在乎她，宁可她死了都不愿她离开自己。温融却明知她来投奔自己，还能因为一场大雨弃之不理，由她受罪。

他遇到的女人，似乎一个个都喜欢自讨苦吃。

不过他虽然聪明，到底忘了问一个问题。

碧落心心念念只有慕容冲不假，秦韵心里，到底喜欢她的那个温大哥么？

他没有问。

所以他只看到了秦韵不以为意向他绽开的笑脸，却没有发现他离开后，秦韵嘟起了红润润的嘴唇，不甘不愿地望向他的背影。

亥时之后，蔡家坞大部分百姓已然沉睡，大多屋宇已陷入黑暗之中。

杨定拿块巾子蒙了脸，悄无声息地翻上屋脊，瞭望片刻，往尚余灯光的高大门户摸索而去。

虽然他第一次到这个蔡家坞，地形不熟，但他武艺高强，身手敏捷，四处游赏时寻常坞堡见得也不少，大致格局相类，且平民住处，大多逼仄低矮，无法与秦宫或京城大富之家的建筑相比，再拦不住如杨定这般一等一的高手。

杨定一路行去，只觉坞堡周围警戒森严，火把终夜不熄，但内部并无坞民巡守，他越墙逾垣连找了数处较大院落，都不见释道安等僧众影踪，正微觉不耐时，再要转身到别处继续寻找时，听得屋内传来的对话声，似夹杂了温融的名字，忙顿下身来细听。

只听一男子压着嗓子赔笑道："柔儿，我若有那个心，叫我天打雷劈，不得好死！"

另有女子口音在冷笑："温融，你不用指天发誓，我刚让人问了，那丫头穿得破旧，可人长得挺标致，如果你没招惹她，她会千里迢迢从家乡那里投奔过来？"

男子支吾道："大概和前段时间传来的鲜卑叛乱有关吧？那一带多半给鲜卑人占了，鲜卑人性子最烈，手段最狠，蛰伏那么多年，只怕我家乡那些百姓遭殃了，我猜度着，她一定是没地儿可去，觉得咱们蔡家坞还算坚实，所以才赶过来吧？"

杨定悄悄走到窗前，点破了窗纸细瞧，只见一身材甚是魁伟的青年男子，正偎着一女子央告："柔儿，你信我一回吧，自从青儿那事后，我对我的好夫人，对我们蔡家坞，可是忠心耿耿，绝无贰心哪！"

这男子模样还算周正，又穿着一袭华丽衣袍，看来的确气宇轩昂，很得女人缘，应该就是秦韵念念不忘的温融了。可惜现在对着自己妻子近乎卑躬屈膝的讨好模样，着实损了他那副好皮相的威仪，让杨定颇是不屑。

下人曾提起温融入赘成了蔡家坞之主的二女婿，眼前这柔儿应该就是蔡家坞二小姐蔡柔了。她也生得很是妍丽，只是照杨定眼光评去，此女眉目锐利，唇薄如刀，绝不是个善主儿，纵有家财万贯，娶她之人也未必有福。

果然，蔡柔听了温融的语，很不客气地啐了自己夫婿一口，呵斥道："你还好意思说，背地里悄悄去青楼勾栏之地也罢了，居然连家里服侍的丫头都搭上！想想那青儿又黑又丑，你都把人家肚子给搞大了，如果来了这么个标致小姑娘，还不即刻捧上天去？"

温融急得连连赌咒发誓："我若有此心，明天就再来一场暴雨，一个天雷劈死我！柔儿你放心，我明天去见她一面，问清来意，真的没地儿可去时，留下来在夫人跟前做个粗使丫头，算是补了青儿的缺；如果夫人不乐意，大可拉去配个小厮，将她嫁得远远的，想她一个没根没绊的丫头，要死要活，还不是夫人说了算？"

杨定在外听着，一时竟给气得无话可说。

眼神儿不好的笨女人，绝不止碧落一个。这个秦韵更好，千里迢迢赶来配人家小厮来了。

屋内温融又在哄着蔡柔，将她夸得天上地下绝无仅有，便听得蔡柔软下声气，渐渐传出夫妇间的戏谑调笑来，杨定无心再听，急急跃身离去。

转身再找有灯光处时，前方正厅灯火通明，厨下也在忙碌，似在准备半夜之后的什么晚宴一般，却依然不见半个和尚，不觉心下诧异。

五重寺道安大师是何等尊崇的身份，又带了不少僧众弟子在身畔，出行一次有上百的坞民随从，所居之处，无论如何都该有些异样才对，怎么连木鱼声都听不到半点？

他迟疑着，要不要先回去，等明日打探后再另作计较时，忽然听到了隐隐的佛号声，顺着风徐徐送来。

竟来自坞堡的东南角空旷处！

杨定皱一皱眉，忙赶过去时，只见一队持械的健壮坞民正从前方巷道一晃而过，差点撞个正着，迅速闪到一边，翻身越上一处屋脊。

甫才隐好形迹，坞民中已有人觉出，在那里惊叫："咦，像有个人影走过去了！"

那队巡视的坞民走过来，提了火把四处找寻，自是一无所获。

那边已远远传来询问之声，坞民退了出去，相视道："怕是野猫或火把投下的影子吧？才下了雨，乌黑的天，谁没事往外走了？"

杨定待他们走了，才提高了警觉，借了附近的屋宇掩护，悄悄向前挪去。

第四章　寄生草　愿得君顾误拂弦

与其他地方守卫松散相比，此地简直可以用三步一哨，五步一岗来形容，眼见前方空旷，连树木都被砍伐一空，杨定不好上前，只能伏于檐桃间，观察着前方动静。

只见前方空地上数十名衣冠楚楚的坞民，正围坐于一座临时搭建的经坛之下。

经坛约有两三尺高，四角悬有硕大的灯笼，将经坛照得亮如白昼。坛上设了一条乌木长案，一字排开九座青铜香炉，点着烛，又置了瓜果鱼肉等各色祭品，正中则是四把盖了盖子的瓷盅，再不知里面什么东西。

释道安身披大红镶金袈裟，头戴紫金毗卢帽，手执法杖，带了僧众弟子端坐于坛上，正齐齐诵着佛经，木鱼清磬之声不绝于耳。下面的坞民多半是蔡家坞的头领，此刻个个拈香在手，一脸的肃穆庄重，分明在举行着某种重要的仪式。

许久，当杨定的腰腿因为持续的僵伏而酸痛时，释道安才长诵一声佛号，领了众僧立起身来，重新取了香，令小僧点了，一一插入香炉中，才念念有词地退一步，领了众僧高声梵唱片刻，将那四把白瓷盅的盖子揭开，单手一扬，四把白瓷盅一齐往外奔腾出耀眼的火花，在众人的惊叹声中，冲出五六尺高，蓬散如蓦地绽开的红亮花朵，光色摄人夺魄。

那层骤然冒起的火光，在释道安本就清隽出尘的面容上镀了一层佛家庄严不可亵渎的宝相，令人肃然起敬。

在众人敬畏的目光中，释道安缓缓念道："既入我门，我佛庇佑，四方来朝，四时来归。大单于必可再振秦室，白雀万年。"

蔡家坞众人闻言，纷纷绽露笑容，立起身来，向释道安行礼致谢。

杨定大惊，手心立刻攥出一层汗水。

　　是年春夏之交，姚苌辅佐苻睿与慕容泓战于华泽，大败，苻睿战死，姚苌带余部回到渭北，被羌人拥为盟主，自立大单于，定国号秦，自称万年秦王，改年号白雀，公然与苻秦为敌。释道安本为苻秦国师，深受苻坚礼敬，又怎会无故跑到蔡家坞来，为姚苌祈福？

　　看蔡家坞的阵势，只怕早已归顺姚秦，释道安是来得去不得，早失去自由了。

　　这时众人中像坞主模样的人上前，向释道安道："道安大师辛苦了！老夫先陪您和众高徒用点夜宵吧！"

　　释道安眼神在四处一转，缓步下坛，稽首道："如此，有劳坞主了！"

　　他回头望着自己身后的僧众，又道："老衲倒罢了，这几日我这些弟子也的确累着了。先为甘棠宫蔡夫人招魂安魄，又随老衲徒步百余里寻适合祈福的四方之土，所住的禅心院位处东北，地势湿热，着实为难他们了。"

　　那坞主连声应是："大师放心，大单于和蔡家坞记着五重寺的功劳，绝对不会亏着大师和诸位高足。"

　　他们一边说着，一边恭恭敬敬领了释道安等僧众，沿着细石子的巷道，径往正厅而去。

　　杨定抬眼看那天色，只怕丑时都快过了，等他们吃完，天都快亮了，再在密密守卫中去找释道安，已不太可行。

　　他沉吟着，只能决定先行回去，明日再在这里延宕一天，看能不能联系上释道安。

　　释道安已与杨定照过面，知他是苻坚心腹，未必不知杨定可能正隐在黑暗中伺机寻他。他最后看似邀功所说的几句话，已透露了很多信息。

　　蔡家坞应与苻坚爱妃、那位被投毒而死的甘露宫蔡夫人有关，才会有为蔡夫人招魂之举；释道安早发现形势不妙，但身在贼手，不敢公然翻脸，曾试图借寻找什么四方之土的机会逃走或向苻秦报讯，但蔡家坞防守如此严密，应该不曾成功；释道安认出杨定却不敢相认，甚至不敢和他近距离接触，自是怕杨定因此被蔡家坞疑心，一起身陷囹圄；但他说了禅心院所在位置，显然是盼着杨定设法去找他了。

　　即便他无此暗示，杨定也不可能放弃追查此事。蔡家坞地处京畿附近，与长安近在咫尺，一旦联合外敌叛秦，无异变生肘腋，令苻秦猝不及防。

　　杨定思忖之际，已经回到他和秦韵住的小偏院中。耳房破败，龟裂的琐窗无力地耷拉在窗台上，雨后的风透过碎裂的窗纸吹入，细细地沙啦啦响动着。

杨定悄悄推开，无声地跳入屋中时，忽见卧榻上一动，一个人影正自簟席间坐起，不由得大惊，毫不犹豫拔剑而出，刺向那人咽喉。

"啊！"那人很轻地惊呼了一声，却是秦韵的口音。

杨定松了口气，忙收了剑，取下蒙面的巾子，低叱道："丫头，你到这里来做什么？"

她的房间在隔壁，总不会半夜出来晃悠一圈，进错了房门吧？

秦韵倒也不害怕，站起身来牵了杨定的袖子，依然笑嘻嘻的："我睡不着，就出来转转，见你窗户没关，想着雨后风凉，便过来给你关上，结果发现榻前没有鞋子，实在不放心，便进来等着了，谁知等得久了，不觉便睡着了。"

她也不问杨定去了哪里，只问道："你累不累？饿不饿？虽然干粮都给大雨泡没了，我屋里还有晚饭吃剩的一张炊饼藏着呢！"

窗外有隐约的光线投入，看得见这少女脸上依旧灿烂的笑脸，最动人的除了一双黑珍珠般晶明的眸子，就是那对似乎无时无刻不挂在脸颊上的笑涡。

深深陷下，永远盛满了熏人欲醉的春意。

"我也是睡不着，所以出去走走。不累，也不饿，你睡去吧！"

杨定拍拍她的头，依然像拍着猫儿狗儿般亲昵而不带狎意，只从她头发上滑下时，指尖不由得拐了个弯，轻轻拂过秦韵面颊的笑涡。

秦韵笑意更浓了，往杨定身边靠了一靠，下巴快要触到了他的肩头。

杨定默不作声地退后一步，然后走向自己的卧榻，说道："快睡吧，明天见着你的温大哥时，最好先和他好好谈谈，如果不能确认他是可以托付终身之人，还是尽快另做打算为好。"

他亲耳听了温融的话，对此人再看不上眼，连带对秦韵这莫名其妙的择婿眼光也是失望至极，此时话语之中，已掩不住的倦怠冷淡。

秦韵默默点头，拉门出去时，忽又转过头来，对着杨定嫣然一笑："阿定，我原来没留心过我的酒涡，可现在我也很喜欢我的酒涡了。因为你喜欢。"

她掩了门，飞快跑了出去。

杨定怔了一怔。

她的话什么意思？她能在意杨定的喜好，是否可以认为，他是她退而求其次的选择？

小丫头的心思，到底是善变的。

毕竟，这天底下，死心眼的云碧落永远只有一个，宁可死去也不愿另择他人。

"我不介意我是你退而求其次的选择。可惜，我连退而求其次也算不上。"

杨定低低地自语，低低地笑，酸涩再度铺天盖地卷来，来来去去，都是那容颜苍白的碧落，影子般依在慕容冲身后，与她的冲哥十指交缠，向他敬一杯绝情酒："我……也敬……杨将军……"

杨将军……

素来只是平平淡淡唤出的一声"杨定"，也能让他备觉温馨，从此粗衣陋食自甘心，连那蜷缩在自己身畔的黄狗都特别顺眼可爱通达人性。

相处这么久，自以为已经很深厚的感情，在碧落心里，到底算是什么？

她不只容貌清冷，连心也冷若冰霜。

或者，那是因为她将太多的感情，赋予了那个叫慕容冲的男子，像一盆火，早被深埋内心的仇恨如冰水般润彻透了，才会连笑容也是冷的，冷得让杨定都感觉不到希望，冷得杨定只想将自己的温暖分予她，让她能感觉到属于正常女子的喜怒哀乐。

他曾以为他做到了，原来，一切都只是他的幻觉。

在死亡和杨定之间，她选择死亡；在她那绝望和杨定之间，她选择绝望。

曾相依相偎生死不弃的爱侣，成了她口中的杨将军。

扔掉了剑穗，扔不去被零割般的切肤之痛……

杨定又低低地笑，紧紧抱了自己的头，逼着自己入睡，再不记得刚才那个和碧落有着同样笑涡的少女说了些什么，又有着怎样的言外之意。

第二日午后，杨定二人刚吃了午饭，碗筷尚未收拾，粗陋的饭菜并不比他们沿途的干粮美味多少。也亏得两人都是随和人，并不计较好歹，吃得甚是香甜。秦韵见有剩下的蒸馍，正用块帕子包起来，笑道："阿定，你们男人家饿得快，这个留着你傍晚时吃。"

杨定不以为然地笑一笑，见秦韵已经换回了自己的女装，端端庄庄清清秀秀的模样，想到昨晚温融和蔡二小姐的谈吐，心内更是不满，拿了筷子懒懒地敲着裂着缝的破桌沿，正盘算着要不要劝秦韵另寻出路时，听到了门口很顿挫的一声轻咳。

抬头时，温融一身上好质料的宝蓝色羌人短袍，小冠上一块碧玉通透明亮，气宇轩昂地踏入这座垣墙檐桅快要倾欹的小院，眉目间颇有矜贵之气，但一眼看到秦韵时，却又笑得温柔："韵儿，果然是你么？"

秦韵一跳便站了起来，捏了蒸馍的手神经质般抽动一下，竟将蒸馍滚落到地上，傻了眼般望住温融，好久才试探地唤道："温大哥？"

温融上前便握了她的手，笑道："我昨日有事外出，因大雨阻了行程，刚刚才回到

蔡家坞，听说你来了，赶着就过来了。"

秦韵满脸通红，但一贯的笑容却奇怪地消失了，极不自在地挣了一挣，缩回手去，到地上去捡掉落的蒸馍。

温融叹气，亲切安慰道："午饭就吃的这个么？掉了就算了，别捡了，在温大哥身边，你还怕日后给饿着？"

他又抬头四下打量，叹道："那些下人也真不像话，怎么把你安排在这里？晚上睡得一定不舒服吧？"

秦韵将蒸馍抓在手中，快要捏成一团，讷讷道："好……我睡得好得很。"

如果杨定昨晚不曾亲见温融在妻子面前那副窝囊相，只怕还真能将秦韵交给他便安心离去。他也可以理解，为什么秦韵这丫头愿意千里迢迢来投奔他。

以他目前的金贵气势和温雅风度，别说没见过世面的乡间姑娘，就是久经情场的贵家夫人，也难免心生好感。

杨定虽是好性情，可只想着此人昨晚议论秦韵的话语，便觉满心不舒服，此时忍不住笑道："温姑爷这话，是打算照顾韵儿后半辈子了？"

杨定刻意掩藏自己的身份，此刻依旧穿着坞民给他的破衣烂衫，神情也故意地粗犷无礼，乡气十足。温融只看他一眼，已皱起眉道："韵儿，他是谁？"

他只问秦韵，显然认为和杨定多说了话，都丢了他温二姑爷的面子了。

秦韵更不自在，怯怯道："他是阿……"

"我是阿二……杨二！"杨定抢先答道："我家就住在五重寺后的神禾原。去年过年前，我还砍了五担柴火给五重寺的大师们呢！我家二十多亩地，多亏了佛祖保佑，这两年收成都好得很。"

温融眉心凝得很紧，将秦韵拉得离杨定更远些，问道："你怎么认识这个长安贱民？"

秦韵的眼波在杨定脸上一转，不知是愧疚还是羞怯，支吾着还未及回答，杨定又截口道："我本是去华阴看我姑姑的，路上看见那里在打仗，死了好多人，连到蔡家坞找你的韵儿也差点给杀了，就不敢再去，横竖要折返长安，就把韵儿也一起捎回来啦！"

秦韵并不曾问及杨定去华阴的原因，迷茫地望着杨定，好久才抬起脸，向温融说道："鲜卑人冲入了我们的庄子，乡人大多给遇害了。我家……也毁了。我……我没地儿可以去。"

温融神情愈发温柔，又将秦韵的手臂牵得牢牢的，和声劝道："别怕，既然你想着投奔温大哥，温大哥绝对不会亏待着你。"

他转头向杨定说道："既然你帮了韵儿，我也不会亏着你，待会随我去领几串钱做盘缠，安心回家去吧！"

杨定嘿嘿笑道："谢谢温姑爷，不过小人的马儿昨天淋了雨，今天有些腹泻，估计得让它休息一晚，明天才能走。"

温融点头道："那你去看你的马儿吧！"

杨定应一声，眼见温融的另一只手搭上了秦韵的腰，已将秦韵半拥在怀中，秦韵想挣，又犹豫着，一副畏怯惊惶的模样，心中只是抽紧，竟觉迈不开脚去。

他也是经过人事的男子，昨晚又听了温融的真心话，情知温融好色，若他此刻离去，秦韵年轻青涩，又不懂得抗拒自己心上人，多半会如那个什么青儿红儿般即刻被他欺负了去，连媵妾的身份都没有，说不准引起蔡二小姐的妒意来，真的会转配给最卑贱无知的奴仆小厮。

温融低头瞧着怀中少女娇怯怯的清丽模样儿，早已心痒难耐，只要在佳人跟前摆足风度，再次催促杨定道："我还有话要和韵儿说，你回自己房间去吧！"

却是公然赶他离开了。

杨定无奈，起身便走，却在秦韵跟前顿了顿，低沉了声音道："路是自己走的，鞋子是否合适，也只有脚知道。鞋底软了走不了远路，鞋子大了会摔跤，自己好自为之。"

温融不料这个乡间小子会说出这么虚虚实实的话语来，斥道："什么乱七八糟的？退下！"

杨定默默走了出去，最后望一眼秦韵时，她也正凝望着他，脸上的笑容一丝也无，一贯明亮的眼眸里雾气迷蒙，连唇边都咬得失了血色，仿佛根本没看到温融将她的腰搂得更紧，更无一丝挣扎之意。

杨定再想不通碧落、秦韵这类女人为什么会如此自讨苦吃，但他一贯尊重他人的选择，连碧落舍他而去都不曾强求，如今秦韵不过是路上捡来的一名少女，自觉更没道理去干涉她的选择，遂狠一狠心肠，大踏步走出门，回到隔壁自己所住的小小耳房，却忍不住摸出榻下自己藏着的华铤剑，拿了旧布来，一下一下地擦拭着，盼能消去自己胸中愤郁而起的一股戾气。

毕竟秦韵只是一名萍水相逢的少女，他们各自有各自的未来。秦韵千里迢迢想投奔的，本就是她心目中的如意夫婿，最终合不合适幸不幸福没有人知道，至少现在她是躺在自己心上人的怀里，应该没有痛苦，只有快乐。

可毕竟还是可惜，可惜了……

杨定一颗心忽上忽下地浮沉许久，正要下定决心不再管这丫头的闲事时，他听到了秦韵的惊呼和哭泣。

"不要……不要，我不想这样……阿……阿二救我……"

听到前面几个字时，杨定还在苦笑犹豫，但听到最后几个字时，他已扔了剑一阵风卷了出去，心头扔了块石头莫名地松快起来。

眼看着一个女人跌入地狱也就罢了，再眼看着一个女人自寻死路，对他何尝不是一种折磨？

推开外屋虚掩的门，他毫不迟疑地踹开了里面秦韵的客房。

画面并没有他想象中的香艳，秦韵云鬟散乱，包头帕已经掉落在枕席上，正紧握住自己的前襟和衣带，额间大颗大颗地滴落汗来，刷白的脸上眼睛睁得极大，盯着温融的样子，像是将他当做了吃人的老虎或恶魔，直到听到门声，才目注杨定，流露出几分欢喜和得意来。

温融衣衫已经敞开，半裸着躯体正试图拉开秦韵的衣衫，转头看到杨定，顿时羞恼："谁家没教养的贱东西！女儿家的房间也是你可以乱闯的？"

他也不想想，自己目前正做着什么事。

杨定叹气，无辜地指了指院外："刚才有个侍女模样的姑娘来打听，问二姑爷有没有在这里。我说你正和一个姑娘在屋里说话呢，她望了望紧关的门扇，慌慌张张就走了。我后来想着不太对劲，这人不会是什么混进来的奸细吧？问了你的下落又不进屋来找你……"

话未说完，就看到了温融也是一脸的慌张了，扣衣带的速度想来要比他脱衣衫的速度要快许多。

急急戴上冠，他安抚般拍了拍秦韵的肩，匆匆说道："呃，我岳家一定有急事找我，我得空儿再来看你。你安心住着，有温大哥在，什么都不用操心，知道么？"

这一回，秦韵没有点头，眼睛很亮地目送她的温大哥连奔带冲离房而去，然后对着抱着肩瞪她的杨定哧哧地笑起来。

一边笑，一边擦着眼角，也不知是不是笑出了泪水。

杨定真有想将她臭骂一顿的冲动，走到榻前嘲讽道："怎么了？怪我打散了你和你心上人的好事？"

"他不是我心上人。"秦韵吸着鼻子，甜甜地笑，依然一对醉人的梨涡，诱引着谁的心神。

杨定点头道："不是你心上人，只是你喜欢的人，所以你还没打算那么快接受他，是不是？"

秦韵草草将浓密的发用帕子包了，唇角弯了一弯："我也不喜欢他。我十三四岁时，他就常来我们家，对我好，对我姐姐也好，那时我便知道……他其实……挺花心的，觉得他虽然话说得好听，人也长得不错，可很令人讨厌。"

杨定大出意外，下巴差点掉下来："那你还千里投奔过来？"

秦韵抬起眼，笑得居然有些忧伤："阿定，其实我骗了你。母亲当时是带了我和弟弟一起投奔舅舅家的，可我舅母说养两张嘴就够了，哪里还养得起这个赔钱货？所以将我赶出来了。我的家乡早没了人烟，也没有亲戚可以投奔，根本没地方可以去，便想起他了。纵然我讨厌他，至少他喜欢我，会养活我，对不对？我总得活着，是不是？"

杨定盯着眼前这个满眼泪汪汪，居然还在笑着的少女，越发不可思议："你来找他，只为找个人养活你？"

"他应该……还能保护我吧！"秦韵垂下头，道，"这乱世之中，我一无所有，还能求些什么？"

杨定哭笑不得，叹气道："早知如此，我应该在大些的城镇把你卖青楼去，包管你也能活着，并且给老鸨龟公们保护得好好的。"

秦韵红了脸争辩道："他看起来斯斯文文，很有气度的。"

杨定点头道："对，刚才他待你果然很斯文。是你太不斯文了，没事该随顺他些，乱叫些什么？"

他心下有气，说话便很不客气，待得说完，见秦韵连耳根子都红透了，眼底又见了泪影，垂了头不敢瞧他，自觉失口，遂放软了口吻，叹道："你真的没地儿可去，怎不和我说？我直接带你去长安就行了。"

秦韵终于抬起了眼，拖了长长的哭音道："你又不要我！"

杨定脱口道："谁说我不要你？"

话出口，两人都怔了。

第五章　情天久　和云飞去觅归舟

许久，杨定握了拳放到自己唇边，尴尬地咳一声，笑道："我是说……我家不在乎多养活一个人。你女红不错，跟我回去帮绣绣花，缝缝衣服什么的，也挺不错。"

秦韵巴眨着眼睛，泪影渐渐蓄成了笑意，亮晶晶地望向杨定："你是要我一辈子帮你绣花缝衣服吗？"

这话的言外之意太过明显，杨定一呆，一时不好回答。

秦韵已抿唇笑着，双手环上了杨定的腰，嘻嘻地笑："你刚才不是说了，不在乎多养我一个人？养我一辈子，应该不是难事吧？"

少女青春洋溢的躯体生机盎然，激烈的心跳透过两人单薄的夏衣清晰地传到了杨定耳边。垂下眸，是如花的笑靥，盛放如春日的芙蓉，美好而璀璨。甜甜陷下的梨涡，便如芙蓉芬芳怡人的花蕊，让杨定受了蛊惑般伸出手，顺了那温柔起伏的美好弧度，轻轻地抚摸着。

等他听到少女得意而欢喜的轻笑声时，他才意识到，自己已将秦韵拥在了怀里，这小丫头更是不害臊地将头偏到他的肩上，试探地用唇悄悄碰他的下颌。

她很像碧落，可绝对不会是碧落。

碧落是融化不了的冰，可她却是总在试图融化他人的火。

杨定曾那么渴望，碧落的笑容，也能这般无邪无忧，干净得如同剔透的水晶。

他忽然便想，若将这样干净的笑容永远留在身边，让她像火一样，一日一日，慢慢地烧去那个清冷的身影，焚去心底的冷痛，或许也是一件好事。

何况，作为仇池杨氏的嫡裔，他总要娶妻纳妾的。

于是，他犹豫着，终于低低在这少女耳边说道："我无法娶你为正妻，可能一时也没法给你任何名分。"

以杨定的身份地位，开始和南阳公主符宝儿亲昵相处差点定亲，后来又与桃李夫人唯一骨血云碧落纠缠不清，符坚绝不会容他娶一个庶民的女儿。就是正式收房纳妾，也得等杨定成亲或侍妾生下子女后。

秦韵眸子清澈如湖水流漫："我不要名分，我只要伴在你身边，天天能给你绣花缝衣服。"

杨定迟疑："我可能常不在家，有点难。"

秦韵将头埋到他的颈窝，开心说道："那你一定能答应我，在家一日，便伴着我一日，不让我孤单着，对不对？"

杨定听得她笑嘻嘻地步步紧逼，苦笑道："丫头，你若跟了你的温大哥，也敢要他天天陪你？"

秦韵调皮地一吐舌头，道："我才不跟他呢！我早就打算好了，就到蔡家坞来探探他的口风，如果他能帮我在这里安居下来固然好，如果他起了坏心，我就向他借点钱帛跑长安去，那里城池大，有钱人家多，我又有一手好女红，不愁找不到活儿填饱自己的肚子。"

"你……早就打算好了？"杨定眯起眼，"那你刚才……你刚才……"

"我本来是这样打算的，可后来遇到你，我改变主意了。"秦韵嘟着嘴，将杨定抱得更紧，轻轻柔柔地在他耳边吐字："我喜欢你，我要和你在一起。我就想瞧瞧我找别的男人你会不会生气，我就想瞧瞧别的男人欺负我你会不会心疼。"

杨定很想把自己的双手从秦韵的肩上移到她的脖子上，狠狠地掐下去。他自负聪明一世，再不料会给一个小丫头要得团团转，白白地为她欢喜为她忧，操心了这么些日子。

可秦韵又说道："我从第一眼见你，就知道阿定是天底下最好的男子，一定肯伴着我，不让我孤单。"

她说着，衔住了杨定的唇。

杨定本来要移到秦韵脖子上的手略略一抬，捧住了她颊边的笑靥，明亮的眸子瞬间深沉而忧伤，渐渐便如一池深潭般荡漾起来，连他自己也辨不出那是怎样的复杂情绪了。

大约，已不只是同情，不只是怜惜，更不只是感动……

徐徐地，他闭上眼，吻紧这个如火般热烈着的少女，由着她欢笑一声，一点点熔化瓦解自己的意志。

这样熔化的感觉，冲淡了所有清冷刻骨的痛楚，很好。

他是男人，不是圣人。

因此，他轻轻抱起了秦韵，挑开她的衣带。

破败得快要倾颓的旧屋子，忽然间春光旖旎，少女低低的娇怯笑意，如清新花香般四散萦绕开去，将颓靡燥热之气一扫而空。

终于，不再是人在夏天，心如冰雪的感觉。

杨定凝视着那双流光溢彩的眸子，绚如明霞的脸庞，轻声许诺："我会带你回长安，在家一日，便伴你一日，不让你孤单着，也不让……我自己孤单着……"

有一种感觉叫幸福，他太久之前便已想拥有。

如今，虽然不完全，但他已不愿放弃自己所能把握的快乐。

纵有缺憾，也比一无所有好。

他不想在寂寞中日复一日地缅怀自己那段注定无望的情感。

奸计得逞的秦韵下午问了很多遍，杨定什么时候带她回长安。

杨定仔细地擦拭着华铤剑，对着窗口射入的阳光，端详着锋芒凛冽的剑锋，眼神也微见凌锐："或许，明天吧！蔡家坞……有些事必须弄清。"

"与那位道安大师有关？他是不是很厉害的人物？"

"他是大秦的国师，大秦天王待以王公之礼的高僧。"

"那你呢？"

"我？"

秦韵仰着下颌，笑得极得意："你当然也不是什么神禾原的阿二了。你的本领这般大，才不是傻傻的农家子弟；你的剑砍起来又快又熟练，一定是宝剑，上面还有块红玉，应该很值钱吧？"

"这是玛瑙。"杨定指点着那块玛瑙给她看，轻轻抚摸着那没了剑穗的剑柄，低声道："和我这华铤剑一模一样的宝剑，还有两把，分别叫流彩和飞景……可惜，这三把剑，总是凑不到一起。"

"这两把剑现在在哪里？"

"在云碧落和慕容冲那里。"

"云碧落……慕容冲……"秦韵应是想起了杨定几次对着她唤过碧落，重复着这两个名字，忽又笑道："我想……他们一定是了不起的人物。可我相信我的阿定，比他们更厉害。"

杨定轻笑："你记住，你是仇池杨定的女人。"

女人……

这两个字眼终于让秦韵有了少女初经人事后的娇羞，伏在杨定肩上咻咻地笑。

她再也不曾预料过，未来会有那样的幸福，却又那样的惨烈。

云碧落，慕容冲，对她来说曾经只是两个名字，最终却如利刃般划破了她不遗余力经营得来的幸福。

一切只因为，她是仇池杨定的女人。

这一晚，杨定终于见到了释道安。

禅心院戒备虽森严，抵不住释道安借口有碍修行，并不让他们进院中，院外的不间断巡逻，便拦不住有备而来的杨定了。

释道安的窗户甚至半开着，扶膝而坐的老和尚，手中的念珠转动得极快，显然并不是心如止水。

杨定轻叩窗棂跃入时，释道安立刻站起来迎上，松了口气道："杨施主，你总算来了！"

杨定上前拜见了，微笑道："大师等我很久了么？"

释道安长叹道："是这北方的天下，等待杨施主的救援。"

杨定想起华泽一路过来所见百姓惨状，关了窗，在释道安的对面蒲团上坐下，沉着答道："杨定义不容辞。"

释道安慈和安详的眉目微微抖动，点头道："请杨施主尽快设法离开蔡家坞，通知天王，蔡家坞暗中联合渭北姚苌，近期将突袭长安。"

他简略地说起了事情的始末缘由。

大约在十天前，他收到了蔡家坞请求他来作法祈福的帖子，因时局动荡，他原不想外出，后来听来人说蔡家坞为符坚爱妃蔡夫人的母族，因到了蔡夫人生辰，欲为之大行祭典，安抚亡灵。因释道安依稀听过蔡夫人死得蹊跷，算是体谅其族人心意，遂带了一批弟子来到了蔡家坞。

甫到蔡家坞，他们的行动便被严密监视起来，除了为祭奠蔡夫人，他还被要求为在渭北划地而治的姚苌和他所建立的姚秦政权祈福。

释道安原是东晋人，晋帝待之以王公之礼；襄阳城破后，符坚将他接来长安，同样待之以王公之礼，甚至曾彻夜谈禅，相遇甚厚，让佛学在北方得到大力推行。释道安感佩苻坚之情，虽对他南伐东晋之事大为不满，却对苻坚本人很是敬重。姚苌深受苻坚之恩，在苻秦风雨飘摇之际倒戈，让释道安这个方外之人也看不入眼，再也不愿佛家扶持这样的国君。

他几经战乱，同样娴于自保之道，并不与蔡家坞翻脸，甚至答应日后出任姚秦国师，为姚秦祈福。蔡家坞虽对之礼敬有加，也不敢完全信任他，一直派人严密看护着五重寺僧众，据说等渭北的轻骑兵赶到，将与蔡家坞以及长安城内的部分羌民里应外合，意图出其不意，拿下长安。

释道安一心想将这消息传出去，故意说为姚秦祈福，需要四方之土，带了僧众往东南西北四个方向取洁净之土，想在外出的途中遇到秦军探子好将讯息带出，谁知一路之上蔡家坞防范极严密，再也不曾找着机会。正绝望回坞之际，竟遇到了杨定，实在是意外之喜，想着杨定心思玲珑，必知有变，故而在房中久候。

杨定听释道安说完，手心也捏了把汗，纳闷道："蔡夫人甚受天王礼遇，她所出的始平公主也很得天王欢心，蔡家坞为什么要反秦？"

释道安悲悯地摇头："冤孽，又是冤孽！听说蔡家和姚家是远房亲戚，蔡夫人入宫之前，便与姚苌相交甚笃，后来天王巡幸至蔡家坞，因着蔡夫人容貌出色，性情温雅，就带回宫去了。这蔡夫人心思不在天王身畔，便教唆着自己的母族暗中相帮姚苌。蔡夫人逝世后，姚苌和蔡家坞一直对其死因耿耿于怀，早就有了反心了。"

杨定想起当日蔡夫人也是伐晋的支持者，暗自惊心叹惋着，转而向释道安行礼道："我明日就离开此处，尽快将消息带给天王。大师一片护主之心，杨定在此，先代天王相谢！"

释道安叹道："当年雪涧在五重寺时，多次论及未来之事，都道长安近年必遭大劫，血流飘杵，避无可避。老衲无能，只盼略尽绵薄之力，护住天王，也便护住长安了。"

杨定第一次听说这等预言，虽是诧异，却也不肯因此退缩，点头道："杨定也盼能襄助天王，平定北方，还百姓一个清平天下。"

二人议定后，释道安遂开窗送杨定出去。

杨定跃出了窗，又向释道安微笑道："大师，我还有个不情之请。"

"你说。"

"与我同行的女子名叫秦韵，明日我尽力带她一起走，若是她走不了，还请大师设法保全。"

释道安点头道："施主放心，老衲尽力。不过，老衲记得，杨施主似乎和碧落姑娘很要好。"

杨定不料这老和尚还有心思管这等俗家儿女情事，苦笑道："碧落是我的劫数，秦韵是我的幸运。"

释道安闻言，合十道："你是碧落姑娘的幸运，你是秦韵姑娘的劫数。"

杨定不解，正要细问时，这老和尚已将窗户合上，悄无声息地熄了灯。

杨定无奈，只得小心翼翼地退出禅心院，转而回自己住的小破院时，忽见甬道上有侍女提着个灯笼，引着那位蔡二小姐一脸怒气冲冲地走着，度其方向，正是那间小院落所在，顿时一身冷汗，忙运起轻功，踩着檐桄抄近路奔回小院。

甫回院中，便听到秦韵房中哧哧的熟悉笑声，和男子醉醺醺般的迷离声线，不由得大怒，忙藏了夜行的痕迹，拍着秦韵的房门叫道："二小姐来了！"

里面静了片刻，破门迅速被拉开，那温融再度衣衫不整地冲出了房，秦韵却支着颐，闲闲地笑着，向杨定做着鬼脸。

她的衣衫也有些凌乱，但瞧她发髻整齐，显然不曾吃亏多少。

屋中长案上摆着几样酒菜，看温融步履微趔，估计快给秦韵灌倒了。

片刻之后，温融又冲了进来，向杨定怒道："臭小子，又在扯谎！"

杨定憨憨地傻笑："没有啊，刚我出去如厕，就看着有女人提了灯笼急匆匆过来，我就想着，除了二小姐来找人，再没有别人的。"

温融醉意朦胧地向杨定挥了挥拳头，道："便是她来又如何？看我恼起来，砸碎这只醋坛子！"

话未了，院门处已传来蔡二小姐的怒喝："你要砸碎谁？喝了两口黄汤就不知道你姓什么，站在哪里了？我告诉你姓温的，我们蔡家可以把你捧上天，也可以把你摔到粪坑里……"

接着，杨定和秦韵两人抱着肩靠住墙，一脸无辜地看着这出悍妇训夫的闹剧，以温融头上身上大片瘀青，被蔡二小姐拎住耳朵带走而告终。

待他们离去，秦韵捧着肚子大笑道："阿定，你回来得还真及时，若再不回来，我还真拿这醉鬼没辙了。"

杨定转身敲她脑袋，斥道："不是让你插紧门闩睡吗？怎又将他放进来？"

秦韵叹道："他本来不是来找我的，直直便往你房间去了，我只好忙着哄他过来陪

我喝酒。"

杨定一怔，立刻明白过来："你怎么知道我出去了？"

"呃，"秦韵快手快脚地收拾着案上的残羹冷炙，"我进去过，发现你不在。"

杨定挑挑眉，笑道："找我有事？"

秦韵丢开碗筷不收拾了，一下子张开双臂挂到杨定身上，"你说呢？"

"不害臊的丫头！"

杨定叱骂，却微笑着将她拦腰抱起。

不管温融是因为发现了杨定的异常，还是因为杨定撒谎坏了他的好事去找他算账，杨定都明白蔡家坞对他已极不安全，必须尽快离开。

第二日一早，他向领他过来的坞民告辞，那些人曾留意过他的踪迹，并未发现任何异常，遂由得他离去；只是见秦韵也被他驮上了马背，很是迟疑。

杨定故意笑道："温姑爷倒是想留下这位姑娘，可二小姐不肯呢！我带她回神禾原种田去，也不在乎多养她一张嘴。"

半夜那场争风吃醋的好戏自然瞒不过周围百姓，坞民轰然而笑，果然不再拦阻。

但出蔡家坞不久，他们便听到了身后的追兵。

他们一骑二人，马速大减，追兵便越来越近，渐渐能看出，领头的人竟是温融。

无论他们出于什么原因在穷追不舍，杨定都已不敢冒险让自己被他们追到。

无数生灵的性命，并不是他或者秦韵所能负担得起的。

大局为重。

他握住了秦韵的手，"韵儿，如果我把你留下，你会怕吗？"

秦韵的手颤了一下，很快回答："不怕。不过你要告诉我，你什么时候来找我。"

她似乎笃定，杨定绝对不会彻底丢开她不管，只是手指已与杨定绞得极紧。

指尖很冷，掌心却满满的汗水。

"半个月内。"杨定反握了她的手，用自己的手指拭着她掌心的汗水，同样笃定地回答："你想法到禅心院去，道安大师会保护你。"

"好！"

秦韵利索地回答，在杨定驱马拐弯时极快地松开了杨定的手。杨定扶了她的手臂只一送，已将她送下马，摔落在草地上。

等杨定拐过弯时，秦韵已从地上爬起来，冲着他笑道："阿定，如果你丢开我，我还是会去找你。"

骄阳似火，鸣蝉乱噪，也挡不住那女子清脆肯定的话语："我喜欢你。我要和你在一起。"

杨定深深瞥过她的笑靥。

一对梨涡，荡漾在双颊的明艳霞光中，双目潋滟，含情凝睇，并不肯让他看到丝毫离别的悲伤。

纵然这离别对她有多意外，多艰难，只要是杨定选择的，她便接受。

并且，她坚持让杨定见到了她最美好最坚强的笑容，直到杨定的背影渐渐消失，身后的马蹄声顿下，她才落下了泪水。

其后，杨定再次陷入了戎马倥偬的岁月，甚至来不及再去为碧落伤心，为秦韵担心。

符秦建元二十年六月，符坚在听闻杨定传来的讯息后，即刻亲自率步、骑兵两万攻打后秦。杨定恪守自己的诺言，单请了一路兵攻打蔡家坞，预备亲自接出秦韵。

谁知蔡家坞攻破，他竟没接到秦韵。

长安兵马一动，蔡家坞坞主知晓不对，竟先行把家人亲卫带走逃往后秦。杨定只找到了五重寺的僧众，释道安和秦韵却被提前带走了。

据说，秦韵被带回蔡家坞后，温融意欲染指，蔡二小姐醋劲大发，连秦韵都给打了，秦韵为表白自己并无意向温融投怀送抱，提出要出家修行，侍奉道安大师。

道安大师隐约听说了此事，便传来秦韵相见，认定她有佛家慧根，当即认作了弟子，这下完全打乱了温融的如意算盘，蔡二小姐也无话可说。

一切顺理成章，纵然有人怀疑，一时也不能拿释道安怎样，只是长安急报传来时，蔡家首先就将他们俩转往渭北的姚秦了。

杨定无奈，遂和符坚合兵，同攻姚苌军，连连取胜。恰逢天气干旱，姚苌军驻地无水，符秦军遂堵塞了姚苌军的运水之路，眼见姚苌军不时有人渴死，引得人心惶惶时，忽然天降大雨，让姚苌军营积水三尺，尽解用水危机。

符坚又恨又怒，也只得叹息道："上天也护着这该死的反贼！"

此时慕容冲已完全掌握了西燕的军政大权，一改慕容泓磨蹭不前的态度，昼夜兼程攻往长安。符坚无奈，只能退师渭北，先行回守长安。

杨定记挂着释道安和秦韵不曾找到，带了自己的一路人马落在后面，心里反反复复，只想着秦韵最后鼓足勇气的笑容。他再想不出，她一个孤身女子，该怎样在姚苌军中苦

苦求生。

这晚驻军于渭水之畔休整，他默默走出营地，眼前星河浅淡，渭水摇曳，芳草老树俱漫漫浸在无边无垠的黑夜之中，更觉啼鹃迸泪，寂寞声声。

"你喜欢我，你想和我在一起。可到底是我负了你。"杨定叹息，"大局为重，大局为重，可那到底只是大秦的大局。对你来说，什么才是大局呢？"

他的话音才落，身后忽然有人接话道："秦韵姑娘的大局，自然是杨施主了！"

杨定急忙转声，已见着了释道安一身破碎僧袍，满头满脸的灰土，狼狈不堪，独双眼炯炯有神，不改清明睿智，分明还是那个名重天下的"弥天释道安"。

"大师，"杨定大喜，一边过去见礼，一边往他身后瞧去，"大师逃离姚营了么？可曾见到秦韵？"

释道安摇头叹道："亏得我在营中遇到以往弟子，趁着战乱之时悄悄送了我出营，一路跌打滚爬，好容易走到这里，哪里还来得及再救秦韵？"

杨定顿时哽住，黯然望着浑浊的渭水静静地在暗夜中流淌，只觉眼前景物也渐渐浑浊不清，许久，才压着嗓子吐出字来："是我误了她。"

话未了，只听一棵高槐后传来咯咯的清脆笑声："那么以后不许再误了我！"

杨定心头啪地漏了一下，凝神望去时，那个黑黑瘦瘦的身影已经直扑过来，也不管杨定坚硬的盔甲上尚有血渍未干，也不管自己满脸满身都是黑灰泥土，径自投到杨定怀里，将他紧紧抱住。

释道安微微笑着，合十而退，一路叹道："老衲和秦施主一路从双方战场过来，唯见遍地血腥，尸横满野。算来这次战端由来，老衲有责。只得回去面壁思过，唯愿我佛垂怜，莫让老衲在有生之年，见着长安尸积成山，成为修罗地狱……"

秦韵便在杨定怀里笑道："你说，我怎么就会是大师的弟子了？他说的话神神道道，我一句也听不懂。"

"听不懂不听也罢。"杨定心神甫定，凑着月光端详着秦韵面容，微笑道："居然没瘦多少，只是黑了很多。"

秦韵便郁闷："其实只是脏了，不是黑。碧落如果脏了，也就是我这样黑黑的了！"

杨定笑了笑，告诉她："你是秦韵，不是碧落。"

秦韵一笑，黑黑的酒涡依然动人："是的，我是秦韵，你把我丢开了，我还是会回来找你。"

"我现在又想丢你了。"

"嗯？"

"丢到渭水里，看看是渭水弄脏了你，还是你洗脏了渭水。"

尾 声

"呵……"

墓碑还是冷的，可杨定和碧落的笑声都暖暖的。

只因秦韵，那个秦韵给他们的所有记忆，都是笑容，俏皮的笑，温柔的笑，明亮的笑，可爱的笑，连死去时的泪水，都含着柔情的笑。

碧落问道："后来，你把她丢渭水里了吗？"

"没有，渭水浊，泾水清，如果是泾水，我一定将她丢下去了。这个野丫头，会游泳，跟只水鸭子似的。"

"嗯……我想起来了，你的衣衫都是她做的，你的剑穗也是她编的，你的起居饮食，也是她打理的。她还……为你怀了个孩子……"

恍惚，是那个身怀六甲的娇美女子，不要命地挡在了杨定跟前……

开膛破肚，一地的血，慢慢洇透地毡上硕大的缠枝莲花……

苍白微弱的笑容，勾出深深的梨涡……

"我愿意等啊！如果有来世，我还愿意等，等我的阿定……"

"我不要你等我，我只要你陪着我……"

碧落的泪水忽然间泉涌而出。

杨定慌忙去拭她的泪水，柔声抚慰："别哭，别哭了！大夫说了，不能太伤心，不能想太多，一切顺其自然，你会慢慢好起来，你会慢慢什么都想起来。"

"我想起来了。"

"想起什么了？"

“想起……你遇到她，真好……”

“是，她是我的幸运。只有一年的时光，却足够用一生来缅怀。”

“我呢？”

“你是我的劫数，一生的劫数。我逃不了，也不想逃。”

夜色渐渐地深了。几片落叶萧萧，滚落在他们的脚边，模糊成了虚幻的影子。

杨定扶他精神状态尚未完全恢复过来的王妃，微笑道：“碧落，回家了。韵儿也该睡了。”

“嗯。她一个人，很孤单。”

“下辈子，我们陪着她，一定不让她再孤单。”

碧落点头，提裙站起，又转过身，默默望着那汉白玉的墓碑，执紧了杨定的手。

杨定一手抚着碑石，一手握着妻子，低低问道：“怎么了？”

“杨定，如果我丢开你，你会不会再来找我？”

“嗯，也许，会吧！”

“如果你丢开我，我会去找你。”

“……”

“我喜欢你。我要和你在一起。”

“……”

两个淡色的人影，悄然和冰冷的墓碑重合。

谁的大滴泪水，飘落在碑石上，温热一片。